Karl May · Der Schut

KARL MAYs HAUPTWERKE

IN 33 BÄNDEN

»ZÜRCHER AUSGABE«

8. ORIENT-BAND

KARL MAY

Der Schut

REISEERZÄHLUNG

ZÜRCHER AUSGABE

DER TEXT DIESER AUSGABE
FOLGT DEN ZEITSCHRIFTEN-ERSTDRUCKEN,
STUTTGART 1887 UND 1887/88.
DIE ORIGINALE ORTHOGRAPHIE UND INTERPUNKTION
WURDEN RESPEKTIERT.

UMSCHLAGBILD VON
KLAUS DILL
KONZEPTION UND GESTALTUNG VON
URS JAKOB

HERSTELLUNG: EBNER ULM
ISBN 3 251 20234 0

Inhalt

DER SCHUT

Reiseerzählung

ERSTES KAPITEL

Halef in Gefahr

Unser Ritt neigte sich jetzt voraussichtlich seinem Ende zu; aber es stand zu erwarten, daß der letzte Teil desselben der schwierigste sein werde. Diese Schwierigkeit war teils eine Folge der Bodenverhältnisse, denn wir hatten Berge, Felsen, Täler, Schluchten, Urwälder und Sümpfe vor uns, durch oder über welche nicht leicht zu kommen war, teils beruhte sie darauf, daß die Absichten und Ereignisse, denen wir gefolgt waren und auch jetzt noch folgten, zu einem Abschlusse, einem Ende drängten, bei welchem uns voraussichtlich größere Anstrengungen und Gefahren erwarteten, als wir bisher hinter uns hatten.

Israd, unser Führer, erwies sich als ein munterer Bursche. Er erzählte uns interessante Episoden aus seinem Leben und gab uns lustige Schilderungen von Land und Leuten, so daß wir gar nicht daran dachten, die Zeit zu messen.

Die fruchtbare Ebene von Mustafa liegt eigentlich am linken Ufer des Wardar, woher wir gekommen waren. Am rechten, an welchem wir uns befanden, steigt das Terrain mählich empor, doch ist das Land noch sehr fruchtbar. Wir kamen an reichen Baumwollen- und Tabakfeldern vorüber und sahen fruchttragende Limonien stehen. Doch sagte Israd, daß dies bald aufhöre und wir jenseits der Treska sogar durch Gegenden kommen würden, welche »meratlü« seien.

Um zu wissen, was dieses Wort bedeutet, muß man sich daran erinnern, daß der Grund und Boden des osmanischen Reiches in fünf verschiedene Klassen eingeteilt wird.

Die erste Klasse ist der »Mirieh«, das heißt das Land der Staatsdomänen, zu welchem selbstverständlich nicht der unfruchtbarste Boden gehört. Dann kommt der »Wakuf«, das Eigentum der frommen Stiftungen. Dieser Klasse fällt ohne weiteres alles Land zu, dessen Besitzer ohne Hinterlassung direkter Erben stirbt. Die dritte Klasse faßt den »Mülk«, den

Privatgrundbesitz, in sich. Die Besitztitel werden in der Regel nicht nach einer genauen Messung, wie bei uns, sondern nach ungefährer Schätzung ausgestellt. Für jeden Wechsel des Besitzes, also Kauf, ist die Genehmigung der Regierung erforderlich, welche bei den dortigen Verhältnissen meist nur durch die Bestechung der betreffenden Beamten erlangt werden kann. Der Mülk leidet auch außerordentlich unter den Mißbräuchen, welche bei der Steuererhebung eingerissen sind. So hat zum Beispiel die Bodenwirtschaft zehn Prozent Naturalabgabe zu entrichten. Die Steuerpächter verschieben aber gewöhnlich die Einholung dieses Zehnts so lange, bis die Früchte in Fäulnis überzugehen drohen und der Landwirt mehr als zehn vom Hundert bietet, um den Ertrag seiner Ernte retten zu können. In die nächste Klasse, »Metronkeh« genannt, gehören die Straßen, öffentlichen Plätze und Kommunal-Grundstücke. Die Verkehrswege befinden sich meist in einem beklagenswerten Zustand, was ein Hauptgrund für die wirtschaftliche Notlage des Landes ist. Die letzte Klasse wird »Merat« genannt und begreift alles wüste und unproduktive Land in sich. Dieses war es, was unser Führer meinte, als er »meratlü« sagte.

Wir hatten zwei oder drei flache Terrassen zu ersteigen und kamen dann zu der Hochebene, welche im Westen steil nach den Ufern der Treska abfällt. Hier ritten wir durch einige kleine Dörfer. Der größte und bedeutendste Ort dieser Ebene, Banja, blieb links von uns liegen.

Da wir wußten, daß Israd uns in geradester Richtung führen werde, hatte ich nicht danach getrachtet, die Spuren des uns vorangerittenen Suef aufzusuchen. Es hätte uns das nichts nützen können, sondern nur zur Verzögerung unseres Rittes geführt. Nachdem wir ungefähr vier Stunden unterwegs waren, kamen wir durch einen sehr lichten Wald, dessen Bäume weit auseinander standen. Dort trafen wir die Fährte eines einzelnen Reiters, welche von links auf unsere Richtung stieß. Ich betrachtete sie aus dem Sattel herab. Es war zwar nicht mit voller Bestimmtheit zu behaupten, aber es ließ sich vermuten, daß es die Fährte Suefs sei, zumal das Pferd so scharf ausgegriffen hatte, daß anzunehmen war, der Reiter habe große Eile gehabt. Da sie in unserer Richtung weiter führte, folgten wir ihr, bis nach einiger Zeit eine zusammengesetztere Fährte von rechts her kam.

Jetzt stieg ich ab. Wer einigermaßen Uebung besitzt, kann unschwer erkennen, von wie viel Pferden eine solche Spur gemacht wurde, falls es nicht gar zu viele gewesen sind. Ich sah, daß fünf Reiter hier geritten seien; also waren es höchst wahrscheinlich die von uns Gesuchten gewesen. Aus der bereits abgestumpften Schärfe der Ränder an den Hufeindrücken entnahm ich, daß diese Leute vor ungefähr sieben Stunden hier vorübergekommen seien.

Bei einer solchen Schätzung hat man sehr vieles zu berücksichtigen: die Witterung, die Art des Bodens, ob er hart oder weich, sandig oder lehmig ist, ob er kahl liegt oder mit Pflanzen bewachsen, vielleicht dünn mit Laub bedeckt ist. Auch auf die Luftbewegung und die Tageswärme hat man Obacht zu geben, da die Sonne oder scharfe Luft die Spuren schnell austrocknet, so daß die Ränder eher bröckeln, als wenn es kalt und windstill ist. Der Ungeübte kann bei einer solchen Beurteilung sehr leicht ein höchst irriges Resultat erzielen.

Nun ritten wir auf dieser Fährte fort. Nach einiger Zeit ging der Wald zu Ende, und wir kamen wieder auf freies Land. Eine Art von Weg kreuzte hierauf unsere Richtung, und wir sahen, daß die Fährte da nach rechts abbog, um diesem Pfad zu folgen. Ich blieb also halten und zog mein Fernrohr hervor, um nachzuforschen, ob ich vielleicht einen Ort, einen Gegenstand, ein Gehöft zum Beispiel, finden könne, um dessen willen die Reiter hier abgebogen seien. Ich konnte aber nichts dergleichen sehen.

»Was tun wir, Sihdi?« fragte Halef. »Wir können nun auf der Fährte bleiben, und wir können Israd weiter folgen.«

»Ich entschließe mich für das letztere,« antwortete ich. »Diese Leute sind doch nur für kurze Zeit abgewichen und werden später sicher wieder herüberlenken. Wir wissen, wohin sie wollen, und werden uns beeilen, dort auch anzukommen. Vorwärts also, wie bisher!«

Ich wollte mein Pferd in Bewegung setzen, doch Israd sagte:

»Vielleicht ist es doch geraten, ihnen zu folgen, Effendi. Da drüben rechts zieht sich ein breiter Grund hin, was wir von hier aus nicht sehen können. In demselben liegt ein kleiner Köjlüstan[1], in welchem die Männer, denen wir folgen, vielleicht eingekehrt sind.«

»Was können wir dort erfahren? Sie werden sich nicht lange dort verweilt, sondern nur um einen Trunk Wasser oder um einen Bissen Brot gebeten haben. Keinesfalls ist anzunehmen, daß sie gegen die dort wohnenden Leute sehr mitteilsam gewesen sind. Reiten wir weiter!«

Aber schon nach kurzer Zeit wurde ich anderer Meinung. Die Spuren kamen von rechts her zurück, und nach einem nur oberflächlichen Blick bemerkte ich, daß sie ziemlich neu waren. Ich stieg also abermals ab, um sie sorgfältig zu prüfen. Ich fand, daß sie kaum zwei Stunden alt waren. Die Reiter hatten sich also gegen fünf Stunden lang in dem erwähnten Bauernhof aufgehalten. Die Ursache davon mußte ich erfahren. Wir gaben also den Pferden die Sporen und bogen nach rechts ein, um das Haus aufzusuchen.

Es lag gar nicht weit entfernt. Wir erreichten sehr bald die Stelle, wo sich die Fläche abwärts nach einem Tale senkte, welches ein Bach durchfloß. Es gab da unten saftige Weide und schöne Aecker. Dennoch machte das Haus den Eindruck von Aermlichkeit. Der bereits erwähnte Weg führte zu demselben hinab.

Wir sahen einen Mann vor der Türe stehen. Als er uns erblickte, verschwand er im Hause und zog die Türe hinter sich zu.

»Effendi, es scheint, daß dieser Bauer nichts von uns wissen will,« meinte Osko.

»Er wird schon mit sich sprechen lassen. Ich vermute, daß er scheu geworden ist, weil unsere guten Freunde schlecht mit ihm umgesprungen sind, wie es ja ihre Gewohnheit ist. Kennst du ihn vielleicht, Israd?«

[1] Bauernhof.

»Gesehen hab ich ihn, aber seinen Namen weiß ich nicht,« antwortete der Gefragte. »Ob er aber mich kennt, das weiß ich nicht, da ich noch nicht bei ihm gewesen bin.«

Als wir vor der Türe anlangten, fanden wir dieselbe verschlossen. Wir klopften an, erhielten aber keine Antwort. Nun ritt ich nach der hinteren Seite des Hauses, auch da war eine Türe, aber gleichfalls verriegelt.

Als wir nun stärker klopften und laut riefen, wurde einer der Läden, welche auch zugezogen waren, aufgestoßen, und der Lauf eines Gewehres kam zum Vorschein. Dabei rief eine Stimme:

»Packt euch fort, ihr Strolche! Wenn ihr nicht aufhört, zu lärmen, so schieße ich!«

»Nur langsam, langsam, mein Lieber,« erwiderte ich, indem ich so nahe an den Laden heranritt, daß ich den Lauf der Flinte hätte ergreifen können. »Wir sind keine Strolche, wir kommen in keiner unfreundlichen Absicht.«

»Das sagten die Andern auch. Ich öffne meine Türe keinem Unbekannten mehr.«

»Vielleicht kennst du diesen hier,« entgegnete ich und winkte Israd herbei. Als der Bauer den jungen Mann erblickte, zog er langsam sein Gewehr zurück und sagte:

»Das ist ja der Baumeister, der Sohn des Schäfers in Treska-Konak!«

»Ja, der bin ich,« bestätigte Israd. »Hältst du auch mich für einen Strolch?«

»Nein, du bist ein braver Mann.«

»Nun, die Männer, welche sich bei mir befinden, sind ebenso brav. Sie verfolgen die Leute, welche bei dir waren, um sie zu züchtigen, und wollen sich bei dir erkundigen, was diese Strolche bei dir gewollt haben.«

»So will ich dir glauben und die Türe wieder aufriegeln.«

Er tat dies. Als er dann zu uns heraustrat, sah ich, daß dieser kleine, schwächliche, sehr ängstlich dreinschauende Mann allerdings nicht geeignet war, Leuten wie den beiden Aladschy zu imponieren. Er mochte uns doch nicht so recht trauen, denn er hielt die Flinte noch immer in der Hand. Auch rief er in das Haus hinein:

»Mutter, komm her, und schau sie an!«

Eine vor Alter krumm gebogene Frau kam mit Hilfe eines Krückstockes herbei und betrachtete uns. Ich sah einen Rosenkranz an ihrem Gürtel hängen, darum sagte ich:

»Hazreti Issa Krist ilahi war, anatschykim – Gelobt sei Jesus Christus, mein Mütterchen! Kowar sen bizi kapudanin taschra – willst du uns von deiner Türe weisen?«

Da ging ein freundliches Lächeln über ihr faltiges Gesicht, und sie antwortete:

»Herr, du bist ein Christ? O, die sind zuweilen die schlimmsten! Aber dein Gesicht ist gut. Ihr werdet uns nichts zuleid tun?«

»Nein, gewiß nicht.«

»So seid ihr uns willkommen. Steigt von den Pferden, und kommt herein zu uns.«

»Du wirst uns erlauben, im Sattel zu bleiben, denn wir wollen schnell wieder fort. Vorher aber möchte ich gern wissen, was diese sechs Reiter bei euch getan haben.«

»Es waren ihrer erst nur fünf. Der sechste kam später nach. Sie stiegen von den Pferden und führten dieselben ohne unsere Erlaubnis in das Jondscha kyri[1], obgleich Gras genug vorhanden ist. Die Pferde haben uns das schöne Feld ganz zusammengetreten. Wir wollten Schadenersatz verlangen, da wir arme Leute sind; aber gleich beim ersten Wort erhoben sie ihre Peitschen, und wir mußten schweigen.«

»Warum kehrten sie denn eigentlich bei euch ein? Sie haben doch einen Umweg machen müssen, um an euer Haus zu kommen?«

»Es war einem von ihnen unwohl geworden. Er hatte einen verwundeten Arm und litt große Schmerzen. Da haben sie ihm den Verband abgenommen und die Wunden mit Wasser gekühlt. Das dauerte mehrere Stunden, und während Einer mit dem Verwundeten beschäftigt war, suchten die Andern

[1] Kleefeld.

alles im Hause zusammen, was ihnen gefiel. Sie haben unser Fleisch und unsere sonstigen Speisevorräte aufgezehrt. Meinen Sohn und die Schwiegertochter sperrten sie unter dem Dache ein und nahmen die Leiter weg, daß die Beiden nicht herunter konnten.«

»Und wo warst denn du?«

»Ich?« antwortete sie, indem sie listig mit den Augen zwinkerte, »ich stellte mich, als ob ich nicht hören könne. Das ist bei einer alten Frau leicht zu glauben. Da durfte ich in der Stube bleiben und hörte, was gesprochen wurde.«

»Wovon redeten sie?«

»Von einem Kara Ben Nemsi, welcher mit seinen Begleitern sterben muß.«

»Dieser Mann bin ich; doch fahre fort.«

»Und sie sprachen von dem Konakdschi an der Treska, bei welchem sie heute abend bleiben wollen, und von einem Köhler, dessen Name ich wieder vergessen habe.«

»Hieß er Scharka?«

»Ja, ja; morgen wollen sie bei ihm bleiben. Und von einem gewissen Schut redeten sie, den sie in Kara – kara – – ich weiß nicht, wie der Name war – –«

»Karanirwan?«

»Ja, den sie in Karanirwan-Khan treffen wollen.«

»Wißt ihr vielleicht, wo dieser Ort liegt?«

»Nein; sie haben es auch nicht gesagt. Aber sie redeten von einem Bruder, den der eine von ihnen dort treffen will. Sie nannten auch den Namen, doch kann ich mich leider nicht mehr auf denselben besinnen.«

»Hieß er vielleicht Hamd el Amasat?«

»Gewiß, so hieß er. Aber, Herr, du weißt ja mehr als ich!«

»Ich weiß allerdings bereits viel und ich will mich durch meine Fragen nur überzeugen, ob ich mich nicht irre.«

»Sie erzählten auch davon, daß in diesem Karanirwan-Khan ein Kaufmann gefangen sitzt, von welchem sie Lösegeld haben wollen. Aber sie lachten über ihn, denn selbst wenn er dieses Geld zahlt, wird er nicht frei kommen. Sie wollen ihn auspressen, bis er gar nichts mehr besitzt, und dann soll er ermordet werden.«

»Ah! So etwas habe ich vermutet. Wie ist dieserKaufmann nach Karanirwan-Khan gekommen?«

»Der Hamd el Amasat, dessen Namen du nanntest, hat ihn hingelockt.«

»Wurde nicht gesagt, wie der Kaufmann heißt?«

»Es war ein fremder, ein ausländischer Name, und darum habe ich ihn nicht behalten, zumal ich so große Angst und Sorge hatte.«

»Aber wenn du ihn wieder hörtest, würdest du vielleicht wissen, ob es dieser Name ist?«

»Ganz gewiß, Herr.«

»Lautet er Galingré?«

»Ja, ja, so hieß er; ich besinne mich ganz genau.«

»Was wurde Weiteres gesprochen von dem, was sie vorhaben?«

»Nichts, denn da kam der sechste Reiter. Er ist ein Flickschneider und erzählte von Feinden, wegen denen er in den Wardar gestürzt sei. Jetzt weiß ich, daß ihr diese Feinde seid. Ich mußte ein großes Feuer machen, damit er sich seine Kleider trocknen konnte; darum und weil der Alte mit seiner Wunde nicht fertig wurde, blieben sie so lange bei uns. Dieser Flickschneider erzählte von der Bastonnade, welche er bekommen habe. Er konnte nur sehr schwer gehen und hatte keine Schuhe an, sondern seine Füße mit Lappen umbunden, welche mit Talg eingerieben waren. Ich mußte ihm neue Lappen schaffen, und da ich keinen Talg hatte, stachen sie unsere Ziege tot, um Talg zu bekommen. Ist dies nicht eine schändliche Grausamkeit?«

»Allerdings. Wie viel war diese Ziege wert?«

»Gewiß fünfzig Piaster.«

»Dieser mein Begleiter, Hadschi Halef Omar, wird dir fünfzig Piaster schenken.«

Halef zog sofort den Beutel und hielt ihr ein halbes Pfundstück hin.

»Herr,« fragte sie ganz verblüfft, »willst du etwa den Schaden bezahlen, welchen deine Feinde anrichten?«

»Nein, das kann ich nicht, denn ich besitze nicht den Reichtum des Padischah; aber für eine Ziege können wir dir sorgen. Nimm das Geld!«

»So freue ich mich, dir getraut und euch mein Haus und meinen Mund nicht verschlossen zu haben. Gesegnet sei euer Kommen, und gesegnet sei euer Gehen; gesegnet sei jeder eurer Schritte, und alles, was ihr tut!«

Wir verabschiedeten uns von den Leuten, welche uns ihre Dankesworte für die erhaltene Gabe noch weit nachriefen, und kehrten zu dem Ausgangspunkt unsers kleinen Abstechers zurück, um dann der ursprünglichen Richtung wieder zu folgen.

Wir kamen zunächst weiter durch offenes Land, wo nur hier oder da ein einzelner Baum zu sehen war. Unser vorher so munterer Führer war sehr nachdenklich geworden. Als ich ihn nach der Ursache fragte, antwortete er:

»Herr, ich habe die Gefahr, in welcher ihr euch befindet, gar nicht so schwer genommen, wie sie ist. Erst jetzt erkenne ich, in welch einer schlimmen Lage ihr seid. Das macht mir Sorge. Wenn eure Feinde ganz unerwartet aus dem Hinterhalt über euch herfallen, seid ihr verloren.«

»Das glaube ich nicht; wir würden uns wehren.«

»Du hast ja gar keine Idee, mit welcher Sicherheit hierzulande der Czakan geworfen wird, und kein Mensch ist im stande, einen auf ihn geschleuderten Czakan abzuwehren.«

»Nun, ich kenne einen, der es vermag,« erwiderte ich.

»Das glaube ich nicht. Wer soll das sein?«

»Ich selbst.«

»Oh, oh!« lächelte er, indem er mich von der Seite anblickte. »Es ist jedenfalls nur ein Scherz gewesen.«

»Es war sehr ernst gemeint. Der Mann hatte es auf mein Leben abgesehen.«

»Das begreife ich nicht. Jedenfalls hat er nicht mit dem Czakan umzugehen gewußt. Gehe in die Berge; da kannst du Meister dieser fürchterlichen Waffe sehen. Lasse dir von einem echten Skipetaren oder gar von einem Miriditen zeigen, wie das Beil gehandhabt wird, und du wirst staunen.«

»Nun, der Mann, mit welchem ich es zu tun hatte, war ein Skipetar, sogar ein Miridit.«

Er schüttelte ungläubig den Kopf und fuhr fort:

»Wenn es dir gelungen ist, seinen Czakan zu parieren, so ist er dann dir gegenüber waffenlos gewesen, und du hast ihn besiegt?«

»Allerdings. Er hat sich in meiner Gewalt befunden, und ich schenkte ihm das Leben. Er gab mir dafür sein Beil, das hier in meinem Gürtel steckt.«

»Ich habe diesen Czakan bereits lange heimlich bewundert. Es ist ein außerordentlich schöner Czakan, und ich dachte, du hättest ihn irgendwo gekauft, um recht kriegerisch zu erscheinen. Trotzdem ist er unnütz in deiner Hand, denn du verstehst nicht, mit ihm zu werfen. Oder hättest du dich bereits in dieser Kunst versucht?«

»Nicht mit einem Czakan, sondern mit andern Beilen.«

»Wo ist das gewesen?«

»Weit von hier, in Amerika, wo es wilde Völker gibt, deren Lieblingswaffe das Beil ist. Von ihnen habe ich den Gebrauch desselben gelernt, und es wird dort Tomahawk genannt.«

»Aber ein Wilder kommt einem Miridit unmöglich gleich!«

»Ganz im Gegenteil. Ich glaube nicht, daß ein Skipetar seinen Czakan so geschickt zu schleudern versteht, wie ein Indianer seinen Tomahawk. Der Czakan wird in gerader, der Tomahawk aber in der Linie des Bogens geworfen.«

»Sollte das wirklich jemand zu tun vermögen?«

»Jeder rote Krieger vermag es, und auch ich.«

Seine Wangen hatten sich gerötet, und seine Augen leuchteten. Jetzt hielt er sein Pferd an, stellte es quer vor das meinige, so daß auch ich zum Anhalten gezwungen war, und sagte:

»Effendi, du mußt verzeihen, daß ich so eifrig bin. Was bin ich gegen dich! Und dennoch wird es mir schwer, deinen Worten zu glauben. Ich will dir gestehen, daß ich ein Czakanwerfer bin, der es mit jedem andern aufnimmt. Darum weiß ich, welche Jahre der Uebung es erfordert, Meister dieser Waffe zu werden. Leider habe ich mein Beil nicht bei mir.«

»Ich habe freilich noch nie einen Czakan geworfen,« lautete meine Antwort, »aber ich denke, wenn ich auch das erste oder zweite Mal das Ziel verfehle, der dritte Wurf würde gelingen.«

»Oh, oh, Herr, denke das nicht!«

»Ich denke es, und ich würde das Beil kunstreicher werfen, als du.«

»Wie so?«

»Wenn ich es werfe, so streift die Waffe eine Strecke weit ganz unten am Boden hin, dann steigt sie in die Höhe, macht einen Bogen, senkt sich nieder und trifft ganz genau dort auf, wo es meine Absicht war, zu treffen.«

»Das ist ja ganz und gar unmöglich!«

»Es ist wirklich so.«

»Effendi, ich nehme dich bei deinem Wort. Wenn ich viel Geld bei mir hätte, würde ich dich auffordern, zu wetten.«

Er war vom Pferde gestiegen. Es hatte ihn eine solche Begeisterung ergriffen, daß es mir innerlich Spaß bereitete.

»Armer Teufel!« sagte Halef, indem er eine seiner stolzen Armbewegungen machte.

»Wen meinst du damit?« fragte ihn Israd.

»Dich natürlich.«

»So meinst du etwa, daß dein Effendi die Wette gewinnen würde?«

»Ganz gewiß.«

»Hast du ihn einmal den Czakan werfen sehen?«

»Nein, aber was er will, das kann er. Sihdi, ich rate dir, mit diesem jungen Mann zu wetten. Er wird bezahlen und dich um Verzeihung bitten müssen.«

Es war eigentlich ein kleiner Unsinn, auf den Vorschlag Israds einzugehen. Wenn wir uns wegen dieser Spielerei hier verweilten, ging uns die Zeit verloren. Aber es kam auf einige Minuten doch nicht an, und sodann war ich selbst neugierig, ob es mir gelingen werde, mit dem Czakan dasselbe auszuführen, wie mit dem Tomahawk. Dieser Versuch war gar nicht überflüssig, denn es konnte sich jeden Augenblick die Veranlassung ergeben, in vollem Ernst zu dem Beil zu greifen. Da war es gut, zu wissen, ob ich mit demselben umzugehen verstehe. Darum fragte ich den Führer:

»Wie viel Geld hast du denn bei dir?«

»Fünf oder sechs Piaster nur.«

»Ich setze hundert Piaster dagegen. Welche Bedingungen stellen wir auf?«

»Hm!« antwortete er nachdenklich. »Du hast noch nie mit einem Czakan geworfen und ich bin den deinigen nicht gewohnt. Es wird also geraten sein, daß wir erst einige Versuchswürfe machen, vielleicht drei?«

»Einverstanden.«

»Dann aber hat jeder nur einen einzigen Wurf nach dem Ziel, welches wir uns stellen,« meinte er.

»Das ist zu hart. Grad dieser Wurf kann durch einen Zufall mißlingen.«

»Nun gut, also drei Würfe jeder. Wer am besten wirft, bekommt das Geld. Wir werfen nach dem nächsten Baum da vor uns. Es ist ein Dischbudak aghadschy[1]. Das Beil muß in seinem Stamm stecken bleiben.«

Wir hatten unweit eines Wasserlaufes angehalten. Es war wohl derselbe Bach, welcher hinter uns in dem Tal entsprang, nach welchem unser Abstecher gerichtet gewesen war. Am Rande des Wassers standen einzelne Bäume: Eschen, Erlen und auch alte, knorrige Weiden, aus deren Häuptern junge Ruten hevorgeschossen waren. Der uns am nächsten stehende Baum war die erwähnte Esche, welche ungefähr siebzig Schritte von uns entfernt war.

Ich stieg ab und gab Israd den Czakan. Er nahm mit ausgespreizten Beinen festen Halt, drehte den Oberleib in den Hüften, als ob er die Zuverlässigkeit dieser Gelenke erproben wollte, wog das Beil prüfend in der Hand und holte dann zum Wurf aus. Das Beil flog sehr nahe an der Esche vorüber, ohne sie jedoch zu berühren.

[1] Esche.

»Dieser Czakan ist schwerer als der meinige,« entschuldigte er sich, während Halef die Waffe herbeiholte. »Das zweite Mal werde ich treffen.«

Er traf bei dem nächsten Wurf das Ziel, aber nicht mit der Schärfe des Beiles, sondern nur mit dem Stiel. Aber der dritte Probewurf gelang besser, denn die Axt traf den Stamm, leider aber nicht so, daß die Schneide in demselben stecken blieb.

»Das tut nichts,« meinte er. »Das war ja nur zur Probe. Nachher treffe ich gewiß, denn ich kenne jetzt das Beil. Nun du, Effendi!«

Ich nahm mir im stillen nicht die Esche zum Ziel, sondern einen weit hinter derselben stehenden alten Weidenstamm, der gänzlich ausgehöhlt war und nur einen einzigen, grad emporstehenden Ast hatte, welcher eine kleine Krone von beblätterten Zweigen trug.

Zunächst mußte ich die Hand an das Gewicht des Czakans gewöhnen; darum geschah der Wurf ganz in derselben Weise, wie derjenige Israds gewesen war. Ich wollte die Weide nicht treffen, sondern nur Richtung nehmen. Darum flog das Beil weit links von der Esche vorüber und bohrte sich dort in den weichen Boden ein.

»O Himmel!« lachte unser Führer. »Du willst die Wette gewinnen, Effendi?«

»Ja,« sagte ich ernsthaft.

Trotzdem gerieten die beiden nächsten Probewürfe scheinbar noch schlechter, als der erste. Aber ich ließ mich mit Vergnügen von Israd auslachen, denn ich war überzeugt, daß ich, wenn es nun galt, das Ziel nicht fehlen würde.

Halef, Omar und Osko lachten nicht – sie ärgerten sich im Stillen darüber, daß ich auf die Wette eingegangen war, ohne gewiß zu sein, sie gewinnen zu müssen.

»Die Probe ist vorüber,« sagte Israd. »Nun wird es ernst. Wer wirft zuerst?«

»Du, natürlich.«

»So wollen wir vorher das Geld zahlen, damit dann kein Irrtum vorkommt. Osko mag es in seine Hand nehmen.«

Der gute Mann hatte mich also im Verdacht, daß ich mich

weigern würde, die hundert Piaster zu zahlen. Er war ja vollständig überzeugt, die Wette zu gewinnen. Ich gab Osko das Geld. Mein Gegner zahlte seine wenige Piaster und griff dann nach dem Beil.

Seine Fertigkeit war wirklich nicht unbedeutend. Er traf alle drei Male den Stamm, aber nur beim letzten Mal blieb die Axt in demselben stecken.

»Keinmal gefehlt,« jubelte er. »Und einmal saß der Czakan sogar fest. Mache es mir nach, Effendi!«

Jetzt mußte ich nach indianischer Art und Weise werfen, wenn ich treffen sollte. Ich holte aus, wirbelte den Czakan um den Kopf und erteilte ihm jene rotierende Bewegung, welche beim Billardspiel als ›Effekt‹ bezeichnet wird. Das Beil sauste, sich um sich selbst drehend, am Boden hin, stieg empor, senkte sich dann plötzlich wieder nieder und fuhr in den Stamm der Esche, in welchem es sitzen blieb.

Meine Gefährten jubelten laut auf. Israd aber sagte, indem er mit dem Kopf schüttelte:

»Welch ein Zufall, Effendi! Es ist kaum zu glauben.«

»Zufall? Da irrst du dich außerordentlich,« antwortete ich.

Halef holte das Beil zurück, und ich schleuderte es noch zweimal in die Esche. Die Gefährten jubelten; Israd aber wollte noch immer nicht daran glauben, daß ich diesen Erfolg nicht dem bloßen Zufall zu verdanken habe.

»Wenn du noch nicht überzeugt bist,« sagte ich, »so will ich dir jetzt einen vollgültigen Beweis geben. Sieh die alte ausgehöhlte Weide dort hinter der Esche!«

»Ich sehe sie. Was ist's mit ihr?«

»Ich werde nach ihr werfen.«

»Herr, sie ist weit über hundert Schritte entfernt. Du willst sie wirklich treffen?«

»Nicht nur das, sondern ich will den einen Ast treffen, welchen sie hat, und zwar so, daß er höchstens eine Handbreit über dem Stamm von dem Czakan abgeschnitten wird.«

»Herr, das wäre ein Wunder!«

»Nach den bisherigen sechs Würfen ist mir die Waffe so handgerecht, daß ich gar nicht fehlen kann. Ich werde nun erst jetzt dem Czakan die richtige Doppeldrehung geben, und du wirst sehen, daß er, sobald er am Boden aufgestiegen ist, ganz plötzlich, wie mit einem Ruck, eine dreifache Schnelligkeit erhält. Paß einmal auf!«

Der Wurf gelang in der vorausgesagten Weise. Das Beil wirbelte an der Erde hin, stieg langsam empor und flog dann mit plötzlich vermehrter Schnelligkeit wieder abwärts und auf die Weide zu. Im nächsten Augenblick lag der erwähnte Ast am Boden.

»Geh hin und sieh nach!« sagte ich. »Er wird genau eine Handbreit vom Stamm abgeschnitten sein, und zwar scharf, wie mit dem Messer, denn die Schneide des Beiles hat ihn getroffen.«

Israd machte ein so verblüfftes Gesicht, daß ich hellauf lachen mußte.

»Habe ich es nicht gesagt?« rief Halef. »Was der Effendi will, das kann er. Osko, gib ihm das Geld! Es sind die Piaster des Triumphes, welche er einstecken mag.«

Natürlich nahm ich nur meinen Einsatz wieder, und Israd erhielt sein Geld zurück. Er konnte sich nur schwer beruhigen und erging sich, als wir bereits längst wieder unterwegs waren, in den verschiedensten Ausrufen der Verwunderung.

Mir aber war es lieb, gesehen zu haben, daß ich mich auf meine Hand verlassen könne.

Nach dieser kurzen Unterbrechung unseres Rittes erlitt derselbe keine weitere Störung. Es wurde Nacht, und Israd erklärte, daß wir in ungefähr einer Stunde in Treska-Konak ankommen würden.

Wir kamen wieder durch Wald, welcher glücklicherweise nicht dicht war, und dann senkte sich die Höhe. Es gab Weideland, und dann hörten wir Hunde bellen.

»Das sind die Samsunlar[1] meines Verwandten,« erklärte Israd. »Grad vor uns liegt der Konak am Fluß und links das Haus meines Schwähers. Wir wollen aber einen Bogen schla-

[1] Schäferhunde.

gen. Es könnte ein Knecht des Konakdschi im Freien sein und uns bemerken.«

Wir wichen nach links ab, bis wir den Fluß erreichten, und ritten nun am Ufer hin bis an das Wohnhaus des Schäfers.

Das war ein langes, niedriges, nur aus dem Erdgeschoß bestehendes Gebäude. Einige Fensterläden standen offen, und aus ihnen schimmerte Licht. Die Hunde fuhren mit wütendem Gebell auf uns los, beruhigten sich aber sogleich, als sie die Stimme Israds erkannten. Ein Mann steckte den Kopf durch das Fenster und fragte:

»Wer ist da?«

»Ein guter Bekannter.«

»Israd ist's! Frau, der Schwäher ist da!«

Der Kopf verschwand; gleich darauf wurde die Türe geöffnet, und die Alten eilten herbei, um Israd zu begrüßen. Auch der ältere Sohn kam, um ihn zu umarmen. Dann sagte der Schäfer:

»Du bringst uns Leute mit. Werden sie bei uns bleiben?«

»Ja; aber sprich nicht so laut. Der Konakdschi darf nicht merken, daß diese Männer hier sind. Sorge vor allen Dingen dafür, daß unsere Pferde in den Stall kommen.«

Es war nur ein niederer Schafstall vorhanden, in welchem ich mit dem Kopf an die Decke stieß. Mein Rappe weigerte sich, hinein zu gehen. Der Geruch der Schafe war seiner edlen Nase zuwider, und nur durch Streicheln und Zureden gelang es mir, ihn folgsam zu machen. Dann begaben wir uns in die Stube oder vielmehr in das, was man eben heute Stube nannte, denn der einzige große Raum, welchen das Wohnhaus bildete, wurde nur durch die schon oft erwähnten Weidengeflechte in verschiedene Abteilungen geschieden. Man konnte eine jede derselben durch Verschiebung dieser Scheidewände beliebig vergrößern oder verengern.

Es waren nur Vater, Mutter und Sohn zu Hause. Die Knechte befanden sich bei den Schafhürden, und Mägde gab es nicht.

Israd nannte unsere Namen und erzählte zunächst, daß wir seine Schwester gerettet hatten. Das hatte zur Folge, daß wir eine außerordentlich herzliche Aufnahme fanden. Der Sohn begab sich in den Stall, um unsern Pferden gutes Wasser und das beste Futter zu geben, und die Eltern trugen herbei, was im Hause vorhanden war, damit wir ein festliches Mahl halten könnten.

Natürlich bewegte sich das Gespräch zunächst um das, was sie am meisten interessierte, die Rettung ihrer Schwiegertochter. Dann kamen wir auf den Zweck unserer Reise zu reden, und ich erfuhr, daß die Gesuchten in dem Konak angekommen waren.

Nun erzählte ich in kurzen Umrissen, warum wir denselben folgten, und erregte dadurch ein nicht geringes Erstaunen.

»Sollte man es glauben, daß es solche Leute gibt!« rief die alte Frau, indem sie die Hände zusammenschlug. »Das ist ja ganz schrecklich!«

»Ja, schrecklich ist es,« nickte ihr Mann; »aber zu wundern brauchen wir uns nicht darüber, da sie Anhänger des Schut sind. Das ganze Land könnte Gott auf den Knieen danken, wenn diese Geißel des Volkes einmal unschädlich gemacht wäre.«

»Weißt du vielleicht etwas näheres über den Schut?« fragte ich ihn.

»Ich weiß auch nicht mehr als du und Andere. Wüßte man seinen Wohnort, so würde man auch ihn selbst kennen, und dann wäre es mit ihm aus.«

»Das ist noch die Frage. Ich bin überzeugt, daß die Behörde mit ihm in Verbindung steht. Weißt du nicht, wo Kara-nirwan-Khan liegt?«

»Diesen Namen kenne ich nicht.«

»Kennst du auch keinen Mann, der Kara Nirwan heißt?«

»Ebensowenig.«

»Aber einen Perser kennst du, welcher das Geschäft des Pferdehandels treibt?«

»Ja. Der heißt aber im Mund des Volkes Kara Adschemi. Was ist's mit diesem?«

»Ich habe ihn im Verdacht, der Schut zu sein.«

»Was? Dieser Perser?«

»Beschreibe ihn mir einmal!«

»Er ist länger und stärker als du und ich, ein wahrer Riese, und trägt einen schwarzen Vollbart, welcher weit bis zur Brust herabreicht.«

»Wie lange befindet er sich im Lande?«

»Das weiß ich nicht genau. Es sind wohl an die zehn Jahre her, daß ich ihn zum erstenmal gesehen habe.«

»So lange ist es wahrscheinlich auch, daß man von dem Schut gesprochen hat?«

Er blickte mich überrascht an, sann ein wenig nach und antwortete dann:

»Ja, so ungefähr wird es sein.«

»Wie ist das Auftreten dieses Pferdehändlers?«

»Er benimmt sich überaus gebieterisch, wie alle Leute, welche wissen, daß sie reich sind. Er geht stets bis an die Zähne bewaffnet und ist als ein Mann bekannt, mit welchem man keinen Spaß machen darf.«

»So ist er zu Gewalttätigkeiten geneigt?«

»Ja, er ist gleich mit der Faust oder mit der Pistole zur Hand, und man erzählt sich, daß schon Mehrere, die ihn beleidigt hatten, den Mund nicht wieder öffneten, weil ein Toter nicht mehr reden kann. Aber von Raub und Diebstahl weiß ich nichts zu berichten.«

»Diese Beschreibung paßt ganz genau zu dem Bilde, welches ich mir von ihm gemacht habe. Weißt du vielleicht, ob er mit dem Köhler Scharka verkehrt?«

»Davon habe ich noch nichts erfahren. Hast du mit dem Kohlenbrenner auch zu tun?«

»Bis jetzt noch nicht; aber ich denke, daß ich mit ihm zusammentreffen werde; die Fünf wollen zu ihm. Seine Wohnung ist ihnen also bekannt. Weißt auch du sie vielleicht?«

»Ich weiß nur, daß er in einer Höhle wohnt, welche jenseits von Glogovik im tiefen Walde liegt.«

»Hast du ihn gesehen?«

»Nur vorübergehend.«

»Er muß doch von Zeit zu Zeit den Wald verlassen, um

seine Kohlen zu verkaufen, oder es müssen Leute zu demselben Zweck ihn aufsuchen.«

»Er verkauft nicht selbst. Da drüben in den Bergen ist ein Kurumdschy[1], welcher ihm das alles besorgt. Dieser zieht mit seinem Wagen, auf welchem sich die Kohlen und die Rußfäßchen befinden, im Lande umher.«

»Was ist er für ein Mann?«

»Ein finsterer, wortkarger Kerl, der sich mit keinem Menschen abgibt. Man sieht ihn lieber gehen, als kommen.«

»Hm! Vielleicht bin ich gezwungen, ihn aufzusuchen, um von ihm die Höhle des Köhlers zu erfahren.«

»Als Wegweiser könnte ich dir wenigstens einen Knecht bis Glogovik mitgeben. Weiter hinauf kennt auch er die Wege nicht.«

»Wir nehmen dieses Anerbieten herzlich gern an. Dein Sohn erzählte mir, daß der Köhler im Verdacht des Mordes stehe.«

»Das ist nicht nur Verdacht; man weiß es sicher, obgleich es keine Zeugen gibt, mit deren Hilfe er überführt werden könnte. Er hat sogar im Verkehr mit den Aladschy gestanden, welche von den Soldaten freilich vergeblich bei ihm gesucht worden sind.«

»Auch dein Sohn sprach davon. Er hat diese beiden Menschen heute gesehen.«

»Die Scheckigen? Wirklich? Ich habe oft gewünscht, ihnen einmal zu begegnen, natürlich aber so, daß ich sie nicht zu fürchten habe.«

»Nun, das ist ja geschehen.«

»Wann sollte das gewesen sein?«

»Heute. Hast du unter den fünf Reitern nicht zwei gesehen, welche auf scheckigen Pferden ritten?«

»Himmel! So befinden sie sich also hier, drüben im Konak meines Nachbarn! Da ist ja das Unheil in der Nähe!«

»Heute brauchst du sie nicht zu fürchten, denn wir sind hier. Sobald sie erführen, daß wir uns bei dir befinden, wür-

[1] Rußhändler, Rußbuttenmann.

den sie sich aus dem Staub machen. Uebrigens wirst du sie vielleicht sehen, wenn du jetzt heimlich hinübergehst. Suche zu erfahren, ob man sie vielleicht belauschen kann.«

Er ging, und wir beschäftigten uns während seiner Abwesenheit angelegentlich mit dem Abendessen. Nach einer kleinen halben Stunde kam er zurück und meldete uns, daß er sie gesehen habe.

»Aber es waren ihrer nur vier,« sagte er. »Der Verwundete befand sich nicht bei ihnen. Sie sitzen neben der Schlafkammer des Nachbars. Ich habe mich rund um das ganze Haus geschlichen und an allen Läden gespäht, ob man durch eine Spalte hineinsehen kann. Endlich kam ich an den betreffenden Laden, welcher ein kleines Astloch hat. Sie saßen mit dem Konakdschi zusammen und hatten einen Krug mit Raki vor sich stehen.«

»Sprachen sie?«

»Ja, aber nicht von eurer Angelegenheit.«

»Ob sie wohl zu belauschen wären? Kann man sie verstehen, wenn man außen am Laden steht?«

»Ich habe nur einzelne Worte richtig hören können. Um ihr Gespräch zu hören, müßte man in die Schlafstube steigen; der Laden steht auf.«

Er beschrieb die Lage dieser Stube und ihr Inneres, und ich erkannte, daß es allzu gefährlich wäre, hineinzusteigen; zumal man annehmen mußte, daß der alte Mübarek sich darin befinde.

»Nein, wir wollen auf dieses Unternehmen verzichten,« sagte ich. »Nachher werde ich selbst einmal hinüberschleichen, um Kundschaft einzuholen.«

Somit hielt ich diese Angelegenheit für erledigt. Im Laufe des weiteren Gesprächs stand Halef auf, um einmal hinauszugehen.

»Ich will nicht hoffen, daß du dich hinüberschleichen willst,« rief ich ihm nach. »Das verbiete ich dir aufs strengste!«

Er nickte nur und ging. Ich aber war nicht beruhigt und beauftragte Omar, ihm heimlich zu folgen. Dieser kehrte schnell zurück und meldete mir, daß der Hadschi nach dem Stall gegangen sei, jedenfalls um sich zu überzeugen, daß es den Pferden, besonders meinem Rappen an nichts mangele. Damit gab ich mich zufrieden. Es verging eine Viertelstunde und noch eine, und da Halef noch nicht wieder da war, so erwachte meine Sorge von neuem. Als ich sie laut werden ließ, ging der Wirt, um nach ihm zu suchen; aber er kehrte unverrichteter Dinge zurück; er hatte ihn nirgends gefunden.

»So habe ich ganz richtig geahnt: er hat eine Dummheit gemacht und befindet sich höchst wahrscheinlich in Gefahr. Osko, Omar, nehmt eure Gewehre – wir müssen hinüber zu dem Konak, denn ich wette, daß er so verwegen gewesen ist, in das Schlafzimmer einzusteigen.«

Ich nahm nur den Stutzen, welcher mehr als genügend war, die ganze Gesellschaft im Zaum zu halten. Draußen war es stockdunkel. Der Schäfer diente uns als Führer. Da ich meinen Fuß zu schonen hatte, gingen wir nur sehr langsam am Ufer hin, bis der Konak als dunkle Masse vor uns lag, etwa fünfzig Schritte von dem Fluß entfernt.

Wir schlichen an der Vorderseite des Hauses hin, wo alle Fenster verschlossen waren, und bogen dann nach derjenigen Giebelseite ab, welche die Stallungen enthielt. Dort standen junge Fichten, die mit ihren unteren Aesten fast den Boden berührten. Zwischen ihnen und dem Hause war nur ein schmaler Raum zum Gehen frei.

Von da aus führte uns der Schäfer nach der hinteren Seite des Gebäudes, an welcher entlang wir hinschlichen. Es war keine Spur von Halef zu bemerken; doch war ich der festen Ueberzeugung, daß er sich jetzt im Innern des Hauses befand, festgenommen von den Leuten, welche er hatte belauschen wollen.

Da blieb unser Wirt stehen und deutete auf zwei Läden, welche, wie alle übrigen, von innen verriegelt waren.

»Hier dieser erste Laden,« flüsterte er, »gehört zu der Stube, in welcher die Männer saßen; der zweite aber zur Schlafkammer.«

»Sagtest du nicht, daß dieser zweite Laden offen gewesen sei?«

»Ja, vorhin stand er auf.«

»So ist er seitdem zugemacht worden. Das muß einen Grund haben. Und welcher Grund könnte es sonst sein, als daß die Halunken bemerkt haben, daß man sie belauscht?«

Ich huschte an den ersten Laden und blickte durch das Astloch. Die Stube war durch eine Unschlittkerze, welche in einem Leuchter von Draht steckte, nur notdürftig erhellt; aber ich sah genug.

An einem Tisch saßen Manach el Barscha und Barud el Amasat. Vorn am Eingang stand ein Mann von untersetzter, kräftiger Gestalt und rohen Gesichtszügen, jedenfalls der Wirt. An der Wand zu meiner rechten Hand lehnten die beiden Aladschy. Die Gewehre dieser Leute waren in der Ecke an hölzernen Haken aufgehängt. Die Blicke aller fünf richteten sich auf – Halef, welcher auf dem Boden lag, an Händen und Füßen gebunden. Die Gesichter seiner Feinde weissagten nichts Gutes. Manach el Barscha schien das Verhör zu führen. Er befand sich jedenfalls in zorniger Erregung, denn er sprach so laut, daß ich jede Silbe verstehen konnte.

»Siehst du etwas, Sihdi?« fragte Omar.

»Ja,« antwortete ich leise. »Der Hadschi liegt gebunden auf dem Boden und wird jetzt eben verhört. Kommt her! Sobald ich den Laden zertrümmere, helft ihr mit und streckt dann die Mündungen eurer Gewehre hinein. Der Laden muß aber im Nu in Stücke gehen, damit sie nicht Zeit finden, sich an Halef zu vergreifen, ehe wir ihn schützen können. Und nun still!«

Ich horchte.

»Und wer hat dir gesagt, daß wir hier sind?« erkundigte sich Manach el Barscha.

»Suef hat es selbst gesagt,« antwortete Halef.

Ich sah den Genannten nicht; aber jetzt trat er von links herein. Er mochte in der Schlafstube gewesen sein.

»Hund, lüge nicht!« sagte er, indem er Halef einen Fußtritt versetzte.

»Schweig und schimpfe nicht!« antwortete der Kleine. »Hast du nicht in unserer Gegenwart zu dem Wirt in Rumelia gesagt, daß du nach dem Treska-Konak reiten wolltest?«

»Ja, aber ich habe nicht gesagt, daß sich auch diese Männer hier befinden werden.«

»Das konnten wir uns doch denken. Mein Effendi hat dir ja in Kilissely ins Gesicht gesagt, daß du schnell aufbrechen würdest, um ihnen zu folgen.«

»Der Scheïtan hole diesen Effendi! Wir werden ihm die Sohlen zerfleischen, damit er weiß, was ich heute empfunden habe. Ich kann kaum stehen.«

Er ließ sich neben Halef auf den Boden nieder.

»Wie aber habt ihr erfahren, wo der Treska-Konak liegt?« erkundigte sich Manach weiter.

»Wir haben gefragt; das versteht sich ja ganz von selbst.«

»Und warum bist du uns allein nachgeritten? Warum blieben die Andern zurück?«

Halef war doch so schlau gewesen, zu tun, als ob er sich allein hier befände. Er benahm sich überhaupt sehr gefaßt. Und das war auch nicht zu verwundern, denn er konnte sich sagen, daß die Sorge um ihn uns bald herbeiführen würde.

»Hat euch Suef denn nicht gesagt, daß mein Effendi in das Wasser gestürzt ist?«

»Ja, und hoffentlich ist er ersoffen!«

»Nein, diesen Gefallen hat er euch nicht getan. Er lebt noch, obgleich er krank geworden ist. Die Andern müssen ihn pflegen. Mich aber hat er vorausgeschickt, um euch zu beobachten. Wenn es möglich ist, kommt er morgen nach. Bis zum Abend ist er sicher hier, und dann wird er mich befreien.«

Sie lachten alle hellauf.

»Dummkopf!« rief Manach el Barscha. »Meinst du denn wirklich, daß du morgen abend noch unser Gefangener sein wirst?«

»So wollt ihr mich eher frei lassen?« fragte er mit dummer Miene.

»Ja, wir lassen dich eher frei. Wir werden dir erlauben, zu gehen, aber nur in die Hölle.«

»Ihr scherzet. Dorthin weiß ich den Weg gar nicht.«

»Mache dir keine Sorge. Wir werden ihn dir schon zeigen. Vorher aber müssen wir dir noch eine kleine Lehre geben, welche dir vielleicht nicht behagen wird.«

»O, ich pflege für jede Belehrung dankbar zu sein.«

»Wollen hoffen, daß dies auch hier der Fall ist. Wir wollen dich nämlich daran erinnern, daß es ein Gesetz gibt, welches heißt: Auge um Auge, Gleiches mit Gleichem. Ihr habt Habulam, Humun und Suef gepeitscht; gut, so wirst auch du die Bastonnade erhalten, und zwar so, daß dir die Fetzen von den Füßen fliegen. Ihr habt das Wasser auf den Turm gepumpt, damit wir ertrinken sollten; wohlan, wir werden auch dich unter Wasser setzen, so daß du elendiglich ersäufst, aber schön langsam, damit wir eine Freude daran haben. Wir werden dich in den Fluß hier hineinlegen, so daß nur deine Nase herausragt. Da magst du so lange Luft schnappen, wie es dir möglich ist.«

»Das werdet ihr nicht tun!« rief Halef in kläglichem Tone.

»Nicht? Warum sollten wir darauf verzichten?«

»Weil ihr gläubige Söhne des Propheten seid und einen Moslem nicht martern und ermorden werdet.«

»Geh zum Scheïtan mit deinem Propheten! Wir machen uns nichts aus ihm. Du sollst eines Todes sterben, welcher schlimmer sein wird, als die Verdammnis, in welche du sodann fährst.«

»Was habt ihr davon, wenn ihr mich tötet? Das böse Gewissen wird euch peinigen bis zu dem Augenblick, an welchem der Engel des Todes zu euch tritt.«

»Mit unserem Gewissen werden wir selbst fertig. Du fühlst wohl bereits jetzt die Angst des Todes? Ja, wenn du klug sein wolltest, so könntest du ihm noch einmal entgehen.«

»Was müßte ich tun?« fragte Halef schnell.

»Uns alles gestehen.«

»Was denn?«

»Wer dein Herr ist, was er von uns will und was er beabsichtigt, gegen uns zu tun.«

»Das darf ich nicht verraten.«

»So mußt du sterben. Ich hatte es gut gemeint. Wenn du aber meinen Fragen deinen Mund verschließest, so ist dein Schicksal entschieden.«

»Ich verstehe dich,« erwiderte Halef. »Du willst mich durch dein Versprechen täuschen. Wenn ich dann alles gesagt habe, so lacht ihr mich aus und haltet nicht Wort.«

»Wir werden Wort halten.«

»Schwörst du es mir zu?«

»Ich schwöre es dir zu bei allem, was ich glaube und verehre. Nun entschließe dich schnell, denn die Stimmung der Gnade hält bei mir nicht lange an.«

Halef tat so, als ob er ein kleines Weilchen nachdächte, und sagte dann:

»Was habe ich von dem Effendi, wenn ich tot bin? Gar nichts! Ich ziehe es vor, zu leben, und will euch also Auskunft erteilen.«

»Das ist dein Glück!« sagte Manach. »Also sage uns zunächst, wer dein Herr eigentlich ist?«

»Habt ihr denn nicht gehört, daß er ein Deutscher ist?«

»Ja, das hat man uns gesagt.«

»Und ihr glaubt es auch? Kann ein Deutscher alle drei Pässe von dem Großherrn haben mit dem Siegel des Wesirs darunter?«

»So ist er wohl gar nicht ein Nemtsche?«

»Das fällt ihm nicht ein!«

»Aber ein Giaur ist er?«

»Auch nicht. Er verstellt sich, damit man nicht ahnen soll, wer er ist.«

»Dann also heraus damit! Wer ist er?«

Halef machte ein überaus wichtiges Gesicht und antwortete:

»Seinem ganzen Auftreten nach müßt ihr doch einsehen,

daß er kein Kütschük jijit[1], sondern etwas ganz Außerordentliches ist. Ich habe schwören müssen, sein Geheimnis nicht zu verraten; aber wenn ich nicht spreche, so tötet ihr mich, und der Tod hebt alle Schwüre auf. So sollt ihr denn erfahren, daß er ein fremder Schahnameh[2] ist.«

»Hund! Willst du uns belügen?«

»Wenn ihr es nicht glaubt, so ist es nicht meine Schuld.«

»Soll er etwa gar ein Sohn des Großherrn sein!«

»Nein. Ich habe doch gesagt, daß er fremd sei.«

»Aus welchem Lande?«

»Aus Hindistan[3], welches jenseits Persien liegt.«

»Warum ist er nicht dort geblieben? Warum reitet er bei uns im Lande umher?«

»Um sich ein Weib zu suchen.«

»Ein – – Weib?« fragte Manach el Barscha, aber nicht etwa im Ton des Erstaunens, sondern mit einer Miene, welche ein Deutscher sehen läßt, wenn er das Wort »Aha!« ausruft.

Die Aussage des Hadschi erschien diesen Leuten gar nicht so unglaublich. Hunderte von morgenländischen Märchen behandeln das Thema von dem Fürstensohne, welcher unerkannt im Lande umherzieht, um sich die Schönste der Schönsten, welche natürlich stets die Tochter blutarmer Leute ist, zur Frau zu erkiesen. Dies konnte ja auch hier der Fall sein.

»Warum aber sucht er grad hier im Land der Skipetaren?« lautete die nächste Frage.

»Weil es hier die schönsten Töchter gibt und weil es ihm geträumt hat, daß er die Blume seines Harems hier finden werde.«

»So mag er nach ihr suchen! Aber was hat er sich um uns zu kümmern?«

Den Kleinen kitzelte der Schalk trotz der bösen Lage, in welcher er sich befand. Er antwortete im ernstesten Ton:

»Um euch? Das fällt ihm gar nicht ein. Er hat es nur mit dem Mübarek zu tun.«

[1] Kleiner Mann. [2] Königssohn. [3] Indien.

»Inwiefern?«

»Weil er im Traum den Vater der Schönsten gesehen hat und auch die Stadt, in welcher er ihn finden soll. Die Stadt ist Ostromdscha, und der Vater ist der alte Mübarek. Warum flüchtet sich derselbe vor meinem Herrn? Er mag ihm seine Tochter geben, so wird er als Kain ata[1] des reichsten indischen Fürsten große Macht erlangen.«

Da ertönte aus dem Nebenraum die schnarrende Stimme des Verwundeten:

»Schweig, du Sohn einer Hündin! Ich habe nie im Leben eine Tochter gehabt. Deine Zunge hängt voll Lügen, wie die Nessel voll von Raupen. Meinst du denn, ich wisse nicht, wer dein Herr ist, dem ich die Qualen der zehntausend Höllen wünsche? Trägt er nicht das Hamaïl noch heute an seinem Hals, obgleich er ein verfluchter Sohn der Ungläubigen ist? Ich habe es bisher verschwiegen, denn ich wollte die Rache allein genießen. Aber deine Lüge ist so groß, daß sie mir in den Ohren brennt. Ich muß nun sagen, was ich weiß, und darf nicht länger schweigen.«

»Was ist's, was ist's?« fragten die Andern.

»Wisset, ihr Leute, daß dieser Fremde nichts ist als ein verfluchter Riswaidschi[2] der Erazü mübarek[3]! Ich habe ihn in Mekka gesehen, in der Stadt der Anbetung. Er wurde erkannt; ich stand neben ihm und streckte die Hand zuerst nach ihm aus, aber der Scheïtan stand ihm bei, daß er entkam. Und dieser Hadschi Halef Omar war bei ihm und hat ihm geholfen, das größte Heiligtum der Moslemin mit dem Blick eines Christenhundes zu besudeln. Ich habe die Gesichter dieser beiden nie vergessen und sie wieder erkannt, als ich als Krüppel an der Straße von Ostromdscha saß und sie an mir vorüberritten. Laßt euch nicht mit frechen Lügen beträufeln, sondern nehmt fürchterliche Rache für diese Freveltat. Ich habe gesonnen und gesonnen, welche Strafe diese Frevler erleiden müssen, aber ich habe keine Züchtigung gefunden, welche mir groß genug erschien. Darum schwieg ich bis jetzt.«

[1] Schwiegervater. [2] Schänder. [3] Heilige Orte.

Er hatte schnell und übereifrig gesprochen, wie Einer, der im Fieber liegt. Dann stöhnte er laut, denn die Schmerzen seiner Wunde übermannten ihn. Es war ganz genau so, wie ich gesagt hatte: man hatte ihn im Schlafzimmer untergebracht.

Und nun wurde es plötzlich hell in mir. Also darum war mir sein hageres, charakteristisches Gesicht so bekannt gewesen! Darum war es mir wie träumend vorgekommen: ein Meer von Menschen, empört und erregt, und inmitten dieses Meeres diese eine Gestalt, die langen, dürren Arme nach mir ausstreckend und die Knochenfinger krallend, wie ein Raubvogel, welcher auf seine Beute schießt! In Mekka war es gewesen, wo ich ihn gesehen hatte. Sein Bild hatte sich, mir unbewußt, meinem Gedächtnis eingeprägt, und als ich ihn dann in Ostromdscha wiedersah, ahnte ich wohl, ihm schon einmal begegnet zu sein, konnte mich aber nicht des Ortes erinnern, an welchem dies geschehen war.

Nun verstand ich auch den haßerfüllten Blick, den er in Ostromdscha auf mich geworfen hatte, und die feindselige Art und Weise, in welcher ich von ihm behandelt worden war.

Seine Worte brachten die von ihm erwartete Wirkung hervor. Diese Menschen waren Verbrecher, aber sie waren auch Moslemim, und wenn Manach el Barscha auch gesagt hatte, daß er sich aus dem Propheten nichts mache, so war dies doch nicht wörtlich zu nehmen. Der Gedanke, ich sei ein Christ und habe die heilige Kaaba entweiht, rief ihre tiefste Empörung hervor. Und daß Halef sich bei mir befunden und also an dieser Todsünde teilgenommen hatte, das erfüllte sie mit einem Rachegefühl, welches für ihn weder Gnade noch Barmherzigkeit übrig ließ.

Kaum hatte der Mübarek ausgesprochen, so sprangen die am Tisch Sitzenden auf, und auch Suef schnellte vom Boden empor, wie von einer Natter gestochen.

»Lügner!« brüllte er, indem er mit dem Fuß nach Halef stieß. »Verdammter Lügner und Verräter seines eigenen

Glaubens! Hast du den Mut, zu sagen, daß der Mübarek nicht die Wahrheit gesprochen habe?«

»Ja, rede!« schrie auch einer der Aladschy. »Rede, oder ich zermalme dich hier zwischen diesen meinen Fäusten! Bist du in Mekka gewesen?«

Halef verzog keine Miene. Der kleine Hadschi war wirklich ein mutiger Mann. Er antwortete:

»Was regt ihr euch auf? Warum tut ihr, als ob der Raubvogel unter die Enten gefahren sei? Seid ihr Männer oder Kinder?«

»Mensch, beleidige uns nicht!« rief Manach el Barscha. »Deine Strafe wird schon ohnedies eine fürchterliche sein. Willst du sie noch entsetzlicher machen dadurch, daß du unsern Zorn verdoppelst? Antworte also: bist du in Mekka gewesen?«

»Muß ich denn nicht dort gewesen sein, da ich doch ein Hadschi bin?«

»Und war dieser Kara Ben Nemsi mit dir dort?«

»Ja.«

»Er ist ein Christ?«

»Ja.«

»Er ist also kein Königssohn aus Indien?«

»Nein.«

»So hast du uns belogen! Heiligtumsschänder! Das sollst du büßen, und zwar jetzt. Wir werden dich knebeln, daß du keinen Laut auszustoßen vermagst, und dann soll die Marter beginnen. Konakdschi, gib etwas her, womit wir ihm den Mund verstopfen.«

Der Wirt ging und kehrte im Augenblick mit einem Tuche zurück.

»Sperre das Maul auf, Hund, daß wir dir den Knebel hineinschieben!« gebot Barud el Amasat, das Tuch nehmend und sich zu Halef niederbeugend. Und da der Hadschi diesem Befehle nicht Folge leistete, fügte er hinzu: »Oeffne, sonst breche ich dir die Zähne mit der Klinge auseinander!«

Er kniete neben dem Hadschi nieder und riß sein Messer

aus dem Gürtel. Jetzt war es die höchste Zeit, der Sache ein Ende zu machen.

»Schlagt zu!« sagte ich.

Ich hatte den umgekehrten Stutzen bereits stoßbereit in die Hände genommen. Ein Hieb, und zwei Bretter des Ladens flogen in die Stube. Zu beiden Seiten von mir schlugen auch Osko und Omar zu, so daß die andern Teile des Ladens nachfolgten. Im Nu hatten wir die Gewehre umgedreht und die Mündungen derselben nach der Stube gerichtet.

»Halt! Rührt euch nicht, wenn ihr nicht unsere Kugeln haben wollt!« rief ich hinein.

Barud el Amasat, welcher sein Messer über das Gesicht Halefs gehalten hatte, fuhr in die Höhe.

»Der Deutsche!« rief er erschrocken.

»Sihdi!« rief Halef. »Schieß' sie nieder!«

Aber zu schießen wäre Unsinn gewesen, da es keine Ziele für unsere Kugeln mehr gab. Kaum hatten nämlich die Wichte meine Worte gehört und mein Gesicht gesehen, welches sie bei dem Scheine des Lichtes erkennen konnten, so rissen sie ihre Gewehre von dem Haken und rannten zur Stube hinaus, der Wirt mit ihnen.

»Hinein zu Halef!« gebot ich Omar und Osko. »Bindet ihn los! Löscht aber das Licht aus, damit ihr nicht etwa den feindlichen Kugeln ein Ziel bietet. Bleibt ruhig in der Stube, bis ich komme!«

Sie gehorchten sofort.

»Du kannst mich hier erwarten,« sagte ich zu dem Schäfer und eilte der Mauer entlang nach der Ecke, um welche wir vorhin gekommen waren, und huschte dann zwischen den jungen Fichten und dem Hause bis an die vordere Seite desselben.

Was ich vermutet hatte, geschah. Ich sah trotz der Dunkelheit mehrere Gestalten auf mich zukommen und trat schnell zurück, um mich unter die niedersten Aeste der Fichten zu verkriechen. Kaum lag ich da, so kamen sie: Manach, Barud, die Aladschy, Suef und der Wirt.

»Vorwärts!« kommandierte Barud leise. »Sie stehen noch

am Laden. Das Licht muß aus der Stube auf sie fallen und sie beleuchten. Wir sehen sie also und schießen sie nieder.«

Er war der Vorderste von ihnen. Als er die Ecke erreichte und an der hintern Seite des Hauses hinabblicken konnte, blieb er stehen.

»Verdammt!« sagte er. »Man sieht nichts. Das Licht ist fort. Was ist zu tun?«

Es trat eine Pause ein.

»Wer kann das Licht ausgelöscht haben?« fragte endlich Suef.

»Vielleicht hat es einer von uns während der Flucht vom Tische gerissen,« antwortete Manach.

»Verdammt!« knirschte auch einer der Aladschy. »Dieser Deutsche steht wirklich mit dem Teufel im Bund. Kaum meinen wir, ihn oder einen seiner Leute fest zu haben, so zerrinnt er wie Nebel. Nun stehen wir da und wissen nicht, was wir tun sollen.«

In diesem Augenblick ließ sich von daher, wo der Schäfer stand, ein leises Husten hören. Er hatte den Hustenreiz nicht unterdrücken können.

»Hört ihr es? Er steht wirklich noch dort,« meinte Manach.

»So geben wir ihm eine Kugel,« sagte Sandar, der Aladschy.

»Nieder mit der Flinte!« gebot Manach. »Du kannst ihn nicht sehen, und wenn du schießest, so triffst du ihn nicht, aber du verrätst ihm unsere Anwesenheit. Es muß etwas Anderes geschehen. Konakdschi, kehre in das Haus zurück, und berichte uns, wie es drinnen steht.«

»Alle Teufel!« antwortete der Wirt bedenklich. »Soll ich mich für euch niederschießen lassen?«

»Sie werden dir nichts tun. Du sagst, daß wir dich gezwungen haben. Du schiebst alles auf uns. Sie konnten ja auf uns in der Stube schießen, haben es aber nicht getan. Daraus magst du ersehen, daß sie uns nicht nach dem Leben trachten. Also geh', und laß uns nicht lange auf dich warten.«

Der Wirt entfernte sich. Die Andern flüsterten leise zusammen. Es dauerte nicht lange, so kehrte er zurück.

»In das Haus könnt ihr nicht,« meldete er; »denn sie haben die Stube besetzt.«

Sie berieten sich eine Weile, ob sie fliehen oder bleiben sollten. Noch bevor sie einen Entschluß gefaßt hatten, geschah etwas, was selbst mir überraschend vorkam. Man hörte nämlich taktmäßige Schritte sich von hinten dem Hause nahen, und eine gedämpfte Stimme kommandierte:

»Dur! Askerler, tüfenkler dolduryniz – – halt! Soldaten, ladet die Gewehre!«

Das war die Stimme des Hadschi, wie ich zu meinem Erstaunen hörte.

»Scheïtan!« flüsterte der Wirt. »Habt ihr es gehört? Es sind Soldaten da. Und war es nicht der kleine Halef, welcher kommandierte?«

»Ja, er war es ganz gewiß,« antwortete Barud el Amasat. »Er ist losgebunden worden und durch das Fenster gesprungen, um die Soldaten herbei zu holen, welche sein Herr mitgebracht hat. Das können nur Truppen aus Uskub sein. Woher mag er diese Leute so schnell bekommen haben!«

»Der Scheïtan sendet ihnen von allen Seiten Hilfe!« zischte Manach el Barscha. »Unseres Bleibens ist hier nicht. Horcht!«

Wieder tönte die Stimme des Hadschi:

»Duryn bunda! Araschtyrarim – Wartet hier! Ich werde rekognoszieren.«

»Wir müssen fort,« flüsterte Manach. »Wenn der Hadschi aus der Stube fort ist, so sind auch die Andern nicht mehr drin. Gehe schnell hinein, Konakdschi! Sind sie nicht mehr dort, so bringst du den Mübarek heraus. Sein Fieber mag noch so heftig sein – er muß auch verschwinden. Wir holen unterdessen unsere Pferde. Du triffst uns rechts von der Furt unter den vier Kastanien. Aber schnell, schnell! Es ist kein Augenblick zu verlieren.«

Die Andern schienen hiemit einverstanden zu sein und huschten fort. Jetzt galt es für mich, noch vor ihnen die Kastanien zu erreichen. Ich war mit der Oertlichkeit nicht vertraut, wußte aber nun, daß diese Bäume zur rechten Seite der

Furt ständen, und da ich an dieser vorübergekommen war, so hoffte ich, das Stelldichein leicht zu finden.

Das Gewehr, welches ich bei mir hatte, ließ ich einstweilen hier unter den Fichten liegen, da es mir leicht hinderlich werden konnte.

Ich hörte eine Türe knarren, jedenfalls die Stalltüre, und eilte nun, so schnell ich konnte, nach der Furt. Bei derselben angekommen, wendete ich mich nach rechts und war kaum gegen vierzig Schritte gegangen, als ich mich bei den vier Bäumen befand. Sie waren dicht belaubt. Zwei von ihnen trugen ihre Krone hoch; bei den andern reichten die untersten Aeste so weit herab, daß ich sie beinahe mit den Händen erreichen konnte. Ich umfaßte den einen Stamm; einige Griffe, einen Schwung, und ich saß oben auf einem Ast, welcher stark genug war, mehrere Männer von meinem Gewicht zu tragen. Kaum hatte ich mich gesetzt, so hörte ich nahende Pferdeschritte. Die Flüchtigen hatten ihre Tiere am Zügel und nahmen unter mir Posto. Und da führte auch schon der Wirt den Mübarek herbei. Vom Hause her hörte man Halefs Stimme:

»Kapudan itschine giririz. Mahazzalar partschalarsiz, atmalerimiz ejer itschitirsiz – wir gehen hinein. Schlagt die Läden ein, wenn ihr unsere Schüsse hört!«

»Allah sucht mich schwer heim,« klagte leise der Mübarek. »Mein Leib ist wie Feuer, und meine Seele lodert wie eine Flamme. Ich weiß nicht, ob ich reiten kann.«

»Du mußt!« antwortete Manach. »Auch wir hätten gern geruht, aber diese Teufel hetzen uns von Ort zu Ort. Wir müssen fort, und doch ist es für uns notwendig, zu wissen, was hier heute noch geschieht. Konakdschi, du wirst uns einen Boten nachsenden.«

»Wo wird er euch treffen?«

»Irgendwo auf dem Weg zur Höhle des Köhlers. Du aber mußt diese Fremden auf unsere Spur lenken. Du mußt ihnen sagen, daß wir zu Scharka reiten wollen. Sie werden uns ganz gewiß folgen und dann sind sie verloren. Wir werden ihnen am Scheïtan kajaji auflauern. Dort können sie weder rechts noch links ausweichen und müssen uns in die Hände laufen.«

»Und wenn sie uns trotz alledem entgehen?« fragte Bybar, der andere Aladschy.

»So fallen sie beim Köhler desto sicherer in unsere Hände. Der Konakdschi mag ihnen von den Schätzen der Höhle erzählen, wie er es all den Andern erzählt hat, welche in die Falle gegangen sind. Es müßte die ganze Hölle mit ihnen im Bunde stehen, wenn sie die Ip merdiwani[1] fänden, welche empor in die hohle Eiche führt. Das Pferd des Deutschen wird freilich Karanirwan für sich haben wollen. Das Andere aber teilen wir unter uns, und ich denke, daß wir zufrieden sein werden. Ein Mensch, welcher solche Reisen macht und ein solches Pferd besitzt, wie dieser Deutsche, muß sehr viel Geld bei sich haben.«

Da befand er sich freilich in einem außerordentlichen Irrtum. Mein ganzer Reichtum bestand augenblicklich in dem, was ich von ihm hörte. Ich wußte nun, daß Karanirwan der Schut sei. Ich wußte auch, daß die Opfer des Köhlers durch gewisse Schilderungen des Konakdschi in die Höhle gelockt worden waren. Und ich wußte, daß diese Höhle einen zweiten Ein- oder auch Ausgang hatte, welcher in eine hohle Eiche emporführte. Diese Eiche hatte jedenfalls einen bedeutenden Umfang und eine entsprechende Höhe und mußte also so in die Augen fallen, daß sie nicht schwer zu finden war.

Weiter bekam ich nichts mehr zu hören. Der Wirt war voll von Angst und mahnte zum Aufbruch. Die Männer bestiegen ihre Pferde; dem stöhnenden Mübarek wurde in den Sattel geholfen, und bald hörte ich das Plätschern, als sie durch die Furt ritten. Nun stieg ich vom Baum und ging nach dem Hause zurück. Ich wußte nicht, was besser sei, einzutreten oder erst durch den eingeschlagenen Laden zu schauen; da aber vernahm ich Halefs laute Stimme in dem Hause und ging also hinein.

Eigentlich trat man durch die Türe sofort in das große Verkehrszimmer, doch war eine Rutenwand vorgestellt worden, um diesen Raum gegen den direkten Zug zu schützen. Noch

[1] Strickleiter.

hinter derselben stehend, hörte ich Halef in strengstem Ton sagen:

»Ich verbiete dir, dich des Nachts draußen herum zu treiben, während so glorreiche Männer, wie wir sind, hier stehen, um mit dir zu sprechen. Du bist der Wirt dieses armseligen Konak und hast deine Gäste zu bedienen, damit sie sich wohl befinden zwischen deinen drei oder vier morschen Pfählen. Wenn du diese deine Pflicht versäumst, so werde ich sie nachdrücklich dir zum Bewußtsein bringen. Wo kommst du her?«

»Ich war draußen, um heimlich zu beobachten, wohin sich die Männer wenden würden, welche vorhin so ruchlos über dich hergefallen sind,« antwortete der Wirt, welcher natürlich sofort in das Haus zurückgekehrt war.

Nun trat ich bis an den Rand der Scheidewand vor und blickte in die Stube. Da lagen fünf oder sechs Personen gebunden am Boden, von Osko und Omar bewacht, welche sich auf ihre Gewehre stützten. Daneben stand Halef, mit herausgedrückter Brust, in majestätischer Haltung, und vor ihm der Wirt in demütiger Stellung, und neben demselben eine alte Frau, welche mehrere Stricke in den Händen hielt. Der kleine Hadschi befand sich wieder einmal in der ihm so willkommenen Lage, sich das Ansehen eines bedeutenden Mannes zu geben.

»So!« sagte er. »Jetzt nennst du es ruchlos; vorher aber hattest du deine Freude daran.«

»Das war Verstellung, Herr. Ich mußte so tun, um die Schurken nicht noch mehr zu erzürnen. Im Stillen jedoch war ich fest entschlossen, alles zu wagen, um dich aus ihren Händen zu befreien.«

»Das klingt sehr schön. Du willst wohl damit sagen, daß du nicht ihr Verbündeter bist?«

»Ich kenne sie gar nicht.«

»Und doch nanntest du sie alle bei ihren Namen!«

»Die wußte ich, weil sie sich bei denselben nannten. Ich freue mich, daß die Sache so gut abgelaufen ist.«

»O, sie ist noch lange nicht abgelaufen, sondern sie wird

erst richtig beginnen, soweit es nämlich dich betrifft. Ueber deine Schuld oder Unschuld zu entscheiden, verträgt sich nicht mit meiner Würde. Ich mag mit Leuten deines Gelichters gar nicht in Berührung kommen und werde den Effendi beauftragen, dich ins Verhör zu nehmen und mir dann Bericht zu erstatten. Von seinem Entschluß und von meiner Genehmigung wird es dann abhängen, was mit euch geschehen soll. Einstweilen wirst du dich binden lassen, damit wir von deiner liebevollen Anhänglichkeit überzeugt sein können.«

»Binden? – Warum?«

»Ich habe es dir soeben gesagt: damit du nicht auf den Gedanken kommen kannst, plötzlich eine Vergnügungsreise zu unternehmen. Hier steht dein Weib, die freundliche Gefährtin deiner Tage. Sie hat sich bereit finden lassen, diesen Andern hier die Schlingen anzulegen, und sie wird nun auch dir mit Vergnügen den Strick, welcher eigentlich um deinen Hals gehört, um die Hände und Füße binden. Dann werden wir beraten, wie es möglich sei, die Einquartierung unterzubringen, welche draußen auf uns wartet. Ich befürchte, daß diese Räume nicht ausreichend sind für die Aufnahme so vieler Soldaten. Strecke also deiner liebevollen Houri die Hände hin, damit sie dieselben miteinander vereinige!«

»Herr, ich habe doch nichts verschuldet! Ich kann nicht dulden – –«

»Schweig!« unterbrach ihn Halef. »Was du dulden willst oder nicht, das geht mich gar nichts an. Jetzt habe ich hier zu befehlen, und wenn du nicht augenblicklich gehorchst, so bekommst du Hiebe.«

Er hob die Peitsche empor. Vorhin hatte ich sie mit seinen Pistolen und dem Messer auf dem Tisch liegen sehen, denn er war entwaffnet worden, hatte aber diese Gegenstände wieder an sich genommen. Osko und Omar stießen die Gewehre drohend auf den Boden, und der Wirt streckte seiner Frau die Hände hin, um sich dieselben binden zu lassen. Dann mußte er sich zur Erde legen, worauf ihm auch die Füße gefesselt wurden.

»So ist's recht, du Wonne meines Lebens!« belobte Halef

die Alte. »Du hast das gute Teil erwählt, indem du dich entschlossest, mir ohne Murren zu gehorchen. Darum sollen deine Hände und Füße von keinem Strick berührt werden, sondern du sollst deine Fittiche frei schwingen können über das Haus, welches Allah mit deiner Lieblichkeit beglückte. Nur versuche ja nicht, die Fesseln dieser Leute zu berühren, denn das würde Folgen nach sich ziehen, durch welche die Zartheit deiner Vorzüge leicht beschädigt werden könnte. Setze dich in die Ecke dort, und ruhe in stiller Beschaulichkeit von den Mühseligkeiten deiner irdischen Laufbahn aus. Wir werden indessen eine amtliche Beratung abhalten, ob wir euer Haus in die Luft sprengen oder durch das Feuer verzehren lassen.«

Sie gehorchte, sich langsam in die Ecke schleichend, und Halef wendete sich nun der Türe zu, jedenfalls um nach mir zu forschen. Als ich jetzt vortrat und er mich erblickte, fiel es ihm gar nicht ein, ein Wort der Entschuldigung seiner Unvorsichtigkeit zu sagen oder wenigstens durch die Miene zu zeigen, daß er einsehe, gefehlt zu haben, sondern er meldete mir in höchst wichtigem Ton:

»Du kommst, Effendi, um dich nach den Ergebnissen unsers glorreichen Feldzuges zu erkundigen. Da sieh her: sie liegen vor dir auf der Erde und sind bereit, Leben oder Tod aus unsern Händen zu empfangen.«

»Komm heraus!«

Ich sagte das so kurz und gemessen, daß sein Gesicht sich sogleich bedeutend in die Länge zog. Er folgte mir hinaus vor das Haus.

»Halef,« wendete ich mich dort an ihn, »ich habe dich herausgerufen, um dich nicht vor den Leuten zu beschämen, denen gegenüber du den Herrscher spielst, und hoffe, daß du diese Rücksichtsnahme anerkennst.«

»Effendi,« antwortete er bescheiden, »ich erkenne sie an; aber du wirst auch mir zugeben, daß ich meine Sache ausgezeichnet gemacht habe.«

»Nein, das kann ich gar nicht sagen. Du hast eigenmächtig gehandelt und unsere Gegner dadurch vertrieben, was mir einen Strich durch meine Rechnung machte. Willst du denn nicht endlich einmal einsehen, daß du stets den Kürzern ziehst, wenn du gegen meine Wünsche und Warnungen handelst? Du bist mit einem blauen Auge weggekommen, weil wir dich zur rechten Zeit gerettet haben. Doch es ist geschehen, und es nützt nun nichts, Vorwürfe anzuhäufen. Erzähle mir also den Verlauf deines berühmten Unternehmens.«

»Hm!« brummte er kleinlaut. »Der Verlauf war ein sehr schneller. Unser Wirt hatte das Haus beschrieben, und ich wußte also, wo die Leute zu suchen seien. Ich schlich mich herbei und blickte durch das Astloch. Da sah ich sie alle sitzen, den Mübarek ausgenommen. Sie unterhielten sich sehr angelegentlich, aber ich konnte nur hier und da ein einzelnes Wort verstehen. Das genügte mir nicht, und darum beschloß ich, in die Schlafstube nebenan, deren Laden offen stand, zu steigen.«

»Du erwartetest, daß sich niemand in derselben befinden werde?«

»Sehr natürlich!«

»Das ist keineswegs sehr natürlich. Frage die Gefährten; sie werden dir bestätigen, daß ich mit großer Bestimmtheit behauptet habe, der kranke Mübarek liege in der Stube.«

»Ja, davon habe ich leider nichts gehört, sonst hätte ich mich gehütet, so mit beiden Füßen zugleich in diese häßliche Pfütze zu springen. Ich habe mich dabei ganz leidlich vollgespritzt; das muß ich ja zugeben. Es war gar nicht angenehm. Und als gar Barud el Amasat das Messer über mir zückte, um mir mit demselben den Mund zu öffnen, da hatte ich ein Gefühl, ein Gefühl, hm, als ob mir so recht hübsch langsam das Rückgrat aus dem Leibe gezogen würde. Es gibt in diesem Erdenleben Augenblicke, in denen man sich nicht ganz so behaglich fühlt, wie man es wünschen möchte. Ich hielt die Kammer für leer, war aber trotzdem so vorsichtig, erst eine Weile an dem offenen Laden zu horchen, ob vielleicht etwas zu vernehmen sei. Da sich nichts regte, stieg ich durch das Fenster ein und ließ mich innen recht vorsichtig und leise hinab. Ich bekam auch ganz glücklich, ohne ein Geräusch verursacht zu haben, den Boden unter die Füße und wollte nun nach der Scheidewand schlüpfen, hinter welcher sich die Burschen befanden, die ich belauschen wollte. Aber die Unverständigkeit des Schicksals legt dem besten Menschen Hindernisse in den Weg, und grad dann und da, wann und wo er sie am wenigsten braucht. Ich stolperte über einen Körper, der mir im Weg lag. Ob der Kerl geschlafen hat oder nicht, das kann ich nicht sagen; aber er hatte mich ruhig einsteigen lassen und keinen Laut von sich gegeben. Jetzt faßte er mich am Bein und brüllte, als ob er sämtliche Tote des Erdkreises aufwecken wolle. Ich stürzte, aber nicht gleich, zu Boden, denn ich griff in die Luft, um mich an irgend etwas festzuhalten, und erwischte ein Brett, welches nicht genügend an die Wand befestigt war. Ich riß es mit allem, was darauf stand, herab und fiel dann hin. Da gab es einen fürchterlichen Lärm. Die Kerle sprangen aus der Stube herbei, und ehe ich mich aufraffen konnte, hatten sie mich fest gepackt. Der Wirt holte schnell zwei Leinen herbei, und ich wurde gebunden, in die Stube geschleppt und ausgefragt. Ich sollte sagen, wer und was du seist, und habe ihnen gestanden, daß – –«

»Daß ich ein indischer Königssohn bin und mir hier eine Frau suche. Das habe ich gehört, du unverbesserlicher Flunkerer. Jetzt wollen wir wieder in die Stube gehen.«

»Willst du denn nicht erfahren, was ich getan habe, nachdem ich von den Fesseln befreit war?«

»Das kann ich mir selbst sagen. Du glaubtest, ich sei in Gefahr und hast Osko und Omar veranlaßt, gegen meinen Befehl zu handeln. Ihr seid aus dem Fenster gestiegen und habt euch eine Strecke vom Hause entfernt, um Soldaten zu spielen.«

»Ja, aber das habe ich nicht ohne guten Grund getan. Ich habe einmal das Anschleichen nach deiner Art und Weise versucht. Ich legte mich auf die Erde und kroch nach der Ecke, denn ich erfuhr, daß du dich dorthin begeben hattest. Dort standen die Kerle. Ich kam so nahe an sie, daß ich sie flüstern hörte, wenn ich auch nicht die Worte verstehen konnte. Das vermehrte meine Besorgnis, und so beeilten wir uns, die Soldaten aufmarschieren zu lassen. Wir stampften im Takt den Boden, und Osko und Omar stießen dazu ihre Kolben kräftig auf. Unser Wirt, der Schäfer, half auch mit.«

»Wo befindet er sich jetzt?«

»Ich habe ihn nach Hause geschickt. Er ist der Nachbar des Konakdschi und soll von diesem nicht gesehen werden, um nicht später unter dessen Feindschaft und Rache zu leiden.«

»Das ist noch das Klügste, was du heute abend getan hast.«

»War es denn nicht auch klug, daß wir, als der Weg frei war, in das Haus gingen und die alte Wirtin zwangen, alle ihre Leute zu binden?«

»Ich kann nicht sagen, daß du da als Ausbund von Weisheit gehandelt hast.«

»Diesen Leuten gehört nicht mehr. Ich sage dir, sie sind alle mit unsern Feinden einverstanden.«

»Das weiß ich und darum werde ich sie wenigstens für heute Nacht unschädlich machen; sie würden sonst sofort den Entflohenen einen Boten nachsenden. Komm also herein!«

Wir kehrten in die Stube zurück, wo der Wirt, wie sein Gesichtsausdruck mich vermuten ließ, meinem Erscheinen mit Bangigkeit entgegengesehen hatte.

Halef mochte vielleicht meinen, die Leute hätten erraten, daß ich vorhin beabsichtigte, ihm eine Rüge zu erteilen. Um sein Ansehen zu behaupten, trat der unverbesserliche Prahlhans zu dem Wirt und sagte:

»Der Kriegsrat, welchen wir draußen gehalten haben, ist beendet. Ich bin mit dem Entschluß unsers weisen Effendi einverstanden, und so werdet ihr jetzt euer Schicksal aus seiner Hand empfangen.«

Am liebsten hätte ich ihm eine kleine Ohrfeige verabreicht; er verließ sich doch allzusehr auf meine Zuneigung. Ich begnügte mich, ihm einen zornigen Blick zuzuwerfen, und nahm den Wirt ins Verhör, dessen Ergebnis ein negatives war. Er leugnete jegliches Einverständnis mit den Entflohenen kurzweg.

»Herr, ich bin unschuldig,« beteuerte er. »Frage mein Weib und auch meine Leute, sie werden dir genau dasselbe sagen.«

»Natürlich, denn sie sind ja instruiert. Gibt es in deinem Hause einen Raum, in welchem man etwas fest und sicher verschließen kann?«

»Ja, das würde der Keller hinter uns sein. Die Türe ist dort in der Ecke, wo meine Frau sitzt.«

Der Fußboden bestand aus festgestampftem Lehm. Der Teil desselben aber, auf welchem die Frau saß, war mit einer Bretterdiele belegt, und da gab es eine mit einem wirklichen Schloß versehene Falltüre. Die Wirtin hatte den Schlüssel in der Tasche, sie mußte ihn hergeben, und ich öffnete. Eine Leiter führte hinab. Ich nahm das Licht, stieg hinunter und sah einen ziemlich großen, viereckigen Raum, in welchem allerlei Feldfrüchte lagen. Ich kehrte wieder nach oben zurück und ließ dem Wirt die Stricke abnehmen.

»Steig hinab!« gebot ich ihm.

»Was soll ich da unten tun?«

»Wir werden eine Kellerversammlung veranstalten, weil man da unten am ungestörtesten beraten kann.«

Als er noch zögerte, zog Halef die Peitsche aus dem Gürtel. Jetzt bequemte sich der Wirt zum Hinabsteigen. Die Andern mußten ihm alle auch folgen, nachdem wir sie von den Fesseln befreit hatten. Zuletzt stieg die Frau hinab, und wir zogen die Leiter empor. Dann wurden die in der Schlafstube befindlichen Kissen und Decken herbeigeholt und ihnen hinabgeworfen, und endlich erklärte ich ihnen:

»Jetzt könnt ihr die Beratung da unten beginnen. Ihr mögt also überlegen, ob ihr mir bis morgen früh alles aufrichtig gestehen wollt. Und damit es euch nicht einfällt, den Beratungsraum auf irgend eine Weise zu verlassen, will ich euch sagen, daß wir hier auf der Türe wachen werden.«

Sie hatten sich bisher schweigsam verhalten; nun aber protestierten sie laut; doch wir schnitten den Einspruch ab, indem wir die Türe zuwarfen und verschlossen. Den Schlüssel steckte ich ein. Halef und Osko blieben als Wachen da.

Mit Omar kehrte ich ins Haus des Schäfers zurück, der in großer Neugierde auf uns gewartet hatte. Er erfuhr so viel, als wir für angemessen hielten, ihm anzuvertrauen; dann begaben wir uns zur Ruhe.

Nach der Anstrengung in den letzten Tagen war unser Schlaf so tief, daß wir wohl erst am späten Vormittag aufgewacht wären. Doch hatte ich unsern Wirt gebeten, uns bei Tagesanbruch zu wecken.

Als wir dann nach dem Konak gingen, fanden wir die Türe von innen verriegelt. Halef und Osko schliefen noch, und wir mußten klopfen. Sie hatten sich ein Lager aus Heu und Stroh auf der Kellertüre bereitet und teilten uns mit, daß die Gefangenen sich sehr ruhig verhalten hätten. Als die Kellertüre geöffnet und die Leiter hinabgegeben worden war, stieg der Konakdschi mit den Seinen herauf. Die Gesichter, welche wir zu sehen bekamen, waren wirklich zum Malen. Es stand auf allen der intensivste Grimm geschrieben, obwohl Jeder und Jede sich zu beherrschen suchte. Der Wirt wollte mit Vorwürfen und Verteidigungen beginnen; ich schnitt ihm aber die Rede durch die Worte ab:

»Wir haben nur mit dir zu verhandeln; komm in die hintere Stube. Die Andern mögen sich an ihr Tagewerk begeben.«

Diese Andern waren im nächsten Augenblick verschwunden. Als wir dann in der Stube saßen, stand der Konakdschi mit einem Armensündergesicht vor uns.

»Du hast während der ganzen Nacht Zeit gehabt, nachzudenken, ob du uns ein offenes Geständnis ablegen willst,« begann ich. »Wir erwarten deine Antwort.«

»Herr,« meinte er, »ich habe gar nicht nötig gehabt, nachzudenken. Ich kann doch nichts weiter sagen, als daß ich unschuldig bin.«

Nun erging er sich in den einzelnen Vorfällen der verflossenen Nacht und wußte denselben die beste Seite für sich abzugewinnen. Er hatte während der Nacht seine Verteidigung reiflich überlegt und führte sie nun mit Geschick durch. Um ihn zu täuschen, sagte ich endlich:

»Wie mir jetzt scheint, haben wir dich allerdings ohne Grund im Verdacht gehabt und ich bin erbötig, dir jede angemessene Genugtuung zu geben.«

»Herr, ich verlange nichts. Es genügt mir, zu hören, daß du mich für einen ehrlichen Mann hältst. Du bist hier fremd im Lande und kennst die Verhältnisse desselben nicht. Da ist es kein Wunder, wenn du einen solchen Fehler begehst. Auch deine Leute sind nicht von hier, wie es scheint. Da wäre es sehr geraten, dir für deine Weiterreise einen Mann zu nehmen, wenigstens von Zeit zu Zeit, auf welchen du dich in solchen Lagen vollständig verlassen könntest.«

Aha! Jetzt war er bei dem beabsichtigten Thema angekommen. Ich ging auf dasselbe ein, indem ich antwortete:

»Du hast recht. Ein zuverlässiger Führer ist viel wert. Aber eben weil ich ein Fremder bin, ist es nicht geraten, mir einen solchen zu nehmen.«

»Warum?«

»Weil ich die Leute nicht kenne. Wie leicht könnte ich einen Menschen anwerben, der mein Vertrauen nicht verdient!«

»Das ist freilich wahr.«

»Wüßtest du einen zuverlässigen Führer für mich?«

»Vielleicht. Ich müßte natürlich erfahren, wohin ihr wollt.«

»Nach Kakandelen.«

Das war nicht wahr, aber ich hatte meine Absicht, so zu sagen. Er machte auch sogleich ein enttäuschtes Gesicht und sagte rasch:

»Das hätte ich nicht erwartet, Herr.«

»Warum nicht?«

»Weil ich gestern hörte, daß ihr nach einer ganz andern Richtung reiten wolltet.«

»Welche wäre das?«

»Hinter den fünf Reitern her.«

»Ah so! Aber wer hat es dir gesagt?«

»Sie haben es erwähnt, als sie von euch sprachen. Sie sagten, ihr hättet sie schon seit langer Zeit verfolgt.«

»Das gebe ich zu; aber es ist nicht meine Absicht, es länger zu tun.«

»So mußt du einen sehr triftigen Grund haben, Herr, dich so plötzlich anders zu entschließen?« fragte er in vertraulichstem Ton.

»Ich bin es müde geworden,« erwiderte ich, »hinter Leuten herzulaufen, welche mir doch immer wieder entgehen. Man kommt dabei in Unannehmlichkeiten und begeht Fehler, die man nicht verantworten kann. Das hast du ja wohl selbst erfahren.«

»O, von gestern wollen wir ja gar nicht mehr sprechen. Was geschehen ist, das ist vergessen und vergeben. Diese fünf Männer müssen dich doch tief beleidigt haben?«

»Außerordentlich.«

»Nun, da du ihnen schon so lange gefolgt bist, so wäre es Torheit, wenn du jetzt von ihnen ablassen wolltest, eben jetzt, wo es gewiß ist, daß du dich ihrer bemächtigen könntest, wenn du nur ernstlich wolltest.«

»Woher weißt du das?«

»Ich schließe es aus dem, was ich von ihnen erlauschte. Du weißt doch wohl, wohin sie reiten wollen?«

»Woher sollte ich das wissen? Eben diese Unkenntnis ist ein Grund, auf die weitere Verfolgung zu verzichten. Sie sind mir gestern abermals entkommen, ich weiß nicht, wohin. Nun muß ich suchen, forschen und mich erkundigen, und bevor ich etwas Gewisses erfahre, sind sie längst über alle Berge. Da kehre ich lieber wieder um.«

Jetzt nahm er eine geheimnisvolle Miene an und sagte:

»Du wirst jetzt erfahren, daß ich nicht rachsüchtig bin, Effendi. Ich werde dir einen großen Dienst erweisen, indem ich dir sage, wo du diese Leute treffen kannst.«

»Ah, du weißt es! Wohin sind sie denn geritten?«

»Von hier nach Glogovik. Sie fragten mich, wie weit es bis dorthin sei, und ich habe ihnen den Weg beschreiben müssen.«

»Das ist ja prächtig!« rief ich erfreut. »Diese Nachricht ist mir freilich höchst wichtig. Da reiten wir heute noch nach

Glogovik. Aber ob wir dort erfahren, wohin sie weiter geritten sind?«

»Danach brauchst du dort gar nicht zu fragen, weil ich es schon weiß.«

»So sind sie doch ganz außerordentlich mitteilsam gegen dich gewesen!«

»O nein; ich habe alles nur erlauscht.«

»Desto besser, denn da brauche ich nicht zu denken, daß sie dich absichtlich täuschen wollten. Also, wohin trachten sie?«

»Nach Fandina. Dieser Ort liegt jenseits des Drin. Dort wollen sie einige Zeit verweilen, und da kannst du dich ihrer bemächtigen.«

Es war mir klar, daß diese Richtung nach Fandina erlogen sei; dennoch sagte ich:

»Ist dir vielleicht der Weg von Glogovik nach Fandina bekannt?«

»Sehr gut sogar. Ich stamme aus jener Gegend. Ihr kommt durch höchst interessante Gegenden, zum Beispiel zu dem berühmten Teufelsfelsen.«

»Warum führt er diesen Namen?«

»Du bist ein Christ und wirst also wissen, daß Isa Ben Mariam[1] von dem Scheïtan versucht wurde. Diesem gelang sein Vorhaben nicht, er machte sich von dannen und hielt seine erste Rast an jenem Felsen. Voll des höllischen Grimmes schlug er in seinem Zorn mit der Faust auf den Berg, daß die gewaltige Felsenmasse mitten auseinander borst. Durch die dadurch entstandene Spalte führt jetzt der Weg, auf welchem ihr reiten müßt.«

»Das ist Sage?«

»Nein, es ist die Wahrheit. Darum wird jener Felsen der Felsen des Teufels genannt.«

»So bin ich neugierig, ihn zu sehen.«

»Sodann kommst du in dichten Wald, wo zwischen Felsen die berühmte Dschewahiri maghara[2] liegt.«

[1] Jesus. [2] Juwelenhöhle.

»Was hat es mit ihr für eine Bewandtnis?«

»Eine Fee liebte einen Sterblichen. Der Herr des Feenreiches hatte Mitleid mit den Qualen ihrer Liebe und erlaubte ihr, dem Geliebten anzugehören, doch müsse sie auf ihre Vorzüge verzichten, menschliches Wesen annehmen und auch sterben. Sie willigte ein und durfte nun zur Erde nieder; auch wurde ihr erlaubt, alle ihre Juwelen mitzunehmen. Aber als sie zur Erde kam, war ihr inzwischen der Geliebte untreu geworden, und aus Gram darüber zog sie sich in jene Höhle zurück, in welcher sie ihre Juwelen verstreute, um sich dann in Tränen aufzulösen. Wer in jene Höhle kommt und kein schweres Verbrechen auf dem Gewissen hat, der findet einen jener Steine. Viele, sehr viele sind arm hineingegangen und reich herausgekommen, denn die Juwelen der Fee sind von sonst nirgends gesehener Größe und Reinheit.«

Er betrachtete mich forschend von der Seite, um zu sehen, welchen Eindruck die Sage auf mich mache. Das also war die Lockspeise, mit welcher er dem Köhler seine Opfer in die Hände lieferte! Wenn man den Aberglauben der dortigen Bevölkerung in Betracht zieht, erstaunt man wohl nicht darüber, daß sich selbst reiche Leute gefunden hatten, welche sich durch diese alberne Geschichte verlocken ließen.

Mit besonderer Betonung fügte nun der Wirt hinzu:

»Ich selbst kenne einige Männer, welche solche köstliche Steine gefunden haben.«

»Du nicht auch?« fragte ich.

»Nein, denn ich fand keinen Edelstein, weil ich bereits zu alt war. Man darf nämlich nicht über vierzig Jahre alt sein.«

»So hat die Fee die jungen Männer den alten vorgezogen! Du hättest also eher suchen sollen.«

»Da wußte ich noch nichts von der Höhle; du aber hättest noch Zeit – du bist jung.«

»Pah! Ich bin reich – ich habe vielleicht so viel Geld bei mir, daß ich mir einen solchen Diamanten kaufen kann.«

Ich sah ihm scheinbar unbefangen in das Gesicht und bemerkte, daß er die Farbe wechselte. Wollte er mich mit Diamanten ködern, so steckte ich ihm Gold an meine Angel. Anbeißen würden wir beide; das war vorauszusehen. Er wollte mich in die Höhle und ich wollte ihn mit mir zu dem Köhler locken.

»So reich bist du!« rief er erstaunt. »Ja, das konnte ich mir denken. Ist doch allein dein Pferd mehr wert als alles, was mir gehört. Aber einen Diamanten der Fee zu finden, das müßte dich trotzdem auch locken.«

»Freilich lockt es mich. Aber ich weiß doch nicht, wo die Höhle liegt. Vielleicht könntest du es mir beschreiben.«

»Das wäre nicht hinreichend. Du mußt Scharka, den Köhler, aufsuchen, welcher dich hinführen wird.«

»Was ist das für ein Mann?«

»Ein sehr frommer, einsamer Kohlenbrenner, welcher für ein kleines Bakschisch die Fremden in der Höhle umherführt.«

Und der Wirt gab sich außerordentlich Mühe, mich für diese Höhle zu begeistern. Ich tat, als ob ich ihm jedes Wort glaubte, und bat ihn, mir den Weg nach Glogovik zu beschreiben, und er erbot sich, einen seiner Knechte als Führer mitzugeben.

»Aber weiß er denn auch den Weg von Glogovik nach dem Felsen des Teufels und nach der Höhle der Juwelen?« fragte ich.

»Nein; er ist noch niemals dort gewesen.«

Auf dem Gesicht des Wirtes lag ein Ausdruck der Erwartung, der Spannung, welchen ich gar wohl verstand. Ich hatte von einer so großen Summe gesprochen, welche ich bei mir trüge. Sollte der Köhler dieses Geld allein bekommen oder sollte es zwischen ihm und unsern fünf Gegnern geteilt werden, ohne daß er, der Wirt, der uns ihnen doch in die Hände lieferte, etwas bekam? Und wurde er mit einem Teile bedacht, dann jedenfalls nur mit einer Kleinigkeit. War es nicht vielleicht für ihn möglich, alles zu bekommen?

Das ging ihm im Kopf herum. Was ich gewünscht hatte, das hatte ich erreicht; er trug das Verlangen, selbst unser Führer zu sein, wollte sich uns aber nicht anbieten. Ich machte ihm die Sache leicht, indem ich sagte:

»Das tut mir leid. Ich möchte nicht so oft mit dem Führer wechseln. Wer weiß, ob ich in Glogovik jemanden finde, welcher mich nach Fandina bringen kann! Lieber wäre mir also jemand, der von hier aus die ganze Strecke kennt.«

»Hm! Das ist nicht leicht. Wie viel würdest du zahlen?«

»Ich gebe gern zweihundert bis zweihundertfünfzig Piaster, samt der Beköstigung natürlich.«

»Nun, da würde ich selbst dich führen, Effendi, wenn du es mit mir versuchen willst!«

»Mit Freuden! Ich werde sogleich satteln lassen.«

»Wo hast du denn deine Pferde?«

»Drüben bei dem Schäfer, dem ich von seinem Sohn einen Gruß zu bringen hatte. Ich blieb bei ihm, weil ich wußte, daß meine Feinde sich bei dir befanden. Aber – da fällt mir ein: du sprachst von dem Werte meines Pferdes; ich weiß aber, daß du es noch gar nicht gesehen hast.«

»Die fünf Reiter erwähnten es und konnten es gar nicht genug rühmen.«

»Ja, sie haben es nicht allein auf mich, sondern auch auf meinen Rappen abgesehen. Dieses Gelüste aber müssen sie sich vergehen lassen. Sie bekommen weder mich, noch das Pferd, aber ich bekomme sie.«

Ich sagte diese prahlerischen Worte, um zu sehen, welche Miene er dabei machen würde. Es zuckte ihm um die Lippen, aber er bezwang doch das ironische Lächeln, welches hervorbrechen wollte, und sagte:

»Ich bin vollständig davon überzeugt. Was sind diese Burschen hier gegen euch!«

»Also mache dich fertig! In einer halben Stunde halten wir draußen an der Furt.«

Ich nickte ihm noch sehr wohlwollend zu, und dann gingen wir. Unterwegs sagte der kleine Hadschi:

»Sihdi, du magst es mir getrost glauben, daß mich der verbissene Grimm bald erwürgt hat. Ich hätte unmöglich so freundlich wie du mit dem Schurken sein können. Soll denn das so fortbestehen?«

»Einstweilen, ja. Wir müssen ihn sicher machen.«

»So unterhalte du dich mit ihm. Auf den Quell meiner Sprachfertigkeit aber muß er verzichten.«

Auch der brave Schäfer machte ein besorgtes Gesicht, als er hörte, wer an Stelle seines Knechtes, welchen er uns angeboten hatte, unser Führer sein sollte. Ich beruhigte ihn mit der Versicherung, daß der Wirt mir gar nichts anhaben könne.

Unser Abschied war herzlich.

Als wir an die Furt kamen, wartete der Wirt bereits dort. Er saß auf einem nicht üblen Pferd und war mit Messer, Pistolen und einer langen Flinte bewaffnet. Bevor unsere Pferde die Hufe ins Wasser setzten, wendete er sich gegen Osten, streckte die offene Hand aus und sagte:

»Allah sei bei uns vorwärts und rückwärts. Er lasse unser Vorhaben gelingen, Allah 'l Allah, Mohammed Rassuhl Allah!«

Das war die nackte Gotteslästerung! Allah sollte ihm bei der Ausführung des Raubmordes beistehen! Ich mußte unwillkürlich nach Halef blicken. Dieser preßte die Lippen aufeinander und zuckte mit der Hand nach der Peitsche; dann sagte er:

»Allah kennt den Ehrlichen und gibt seinem Werke Segen; der Ungerechte aber fährt zur Hölle!«

Der Ritt von hier nach Glogovik war fast genau so lang wie derjenige, welchen wir gestern zurückgelegt hatten; da es voraussichtlich keinen Aufenthalt wie am vorigen Tage gab, hofften wir, schon am Nachmittag dort anzukommen.

Gesprochen wurde wenig. Das Mißtrauen verschloß meinen Gefährten den Mund, und der Konakdschi machte keinen Versuch, ihre Einsilbigkeit zu brechen. Er mochte befürchten, durch ein unbedachtes Wort den Verdacht, welchen er eingeschlafen wähnte, wieder zu wecken.

Die Gegend war bergig, aber so wenig interessant, daß gar nichts über sie zu sagen ist. Erreichten wir ja einmal ein kleines Dorf, so widerte uns die Armseligkeit desselben so an, daß wir uns beeilten, hindurch zu kommen.

Glogovik liegt an dem früher berühmten Bergpfad, welcher in Toli Monastir beginnt und zwischen den Flüssen

Treska und Drin fast grad nach Norden streicht und dann mit einer plötzlichen Wendung nach Osten in Kakandelen endet. Ich ließ mir sagen, daß dieser Weg jetzt kaum noch sichtbar sei.

Als wir Glogovik vor uns liegen sahen, hielt Halef sein Pferd an und überflog mit finsterem Blick die ärmlichen Hütten, in welche ein deutscher Bauer wohl schwerlich seine Kühe stecken würde. Auf einer Anhöhe stand eine kleine Kapelle – ein Zeichen, daß ein Teil der Einwohnerschaft oder auch die ganze Bevölkerung sich zum Christentum bekenne.

»O wehe!« sagte er. »Wollen wir etwa hier bleiben, Effendi?«

»Wohl nicht,« antwortete ich mit einem fragenden Blick auf den Führer. »Es ist ja erst zwei Stunden nach Mittag. Wir tränken die Pferde und reiten dann wieder vorwärts. Hoffentlich gibt es im Dorf ein Einkehrhaus?«

»Es ist eins da, aber es wird dir nicht genügen,« meinte der Konakdschi.

»Für unsern Zweck reicht es jedenfalls aus.«

Wir erreichten die ersten Häuser und sahen einen Kerl im Grase liegen, welcher, als er den Hufschlag unserer Pferde hörte, aufsprang und uns anstarrte. Er war der glückliche Besitzer eines Anzuges, um dessen Einfachheit ihn ein Papua hätte beneiden können. Eine Hose, aber was für eine! Das rechte Bein derselben reichte zwar bis auf den Knöchel herab, war aber auf beiden Seiten aufgeschlitzt und hatte buchstäblich Loch an Loch. Das linke Bein ging bereits unter der Hüfte seinem Ende entgegen und lief in eine ganz unbeschreibliche Garnierung von Fransen und Fäden aus. Das Hemd hatte keinen Kragen, keinen rechten und nur einen halben linken Aermel. Es war ihm höchst wahrscheinlich einmal abgerissen worden, nämlich der untere Teil, denn es reichte nur so weit herab, daß zwischen demselben und dem Hosenbund ein Streifen niemals gewaschener, lebendiger Menschenhaut zu sehen war. Auf dem Kopf trug dieser Dandy einen mächtigen Turban von einem Stoff, welchem ich die Marke ›Scheuerhader‹ geben würde. Mehrere bunte

Hahnenfedern wiegten sich würdevoll auf dieser Kopfbedekkung. Ausgerüstet war er mit einem alten, fast halbkreisförmig gekrümmten Säbel. Ob es nur die fürchterlich rostige Klinge der Waffe war, oder ob dieselbe in einer schwarzen Lederscheide steckte, das war nicht zu unterscheiden.

Nachdem uns dieser Gentleman lange genug angestarrt hatte, rannte er wie rasend von dannen, schwang den Säbel rund um den Kopf und schrie aus Leibeskräften:

»Jabandschylar, jabandschylar – Fremde, Fremde! Reißt die Fenster auf, reißt die Fenster auf!«

Dieser schlagende Beweis, mich in einem hochzivilisierten Ort zu befinden, imponierte mir ungeheuer. Welch eine hohe Disziplin hier herrschte, ersah ich aus der Schnelligkeit, mit welcher sämtliche männliche und weibliche, alte und junge Einwohner des Dorfes dem Zeterruf Folge leisteten.

Wo sich ein Loch in einem Hause befand – mochte es nun Türe oder Fenster heißen oder mochte es ein wirkliches, wahres, buchstäbliches Loch in der morschen Mauer sein – da ließ sich ein Gesicht oder so etwas Aehnliches sehen. Wenigstens glaubte ich Gesichter zu erkennen, wenn ich auch nur ein Kopftuch, zwei Augen, einen Bart und zwischen diesen drei Dingen etwas Unbeschreibliches, jedenfalls aber Ungewaschenes konstatieren konnte.

Dasjenige, was der von dem Alphabet und dessen Folgen beleckte Mensch hinter seinem Hause anbringt, damit es sich dort in ruhiger und ungestörter Sammlung zur Goldgrube des Landwirtes entwickeln könne, war hier an der Vorderseite der Hütten angebracht, und zwar mit großer Beharrlichkeit grad da, wo die Schutzgeister des Hauses gezwungen waren, lieblich ein und aus zu schweben.

Man konnte das ganze Dorf überblicken. Ich weiß nicht, wie ich auf den baukünstlerischen Gedanken kam, nach einem Schornstein zu suchen; kurz und gut, ich kam darauf, doch war das eine ganz überschwengliche Idee: ich sah nicht die Spur einer Feueresse.

Ein Häuschen stand auf hohem Rand. Rechts und links, vorn und hinten war das Dach eingefallen. Der Giebel hatte einen Riß, welcher die Haustüre vollständig überflüssig machte. Vom Dorfweg führte eine Steintreppe hinauf; aber von dieser Treppe war nur die oberste und die unterste Stufe vorhanden. Wer da hinauf wollte, der mußte entweder Alpenjäger mit Steigeisen oder Akrobat mit Sprungstange sein.

Läden und Holztüren schien es nicht zu geben, und so offen, wie die Gebäude, waren auch die Bewohner derselben, denn ich sah nicht eine einzige Person, welcher nicht vor Erstaunen über uns der Mund sperrangelweit aufstand. Wäre der Spötter Heinrich Heine an meiner Stelle gewesen, so hätte er zu seinen geographischen Reimen noch den einen hinzugefügt:

»Glogovik ist die Blume des Orientes;
Wer's mit Schaudern gesehen hat, der kennt es!«

Unser Führer hielt vor dem ansehnlichsten Gebäude der Ortschaft an. Zwei mächtige dunkle Tannen beschatteten es; darum hatte der Besitzer es für überflüssig gehalten, das halb eingestürzte Dach zu reparieren. Das Haus lag nahe am Bergabhang. Ein Wässerlein floß von da herab bis vor die Türe und fand dort in der bereits erwähnten Goldgrube Gelegenheit, sich mit einer chemisch anders gearteten Flüssigkeit zu vereinigen. Hart am Rand dieses ›Bassins ästhetischer Anschauungen‹ lagen einige Baumklötze, von denen uns der Konakdschi sagte, daß sie das Amphitheater der öffentlichen Versammlungen bildeten, an welchem Ort schon manche welterschütternde Frage erst mit Worten, dann mit Fäusten und endlich gar mit Messern behandelt worden sei.

Wir nahmen auf diesen Klötzen der Politik Platz und ließen unsere Tiere aus dem Wässerlein trinken, aber oberhalb der erwähnten Vereinigungsstelle. Unsern Führer schickten wir auf Entdeckung in das Haus, denn Halef hatte die Kühnheit, zu behaupten, daß er Hunger habe und irgend etwas essen müsse.

Nachdem wir ein aus dem Hause schallendes Duett angehört hatten, welches aus dem Kreischen einer weiblichen

Fistelstimme und aus den fluchenden Baßtönen des Konakdschi bestand, erschienen die beiden Tonkünstler vor der Türe, und zwar in der Weise, daß der Baß den Diskant an einem Fetzen herausgezogen brachte, welcher hierzulande von den Besitzern einer großen Einbildungskraft und unter ganz besonders günstigen Umständen vielleicht Schürze genannt werden konnte.

Wir sollten den zwischen ihnen ausgebrochenen Streit mit einem Machtwort entscheiden. Der Baß behauptete noch immer im tiefen *C*, daß er etwas zu essen haben wolle, und der Sopran erklärte mit Bestimmtheit und im dreigestrichenen *B*, daß absolut gar nichts vorhanden sei.

Halef schlichtete den Zwiespalt, indem er in seiner Weise die höhere Stimme des Duetts beim Ohr nahm und mit ihr im Innern des Hauses verschwand.

Es dauerte fast eine halbe Stunde, bevor er wieder erschien. Während dieser Zeit herrschte eine fast beängstigende Stille in den innern Gemächern der Gastlichkeit. Als er dann zum Vorschein kam, wurde er von der Wirtin begleitet, welche unter unheilverkündenden Gestikulationen in einer Mundart schimpfte, von welcher ich kein Wort verstand. Sie gab sich Mühe, ihm eine Flasche zu entreißen; er aber hielt sie heldenhaft fest.

»Sihdi, es gibt etwas zu trinken!« rief er triumphierend. »Ich habe es entdeckt.«

Er hielt die Flasche hoch empor. Die Wirtin suchte dieselbe mit der Hand zu erreichen und schrie dabei etwas, wovon ich nur die Silben ›Bullik jak‹ verstehen konnte. Aber, obgleich ich mit meinem Türkischen überall so leidlich ausgekommen war, was ›Bullik jak‹ bedeutete, wußte ich noch nicht.

Der Hadschi zog endlich, um sich von der Anhänglichkeit der widerwilligen Hebe zu befreien, die Peitsche aus dem Gürtel, worauf sie um mehrere Schritte zurückwich und dann stehen blieb, um sein Beginnen mit entsetztem Blick weiter zu verfolgen.

Er zog den Stöpsel heraus, welcher aus einem alten Kattunwickel bestand, winkte mir verführerisch mit der Flasche zu und setzte sie an den Mund.

Die Farbe des Getränkes war weder hell noch dunkel. Ich konnte nicht erkennen, ob dieser Raki dick oder dünn war. Jedenfalls hätte ich vor dem Trinken die Bouteille erst einmal gegen das Licht und dann an die Nase gehalten. Halef aber war über seinen Fund so erfreut, daß er an eine solche Prüfung gar nicht dachte. Er tat einen langen, langen Zug – –

Ich kannte den kleinen Hadschi schon eine sehr geraume Zeit; aber das Gesicht, welches er jetzt machte, hatte ich noch nie bei ihm gesehen. Er hatte plötzlich einige hundert Falten bekommen. Man sah, daß er sich bemühte, die Flüssigkeit auszuspucken, aber der Schreck hatte dem untern Teil seines Gesichtes alle Fähigkeit der Bewegung geraubt. Der Mund war zum Erschrecken weit offen und blieb eine ganze, lange Weile so; ich befürchtete schon, es sei ein Kinnbackenkrampf eingetreten, der bekanntlich nur mit einer kräftigen Ohrfeige geheilt werden kann.

Nur die Zunge hatte einen geringen Teil ihrer Beweglichkeit behalten. Sie schwamm auf dem langsam und fett über die Lippen rinnenden Raki hin und her wie ein in saure Milch gelegter Blutegel. Dazu hatte der Hadschi die Brauen emporgezogen, daß sie den Rand des Turbans erreichten, und die Augen so fest zugekniffen, als ob er all seine Lebtage das Licht der Sonne nicht mehr sehen wolle. Die beiden Arme hielt er ausgestreckt und alle zehn Finger so weit wie möglich auseinander gespreizt. Die Flasche hatte er im ersten Augenblick des Entsetzens von sich geschleudert. Sie war in die vereinigte Flüssigkeit gefallen, aus welcher sie von der fast bis an die Kniee in derselben watenden Frau mit Lebensgefahr gerettet wurde. Dabei hatte dieses weibliche Wesen die Stimme wieder erhoben und schimpfte aus Leibeskräften. Von dem, was sie sagte, verstand ich abermals nur die edlen Runen des bereits erwähnten ›Bullik jak‹.

Da Halef zögerte, das ergreifende ›lebende Bild‹, welches er gegenwärtig stellte, zu Ende zu bringen, so trat ich zu ihm und fragte:

»Was ist's denn? Was hast du getrunken?«

»Grrr – g – gh!« lautete die gurgelnde Antwort, welche zwar keiner artikulierten Sprache angehörte, aber von allen verstanden wurde.

»So komm doch zu dir! Was war es denn für Zeug?«

»Grrr – g – gh – rrr!«

Er brachte den Mund noch immer nicht zu und hielt die Arme und die Finger noch ausgespreizt. Die Augen aber öffneten sich und sahen mich mit einem trostlos ersterbenden Blick an.

»Bullik jak!« rief die Frau als Antwort auf meine Frage.

Ich durchflog im Geist alle Wörterbücher, welche mir jemals im Leben zu Gebot gestanden hatten; doch vergeblich. ›Bullik‹ verstand ich absolut nicht. Und ›jak‹? Es konnte doch nicht etwa ein thibetanischer Yak oder Grunzochse gemeint sein!

»Mach doch den Mund zu! Spuck' das Zeug aus!« riet ich ihm.

»Grrrr!«

Da näherte ich mich seinem offenen Mund – und der Geruch sagte mir alles. Ebenso schnell verstand ich nun auch die beiden Worte der Wirtin. Diese bediente sich der Mundart ihres Dorfes. Anstatt ›Bullik jak‹ sollte es heißen ›Balyk jaghi‹, wörtlich ins Deutsche übersetzt: Fischöl, also Fischtran. Der kleine Hadschi hatte Fischtran getrunken.

Als ich das meinen Begleitern erklärte, brachen sie in ein schallendes Gelächter aus. Diesen Ausdruck eines aller Hochachtung baren Gefühles gab dem stets so selbstbewußten Hadschi augenblicklich sein früheres Wesen zurück. Er zog die ausgestreckten Arme ein, sprudelte den Inhalt seines Mundes von sich, sprang wütend auf die Lacher zu und schrie:

»Wollt ihr still sein, ihr Kinder des Teufels, ihr Söhne und Vettern seiner Großmutter! Wenn ihr über mich lachen wollt, so fragt erst, ob ich es euch erlaube! Ist es euch so lächerlich zu Mut, so laßt euch doch einmal die Flasche geben und trinkt von diesem Oel der Verzweiflung! Wenn ihr dann noch lacht, so will ich es gelten lassen.«

Ein noch lauteres Gelächter war die Antwort. Sogar die Wirtin stimmte mit ein. Da aber fuhr der Hadschi grimmig auf sie los und holte mit der Peitsche aus. Glücklicherweise schlug er durch die Luft, denn die Frau war blitzschnell mit einem fast lebensgefährlichen Sprung durch die Türe verschwunden.

Halef aber legte sich, ohne weiter ein Wort zu sagen, an dem Wässerchen auf die Erde, hielt das Gesicht hinein und spülte den Mund aus. Dann holte ich aus meinem Beutel drei tüchtige Fingerspitzen Rauchtabak und schob ihm denselben in den Mund. Er mußte ihn kauen, um den schrecklichen Geschmack los zu werden. Die Folgen dieses verhängnisvollen Schluckes waren um so außerordentlicher gewesen, als der Fischtran ein greisenhaftes Alter besaß, wie ich nachher von der Frau erfuhr.

Sie hatte sich zuerst über den gewaltsamen Raub des vermeintlichen Raki erbost. Durch die Wirkung des ungewöhnlichen Getränkes aber fühlte sie sich ausgesöhnt, und nun brachte sie, was sie vorher verheimlicht hatte – eine halbvolle Flasche wirklichen Raki, welcher der Hadschi mit großer Hingebung zusprach, denn es war selbst dem Tabak nicht gelungen, den ranzigen Fischtran vollständig zu überwältigen.

Dann schlenderte er wie absichtslos beiseite, aber bevor er hinter dem Gasthof verschwand, gab er mir einen heimlichen Wink, ihm zu folgen. Nach einer kleinen Weile spazierte ich ihm nach.

»Sihdi, ich habe dir etwas mitzuteilen, wovon die Andern nichts wissen dürfen,« sagte er. »Die Frau behauptete, weder eine Speise noch ein Getränk zu haben; ich aber schenkte ihr keinen Glauben, denn in einem Konak muß stets etwas vorhanden sein. Darum suchte ich überall, obgleich sie das nicht dulden wollte. Zuerst fand ich die Flasche des Unheiles und der Umstülpung des Magens. Sie wollte sie mir nicht geben, aber ich nahm sie mit Gewalt, denn ich verstand nicht die Worte, welche sie sagte. Dann kam ich an einen Kasten. Ich öffnete ihn und fand ihn mit Kepek[1] gefüllt. Aber diese Kepek roch so eigentümlich, so verlockend! Diesen Geruch habe ich noch nicht vergessen, weil ich ihn erst gestern richtig kennen gelernt habe.«

Er holte Atem. Ich wußte bereits, was kommen würde. Er hatte einen Schinken entdeckt; das war sicher.

»Glaubst du wirklich, Sihdi, daß der Prophet den Erzengel richtig verstanden hat in Beziehung auf das Schweinefleisch?« hob er wieder an.

»Ich glaube, daß Mohammed entweder nur geträumt oder sich die Erscheinung des Engels nur eingebildet hat. Durch sein eigenartiges Leben und sein regelloses Grübeln ist seine Phantasie in krankhafter Weise erregt worden. Er hat Chajalar[2] gehabt, die ihm Dinge vorspiegelten, welche nicht vorhanden waren. Er sah Erscheinungen, die es in Wirklichkeit nicht gab; er hörte Stimmen, die seinem eigenen Gehirn entstammten. Und übrigens bin ich überzeugt, daß er das Verbot des Schweinefleisches nach dem Vorbild Musas[3] ausgesprochen hat.«

»Herr, du machst mir das Herz leicht. Denke dir: durch den Geruch verleitet, griff ich tief in die Kleie. Ich fühlte harte Gegenstände, große und kleine, und zog sie hervor. Es waren Würste und ein Schinken. Ich tat sie in den Kasten zurück, denn die Frau klagte, daß ich sie berauben wolle, und sagen, daß ich sie dafür bezahlen würde, das durfte ich doch nicht. Du würdest meine Seele mit Dankbarkeit erfüllen, wenn du jetzt zu ihr gehen wolltest, um ihr eine Wurst und auch ein Stück von dem Schinken abzukaufen. Wirst du mir heimlich diesen Gefallen tun? Die Andern dürfen natürlich nichts wissen und ahnen.«

Man denke, daß der kleine Hadschi sich mit großer Vorliebe einen Sohn oder Anhänger des Propheten zu nennen pflegte. Und jetzt verlangte er von mir, Schinken und Wurst heimlich für ihn einzukaufen! Dennoch war mein Erstaunen über seinen Wunsch keineswegs sehr bedeutend. Hätte ich

[1] Kleie. [2] Halluzinationen. [3] Moses.

ihm während der ersten Monate unserer Bekanntschaft zugemutet, von dem Fleisch eines Chansir el hakihr, eines ›verächtlichen Schweines‹ zu essen, so hätte ich jedenfalls die Ausdrücke seines höchsten Zornes zu hören bekommen und auf seine fernere Begleitung verzichten müssen. Die Berührung einer einzigen Schweinsborste verunreinigt den Moslem und verpflichtet ihn zu sorgfältigen Waschungen. Und jetzt wollte Halef das Fleisch des verachteten Tieres gar in seinem Körper aufnehmen! Ohne es zu ahnen, war er durch sein Zusammenleben mit mir nicht nur in bezug auf seine Anschauungen, sondern auch betreffs der Befolgung vorgeschriebener Regeln ein sehr lässiger Bekenner des Islam geworden.

»Nun?« fragte er, als ich nicht gleich antwortete. »Muß ich zweifeln, ob du meine Bitte erfüllen wirst, Sihdi?«

»Nein, Halef. Wenn der Drache Ischtah[1] in deinem Körper wütet, so muß ich dich, da ich dein Freund bin, von diesem Uebel erlösen. Du sollst nicht ewig die Qualen erdulden, welche er dir bereitet. Ich werde also mit der Frau sprechen.«

»Tue das, ja tue es! Denn es steht geschrieben, daß Allah jede Wohltat, welche ein Mensch dem andern erweist, tausendfach vergelten wird.«

»So meinst du, daß Allah mich tausendfältig belohnen werde dafür, daß ich dir von dem Fleisch des Schweines kaufe?«

»Ja, denn er hat dem Propheten nicht den Befehl gegeben, den Genuß dieser Speise zu verbieten, und wird sich also darüber freuen, daß ich diesem unschuldigen Tier die wohlverdiente Ehre erweise.«

»Ich glaube aber nicht, daß das Schwein es als eine große Ehre empfinden wird, zu Wurst und Schinken verarbeitet zu werden.«

»Das ist ja aber seine Bestimmung, und jedes Geschöpf, welches seine Bestimmung erfüllt, ist glücklich zu preisen. Der Prophet sagt, das Sterben sei Glück; also ist das Schlach-

[1] Appetit.

ten des Schweines das Beste, wonach es sich sehnen kann. Nun gehe zur Frau; laß aber die Andern ja nicht sehen, was du bringst. Ich werde von der andern Seite des Hauses zu ihnen zurückkehren, denn sie brauchen gar nicht zu wissen, daß wir hier miteinander gesprochen haben.«

Er ging. Ich sah, daß das Haus auch von hinten eine Türe hatte, und trat durch dieselbe ein.

Es hatte bisher den Anschein gehabt, daß sich die Wirtin allein daheim befände. Darum wunderte ich mich, als ich jetzt zwei Stimmen vernahm. Ich blieb stehen, um zu horchen. Der Konakdschi war es, welcher mit der Frau sprach, und zwar verstand ich alles ziemlich genau. Die Wirtin bediente sich zwar ihrer Mundart, gab sich aber Mühe, von ihm verstanden zu werden, was natürlich auch mir zu gute kam.

»Also sie sind hier eingekehrt,« sagte er. »Haben sie dir nicht gesagt, daß auch wir kommen würden?«

»Ja, doch nicht, daß du auch dabei sein würdest. Sie erzählten mir, daß deine Begleiter sehr böse Menschen seien. Darum wollte ich ihnen nichts zu trinken geben.«

»Das war falsch von dir. Grad weil sie so gefährliche Leute sind, muß ich mit ihnen freundlich sein, und auch du darfst nicht merken lassen, daß du sie durchschaust. Hast du vielleicht einen Auftrag an mich auszurichten?«

»Ja. Du sollst durchaus nicht hier übernachten, selbst dann nicht, wenn ihr erst spät hier ankommen würdet. Du sollst vielmehr mit ihnen bis zu Junak reiten.«

»Wird dieser daheim sein?«

»Ja. Er war erst vorgestern hier und erzählte, daß er sein Haus für einige Zeit nicht verlassen werde.«

»Befanden sich die Reiter alle wohl?«

»Nein. Der alte Mann, welcher den Arm gebrochen hatte, wimmerte unaufhörlich. Sie mußten ihm den Verband abnehmen, um den Arm mit Wasser zu kühlen. Als er wieder zu Pferd stieg, hatte er das Sowuk sarsmaki[1] und wankte im Sattel. Wirst du mit diesen Fremden lange hier rasten?«

[1] »Kaltes Schütteln«, Fieber.

»Wir werden gleich wieder aufbrechen. Sie dürfen auch nicht wissen, daß ich mit dir von den Reitern und von Junak gesprochen habe; darum will ich gehen.«

Ich hörte, daß er sich entfernte, und trat selbst auch für eine Minute aus dem Hause. Das Weib sollte nicht denken, daß ich etwas gehört habe.

Wer war dieser Junak? Der Name ist serbisch und bedeutet so viel wie das deutsche Wort Held, welches ja auch als Name gebraucht wird. Wahrscheinlich war der Kohlenhändler gemeint, welcher mit den Erzeugnissen des Köhlers Scharka hausieren zu fahren pflegte!

Als ich dann lauten Schrittes wieder eintrat, kam mir die Frau entgegen, und ich teilte ihr meinen Wunsch mit. Sie zeigte sich zur Erfüllung desselben bereit, erkundigte sich jedoch, indem sie mich mißtrauisch betrachtete:

»Aber, Herr, hast du auch Geld? Verschenken kann ich nichts.«

»Ich habe Geld.«

»Und wirst du mich bezahlen?«

»Natürlich!«

»Das ist nicht so natürlich, wie du meinst. Ich bin eine Christin und darf dieses Fleisch essen. Auch an Andere, wenn sie Christen sind, darf ich davon verkaufen. Aber wenn ich einem Moslem davon ablasse, begehe ich einen Fehler und werde Strafe anstatt des Geldes erhalten.«

»Ich bin kein Mohammedaner, sondern ein Christ.«

»Und doch bist du ein so schlech – –«

Sie hielt inne. Sie hatte wohl sagen wollen: ›schlechter Kerl‹, besann sich aber noch zur rechten Zeit und fügte schnell hinzu:

»Ich will es wagen, dir zu glauben. Komm also mit, und schneide dir selbst so viel ab, wie du haben willst.«

Ich nahm eine Wurst von vielleicht dreiviertel Kilo und dazu ein Stück Schinken, welches ein halbes Kilo wiegen mochte. Sie verlangte fünf Piaster dafür, also ungefähr neunzig Pfennige. Als ich ihr drei Piaster mehr gab, sah sie mich höchst verwundert an.

»Das soll ich wirklich behalten?« fragte sie zweifelnd.

»Ja. Dafür werde ich mir aber irgend etwas erbitten, in das ich diese Sachen einwickeln kann.«

»Ja, was soll das sein? Etwa ein Kiaghad[1]?«

»Das paßt am besten dazu; aber es darf nicht schmutzig sein.«

»Es ist nicht schmutzig, denn wir haben keins. Wo soll hier im Dorfe ein Stück Papier zu finden sein? Ich werde dir etwas anderes geben. Wir haben da ein Gömlek[2] meines Mannes liegen, welches er nicht mehr trägt. Davon will ich dir ein Stück abreißen.«

Sie langte in eine Ecke, in welcher allerlei Gerümpel lag, und zog ein Ding hervor, welches wie ein Lappen aussah, mit dem man lange Jahre hindurch rauchige Lampenzylinder und schmutziges Topfgeschirr geputzt hat. Davon riß sie einen Fetzen ab, wickelte Wurst und Schinken hinein und reichte mir dann das Paket mit den Worten hin:

»Hier nimm, und labe dich daran. Ich bin in der ganzen Gegend als die geschickteste Tuzlama[3] bekannt. Du wirst wohl selten so etwas Wohlschmeckendes gegessen haben.«

»Das glaube ich dir,« antwortete ich verbindlich. »Alles, was ich hier sehe, hat die Farbe und den Geruch des Pökelfleisches, und du selbst bist so appetitlich, als hättest du mit dem Schinken in der Salzlake gelegen und dann in der Esse gehangen. Ich beneide den Gefährten deines Lebens.«

»O, Herr, sage nicht gar zu viel!« rief sie geschmeichelt. »Es gibt noch Schönere im Lande, als ich bin.«

»Dennoch scheide ich von dir mit dem Bewußtsein, daß ich mich gerne deiner erinnern werde. Möge dein Leben duftig und glänzend sein, wie die Schwarte deines Schinkens!«

Als ich nun wieder hinaustrat, beeilte ich mich, das Päckchen los zu werden, indem ich es in Halefs Satteltasche steckte. Niemand außer dem Hadschi bemerkte es. Die Andern hatten ihr Augenmerk auf die Bewohner des Dorfes ge-

[1] Papier. [2] Hemd. [3] Einpöklerin.

richtet, welche neugierig nach und nach herbeigekommen waren.

Der Mensch, welcher bei unserm Nahen aufgesprungen und schreiend davongelaufen war, stand bei einem Andern, der sich ein sehr würdevolles Aussehen gab. Beide sprachen eifrig miteinander. Eben als ich meine Eßwaren glücklich geborgen hatte, trat der Erstere zu dem Konakdschi, unserm Führer, und begann mit ihm eine leise, aber sehr eifrige Verhandlung. Dann wendete er sich an mich, stemmte die Spitze seines Säbels auf die Erde, stützte die Hände auf den Griff, schnitt die Miene eines Pascha von drei Roßschweifen und fragte:

»Du bist ein Fremder?«

»Ja,« antwortete ich freundlich.

»Und reitest bei uns durch?«

»Ich beabsichtige es allerdings,« sagte ich noch viel freundlicher.

»So kennst du deine Pflicht?«

»Welche meinst du?«

Das klang geradezu herzlich. Der Mann machte mir Spaß. Aber je freundlicher ich wurde, desto grimmiger ward sein Gesicht. Er gab sich die größte Mühe, einen imponierenden Eindruck zu machen.

»Du hast die Abgabe zu entrichten,« erklärte er mir.

»Eine Steuer? Wie so denn?«

»Jeder Fremde, welcher durch unser Dorf kommt, hat sie zu zahlen.«

»Warum? Machen Fremde euch einen Schaden, den sie zu vergüten haben?«

»Du hast gar nicht zu fragen, sondern zu zahlen.«

»Wie viel denn?«

»Für die Person zwei Piaster. Ihr seid vier Fremde, denn der Konakdschi kann nicht gerechnet werden, da er uns bekannt und ein Kind des Landes ist; du aber bist der Anführer dieser Leute, wie er mir sagte, und hast also acht Piaster zu zahlen.«

»So sage mir doch einmal, wer du bist!«

»Ich bin der Feriki ameje daïr eminlikün[1] dieses Ortes.«

»Da bist du freilich ein bedeutender Mann. Aber wie dann, wenn ich mich zu zahlen weigere?«

»So pfände ich euch.«

»Wer aber hat den Befehl gegeben, von jedem Fremden diese Steuer zu erheben?«

»Ich und der Kiaja.«

»Befindet er sich auch hier?«

»Ja, dort steht er.«

Er deutete auf den Würdevollen, mit welchem er vorhin gesprochen hatte und der jetzt seinen Blick erwartungsvoll auf mich gerichtet hielt.

»Rufe ihn einmal her!« gebot ich.

»Wozu? Was ich sage, das hat zu geschehen und zwar sofort, sonst – –«

Er machte mit dem Säbel eine drohende Bewegung.

»Still!« antwortete ich ihm. »Du gefällst mir außerordentlich, denn du hast denselben Grundsatz, wie ich: Was ich sage, das hat zu geschehen. Ich zahle die Steuer nicht.«

»So nehmen wir euch so viel von euren Sachen, daß wir gedeckt sind!«

»Das würde euch schwer werden.«

»Oho! Wir haben erfahren, wer ihr seid. Wenn ihr euch nicht fügt, so bekommt ihr die Peitsche!«

»Halte deine Zunge im Zaum, denn ich bin gewohnt, mit Achtung und Ehrerbietung behandelt zu werden. Die Steuer zahle ich nicht; aber ich sehe, daß du ein armer Teufel bist, und so will ich dir aus Güte zwei Piaster schenken!«

Ich griff schon in die Tasche, um ihm dieses Bakschisch zu geben, zog aber die Hand wieder zurück, denn er hob den Säbel empor, fuchtelte mir mit demselben vor dem Gesicht herum und rief:

»Ein Bakschisch etwa? Mir, der ich der Bekdschi und Kajyrdschy[2] dieser Gemeinde bin? Das ist eine Beleidigung,

[1] »Chefgeneral der öffentlichen Sicherheit«.

[2] Bewahrer und Behüter.

welche ich auf das strengste bestrafen muß. Die Steuer wird verdoppelt werden. Und wie soll ich dich behandeln? Mit Achtung und Ehrerbietung? Du bist ein Tschapkyn[1], vor dem ich nicht eine Spur von Achtung haben darf. Du stehst so tief, so tief unter mir, daß ich dich gar nicht sehe, denn – –«

»Schweig!« unterbrach ich ihn. »Wenn du mich nicht sehen kannst, so wirst du mich fühlen. Hebe dich von dannen, sonst erhältst du die Peitsche!«

»Was?« brüllte er. »Die Peitsche? Das sagst du mir, dem Mann von Geltung und Gewicht, während du eine tote Ratte und eine verhungerte Maus bist gegen mich. Hier stehe ich, und hier ist mein Säbel! Wer verbietet es mir, dich zu erstechen? Es würde ein Spitzbube weniger auf der Erde sein. Du samt deinen Begleitern – –«

Er wurde abermals unterbrochen. Halef legte ihm die Hand auf die Achsel mit den Worten:

»Schweig nun endlich, sonst macht der Effendi ernst, und du bekommst die Steuer dorthin ausgezahlt, wo du sie nicht wegnehmen kannst.«

Da versetzte der ›Ortswachtmeister‹ dem Hadschi einen Stoß, daß dieser einige Schritte zurücktaumelte, und schrie ihn an:

»Wurm! Wagst du es wirklich, den obersten Beamten dieser Ortschaft zu berühren? Das ist ein Verbrechen, welches augenblicklich bestraft werden muß. Nicht ich bin es, sondern du bist es, der die Peitsche erhalten wird. Herbei, Kiaja, herbei, ihr Männer! Haltet dieses Männlein fest! Er soll die Hiebe mit seiner eigenen Peitsche empfangen.«

Der Kiaja hob schon den Fuß, um näher zu kommen, aber er zog ihn schnell zurück. Der Blick, welchen ich ihm zuwarf, schien ihm nicht zu gefallen. Sein Beispiel bewirkte, daß auch keiner der Andern der Aufforderung des ›Chefgenerals der öffentlichen Sicherheit‹ gehorchte.

»Sihdi, soll ich?« fragte Halef.

»Ja,« nickte ich ihm zu.

[1] Lump.

Es genügte ein Wink von ihm zu Osko und Omar. Im nächsten Augenblick lag der Mann an der Erde, mit der Rückseite nach oben. Osko hielt ihn an den Schultern nieder, und Omar kniete ihm auf den Beinen. Der Bursche schrie, aber Halef überschrie ihn:

»Seht her, ihr Männer und Frauen, wie wir diesem Besitzer großer Worte die Steuer bezahlen! Er erhält sie zunächst; dann aber wird jeder drankommen, der es wagen sollte, ihm beizuspringen; der Kiaja gleich zuerst! Wie viel soll er erhalten, Effendi?«

»Acht Piaster hat er verlangt.«

Ich setzte nichts hinzu, doch ersah Halef aus meiner Miene, daß er gnädig verfahren solle. Er verabreichte ihm also acht Hiebe, und zwar nur der Form wegen. Schmerzen konnten diese acht gelinden Streiche gar nicht erwecken; dennoch machten sie einen gewaltigen Eindruck. Gleich beim ersten Hieb war der ›Chefgeneral‹ still geworden. Jetzt, als die beiden ihn losließen, stand er langsam auf, rieb sich den rückwärts liegenden Pol seines Körpers und klagte:

»O Gesetz, o Gerechtigkeit, o Großsultan! Der treueste Diener des Jakyschyk memleketin[1] wird mit der Peitsche beleidigt! Meine Seele zerfließt in Tränen, und aus meinem Herzen rinnen die Bäche der Wehmut und der Traurigkeit. Seit wann erhalten verdiente Männer den Nischani iftichar, den Orden des Ruhmes, mit der Kurbatschi dorthin gehängt, wo er bei einer Begegnung von vorn gar nicht zu sehen ist? Mich ergreifen die Schmerzen des Lebens, und ich empfinde die Qualen des vergänglichen Daseins. O Gesetz, o Gerechtigkeit, o Großsultan und Padischah!«

Er wollte sich von dannen schleichen, aber ich rief ihm zu:

»Warte noch ein wenig! Ich halte stets Wort. Da ich dir zwei Piaster versprochen habe, so sollst du sie auch bekommen. Und damit die Schmerzen des Daseins dir nicht allzu schwer werden, will ich dir sogar drei Piaster geben. Hier hast du sie!«

[1] Wohlstand des Landes.

Er traute seinen Augen nicht, als ich ihm das Geld hinstreckte. Erst nachdem er mich prüfend angeschaut hatte, griff er zu und fuhr dann mit der Hand in die Tasche. Diese schien aber ein Loch zu haben, denn er zog die Hand wieder zurück und schob das Geld unter den Riesenturban. Dann ergriff er meine Hand, drückte sie an seine Lippen und sagte:

»Herr, die Qualen der Erde und die Unannehmlichkeiten dieser Welt sind vergänglich, wie die ganze Schöpfung. Deine Gnade träufelt Melhem[1] in mein Gemüt und Sarmessak suju[2] in die Tiefen meiner Gefühle. Möge das Schicksal dafür sorgen, daß dein Beutel nie ohne silberne Piaster ist!«

»Ich danke dir! Nun sende uns auch den Kiaja her.«

Der Genannte hörte meine Worte und kam herbei.

»Was befiehlst du, Herr?« fragte er.

»Wenn der Khawaß des Dorfes von mir ein Bakschisch erhält, so soll der Kiaja natürlich auch eins erhalten. Ich hoffe, daß du damit einverstanden bist.«

»Wie gern!« rief er aus, indem er mir die Hand entgegenstreckte. »Dein Mund hat Worte des Segens, und deine Hand teilt Gaben des Reichtums aus!«

»So ist es. Natürlich willst du nicht weniger empfangen, als dein Untergebener erhalten hat?«

»Herr, ich bin der Vorgesetzte. Mir gebührt noch mehr als ihm.«

»Richtig, er hat acht Streiche und drei Piaster bekommen, folglich lasse ich dir fünf Piaster und zwölf Hiebe geben.«

Da legte er schnell seine beiden Hände dorthin, wo selbst beim größten Gelehrten der Sitz der Geisteskräfte nicht gesucht werden darf, und schrie:

»Nein, nein, Herr! Nicht die Hiebe, sondern nur die Piaster!«

»Das wäre ungerecht. Keine Piaster ohne Hiebe. Entweder alles oder gar nichts. Wähle!«

»Dann lieber nichts!«

»So ist es deine Schuld, wenn deine Hand nicht empfängt, was ich ihr zugesprochen hatte.«

[1] Balsam. [2] Knoblauchsaft.

»Nein, nein!« wiederholte er. »Beides zu empfangen, das ist zu viel!«

Er wollte sich entfernen, kehrte aber nach einigen Schritten wieder um, sah mich bittend an und fragte:

»Herr, könnten wir es nicht anders machen?«

»Wie denn?«

»Gib mir die fünf Piaster, die zwölf aber meinem Khawassen. Er hat die Peitsche bereits gekostet, so daß sie ihn nicht mehr erschrecken kann.«

»Wenn er will, so bin ich einverstanden. Also her mit dir, du General der öffentlichen Sicherheit!«

Halef streckte die Hand nach dem Khawassen aus; dieser aber sprang schleunigst zur Seite und rief:

»Allah göstermessin – Gott behüte und bewahre! Die sanften Gefühle meines Sitzes sind bereits genugsam aufgeregt. Wenn du wirklich beschlossen hast, zu teilen, so gib mir die Piaster und dem Kiaja die Hiebe! Dir kann es ja ganz gleichgültig sein, wer sie bekommt, mir aber keineswegs.«

»Das glaube ich. Aber ich sehe, daß ich weder das Eine noch das Andere los werde; darum gebe ich euch die Erlaubnis, euch zu entfernen.«

»Basch üstüne, tschelebim – mit Vergnügen, Herr! Reite getrost weiter! Vielleicht findest du anderwärts eine Seele, welche nach den Hieben schmachtet, ohne die Piaster zu begehren.«

Er hob den Säbel auf, welcher ihm entfallen war, und entfernte sich. Der Kiaja ging auch, kehrte aber doch noch einmal um und flüsterte mir vertraulich zu:

»Effendim, vielleicht wäre es doch noch zu machen. Ich möchte die Piaster sehr gern haben.«

»Nun, wie denn?«

»Zwölf ist zu viel. Gib fünf Piaster und fünf Hiebe; das kann ich eher vertragen. Erfülle mir diese Bitte, so hast du deinen Willen, und ich habe den meinigen auch.«

Ich konnte nicht anders – ich mußte laut auflachen, und meine Gefährten stimmten ein. Der Kiaja freute sich, uns so gut gelaunt zu sehen, und fragte mich in beinahe zärtlichem Ton:

»Effendim, sewgülüm – mein lieber Effendi, nicht wahr, du tust es? Fünf und fünf?«

Da trat aus dem umstehenden Volk ein langer, hagerer, dunkelbärtiger Mensch hervor und sagte:

»Beni itschit, jabandschi – höre mich, Fremder! Du siehst hier über dreißig Männer stehen, von denen ein jeder bereit ist, sich fünf Streiche geben zu lassen, wenn er dazu fünf Piaster bekommt. Wenn es dir recht und gefällig ist, so wollen wie Dizi syraji[1] machen und uns dieses schöne Geld verdienen.«

»Ich danke, ich danke sehr!« antwortete ich ihm. »Ihr habt uns nicht beleidigt, also könnt ihr keine Prügel und leider auch keine Piaster erhalten.«

Er machte ein enttäuschtes Gesicht und sagte wehmütig:

»Das ist uns gar nicht lieb. Ich bin ein sehr armer Mann und schlafe unter dem Dach des Himmels. Ich genieße mit den Meinen das Itschki plamudün[2], und der Hunger ist unser einziger Gönner. Nie habe ich einen Stockhieb erhalten. Heute aber würde ich mich schlagen lassen, um fünf Piaster zu erhalten.«

Man sah es dem Mann an, daß er die Wahrheit sprach. Das Elend saß in jeder Falte seines Gesichtes. Schon wollte ich in die Tasche greifen, da aber stand auch schon Halef bei ihm, zog den Beutel und drückte ihm etwas in die Hand. Als der arme Bursche sah, was er bekommen hatte, rief er aus:

»Du hast dich geirrt! Das kannst du doch – –«

»Still, Alter!« fiel ihm Halef in die Rede, indem er mit der einen Hand den Beutel wieder in die Tasche gesteckt, während er mit der andern die Peitsche drohend schwang. »Mach' dich von hinnen und sorge dafür, daß die Deinen einmal echte Kaffeebohnen anstatt der Eicheln erhalten!«

Er schob den Mann fort, unter die Umstehenden hinein, worauf sich derselbe denn auch mit eiligen Schritten ent-

[1] In Reih und Glied. [2] Getränk der Eicheln.

fernte, gefolgt von den Anderen, welche die Höhe des Geschenkes gern erfahren wollten.

Nun brachen wir auf. Als unsere Pferde sich in Bewegung setzten, trat der Khawaß des Dorfes aus der Menge wieder hervor und rief mir zu:

»Herr, du hast mich mit Piastern beglückt. Ich werde dir das Yrz beraber gitmeji[1] geben.«

Er stellte sich an unsere Spitze, nahm den Säbel auf und schritt in martialischer Haltung vor uns her. Erst draußen vor dem Dorf verabschiedete er sich.

»Sihdi,« meinte Halef, »es freut mich doch, daß ich nicht derb zugeschlagen habe. Er ist kein übler Kerl, und es sollte mir leid tun, wenn ich ›die sanften Gefühle seines Sitzes in schlimmere Aufregung‹ versetzt hätte. In diesem schönen Lande ist jeder ein Held bis zu dem Augenblick, in welchem er die Peitsche sieht.« ---

[1] Ehrengeleit.

ZWEITES KAPITEL

Eine Bärenjagd

Der Aufenthalt in dem elenden Dorfe hatte ganz gegen unsere vorherige Absicht weit über eine Stunde gedauert. Um zu erfahren, wo wir heute Nacht bleiben würden, fragte ich den Konakdschi darnach. Er antwortete:

»Wir bleiben bei Junak, wo ihr besser ruhen werdet, als es hier im Dorfe der Fall gewesen wäre.«

»Wie weit ist es bis zu ihm?«

»Wir erreichen sein Haus noch vor Anbruch der Nacht. Ihr könnt sicher sein, daß er euch willkommen heißen wird.«

Weitere Erkundigungen wollte ich aus guten Gründen nicht einziehen. Es war vorteilhaft für uns, diesen Konakdschi glauben zu lassen, daß er unser ganzes Vertrauen besäße.

Noch ritten wir auf der Hochebene; aber vor uns im Westen lagen schwere Bergesmassen, deren Ausläufer uns bald zwischen sich nahmen. Rechts von uns strichen die Höhen des Schar Dagh nach Nordost. Wir näherten uns dem südwestlichen Vorstoß desselben, welcher seinen Fuß von den kalten Wassern des schwarzen Drin bespülen läßt. Dann fließt von Norden her der weiße Drin herbei, und der vereinigte Fluß wendet sich nach Westen, dem adriatischen Meer, dem nicht mehr fernen Ziele unsers Rittes, entgegen. Von da, wo wir uns jetzt befanden, bis zur Meeresküste beträgt die Luftlinie kaum über fünfzehn deutsche Meilen. In drei Tagen konnten wir dort sein. Ob uns das auch gelingen würde? Es gab Hindernisse zu überwinden, welche nicht nur in den Terrainschwierigkeiten bestanden.

Nun befanden wir uns schon mitten zwischen himmelan strebenden Bergen. Zwar hatten wir bisher keinen gebahnten Weg gehabt, aber dennoch ziemlich schnell reiten können. Jetzt mußten wir uns durch Schluchten winden, welche fast unzugänglich waren. Schwere Felstrümmer legten sich uns in den Weg. Mächtige Stämme waren von den Steilungen abgestürzt und zwangen unsere Pferde, über sie hinweg zu klettern. Wir konnten nur zu zweien, ja wir mußten oft lange Strecken einzeln reiten, weil der Raum es nicht anders gestattete. Da war denn der Konakdschi als Führer natürlich voran, und Halef bildete die Nachhut. Warum, das konnte ich mir denken. Er hatte sich jedenfalls über das Päckchen hergemacht und wollte sich nicht dabei ertappen lassen.

Eben waren wir wieder in eine Vertiefung eingebogen, welche erlaubte, daß zwei Reiter sich nebeneinander bewegen konnten. Ich war der Vorletzte und tat dem Hadschi den Gefallen, gar nicht auf ihn zu achten. Da kam er herbei und ritt mir zur Seite.

»Sihdi, hat jemand etwas gemerkt?«

»Wovon?«

»Daß ich den verbotenen Schinken des Schweines verspeiste.«

»Niemand hat es gesehen, auch ich nicht.«

»So kann ich ruhig sein. Aber ich sage dir, daß der Prophet sich an seinen Gläubigen schwer versündigt, wenn er ihnen diese Speise verbietet. Es ist ein Genuß höchster Ergötzlichkeit. Kein gebratenes Huhn kommt ihm gleich. Wie mag es aber nur kommen, daß das tote Schwein viel, viel besser riecht, als das lebendige?«

»Das liegt an der Behandlung des Fleisches. Es wird gepökelt und geräuchert.«

»Wie macht man das?«

»Das Fleisch wird in Salz gelegt, damit das Wasser aus ihm entfernt werde, wodurch es dauerhaft wird.«

»Ah, das ist das Pastyrma[1], von dem ich sprechen hörte?«

»Ja. Dann wird es geräuchert und erhält durch den Rauch den Duft, welcher dir so wohl gefällt. Wie weit bist du mit deinem Vorrat gekommen?«

»Der Schinken ist verzehrt, die Wurst habe ich noch nicht gekostet. Wenn du erlaubst, werde ich sie anschneiden.«

[1] Pökelfleisch.

Er zog die Wurst aus der Satteltasche und das Messer aus dem Gürtel.

»Natürlich willst du auch ein Stück, Effendi?«

»Nein, ich danke dir!«

Wenn ich an den famosen Umschlag dachte und an die Frau, welche wahrscheinlich die Wurst höchst eigenhändig gestopft hatte, so war an Appetit natürlich gar nicht zu denken. Jetzt sah ich, daß Halef sich ganz vergebliche Mühe gab, die Wurst aufzuschneiden. Er säbelte und säbelte, kam aber mit dem Messer nicht hindurch.

»Was gibt es denn?«

»O, sie ist gar zu fest!« antwortete er.

»Fest? Du meinst doch wohl zu hart?«

»Nein, hart ist sie nicht, aber ungeheuer fest.«

»Ob vielleicht ein kleiner Knochen mit hineingeraten ist? Versuche es nebenan!«

Er setzte das Messer an einer andern Stelle an, und nun ging es leicht. Er roch an das abgeschnittene Stück, machte ein verklärtes Gesicht, nickte mir triumphierend zu und biß hinein. Er biß und biß, er hielt mit den Zähnen fest und zog mit beiden Händen – vergeblich!

»Allah 'l Allah! Diese Wurst ist wie ein Ochsenfell!« rief er aus. »Aber dieser Geruch! Dieser Geschmack! Ich muß durch, und ich komme durch!«

Er biß und zerrte aus Leibeskräften, und endlich gelang es. Die zähe Stelle gab nach – der Wurstzipfel war entzwei. Das eine Stück hielt er in der Hand, und das andere hatte er im Mund. Er begann zu kauen; er kaute fort und kaute weiter, aber er schlang den Bissen nicht hinab.

»Was kaust du denn, Halef?«

»Die Wurst!« antwortete er.

»Aber so schlinge doch auch!«

»Das geht noch nicht. Ich bringe das Stück nicht auseinander.«

»Wie schmeckt es denn?«

»Ausgezeichnet! Aber zähe ist es, außerordentlich zähe. Es kaut sich wirklich ganz wie Rindsleder.«

»So ist es kein Fleisch. Untersuche es!«

Er nahm den Bissen aus dem Mund und betrachtete ihn. Er drückte, zog und quetschte; er unterwarf ihn einer sehr sorgfältigen Untersuchung und sagte endlich kopfschüttelnd:

»Daraus werde ich nicht klug. Schau du das Ding einmal an!«

Ich nahm das ›Ding‹ und betrachtete es. Es sah schon so nicht appetitlich aus, aber als ich nun gleich entdeckte, was es war, da wurde es mir doch noch ganz anders zu Mut. Sollte ich es dem Hadschi sagen? Jawohl! Er hatte das Gebot des Propheten übertreten, und nun kam eben die Folge seiner Sünde. Der kleine Mann hatte prächtige Zähne; aber dieses lederne Ding zu zerkauen, das war ihm doch nicht gelungen. Ich schob es mit Hilfe des Daumens in diejenige Fassung, welche es gehabt hatte, bevor es in die Wurst geraten war, und gab es ihm hin.

Als er es jetzt betrachtete, wurden seine Augen noch einmal so groß. Er riß den Mund auf, fast so, wie vor zwei Stunden, als er den fetten Raki trank.

»Allah, Allah!« rief er aus. »Schi mahuhl; schi biwak'kif scha'r irrahs – das ist fürchterlich; das läßt einem die Haare zu Berge stehen!«

Wenn jemand zwanzig Sprachen spräche und jahrelang nur in fremden Zungen redete, im Augenblick großen Schrekkens oder großer Freude wird er sich seiner Muttersprache bedienen. So auch hier. Halef sprach sein heimatliches Arabisch, seinen moghrebinischen Dialekt. Er mußte also sehr erschrocken sein.

»Was schreist du denn?« fragte ich mit der harmlosesten Miene.

»O, Sihdi, was habe ich gekaut! Schi 'aïb, schi makruh – das ist schändlich, das ist abscheulich. B'irdak, billah 'alaïk – ich flehe dich an, ich beschwöre dich!«

Er sah mich wirklich wie hilfeflehend an. Sämtliche Züge seines Gesichtes arbeiteten krampfhaft, um den Eindruck der fatalen Entdeckung zu überwinden.

»So sprich doch nur! Was ist es denn?«

»Ja Allah, ja nabi, ja maschara, ja hataja – o Allah, o Prophet, o Spott, o Sünde! Ich fühle jedes einzelne Haar auf meinem Haupt! Ich höre meinen Magen wie einen Dulun[1] klingen! Alle meine Zehen wackeln, und in den Fingern kribbelt es, als ob sie mir eingeschlafen wären!«

»Ich weiß aber noch immer nicht, weshalb?«

»Sihdi, willst du mich verhöhnen? Du hast es doch auch gesehen, was es ist. Es ist ein Laska es suba.«

»Ein Laska es suba? Ich verstehe es nicht.«

»Seit wann hast du das Arabische verlernt? So will ich es dir türkisch sagen. Vielleicht weißt du dann, was ich meine. Es ist ein Parmak kabuki[2]. Oder nicht?«

»Meinst du?«

»Ja, das meine ich!« beteuerte er, indem er ausspuckte. »Wer hat die Wurst gemacht? Etwa das Weib?«

»Wahrscheinlich.«

»O Unglück! Sie hat einen wunden Finger gehabt und von einem Diw eldiweni[3] den Daumen abgeschnitten und sich über das Pflaster und den Finger gesteckt. Als sie dann die Wurst füllte, hat sie die Fingerdüte hineingestopft. Schu haida – pfui!«

»Das wäre ja entsetzlich, Halef.«

»La tihki, walah kilmi – rede nicht mehr, auch nicht ein Wort!«

Er hielt alles noch in den Händen, die beiden zerbissenen Teile des Wurstzipfels und die unglückselige Fingerhülse. Es war wirklich der Daumen eines starkledernen Fausthandschuhes. Sein Gesicht war gar nicht zu beschreiben. In diesem Augenblick fühlte er sich jedenfalls als den unglücklichsten Menschen der Erde. Er sah bald mich und bald die Wurststücke an und schien so von Ekel und Abscheu erfüllt zu sein, daß er gar keine Zeit fand, an das Nächstliegende zu denken.

»So wirf es doch weg!« sagte ich.

»Wegwerfen? Jawohl! Aber was habe ich davon? Mein

[1] Dudelsack. [2] Fingerhülse, Fingerdüte. [3] Fausthandschuh.

Leib ist entweiht, meine Seele ist entwürdigt, und mein Herz hängt mir genau so wie eine traurige Wurst im Busen. Meine Urahnen drehen sich, grad so wie mein Magen, im Grab um, und die Söhne meiner Enkelskinder werden Tränen trinken beim Andenken an diese Stunde der bestraften Leckerhaftigkeit. Ich sage dir, Sihdi, der Prophet hat vollständig Recht. Das Schwein ist die ruchloseste Bestie des Weltalls, die Verführerin des menschlichen Geschlechtes und die Erztantentochter der Teufelsmutter. Das Schwein muß ausgerottet werden aus dem Reich der Schöpfung; es muß gesteinigt werden und vergiftet mit allen möglichen schädlichen Arzneien. Und der Mensch, welcher die schandbare Erfindung gemacht hat, die zerstückelte Leiche, das Fett und das Blut dieses Viehzeuges in die eigenen Gedärme desselben zu füllen, dieser Mensch muß in der schrecklichsten Ecke der Hölle schmoren in alle Ewigkeit. Die Frau aber, welche diesen Finger des Fausthandschuhes und das Pflaster ihres ungläubigen Daumens in die Wurst stopfte, diese Halefschänderin soll von ihrem bösen Gewissen gepeinigt werden Tag und Nacht, ohne Unterlaß, daß sie sich für einen umgekehrten Igel halten soll, bei dem die Stacheln nach innen gehen!«

»Ja, es ist stark!« lachte ich. »Dein Gesicht ist mir ganz unbegreiflich; ich kenne dich gar nicht mehr. Bist du denn wirklich der tapfere und stolze Hadschi Halef Omar Ben Hadschi Abul Abbas Ibn Hadschi Dawuhd al Gossarah?«

»Schweig, Effendi! Erinnere mich nicht an die wackeren Väter meiner Großväter! Keiner von ihnen hat das kolossale Unglück gehabt, eine Hülse zu kauen, welche erst an einem kranken Finger und dann in einer noch viel kränkeren und trostloseren Wurst steckte. Alle meine männliche Beredsamkeit reicht nicht aus, die Qualen meines Mundes, die Angst meines Schlundes und die Hilflosigkeit meiner Verdauung zu schildern. Dieser Tag ist der bejammernswerteste meiner ganzen irdischen Pilgerfahrt. Erst habe ich den Tran des Fisches getrunken, daß mir vor Uebelkeit das Lebenslicht auslöschen wollte, und kaum hat es wieder ein wenig aufzuflackern begonnen, so fange ich gar an, an dem eingepöckelten Etui einer nichtswürdigen Daumengeschwulst zu kauen. Das ist doch wahrhaftig mehr, als ein Sterblicher vertragen kann!«

»So wirf es doch endlich weg.«

»Ja, fort, fort! Die Sünde des heutigen Tages soll keinen Augenblick länger an meinen Fingern kleben. Mir sind alle Genüsse der Erde vergällt. Dem Ersten, der mir eine Wurst vor die Augen bringt, schieße ich meine sämtlichen Kugeln in den Leib. Ich mag vom Schwein nichts mehr sehen und riechen; es ist die heilloseste Kreatur, die es auf Erden gibt!«

Er schleuderte alles von sich und fügte hinzu:

»Möge Derjenige, welcher nach uns dieses Weges reitet, ein hartgesottener Sünder sein! Wenn er diese Wurst findet und verspeist, so wird sein Gewissen vor Grauen aufplatzen wie ein Sack, und seine Taten werden hervorbrechen und an das Tageslicht kommen. Denn diese Wurst ist die Offenbarungsspeise aller Geheimnisse des inneren Menschen. Ich muß alle meine Kräfte zusammenfassen, damit du nicht zu schauen bekommst, welches Aussehen die inwendige Seite deines todkranken und schwergeprüften Halef hat.«

Er war gewohnt, selbst den widerstrebendsten Gegenstand in das blumenreiche Gewand des Orients zu kleiden. Das brachte er sogar hier in diesem schnöden Fall fertig. Dann ritt er wortlos nebenher, und nur als ich ihn neckend nach dem Grund seines Schweigens fragte, antwortete er:

»Es gibt keine Sprache irgend eines Volkes, deren Wortschatz ausreichend wäre, dir mein Leid und die Zerknirschung meiner Seele und auch meines Körpers zu beschreiben. Darum ist es besser, ich spreche gar nicht. Ich muß geduldig warten, bis die Empörung meines Innern von selbst aufgehört hat.«

Die Schlucht, welche der Schauplatz dieses Herzeleides gewesen war, hatte ihr Ende erreicht, und vor uns öffnete sich eine schmale und, wie es schien, sehr langgezogene Grasfläche, durch welche ein Wasser floß. Vereinzelte Büsche standen darauf, um welche sich zahlreiche Himbeer- und Brombeer-Stauden zogen. Letztere trugen eine verlockende Fülle von Beeren, über deren Größe man erstaunen konnte.

Wäre es nicht so spät am Tage gewesen, so hätten wir absteigen können, um ein leckeres Mahl zu halten.

»An diesem Wasser liegt Junaks Hütte,« erklärte der Konakdschi. »Wir werden sie in einer Viertelstunde erreichen.«

Hier konnten wir nebeneinander reiten. Es war Raum genug vorhanden, und wir setzten unsere Pferde in Galopp. Gewohnt, selbst während des schnellsten Rittes auf alles zu achten, behielt ich auch jetzt die Umgebung scharf im Auge. So kam es, daß mir ein Umstand auffiel, welcher mich veranlaßte, mein Pferd anzuhalten. Die Andern taten dasselbe.

»Was hast du gesehen? Was ist's mit diesem Gestrüpp?« fragte Halef.

Wir hielten vor einer Stelle, welche so dicht mit den genannten Beersträuchern und kriechenden Stachelranken besetzt war, daß ein Mensch, ohne sich ungewöhnlich anzustrengen, gar nicht hindurch konnte. Dennoch waren Bahnen durch dieses Gewirr gebrochen, Bahnen und Gänge, welche sich vielfach kreuzten.

»Siehst du nicht, daß jemand drinnen gewesen ist?« antwortete ich.

»Ja, ich sehe es. Aber macht dir das Bedenken? Es hat jemand Beeren gesammelt.«

»Die konnte er hier ringsum viel leichter haben. Kein vernünftiger Mensch arbeitet sich so kreuz und quer durch ein solches Dorngestrüpp, wenn er das, was er sucht, ohne Anstrengung haben kann.«

»Aber du siehst doch, daß der Betreffende nur Beeren gesucht hat. Sie sind an den Gängen, welche er durchbrach, abgepflückt, so weit ein Arm zu reichen vermag.«

»Der Betreffende? Hm, ja! Seine Kleidung muß aus einem sehr festen Stoff gefertigt gewesen sein, wahrscheinlich von starkem Leder. Sonst würden wir die Fetzen hangen sehen. Und die Gänge sind breiter, als ein Mensch sie bedarf.«

»Meinst du etwa, daß es kein Mensch gewesen sei?«

»Fast möchte ich es denken. Sieh doch nur, mit welcher Gewalt die Ranken niedergebrochen worden sind!«

»Es mag wohl ein sehr kräftiger Mann gewesen sein.«

»Selbst der kräftigste Mann bricht sich nicht in dieser Weise Bahn. Er steigt über die Hindernisse weg, wo ihm das nur immer möglich ist. Hier aber ist das nicht der Fall gewesen. Die Ranken und Schößlinge liegen tief und fest an der Erde. Sie sind so gewaltsam niedergebrochen, als wären sie mit einer Walze zusammengedrückt worden.«

»Das ist wahr. Ich begreife nicht, wie das ein Mensch mit seinen Füßen tun kann.«

»Hm! Befänden wir uns nicht in der Türkei, sondern in einer amerikanischen Wildnis, so wüßte ich, woran ich wäre. Das Kleid dieses Freundes der Himbeeren war freilich von Leder. Es scheint der schönste und dichteste Pelz gewesen zu sein, den es nur geben kann, und er war fest auf den Leib gewachsen.«

»So meinst du wirklich ein Tier?«

»Freilich; aber ein Tier, welches es in deiner Heimat nicht gibt, und darum kennst du es auch nicht.«

»Effendi, ich weiß, was du meinst,« sagte der Konakdschi, indem er sein Pferd um mehrere Schritte von unserm Standort wegzog, um aus der Nähe des Gestrüpps zu kommen. »Es ist ein Ajy[1], von dem du redest.«

»Du hast es erraten. Fürchtest du dich?«

»O nein! Diese Tiere sind hier höchst selten. Aber wenn sich einmal ein Bär in unsere Berge verirrt, so ist's ein wütender, mit dem man nicht spaßen darf.«

»Das läßt sich denken. Ein junges Tier, welches nur von Früchten lebt, wird sich nicht hierher verlaufen. Ich bin beinahe überzeugt, daß der Beerensucher wirklich ein Bär gewesen ist, und werde mir die Gänge, welche er durch das Gestrüpp gebrochen hat, einmal ansehen.«

»Um Allahs willen, laß das sein!«

»Pah! Es ist ja noch heller Tag.«

»Aber wenn du auf ihn triffst?«

»So trifft er auch auf mich. Beides ist sehr gefährlich.«

»Er reißt dir den Leib auf und beißt dich in den Kopf. Ich

[1] Bär.

habe gehört, daß der Bär ein großer Freund des Gehirnes ist. Darum soll er seinem Opfer gleich mit dem ersten Biß die Hirnschale zermalmen.«

»Wir wollen sehen, ob dieser Bär hier dieselben Gewohnheiten hat,« sagte ich und stieg vom Pferd.

»Bleibe da, bleibe da!« schrie der tapfere Führer. »Es handelt sich ja nicht allein um dich, sondern auch um uns. Wenn er wirklich noch da im Dickicht steckt und du stöberst ihn aus der Ruhe, so wird er zornig sein und auch über uns herfallen!«

»Jammere doch nicht!« herrschte Halef ihn an. »Der Effendi hat den schwarzen Panther, das schlimmste der Raubtiere, und den Löwen getötet, den König der Gewaltigen. Was ist ein Bär gegen ihn! Er würde das Tierchen mit der Hand erwürgen.«

»Oho!« lachte ich. »Du hast eine etwas irrige Vorstellung von diesem lieben Tierchen. Wenn es sich vor dir aufrichtet, so überragt es dich um seines Kopfes Länge. Ist er ausgewachsen, so vermag er dir mit einem leichten Schlag seiner Tatze den Schädel zu zertrümmern. Er schleppt, wenn es ihm beliebt, eine Kuh fort. Es ist also gar nicht so ungefährlich, ihm zu begegnen.«

»Und wenn er noch zehnmal größer wäre, Hadschi Halef Omar fürchtet sich nicht vor ihm. Bleibe hier, Sihdi, und erlaube mir, ihn allein aufzusuchen. Ich möchte ihm ein Sallam aleikum zwischen die Rippen oder in den Kopf geben.«

»Ich bin gar nicht überzeugt, daß deine Kugel durch seine Schädelknochen dringen würde. Dazu bedarf man, wenn man kein Spitzgeschoß hat, eines Gewehres von der Sorte meiner alten Büchse hier, die ja ein Bärentöter ist. Vielleicht würde deine Kugel ihn gar nicht sehr belästigen; er schlägt dir deine Flinte in Stücke und umarmt dich dann, bis dir der Atem ausgeht.«

»Meinst du, daß ich ihm nicht auch den Brustkasten zusammendrücken kann, bis es ihm vor den Augen funkelt und bis ihm die Seele aus dem Leibe fährt!«

»Nein, das kannst du nicht, Halef. Also bleibe nur getrost hier!«

»Wenn er wirklich ein solch gefährlicher Bursche ist, so darfst auch du nicht ohne mich hinein. Ich bin dein Freund und Beschützer und will dabei sein, wenn du dich in Gefahr befindest.«

»Du würdest mir wohl nur im Wege sein, aber du magst mich begleiten, weil du noch nicht die Fährte eines Bären gesehen hast. Das Tier befindet sich nicht hier.«

»Weißt du das so genau?«

»Ja. Ich weiß, wie die Lagerstelle eines Bären beschaffen sein muß. Dieses Gestrüpp eignet sich ganz und gar nicht dazu. Wenn es wirklich ein Bär ist, der hier war, so kam er nur her, um von den süßen Beeren zu naschen. Als Raubtier hat er es vorgezogen, dabei im Gestrüpp versteckt zu sein. Der Instinkt gebietet ihm, am Tage offene Stellen zu meiden. Daraus erklärt es sich, daß die Früchte da, wo sie viel leichter zu haben sind, nicht abgepflückt wurden. Also komm! Halte aber immerhin deine Flinte schußfertig. Selbst ein Bär kann einmal von seinen Gepflogenheiten abweichen.«

Ich nahm die Büchse und drang, von Halef gefolgt, in das Dickicht ein. Die durch dasselbe gebrochenen Gänge glichen, natürlich in höchst verkleinertem Maßstab, den ›Straßen‹, welche die Büffel durch das reiterhohe Gras der Prärie treten. Das niedergebrochene Geäst und Gezweig lag wie fest gestampft. Petz mußte ein gewaltiger Kerl sein.

Wir waren kaum zehn Schritte gegangen, so fand ich den Beweis, daß wir es in Wirklichkeit mit einem braunen Bären zu tun hatten. Eine Locke seines Pelzes war an Dörnern hängen geblieben.

»Schau!« machte ich Halef aufmerksam. »Was ist das hier?«

»Das sind Pelzhaare.«

»Aber von was für einem Pelze?«

»Vom langwolligen Schaf.«

»Ja, und dieses Schaf wird im gewöhnlichen Leben Bär genannt.«

»Kaddaisch' haßi kbir – wie froh bin ich, Herr, mache schnell vorwärts, damit wir ihn erwischen.«

Das Jagdfieber packte ihn.

»Nur Geduld! Wir wollen uns erst einmal diese Locke genau betrachten.«

»Wozu?«

»Um vielleicht zu erfahren, wie alt er ist.«

»Läßt sich das aus diesen wenigen Haaren vermuten?«

»Ja, so ziemlich. Je jünger der Bär, desto wolliger ist sein Fell. Sehr alte Bären haben keine Unterwolle mehr und der Pelz wird so schäbig und dünn, daß er sogar nackte Stellen zeigt. Schau einmal her! Ist diese Locke wollig?«

»Nein; das Haar ist fast schlicht.«

»Es ist auch nicht gleich stark und nicht gleich gefärbt. Da, wo es im Fell steckte, ist es dünner als oben und fast ohne Farbstoff. Das ist ein Zeichen, daß die Haut das Haar nicht mehr zu nähren vermag. Dieser Bär ist ein sehr alter Bursche. Ich mag dir nicht wünschen, von ihm umarmt zu werden. Bei diesem Alter und in der jetzigen Jahreszeit kann er gern und gut an vier Zentner wiegen.«

»Allah! Und wie schwer bin ich?«

»Wenig über einen Zentner.«

»O Unglück, o Unterschied! Da passe ich freilich nicht in seine Arme und an sein Herz. Da ist es auf alle Fälle besser, ihm eine Kugel zu geben. Also vorwärts! Suchen wir ihn!«

»Er ist nicht mehr da. Wenn du das niedergetretene Gestrüpp genau betrachtest, so findest du die Bruchstellen schmutzartig gefärbt. Ich vermute, daß das Tier nicht heute, sondern schon gestern hier gewesen ist. Wir brauchen das Dickicht nicht zu untersuchen. Wenn wir es einfach umkreisen, so ist das bequemer, und wir sehen wohl die Stelle, an welcher er hineingegangen oder herausgekommen ist.«

Wir verließen also das Dorngewirr und umschritten es. Der Punkt, an welchem der Bär hineingedrungen war, ließ sich schnell finden. Er lag gegen den Wald zu und war daran zu erkennen, daß die niedergerissenen Zweige und Ranken nach einwärts gerichtet lagen. Da, wo sie nach auswärts lagen, mußte er herausgekommen sein. Diese Stelle lag gegen das Wasser hin. Ich suchte nach der Fährte, fand aber nur einzelne, kaum mehr zu lesende Tritte, welche nach dem Bach führten. Wir gingen ihnen nach und kamen zu der Stelle, wo Petz getrunken hatte. Das Wasser schien trübe geworden zu sein, und er war darum mit den Vorderpranken hineingestiegen. Jetzt floß es kristallrein über die Stelle, und nun erkannten wir im weichen Grund des gar nicht tiefen Baches die deutlichen Abdrücke der Tatzen. Er hatte sie während des Trinkens nicht bewegt und sie dann so behutsam herausgenommen, als ob er die Absicht gehabt habe, uns ja recht genaue Abdrücke seiner Patschen zu hinterlassen.

Meine vorhin ausgesprochene Vermutung bestätigte sich: der Bursche war von bedeutender Größe. Seine Sohlen waren stark gepolstert, woraus man leicht schließen konnte, daß er eine ansehnliche Masse von Fett mit sich herumtrage. Von hier war er nach einer sandigen Stelle getrollt, auf welcher er sich gewälzt hatte. Von da an gab es keine deutliche Spur mehr. Nur aus leisen Anzeichen ließ sich vermuten, daß er in den Wald zurückgekehrt sei.

»Wie schade!« klagte Halef. »Dieser Sohn einer Bärenmutter ist nicht einmal so höflich gewesen, auf uns zu warten.«

»Vielleicht ist es die Tochter einer Bärenmutter und selbst Mutter und Großmutter von vielen Enkeln. Hier, wo sie sich wälzte, hat sie auch den Sand aufgekratzt. Die Krallen sind sehr stumpf und abgestoßen. Sie ist eine sehr alte Tante. Sei froh, ihr nicht unerwartet begegnet zu sein.«

»Und doch wollte ich, sie käme jetzt herbei, um uns die Verbeugung des Grußes zu machen. Kann ein Bär gegessen werden?«

»Ja, aber nicht so, wie man einen Apfel mit Fleisch und Schale verspeist. Schinken und Tatzen sind, wenn gut zubereitet, wahre Leckerbissen. Auch die Zunge ist vorzüglich. Vor der Leber muß man sich hüten. Es gibt Völker, welche sie für giftig halten.«

»Schinken und Tatzen!« rief der Kleine aus. »Sihdi, können wir ihn nicht aufsuchen, um uns diese Leckerbissen von ihm geben zu lassen?«

»Halef, Halef! Denke an andere Leckerbissen, welche dir nicht sehr gut – –«

»Schweig!« fiel er mir schnell in die Rede. »Meinst du, daß der Prophet verboten hat, den Schinken und die Tatzen des Bären zu verspeisen?«

»Er hat es nicht verboten. Die Sprache des Propheten hat zwar ein Wort für Bär, nämlich ›Dibb‹, aber mit diesem Wort wird zuweilen auch die Hyäne bezeichnet, und ich glaube nicht, daß Mohammed jemals einen wirklichen Bären gesehen hat.«

»Hätte er es verboten, so würde ich um keinen Preis ein Gelüste nach Bärenschinken hegen; da dem aber nicht so ist, so sehe ich nicht ein, warum wir uns diesen Hochgenuß versagen wollen. Wir gehen in den Wald und schießen das Tier nieder.«

»Meinst du, daß es da nur so auf uns wartet?«

»Es muß doch ein bestimmtes Lager haben!«

»Das ist nicht nötig. Aber wäre dies auch der Fall, so würden wir das Lager nicht finden. Wir haben keine Fährte, und es beginnt bereits zu dunkeln. Wir müssen also auf die Jagd verzichten.«

»Effendi, mach' es doch möglich!« bat er. »Bedenke, daß dein treuer Halef seiner Hanneh, der Perle der Frauen, erzählen will, daß er einen Bären erlegt habe. Sie würde entzückt und stolz auf mich sein.«

»Sollte dein Wunsch erfüllt werden, so müßten wir einen oder gar zwei Tage hier verweilen, und dazu haben wir keine Zeit. In einer Viertelstunde wird es Nacht. Wir wollen uns sputen, das Haus Junaks zu erreichen!«

»Zum Scheïtan mit diesem Hause! Lieber würde ich heute in der Höhle des Bären schlafen und mich dabei in das Fell wickeln, welches ich ihm abgezogen hätte. Aber ich muß gehorchen. Allah gewährt, und Allah versagt. Ich will nicht gegen ihn murren.«

Also stiegen wir auf und ritten weiter.

Nach einiger Zeit traten die steilen, mit dunklem Nadelwald bewachsenen Höhen noch weiter zurück, so daß sie eine fast kreisflächenähnliche Lichtung einschlossen, auf welcher wir ein Haus sahen, an das sich zwei Schuppen oder stallähnliche Gebäude lehnten. Nur rechts drüben schob die Höhe einen schmalen zungenförmigen Ausläufer herein, welcher aus felsigem Boden bestand und mit Büschen, Laub- und Nadelbäumen besetzt war.

Dort, an der Spitze dieser Zunge, sahen wir eine Person stehen, deren Kleidung nicht entscheiden ließ, ob sie männlichen oder weiblichen Geschlechtes sei.

»Das ist Guszka, Herr,« sagte der Konakdschi. »Soll ich sie rufen?«

»Wer ist Guszka?«

»Das Weib Junaks, des Ruß- und Kohlenhändlers.«

»Du brauchst sie nicht zu rufen, denn ich sehe, daß sie uns jetzt bemerkt.«

War dies der Vorname oder nur ein Schmeichelname, welcher auf die Seeleneigentümlichkeiten seiner Trägerin schließen ließ? Guszka ist nämlich auch serbisch und bedeutet ›Gans‹. Aber nach dem, was mir unser letzter Wirt, der Schäfer, über sie mitgeteilt hatte, stand nicht zu erwarten, daß sie die bekannte Eigenschaft des gleichnamigen Schwimmvogels besäße. Ich war neugierig, wie sie uns aufnehmen würde.

Schon jetzt verstellte sie sich. Sie tat, als hätte sie uns noch nicht gesehen, und schritt langsam und gesenkten Kopfes dem Hause zu. Der Ausdruck ›Haus‹ war eigentlich hier eine großartige Schmeichelei. Die Mauern bestanden aus Steinen, die ohne bindenden Mörtel übereinander gelegt und deren Zwischenräume mit Erde und Moos verstopft waren. Die Bedeckung war ein primitives Knüppeldach, mit Wassermoos und getrocknetem Farnkraut bekleidet. Die Türe war so eng und niedrig, als sei sie nur für Kinder gemacht gewesen, und die Fensteröffnungen hatten grad die nötige Größe, um die Nase hinausstecken zu können.

Noch trauriger sahen die beiden anderen Bauwerke aus.

Hätten sie sich nicht gar so innig an das Haus gelehnt, so wären sie augenblicklich umgefallen.

Die Frau verschwand in einem dieser Schuppen, ohne uns einen Blick zugeworfen zu haben. Wir stiegen vor dem Hause ab. Die Türe war verriegelt. Der Konakdschi schlug mit dem Gewehrkolben dagegen.

Erst nach längerer Zeit wurde geöffnet, und die Frau trat in die Spalte.

Es gibt ein Märchen von einer alten Zauberin, welche – tief im Wald lebend – einen Jeden, der sich zu ihr verirrt, in den Backofen steckt, um ihn zu braten und dann zu verspeisen. An diese Hexe mußte ich unwillkürlich denken, als ich jetzt die Frau erblickte. Sollte ihr Name Guszka, Gans, für ihre Individualität bezeichnend sein, so war sie doch nur mit einer jener steinalten Gänse zu vergleichen, welche auf jeden Fremden wie bissige Kettenhunde losfahren und nur darum nicht mit Borsdorfer Aepfeln und Beifußzweigen in Berührung kommen, weil ihr Fleisch zu hart geworden ist.

Sie war erschrecklich lang und ebenso erschrecklich dürr. Um uns durch die Tür betrachten zu können, mußte ihr Ober- zu dem Unterkörper fast einen rechten Winkel bilden. Ihr Gesicht war auch sehr in die Länge gezogen; es war überhaupt alles an ihr lang. Die scharfe, sichelförmig gebogene Nase, das spitze, von unten nach oben strebende Kinn, der breite, lippen- und zahnlose Mund, die großen, lappenartigen Ohren, die eng beisammenstehenden kleinen, wimperlosen und rot geränderten Augen, die tiefen Falten, in denen der Schmutz zu greifen war: das alles wirkte so abstoßend wie möglich. Den Kopf trug sie unbedeckt. Das dünne Haar, dessen Boden fischschuppenartig durchschimmerte, war nicht geflochten. Es hing in wirren, verfilzten Strähnen herab. Denkt man sich dazu ein unsäglich schmutziges Hemd und eine ebenso saubere, unten am Knöchel zusammengebundene Frauenhose und zwei nackte, skelettartige Füße, welche noch nie mit einem Tropfen Wasser in Berührung gekommen zu sein schienen, so wird man glauben, daß diese unvergleichliche Guszka ganz das Aussehen einer aus dem klassischen Altertum übrig gebliebenen Gorgo oder Furie hatten.

Und als sie jetzt zu reden begann, zuckte ich beinahe zusammen. Das klang ganz genau wie die heisere Stimme einer Krähe, die sich über irgend etwas erbost.

»Was wollt ihr? Wer seid ihr? Warum haltet ihr an?« krähte sie. »Reitet weiter!«

Sic tat, als ob sie die Türe verriegeln wollte; unser Führer aber schob sich dazwischen und sagte:

»Weiter reiten? Nein, das tun wir nicht. Wir bleiben hier.«

»Das geht nicht! Das kann nicht gehen! Ihr habt hier nichts zu suchen. Ich nehme keine Fremden bei mir auf!«

»Ich bin dir doch nicht fremd. Du wirst mich ganz gewiß kennen!«

»Aber die Andern nicht.«

»Es sind meine Freunde.«

»Die meinigen nicht.«

Sie schob ihn hinaus und er sie hinein, natürlich nur zum Schein.

»So doch verständig, Guszka!« bat er. »Wir verlangen von dir ja nichts umsonst. Wir werden dir alles gut und ehrlich bezahlen.«

Das schien zu wirken, wenigstens sollten wir so denken. Sie nahm eine weniger abwehrende Haltung an und fragte:

»Bezahlen wollt ihr? Ja, das ist was anderes! Dann kann ich es mir wenigstens überlegen, ob ich euch hier bei mir bleiben lasse.«

»Da gibt es ja gar nichts zu überlegen. Wir verlangen von dir nur ein Obdach und etwas zu essen.«

»Ist das etwa nicht genug?«

»Das ist mehr als genug; das ist zu viel,« sagte ich. »Speise und Trank verlangen wir nicht von dir und einen Platz zum Schlafen werden wir uns selbst suchen. Hast du keinen Platz im Hause, so schlafen wir im Freien.«

Etwas aus diesen krallenähnlichen, von Schmutz starrenden Fingern zu essen, das war ein Ding der Unmöglichkeit. Und da drinnen schlafen? Um keinen Preis! Die Stube sah ganz so aus, als ob sie sich jener springenden, wibbelnden und kribbelnden, stechenden, nagenden und beißenden Einquartierung erfreue, welche selbst im vornehmsten Hause des Orients immer vorhanden ist. Hier aber in dieser Bude hüpften, krochen, zappelten und marschierten jene blutdürstigen Myrmidonen jedenfalls in unzählbaren Scharen und Schwadronen umher.

Die Beschreibung einer Reise durch den duftumflossenen, sagenumwobenen, sonnigen Orient mag wohl angenehm zu lesen sein; aber diese Reise selbst machen, das ist etwas ganz Anderes. Das Schicklichkeitsgefühl verbietet oft, grad von den eigenartigen, charakteristischen Zügen zu sprechen. Der Orient gleicht Konstantinopel, welches der ›Wangenglanz des Weltangesichtes‹ genannt wird. Von außen bietet es einen herrlichen Anblick; aber tritt man in die engen Straßen selbst, so ist's mit der schönen Täuschung vorüber. Der Orient hat alles, ja alles, nur darf man ja nicht Aesthetiker sein!

Der Reisende braucht den Osten gar nicht um hervorragender Abenteuer willen zu besuchen; er findet Abenteuer übergenug, täglich, ja stündlich. Aber was sind das für Abenteuer! Sie beziehen sich nicht auf große Ereignisse, sondern auf die kleinen Verhältnisse des alltäglichen Lebens. Freilich ist keineswegs Uhlands Wort auf sie anzuwenden:

»Doch schön ist nach dem großen
Das schlichte Heldentum.«

Dem Erzähler ist es verboten, von diesen Abenteuern zu sprechen. Die zahlreichsten derselben erlebt er im Kampf gegen die oft aller Beschreibung spottende Unreinlichkeit der dortigen Bevölkerung. Ich habe mit einem berühmten Scheik gespeist, welcher während des Essens sich einige allzu lebhafte Tierchen aus dem Nacken holte, sie vor aller Augen zwischen den Nägeln seiner Daumen guillotinierte und dann mit den Händen, ohne sie vorher abzuwischen, in den Pillaw fuhr und von demselben eine Kugel rollte, um sie mir als ›el Lukme esch Scharaf‹[1] in den Mund zu schieben.

Wenige werden glauben, daß dies zwar ein kleines, aber dennoch lebensgefährliches Abenteuer gewesen sei. Die Zurückweisung dieses Ehrenbissens ist eine Beleidigung, welche in der Wüste nur mit dem Tod gesühnt werden kann. Ich hatte also eigentlich nur die Wahl zwischen einer Kugel oder einem Messerstich und dem Verspeisen dieser schrecklichen Reiskugel. Links von mir saß der Scheik, welcher mir den Bissen reichte und erwartete, daß ich den Mund aufsperre. Rechts saß Krüger-Bey, der bekannte Oberst der Leibscharen des Herrschers von Tunis. Er – ein geborener Deutscher – hatte die Hinrichtung der kleinen Wesen ebenso bemerkt, wie ich. Er wußte genau, in welch großer Verlegenheit ich mich in diesem Augenblick befand, und in seinem Gesicht war die große Spannung zu lesen, ob ich die Reis- oder die Bleikugel wählen werde. In solcher Lage gilt es, geistesgegenwärtig zu sein. Ich sagte im Ton größter Höflichkeit zu dem Scheik:

»Ma binsa dschamihlak kull umri – ich werde all mein Lebtage an deine Güte gedenken.«

Den Bissen aus seiner Hand nehmend, fuhr ich fort:

»Ridd inna'sar, ja m'allmi – entschuldige mich, o Herr!«

Und mich nun schnell rechts zu Krüger-Bey wendend, schloß ich:

»Dachihlal, ent kaïn haun el muhtaram – ich bitte dich, hier bist du der Ehrwürdige!«

Der brave Kommandant der Leibwache erschrak. Er ahnte meine Absicht und war so unvorsichtig, den Mund zu öffnen, um mir abwehrend zu antworten. Aber dieser eine Augenblick genügte mir. Ehe er ein Wort hervorbrachte, hatte er den Reiskloß im Mund und durfte ihn nicht wieder herausgeben.

Er war der Aelteste. Daß ich ihm den Ehrenbissen gegeben hatte, war nun nicht eine Beleidigung, sondern ein all-

[1] Ehrenbissen.

gemein sehr wohl aufgenommener Beweis, daß ich das Alter achte. Der arme Ehrwürdige machte freilich ein Gesicht, als hätte er den ganzen Jammer des Erdenlebens zwischen den Zähnen gehabt. Er drückte und drückte und schlang und schlang, bis er rotblau geworden und der Bissen hinunter war. Noch nach Jahren rühmte sich der Undankbare, daß er mir diesen Streich nicht vergessen habe.

Solche Erlebnisse sind häufiger, als einem lieb sein kann. Man darf wohl eine Andeutung geben, sie aber nicht ausführlich beschreiben. Der Kampf gegen Schmutz und Ungeziefer ist ein wahrhaft schrecklicher und kann einem die höchsten Genüsse verleiden.

Frau Guszka ahnte nicht, was mich zu meinen Worten veranlaßte. Es war wohl gegen die ihr zugeteilte Rolle, uns abzusondern; darum sagte sie schnell:

»Platz habe ich wohl für euch, Herr. Wenn ihr es gut bezahlt, so habe ich ein Bett für dich; deine Gefährten aber können neben dir auf ihren Decken schlafen.«

»Wo ist das Bett?«

»Komm herein; ich werde es dir zeigen!«

Ich folgte ihr, nicht in der Absicht, das Bett zu prüfen, sondern nur um einen Einblick in die Häuslichkeit der ›Gans‹ zu bekommen.

Aber welch ein Loch betrat ich da! Es gab die vier rohen Wände. Rechts in der Ecke lagen die Steine des Feuerherdes, und links in der andern Ecke sah ich einen unordentlichen Haufen von dürrem Farn, Laub und Lumpen. Auf diesen deutete die Frau, indem sie sagte:

»Dort ist das Bett. Und hier ist der Herd, auf welchem ich euch das Fleisch braten werde.«

Es herrschte ein wahrer Höllendunst in diesem Loch, brandig und nach allen möglichen Gestänken riechend. Von einem Schornstein war keine Rede. Der ätzende Rauch fand seinen Abzug durch die Fenster. Die Gefährten waren mit eingetreten. Daß sie grad wie ich dachten, sah ich ihnen deutlich an.

»Was für Fleisch meinst du?« erkundigte ich mich.

»Pferdefleisch.«

»Woher habt ihr das?«

»Von unserem eigenen Pferd,« antwortete sie, indem sie mit beiden Händen nach den Augen griff.

»Habt ihr es geschlachtet?«

»Nein; es ist uns zerrissen worden.«

»Ah! Von wem?«

»Mein Mann sagt, daß es ein Bär gewesen sein müsse.«

»Und wann hat er das Pferd getötet?«

»In letzter Nacht.«

»Allah 'l Allah!« rief Halef. »So frißt dieser Bär also nicht nur Himbeeren! Habt ihr ihn getötet?«

»Wie kannst du so fragen! Um einen Bären zu erlegen, müssen sehr viele Männer beisammen sein.«

»Willst du mir sagen, wie es zugegangen ist,« forderte ich sie auf.

»Das wissen wir freilich selbst nicht genau. Wir bedürfen des Pferdes zu unserm Handel. Es muß uns den Kohlenwagen ziehen und – –«

»Ich habe doch keinen Wagen stehen sehen!«

»Wir können ihn gar nicht hier haben, denn es gibt keinen Weg, auf welchem wir ihn zu dem Hause bringen könnten. Er steht also stets bei dem Köhler. Das Pferd aber befindet sich hier, wenn wir daheim sind. Es bleibt des Nachts im Freien, um das Gras abweiden zu können. Heute früh nun, als wir aufstanden, sahen wir es nicht, und als wir es suchten, fanden wir seine Leiche drüben bei den Felsen liegen. Es war zerrissen worden, und als mein Mann die Spuren sah, sagte er, ein Bär sei es gewesen.«

»Wo befindet sich jetzt das übrig gebliebene Fleisch?«

»Draußen im Schuppen.«

»Zeige es mir.«

»Herr, das darf ich nicht,« sagte sie erschrocken. »Mein Mann hat mir verboten, fremde Leute da hinein zu lassen.«

»Welchen Grund hat er dazu?«

»Das weiß ich nicht.«

»Wo ist er denn jetzt?«

»Er wollte nach dem Lager des Bären suchen.«

»Das ist aber höchst gefährlich! Ist denn dein Mann so ein mutiger Jäger?«

»Ja, das ist er.«

»Wann kommt er zurück?«

»Wohl bald.«

»So! Sind etwa heute Fremde hier bei euch gewesen?«

»Nein. Warum fragst du nach ihnen?«

»Weil dein Mann dir verboten hat, Fremde in den Schuppen zu lassen.«

»Es war niemand da, kein Mensch, heute nicht und gestern nicht. Wir leben so einsam, daß nur höchst selten einmal jemand zu uns kommt.«

In diesem Augenblick ertönte ein schriller, in die Ohren gellender Schrei. Die Frau sprach schnell weiter, um unsere Aufmerksamkeit abzulenken; ich aber sagte:

»Horch! Wer hat da geschrieen?«

»Ich habe nichts gehört.«

»Aber ich hörte es sehr deutlich.«

»So wird es ein Vogel gewesen sein.«

»Nein, das war ein Mensch. Ist wirklich niemand bei dir?«

»Ich bin ganz allein.«

Dabei aber winkte sie dem Konakdschi nach der Türe. Ich sah es, drehte mich um und ging hinaus.

»Herr!« rief sie hinter mir. »Wohin willst du gehen?«

»In den Schuppen.«

»Das darfst du nicht!«

»Pah! Will doch sehen, wer geschrieen hat.«

Da stellte sich der Konakdschi mir in den Weg und sagte:

»Bleibe da, Effendi! Du hast ja gehört, daß kein Fremder –«

Er sprach nicht weiter. Der Schrei war wieder erklungen und zwar noch lauter und unheimlicher als vorher.

»Hörst du?« antwortete ich ihm. »Das klingt ganz so, als ob jemand sich in Lebensgefahr befinde. Wir müssen nachsehen.«

»Aber du darfst doch nicht – –«

»Schweig! Es soll mich niemand hindern, zu tun, was mir beliebt.«

Er machte noch einen Versuch, mich zurück zu halten; die Frau tat dasselbe, aber ich ging dennoch. Meine drei Begleiter folgten mir. Hinterher kam der Konakdschi mit der Frau. Beide wisperten angelegentlich miteinander. So viel ich sehen konnte, machte er ein sehr betroffenes Gesicht.

Ich riegelte den einen Schuppen auf: – er enthielt nichts, als allerlei Gerümpel. Als wir dann auf den andern zuschritten, ertönte wieder der Schrei und zwar aus diesem zweiten Schuppen. Das klang wirklich ganz entsetzlich. Nun öffneten wir und traten ein. Es war fast dunkel im Innern.

»Ist jemand da?« fragte ich.

»O Allah, Allah!« antwortete eine Stimme, welche ich gleich erkannte. »Der Scheïtan, der Scheïtan! Er kommt! – Er greift nach mir! – Er holt mich in die Hölle!«

»Das ist ja der alte Mübarek!« raunte mir Halef zu.

»Allerdings. Entweder sind auch die Andern in der Nähe, um uns einen Hinterhalt zu legen, oder sie haben ihren Weg zum Köhler fortgesetzt und waren gezwungen, ihn hier zurückzulassen. Er hat das Fieber.«

»Herr, gehe nicht hinein!« sagte die Frau. »Es ist ein Kranker drin.«

»Warum hast du mir das verschwiegen?«

»Er soll nicht gestört werden.«

»Was fehlt ihm denn?«

»Er hat das Hawa ils far[1]. Geh' ja nicht hinein! Er steckt dich sonst an, und dann bist du verloren.«

»Die Cholera? Jetzt? Hier im tiefen Wald? Hm! Das glaube ich nicht.«

»Es ist wahr, Herr!«

»Wer ist er denn?«

»Ein Bruder von mir.«

»So! Ist er ein alter Mann?«

»Nein, ein noch ganz junger Bursche.«

[1] Cholera.

»Weib, du lügst! Den Mann, welcher hier liegt, den kenne ich. Er mag dein Bruder sein, denn ihr beide seid Geschwister des Teufels, aber jung ist er nicht. Es ist der alte Mübarek, den ich mir genauer ansehen will. Hast du eine Lampe?«

»Nein.«

»Aber Späne?«

»Auch nicht.«

»Höre, jetzt holst du Späne, um Licht zu machen, und wenn du binnen einer Minute nicht zurück bist, bekommst du Hiebe, daß dir das schmutzige Fell zerspringt.«

Ich hatte die Peitsche in die Hand genommen. Das wirkte.

»Effendi,« sagte der Konakdschi, »du hast kein Recht, zu tun, als wärest du hier der Herr und Gebieter. Wir sind hier Gäste und – –«

»Und werden so zahlen, wie man es verdient, nämlich entweder mit Piastern oder mit Hieben,« fiel ich ihm ins Wort. »Da drin liegt der Mübarek. Wo der ist, da befinden wir uns in Gefahr, und ich werde genau so handeln, wie unsere Sicherheit es erfordert. Willst du mich irre machen, so muß ich annehmen, daß du es heimlich mit unsern Feinden hältst. Grund dazu ist bereits genug vorhanden, wie du weißt. Also nimm dich in acht!«

Da war er still und wagte kein weiteres Wort. Die Frau brachte Kienspäne, von denen einer bereits brannte. Wir zündeten mehrere an, nahmen sie in die Linke, die gespannten Revolver oder Pistolen in die Rechte und machten uns an die Untersuchung des Schuppens.

Da gab es nun freilich nur zweierlei zu sehen, nämlich den Mübarek, welcher besinnungslos in der Ecke lag, und den Pferdekadaver in dem andern Winkel. Von letzterem stieg ein Heer von ekelhaften Fliegen auf, als wir uns näherten.

»Bist du denn toll?« fragte ich die Frau. »Dort befindet sich einer, welcher das Wundfieber hat, und dabei liegt eine Pferdeleiche, von welcher tausend Insekten zehren. Und von diesem Fleisch sollten wir essen! Weißt du denn nicht, wie gefährlich das ist?«

»Was soll das schaden?«

»Das Leben kann es kosten. Du hast uns belogen. Dieser Mensch dort ist unser Todfeind, welcher uns nach dem Leben trachtet. Indem du ihn uns verheimlichen wolltest, hast du bewiesen, daß du mit ihm verbündet bist. Das kannst du teuer bezahlen müssen!«

»Herr,« antwortete sie, »ich weiß kein Wort von alledem, was du sagst.«

»Ich glaube dir nicht.«

»Ich kann es beschwören.«

»Auch deinem Schwure schenke ich keinen Glauben. Wie ist der Alte zu dir gekommen?«

Sie warf einen fragenden Blick auf den Konakdschi. Dieser nickte ihr zu. Ich verstand, was er ihr damit sagte, tat aber, als hätte ich nichts gesehen.

»Es kamen Reiter hier vorbei,« erklärte sie mir. »Einer von ihnen war krank; er konnte nicht weiter, und so baten sie mich, ihn hier zu behalten, bis er stärker geworden sei, oder bis sie ihn abholen würden. Sie versicherten, daß ich eine sehr gute Bezahlung dafür erhalten werde.«

»Kanntest du sie?«

»Nein.«

»Warum sagtest du, daß dieser alte Sünder dein Bruder sei?«

»Ob er ein Sünder ist, weiß ich nicht. Sie baten mich, so zu sagen und niemand zu ihm zu lassen, da er von Feinden verfolgt werde.«

»Haben sie dir diese Feinde beschrieben?«

»Ja.«

»Diese Beschreibung paßt auf uns?«

»Ganz genau. Darum wollte ich dich nicht zu ihm lassen.«

Da ertönte vom Eingang her eine zornige Stimme:

»Was geht denn hier vor? Wer wagt es, ohne meine Erlaubnis hier einzudringen?«

Ich trat dem Frager mit dem Kienspane näher. Die Frau eilte auf ihn zu und begann leise mit ihm zu flüstern. Ich ersah keinen Grund, sie darin zu stören. Als beide fertig waren, wandte er sich an mich:

»Herr, meine Frau erzählt mir, daß ihr sie bedroht habt. Das darf ich nicht dulden. Wir haben, indem wir diesen Kranken bei uns aufnahmen, ein Werk der Barmherzigkeit getan, und ihr habt kein Recht, uns das vorzuwerfen.«

»Wer hat einen Vorwurf ausgesprochen?«

»Du!«

»Das ist nicht wahr. Sie hat ihn uns verheimlicht.«

»Was geht das euch an? Können wir nicht tun, was uns beliebt?«

»Das könnt ihr wohl; aber wenn ich den Schrei eines Menschen höre und es wird mir auf meine Frage gesagt, daß niemand da sei, so muß ich wohl argwöhnisch werden. Ich muß glauben, daß ein Mensch sich in Gefahr befinde, und um ihn zu retten, bin ich hier eingetreten, obgleich deine Frau es mir nicht erlauben wollte.«

»Weil du sein Todfeind bist!«

»Auch das ist erlogen. Wir haben ihn geschont, obgleich er uns nach dem Leben trachtete. Ich habe ganz und gar nicht die Absicht, ihm Böses zu erweisen. Ich bin sogar erbötig, ihm beizustehen, wenn es noch möglich ist. Schafft ihn in die Stube! Dort ist es leichter, ihn zu pflegen. Ich werde seine Wunde untersuchen. Kann ihm noch geholfen werden, so soll es mich freuen. Ich raube keinem Menschen das Leben, wenn es nicht in Verteidigung meines eigenen Lebens geschehen muß.«

»Du wirst ihn ehrlich untersuchen und ihm keine Medizin geben, die ihn vollends umbringt?«

»Er empfängt gar keine Medizin. Nur kunstgerecht verbunden soll er werden. Also tragt ihn sofort hinein. Ich warte hier auf dich, denn ich habe dann wegen des Pferdes mit dir zu sprechen.«

Erst jetzt, als er von den Spänen mehr beleuchtet wurde, sah ich, daß er ein Päckchen in der Hand hatte. Ich erkannte es sogleich und machte Halef auf dasselbe aufmerksam, indem ich ihm einen heimlichen Wink gab.

Der Konakdschi, der Kohlenhändler und dessen Frau hoben den Mübarek vom Boden auf und trugen ihn an uns vorüber. Der Verwundete war ohne Besinnung, schien aber die ihm verursachten Schmerzen zu fühlen, denn er schrie jämmerlich.

»Herr,« sagte Halef zu mir, »wie nun, wenn der Mübarek sich nicht allein hier befindet!«

»Ich bin überzeugt, daß die Andern wirklich fort sind, werde aber trotzdem die Maßregeln so treffen, als ob sie sich hier versteckt hätten.«

»Und was hast du mit dem Kohlenhändler wegen des Pferdes zu besprechen?«

»Ich will es ihm abkaufen, wenigstens einen Teil des Kadavers.«

»Bist du des Teufels? Meinst du, daß wir von diesem Fleische essen sollen?«

»Nein, wir nicht, sondern ein Anderer.«

»Wer?«

»Ein Gast von uns. Du wirst ihn hoffentlich noch heute kennen lernen.«

Halef schwieg.

»Jetzt leuchtet einmal her und schaut euch den Kadaver des Pferdes an,« sagte ich zu den Gefährten. »Da werdet ihr sehen können, welche Kraft ein Bär in seinen Zähnen und Tatzen hat.«

Das gewaltige Raubtier hatte dem Pferd die Hirnschale aufgebrochen. Die Schädelhöhle, welche den größten Lekkerbissen des Bären, das Gehirn, enthält, war so rein geleert, als sei sie mit einem Schwamm ausgewischt worden. Dann hatte er den Leib angeschnitten. Es fehlten die Eingeweide, welche er verzehrt hatte. Das Backenfleisch war seinem Gelüste zur Beute geworden, und zuletzt wohl hatte er sich die Brust genommen. Dann war er gesättigt gewesen.

Das Pferd – ein starkknochiges und wohlgenährtes Tier – hatte wohl Kräfte genug gehabt, eine schwere Last zu ziehen. Darum sagte Halef:

»Aber wie kann ein Bär ein solches Pferd bewältigen? Es vermag doch zu fliehen oder sich mit den Hufen zu wehren!«

»Das weiß der Bär so genau wie du und richtet seinen Angriff danach ein. Uebrigens ist er ein alter Kerl, der gewiß ein gutes Quantum Erfahrung besitzt.«

»Aber denke dir, das Pferd ist ein so schnelles Tier, während der Bär ungelenk und täppisch sein soll.«

»Wer das denkt, der kennt ihn nicht. Ja, für gewöhnlich scheint es, als ob er die Behaglichkeit mehr liebe, als die Eile; aber ich sage dir, daß ich dabei war, als ein grauer Bär einen Reiter einholte, der sich alle Mühe gab, zu entkommen. Ist der Bär angeschossen, so entwickelt er eine Wut und eine Schnelligkeit, die ihn höchst gefährlich machen.«

»Nun, wie mag es da diesem Bären gelungen sein, sich des Pferdes zu bemächtigen?«

»Zunächst hat er die Klugheit gehabt, sich gegen den Wind anzuschleichen, um nicht durch die Nüstern bemerkt zu werden. In der Nähe seiner Beute angekommen, hat er einige weite schnelle Sprünge gemacht und dann das Pferd von vorn angenommen. Du siehst es an den Wunden, die es trägt, daß er es vorn niedergerungen hat. Schau die zerrissenen Vorderbeine und die beiden Risse rechts und links im Hals. Er hat mit den Vordertatzen das Pferd am Hals gepackt und ihm die Hinterpranken an die Vorderbeine gestemmt. Bei seiner Bärenkraft, welche ja auch sprichwörtlich ist, bedurfte es nur eines Ruckes, um es vorn niederzubringen. Dann hat er ihm einen Wirbel des Genickes zerknirscht. Das siehst du an den deutlichen Wunden. Wünschest du auch jetzt noch, von ihm umarmt zu werden?«

»O Beschützer! O Bewahrer! Das fällt mir nicht ein. Den Brustkasten könnte ich ihm nicht eindrücken, wie ich vorhin sagte. Aber fürchten würde ich mich doch nicht vor ihm, wenn es zum Kampf zwischen ihm und mir käme. Nur müßte ich meine Flinte bei mir haben. Das ist doch das Sicherste?«

»Ja, doch gibt es Jäger, welche dem Bär bloß mit dem Messer zu Leibe gehen.«

»Ist das möglich?«

»Gewiß. Nur gehört ruhiges Blut, Körperkraft und ein sicherer Stoß dazu. Trifft das Messer das Herz nicht, so ist es gewöhnlich um den Mann geschehen. Bedient man sich der Büchse, so kann man ihn auf verschiedene Weise erlegen. Nie aber schieße ich auf weite Distanz. Am sichersten ist es, man geht dem Burschen mit dem angelegten Gewehr entgegen. Er richtet sich auf, um den Schützen zu empfangen. Auf zehn Schritte gibt man ihm den tödlichen Schuß grad ins Herz. Da er gewöhnlich den Rachen weit aufreißt, kann man auch da eine tödliche Stelle treffen, indem man ihm die Kugel durch den oberen Teil des Rachens ins Gehirn jagt. Doch selbst dann, wenn er stürzt und ohne Bewegung liegt, ist noch Vorsicht geboten. Bevor man sich bei einem getroffenen Bären häuslich niederläßt, muß man sich ganz genau überzeugen, daß er auch wirklich getötet worden ist.«

Ich gab diese oberflächliche Belehrung nicht ohne Absicht, denn ich hoffte, den Bären noch am Abend kennen zu lernen.

Jetzt kehrten die beiden Männer zurück. Die Frau war bei dem Kranken geblieben. Der Kohlenhändler fragte:

»Was wolltest du wegen des Pferdes mit mir sprechen?«

»Ich wollte wissen, ob du das ganze Fleisch desselben für dich verwenden willst.«

»Ja. Ich will es aufheben.«

»So nimm das beste. Die geringeren Stücke kaufe ich dir ab.«

»Du? – Wozu?«

»Für den Bären.«

»O! Der hat schon genug erhalten. Willst du ihn noch dafür beschenken, daß er mich um mein Pferd gebracht hat?«

»Nein; ein Geschenk soll es freilich nicht sein. Weißt du vielleicht, ob das Raubtier sich schon seit längerer Zeit in dieser Gegend befindet?«

»Ich habe noch keine Spur von ihm gesehen. Die Nachbarn wohnen hier weit auseinander, aber wenn er schon einen ähnlichen Raub ausgeführt hätte, so wäre es mir sicher zu Ohren gekommen, da ich als Handelsmann die Ortschaften fleißig besuche.«

»So ist er also hier fremd und kennt noch nicht die Gelegenheiten, auf leichte Weise seinen Appetit zu stillen. Darum denke ich, daß er heute abend wieder kommen wird, um den Rest des Pferdes an sich zu nehmen. Liegt die Stelle, an welcher er dasselbe tötete, weit von hier?«

»Gar nicht weit. Ich hörte von meiner Frau, daß sie grad dort gestanden sei, als ihr ankamt. Das Pferd hat zwischen dem Felsgeröll an der Spitze der Waldzunge gelegen.«

»So beabsichtige ich, einen Teil des Fleisches dorthin zurückzuschaffen, um den Bären an dem Ort seiner Mordtat zu erwarten.«

»Herr, was fällt dir ein!«

»Doch nichts Ungewöhnliches?«

»Sage das um Gottes willen nicht! Du willst ein solch riesiges Tier am dunklen Abend erwarten? So etwas hat man noch nie gehört. Wenn einmal der höchst seltene Fall eintritt, daß sich ein Bär in diese Gegend verirrt, so treten alle mutigen Männer der Gegend zusammen und bringen auch ihre Hunde mit, oder es wird nach Militär geschickt. Dann gibt es eine Schlacht, in welcher viele Hunde und wohl auch mehrere Menschen umkommen, während der Bär als Sieger den Kampfplatz verläßt, bis er endlich in einer zweiten, dritten oder vierten Schlacht überwunden wird.«

»Da tut man dem Tier doch gar zu große Ehre an. Ein einzelner Mann, der eine gute Büchse hat, genügt vollständig.«

»Herr, willst du etwa ganz allein hinaus zu ihm?«

»Willst du etwa mich begleiten?«

»Um alle Schätze der Erde nicht!« schrie er, alle zehn Finger steif von sich streckend.

»Nun, ich werde nicht allein gehen, sondern einen meiner Begleiter mitnehmen.«

»Mich natürlich, mich!« rief Halef, dessen Augen funkelten.

»Ja, du, Hadschi. Du sollst dabei sein, um Hanneh, der herrlichsten der Beglückerinnen, davon erzählen zu können.«

»Hamdullillah! Preis und Dank sei Allah! Ich werde Hanneh den Schinken des Bären bringen und ihr lehren, ihn zu pökeln und zu räuchern, wie – wie – – hm, o Glück, o Seligkeit!«

Beinahe hätte er in seinem Entzücken das Geheimnis seiner Uebertretung des Kurans verraten. Sein Gesicht strahlte vor Wonne. Osko und Omar aber blickten unzufrieden drein.

»Effendi,« meinte Osko, »denkst du etwa, daß wir uns vor dem Bären fürchten würden?«

»Nein, denn ich kenne eure Tapferkeit.«

»So bitten wir dich, auch uns mitzunehmen.«

»Das geht nicht. Zu viele dürfen wir nicht sein. Wir würden das Tier vertreiben, denn der Bär ist schlau, obgleich man oft das Gegenteil von ihm sagt. Uebrigens vertraue ich euch einen sehr wichtigen Posten an, und es ist sehr leicht möglich, daß auch ihr euren Mut beweisen könnt, da der Bär auf den Gedanken kommen kann, auch euch einen Besuch abzustatten.«

»Wieso?«

»Ihr sollt unsere Pferde bewachen, welche wir hier einriegeln. Wir dürfen sie heute nicht im Freien lassen, da es das Raubtier nach frischem Pferdefleisch gelüsten könnte. Jetzt streicht nämlich die Luft von hier nach der Stelle hinüber, wo wir auf ihn warten werden. Seine Nase ist fein genug, um zu riechen, daß sich hier Pferde befinden. Er ist im stande, das tote Fleisch liegen zu lassen, um zu versuchen, ob hier lebendiges zu bekommen sei. Also müssen wir, Halef und ich, uns immerhin darauf gefaßt machen, daß er sich vor uns gar nicht sehen läßt und sich vielmehr hier nach dem Schuppen wendet. In diesem Fall würden uns eure Schüsse wissen lassen, woran wir sind.«

»Ich danke dir, Effendi. Ich sehe, daß du doch Vertrauen zu uns hast. Wir werden treu auf unserm Posten stehen. Er mag nur kommen; unsere Kugeln werden ihn begrüßen.«

»Aber nicht so, wie ihr vielleicht denkt. Ihr werdet euch hier im Innern bei den Pferden befinden und ihn nicht etwa draußen erwarten. Dazu habt ihr die nötige Erfahrung nicht, und es hieße euer Leben tollkühn auf das Spiel setzen.«

»Sollen wir uns gegen ein solches Tier hinter Brettern verschanzen?«

»Ja, denn auch wir werden uns hinter die Felsen verstekken. Eure Flinten sind nicht zuverlässig genug, und selbst wenn ihr den Bären träft, wäre es nur Zufall, wenn eine Kugel ihm in das Leben dränge. Fände er euch draußen, so müßte wenigstens einer von euch das Leben lassen; davon bin ich überzeugt.«

»Aber was können wir gegen ihn tun, wenn er draußen steht, und wir sind hier, ohne ihn sehen zu können?«

»Ihr werdet ihn desto deutlicher hören. Dieser Schuppen ist nur sehr leicht gebaut, und ihr habt keine Ahnung, welchen Scharfsinn der Bär in dieser Beziehung zu entwikkeln vermag. Er weiß ganz genau, was eine Türe ist; er versucht, sie einzudrücken oder mit seinen mächtigen Tatzen aufzureißen. Gelingt das nicht, so streicht er um das ganze Gebäude und untersucht jedes einzelne Brett, ob er es loszusprengen vermag. Hat er erst eine kleine Oeffnung, dann ist es ihm bei seiner ungeheuren Körperkraft leicht, sich mit Gewalt durchzubrechen. Da ist nun eure Aufgabe klar. Wenn er wirklich zu dem Schuppen kommen sollte, so hört ihr an seinem Kratzen, wo er sich draußen befindet, und gebt ihm durch die dünnen Bretter eine Kugel. Wir draußen hören die Schüsse, und das Uebrige ist dann unsere Sache.«

»So kann es also doch nicht zu einem wirklichen Kampf zwischen uns und ihm kommen!«

»Sehr leicht sogar. Aus einer leichten Verwundung macht sich der Bär sehr wenig; aber seine Wut verdoppelt sich. Er ist im stande, trotz eurer Schüsse die dünnen Bretter loszureißen oder durchzudrücken. Dann seid ihr die Ueberfallenen und habt euch eurer Haut zu wehren. Zum Schießen gibt es da keine Zeit, weil nicht geladen werden kann. Kolbenschläge auf die Nase, aber nicht etwa auf den harten Schädel, weil an demselben der Kolben zersplittern würde, und Messerstiche in das Herz, das ist dann das Einzige, womit ihr euch halten könnt, bis Halef und ich herbeikommen. Uebrigens sind wir noch gar nicht so weit. Ich werde euch später noch nähere Weisungen geben.«

»Aber,« sagte Halef, »es ist jetzt bereits dunkel, und unsere Pferde sind im Freien. Wenn er jetzt käme und deinen Rih tötete?«

»Jetzt kommt er noch nicht, und Rih ist kein Köhlerpferd. Ich glaube sogar, ich könnte es dem Rappen überlassen, ganz allein mit dem Bären fertig zu werden. Ein solches Rassetier verhält sich ganz anders als ein gewöhnlicher Gaul. Wir können unsere Tiere getrost noch weiden lassen. Kommt der Bär wirklich, so kommt er frühestens zwei Stunden vor Mitternacht. Um aber nichts zu versäumen, werden wir draußen ein Feuer anzünden, an welchem wir uns niederlassen. Da haben wir die Pferde vor Augen und können ihnen mit unseren Gewehren sofort zu Hilfe kommen. Uebrigens wird das Feuer weithin leuchten und den Bären abhalten, auch bei der Lockspeise seinen Besuch zu früh zu machen. Jetzt handelt es sich um das Pferdefleisch.«

Der Kohlenhändler ging sehr gern auf meine Absicht ein. Für ihn war die Hauptsache, daß das Raubtier getötet werde. Er löste diejenigen Teile des Pferdes, auf welche er es abgesehen hatte, von den Knochen. Dann blieb noch immer genug für den Bären übrig. Für diesen Rest verlangte er dreißig Piaster, also nicht ganz sechs Mark, welche ich ihm gern zahlte.

Draußen an der Giebelmauer des Hauses lag eine ansehnliche Menge von Brennholz aufgeschichtet. Ich kaufte es dem Wirt für zehn Piaster ab und ließ unweit der Haustüre, welche nach der Waldzunge hin lag, ein großes Feuer anmachen, das bis zu unserem Aufbruch zur Jagd unterhalten werden sollte. Es leuchtete weit genug, so daß wir unsere in der Nähe des Hauses weidenden Pferde sehen und bewachen konnten. Osko blieb da zurück, während wir Andern uns nun zunächst nach der Wohnstube begaben. Ich wollte den Mübarek sehen.

Wir hatten, während wir draußen beschäftigt waren, sein ununterbrochenes Klagen gehört. Er bot einen schrecklichen Anblick. Seine verzerrten Züge, seine blutunterlaufenen

Augen, der Gischt, welcher ihm vor dem Mund stand, die Flüche und Verwünschungen, welche er ausstieß, und der von ihm ausströmende üble Geruch wirkten so abstoßend, daß es mir große Ueberwindung kostete, vor ihm niederzuknien, um seine Wunde zu untersuchen.

Der Verband war ihm nur sehr nachlässig und von ungeschickten Händen wieder angelegt worden. Als ich denselben entfernen wollte und infolgedessen seinen Arm berührte, brüllte er vor Schmerzen wie ein wildes Tier und bäumte sich gegen mich auf. Er hielt mich für den Scheïtan, welcher ihn zerreißen wolle, wehrte mich mit dem unverletzten Arm von sich ab und bat mich um Gnade und um die Erlaubnis, zur Erde zurückkehren zu können. Er versprach mir als Lösegeld Tausende von Menschen, welche er ermorden wolle, um mir ihre Seelen zur Hölle zu senden.

Das Fieber gab ihm solche augenblickliche Kraft, daß ich Gewalt anwenden mußte. Es gehörten drei Personen dazu, um ihn zu halten, damit ich ihm die Lappen von den Wunden wickeln konnte. Da sah ich denn sofort, daß Rettung gar nicht möglich sei. Selbst eine Amputation des verletzten Gliedes wäre hier zu spät gekommen. Ich legte auch seine Schulter bloß, indem ich den Kaftan aufschnitt. Der Brand, die zersetzende Fäulnis, war bereits eingetreten, und die ekelhafte Jauche verbreitete einen Verwesungsgeruch, welcher entsetzlich war.

Hier konnte man nichts tun, als ihm Wasser geben, nach welchem er schrie. Das überließen wir der Frau. Es war wie ein Wunder, daß dieser Mensch den Ritt bis hierher hatte aushalten können. Wir standen schaudernd bei ihm und gedachten nicht mehr seiner Feindseligkeit, sondern nur des grausigen Endes, welches er sich selbst bereitet hatte. Der Konakdschi sagte:

»Herr, wäre es nicht besser, wir töteten ihn? Es wäre die größte Wohltat, welche wir ihm erweisen könnten.«

»Das meine ich auch,« antwortete ich; »aber wir haben kein Recht dazu. Noch hat er kein Wort der Reue gesprochen; er will vielmehr den Teufel durch die Verheißung grausiger Mordtaten bestechen. Daraus können wir entnehmen, welche schwarze Seele in diesem lebendig verwesenden Körper wohnt. Vielleicht gibt ihm Gott noch einmal das Bewußtsein zurück und damit die letzte Gelegenheit, seine Sünden zu bekennen. Uebrigens sind seine Qualen nicht unverdient, und – was ihr nicht übersehen dürft – er liegt vor auch als abschreckendes, warnendes Beispiel, dessen deutliche und ergreifende Sprache zwar an uns alle, ganz besonders aber an euch gerichtet ist, an dich, Konakdschi, an Junak und auch an Guszka, dessen Frau.«

»An uns?« fragte der Erstgenannte verlegen. »Weshalb denn?«

»Ich will euch nur sagen: Wer auf den Pfaden dieses Mannes wandelt, der läuft Gefahr, zu demselben schrecklichen Ende zu gelangen. Ich habe noch niemals einen Gottlosen glücklich gesehen.«

»So meinst du, dieser fromme Mann sei gottlos gewesen?«

»Ja, und du weißt sehr gut, daß ich recht habe.«

»Aber er hat stets für heilig gegolten. Warum hat Allah ihn nicht eher gestraft?«

»Weil Allah gnädig und langmütig ist und selbst dem härtesten Sünder Zeit zur Umkehr und Besserung gibt. Aber Allah sieht nur eine Weile zu, und wird die Zeit der Barmherzigkeit nicht benützt, so bricht sein Strafgericht um so schrecklicher herein. In dem Lande meiner Heimat gibt es ein Sprichwort, welches lautet:

Allah dejirmenler jawasch öjütirler,
Lakin korkurlu jufka öjütirler[1].

Dieses Wort gilt auch für euch. Es trägt für den Sünder eine furchtbare Wahrheit in sich. Ich wünsche, daß ihr dieselbe erkennt und nach ihr handelt. Tut ihr das nicht, so werdet ihr ebenso wie der Mübarek dem Strafgericht verfallen.«

»Herr, mir gelten deine Worte nicht,« lachte der Konak-

[1] Gottes Mühlen mahlen langsam,
Mahlen aber schrecklich klein.

dschi. »Ich bin dein Freund und habe mit dem Alten nichts zu schaffen. Allah kennt meine Gerechtigkeit und weiß, daß ich keine Strafe verdiene. Und auch dieser Mann, der Kohlenhändler, und seine Frau sind ehrliche Leute. Du hast uns eine Rede gehalten, die wir nicht auf uns zu beziehen brauchen. Jeder Mensch sollte sich um seine eigenen Fehler bekümmern.«

Da er sich seiner bösen Absichten gegen uns sehr wohl bewußt war, so konnten diese Worte nur als eine Frechheit bezeichnet werden. Halef griff auch nach der Stelle seines Gürtels, an welcher sich die Peitsche befand. Ich gab ihm aber einen abwehrenden Wink und antwortete dem Konakdschi:

»Du hast recht, denn wir alle sind Sünder, und ein jeder Mensch hat seine Fehler. Dennoch ist es Pflicht, den Nächsten zu warnen, wenn er sich in eine Gefahr begibt, in welcher er leicht umkommen kann. Und es gibt keine größere Gefahr als diejenige, mit der Langmut und Barmherzigkeit Allahs sein Spiel zu treiben. Ich habe diese meine Pflicht getan, und es ist nun eure Sache, meiner Warnung Gehör zu schenken oder nicht. Wir sind hier fertig und wollen nun das Fleisch nach der Stelle tragen, an welcher das Pferd überfallen ward.«

Wir begaben uns in den Schuppen. Das Gerippe des Pferdes hielt noch zusammen, und wir konnten es gleich im ganzen tragen. Halef und der Kohlenmann faßten vorn an, ich trug hinten, und dann marschierten wir ab. In der Nähe des Platzes angekommen, gebot ich, die Last niederzulegen. An dem schweren Geripp hing wohl noch ein voller Zentner Fleisch. Das Fell hatte der Wirt schon abgezogen.

Ich gebot, unsere Sohlen recht fest an dem Fleische hin und her zu reiben, damit der Bär nicht unsere frischen Spuren wittere. Der Fleischgeruch mußte seine Nase irreführen. Dann ging es weiter.

Als wir die Stelle erreichten, sah ich, daß sie außerordentlich gut für unsern Zweck geeignet war. Ich erkannte trotz des abendlichen Dunkels die Einzelheiten der Oertlichkeit, da ich sie in einem Halbkreise so umschritt, daß sie zwischen mir und dem helllodernden Feuer lag und sich also alle Umrisse gegen dasselbe abzeichneten.

Die sehr scharf vortretende Zunge des Waldes endete in einer schroff felsigen Spitze, von welcher schwere, quaderartige Massen abgestürzt waren. Diese lagen zerstreut unten umher. Zwischen ihnen war das tote Pferd aufgefunden worden. Wir hatten es genau an demselben Punkt wieder hingelegt, und wenn wir uns im richtigen Wind hinter eins der Felsstücke legten, so konnte uns das Raubtier, falls es wirklich kam, gar nicht entgehen.

Dem Kohlenhändler war es an diesem Ort nicht geheuer, und er ging alsbald davon. Wir folgten ihm langsam nach.

»Der Kerl will nicht gefressen werden,« lachte Halef. »Jetzt im Dunkeln könnte ihm das vielleicht passieren, aber ich wette, wenn der Bär ihn am Tage sähe, so würde er den Kopf schütteln und sagen: du bist mir zu schmutzig! Sihdi, du winktest mir nach dem Päckchen, welches er in der Hand hatte?«

»Ja. Weißt du, was es enthielt?«

»Natürlich! Ich erkannte sogleich den Lappen, welchen die Besitzerin des Fischtranes um das Geräucherte gewickelt hatte. Ich hatte ihn samt der Wurst weggeworfen. Sollte er auch die Wurst gefunden haben?«

»Höchst wahrscheinlich, denn das, was der Lappen enthielt, hatte ganz die Form einer Wurst.«

»So mag er sie essen und die Fortsetzung meiner Qual empfinden! Ich wollte, ich könnte ihm dabei zusehen; es sollte mir eine Augenweide sein.«

»Dieses Vergnügen wirst du vielleicht haben. Weil er diesen Fund gemacht hat, so schließe ich daraus, daß er sich dort befand, wo du die Wurst weggeworfen hast. Was hatte er dort zu suchen? Sein Weib sagte, er sei fortgegangen, um die Fährte des Bären zu entdecken; das ist aber nicht wahr. Er hat erfahren, daß wir kommen werden, und seine Ungeduld trieb ihn, uns entgegenzugehen. Er muß also an unserm Eintreffen ein Interesse haben, zumal er denken mußte, daß wir während seiner Abwesenheit den Mübarek, welchen wir doch nicht sehen sollten, viel leichter entdecken könnten, als wenn er persönlich anwesend wäre. Das läßt mich vermuten, daß ihm von der Beute, welche die Schurken bei unserer Ermordung machen wollen, ein Teil zugesichert ist.«

»Da soll er sich den Mund abwischen, ohne gegessen und getrunken zu haben. Ich sage dir, Sihdi, daß wir viel zu glimpflich mit diesen Leuten verfahren. Erschießen sollten wir sie; die Menschheit würde uns Dank dafür wissen.«

»Du weißt, wie ich darüber denke. Ich habe ja auch geschossen. Der Mübarek wird an meinen beiden Kugeln sterben. Aus dem Hinterhalt töte ich sie nicht. Das wäre Mord. Aber wenn sie uns so angreifen, daß unser Leben bedroht ist, dann verteidigen wir uns mit allen Mitteln.«

Wir kamen bei dem Feuer an, um welches sich mittlerweile die Andern gelagert hatten. Der Konakdschi hatte zwei Gabeläste in die Erde gesteckt und war nun damit beschäftigt, ein großes Stück Pferdefleisch an einen dritten Ast zu schieben, welcher die Stelle des Bratspießes vertreten sollte. Wenn er glaubte, bei diesem Braten uns als Gäste zu bekommen, so mußte er verzichten. Glücklicherweise hatten wir noch einen kleinen Speisevorrat bei uns, welcher für diesen Abend leidlich ausreichte.

Als der Kohlenhändler uns essen sah, bekam er solchen Appetit, daß er das Garwerden des Pferdebratens nicht erwarten konnte. Er ging in das Haus und brachte seine Frau und – das ominöse Päckchen herbei. Beide setzten sich nebeneinander an das Feuer. Er wickelte den Lappen auf, und richtig, die Wurst war darin mit Ausnahme der Düte. Er teilte die Wurst, aber sehr ungleich; seine Frau bekam den kleinen und er nahm den großen Teil. Von dem Konakdschi befragt, woher er die Wurst habe, erklärte er, sie von einer seiner Handelsfuhren mitgebracht zu haben. Er durfte sie essen, weil er kein Mohammedaner war. Und die beiden aßen denn auch mit größtem Behagen. Halef sah ihnen aufmerksam zu. Er hätte gern eine Bemerkung gemacht, aber er durfte ja nichts sagen.

Aus dem Hause erschallte das immerwährende Aechzen und Wimmern des Mübarek, untermischt mit einzelnen schrillen Angstschreien. Es klang, als ob ein Mensch auf der Folter läge. Seine Verbündeten machten sich nichts daraus. Ich forderte das Weib auf, wieder einmal nach ihm zu sehen und ihm Wasser zu geben; aber eben war der Braten fertig geworden, und so weigerte sie sich, meinem Wunsch nachzukommen. Darum stand ich selbst auf, um es zu tun.

Grad als ich mich erhob, ließ der Kranke ein so entsetzliches Gebrüll hören, daß es mich eiskalt überlief. Ich wollte zu ihm hineineilen, aber da erschien er auch bereits unter der Türe und schrie:

»Hilfe! Hilfe! Es brennt! Ich stehe in Flammen!«

Er stürzte auf uns zu. Die Aufregung des Fiebers spottete der Schwachheit seiner Kräfte. Schon nach einigen Schritten blieb er stehen, stierte das Feuer an und brüllte entsetzt:

»Auch hier Flammen! Ueberall Flammen, hier, da, dort! Und in mir brennt's auch, brennt's, brennt's! Hilfe! Hilfe!«

Er warf den unverletzten Arm in die Luft und fiel dann schwer zu Boden, wo er leise, aber herzbrechend fortwimmerte.

Wir hoben ihn auf, um ihn wieder in die Stube zu tragen, hatten aber Mühe, ihn fassen zu können, denn er hielt uns für böse Geister und wehrte sich verzweifelt gegen uns. Als wir ihn drinnen auf das Lager legten, war er matt geworden und schloß die Augen.

Aber bald begann er von neuem, und zwar so, daß es kaum auszuhalten war. Erst nach langer Zeit wurde es still, und ich ging hinein, um nach ihm zu sehen. Er lag im Finstern; darum brannte ich einen Span an und leuchtete ihm in das Gesicht.

Seine Augen waren groß auf mich gerichtet. Er hatte die Besinnung wieder erhalten und erkannte mich.

»Hund!« zischte er mich an. »Bist du also doch gekommen? Allah verfluche dich!«

»Mübarek,« sagte ich ernst, »denke an deinen Zustand. Bevor die Sonne sich erhebt, stehst du vor dem ewigen Richter.

Kannst du deine Sünden zählen? Gehe in dich, und bitte Allah um Gnade und Barmherzigkeit!«

»Teufel! Du bist mein Mörder. Aber ich will nicht sterben; ich will nicht! Dich, dich, dich will ich sterben sehen!«

Ich kniete ganz nahe bei ihm, mit dem Wassertopf in der Hand, aus welchem ich ihn hatte erquicken wollen. Er tat einen schnellen Griff und riß mir das Messer aus dem Gürtel. Ebenso schnell stieß er zu. Er hätte mich in die Brust getroffen, wenn ich den Stoß nicht mit dem tönernen Topf pariert hätte. Im nächsten Augenblick hatte ich ihm das Messer wieder entrissen.

»Mübarek, du bist wirklich ein entsetzlicher Mensch. Noch im letzten Augenblick willst du deine Seele mit einer Bluttat mehr belasten. Wie kannst du – –«

»Schweig!« unterbrach er mich brüllend. »Warum habe ich das Fieber! Warum bin ich so schwach, daß ich mir die Waffe wieder entringen lassen muß! Höre, was ich dir jetzt sagen werde!«

Er richtete sich langsam empor. Seine Augen funkelten wie die eines Panthers. Ich trat unwillkürlich zurück.

»Fürchtest du dich vor mir?« hohnlachte er. »O, es ist auch fürchterlich, mich zum Feind zu haben! – – Allah, Allah, da brennt es schon wieder! Ich sehe das Feuer kommen. Es naht, es naht; es brennt – brennt!«

Er sank nieder und heulte weiter. Sein Bewußtsein schwand, und das Fieber überwältigte ihn abermals. Der Geruch in der Stube war unerträglich. Ich atmete tief auf, als ich mich wieder draußen in der frischen Luft befand, aber nicht allein dieses Geruches wegen.

Wer einen Menschen in dieser Weise hat sterben sehen, der kann das nie vergessen. Noch heute überläuft mich ein Grauen, wenn ich an jenen Abend denke. Was ist der Mensch, der es wagt, sich gegen Gottes Gesetze aufzubäumen? – –

Meine Uhr zeigte jetzt genau die zehnte Stunde. Da der Türke die Stunden von dem Augenblick des Sonnenunterganges zählt, welcher an diesem Tage auf halb acht fiel, so war es nach dortiger Zeitrechnung halb drei Uhr. Wir tränkten die Pferde im Bache und führten sie dann in den Schuppen.

»Herr, wo sollen denn wir bleiben, ich, mein Weib und der Konakdschi?« fragte der Wirt.

»Geht zu den Pferden hinein,« antwortete ich.

»Nein, nein! Du hast doch selbst gesagt, daß der Bär möglicherweise den Schuppen aufsuchen kann. Wir werden uns in die Stube begeben; aber wenn der Bär kommt, so flüchten wir uns unter das Dach und ziehen die Leiter empor. Den Mübarek mag er immer fressen.«

Was der Mann Leiter nannte, war ein Balken, in welchen man Kerben eingeschnitten hatte. Derselbe lehnte in der Stube, über welcher sich eine Lage von losen Stangen befand, von denen die Decke gebildet wurde.

Wir löschten das Feuer aus, und nun hatten die Drei nichts Eiligeres zu tun, als sich in die Stube zu flüchten. Osko und Omar begaben sich in den Schuppen zu den Pferden, nachdem ich ihnen erklärt hatte, wie sie sich verhalten sollten.

Dann brach ich mit Halef auf. Dieser hatte sich vorher sorgfältig überzeugt, daß ihm sein Gewehr nicht versagen werde. Ich nahm nur die Büchse mit; der Stutzen konnte mir einem solchen Bären gegenüber nichts nützen.

»Jetzt sollte der Kerl schon dort sein, wenn wir kommen,« meinte Halef. »Es ist so finster, daß wir ihn erst sehen würden, wenn wir vor ihm ständen.«

»Eben darum dürfen wir jetzt nicht in gerader Linie gehen. Die Luft streicht von hier hinüber, und er müßte uns unbedingt riechen. Wir machen einen Umweg, indem wir einen Bogen schlagen, so daß wir dann so ziemlich aus der entgegengesetzten Richtung kommen.«

Das taten wir. Als wir uns nachher der betreffenden Stelle näherten, geschah das mit der größten Vorsicht, weil der Bär sich nicht nur bereits dort befinden, sondern auch grad von derselben Seite kommen konnte, aus welcher wir uns heranschlichen.

Wir hielten die Gewehre schußbereit und blieben zuweilen stehen, um zu horchen. Wenn er sich bereits bei dem Pferdegerippe befand, so mußte sein Schmatzen und das Krachen der Knochen zu hören sein. Aber es war kein anderer Laut zu vernehmen, als das leise Rauschen der Winde in den Kronen der Bäume.

Endlich waren wir so nahe, daß wir, um eine Ecke blikkend, den Kadaver sehen konnten. Es war kein Bär dabei. Nun kletterten wir auf ein großes Felsenstück in der Nähe. Es hatte doppelte Manneshöhe und gewährte uns Schutz gegen einen direkten Angriff des Raubtieres. Der Stein war dicht mit Moos bewachsen und bot eine ganz behagliche Unterlage. Wir legten uns nebeneinander hin und warteten nun – nicht der Dinge, sondern des Dinges, welches da kommen sollte.

»Sihdi,« flüsterte Halef mir zu, »wäre es denn nicht besser, wir hätten uns getrennt?«

»Freilich; wir könnten da den Bären von zwei Seiten nehmen.«

»So wollen wir es doch tun!«

»Nein, denn du unterschätzest die Gefahr, und das ist stets ein Fehler. Dein Selbstvertrauen kann dich leicht verleiten, eine Unvorsichtigkeit zu begehen. Vor allen Dingen verlange ich, daß du nur dann schießest, wenn ich es dir erlaube.«

»So willst du vor mir schießen?«

»Ja, weil meine Kugel das Fell sicher durchdringt, während dies bei der deinigen sehr zweifelhaft ist.«

»Das tut mir sehr leid, Sihdi, denn ich wollte es sein, der ihn erlegt. Welch ein Ruhm kann es für mich sein, wenn ich meiner Hanneh, der herrlichsten der Frauen, erzähle, daß du das Tier getötet hast? Ich will ihr sagen können, daß er durch meine Kugel fiel.«

»Das wirst du vielleicht können, denn es steht zu erwarten, daß eine einzige Kugel nicht genügt. Dringt sie dem Bären nicht sofort ins Leben, so kommt er sicher hierher, um uns anzugreifen. Dann lassen wir ihn ganze nahe heran, und wenn er sich an dem Stein aufrichtet, um ihn zu erklettern, kannst du ihm mit aller Gemütlichkeit deine Kugel in den Rachen oder gar in das Auge geben.«

»Das sagst du nur, um mich zu trösten. Ich weiß aber, daß du ihn schon mit dem ersten Schuß erlegen wirst. Wann hätte ich dich einmal einen Fehlschuß tun sehen!«

»Ja, fehlen werde ich nicht, aber ich zweifle sehr, daß ich die richtige Stelle treffe. Wir haben von hier aus ein schlechtes Zielen.«

»Das denke ich nicht. Das Pferd liegt ja kaum fünfzehn Schritte von uns!«

»Dennoch können wir die Umrisse des Bären nicht deutlich erkennen, weil wir von oben herab gegen den dunkeln Boden blicken. Lägen wir unten am Boden, so würde sich sein Körper besser von der Erde abzeichnen. Wäre ich allein, so länge ich ganz gewiß unten im Gras.«

»So hast du meinetwegen dich hier herauf gemacht?«

»Ja, zu deiner Sicherheit.«

»Oho! Wenn es sein muß, nehme ich diesen Bären beim Schwanz und zwinge ihn, rückwärts mit mir spazieren zu gehen.«

»Eben diese Dreistigkeit ist es, welche mich beunruhigt. Es könnte leicht kommen, daß der Bär allerdings einen Spaziergang unternimmt, aber mit dem Hadschi Halef Omar im Rachen. Also, schieße ja nicht vor mir! Und nun wollen wir schweigen! Wenn wir sprechen, können wir seine Annäherung nicht bemerken.«

»Von weitem wirst du ihn überhaupt nicht bemerken können,« meinte Halef. »Raubtiere pflegen leise zu gehen. Ich weiß nicht, ob der Bär die Gewohnheit des Löwen hat, welcher in seiner stolzen Furchtlosigkeit sein Nahen bereits aus weiter Ferne durch lautes Brüllen verkündet.«

»Was das betrifft, so hat der Bär nicht ein solch aufrichtiges Gemüt. Er verhält sich überaus schweigsam. Nur wenn er sich einmal bei ungeheurer Laune befindet, oder wenn ihn irgend etwas verdrießt, läßt er ein vergnügtes oder mürrisches Brummen hören.«

»So kann er gar nicht brüllen?«

»O doch, obgleich seine Stimmwerkzeuge nicht zur Hervorbringung der Töne eines Löwen eingerichtet sind. Wenn er sich in höchster Wut befindet, stößt er auch eine Art von Brüllen aus, welches um so schrecklicher klingt, als es ihm sonst nicht eigen ist. Uebrigens ist grad der stille Grimm, mit welchem ein gereizter Bär sich zu rächen sucht, fürchterlicher, als die Wut anderer Raubtiere. Wollen hoffen, dies heute nicht zu erfahren.«

Von jetzt an wurde nicht mehr gesprochen. Wir horchten lautlos in die Nacht hinaus. Die Luft rauschte über den Wald dahin. Das klang wie das Rauschen eines entfernten Wasserfalles. Da dieses Geräusch in ganz gleicher Stärke und ununterbrochen währte, so war es sehr leicht, jeden anderen fremdartigen Laut von demselben zu unterscheiden.

Unsere Geduld wurde auf eine harte Probe gestellt. Die Uhr, deren Zeiger ich mit der Fingerspitze befühlte, sagte mir, daß es bereits Mitternacht sei.

»Er kommt gar nicht,« flüsterte Halef. »Wir haben uns vergebens gefreut. Ich werde wohl niemals – –«

Er hielt inne, denn er hatte, wie ich, das Geräusch eines rollenden Steines gehört. Wir lauschten angestrengt.

»Sihdi, da fiel ein Stein herab,« flüsterte der Hadschi. »Aber der Bär ist es nicht, sonst müßten wir doch mehrere Steine fallen hören.«

»O nein. Das Fallen dieses einen Steins hat ihn vorsichtiger gemacht. Zwar kann es auch irgend ein anderes Tier sein, aber ich glaube doch, daß er es ist. Jedenfalls werde ich ihn riechen, bevor ich ihn sehe.«

»Ist das möglich?«

»Für den Geübten allerdings. Wilde Tiere haben einen eigenen, scharfen Geruch an sich. Beim Bären ist derselbe freilich lange nicht so stark, wie beim Löwen, Tiger und Panther, aber bemerken werde ich ihn doch. Horch!«

Es klang wie das Knacken eines Astes von rechts herüber. Das Tier kam den steilen Abhang der Waldzunge herab. Und jetzt roch ich ihn wirklich. Wer Raubtiere nur im Käfig gesehen hat, dem fiel wohl stets die häßliche Ausdünstung auf, welche sie verbreiten, besonders die großen katzenartigen. Wenn sich das Tier aber in der Freiheit befindet, so ist der Geruch viel, viel stärker. Scharf, stechend, wie der Geruch von Melissengeist oder Opodeldok, fährt er in die empfindliche Nase und ist schon von fern zu bemerken, wohlgemerkt, immer von einem geübten Geruchsorgan. Dieser ›wilde‹ Duft wehte mir jetzt entgegen.

»Riechst du ihn?« flüsterte ich Halef zu.

»Nein,« antwortete dieser, indem er sorgsam nach rechts und nach links schnüffelte.

»Er kommt – ich rieche ihn bereits.«

»So ist deine Nase seelenvoller als die meinige. Ah, nun soll er einen Gruß bekommen, über welchen er staunen wird.«

Halef knackte die Hähne seines Gewehres auf.

»Keine Voreiligkeit!« warnte ich. »Du sollst unbedingt erst nach mir schießen, verstanden! Wenn du nicht gehorchst, wirst du mich ernstlich zornig machen. Du bist imstande, mir das Tier zu vertreiben.«

Er antwortete nicht, aber ich hörte seinen Atem vernehmbar gehen. Es war um die Ruhe des Hadschi geschehen – das Jagdfieber hatte ihn ergriffen.

Jetzt vernahmen wir ein leises Brummen, fast so, wie wenn ein Kater schnurrt, und gleich darauf bemerkten wir, daß ein großer, dunkler Gegenstand sich dem Pferdeaas näherte.

»Ist er das, ist er das?« raunte mir Halef ins Ohr.

Sein Atem flog.

»Ja, er ist es.«

»So schieße! Schieße doch endlich!«

»Nur Geduld. Du scheinst ja zu zittern?«

»Ja, Herr, es hat mich ergriffen, so ganz eigenartig. Ich gestehe dir, daß ich zittere, aber nicht aus Angst.«

»Ich weiß das; ich kenne es.«

»So schieße doch endlich, schieße, auf daß auch ich dran komme!«

»Beherrsche dich, Kleiner! Ich schieße nicht eher, als bis er mir ein gutes Ziel bietet. Wir haben Zeit. Der Bär frißt nicht wie der Löwe. Er ist ein Leckermaul und verzehrt sein Mahl in möglichster Behaglichkeit. Er nimmt die Stücke vorweg, welche ihm am delikatesten erscheinen, und schiebt das weniger Schmackhafte zur Seite, um sich erst später darüber her zu machen. Dieser Kerl wird wahrscheinlich stundenlang bei der Tafel bleiben, um sich nicht etwa durch hastig verschluckte Bissen den Magen zu verderben. Dann trollt er links hinüber zum Wasser, um einen tüchtigen Trunk zu tun, und sich erst nachher zu Bett zu begeben.«

»Aber so stundenlang können wir doch nicht warten!«

»Das ist auch gar nicht meine Absicht. Ich will nur warten, bis er sich einmal aufrichtet. Er tut das während des Essens gern. Er richtet sich zwischen den einzelnen Gängen auf den Hinterpranken empor und putzt sich mit den Vordertatzen das Maul. Da werden wir ihn deutlicher erkennen, als jetzt. Vorher ist es ganz unmöglich, auf ihn zu schießen. Wir könnten gar keine größere Dummheit begehen, denn du kannst seinen Körper durchaus nicht von demjenigen des Pferdes und von dem dunklen Erdboden unterscheiden.«

»O doch, o doch! Ich sehe ihn so deutlich, daß ich schießen werde.«

Er rutschte unruhig hin und her und legte nun gar sein Gewehr an die Wange.

»Weg mit der Flinte!« raunte ich ihm zornig zu. Er nahm das Gewehr ab, aber er war so erregt, daß er keinen Augenblick ruhig zu liegen vermochte, und er hätte unsere Anwesenheit gewiß dadurch verraten, wenn der Stein nicht dick mit Moos bewachsen gewesen wäre.

Dem Bären schien sein Mahl sehr gut zu munden. Er schlürfte und schmatzte, wie ein schlecht erzogenes Kind an seiner Suppenschüssel. Freilich sind es nicht immer Kinder, an denen man ein solches rücksichtsloses Betragen zu rügen hat. Man setze sich nur an die *table d'hôte* eines Gasthofes, so wird man genug solcher Bären schlürfen und schmatzen hören.

Petz war wirklich ein Feinschmecker. Er zerkrachte zur Abwechslung dann und wann eine Röhre, und wir hörten ihn ganz deutlich das Mark aus derselben ziehen.

Jetzt trat eine Pause ein. Er brummte behaglich – er schlug die Tatzen in das Fleisch, jedenfalls um sich durch das Tastgefühl von der verschiedenen Güte der einzelnen Stücke zu überzeugen. Dann richtete er sich empor.

Bevor er zum Festsitzen kam, ließ er sich einigemale wieder niederfallen. Der Indianer sagt, wenn der Bär sich während einer solchen Zwischenpause aufrichtet: »Er horcht in den Magen hinab.« Der Augenblick dieses Horchens ist der geeignetste zum Schuß. Ich legte an.

Nun war die Gestalt des Tieres leicht zu erkennen. Der Bär war, wie wir richtig vermutet hatten, ein riesiger Kerl. Wären seine Gesellschaftskreise so weit in der sozialen Bildung vorgeschritten, um dergleichen Vereine zu haben, so hätte er getrost darauf rechnen können, die Ehrenmitgliedschaft irgend eines Athletikklub zu erlangen. Aber trotz der Deutlichkeit, mit welcher er sich uns jetzt präsentierte, legte ich die Büchse wieder ab.

»Allah, Allah! Schieß doch, schieß!« fuhr Halef mit fast lauter Stimme mich an.

»Leise, leise! Er hört dich sonst!«

»Aber warum schießest du nicht?«

»Siehst du denn nicht, daß er uns den Rücken zukehrt?«

»Was schadet das?«

»Der Schuß ist mir nicht sicher genug. Der Bär äugt nach dem Hause hinüber. Sollte er unsere Pferde wittern? Sehr leicht möglich. Er hat sich von dem Mahl da abgewendet. Das ist bedenklich. Wir müssen warten, bis er sich wieder herumdreht; dann – – – tausend Donner! Was fällt dir ein!«

Diesen Zornesruf stieß ich laut hervor. Der Hadschi hatte seine Ungeduld nicht mehr zu zügeln vermocht; er hatte so schnell, daß ich es nicht hindern konnte, angelegt und den Schuß abgegeben. Den zweiten schickte er sofort nach, aber nur unsinnigerweise, denn die soeben noch aufgerichtete Gestalt des Tieres war nicht mehr zu sehen.

Ohne auf den Ausbruch meines Zornes zu achten, sprang der Kleine auf, schwang das abgeschossene Gewehr in der Luft und schrie:

»Nusret, Safer, ölmisch dir, müteweffa dir – Sieg, Triumph, er ist tot, er ist hinüber!«

Ich langte empor, packte ihn beim Gürtel und riß ihn nieder.

»Willst du schweigen, Unglücksrabe! Du hast den Bär verscheucht.«

»Verscheucht?« rief er, indem er sich von meinem Griff zu befreien suchte. »Erlegt habe ich ihn, überwunden ist er. Ich sehe ihn ja liegen.«

Und sich gewaltsam von mir losreißend, sprang er wieder auf und schrie mit aller Macht seiner Stimme:

»Omar, Osko, hört die Wonne, hört die Seligkeit! Vernehmt den Ruf eures Freundes und achtet auf die Trompetentöne meiner Herrlichkeit! Ich habe den Bären erschossen, ich habe ihn versammelt zu seinen Vätern und Großonkeln, ich, Hadschi Halef Omar Ben Hadschi Abul Abas Ibn Had – –«

Er konnte nicht weiter, denn ich war nun auch aufgesprungen, packte ihn hinten beim Genick und drückte ihn nieder. Ich war wirklich sehr zornig und hatte infolgedessen so fest zugegriffen, daß er unter meiner Hand wie ein Gliedermännchen zusammenknickte.

»Wenn du noch einen Laut von dir gibst, bekommst du meine Faust, du Besitzer eines unglückseligen Schafgehirns!« drohte ich. »Bleibe hier oben, und lade schnell deine beiden Gewehrläufe wieder. Ich will sehen, ob die Beute noch für uns zu retten ist.«

Bei diesen Worten sprang ich, ohne auf meinen noch nicht ganz festen Fuß zu achten, von dem Stein herab. Da unten duckte ich mich schnell wieder, zog das Messer locker und legte die Büchse an. War der Bär noch da, so nahm er mich jedenfalls auf der Stelle an. Von oben herab klang der eiserne Ladstock des Hadschi, unten aber blieb alles ruhig. Es war nichts zu hören und nichts zu sehen. Nur so viel nahm ich wahr, daß der Bär sich nicht mehr bei dem Kadaver befand.

Dennoch war die größte Vorsicht geboten. Seinem Alter war die Schlauheit zuzutrauen, sich nicht direkt auf mich loszustürzen, sondern heimlich um den Stein herumzuschleichen. Das wäre gefährlich für mich gewesen, denn wenn er um die Ecke kam, so trafen wir so eng zusammen, daß er mich mit den Pranken greifen konnte. Darum entfernte ich mich einige Schritte vom Felsen, nach der Seite hin, so daß ich diesen und zugleich den Kadaver im Auge behielt.

Wir warteten und horchten eine lange Weile mit gespanntester Aufmerksamkeit – vergeblich! Da plötzlich erklang ein Schrei vom Hause herüber, noch einer – und noch einer, und dann erschallte es im Tone der Verzweiflung:

»Laßt mich, laßt mich los! Fort mit diesen Qualen, fort, fort! Hilfe, Hilfe!«

»Das ist der Mübarek!« sagte Halef.

Ich wollte antworten, tat es aber nicht, denn jetzt hörten wir aus derselben Richtung zwei schnell aufeinander folgende Schüsse. Ich kannte diesen eigentümlich hohlen Knall; es war Oskos Czernagoragewehr.

»Der Bär ist drüben beim Schuppen,« rief ich Halef mit gedämpfter Stimme zu. »Komm schnell herab!«

»Hurra! Da bekommen wir ihn doch noch!« rief der Kleine.

Er sprang herab, stürzte zur Erde, raffte sich wieder auf und rannte an mir vorüber. Ich folgte ihm mit gleicher Eile. Aber als ich einige Schritte getan hatte, fühlte ich einen Stich im Fußgelenk. Der Sprung vom Felsen herab schien meinen Fuß angegriffen zu haben. Ich mußte also meinen Galopp zum schnellen Trab mäßigen. Dabei schritt ich mit dem gesunden Fuß weit aus und zog den kranken, nur mit der Spitze auftretend, vorsichtig nach.

Ein einzelner, unbeschreiblicher Schrei schrillte durch die nächtliche Stille. War das der Mübarek oder war es Halef, welcher jetzt das Haus erreicht haben mußte? Sollte der unvorsichtige Hadschi dem Bären grad in die Pranken gelaufen sein! Mich erfaßte eine Angst um den Kleinen, welche mir den Schweiß aus allen Poren trieb. Da gab es keine Rücksicht mehr auf meinen Fuß; ich rannte weiter, so schnell ich es vermochte.

Jetzt ertönten auch Oskos und Omars Stimmen. Wieder ein

Schuß! Unglücklicherweise lag ein Stein in meinem Weg. Ich konnte ihn nicht sehen, stürzte über ihn hinweg und schlug, so lang ich war, auf den Boden nieder. Meine Büchse wurde mir aus der Hand geprellt und flog – – wohin, das sah ich nicht.

Rasch raffte ich mich auf und blickte rings umher. Die Büchse war nicht zu sehen. Ich hatte keine Zeit, sie mühsam dadurch zu suchen, daß ich den Boden betastete. Ich wähnte den Hadschi in Gefahr, und da durfte ich keinen Augenblick verlieren. Für ihn hätte ich mich auf mehr als einen Bären geworfen. Darum eilte ich weiter und zog das Messer aus dem Gürtel.

Es war mein alter, treuer Bowie-Kneif mit langer, krumm gebogener Klinge, welcher mich so viele Jahre treu begleitet hatte. Ein Stoß mit diesem Messer brachte, wenn richtig gezielt und kräftig geführt, selbst einem Grizzly den augenblicklichen Tod; das hatte ich erprobt.

Natürlich war mein Lauf nach dem Schuppen gerichtet.

»Osko, wo ist der Bär, wo?« rief ich schon von weitem.

»Draußen, draußen!« antwortete er von innen.

»War Halef da?«

»Ja, aber er ist wieder dem Bären nach.«

Jetzt stand ich an der Holzwand. Zwei Bretter waren aus derselben gerissen.

»Hier wollte der Bär herein,« sagte Osko. »Ich habe ihm zwei Kugeln gegeben.«

»Und ihn getroffen?«

»Ich weiß es nicht. Die Bretter krachten erst dann zusammen, als ich bereits geschossen hatte.«

»Nach welcher Seite ist Halef?«

»Nach rechts, wie wir hörten.«

»Bleibt drin und paßt auf! Das Tier könnte wieder kommen.«

Ich rannte in der angegebenen Richtung weiter. Die Haustüre war offen; es stand jemand unter derselben; das sah ich an dem Schatten, welchen die Gestalt nach außen warf, weil drinnen Späne brannten.

Ein menschlicher Körper lag da. Ich stolperte über ihn hinweg, kam aber nicht zum Sturz.

»Schieß doch, schieß, schieß!« hörte ich zwei Stimmen aus der Stube rufen.

Ich war nur noch zehn Schritte von der Türe und erkannte den, welcher unter ihr stand. Es war Halef. Er hatte sein Gewehr angelegt und es in die Stube gerichtet. Sein Schuß krachte. Dann flog er heraus und stürzte zu Boden, als wäre er von einem kräftigen Arm herausgeschleudert worden. Im nächsten Augenblick erschien der Bär, drängte sich auf allen vieren durch die enge, niedrige Türe ins Freie und richtete sich schnell wieder auf.

Auch Halef war sogleich wieder aufgesprungen. Beide, er und der Bär, standen sich drohend gegenüber, nur drei Schritte voneinander entfernt. Der Hadschi drehte das Gewehr um und holte zum Kolbenschlag aus. Da erkannte er mich, denn ich befand mich jetzt im Schein des Lichtes.

»O, Sihdi, ich habe keine Kugel mehr!« schrie er mir zu.

Das alles war viel, viel schneller gegangen, als es erzählt oder gelesen werden kann.

»Spring zurück! Nicht schlagen!«

Indem ich diese Worte rief, versetzte ich ihm zugleich einen Stoß, daß er weit zur Seite taumelte. Das Tier machte eine halbe Wendung gegen mich, sperrte den Rachen auf und stieß einen langgezogenen Wutschrei aus, welcher weder Heulen noch Brüllen, sondern beides zugleich zu nennen war. Ich fühlte den heißen, stinkenden Atem dieses Rachens, als ich an dem Bären vorüberschnellte. Eine blitzschnelle Schwenkung – er griff nach mir, traf aber die Luft, da ich mich bereits nicht mehr vor ihm befand, sondern an seiner rechten Seite stand. Mit der Linken ihn bei den Trotteln des Hinterkopfes packend, holte ich mit der Rechten weit aus und stieß ihm das Messer ein- zweimal bis an das Heft zwischen die bekannten beiden Rippen.

Das war so schnell geschehen, daß er die beiden tödlichen Stiche empfangen hatte, bevor sein Brüllen verklungen war.

Er warf sich auf den Hinterpranken nach mir, nach rechts

herum, aber seine Tatze streifte mich bloß ganz unschädlich an der Schulter. Natürlich hatte ich das Messer nicht stecken lassen, sondern es wieder herausgezogen. Zwei Sprünge nach rückwärts brachten mich aus der Nähe der Krallen. Dort blieb ich stehen, das Auge auf das Tier gerichtet und den Arm zum abermaligen Stoß erhoben, wenn dies notwendig werden sollte.

Aber der Bär folgte mir nicht. Mit weit aufgerissenem, geiferndem Rachen stand er vollständig bewegungslos – die kleinen funkelnden Augen unsäglich grimmig auf mich gerichtet. Dann schlossen sie sich langsam und versuchten vergeblich, sich abermals weit zu öffnen. Ein Zittern durchlief den gewaltigen Körper; dann sank derselbe erst auf die Vorderbeine, welche – den Boden scharrend – festen Halt nehmen wollten, aber vergeblich, und fiel dann langsam und zuckend auf die Seite.

Ein leises, rollendes Brummen drang noch aus dem sich schließenden Maul; die Beine streckten sich aus – – der Bär war tot.

»Allah akbar!« rief Halef, welcher auf seiner Stelle erstarrt zu sein schien. »Allah ist groß, und dieser Bär ist fast ebenso groß. Ist er tot, Sihdi?«

»Ich denke es.«

»Das war schrecklich!«

»Danke Gott tausendmal, daß es so glücklich abgelaufen ist!«

»Ja, Allah sei Preis und Ehre gebracht! So gar groß hatte ich mir einen Bären doch nicht vorgestellt. Er ist ja größer als ein Löwe, welcher doch das mächtigste der Raubtiere ist!«

Er wollte sich dem Tiere nähern.

»Bleib!« gebot ich ihm. »Noch dürfen wir nicht sicher sein, daß er wirklich tot ist. Ich will prüfen.«

Ich trat zu dem Tier, hielt ihm den Revolver an das geschlossene Auge und drückte zweimal ab. Es regte sich nicht.

»Jetzt kannst du herbeikommen und ihn betrachten. Ist er nicht viel, viel länger als du?« fragte ich den Hadschi.

»Ja, ich glaube, er ist sogar noch länger, als du bist, Sihdi.

Ich sage dir: ich habe nicht gezittert, als ich ihm gegenüber stand; aber das Herz drohte doch, mir stehen zu bleiben. Ich hatte nur noch eine einzige Kugel.«

»Wo war die andere hin?«

»Die hatte ich ihm draußen zugesandt, als ich ihn zuerst erblickte. Er trollte vom Schuppen fort und nach der Haustüre zu, in welcher er verschwand. Ich werde ihn nicht getroffen haben. Die zweite Kugel aber ist ihm ganz sicher in die Brust gedrungen, denn er stand nur zwei Schritte weit und zwar aufgerichtet vor mir. Ich konnte also genau zielen.«

»Erzähle kurz, wie alles geschehen ist.«

»Nun, ich rannte natürlich nach dem Schuppen, denn ich hatte Oskos Gewehr an dem Knall erkannt und konnte also annehmen, daß der Bär zu den Pferden wollte. Ich hatte den Schuppen noch nicht erreicht, da hörte ich von seitwärts her einen Schrei, kümmerte mich aber nicht darum. Am Schuppen angekommen, sah ich, daß zwei Bretter eingebrochen seien, und erfuhr von Osko und Omar, der Bär habe das getan. Ich rannte also weiter. Da lag ein dunkler Körper am Boden und ein größerer stand dabei. Das mußte das Tier sein. Ich blieb stehen, zielte und schoß. Der Bär trollte fort, nach der Türe zu, und ich sprang hinter ihm her. Er ging in das Haus und ich folgte ihm. Als ich die offene Türe erreichte, sah ich ihn drin stehen. Er beschnupperte das Lager des Mübarek.«

»Tat er diesem nichts?«

»Ich sah den Alten gar nicht – er war verschwunden. Ich sah nur den Bären, und dieser sah mich. Er drehte sich augenblicklich um, kam auf mich zu und richtete sich empor. Ich hatte vor Schreck vergessen, gleich zu schießen, denn seine ungeheure Größe überraschte mich so, daß ich kaum atmen konnte. Jemand schrie mir zu, doch zu schießen. Wo sich derselbe befand, das sah ich nicht, ich hörte ihn nur; aber die Worte gaben mir die Besinnung zurück. Eben als der Bär die Tatzen nach mir ausstreckte, gab ich ihm die Kugel, erhielt aber von ihm einen solchen Stoß, daß ich zur Türe heraus und zu Boden flog. Als ich wieder aufsprang, stand er vor mir. Ich hatte keine Kugel mehr; an das Messer dachte ich nicht. Ich wollte mich mit dem Kolben wehren; da aber kamst du.«

»Wohl zur rechten Zeit!«

»Ja, denn ich bin überzeugt, daß mein Gewehr an seinem Schädel zersprungen wäre. Dann hätte er mich zerrissen. O, Sihdi, ich habe dir das Leben zu verdanken!«

Er ergriff meine Hand und zog sie an seine Brust.

»Laß das gut sein. Du hättest ebenso gehandelt, wären unsere Rollen vertauscht gewesen.«

»Ja, aber ich zweifle sehr, daß es mir gelungen wäre, dieses Riesentier mit dem Messer zu erlegen. Du hast schon früher Bären getötet, graue Bären, welche noch weit größer und gefährlicher sind, als dieser hier; ich aber nicht. Dieses Raubtier ist wirklich größer als ein Löwe.«

»Massiger, ja. Der Körper, welcher dahinten liegt, muß derjenige des alten Mübarek sein. Wahrscheinlich ist er tot. Der letzte Fieberanfall hat ihn herausgetrieben. Aber es befremdet mich, daß er so schnell zusammengebrochen ist.«

»Der Bär stand bei ihm. Sollte dieser ihn getötet haben?«

»Möglich. Jetzt wollen wir zunächst nach den Anderen sehen.«

Wir traten in die Stube. Das Licht, durch welches dieselbe erleuchtet wurde, kam von oben herab. Als ich emporblickte, sah ich den Konakdschi und die beiden Wirtsleute oben auf den Deckenstangen hocken. Sie hatten brennende Späne in den Händen.

»Du selbst kommst auch, Herr?« fragte der Erstere. »Wo ist der Bär?«

»Er liegt vor der Türe.«

»Allah, Allah!«

Sie kletterten an dem bereits beschriebenen Balken herab, holten unten tief Atem, und der Wirt sagte:

»Siehst du, daß wir vor ihm nicht sicher waren! Er kam herein. Welch ein Ungetüm! Er war fast so groß wie ein Ochse.«

»Ihr hattet doch eure Waffen da oben – warum habt ihr nicht geschossen?«

»Daß wir dumm wären! Dadurch hätten wir ihn ja auf uns aufmerksam gemacht, und er wäre zu uns heraufgeklettert. Ein Bär klettert besser als ein Mensch. Weißt du das noch nicht?«

»Ich weiß es. Also ihr schosset nicht, aber meinen Hadschi habt ihr aufgefordert, zu schießen?«

»Natürlich! Er wollte das Tier ja erlegen; wir hatten uns keine so verwegene Tat vorgenommen, und« – fügte er mit pfiffiger Miene hinzu – »wenn er den Bär angriff, so dachte dieser nicht an uns!«

»Sehr klug, aber auch sehr feig von euch! Wo ist der Mübarek?«

»Draußen. Das Fieber packte ihn, und er rannte fort. Hätte der Alte nicht dabei die Türe geöffnet, so wäre es dem Bären unmöglich gewesen, herein zu kommen. Wo mag der Unvorsichtige sein?«

»Er liegt tot draußen. Wir wollen das ausgelöschte Feuer wieder anzünden.«

Sie folgten uns hinaus, aber sie getrauten sich nicht, zu dem Raubtiere zu treten. Sie wollten, bevor sie es wagten, erst das Feuer wieder anzünden, um zu sehen, ob der Bär auch wirklich tot sei. Halef ging, um Osko und Omar zu holen.

Auch diese beiden konnten kaum Worte finden, ihr Erstaunen über die Größe des Tieres auszudrücken. Petz war von der Schnauze bis zur Schwanzwurzel gewiß zwei Meter lang. Vier Zentner wog er sicher. Drei Männer mußten sich anstrengen, um ihn bis in die Nähe des Feuers zu schleifen.

Unterdessen nahm ich einen brennenden Ast und ging zu dem Mübarek. Halef folgte mir. Der Alte war nicht an seiner Wunde gestorben, obgleich auch diese ihm nur eine kurze Frist gelassen hätte. Sein Kopf lag tief im Genick, und seine Brust war, sozusagen, ein Brei von Fleisch, Blut und zerschlagenen Rippen. Der Bär hatte ihm das Genick zerbrochen und dann die Brust aufgerissen, war aber durch den Schuß Halefs vertrieben worden.

Wir sagten kein Wort und kehrten zum Feuer zurück. Dort

meldete Halef, was wir gesehen hatten, und erzählte dann, auf welche Weise der Bär erlegt worden war.

In Anbetracht der Größe des Tieres wollten selbst Osko und Omar es nur schwer glauben, daß ich gewagt hatte, es nur mit dem Messer anzugreifen. Bei den Andern behielt der Eigennutz noch vor dem Staunen die Oberhand. Der Kohlenhändler befühlte den Bären und sagte:

»Er ist außerordentlich fett und wird eine ganze Menge Fleisch liefern. Auch für den Pelz kann man eine gute Summe erhalten. Effendi, wem gehört das Tier?«

»Demjenigen, welcher es erlegt hat.«

»So! Das denke ich nicht.«

»Was denkst du denn?«

»Daß er mir gehört, auf dessen Grund und Boden er erlegt worden ist.«

»Ich vermute aber, daß diese ganze Gegend dem Padischah gehört. Wenn du mir beweisen kannst, daß du ihm dieses Land abgekauft hast, so will ich glauben, daß du der Besitzer bist. Dann aber hast du mir zweitens zu beweisen, daß du ein Recht auf alles Wild und Raubzeug besitzest, welches auf deinem Boden erlegt wird. Als der Bär kam, hast du dich verkrochen; das ist ein sicherer Beweis, daß du ihn nicht haben wolltest. Wir aber haben ihn genommen, folglich gehört er uns.«

»Herr, du denkst falsch. Der Bär gehört nicht dir, er gehört – –«

»Meinem Hadschi Halef,« unterbrach ich ihn. »Wenn du das sagen willst, so hast du recht. Du aber kannst nicht den mindesten Anspruch erheben. Ich habe dir ja sogar die Lockspeise bezahlen müssen. Wenn wir aus ganz besonderer Güte dir einen Teil des Fleisches lassen, so hast du dich dafür zu bedanken.«

»Wie?« fragte Halef. »Mir soll der Bär gehören? Nein, Sihdi, er ist nicht mein, sondern dein. Du bist es ja, der ihn erlegt hat.«

»Ich habe ihm nur den Todesstoß gegeben. Er wäre auch ohne mein Messer verendet, allerdings nicht so schnell. Sieh her! Ganz in der Nähe der beiden Stichwunden siehst du das

Loch, welches deine Kugel gebohrt hat. Sie ist ihm ganz nahe am Herzen vorüber gegangen und war absolut tödlich. Darum ist das Tier dein Eigentum.«

»O Effendi, der Eigentümer lebte ja gar nicht mehr, wenn du nicht gekommen wärst, um ihn zu retten! Du willst mir ein Geschenk machen, welches ich nicht annehmen kann.«

»Nun, wir wollen nach altem Jägerrecht verfahren. Du hast das Tier angeschossen, also gehört dir der Pelz. Ich habe es dann erstochen, so gehört mir das Fleisch. Die Tatzen und einen Schinken nehmen wir für uns; das übrige mag Junak erhalten, damit er nicht sagen kann, wir hätten sein Eigentumsrecht gar nicht geachtet.«

»Herr, ist's wahr? Das Fell soll ich erhalten? Das ist ja das allerbeste von dem Bären. Wie wird Hanneh, die geliebteste der Frauen, staunen, wenn ich zu ihr komme und ihr diese Trophäe zeige! Und mein Söhnchen, welches nach dir und mir genannt worden ist, nämlich Kara Ben Nemsi Halef, wird schlafen auf diesem Fell des Bären und ein großer berühmter Krieger werden, weil die Stärke des Tieres auf den Knaben übergeht. Ja, ja, das Fell nehme ich an. Wer wird es abziehen?«

»Ich. Wir müssen Gehirn, Fett und Holzasche nehmen, um das Fell einzureiben, damit es geschmeidig bleibe und nicht faule. Dein Pferd wird doppelte Last zu tragen haben.«

Meine Entscheidung fand allgemeine Zustimmung. Der Kohlenhändler brachte einen alten Holztrog herbei, in welchem das Bärenfleisch gepökelt werden sollte, um dann in den Rauch gehängt zu werden. Dieses Pökelgefäß paßte gut zu seinem Besitzer. Wer weiß, was alles sich schon darin befunden hatte! Nie aber war es gereinigt worden. Während ich mich an die Arbeit machte, fragte ich Junak, was mit dem Mübarek geschehen solle.

»Begraben müssen wir ihn,« antwortete er. »Ihr werdet mir wohl dabei helfen. Es muß noch in dieser Nacht geschehen.«

»Die Grube zu fertigen, das ist nicht unsere Sache. Wir haben seine Freundschaft nicht in dem Maße besessen, daß diese Arbeit uns zugemutet werden könnte. Hast du Werkzeuge?«

»Einen Balta und eine Kürek[1] habe ich.«

»So können also nur zwei Personen arbeiten. Das magst du mit dem Konakdschi tun, und deine Frau soll euch helfen. Suche dir eine passende Stelle aus. Beim Begräbnis werden wir zugegen sein. Die Feindschaft soll nicht über den Tod hinaus währen.«

»So werden wir ihn dort begraben, wo der Bär das Pferd überfallen hat. Ich mag kein Grab in der Nähe des Hauses haben.«

Er holte die genannten Werkzeuge. Seine Frau und der Konakdschi beluden sich mit Holz und einem Feuerbrand, um bei Beleuchtung zu arbeiten, und dann entfernten sie sich, um dem Toten die Grube zu graben, welche er uns gewünscht hatte.

Nachdem der Bär aus seinem Pelz geschält worden war, steckten wir eine seiner Vordertatzen an den Ast, welcher als Bratspieß diente. Sie war so groß und fett, daß wir vier unsern Hunger ausgiebig daran zu stillen vermochten.

Die Gefährten halfen mir, die Fleischreste von der innern Seite des Pelzes abzuschaben, und dann wurde dieselbe mit dem Gehirn und Fett des Bären und mit Holzasche tüchtig eingerieben, um hierauf so zusammengelegt zu werden, daß der Pelz leicht hinter dem Sattel auf das Pferd gebunden werden konnte.

Als wir damit fertig waren, kamen die Grabmacher und meldeten, die Grube sei fertig. Nun nahmen sie die Leiche auf, und wir folgten ihnen.

Es ist immer eine ernste Sache, an dem Grabe eines Menschen zu stehen. Ob man demselben Gutes oder Böses zu verdanken hat, das ist von keiner Bedeutung gegenüber dem Gedanken, daß er nun vor seinem Richter stehe, dessen Urteil einst auch über uns ergehen wird. Da schwindet der Haß, und es schweigt die Rache. Man denkt an nichts als an das

[1] Hacke und Schaufel.

ernsteste Wort aller Erdensprachen: Ewigkeit. Ich wenigstens fühlte jetzt nichts als nur noch Mitleid mit dem Feinde, welcher eines so bösen Todes gestorben und ohne Reue über seine Sünden von hinnen gegangen war. Auch Halef sagte:

»Vergeben wir ihm alles, was er an uns getan hat und noch zu tun beabsichtigte. Ich bin ein gläubiger Sohn des Propheten, und du bist ein gehorsamer Anhänger deines Glaubens. Wir können keinen Toten hassen, sondern wir wollen ihm den letzten Dienst erweisen und an seinem Grabe beten.«

Beim Schein des Feuers sahen wir üppige Farne. Diese schnitten wir, um mit ihnen die Grube auszukleiden. Den Toten senkten wir hinab und deckten ihn auch mit Farnwedeln zu. Dann fragte Halef:

»Wer soll das Gebet sprechen? Du, Sihdi?«

»Nein, ich bin kein Mohammedaner. Seine Freunde mögen sprechen!«

»Wir sind nicht seine Freunde,« erklärte der Konakdschi. »Mir ist es gleich, ob die Sure des Todes an seinem Grab gebetet wird oder nicht. Auch ist es mir sehr gleichgültig, ob derjenige, der sie betet, ein Mohammedaner ist oder ein Christ. Ich aber kann nicht beten. Ich habe kein Geschick dazu und kenne den Kuran nicht auswendig. Dem Junak aber dürft ihr das noch viel weniger zumuten.«

»Nun gut, so werde ich sie beten,« sagte Halef. »Du aber, Sihdi, magst vorher die Fatha beten, die Eröffnung des Kuran, welche jeder Handlung vorangehen muß. Willst du?«

»Ja.«

»So bete sie, aber in der Mundart des Propheten. Der Verstorbene hat die heiligen Orte besucht und vom Wasser des Zemzem getrunken. Seine sündige Seele wird vielleicht Gnade finden, wenn Allah aus deinem Mund den Dialekt vernimmt, in welchem der Erzengel Tschebraïl[1] mit dem Propheten redete. Ich verstehe nicht so wie du, ihn zu sprechen. Laßt uns also niederknien und beten!«

Sie ließen sich am offenen Grab auf ihre Knie nieder, die

[1] Gabriel.

Gesichter nach Mekka gerichtet. Ich allein blieb stehen. Ich war diesen Leuten gern zu Willen, doch widerstrebte es mir, die Fatha kniend zu sprechen. Nachdem sie sich dreimal verneigt hatten, rief Halef die sieben vornehmsten Eigenschaften Gottes aus, und dann begann ich in der eigenartigen Rhythmik und der Koreïsch-Mundart des Originales:

»El hamdu lillahi, rabbi 'l 'alamina.
Er rahmani 'r 'rahimi,
Maliki yaumi 'd dini!
Iyyake nabodu, we iyyake nestaïnu,
Ibdinah 'ss ssirata 'l mustakina.
Ssirata 'l ladsina enamta alaihim,
Ghairi 'l maghdhubi alaihim,
We la 'dh dhalina!«

Das ist auf deutsch:

»Preis sei Allah, dem Herrn der Welten, dem Barmherzigen und Gnädigen, dem Herrscher am Tage des Gerichtes! Dich beten wir an; dich flehen wir um Hilfe; führe uns auf den geraden Weg. Auf den Weg derer, denen du Huld bewiesen, nicht derer, denen du zürnest, noch derer, die in der Irre wandeln!«

Und nun betete Halef mit lauter Stimme und indem er die gefalteten Hände erhob:

»Im Namen des allbarmherzigen Gottes! Höret, ihr Sterblichen, die Stunde des Gerichtes nahet heran. In dieser Stunde werden die Augen der Menschen gräßlich vor sich hinstarren; kein Augenlid wird zucken, und ihre Herzen werden ohne Blut sein.

»Die Erde wird beben und ihre Lasten abschütteln, und der Mensch wird schreien: ›Wehe, was ist ihr zugestoßen!‹ Dann wird sie den Auftrag verkündigen, der ihr von Allah geworden ist.

»Die Sonnen werden zittern, die Sterne erbleichen und die Berge schwanken. Die Kamelstute wird ihre Jungen vergessen, und die Raubtiere werden sich angstvoll zusammendrängen. Das Meer wallt auf und die Himmel werden hinweggenommen. Die Hölle wird angefacht und das Paradies der Erde nahegerückt werden. Der Mond wird sich spalten, und die Menschen werden vergeblich nach einem Zufluchtsort schreien.

»Darum wehe dir, wehe dir! Und abermals wehe dir und wehe dir! Hast du deine Seele nicht bereitet, vor dem Richter zu bestehen, so wäre es dir besser, du wärest nie geboren. Die Verdammnis wird dich umfangen und dich nicht wieder ausspeien in alle Ewigkeit.

»Und wohl aber dir, wohl dir! Und abermals wohl dir! Hast du deine Sünden im Wasser der Reue gewaschen und sie hier zurückgelassen, so hast du es nicht zu fürchten, daß an jenem Tage die Hölle herangebracht wird, denn Allah wird kommen mit einer Engelsschar und dich einführen in sein Paradies.«

Der Hadschi verneigte sich dreimal und stand dann auf. Sein Gebet war zu Ende. Wir überließen es dem Konakdschi, dem Kohlenhändler und seinem Weib, die Grube mit Erde zu füllen, und kehrten nach dem Hause zurück, wo wir uns beim Feuer niederließen.

Jetzt konnten wir die Pferde wieder aus dem Schuppen holen, damit sie weideten. Der Bär war nicht mehr zu fürchten. Wir selbst bedurften der Ruhe. Es gab für uns nichts mehr zu tun, und so nahmen wir die Sättel unter die Köpfe, um zu schlafen. Aus Vorsicht aber mußte einer wachen. Die Ablösung sollte alle Stunden erfolgen. Wir durften den dreien, welche sich dort beim Grab befanden, nicht trauen.

Zuvor untersuchte ich meinen Fuß. So sorgfältig und fest ich ihn betastete, ich empfand keine Schmerzen. Die Büchse hatte ich natürlich gesucht und gefunden. Die Waffen befanden sich zum augenblicklichen Gebrauch neben uns, und so lagen wir da und schlossen die Augen.

Aber wir wurden noch einmal gestört. Die zwei Männer kamen mit der Frau, um den Bären in das Haus zu schaffen. Dabei kam mir ein Gedanke. Ich stand wieder auf und schnitt mir ein tüchtiges Stück von der dicken Fettlage ab, welche der amerikanische Jäger *Bear-fat*, Bärenspeck, nennt. Die Drei standen dabei, ohne mich zu fragen, wozu ich das nehmen wolle. Dabei bemerkte ich, daß an dem linken Fuß des Kohlenhändlers, welcher weder Schuhe noch Stiefel trug, die kleine Zehe fehlte.

»Du hast nur vier Zehen am linken Fuß. Wie hast du sie verloren?«

»Das Rad meines schwer beladenen Wagens ging darüber und hat sie mir zerquetscht. Sie hing so locker am Fuß, daß ich sie mir abschneiden mußte. Warum fragst du?«

»Ohne alle Absicht. Ich erblickte soeben den Fuß.«

»Nimmst du noch von dem Fleisch oder können wir es nun forttragen?«

»Schafft es hinein; es ist euer.«

Sie schleppten die schwere Last fort. Meine Gefährten hatten mein Tun beobachtet, und Halef erkundigte sich:

»Wozu hast du das Fett genommen, Sihdi? Wir brauchen es doch nicht.«

»Wir werden es vielleicht sehr nötig haben. Wenn wir in die Höhle der Juwelen kommen, wird es finster in derselben sein.«

»Willst du sie denn wirklich betreten?«

»Das weiß ich noch nicht. Es ist zu vermuten, daß ich es tue, und da kann ich mir mittels des Fettes eine Lampe machen.«

»So mußt du doch auch einen Docht haben. Da liegt noch der Fetzen, in welchen die Wurst gewickelt war. Der Wirt hat ihn liegen lassen. Wir können das Fett einwickeln und ihn dann als Docht benutzen.«

»Tue das! Ich möchte das Zeug nicht wieder anfassen.«

»Aber ich soll es tun?«

»Ja, du wirst dich nicht scheuen, denn du hast ja alles, was hineingewickelt war, mit großem Appetit – –«

»Schweig, Sihdi!« rief er hastig. »Ich mag nichts hören und will dir deinen Willen tun.«

Er stand auf, wickelte das Fett ein und steckte es in die Tasche seines Sattels.

Von nun an wurden wir nicht wieder gestört; doch mußte

ich schon nach einer Stunde aufstehen, weil das Los der zweiten Wache auf mich gefallen war.

Im Hause brannte noch Licht. Ich war müde, und um mich wach zu halten, ging ich auf und ab. Dabei kam ich zu der Türe. Ich probierte und fand, daß sie verriegelt war. Ein beißender Rauch kam aus den Fenstern, und es roch nach gebratenem Fleisch. Ich sah hinein, und richtig, die Drei hatten in der Stube ein Feuer angezündet und brieten Bärenfleisch, obgleich sie bereits am Abend große Portionen Pferdefleisch verschlungen hatten. Ich konnte sie leicht sehen. Sie sprachen sehr eifrig, indem sie sich Stück um Stück von dem Fleisch schnitten. Verstehen konnte ich nichts, weil ich an dem Frontfenster stand; sie aber saßen an der Giebelseite.

Doch grad über ihnen war auch ein Fenster, ohne Glas natürlich. Ich begab mich dorthin und horchte. Der Rauch drang heraus. Ich nahm mein Taschentuch, hielt es vor Mund und Nase, schloß die Augen und schob den Kopf so weit wie möglich in die Fensteröffnung. Sehen konnten sie mich nicht, denn die Mauer war dick und das Fenster befand sich hoch über ihren Köpfen.

»Ja, man muß mit diesen Halunken sehr klug und vorsichtig verfahren,« sagte der Konakdschi. »Ihr habt es gehört, daß der Deutsche mich und auch euch im Verdacht hat, es mit unsern Freunden zu halten. Diese Giaurs haben den Teufel im Leib und ganz besonders in den Augen. Sie sehen alles. Aber es ist heute ihre letzte Nacht.«

»Meinst du das wirklich?« fragte der Wirt.

»Ja, es ist sicher!«

»Wollen es wünschen! Ich habe es auch gedacht, denn ich kenne meinen Schwager, den Köhler; er fürchtet sich vor der Hölle nicht. Aber seit ich die Männer gesehen, bin ich zweifelhaft geworden. Sie sind vorsichtig und kühn zugleich.«

»Pah! Das soll ihnen nichts nützen.«

»Nun denn, wer mit dem Messer einem Bären zu Leibe geht und ihn niedersticht, ohne selbst nur im geringsten verwundet zu werden, der fährt auch meinem Schwager an den Hals.«

»Dazu darf es gar nicht kommen. Sie werden mit List in die Falle gelockt und darin umgebracht.«

»Sie sollen doch kugelfest sein.«

»Glaube das ja nicht! Der Effendi hat selbst darüber gelacht. Und wenn es so wäre, gibt es nicht auch andere Waffen außer den Schießgewehren? Uebrigens wird es wohl gar nicht dazu kommen, daß man schießt oder sticht. Man lockt sie in die Höhle und zündet das aufgespeicherte Holz an. Da müssen sie ersticken.«

»Ja, es ist möglich, daß mein Schwager dies vorschlägt; aber die beiden Aladschy bestehen darauf, daß der Effendi von ihrer Hand fallen soll, und Barud el Amasat will denjenigen töten, welcher Osko heißt. Sie haben eine Rache gegeneinander. Ich habe ihnen abgeraten, aber sie blieben dabei, den Männern am Teufelsfelsen aufzulauern und sie mit der Schleuder und mit den Czakans zu töten. Zu diesem Zweck nahmen sie meine beiden Schleudern mit.«

»Die Toren! So wird es unbedingt zum Kampf kommen.«

»O nein! Die Fremden finden ja gar keine Zeit zur Gegenwehr, indem sie aus dem Hinterhalt überfallen werden.«

»Hoffe nicht zu viel. Wie ich die Schlucht des Teufelsfelsens kenne, so ist dort gar kein Hinterhalt zu legen. Sie müßten sich rechts oder links in den Büschen verstecken; das ist aber nicht möglich, weil die Felsen zu beiden Seiten so steil sind, daß man nicht hinaufsteigen kann.«

»Da bist du in einem großen Irrtum. Es gibt eine Stelle, allerdings nur eine einzige, an welcher man hinaufklettern kann. Es kommt linker Hand ein Wasser herab. Im Bett desselben kann man emporsteigen, wenn man ein wenig Nässe nicht scheut.«

»Wissen sie das?«

»Die beiden Aladschy kennen die Gegend eben so gut wie ich.«

»Und wollen sie wirklich dort hinaufklettern?«

»Freilich.«

»Aber sie haben doch ihre Pferde bei sich!«

»Diese schaffen sie vorher zu meinem Schwager. Es ist von

der betreffenden Stelle gar nicht weit zu ihm. Sie kehren zurück und erklettern den Felsen. Ein Czakan, von da oben herab geschleudert, muß jeden Kopf zerschmettern, auf welchen der Wurf gezielt war. Ich kenne die Stelle sehr genau. Man hat ungefähr fünfzig bis sechzig Schritte im Wasser emporzusteigen, dann ist die Felswand überwunden. Geht man hierauf oben vielleicht hundertfünfzig Schritte weit zwischen Büschen und Bäumen hin, so gelangt man an eine Stelle, unter welcher die Schlucht eine Krümmung macht. Steht oder sitzt man dort oben, so kann einem kein Mensch entkommen. Das ist der Ort, welcher das Grab der Fremden werden wird.«

»Teufel! Das ist gefährlich für mich!«

»Warum?« fragte Junak.

»Weil auch ich getroffen werden kann.«

»Pah, sie verstehen, zu zielen!«

»Darauf verlasse ich mich nicht. Der Zufall ist ein sehr heimtückischer Geselle.«

»So bleibe ein wenig zurück!«

»Wenn ich das tue, so muß ich gewärtig sein, daß die Fremden auch halten bleiben.«

»So reite voran. Den Quell wirst du sicher sehen. Wenn du dann die Krümmung bemerkst, brauchst du nur so zu tun, als ob dein Pferd störrisch werde. Du gibst ihm einige Hiebe, so daß es davongaloppiert. Dann kann dich weder ein Czakan, noch ein geschleuderter Stein treffen.«

»Ja, das ist das Einzige, was ich tun kann.«

»Uebrigens werde ich die Kameraden noch besonders auffordern, sich in acht zu nehmen, damit sie dich nicht treffen.«

»Wirst du mit ihnen reden?«

»Gewiß! Wer nicht bei der Teilung ist, läuft Gefahr, nichts zu bekommen. Jetzt ärgert es mich doppelt, daß mein Pferd tot ist. Nun bin ich gezwungen, den Weg zu Fuß zu machen.«

»Du kommst trotzdem zu spät.«

»Das glaube ich nicht. Ich bin ein sehr guter Läufer.«

»Aber unsere Pferde kannst du doch nicht einholen.«

»Meinst du denn, daß ich später aufbreche, als ihr? Wenn ich gegessen habe, mache ich mich sogleich auf die Beine.«

»Dann bist du allerdings schon vor uns dort.«

»Wenn es dem Deutschen nicht etwa einfällt, sehr zeitig mit seinen Gefährten in den Sattel zu steigen.«

»Daß sie das nicht tun, dafür will ich sorgen. Ich werde ihnen schon so viele Hindernisse in den Weg legen, daß sie nicht so schnell vorwärts kommen. Nötigenfalls verirre ich mich. Freilich müssen wir befürchten, daß sie Verdacht schöpfen, wenn sie am Morgen bemerken, daß du schon fort bist.«

»Es wird sich doch wohl eine befriedigende Ausrede finden lassen – –«

Jetzt kam mir doch der Rauch sehr stark in die Nase, daß ich den Kopf zurückziehen und ein wenig zur Seite treten mußte. Als ich dann wieder hineinsah, bemerkte ich, daß Junak aufgestanden war. Nun war es mit dem Lauschen zu Ende, denn er hätte mich beim ersten Blick nach dem Fenster sehen müssen. Darum kehrte ich zu den Gefährten zurück und setzte mich leise bei ihnen nieder.

Während ich nun sann, kam mir der Gedanke, gleich jetzt aufzubrechen; aber ich verwarf ihn wieder. Wir kannten ja die Gegend nicht, und der Konakdschi machte jedenfalls seine Worte wahr, uns so lange in der Irre herumzuführen, bis er annehmen konnte, daß der Kohlenhändler an seinem Ziel angekommen sei. Darum war es jedenfalls besser, noch zu bleiben. Junak hatte die für uns gefährliche Stelle so genau beschrieben, daß sie meiner Aufmerksamkeit nicht entgehen konnte. Ich hoffte, ein Mittel zu finden, die Gefahr zu vermeiden.

Als ich dann von Halef abgelöst wurde, erzählte ich ihm, was ich erlauscht und beschlossen hatte, und er stimmte mir vollständig bei.

»Auch ich werde lauschen, Sihdi,« meinte er. »Vielleicht höre ich noch etwas Wichtiges.«

»Unterlaß das lieber! Ich habe genug gehört, und wenn du ertappt wirst, haben wir den Schaden. Sie brauchen nicht zu wissen, daß einer von uns wacht.«

Es war wohl bereits nach zwei Uhr gewesen, als wir uns zur Ruhe legten; folglich war es nach sechs Uhr, als wir von Omar, welcher die letzte Wache hatte, geweckt wurden.

Wir gingen an den Bach, um uns zu waschen, und wollten dann in das Haus. Es war verschlossen. Auf unser Klopfen kam die Frau und öffnete.

»Wo ist unser Führer?« fragte ich.

»Hier in der Stube. Er schläft noch.«

»So werde ich ihn wecken.«

Der Mann lag auf den Lumpen, welche das Lager des Mübarek gebildet hatten, und stellte sich schlafend. Als ich ihm einige derbe Stöße gab, fuhr er empor, gähnte, starrte mich wie schlaftrunken an und sagte:

»Du, Herr? Warum weckst du mich schon?«

»Weil wir aufbrechen wollen.«

»Wie ist die Uhr?«

»Halb sieben.«

»Erst! Da können wir noch eine ganze Stunde schlafen.«

»Wir könnten sogar noch einen ganzen Tag schlafen, aber wir werden es nicht tun.«

»Es ist ja nicht so eilig.«

»Nein; aber ich liebe es, in der Morgenfrische zu reiten. Wasche dich, damit du munter wirst!«

»Waschen?« fragte er erstaunt. »Daß ich dumm wäre! So frühes Waschen ist sehr schädlich.«

»Wo ist Junak?« fragte ich.

»Ist er denn nicht da?«

Er blickte suchend umher. Die Alte berichtete:

»Mein Mann ist nach Glogovik gegangen.«

»Woher wir kommen? Warum hat er sich denn nicht von uns verabschiedet?«

»Weil er euch nicht stören wollte.«

»So! Was will er denn dort tun?«

»Er will Salz kaufen. Wir brauchen es, um das Fleisch hier einzupökeln.«

Sie zeigte auf die Stücke des Bären, welche in der Ecke

lagen und allerdings ein höchst unappetitliches Aussehen hatten.

»Hattet ihr denn kein Salz im Hause?«

»So viel nicht.«

»Nun, so war die Sache doch nicht so eilig, daß er unser Erwachen nicht abwarten konnte. Ich glaube übrigens, Ibali liegt viel näher. Warum ist er denn nach Glogovik gegangen?«

»In Ibali gibt es kein Salz.«

»So ist es ein sehr trauriges Nest. Aber euer Schaden ist es doch, daß er fort ist. Ich habe ihn noch nicht bezahlt.«

»Du wirst das Geld mir geben!«

»Nein, ich zahle nur dem Wirt. Uebrigens sage mir einmal, wofür ich dich bezahlen soll.«

»Wir haben euch doch beherbergt!«

»Wir haben im Freien geschlafen. Dafür zahle ich nichts. Also, Konakdschi, wir brechen auf.«

»Ich muß erst essen,« erklärte er.

»So iß, aber schnell!«

Er machte sich ein Feuer und briet sich ein Stück Bärenfleisch, welches er halbgar verschlang. Indessen sattelten wir. Der Bärenschinken wurde mit den drei übrig gebliebenen Tatzen in eine Decke gewickelt, und Osko nahm diesen Pack hinter sich auf das Pferd. Nun war der Führer fertig geworden, und wir brachen auf.

Die Frau wollte uns nicht ohne Bezahlung ziehen lassen. Sie zeterte, daß wir sie betrügen wollten. Aber Halef zog die Peitsche und knallte ihr dieselbe so nahe an ihrem Gesicht vorbei, daß sie heulend in das Haus sprang und die Türe hinter sich verriegelte. Durch das Fenster aber sandte sie uns eine Strafpredigt nach, und noch lange hörten wir ihre gellende Stimme hinter uns erschallen.

Es kam uns nicht auf einige Piaster an; aber diese Leute trachteten uns nach dem Leben. Es wäre eine Verrücktheit gewesen, das, was wir hier genossen hatten, nämlich gar nichts, auch noch zu bezahlen. – – –

DRITTES KAPITEL

In der Teufelsschlucht

Ein wunderbar schöner Herbstmorgen war es, frisch und duftig, als wir den Schauplatz unseres nächtlichen Abenteuers, an welchem der alte Mübarek ein so schreckliches Ende gefunden hatte, verließen. Wir ritten zunächst zwischen sanften Höhen dahin, daß man denken konnte, man befände sich im Thüringer Wald. Aber hinter diesen Bergen ragten schroffe Felsenmassen empor, finster wie drohende Giganten, und nach Verlauf einer Stunde war es ganz so, als ob wir uns durch die Schluchten der Pyrenäen bewegten.

Einen freien Ausblick gab es gar nicht. Der dunkle Wald hatte uns umfangen; er war fast als Urwald zu betrachten, aber was für ein Urwald!

Es gibt mehrere Arten des Urwaldes. Der unberührte Wald der Tropen, der dichte, nach Moder duftende Wald Litauens, der hehre, lichte Urwald des amerikanischen Westens, die natürlichen, gradlinigen und wie vom Gärtner angelegten Parks von Texas, sie sind alle sehr verschieden voneinander. Dieser Wald des Schar Dagh war mit keinem der genannten Urwälder zu vergleichen. Man dachte unwillkürlich an untergangene Kulturen, über welche nun der Tod seine Waldesschatten wirft.

Nach vielleicht drei Stunden senkte sich der Boden steil abwärts, und wir hatten ein breites Quertal zu durchschneiden, dessen anderer Rand fast senkrecht emporstieg.

Das war eine wahre Felsenmauer, scheinbar ununterbrochen sich stundenweit von Nord nach Süd ziehend. In Rissen und auf Vorsprüngen hatten gewaltige Fichten und Tannen Raum für ihre Wurzeln gefunden, und ganz hoch oben auf der Zinne dieser Mauer lag der dunkle Forst wie eine nur handbreit hohe schwarze Leiste.

Die Sohle dieses Tales aber war mit dem herrlichsten Gras

bewachsen, so daß ich vorschlug, wenigstens eine Viertelstunde hier zu rasten, damit die Pferde in diesem Grün ein Weilchen schwelgen könnten.

Unser Führer erklärte sich schnell einverstanden und sprang sogleich vom Pferd. Durch diesen Aufenthalt mußte sich ja der Vorsprung, welchen der Kohlenhändler haben wollte, vergrößern. Der gute Mann dachte nicht, daß ich mehr noch um dieses Junak als um des Grases willen hier aus dem Sattel stieg.

Es gab da einen ziemlich bedeutenden Bach. Nur einzelnes dünnes Gesträuch stand an seinem Ufer. Gleich als wir unter den Bäumen des diesseitigen Talrandes hervorgekommen waren und nun die freie Talsohle vor uns hatten, sah ich eine Linie, welche grad von dem Punkt, an welchem wir uns befanden, quer durch das Gras nach dem Ufer führte.

Diese Linie war jedenfalls die Fährte des Kohlenhändlers. Er hatte uns also doch für so dumm gehalten, daß diese Spur nicht unsern Verdacht zu erregen vermöchte.

Das Wasser stand von gestern her noch ziemlich hoch in dem Bett, welches eine muldenförmige Gestalt haben mußte, da die Ufer nicht tief zu sein, sondern flach zu verlaufen schienen. Der Rasen war weich, und darum vermutete ich, wenigstens dort am Wasser einen deutlichen Fußabdruck zu finden.

Der Konakdschi beachtete diese Fährte gar nicht. Er setzte sich nieder, zog seinen alten, weithin stinkenden Tschibuk hervor, stopfte ihn und setzte den Tabak in Brand. Aber was für Tabak! Dieses Kraut war nichts weniger als das schnell verduftende Kraut von Latakia. Dem Geruch nach schien es aus Kartoffel- und Gurkenschalen und abgeschnitten Fingernägeln zu bestehen. Denke man sich dazu einen Menschen, der sich durch das Waschen zu erkälten fürchtet, und eine Nacht in der durchräucherten Bude Junaks und auf dem verpesteten Sterbelager des Mübarek zugebracht hat, so wird man es sehr erklärlich finden, daß ich mich nicht an seiner Seite niederließ.

»Halef,« – fragte ich so laut, daß der Konakdschi es hörte,

– »was ist das wohl für ein Strich, welcher hier durch das Gras geht?«

»Das ist eine Fährte, Sihdi,« antwortete der Gefragte, stolz darauf, die von mir erworbenen Kenntnisse auskramen zu dürfen.

»Von einem Tier oder von einem Menschen?«

»Um das entscheiden zu können, muß ich sie mir genau betrachten.«

Er ging, die Augen scharf auf die Fährte gerichtet, mehrere Schritte auf derselben fort und sagte dann kopfschüttelnd:

»Effendi, das kann ein Mensch, aber auch ein Tier gewesen sein.«

»So! Um das zu wissen, braucht man sie gar nicht anzusehen. Natürlich ist es ein Mensch oder ein Tier gewesen. Oder ist es etwa möglich, daß zum Beispiel der Palast des Großherrn in Konstantinopel hier spazieren gegangen ist?«

»Willst du meiner spotten? Ich wette, daß es auch dir unmöglich ist, zu bestimmen, wer es gewesen ist. Komm selbst her!«

»Um das zu bestimmen, brauche ich gar nicht hinzukommen. Hier ist ein Mensch barfuß gegangen.«

»Wie willst du das beweisen?«

»Sehr leicht. Kann diese Fährte von einem vierbeinigen Geschöpf getreten sein?«

»Allerdings nicht.«

»Also ist's ein Mensch oder ein zweibeiniges Tier, ein Vogel gewesen. War dieser Vogel groß oder klein?«

»Groß natürlich.«

»Welches ist der größte Vogel, welcher hier gegangen sein könnte?«

»Das würde der Lejlek[1] sein.«

»Richtig! Der Lejlek aber geht langsam und bedächtig. Er hebt ein Bein nach dem andern hoch auf und macht gravitätische Schritte. Man müßte die einzelnen Schritte erkennen. Ist dies hier der Fall?«

[1] Storch.

»Nein. Derjenige, welcher hier ging, hat keine Stapfen gemacht, sondern mit jedem Bein eine immerwährende Linie durch das Gras gezogen.«

»Ganz recht. Die Fährte besteht nicht aus einzelnen Fußeindrücken, sondern aus einer ununterbrochenen Doppellinie. Die Beine des Storches sind höchstens fingerdick; diese Linien aber sind breiter als die Spanne einer Menschenhand. Ist es also möglich, daß selbst der größte hiesige Vogel, der Storch, hier gegangen sein kann?«

»Nein, Sihdi, es ist gewiß ein Mensch gewesen.«

»Nun weiter! Du selbst behauptest, keine Fußeindrücke gesehen zu haben. Je älter die Fährte ist, desto vertrockneter muß das abgeknickte und niedergetretene Gras sein. Es ist aber kein einzelner Halm auch nur welk geworden. Was ist daraus zu schließen?«

»Daß die Fährte noch sehr jung ist.«

»Gewiß. Man müßte also unbedingt die Fußeindrücke sehen. Woran liegt es wohl, daß man sie dennoch nicht sieht?«

»Das kann ich leider nicht sagen.«

»Nun, das liegt teils an der Schnelligkeit, mit welcher dieser Mann gegangen ist, und andernteils an der Weichheit seines Fußes. Er hat Eile gehabt und ist mehr mit den Zehen als mit der Ferse aufgetreten. Stiefel und Schuhe haben harte Sohlen, welche eine scharfe Fährte machen. Da diese Schärfe fehlt, so hat der Mann keine Fußbekleidung getragen; er ist barfuß gewesen. Willst du das nun einsehen?«

»Wenn du es in dieser Weise erklärst, muß ich dir recht geben.«

»Jawohl habe ich recht. Wer mag nun wohl dieser eilige und barfüßige Mann gewesen sein? Konakdschi, ist dieser Wald bewohnt?«

»Nein, kein Mensch wohnt da,« antwortete der Gefragte.

»So vermute ich, daß der Kohlenhändler Junak eine ganz falsche Richtung eingeschlagen hat. Er wird aus Versehen nicht nach Glogovik, sondern nach dem Scheïtan kajaji, nach dem Teufelsfelsen, kommen.«

»Herr, was denkst du! Ein solcher Irrtum kann bei ihm gar nicht vorkommen.«

»Nun, so tat er es mit Absicht. Er hat unterwegs geglaubt, sein Salz an keinem andern Ort kaufen zu können.«

»Ganz gewiß nicht. Wäret ihr nicht im Schlaf gewesen, so hättet ihr ihn fortgehen sehen.«

»Nun, Hadschi Halef Omar hat mir gesagt, daß während der Nacht ein Mann aus dem Hause getreten und hinter demselben verschwunden sei. Nach welcher Richtung er sich aber gewendet habe, das hat Halef nicht unterscheiden können.«

»Das wird freilich Junak gewesen sein, denn er ging, als es noch dunkel war, um nicht spät am Tage zurückzukehren.«

»So hat er in der Dunkelheit sich geirrt und ist anstatt nach links nach rechts gegangen. Vielleicht ist das mit Absicht geschehen, und da ich aus der Spur erkenne, daß er große Eile gehabt hat, so mag er wohl den Wunsch hegen, unser Kommen bei dem Köhler sobald wie möglich anzumelden.«

»Du machst dir da ganz sonderbare Gedanken, Effendi,« sagte der Konakdschi in großer Verlegenheit. »Was geht es Junak an, daß wir bei dem Köhler ausruhen wollen?«

»Ich begreife es freilich auch nicht.«

»So wirst du zugestehen, daß er es unmöglich gewesen sein kann.«

»Ich behaupte ganz im Gegenteil, daß er es war. Ich werde es dir sogar beweisen.«

»Das ist unmöglich. Etwa aus den Spuren?«

»Ja.«

»Die können dir, wie ich zu meinem Erstaunen gesehen habe, wohl sagen, daß ein Mensch hier gegangen sei, nicht aber, wer dieser Mensch gewesen ist.«

»Sie sagen es mir sogleich sehr deutlich. Erhebe dich, und komm einmal mit.«

Ich schritt nach dem Ufer des Flüßchens, und die Andern folgten. Da, wo der Mann in das Wasser gegangen war, hatte er langsam und vorsichtig mit den Füßen getastet. Der Grund des Wassers war am Ufer weich; man sah weder Sand noch Steine auf demselben. Desto deutlicher aber erkannte man die Spuren der Füße in dem klaren, hier anderthalb Fuß tiefen Wasser.

»Sieh her, Konakdschi!« sagte ich. »Erblickst du die deutlichen Fußstapfen unter dem Wasser?«

»Ja, Effendi. Und ich sehe auch, daß du ganz richtig vermutet hast: der Mann ist barfuß gewesen.«

»Vergleiche doch einmal die Spuren der beiden Füße miteinander. Findest du keinen Unterschied?«

»Nein.«

»Nun, glücklicherweise haben sich die Zehen scharf eingetreten. Vergleiche nochmals! Zähle sie!«

Er bückte sich nieder, wohl aber nicht um zu zählen, sondern um sein Gesicht nicht sehen zu lassen. Er befand sich in bedeutender Verlegenheit.

»Was sehe ich!« rief der Hadschi. »Dieser Mann hat am linken Fuße nur vier Zehen gehabt! Sihdi, es ist Junak gewesen und kein anderer.«

Der Führer hatte seine Verlegenheit bemeistert und erhob sich wieder, indem er sagte:

»Kann nicht auch ein anderer ein Zehe verloren haben?«

»Gewiß,« antwortete ich, »aber ein sehr eigentümlicher Zufall müßte es doch genannt werden. Welche Absicht verfolgt dieser Junak damit, daß er uns täuscht?«

»Er ist es ja gar nicht!«

»Nun, um seinetwillen will ich das hoffen. Wenn er etwa irgend eine Hinterlist plant, so wird er Salpeter anstatt des Salzes bekommen, vielleicht auch noch Schwefel und Holzkohle dazu. Weißt du, was das bedeutet?«

»Ja, aber ich verstehe dich dennoch nicht. Aus diesen drei Stoffen wird Barut[1] gemacht. Meinst du das?«

»Gewiß, und wenn sich dabei ganz zufälliger Weise noch ein rundes Stück Blei befindet, so kann es sich sehr leicht ereignen, daß er, der jedenfalls nach dem Teufelsfelsen will, auch wirklich in die Hölle fährt. Ist dieses Wasser tief?«

»Nein. Die Pferde brauchen nicht zu schwimmen. Man

[1] Schießpulver.

kann ganz gut mit aufgestreiften Hosen hindurch. Wollen wir wieder aufbrechen?«

»Ja; es ist bereits mehr als eine Viertelstunde vergangen. Wohin führt dann jenseits des Wassers der Weg?«

»Siehst du den dunklen, senkrechten Strich, welcher sich da drüben an der Felswand befindet?«

»Ja.«

»Das ist die Oeffnung einer schmalen Schlucht. Sie wird die Teufelsschlucht genannt, weil sie zum Teufelsfelsen führt. Da hinein reiten wir.«

»Und wie lange dauert es, bevor wir zu dem Felsen kommen?«

»Mehr als eine halbe Stunde. Du wirst staunen über die Felsenmassen, welche sich zu beiden Seiten der Schlucht befinden. In dieser engen Spalte kommt man sich vor wie ein kleiner Wurm zwischen himmelhohen Mauern.«

»Und führt denn kein anderer Weg nach West?«

»Nein, es gibt nur diesen einen.«

»So sind wir gezwungen, ihm zu folgen. Vorher aber will ich doch einmal versuchen, die Spuren derjenigen zu finden, welchen wir nachreiten. Im Gras sind sie nicht mehr vorhanden, weil es sich seit gestern wieder aufgerichtet hat; aber im seichten Flußwasser sind sie vielleicht noch zu erkennen.«

Meine Vermutung hatte mich nicht getäuscht. Nur wenig weiter aufwärts waren die fünf Pferde in das Wasser gegangen. Ein weiteres Suchen hatte keinen Zweck, und so durchkreuzten wir denn das Flüßchen und hielten dann auf den Eingang der Schlucht zu.

Er hatte nur diejenige Breite, welche zwei Reitern gestattete, sich nebeneinander zu halten. Später traten die Felswände weiter zurück.

Das war eine erschreckliche kompakte Felsenmasse, ein ungeheurer, mehrere hundert Fuß hoher Würfel plutonischen Gesteines, in welchen eine unterirdische Gewalt diesen Spalt mitten hindurch gerissen hatte. Wenn man emporblickte, schien es, als ob die Wände sich mit ihren oberen Rändern vereinigten. Es war weder rechts, noch links möglich, an ihnen empor zu kommen. Sie waren nackt, und nur hier und da gab es eine Stelle, an welcher ein Strauch oder ein einzelner Baum ein Plätzchen für die Bedürfnisse seines Fortkommens gefunden hatte.

»Glaubst du nun, daß der Scheïtan diesen Riß mit seiner Faust geschlagen hat?« fragte unser Führer.

»Ja, es ist ein höllischer Weg. Man möchte sich zusammenducken wie ein kleines Insekt, über welchem der hungrige Vogel schwebt. Rasch vorwärts!«

Der Konakdschi hatte sich bisher in unserer Mitte gehalten. Jetzt strebte er, voran zu kommen. Um diesen Zweck zu erreichen, drängte er sich an Halef und Osko vorüber, welche vor uns ritten.

Dies ließ mich vermuten, daß wir uns der Stelle näherten, welche für uns verhängnisvoll werden sollte. Er wollte der Vorderste sein, um sein beabsichtigtes Manöver mit dem Pferd ausführen zu können.

Und plötzlich kam uns ein helles Wasser entgegen, ganz seicht und schmal, welches hart an der Seite des Weges floß und in einem Loch der Felsenwand verschwand. Und zugleich bemerkten wir, daß oben die Wände noch weiter auseinander rückten. Uns zur Linken wich der Fels um eine ziemlich breite Stufe zurück, welche mit Busch und Baum bewachsen war; aber hinaufkommen konnte man hier unmöglich. Diese Stufe hatte ungefähr die Höhe von fünfzig Fuß, und der Kohlenhändler hatte gesagt, daß man fünfzig bis sechzig Schritt im Wasser hinaufzusteigen habe. Dieser Felsenabsatz war also jedenfalls gemeint gewesen.

Ich hatte bereits vor unserm Aufbruch, als wir die Pferde sattelten, den Gefährten gesagt, wie sie sich verhalten sollten. Auch sie merkten dem Terrain an, daß wir uns in der Nähe der betreffenden Stelle befanden. Sie warfen mir heimlich fragende Blicke zu, und ich nickte zustimmend.

Das kleine Bergwässerchen floß uns still entgegen; bald aber hörten wir lautes Plätschern. Wir erreichten die Stelle, an welcher es aus der Höhe kam. Es hatte eine Ader weicheren

Gesteins tief ausgefressen und einen Ritz gebildet, in welchem es von Stufe zu Stufe herunterrieselte.

Das war die richtige Stelle. Der aus- und herabgespülte feine Steingrus hatte sich zu beiden Seiten angehäuft und mit der Zeit die Eigenschaft erhalten, Pflanzen zu ernähren. Da gab es allerlei Kräuter und Stauden, welche die Kühle und das Wasser lieben, auch Farren, an welchen diese Gegend überhaupt sehr reich zu sein schien. Ungefähr in doppelter Reiterhöhe war eine dieser Farrenstauden halb ausgerissen worden. Ich hielt mein Pferd an und blickte hinauf.

»Kommt doch!« forderte uns der Konakdschi auf, da auch die Gefährten gehalten hatten.

»Warte einen Augenblick!« sagte ich. »Komm einmal zurück! Ich möchte dir etwas Ueberraschendes zeigen.«

Er kam herbei.

»Du mußt absteigen,« forderte ich ihn auf, indem ich den Sattel verließ.

»Warum?«

»Du kannst es dann besser sehen.«

»Aber wir versäumen unsere Zeit!«

»Du hast es ja heute noch niemals so notwendig gehabt. Das scheint ein sehr geheimnisvolles Wasser zu sein.«

»Wie so?« fragte er neugierig und ahnungslos.

Ich stand am Fuß der kleinen Kaskade und betrachtete die unteren Stufen derselben. Er sprang ab und trat zu mir. Auch die Andern stiegen von den Pferden.

»Sieh dir da oben dieses Farrenkraut an! Fällt es dir nicht auf, daß es ausgerissen ist?«

»Nein, gar nicht.«

»Ich meine, es ist jemand da hinaufgestiegen, hat sich dabei an der Pflanze festhalten wollen und sie aus der Erde gerissen.«

»Der Sturm wird es gewesen sein.«

»Der Sturm? Hier, wo wir uns im Innern der Erde befinden, hat es niemals Sturm oder auch nur Wind gegeben. Nein, es ist ein Mensch gewesen.«

»Was geht uns das an?«

»Sehr viel sogar, denn es war ein Bekannter von uns.«

»Unmöglich! Wer denn?«

»Junak.«

Er verfärbte sich, als ich diesen Namen nannte.

»Effendi, was hast du nur mit Junak? Er ist ja nach Glogovik!«

»Nein, er ist da oben. Hier unten, wo das Wasser den Weg erreicht, hat sich der Spülsand angehäuft. Dieser Junak ist ein sehr unvorsichtiger Bursche. Wenn er uns wissen läßt, daß er nach Glogovik gegangen sei, darf er doch nicht so dumm sein, mit seinen nackten Füßen diesen Sand zu berühren. Er weiß ja, daß ich heute nacht die fehlende Zehe vermißt habe, und hier siehst du ganz den nämlichen vierzehigen Fußstapfen wie vorhin da unten am Ufer des Baches. Er ist da hinauf. Was will er oben?«

»Effendi, er ist es nicht!« versicherte der Führer in ängstlichem Ton. »Reiten wir weiter!«

»Erst muß ich mich überzeugen, wer recht hat, du oder ich. Ich werde da hinaufsteigen, um mir den Mann einmal zu betrachten.«

»Herr, du kannst stürzen und dabei Hals und Beine brechen.«

»Ich klettere sehr gut, und der Hadschi wird mich begleiten. Ich hoffe, es glücklich zu überstehen. Viel gefährlicher scheint es mir, weiter zu reiten.«

»Warum?«

»Nun, ich vermute, daß da oben sich Leute befinden, Leute mit Czakans und Schleudern. Das ist gefährlich.«

»Allah!« rief er erschrocken.

»Und da vor uns krümmt sich der Weg und ––«

»Wie kannst du das wissen? Man sieht es doch noch gar nicht!«

»Ich vermute es. Eine solche Stelle ist für jeden gefährlich, welcher unten daherreitet, während man oben auf ihn lauert. Daher werde ich jetzt hinaufsteigen, um Umschau zu halten.«

Er war aschfahl geworden und sprach beinahe stammelnd:

»Ich kann deine Gedanken wirklich nicht begreifen!«

»Sie sind sehr leicht zu erklären. Und damit du mir keinen Strich durch meine Rechnung machst, ersuche ich dich, von diesem Augenblick an nur ganz leise zu sprechen.«

»Herr!« fuhr er auf, seiner Angst den Ausdruck des Zornes gebend.

»Bemühe dich nicht! Wir haben vor dir keine Angst, denn du hast keine Waffen mehr.«

Mit einem raschen Griff hatte ich ihm Pistole und Messer aus dem Gürtel gezogen. Sein Gewehr hing am Sattel. Und zugleich packten Osko und Omar ihn so fest von hinten, daß er sich nicht rühren konnte. Er wollte schreien, unterließ es aber, denn ich setzte ihm sein eigenes Messer auf die Brust und drohte:

»Sage ein einziges lautes Wort, so ersteche ich dich! Dir soll nicht das Mindeste geschehen, wenn du dich still verhältst. Du weißt, daß ich dir nicht traue. Fügst du dich jetzt in unsern Willen, so wird vielleicht unser Mißtrauen schwinden. Wir werden dich binden, und Osko und Omar halten Wache bei dir, bis ich mit Halef zurückkehre. Dann wird sich finden, was mit dir geschieht. Wirst du laut, so erstechen sie dich; gehorchst du aber, so erhältst du deine Waffen zurück und wirst unser Begleiter sein wie vorher.«

Er wollte Einspruch erheben, aber sogleich saß ihm Oskos Messerspitze wieder auf der Brust. Das brachte ihn zum Schweigen. Er wurde gebunden und mußte sich niedersetzen.

»Ihr wißt, was ihr zu tun habt,« sagte ich zu den beiden Zurückbleibenden. »Achtet darauf, daß die Pferde sich ruhig verhalten. Der Weg ist so eng, daß ihr ihn gut verteidigen könnt. Kein Mensch darf ohne euren Willen vorüber. Und sollte ja etwas Unvorhergesehenes geschehen, so werden wir beim ersten eurer Schüsse herbeieilen. Wenn aber ihr uns schießen hört, so bleibt ihr ruhig unten, denn ihr habt für uns nichts zu befürchten.«

Es war ein unendlich grimmiger Blick, den der Konakdschi mir zuwarf, als ich jetzt mich anschickte, emporzusteigen. Halef folgte.

Etwas anstrengend war der Weg, aber gar nicht gefährlich. Das Wässerchen war ganz seicht, und die ausgewaschenen Stufen hatten eine so geringe Höhe und folgten einander so schnell, daß man wie auf einer nur ein wenig schlüpfrigen Treppe emporstieg.

Junak hatte recht: fünfzig bis sechzig Schritte hatten wir getan, als wir oben anlangten. Die Felsenstufe, auf welcher wir uns jetzt befanden, hatte hier eine Breite von wenig über hundert Schritten. Die Fläche war verwittert und trug einen nach und nach angesammelten Humusboden von beträchtlicher Tiefe. Da standen Laub- und Nadelbäume und dazwischen allerlei Buschwerk so dicht, wie wir es uns nur wünschen konnten. Es wurde dadurch möglich, anzuschleichen, ohne daß wir bemerkt werden konnten.

»Was nun?« flüsterte Halef.

»Wir schleichen vorwärts. Junak sagte, daß man auf dieser Felsenstufe ungefähr hundertfünfzig Schritte zu gehen habe, um an die Krümmung zu gelangen. Dort befinden sie sich ganz sicher. Dennoch wollen wir schon hier jede mögliche Vorsicht anwenden. Halte du dich stets hinter mir!«

»Es ist möglich, daß Einer hier vorn postiert ist, um unser Nahen zu beobachten.«

»In diesem Falle säße er sicher ganz vorn an der Felsenkante. Wenn wir uns weiter links, also rückwärts von ihm halten, kann er uns weder sehen noch hören. Sollte dennoch zufällig Einer auf uns treffen, so machen wir ihn mit den Händen unschädlich, indem wir möglichst jedes Geräusch vermeiden. Ich habe zu diesem Zweck einige Riemen eingesteckt.«

»Du weißt, daß auch ich stets solche bei mir habe; sie sind oft schnell vonnöten.«

»Nur wenn wir es mit Mehreren zu tun bekommen, greifen wir nach den Gewehren. Ich werde nur notgedrungen schießen, und selbst dann wollen wir nicht töten. Ein Schuß in das Knie wirft den grimmigsten Feind zu Boden. Also vorwärts!«

Wir huschten voran und gaben uns Mühe, wenige Zweige zu berühren. Es war unsere Absicht, uns mehr links zu halten, aber wir waren noch nicht sehr weit gekommen, so hörten wir rechts von uns ein Geräusch, welches uns zum Stehen brachte.

»Was mag das sein?« flüsterte Halef.

»Da wetzt einer sein Messer auf dem Stein. Welch eine Unvorsichtigkeit von ihm!«

»Er ahnt ja nicht, daß wir auf den Gedanken kommen können, hier heraufzusteigen. Gehen wir vorüber?«

»Nein. Wir müssen wissen, wer es ist. Lege dich auf die Erde. Wir dürfen jetzt nur kriechen.«

Wir schoben uns der Stelle entgegen, von welcher wir das Wetzen vernommen hatten, und gelangten bald in die Nähe der Felsenkante. Dort saß -- Suef, der Spion, auf Posten und wetzte sein Messer mit einem Eifer an dem scharfen Gestein, als würde ihm diese Arbeit mit silbernen Piastern bezahlt. Er hatte uns den Rücken zugekehrt.

Jedenfalls sollte er nach uns ausschauen; aber er hatte just diejenige Stelle gewählt, von welcher aus er uns erst dann bemerken konnte, wenn wir uns fast unter ihm befanden. Freilich, wären wir nur wenige Schritte weiter geritten, so hätte er uns gesehen.

»Was tun?« fragte Halef. »Lassen wir ihn ruhig sitzen?«

»O nein! Hier steht Moos am Boden. Nimm eine gute Handvoll! Ich werde ihn hinten so beim Genick fassen, daß er den Mund aufsperren muß, ohne schreien zu können. Dann steckst du ihm das Moos hinein. Ich krieche voran. Sobald ich bis auf Manneslänge zu ihm gekommen bin, kannst du dich erheben und auf ihn losspringen.«

Langsam und leise krochen wir unter den Büschen auf Suef zu. Gar nicht weit hinter ihm stand ein Baum, welchen ich als Deckung nahm, so daß der Stamm desselben sich genau zwischen mir und ihm befand.

Jetzt erreichte ich den Baum. Noch zwei Sekunden, und

ich war dem Späher so weit, wie erwähnt, nahe gekommen. Hinter mir richtete sich Halef auf, zum Sprung bereit. Aber der Kleine war ein Wüstensohn, nicht ein Indianer: er trat auf einen herabgefallenen dürren Zweig – dieser knackte, und Suef fuhr mit dem Gesicht nach uns herum.

Kein Maler vermag es, den Ausdruck des starren Entsetzens wiederzugeben, welchen die Züge des Spions annahmen, als er uns erblickte. Er wollte schreien, aber er hätte wohl keinen Ton hervorgebracht, auch wenn ihm von mir die Zeit dazu gelassen worden. Ich hatte mich augenblicklich zu ihm hingeschnellt und ihm die beiden Hände um den Hals gelegt. Er strampelte mit den Armen und Beinen und öffnete den Mund weit, um nach Luft zu schnappen. Im Nu war Halef da und steckte ihm das Moos zwischen die Zähne. Ich hielt noch eine Weile fest. Die Bewegungen ließen nach, und als ich nun die Hände von ihm nahm, war er besinnungslos.

Ich hob ihn auf und trug ihn fort, zwischen die Büsche hinein. Sein Messer war ihm entfallen, die Flinte hatte neben ihm gelegen. Wo er sie her hatte, wußte ich nicht. Halef brachte beides nach.

Wir lehnten ihn sitzend an einen Baumstamm und banden ihn so an denselben, daß dieser von seinen nach rückwärts gebogenen Armen umfangen wurde. Dann banden wir ihm noch den mehrfach zusammengelegten Zipfel seines Gewandes auf den Mund, damit es ihm unmöglich wäre, das Moos mit der Zunge herauszustoßen. Wir mußten ihm das Schreien verleiden.

»So!« kicherte Halef leise. »Der ist sehr gut versorgt. Was nun weiter, Sihdi?«

»Wir setzen unsern bisherigen Weg fort. Horch!«

Es klang wie Schritte. Und wirklich, wir hörten jemand kommen. Der Betreffende schien sich der Stelle zu nähern, an welcher Suef gesessen hatte.

»Wer mag es sein?« raunte mir der Hadschi zu. Seine Augen funkelten vor Kampfeslust.

»Keine Uebereilung!« gebot ich.

Ich wand mich zwischen den Büschen hindurch und erblickte Bybar. Seine Riesengestalt stand neben dem Baum, welchen ich vorhin als Deckung benutzt hatte. Ich konnte sein Gesicht deutlich sehen. Er schien erstaunt zu sein, Suef nicht zu finden, und schritt langsam weiter.

»Wetter noch einmal!« flüsterte ich. »Noch zehn oder zwölf Schritte, so sieht er unsere Gefährten, falls er hinabblickt, und das wird er ganz sicher tun. Komm ganz leise nach!«

Es galt, mich schnell von hinten an den Aladschy zu machen, und es gelang mir zur rechten Zeit. Sein Blick fiel hinunter auf den Weg. Er sah die Drei, welche unten auf uns warteten, und er trat mehrere Schritte zurück, um ja nicht von ihnen gesehen zu werden.

Er hatte sich dabei nicht umgedreht und durch dieses Zurückweichen die Entfernung zwischen sich und mir auf eine für mich so günstige Weise verringert, daß ich nach ihm fassen konnte. Ihn mit der Linken beim Genick nehmen und ihm zugleich mit der geballten Rechten einen Hieb gegen die Schläfe versetzen, das war das Werk eines Augenblicks. Er brach zusammen, ohne einen Laut von sich zu geben. Und da stand auch bereits Halef bei mir.

»Auch binden?« fragte er.

»Ja, aber jetzt noch nicht. Faß an, er ist schwer.«

Wir trugen den Riesen in die Nähe des Schneiders und banden ihn ebenso wie jenen an einen Baum. Sein Mund war nicht ganz geschlossen. Ich öffnete ihn erst mit der Klinge, dann mit dem Heft meines Messers. Wir banden ihm den Gürtel ab und befestigten ihm denselben als Knebel in den Mund. Weil er sehr stark war, bedurfte er doppelter Bande, so daß unsere Riemen nun alle verbraucht waren. Den Lasso durfte ich nicht verwenden, falls uns noch Einer in die Hände lief, der gebunden werden mußte; er konnte mir dann sehr leicht in Verlust geraten. Die Pistolen und das Messer, welche sich in Bybars Gürtel befunden hatten, legten wir zu Suefs Waffen.

»Nun sind nur noch drei übrig,« sagte Halef, »der andre Aladschy, Manach el Barscha und Barud el Amasat.«

»Vergiß den Kohlenhändler nicht, der auch hier oben ist.«

»Den Halunken rechne ich nicht. Was sind diese Vier gegen uns Zwei! Wollen wir nicht ganz offen zu ihnen gehen und ihnen die Gewehre abnehmen, Sihdi?«

»Das wäre zu verwegen.«

»Nun, weshalb sind wir denn heraufgestiegen?«

»Einen bestimmten Plan hatte ich dabei nicht. Ich wollte sie beschleichen. Was dann zu tun war, mußte sich finden.«

»Nun, es hat sich gefunden. Zwei sind bereits unschädlich. Aus den Andern machen wir uns ja nichts.«

»Ich mache mir sehr viel aus ihnen. Ja, wenn wir den Bruder des Aladschy noch hätten, dann wollten wir mit den übrigen Drei schnell fertig werden.«

»Hm! Wenn er auch käme!«

»Das wäre Zufall.«

»Oder – Sihdi, ich habe einen Gedanken. Ist es nicht möglich, ihn herbeizulocken?«

»Auf welche Weise?«

»Könnte nicht dieser Bybar ihn rufen?«

»Dieser Gedanke ist nicht ganz übel. Ich habe mehrere Stunden lang mit den Aladschy gesprochen und kenne ihre Stimmen. Bybars Stimme ist etwas heiser, und ich getraue mir, sie leidlich nachzuahmen.«

»So tue es, Sihdi!«

»Dann müßten wir einen Platz haben, auf welchem er vorüber muß, ohne uns zu sehen.«

»Ein solcher Platz wird sich leicht finden lassen, irgend ein Busch oder Baum.«

»Ja, aber ob es mir auch diesesmal so gut gelingt, ihn zu betäuben?«

»So haue doch mit dem Kolben zu!«

»Hm! Das läßt sich nicht so abmessen. Ich könnte ihn erschlagen.«

»Schade wäre es nicht um ihn. Uebrigens haben diese Kerls wohl feste Schädel.«

»Freilich! Nun, wir wollen es versuchen!«

»Versuchen wir es! Sihdi, in dieser Weise höre ich dich außerordentlich gern sprechen.«

Er war ganz Feuer und Flamme. Das Kerlchen hätte einen ausgezeichneten Soldaten abgegeben; es steckte ein Held in ihm.

Wir schritten leise und vorsichtig weiter, bis wir eine Stelle erreichten, an welcher drei hohe Büsche eng beisammen standen, so daß man zwischen ihnen unbemerkt von außen stehen konnte. Wir traten hinein, und nun rief ich, nicht allzu laut und möglichst Bybars Stimme nachahmend:

»Sandar! Sandar! Bana gel – komm her zu mir!«

»Schimdi gelirim – ich werde gleich kommen!« antwortete es von daher, wo ich die Männer vermutete.

Die List schien also zu gelingen. Ich stand bereit, den Lauf der Büchse in der Hand. Nach kurzer Zeit hörte ich den nahenden Aladschy fragen:

»Nerede sen – wo bist du?«

»Burada 'm – hier bin ich!«

Meine Antwort gab seinen Schritten die von mir gewünschte Richtung. Ich hörte ihn kommen, grad auf die Büsche zu. Jetzt sah ich ihn sogar, indem ich zwischen den Zweigen hindurchblickte. Er wollte, erwartungsvoll gradaus schauend, an uns vorüber, leider nicht so nahe, wie es mir lieb gewesen wäre. Da gab es weder Zaudern, noch Bedenken. Ich sprang zwischen den Büschen hervor.

Er sah mich. Nur eine Sekunde hielt der Schrecken ihn fest auf der Stelle; dann wollte er zurückspringen, aber es war schon zu spät für ihn. Mein Kolben traf ihn so, daß er zusammenbrach.

Auch er hatte weder Flinte noch Czakan bei sich, sondern nur Pistolen und das Messer.

»Hamdullillah!« jubelte Halef fast zu laut. »Es ist gelungen! Wie lange denkst du, daß er brauchen wird, um wieder ins Leben zurückzukehren?«

»Laß erst sehen, wie es mit ihm steht. Der Schlag hätte einen Andern wohl getötet.«

Der Puls des Aladschy war kaum wahrzunehmen. Für wenigstens eine Viertelstunde hatten wir sein Erwachen nicht zu befürchten.

»So brauchen wir ihn nicht zu knebeln,« meinte Halef. »Aber anbinden werden wir ihn doch!«

Wir benützten dazu den Schal, welcher dem Aladschy als Gürtel diente. Und nun hatten wir wirklich nicht nötig, übermäßige Vorsicht walten zu lassen. Wir schlichen nicht mehr, sondern wir gingen vorwärts, wenn auch recht leise.

So gelangten wir an die Stelle, an welcher der Weg unten die erwähnte Krümmung machte. Auch das Terrain hier oben folgte dieser Biegung, und so entstand ein Felsenvorstoß, eine Art Bastei, auf welcher die Kerls Posto gefaßt hatten. Es standen nicht Bäume, sondern nur einige Sträucher auf derselben. Hinter einem der Sträucher angekommen, sahen wir Manach el Barscha, Barud el Amasat und Junak sitzen. Sie sprachen miteinander, doch nicht so laut, daß wir sie verstehen konnten, obgleich wir uns ihnen sehr nahe befanden.

Dieser Ort war für ihre Zwecke sehr gut gewählt. Sie mußten uns kommen sehen, und eine aus diesem Hinterhalt gut geworfene Axt hätte jedenfalls den Getroffenen zerschmettert.

Etwas rückwärts von ihnen, nach uns zu, standen fünf in eine Pyramide aufgestellte Gewehre. Also hatte auch Junak seine Flinte mitgebracht. Dabei lagen die Czakans der Aladschy und die ledernen Schleudern, welche Junak hergeliehen hatte. Neben den Schleudern war ein kleiner Haufen glatter, schwerer Bachkiesel. Ein solcher Stein konnte, wenn aus sicherer Hand geschleudert, gar wohl den Tod bringen.

Die Drei waren uns sicher. Sie saßen ganz an der Kante der Bastei. Manach el Barscha war kaum drei Schritte von derselben entfernt. Wollten sie fliehen, so mußten sie an uns vorüber. Der Gedanke, hinab zu springen, wäre der reine Wahnsinn gewesen. Man sah es ihnen an, daß sie sich in gespannter Erwartung befanden. Ihre Blicke flogen immer nach der Richtung, aus welcher wir kommen mußten.

Junak sprach am meisten. Aus seinen Gestikulationen war zu schließen, daß er das Bärenabenteuer erzählte. Wir standen eine ganze Weile, ehe er ein Wort sprach, welches wir verstehen konnten:

»Ich will hoffen, daß alles so kommt, wie ihr es wünschet. Diese vier Kerle sind zu allem fähig. Sie sind gleich bei ihrer Ankunft wie die Herren meines Hauses aufgetreten. Und der Konakdschi wird euch dann erzählen, wie sie ihn behandelt haben. Sie schlossen ihn für die ganze Nacht mit all den Seinen im Keller ein – –«

»Und er hat es sich gefallen lassen?« rief Manach el Barscha.

»Mußte er nicht?«

»Mit all den Seinen! Konnten sie sich nicht wehren?«

»Habt ihr euch denn gewehrt? Nein, ihr seid schleunigst fortgeritten!«

»Der Soldaten wegen, welche sie bei sich hatten.«

»O, nicht einen einzigen hatten sie bei sich; das hat der Konakdschi später gar wohl gemerkt.«

»Tausend Teufel! Wenn das wahr wäre!«

»Es ist so! Sie haben euch durch eine List getäuscht. Diese Kerle sind nicht nur verwegen wie die Jabani kediler[1], sondern auch verschlagen wie die Gelindschikler[2]. Nehmt euch nur in acht, daß sie nicht die heutige Falle wittern! Der widerwärtige Effendi hat Verdacht gegen den Konakdschi und auch gegen mich geäußert. Es dauert so lange, bis sie kommen; sie müßten schon da sein. Ich will nicht befürchten, daß sie erraten, was ihrer hier wartet.«

»Das können sie unmöglich wissen. Sie kommen gewiß, und dann sind sie verloren. Die Aladschy haben geschworen, den Deutschen bei lebendigem Leibe langsam in Stücke zu zerschneiden. Barud hier nimmt den Montenegriner Osko, und mir muß diese kleine, giftige Kröte, der Hadschi, in die Hände laufen. Er ist so flink mit der Peitsche, und er soll erfahren, was Schläge bedeuten. Kein Messer und keine Kugel darf ihn berühren; er wird an der Peitsche sterben. Darum soll keiner von ihnen sogleich getötet werden. Die Aladschy zielen nicht nach dem Kopf, und auch ich werde den Hadschi nur betäuben. Ich will mich nicht selbst um die Seligkeit

[1] Wildkatzen. [2] Wiesel.

bringen, ihn totschlagen zu können. Warum sie nur so lange bleiben! Ich kann es kaum erwarten.«

Ich hätte gar zu gern noch mehr gehört; ich hoffte, sie sollten von Karanirwan-Khan sprechen. Aber Halef konnte es nicht länger aushalten. Daß Manach el Barscha so große Sehnsucht hatte, ihn tot zu peitschen, das erregte seinen Zorn in ungewöhnlicher Weise. Er trat plötzlich vor, hart an sie heran und rief:

»Nun, hier hast du mich, wenn du es denn gar nicht erwarten kannst!«

Der Schreck, welchen sein Erscheinen erregte, war ungeheuer. Junak schrie auf und streckte die Hände abwehrend vor, als hätte er ein Gespenst erblickt. Barud el Amasat sprang vom Boden auf und starrte den Hadschi wie geistesabwesend an. Auch Manach el Barscha war emporgeschnellt, gleichsam von einer Spannfeder getrieben; aber er faßte sich schneller als die Andern. Seine Züge verzerrten sich vor Wut.

»Hund!« brüllte er. »Hier bist du! Aber diesesmal soll es euch nicht gelingen! Du gehörst mir, und jetzt habe ich dich!«

Er wollte die Pistole aus dem Gürtel reißen, aber eine hervorstehende Schraube oder der Drücker mochte sich festgehakt haben. Er brachte die Waffe nicht so schnell heraus, wie er wünschte. Und da legte Halef auch schon auf ihn an und gebot:

»Weg mit der Hand vom Gürtel, sonst schieße ich dich nieder!«

»Schieße einen von uns!« antwortete jetzt Barud el Amasat. »Aber auch nur einen! Der Zweite trifft dann dich!«

Er zog sein Messer. Da trat auch ich hervor, langsam und ohne ein Wort zu sprechen; aber ich hielt den angelegten Stutzen auf Barud gerichtet.

»Der Effendi! Auch er ist da!« rief dieser.

Er ließ die Hand, welche das Messer hielt, sinken und tat vor Schreck einen Sprung rückwärts. Er traf an Manach el Barscha, und zwar so kräftig, daß dieser einen Stoß bekam, der ihn an den Rand des Felsens brachte. Er schlug mit den Armen in die Luft, hob den einen Fuß empor, um festen Halt zu suchen, und verlor dadurch nun vollends das Gleichgewicht.

»Allah, Allah, All – –!« brüllte er, dann war er von der Kante der Bastei verschwunden. Man hörte seinen Körper unten aufschlagen.

Keiner brachte zunächst ein Wort hervor, auch ich nicht. Es war ein Augenblick des Entsetzens. Ueber fünfzig Fuß hoch hinab – der Körper mußte zerschmettert sein!

»Allah onu kurdi – Allah hat ihn gerichtet!« rief dann Halef, dessen Gesicht todesbleich geworden war. »Und du, Barud el Amasat, bist der Henker, der ihn zur Tiefe warf. Lege das Messer weg, sonst fliegst du ihm nach!«

»Nein, ich lege es nicht weg. Schieß, aber kosten sollst du dennoch meine Klinge!« antwortete Barud.

Er duckte sich zum Sprung und holte dabei zum Stoß mit dem Messer aus. Das war für Halef Grund genug, zu schießen. Er tat es aber nicht. Er trat schnell zurück, drehte seine Flinte um und empfing den Gegner mit einem Kolbenschlag, welcher diesen zu Boden streckte. Barud wurde entwaffnet und mit seinem eigenen Gürtel gebunden.

Jetzt hatten wir es nur noch mit Junak, dem Kohlenhändler, zu tun. Dieser Tapfere saß noch ganz so da, wie vorher. Hatte ihn schon das Erscheinen Halefs auf das höchste erschreckt, so war durch das, was nun geschah, seine Angst verzehnfacht worden. Er streckte die Hände nach mir aus und flehte:

»Effendi, schone mich! Ich habe euch nichts getan. Du weißt, daß ich euer Freund bin!«

»Du, unser Freund? Wie sollte ich das wissen?«

»Du kennst mich ja!«

»Woher?«

»Nun, ihr seid ja in dieser Nacht bei mir geblieben. Ich bin Junak, der Kohlenhändler.«

»Das glaube ich nicht. Du bist ihm zwar sehr ähnlich, besonders was die Reinlichkeit betrifft; du bist genau so ein Bock tawuki[1], wie er; aber er selbst bist du doch nicht.«

[1] Schmutzfinke.

»Ich bin es, Effendi, ich bin es! Du mußt es doch sehen! Und wenn du es nicht glaubst, so frage deinen Hadschi!«

»Ich brauche ihn nicht zu fragen. Er hat keine besseren Augen als ich. Der Kohlenhändler Junak kann nicht hier sein, denn er ist nach Glogovik gegangen, um Salz zu kaufen.«

»Das war nicht wahr, Herr.«

»Seine Frau hat es mir gesagt, und ihr glaube ich mehr als dir. Wenn du wirklich Junak, unser Wirt, wärst, so dächte ich, dir Dankbarkeit schuldig zu sein, und würde dich allerdings glimpflicher behandeln, als jeden Andern. Aber da es bewiesen ist, daß du dieser Mann gar nicht sein kannst, so hast du dieselbe Strenge zu erwarten, wie deine sauberen Genossen, welche uns töten wollten und deshalb ihr Leben verwirkt haben. Du wirst also mit ihnen an den schönen Bäumen hier baumeln müssen.«

Das zog ihn vom Boden empor. Er sprang auf und schrie voller Angst:

»Effendi, es ist nichts, gar nichts bewiesen. Ich bin wirklich Junak; ich will dir alles erzählen, was in und bei meinem Hause geschehen ist, und was wir gesprochen haben. Du wirst doch nicht den Mann hängen, der euch so freundlich bei sich aufgenommen hat!«

»Nun, von einer freundlichen Aufnahme war nicht das Mindeste zu bemerken. Aber wenn du wirklich Junak bist, wie kommt es denn, daß du dich jetzt hier und nicht in Glogovik befindest?«

»Ich – ich wollte – – wollte mein Salz hier holen!«

»Ah! Und warum ließest du uns die Lüge sagen, daß du nach einer andern Richtung gingest?«

»Weil – weil« – stotterte er – »es fiel mir erst unterwegs ein, hierher zu gehen.«

»Belüge mich nicht abermals! Du bist hierher gegangen, um nicht um deinen Beuteanteil betrogen zu werden. Du hast sogar bedauert, daß dein Pferd tot ist, so daß du laufen mußtest.«

»Effendi, das kann dir nur der Konakdschi gesagt haben! Der Mensch hat uns wohl betrogen und dir alles erzählt?«

»Sieh, welch ein Geständnis du mit deiner Frage machst! Ich weiß alles. Ich sollte hier gegen deinen Rat überfallen werden. Dazu hast du unsern Feinden diese Schleudern geborgt. Falls dieser Angriff mißlang, wollte man uns in die Höhle der Diamanten locken und uns in derselben morden.«

Er senkte den Kopf und meinte, ich wisse dies von dem Konakdschi, und es fiel mir gar nicht ein, ihm diese Meinung zu benehmen.

»Nun rede, antworte!« fuhr ich fort. »Auf dich selbst wird es ankommen, ob ich dich für ebenso schlimm halten muß wie die Andern. Dein Schicksal liegt jetzt in deinen eigenen Händen.«

Er sagte erst nach einer Pause des Nachdenkens, des innern Kampfes:

»Du darfst nicht glauben, daß der Plan, euch zu töten, von mir ausgegangen ist. Diese Leute hatten ihn schon längst gefaßt.«

»Das weiß ich allerdings. Aber du hast aus gemeiner Gewinnsucht teil an demselben genommen. Das kannst du gar nicht leugnen.«

»Vielleicht hat der Konakdschi mich gegen dich schlechter gemacht, als ich bin?«

»Ich pflege mein Urteil nicht nach der Meinung anderer Leute einzurichten. Ich habe meine eigenen Augen und Ohren. Und diese sagen mir, daß du zwar nicht der Urheber des gegen uns gerichteten Mordplanes, aber doch ein Mitglied dieser sauberen Gesellschaft bist. Uebrigens habe ich nicht Zeit, mich mit dir zu befassen. Lege dein Messer zur Erde! Der Hadschi wird dich binden.«

»O nein, nein!« schrie er ängstlich. »Ich will dir alles zu Gefallen tun, nur aufhängen darfst du mich nicht.«

»Ich wüßte nicht, welchen Gefallen du mir erweisen könntest. Es kann mir gar nichts nützen, dich leben zu lassen!«

Der kalte Ton, in welchem ich diese Worte sagte, erhöhte seine Angst, und als nun Halef ihm das Messer aus dem zerfetzten Gürtel zog, rief er:

»Ich kann euch nützlich sein, Effendi, ich kann!«

»Wie so?«

»Ich will dir alles sagen, was ich weiß.«

»Das ist unnötig, da ich bereits ganz genau unterrichtet bin. Ich werde kurzen Prozeß mit euch machen. Die beiden Aladschy und Suef befinden sich auch schon in unsern Händen. Ich sehe nicht ein, warum ich grad mit dir Nachsicht haben soll. Du hast sogar den Wunsch gehabt, daß der Bär uns sämtlich fressen möge.«

»Welch ein schlechter Mensch ist dieser Konakdschi! Er hat alles verraten, jedes Wort! Und ohne ihn hättest du den Weg zu diesem Versteck unmöglich finden und uns überfallen können. Aber dennoch kann mein Rat dir noch von Nutzen sein.«

»Welcher Rat?«

Er sah wieder nachdenklich zu Boden. In seinen Zügen malte sich der Kampf zwischen Angst und Hinterlist. Wollte er mir wirklich nützen, so mußte er den Verräter gegen den Köhler, seinen eigenen Schwager, spielen. Vielleicht sann er über eine Lüge nach, welche ihn aus seiner gegenwärtigen, bedrängten Lage befreien könnte. Nach einer Weile richtete er das Auge mit einem überaus zutraulichen Blick auf mich und sagte:

»Du befindest dich in allergrößter Lebensgefahr, ohne daß du eine Ahnung davon hast, Effendi. Diejenige, welche dir hier drohte, war gering gegen das, was dich noch erwartet.«

»Ah! Wie so?«

»Wirst du mir auch wirklich das Leben schenken, wenn ich es dir sage?«

»Ja; doch glaube ich nicht, daß du mir etwas Neues sagen kannst.«

»O doch! Ich bin überzeugt, daß du keine Ahnung von der Gefahr hast, welche dir droht. Und zwar der Konakdschi ist es, welcher euch derselben in den Rachen führen will.«

»Du willst dich an ihm rächen, indem du ihn verleumdest?«

»Nein. Er weiß nicht, was ich weiß, und die Andern haben es auch nicht gewußt. Sie ahnen nur, daß es noch Andere gibt, welche euch nach dem Leben trachten. Nur der Mübarek wußte es auch; der ist nun aber tot.«

»So sprich und beeile dich, da ich keine Zeit habe.«

»Um sein Leben zu retten, muß man immer Zeit haben, Effendi. Nicht wahr, du willst den Schut finden?«

Ich nickte bloß.

»Du bist sein grimmigster Feind. Der alte Mübarek hat ihm einen Eilboten gesandt, um ihn vor dir zu warnen. Er hat ihm auch kund getan, daß ihr ihn verfolgt, und daß er euch hinter sich her locken wolle, bis ihr in die Hände des Schut fallt. Die Andern aber, deren ihr euch hier bemächtigt habt, wollten euer Eigentum für sich haben. Sie legten euch hier diesen Hinterhalt, welchem ihr glücklich entgangen seid. Der Schut aber hat sich aufgemacht, um euch entgegen zu reiten. Er muß bereits in der Nähe sein, und ihr seid verloren, wenn ich und mein Schwager, der Köhler, euch nicht retten.«

»Aber dein Schwager trachtet mir ja auch nach dem Leben!«

»Bis zu diesem Augenblick, ja, denn er ist auch ein Anhänger des Schut. Aber wenn ich ihm sage, daß ihr mein Leben geschont habt, obgleich ich mich in euren Händen befand, wird sich seine Feindschaft in Freundschaft verwandeln, und er wird alles aufbieten, euch zu retten. Ich selbst werde euch auf einem Weg aus den Bergen führen, auf welchem ihr der Gefahr ganz sicher entgehen werdet.«

Dieser ebenso feige wie plumpschlaue Mensch hatte da einen ganz allerliebsten Plan ausgeheckt. Er wollte mich zu dem Köhler locken, bei welchem wir gewiß verloren waren, wenn wir ihm vertrauten. Ich tat, als ob ich ihm glaubte, und fragte:

»Kennst du denn den Schut?«

»Gewiß; er war oft bei mir.«

»Und du auch bei ihm?«

»Einigemal.«

»Wo wohnt er denn?«

»Drüben in Orossi. Er ist ein Häuptling der Miriditen und besitzt eine große Macht.«

»In Orossi? Mir wurde gesagt, daß er in Karanirwan-Khan wohne?«

Junak erschrak sichtlich darüber, daß ich diesen Namen sagte; aber er schüttelte den Kopf und antwortete lächelnd:

»Man hat dir das gesagt, um dich irre zu führen.«

»Aber einen Ort dieses Namens gibt es doch?«

»Ich kenne keinen und bin doch weit und breit ortskundig. Glaube mir, denn ich meine es gut und aufrichtig mit dir.«

»Wirklich? Nun, wir werden ja sehen. Wie weit ist es denn von hier bis zu deinem Schwager?«

»Man reitet nur eine Viertelstunde. Du kommst in ein großes, rundes Tal, welches das Tal der Trümmer genannt wird. Wendest du dich von da, wo der Weg in dasselbe mündet, nach rechts, so wirst du bald den Rauch sehen, welcher seinen Meilern entsteigt.«

»Und zu ihm würdest du uns führen?«

»Ja, und von ihm würdest du noch viel mehr erfahren, als ich im stande bin, dir zu sagen. Euer Leben hängt davon ab, daß ihr mir Glauben schenkt. Nun tue, was du willst!«

Halef nagte an seiner Unterlippe. Er konnte seine Wut, für so leichtgläubig gehalten zu werden, nur schwer verbergen. Ich aber machte ein sehr freundliches Gesicht, nickte dem Schurken vertraulich zu und antwortete:

»Die Wahrscheinlichkeit spricht allerdings dafür, daß du uns die Wahrheit sagest. Soll ich denn einmal versuchen, ob du es ehrlich meinst?«

»Versuche es, Effendi!« rief er erfreut aus. »Du wirst sehen, daß ich dich nicht täusche.«

»Nun gut, so soll dir das Leben geschenkt sein. Aber binden müssen wir dich doch für einige Zeit.«

»Warum?«

»Weil die Andern nicht ahnen sollen, daß du mit uns einverstanden bist. Es muß ganz so scheinen, als ob auch du ihr Schicksal teilen müssest.«

»Aber du gibst mir dein Wort, daß ihr mich wieder losbindet?«

»Ich verspreche dir, daß du sehr bald wieder frei sein und nicht das Mindeste von uns zu befürchten haben wirst.«

»So binde mich!«

Er streckte mir seine Hände hin. Halef nahm ihm seinen Gürtel ab und band ihm damit die Hände auf den Rücken.

»Nun warte hier bei diesen beiden,« sagte ich zu dem Hadschi. »Ich gehe, um die Gefährten zu holen.«

Barud el Amasat lag noch besinnungslos. Halefs Hieb war ein sehr kräftiger gewesen.

Ich ging auf demselben Weg zurück, welchen wir gekommen waren. Einen Grund, das Terrain hier noch weiter zu untersuchen, gab es nicht. Mein Verfahren mit Junak hatte nicht den gewünschten Erfolg gehabt. Es war meine Absicht gewesen, etwas Sicheres über den Schut und über Karanirwan-Khan zu erfahren. Zwar stand es mir noch jetzt frei, mit der Peitsche dieses Geständnis zu erzwingen, aber ich hatte doch keine Lust, dieses Mittel anzuwenden, und hoffte, auch ohne dasselbe meinen Zweck zu erreichen.

Ich suchte Sandar auf. Er lag noch still da; sein Puls war jedoch kräftiger geworden. Er mußte sich bald wieder erholen. Dann ging ich nach der Stelle, an welcher Bybar und Suef angebunden waren. Diese beiden befanden sich bei Bewußtsein. Als der Aladschy mich erblickte, schnaufte er grimmig durch die Nase, stierte mich mit blutunterlaufenen Augen an und machte eine gewaltige Anstrengung, von seinen Fesseln loszukommen – vergeblich.

»Gib dir keine Mühe!« sagte ich zu ihm. »Ihr könnt eurem Schicksal nicht entgehen. Es ist lächerlich, daß Menschen wie ihr, die kein Hirn im Kopf haben, sich einbilden, es mit einem fränkischen Effendi aufnehmen zu können. Ich habe euch bewiesen, daß eure Unternehmungen stets nur alberne Knabenstreiche waren. Ich glaubte, ihr würdet endlich einmal einsehen, wie dumm ihr seid; aber meine Nachsicht war vergeblich. Jetzt ist endlich unsere Langmut zu Ende, und ihr sollt das bekommen, was ihr für uns bestimmt hattet, den Tod. Ihr habt es nicht anders gewollt.«

Ich wußte, daß ich den Aladschy nicht schwerer kränken konnte als dadurch, daß ich ihn dumm nannte. Ein wenig Todesangst mochte ihm übrigens gar nichts schaden. Dann ging ich weiter, bis an den Felsenrand, von wo aus ich die Gefährten sehen konnte.

Osko bemerkte mich und rief herauf:

»Du bist's, Sihdi! Allah sei Dank! Da steht alles gut!«

»Ja. Binde den Konakdschi los, damit er heraufklettern kann. Du steigst hinter ihm her und bringst alles mit, was ihr an Riemen oder Schnüren bei euch habt. Omar mag bei den Pferden bleiben.«

Nach kurzer Zeit kamen beide herauf, der Konakdschi voran. Ich nahm ihn in Empfang, indem ich ihm den Revolver zeigte:

»Ich warne dich, einen Schritt ohne meine Erlaubnis zu tun. Du hast mir in allem augenblicklich zu gehorchen, sonst schieße ich dich nieder.«

»Warum, Effendi?« fragte er erschrocken. »Ich bin wirklich dein Feind nicht. Ich weiß von nichts und habe mich da unten ganz ruhig verhalten.«

»Keine unnützen Worte! Ich habe bereits in deinem Hause ganz genau gewußt, woran ich mit dir bin. Es ist dir nicht für einen einzigen Augenblick gelungen, mich zu täuschen. Jetzt hat das Spiel ein Ende. Vorwärts!«

Wir gingen bis zu der Bastei, wo Halef bei den beiden Gefangenen stand. Barud el Amasat befand sich bei Besinnung. Als der Konakdschi die Zwei erblickte, stieß er einen Ruf des Schreckens aus.

»Nun, ist das Junak oder nicht?« fragte ich ihn.

»Allah! Er ist es!« antwortete er. »Wie ist er hierher gekommen?«

»Ganz so wie du; er ist da vorn heraufgestiegen. Nimm Barud el Amasat auf, und trage ihn. Junak ist nicht an den Füßen gefesselt, er kann uns folgen. Vorwärts!«

Die Schurken mußten uns zu Bybar und Suef folgen. Die

Blicke, welche da gewechselt wurden, waren mehr als sprechend; ein Wort aber ließ keiner fallen.

Osko hatte einige Riemen mitgebracht. Außerdem entledigten wir Barud el Amasat seines Kaftans und schnitten denselben mit dem Messer in lange Streifen, welche wir zu Stricken drehten, mit denen Barud und Junak angebunden wurden. Sodann verfügten wir uns zu Sandar, welcher soeben die Augen geöffnet zu haben schien. Er schnaufte wie ein wildes Tier und bäumte sich mit den Windungen einer Schlange gegen seine Fesseln auf.

»Sei ruhig, mein Liebling!« lachte Halef. »Wen wir einmal haben, den haben wir fest.«

Auch dieser Aladschy wurde dahin geschafft, wo sich die Andern befanden. Die betreffenden Bäume standen nahe beieinander, und die Gefangenen wurden so an die Stämme derselben befestigt, daß sie sich unmöglich losmachen konnten. Der Konakdschi, welcher bis dahin ohne Fesseln gewesen war, um die Andern tragen zu können, kam zuletzt an die Reihe.

Nun nahmen wir ihnen die Knebel ab, damit sie reden konnten; aber sie zogen es vor, sich stumm zu verhalten. Ich sah, daß Halef sich in Positur stellte, um ihnen eine Strafpredigt zu halten; ich unterbrach ihn aber mit der Weisung, alle Waffen der Gefangenen herbeizuholen.

Als dieselben beisammen lagen, bildeten sie ein ganz hübsches, kleines Arsenal.

»Diese Waffen sollten benutzt werden, uns zu töten,« sagte ich. »Jetzt sind sie unsere rechtmäßige Beute, mit der wir nach Belieben schalten dürfen. Wir werden sie vernichten. Schlagt die Kolben von den Flinten und Pistolen, und haut mit den Czakans die Läufe krumm!«

Niemand war schneller hiezu bereit, als Halef. Die Messer wurden zerbrochen, und endlich machte ich mit meinem Heiduckenbeil die Czakans der beiden Aladschy unbrauchbar. Es waren ganz unbeschreibliche Gesichter, mit denen die bisherigen Besitzer dieser Waffen der Zerstörung derselben zusahen. Sie schwiegen aber auch da, und nur Junak rief, als auch seine Flinte zerbrochen wurde:

»Halt! Die gehört ja mir!«

»Jetzt nicht mehr,« antwortete Halef.

»Aber ich bin ja euer Freund!«

»Und zwar der beste, den wir haben. Sei nur ohne Sorgen! Das Versprechen, welches der Effendi dir gab, wird gehalten.«

Und nun wendete er sich mit einer Miene an die Andern, welche mich abermals vermuten ließ, daß er im Begriff stehe, eine seiner berühmten Reden zu halten. Ich winkte ihm, mir zu folgen, und entfernte mich aus dem Gesichtskreise der Gefangenen.

»Herr, warum soll ich nicht zu ihnen sprechen?« fragte er.

»Weil es keinen Zweck hat. Wenn wir gehen, ohne ein Wort zu sagen, so lassen wir sie in größerer Angst zurück, als wenn wir eine große Rede halten.«

»Ah so! Wir gehen?«

»Und kehren nicht zurück.«

»Allah! Das ist stark! Soll ich mir nicht einmal das Vergnügen machen, ihnen zu sagen, für welche Menschen ich sie halte?«

»Das wissen sie bereits.«

»Aber sollen sie hier oben verhungern oder verschmachten? Sie können sich nicht selbst befreien. Und übrigens hast du Junak versprochen, daß er losgebunden werden soll! Willst du dein Wort nicht halten?«

»Doch! Habe nur keine Sorge! Der Köhler weiß sicher, wo sie sich befinden, und wird baldigst bemüht sein, sie aus ihrer Lage zu befreien.«

»Reiten wir zu ihm?«

»Ja. Also kommt!«

»Nur noch einen Augenblick, Sihdi! Ein Wort muß ich ihnen sagen, sonst bringt es mich um.«

Er eilte zu den Gefangenen zurück, und ich folgte ihm, um zu verhindern, daß er etwa eine Dummheit mache. Er stellte sich vor sie hin, warf sich in die Brust und sagte:

»Ich habe euch im Namen des Effendi und in meinem eignen zu verkünden, daß wir, bevor ihr festgenommen und hier angebunden wurdet, fünf Jarym okka[1] Pulver unter diese beiden Bäume vergraben haben. Die lange Lunte liegt dabei, und wir werden sie, sobald es uns nachher gefällt, von weitem und ohne daß ihr es seht, anbrennen. Dann werden eure Glieder in alle Winde fliegen, und niemand wird darüber größere Freude haben, als ich, der ich bin der berühmte Hadschi Halef Omar Ben Hadschi Abul Abbas Ibn Hadschi Dawuhd al Gossarah!«

Als er auf diese Weise seinem Herzen Luft gemacht hatte, kam er zurück und fragte:

»War das nicht gut, Effendi? Welche Angst werden die Wichte ausstehen, zu wissen, daß sie auf einer Pulvermine sitzen, welche in jedem Augenblick aufkrachen kann!«

»Nun, dein Mittel, diese Männer zu peinigen, ist nicht sehr geistreich ausgedacht. Mögen sie glauben oder nicht, daß du die Wahrheit gesagt hast, die Ungewißheit, in welcher sie sich befinden, ist auch bereits eine Strafe für sie.«

»Sie werden es glauben; ich bin es überzeugt.«

»Wenn wir sie töten wollen, so können wir es billiger tun als mit Verschwendung einer solchen Menge Pulvers, welches in dieser Gegend so selten ist. Ich bedaure sie, falls sie glauben, daß wir fünf Pfund Pulver bei uns tragen.«

Wir stiegen hinab zu Omar, welcher die Pferde bewachte. Dort nahm ich dem Pferd des Konakdschi den Sattel und das Zaumzeug ab, warf beides zur Erde und jagte das Tier in der Richtung fort, aus welcher wir gekommen waren. Es lag nicht in meiner Absicht, dieses Pferd mitzunehmen. Ich mußte es sich selbst überlassen, und da war es besser, wenn es ganz ledig war. Dadurch war der Möglichkeit vorgebeugt, daß es sich mit dem Zügel oder mit den Bügeln im Wald verfangen und infolgedessen elend zugrunde gehen könne.

Nun stiegen wir auf unsere Pferde und erreichten bald die Stelle, an welcher Manach el Barscha lag. Sein zerschmetterter Körper bot einen schauderhaften Anblick. Wir stiegen

[1] Pfund.

nicht ab, denn diese Leiche zu betrachten, hatte keinen Zweck. Unsere Pferde konnten nur schwer dazu gebracht werden, über dieselbe hinweg zu treten.

»Das ist ein ernstes Gericht,« sagte Halef, indem er das Gesicht abwendete. »Allahs Hand trifft alle Gottlosen, den einen früher und den andern später, und doch wollen sie sich nicht bessern. Fort von dieser schrecklichen Stelle!«

Er drängte sein Pferd rascher vorwärts, und wir folgten ihm schweigend. Was hätten wir auch anderes sagen können, als er? –

Die Wände der Schlucht wurden höher, immer höher und rückten wieder so eng zusammen, wie vorher. Das hatte etwas unsäglich Bedrückendes; diese Masse von Gestein führte mit vollem Recht den Namen des Teufelsfelsen.

Nachdem wir wohl eine Viertelstunde lang geritten waren, öffnete sich die Schlucht auf ein rundes, weites Tal, bei dessen Anblick ich unwillkürlich den Rappen anhielt. Es hatte die Gestalt einer tiefen Schüssel, deren Boden einen Durchmesser von fast einer Stunde haben konnte. Aber wie sah es in dieser Schüssel aus!

Die Ränder stiegen rundum felsig und ziemlich steil empor. Da, wo eine Vegetation hatte Wurzeln fassen können, standen mehrhundertjährige Nadelbäume, mit deren Dunkel das lebhafte Grün riesiger Laubhölzer kontrastierte. Nach Süden und nach Westen schien das Tal einen ziemlich breiten Ausgang zu haben. Die Sohle desselben war mit Felsentrümmern fast ganz bedeckt, Trümmer von der Größe eines mehrstöckigen Palastes bis zum faustgroßen Stein herab. Ueber diese Felsen breitete sich ein schimmernder Ueberzug von Weinreben, Epheu und sonstigem Gerank, und zwischen denselben hatte üppiges Gebüsch jeden Raum so sehr in Besitz genommen, daß ein Hindurchkommen gar nicht denkbar zu sein schien.

Hatte hier ein Erdbeben das Gestein zerschüttelt, oder hatte sich ein unterirdischer See hier befunden, dessen Felsendecke plötzlich eingebrochen war? Das Tal hatte das Aussehen, als sei es einmal von einer Felsendecke überwölbt gewesen, welche von der Faust des Teufels zerschlagen wurde.

Von da aus, wo wir hielten, führten Spuren nach rechts, längs der Talwand hin. Wir folgten ihnen. Das war die Richtung, von welcher Junak gesprochen hatte. Lange sah ich mich vergeblich nach den Meilern um, welche hier vorhanden sein sollten. Endlich sah ich über dem Gebüsch die Luft im Sonnenglanz zittern. Das war das Zeichen vorhandener Feuer, welche keinen Rauch verbreiteten.

»Dort muß die Wohnung des Köhlers Scharka liegen,« sagte ich. »Es scheint kaum fünf Minuten bis dahin zu sein. Am liebsten möchte ich einmal rekognoszieren. Reitet hier in die Büsche und wartet auf mich.«

Ich übergab Halef mein Pferd und die Gewehre und ging zu Fuß weiter. Nach kurzer Zeit gelangte ich an den Rand eines freien Platzes, dessen Boden kohlig schwarz gefärbt war. Ein roh aus Stein aufgeführtes Häuschen stand auf der Mitte desselben, und rundum erblickte ich in Brand befindliche oder Spuren abgebrannter Meiler.

Einer dieser kegelförmigen Haufen, der größte von allen, stand rechts von mir am Rand der Lichtung und ganz an den Felsen der hier senkrecht aufsteigenden Talwand gelehnt. Er hatte das Aussehen, als ob er bereits lange, lange Jahre hier gestanden habe, ohne in Brand gesetzt worden zu sein.

Das wunderte mich. Aber meiner Aufmerksamkeit noch würdiger erschien mir dieser Meiler, als ich den Blick erhob und über den dichten Wipfeln der Schwarzhölzer die gewaltige Krone einer riesigen Eiche ragen sah. Ich blickte rundum und sah keinen zweiten Baum dieser Art. Sollte dies die hohle Eiche sein, durch deren Inneres der heimliche Weg in die Höhle führte? Dann war es leicht möglich, daß der senkrecht unter ihr stehende Meiler zu dieser Höhle in irgend welcher Beziehung stand.

In seiner Nähe war aus Steinen ein von Moos überzogener Sitz gebaut, auf welchem zwei Männer saßen, welche Tabak rauchten und sich sehr angelegentlich zu unterhalten schienen. Ziemlich weit davon, jenseits des Meilers, stand ein gesatteltes Pferd, welches die Blätter von dem Buschwerk knusperte. Der Rand des Gebüsches, an welchem ich stand, zog sich bis zum Meiler und noch weiter hin und berührte auch die Bank, sie mit den längst verblühten Zweigen eines Goldregenstrauches beschattend. Wie, wenn ich versuchte, heimlich hinter die Bank zu kommen? Es konnte das nicht allzu schwer sein. Vielleicht war etwas Wichtiges zu hören.

Einer der Männer war, wie man es bei uns nennen würde, städtisch gekleidet. Sein Anzug paßte nicht in diese Umgebung. Der untersetzten, schmutzig und ärmlich gekleideten Gestalt des Andern sah man es an, daß er entweder der Köhler selbst oder ein Gehilfe desselben sei.

Was wollte der beinahe vornehm gekleidete Mann von dem rußigen Kohlenbrenner? Sie sprachen zu einander wie Leute, welche sich sehr gut kennen und vertraut miteinander sind. Ich nahm mir doch vor, es wenigstens zu versuchen, irgend etwas von ihrem Gespräch zu hören.

Darum kehrte ich um einige Schritte zurück und schlüpfte zwischen den Büschen nach der Richtung hin, in welcher sie sich befanden. Das war freilich nicht so leicht, wie ich dachte. Die Sträucher standen gar zu dicht beisammen; ich mußte, um mich nicht durch die Bewegung der Aeste zu verraten, sehr oft auf dem Boden hinkriechen.

Als ich dann die Felswand erreichte, befand ich mich zu meiner Ueberraschung auf einem ganz leidlich ausgetretenen Pfad, welcher von der Höhe herab zu kommen schien. Sollte dieser Weg vielleicht dazu dienen, zu der Eiche zu gelangen?

Ich folgte ihm, aber in der entgegengesetzten Richtung, und befand mich bald vor dem Meiler, da, wo der untere Teil desselben so an den Felsen stieß, daß er aus demselben herausgewachsen zu sein schien. Der Pfad hörte sonderbarerweise grad und glatt, wie abgeschnitten, am Fuß des Meilers auf. Das gab mir zu denken.

Diesen Meiler vor mir, die Felsenwand zur Rechten, hörte ich zu meiner linken Hand die Stimmen der beiden Männer. Die Bank, auf welcher sie saßen, war durch ein schmales Buschwerk von dem Weg, von dem Felsen und also von meinem Standort getrennt. Ich legte mich auf den Boden nieder und kroch zwischen den gesellig aus der Erde kommenden Stämmen hinein, bis ich den Goldregen erreichte.

Jetzt befand ich mich so nahe hinter der Bank, daß ich dieselbe fast mit der Hand zu erreichen vermochte, konnte aber nicht gesehen werden, weil das Laubwerk einen dichten Schleier über mir bildete.

Der gut Gekleidete führte soeben das Wort. Er hatte etwas Kurzes, Befehlendes in seiner Ausdrucksweise und bediente sich eines sehr schönen Türkisch. Als ich mich zurechtgelegt hatte, hörte ich ihn sagen:

»Das ist freilich eine eigene Geschichte. Ein Deutscher verfolgt den Mübarek, die Aladschy, den Steuereinnehmer und Barud el Amasat. Er läßt kein Auge von ihnen und gibt ihnen keine Ruhe bei Tag und Nacht. Weshalb?«

»Das weiß ich nicht,« antwortete der Köhler.

»Und jetzt lauern sie ihm in der Schlucht auf? Wird er wirklich kommen? Wird es gelingen?«

»Auf jeden Fall. Die Feinde können gar nicht vorüber, ohne getötet zu werden. Junak, welcher die Nachricht brachte, daß sie kommen werden, hat sich zu den Uebrigen gesellt. Das sind mit dem Konakdschy sieben Mann gegen vier. Dazu kommt, daß die Sieben vorbereitet sind, während die Vier nichts ahnen.«

»Nach allem, was du mir von den Vier jetzt erzählt hast, sind sie aber nicht zu unterschätzen. Wie nun, wenn sie beim ersten Zeichen eines Ueberfalles ihre Pferde wenden und fliehen?«

»Das erste Zeichen des Ueberfalles wird aber ihr Tod sein. Die Aladschy fehlen ihr Ziel niemals, wenn sie die Czakans werfen. Und zu fliehen fällt diesen Fremden gar nicht ein; sie sind zu kühn dazu.«

»Nun, mag es gelingen! Ich will es wünschen. Und wenn das Pferd dieses Deutschen wirklich ein solches Prachttier ist, wie du sagst, so wird der Schut eine Baschka üdschret[1] dafür bezahlen, wie ich überzeugt bin. Es ist gut, daß ich

[1] Extragratifikation.

mich bei dieser Gelegenheit hier eingefunden habe; da kann ich das Pferd gleich in Empfang nehmen und es ihm nach Rugova bringen.«

Beinahe hätte ich mich vor Freude verraten, als ich diesen Namen hörte. Ich machte unwillkürlich eine Bewegung, so daß die Blätter raschelten. Glücklicherweise aber achteten die Beiden nicht darauf. Also in Rugova wohnte der Schut! War es dann aber auch der Pferdehändler namens Kara Nirwan? Diese Frage wurde sofort beantwortet, denn der Sprecher fügte hinzu:

»Solche Pferde können wir brauchen, denn Kara Nirwan hat einen Einfall über die serbische Grenze beschlossen und zieht zu diesem Zweck eine Anzahl tapferer Männer bei Pristina zusammen, welche sehr gut beritten sein müssen. Er selbst will sie anführen, und da muß ihm dieser Prachthengst überaus willkommen sein.«

»Einen Einfall im Großen? Ist das nicht sehr gefährlich?«

»Nicht so sehr, wie es den Anschein hat. Jetzt gärt es überall. Man spricht nicht mehr von Räubern, sondern von Patrioten. Das Handwerk hat den politischen Turban aufgesetzt. Wer nach dem Besitz Anderer trachtet, der gibt an, sein Volk frei und unabhängig machen zu wollen. Doch ich bin nicht gekommen, um mit dir über diese Angelegenheit zu sprechen, sondern ich habe einen andern Auftrag des Schut auszurichten. Ist die Höhle jetzt leer?«

»Ja.«

»Und du hast auch für die nächste Zeit keinen Bewohner derselben zu erwarten?«

»Nein. Eigentlich war beabsichtigt, diesen Deutschen mit seinen drei Begleitern hineinzulocken; aber dies ist nicht mehr nötig, da sie jetzt am Teufelsfelsen getötet werden. Und wenn wir es getan hätten, so wäre die Sache in zwei oder drei Stunden vorüber gewesen. Ich hätte den Meiler da hinter uns angebrannt; der Rauch wäre in die Höhle geströmt und sie hätten ersticken müssen.«

»Aber der Rauch bleibt so lange darin, daß tagelang niemand hinein kann?«

»O nein. Er zieht oben durch die hohle Eiche ab. Wenn ich die Türe hier unten öffne, entsteht ein so wirksamer Zug, daß bereits nach einigen Stunden keine Spur von dem Rauch zu bemerken ist.«

»Das ist ja ganz prächtig eingerichtet! Also du brauchst die Höhle auf keinen Fall?«

»Nein.«

»Das wird dem Schut sehr lieb sein. Wir haben nämlich einen Fremden geangelt, welcher hier einquartiert werden soll, um sich dann loszukaufen. Dieser soll hier aufgehoben werden.«

»Wieder einmal? Ist denn bei euch im Karaul kein Platz?«

»Nein. Da steckt jetzt ein Kaufmann aus Skutari, welcher durch Hamd el Amasat in unsere Falle geliefert worden ist. Seine Familie wird nachkommen, so daß er uns sein ganzes Vermögen lassen wird. Hamd el Amasat hat diese Familie bereits früher gekannt, und es ist ein Geniestreich von ihm, sich dieses Kaufmanns bemächtigt zu haben.«

Was ich hier hörte, war mehr wert als Geld. Da, an dem alten Meiler, erfuhr ich ja alles, was sich mir bisher von Tag zu Tag in immer weitere Ferne gerückt hatte!

Also der Schut war wirklich jener persische Pferdehändler Kara Nirwan und wohnte in Rugova. Dort gab es einen Karaul, also einen alten Wart- oder Wachtturm, in welchem ein Kaufmann aus Skutari, jedenfalls Galingré, gefangen saß, damit ihm sein ganzes Vermögen abgenommen werden könne. Und seine Verwandten sollten nachkommen, jedenfalls durch eine satanische List herbeigelockt. Das war ein echter Skipetarenstreich!

Und ein Einfall nach Serbien war geplant, bei welchem der Schut meinen Rih reiten sollte! Zum Glück befand sich der Hengst noch in meinem Besitz, und ich verspürte gar keine Lust, ihn mir nehmen und mich töten zu lassen.

Weiter kam ich in meinen Betrachtungen nicht, denn ich hörte etwas, was meine größte Aufmerksamkeit in Anspruch nahm, etwas, was ich eigentlich hätte für unmöglich halten sollen. Der Köhler fragte nämlich:

»Lohnt es sich denn auch, denjenigen hier bei mir aufzunehmen, welchen ihr mir schicken wollt?«

»Gewiß. Der Mann scheint ungeheuer reich zu sein.«

»Du nanntest ihn einen Fremden. So wohnt er also nicht hier in dem Land der Arnauten?«

»Nein, er ist ein Ausländer, ein Inglis.«

»Ah, die sind freilich stets reich. Habt ihr ihn schon in eurer Gewalt?«

»Noch nicht, aber er ist uns sicher. Er wohnt im Konak zu Rugova und scheint dort auf jemand zu warten, der aber gar nicht kommen will. Er ist mit gemieteten Pferden und Dienern gekommen und hat sogar einen Dragoman bei sich, dem er täglich dreißig Piaster und alle seine Bedürfnisse bezahlt. Dieser Mensch ist eine lächerliche Gestalt. Er ist sehr lang und dürr, trägt zwei blaue Fenster vor den Augen, hat einen Mund wie ein Köpek balyghy[1] und eine Nase, welche jeder Beschreibung spottet. Sie ist unendlich lang und wie ein Chyjar[2] gestaltet und scheint überdies vor kurzem mit einer Jumruk Halebi[3] behaftet gewesen zu sein. Er lebt wie ein Großsultan, und niemand kann ihm die Speise kostbar genug zubereiten. Wenn er seinen Beutel öffnet, sieht man nur Goldstücke flimmern; aber dennoch kleidet er sich wie ein Spaßmacher aus den Nebelbildern. Sein Anzug ist ganz grau, und auf dem Kopf hat er einen grauen Hut, welcher so hoch ist wie das Minareh der Moschiah der Ommajaden zu Damask.«

Als ich das hörte, war es mir, wie wenn mir jemand einen Schlag in das Gesicht versetzt hätte. Diese Beschreibung paßte ganz genau auf meinen englischen Freund David Lindsay, von welchem ich mich vor kurzem in Konstantinopel verabschiedet hatte, und welcher mir bei dieser Gelegenheit sagte, daß er in einigen Monaten in Altengland sein werde.

Alles stimmte ganz genau, der Anzug, der Reichtum, die blaue Brille, der breite Mund, die gewaltige Nase – – er mußte es sein! Und in Gedanken berechnete ich, ob es mög-

[1] Haifisch. [2] Gurke. [3] Aleppobeule.

lich wäre, daß er sich jetzt hier im Land der Skipetaren, in Rugova befinden könne. Ja, es war möglich, wenn er kurz nach mir Stambul mittels Schiff verlassen hatte und in Alessio oder Skutari ans Land gestiegen war.

»Trotz dieser Lächerlichkeit ist er eine fette Beute,« fuhr der Sprecher fort, »vielleicht die reichste, welche wir jemals gemacht haben, oder vielmehr noch machen werden; denn heute abend wird er festgenommen und in den Karaul gesteckt. Sofort nach meiner Rückkehr aber werden wir ihn auf Umwegen, wo niemand uns begegnen kann, her zu dir schaffen. Du magst dich auf seine Ankunft vorbereiten.«

»So!« brummte der Köhler. »Heute abend nimmt man ihn gefangen. Wenn du heute wieder von hier aufbrichst, so bist du früh in Rugova, denn du kennst ja die Wege. Der Karaul liegt so einsam, daß ihr mit dem Inglis sogleich, trotzdem es am Tage ist, aufbrechen könnt, ohne gesehen zu werden, und so kann er bereits am Abend hier bei mir eintreffen. Aber – kann sich dieser Mann denn auch verständlich machen?«

»Leider nicht; darum hat er ja einen Dolmetscher bei sich.«

»Das ist sehr unangenehm. Ich befasse mich nur höchst ungern mit dieser Sache, aber ich muß dem Schut gehorchen. Wenn der Inglis es nicht versteht, sich unserer Sprache zu bedienen, so wird er mir wahrscheinlich große Verlegenheiten bereiten. Ich hoffe, daß der Schut in Rücksicht darauf den Lohn bemißt, welchen ich dafür erhalte.«

»Du wirst zufrieden sein. Du weißt ja, daß unser Anführer und Gebieter niemals geizt, wenn es gilt, für geleistete Dienste erkenntlich zu sein. Diese Sache ist also abgemacht. Ich werde morgen jedenfalls noch vor Abend hier eintreffen und nicht nur den Engländer, sondern auch den Dolmetscher mitbringen. Es kann nicht schwer sein, auch diesen festzunehmen, und dir wird durch seine Anwesenheit die Behandlung des Gefangenen erleichtert.«

»Wie ist der Fremde zu benennen? Wie lautet sein Name?«

»Was er ist, das weiß ich nicht. Er hat einen Titel, welcher wie ›Surr‹ oder ›Sörr‹ ausgesprochen wird, und sein Name ist auch ein fremdes Wort, welches ich noch nie gehört habe und auch nicht verstehe. Es klingt wie Lin-seh. Merke es dir!«

Jetzt war gar kein Zweifel über die Person des Engländers mehr möglich. Es handelt sich wirklich um meinen alten, guten, wenn auch etwas sonderbaren David Lindsay. Mit dem Titel war auch das englische Wort ›Sir‹ gemeint.

Aus welchem Grund befand sich der Englishman in Rugova? Was hatte ihn veranlaßt, von Konstantinopel aufzubrechen und in solcher Eile nach Westalbanien zu kommen? Ich konnte es nicht begreifen. Der Fremde fuhr nach einer kurzen Pause fort:

»Nach dem, was ich von dir hörte, müßte der Ueberfall dieses Deutschen nun längst geschehen sein. Es beunruhigt mich, daß die Aladschy und ihre Gefährten noch nicht hier sind.«

»Vielleicht ist der Deutsche später aufgebrochen, als Junak gemeint hat. Als dieser sich von seiner Hütte fortschlich, haben die Fremden noch geschlafen. Bei den Anstrengungen der letzten Tage ist es gar kein Wunder, wenn sie sehr ermüdet sind. Uebrigens hat der Konakdschi den Auftrag erhalten, dafür zu sorgen, daß sie nicht allzu schnell reiten, und so ist es sehr leicht zu erklären, daß sie noch nicht eingetroffen sind.«

»Mir aber macht diese Verspätung Sorgen. Am liebsten möchte ich zu dem Teufelsfelsen, um nachzusehen, wie es dort steht.«

»Das darfst du nicht; du könntest dadurch die ganze Sache verderben und grad in demselben Augenblick dort anlangen, in welchem die Fremden die betreffende Stelle erreichen. Dein Erscheinen würde vielleicht ihren Verdacht erwecken. Nein, bleibe hier! Wir haben noch Zeit. Es ist gar nicht möglich, daß der Streich mißlingen kann.«

»Gut, so will ich mich gedulden. Inzwischen kannst du mir die Höhle zeigen.«

Beide erhoben sich von der Bank. Da ich vermutete, daß der heimliche Eingang zur Höhle in irgend welcher Beziehung zu dem Meiler stehe, neben welchem ich mich befand, so hielt ich es für ratsam, mich schleunigst zu entfernen. Ich kroch also leise bis auf den Pfad zurück und eilte dann zu der Stelle, wo die Gefährten sich in den Büschen versteckt hatten.

Dort angekommen, sah ich sogleich, daß Osko fehlte; bevor ich nach ihm fragen konnte, meldete mir Halef:

»Herr, der Montenegriner ist fort; er wollte aber sehr bald wiederkommen.«

»Wo ist er hin?«

»Ich weiß es nicht. Kaum warst du vorhin verschwunden, so sagte er kurz und hastig: ›Ich muß einmal fort, bin aber in einer halben Stunde wieder da.‹ Und bevor wir ihm antworten konnten oder gar ihn zurückzuhalten vermochten, ritt er von dannen.«

»Wohin? Nach der Richtung, von welcher wir gekommen sind?«

»Ja, Sihdi!«

»So weiß ich, weshalb er zurückgekehrt ist. Er hat, wie ihr ja wißt, eine Rache gegen Barud el Amasat, den Entführer seiner Tochter. Obgleich wir unsern Feind oft so nahe gehabt haben, daß er ihm eine Kugel hätte geben können, hat er es doch nicht getan. Vorhin, als wir auf dem Felsen die Gefangenen festbanden, war ihm Gelegenheit geboten, seine Rache auszuführen. Er hat es abermals unterlassen, weil er wohl fürchtete, daß ich ihn hindern würde, einen Mord zu begehen. Er ritt scheinbar gutwillig mit uns weiter, ist aber dann umgekehrt, um seine heimliche Absicht auszuführen. Ich bin jetzt über eine Viertelstunde fort gewesen. Während dieser Zeit hat er den Teufelsfelsen erreicht, und es ist mir wohl nicht mehr möglich, Barud zu retten. Dennoch will ich es versuchen. Mein Pferd ist schnell. In fünf Minuten bin ich dort. Bleibt hier versteckt, bis ich wieder komme.«

Ich stieg in den Sattel und ritt zurück. Für Rih genügte das Wörtchen ›kawahm – schnell!‹ Kaum hatte ich es gesprochen, so flog er wie ein Pfeil dahin. In kaum einer Minute hatte ich die enge Schlucht erreicht. Der Rappe schoß zwischen den engen Felsen dahin wie ein Bolzen im Blasrohr. Noch eine Minute und noch eine – – nach nur drei Minuten sah ich die

Leiche Manach el Barschas liegen. Eben schnellte der Rappe über dieselbe weg und in die mehrfach erwähnte Krümmung der Schlucht hinein, da ertönte von oben ein so entsetzlicher Schrei, daß nicht nur ich zusammenzuckte, sondern auch das Pferd vor Schreck gegen die Felswand prallte und sich mitten im Galopp so emporbäumte, daß es hintenüber geschlagen wäre, wenn ich nicht mein ganzes Gewicht nach vorn geworfen hätte. Ich riß es auf den Hinterhufen herum und schaute empor.

Was ich da erblickte, machte mir fast das Blut in den Adern erstarren. Ich war so weit über die Krümmung hinaus gekommen, daß oben die Bastei grad vor meinen Augen lag. Ganz an der Kante derselben, genau an der Stelle, von welcher Manach el Barscha herabgestürzt war, sah ich zwei Männer mit einander ringen – Osko und Barud el Amasat. Letzterer war nicht mehr gefesselt, sondern konnte sich seiner Hände und Füße frei bedienen. Sie hielten einander eng umschlungen. Jeder trachtete danach, von der Felsenkante fortzukommen und seinen Gegner über dieselbe hinabzuschleudern.

Ich rührte mich nicht von der Stelle. Hätte ich mich auch noch so sehr beeilt, ich wäre doch zu spät gekommen. Ehe es mir gelingen konnte, empor zu klettern und dann oben den hundertfünfzig Schritte langen Weg zurückzulegen, mußte der Kampf entschieden sein. Bis dahin lag ganz gewiß einer zerschmettert unten – vielleicht alle beide!

Das eigenmächtige Handeln Oskos hatte durchaus nicht meine Zustimmung. Es lag nicht in meiner Absicht, Barud el Amasat töten zu lassen; aber Oskos Leben stand mir höher als das seinige. Beide schwebten jetzt in ganz gleicher Gefahr, denn der Eine schien so viel Kraft und Gewandtheit zu besitzen, wie der Andere. Sollten beide umkommen? Nein! Einer von ihnen war unbedingt verloren, und da sollte wenigstens nicht Osko dieser Eine sein. Ich sprang also aus dem Sattel und legte meine Büchse an. Barud el Amasat sollte die Kugel bekommen. Das war freilich ein böser Schuß. Beide hielten sich so eng verschlungen, daß ich diesen Schuß nur wagen konnte, weil ich meine Büchse ganz genau kannte und mich auf mein ruhiges Blut verlassen konnte.

Ich zielte lang. Die Kugel mußte Baruds Kopf treffen. Die beiden Ringer sahen, was ich beabsichtigte. Barud gab sich die größte Mühe, mir kein Ziel zu bieten. Osko befürchtete, von mir getroffen zu werden, denn er schrie herab:

»Sihdi, schieße nicht! Er muß hinab. Paß auf!«

Ich sah, daß er die Arme von seinem Gegner ließ. Dieser tat dasselbe und trat zur Seite, um Atem zu schöpfen. Da machte auch Osko eine Seitenwendung, um Barud zwischen sich und den Abgrund zu bekommen. Er erhob die Faust, als ob er demselben einen Hieb auf den Kopf versetzen wollte; aber das war nur eine Finte, denn als Barud beide Arme hoch vorstreckte, um den Hieb zu parieren, bückte sich Osko blitzschnell und stieß ihm die Faust gegen den Magen. In demselben Augenblick warf er sich zu Boden, um nicht von dem Gegner erfaßt und mit hinabgerissen zu werden.

Was er beabsichtigte, war ihm gelungen. Barud el Amasat taumelte nach hinten, wollte sich am Körper seines Feindes halten, griff aber über denselben hinweg in die Luft und stürzte herab. Er schlug neben der Leiche Manachs nieder. Ich wendete mich schaudernd ab.

Oben sprang Osko wieder auf, beugte sich vor, um den Körper Baruds zu sehen, und rief in triumphierendem Ton:

»Senitza ist gerächt. Dieser Mann wird niemals wieder die Tochter eines Freundes stehlen. Seine Seele fährt in einen tieferen Abgrund, als derjenige ist, in welchen sein Leib gestürzt ward. Bleibe unten, Effendi! Ich komme hinab.«

»Wo befinden sich die Andern?« rief ich hinauf.

»Noch da, wo wir sie verlassen hatten. Es vermag keiner, sich zu befreien; dafür habe ich gesorgt.«

Er trat oben von dem Rand zurück, und ich begab mich an den Wasserquell, wo sein Pferd stand. Nach einiger Zeit kam er herabgestiegen. Noch ehe ich meinen Verweis beginnen konnte, kam er mir zuvor:

»Sihdi, sprich nicht davon! Es ist geschehen und kann nun nicht geändert werden. Ich habe meinen Grimm im Stillen getragen. Dein Glaube verbietet dir die Rache; aber auf den Bergen meiner Heimat herrscht das Gesetz der Vergeltung. Allah hat es gegeben, und wir müssen es befolgen.«

»Nein, Allah hat es nicht gegeben,« entgegnete ich. »Du nennst ihn in deinen täglichen Gebeten Abu 'l afu und Naba l' merhamet, den Vater der Vergebung, den Quell der Barmherzigkeit; wie kann es da sein Wille sein, daß du ihm das Richtertum entreißest! Barud el Amasat hatte dir die Tochter geraubt, aber er hat sie nicht getötet. Selbst wenn du glaubtest, berechtigt zu sein, gleiches mit gleichem zu vergelten, so durftest du ihm nicht das Leben nehmen.«

»So sagst du als Christ. Ja, er hat Senitza nicht getötet, aber er verkaufte sie als Sklavin, und was sie in Aegypten erduldet hat, das weißt du besser als ich, da du es warst, der sie befreite. Das war doch viel schlimmer, als ob er sie ermordet hätte! Und dazu kommt das Leid, welches er mir und Isla Ben Maflei dadurch bereitet hat. Ich habe sie in allen Ländern des Islam vergebens gesucht. Ihr Entführer hat den Tod verdient, und er hat ihn sehr schnell gefunden. Die wenigen Augenblicke der Todesangst, welche er empfunden hat, sind gar nichts gegen die lange Trauer, welche er über uns brachte!«

»Aber einen Mord, einen gräßlichen Mord hast du doch begangen!«

»Nein, Sihdi, es war kein Mord, sondern ein ehrlicher Kampf, Mann gegen Mann und Leben gegen Leben. Ich habe ihn nicht meuchlerisch überfallen. Ich konnte ihn töten, als er an den Baum gefesselt war; aber ich habe ihn losgebunden und auf die Bastei geschafft. Dort befreite ich seine Arme und Beine von den Fesseln, warf meine Waffen weg und sagte ihm, daß die Stunde der Vergeltung gekommen sei. Ich teilte ihm mit, daß ich edelmütig gegen ihn sein und ihm Gelegenheit geben wolle, sich gegen den Tod zu wehren. Ja, ich habe ihn eine Zeitlang sogar geschont. Ich bin stärker, als er war, obgleich du vielleicht das Gegenteil glaubtest. Erst als ich sah, daß du schießen wolltest, wobei deine Kugel mich treffen konnte, machte ich Gebrauch von meiner Ueberlegenheit. Wirst du mich jetzt noch tadeln?«

»Ja, denn du hast hinter meinem Rücken gehandelt.«

»Das mußte ich, denn ich wußte, daß du mich hindern würdest, ihn zu strafen.«

»Aber indem du ihn losbandest, wirst du auch die Fesseln der Andern gelockert haben?«

»Nein, ich habe sie im Gegenteil fester angezogen, als sie vorher waren. Es ist ihnen unmöglich, sich selbst zu befreien. Ich weiß, daß du mir zürnest; ich habe das vorausgesehen, und ich bin bereit, deinen Zorn über mich ergehen zu lassen. Aber ich habe den Schwur gehalten, welchen ich ablegte und den ich nicht brechen wollte. Tue mit mir, was du willst.«

»Steig auf, und komm!« antwortete ich in recht trockenem Ton.

Was hätte ich auch machen wollen? Der Tote war nicht wieder zum Leben zurückzurufen, und die Anschauungen, in denen der Montenegriner erzogen worden war, ließen ihm die Rache als seine heilige Pflicht erscheinen. Ich war mit ihm unzufrieden, hatte aber kein Recht, mich zum Richter seiner Tat aufzuwerfen.

Wir kehrten zurück. Ich ritt mißmutig voran, und er folgte mir schweigend. Bei den Leichen angekommen, schloß ich die Augen. Indem mein Rappe mit einem weiten Satz über sie hinwegsprang, war es mir, als ob ich unter mir einen klagenden Laut vernähme. Dann krachte hinter mir ein Schuß.

»Was war es?« fragte ich, ohne mich umzudrehen.

»Er lebte noch,« antwortete Osko. »Meine Kugel hat ein Ende gemacht – er soll nicht länger leiden.«

Das ist der Orient: neben blendendem, trügerischem Licht ein desto tieferer, unheimlicher Schatten!

VIERTES KAPITEL

In der Juwelenhöhle

Nach diesem Racheakte des Montenegriners, welchen ich leider nicht hatte verhindern können, kehrten wir zu unsern in der Nähe der Kohlenmeiler versteckten Gefährten zurück. Sie wollten natürlich gern wissen, was geschehen war, und sahen uns, als wir sie erreichten, fragenden Blickes an, erhielten aber weder von mir noch von Osko die erwartete Auskunft.

Vorhin, als ich mich nach dem Meiler geschlichen hatte, war mir eine Pferdespur aufgefallen, welche rechts in die Büsche führte. Ich war ihr nicht gefolgt und beschloß, dies jetzt nachzuholen. Es war während meiner Abwesenheit nichts Störendes vorgekommen, und so meinte ich, meine Begleiter auch noch für einige Minuten stecken lassen zu können.

Ich brauchte der Fährte nicht lange zu folgen, so sah ich die Pferde stehen. Es waren fünf Stück, dabei die beiden Schekken der Aladschy. Man hatte sie also trotz der Ueberzeugung, daß wir das Tal gar nicht erreichen würden, versteckt.

Jetzt war es aber Zeit, uns dem Köhler zu zeigen. Wir stiegen wieder auf und ritten auf die Wohnung desselben zu. Als wir den Rand des Gesträuches erreichten und nun die Lichtung vor uns hatten, stand er mit dem Fremden vor der Türe seines Hauses. Trotz der Entfernung, in welcher wir uns von ihnen befanden, sahen wir deutlich, daß sie über unser Kommen erschraken. Sie wechselten einige hastige Worte und kamen uns dann langsam entgegen. Wir ritten auf sie zu.

»Akschamynys chaïr olsun,« grüßte ich. »Was ist das für ein Haus?«

»Es ist das meinige,« antwortete der Besitzer. »Ich bin Kohlenbrenner und heiße Scharka.«

»So sind wir auf dem richtigen Weg. Erlaubst du uns, abzusteigen und ein wenig zu rasten?«

»Ihr seid mir willkommen. Wohin wird euch eure Reise führen?«

»Wir wollen nach Ibali reiten. Wie weit ist es noch bis dorthin?«

»In drei Stunden könnt ihr dort sein.«

»Und ist der Weg schwer zu finden?«

»Sehr leicht sogar. Aber wollt ihr wirklich nach Ibali?«

»Wir sagen es ja! Warum sollte ich dich falsch berichten, da ich doch beabsichtige, mich bei dir nach dem genauen Weg zu erkundigen?«

Er machte ein ziemlich verblüfftes Gesicht. Nach allem, was er über uns gehört hatte, konnte er nicht denken, daß der angegebene Ort das Ziel unseres Rittes sei. Daß wir diesen Namen nannten, mußte ihm bedenklich erscheinen.

»Was wollt ihr dort?« fragte er.

»Wir wollen dort nur übernachten und dann morgen weiter reiten.«

»Wohin?«

»Ueber die Fanti-Berge nach Lesch (Alessio), welches an der Meeresküste liegt.«

Wir waren während dieser Fragen und Antworten abgestiegen und standen nun den Beiden gegenüber. Also das war der gefährliche Köhler, dem ein Menschenleben als gar nichts galt! Ich hatte ihn vorhin nicht genau betrachten können. Er hatte ein rohes Bulldoggengesicht, dessen Züge zur Vorsicht mahnten. Seiner Schwester, der Kohlenhändlerin, sah er ganz und gar nicht ähnlich.

Der Andere war das Gegenteil von ihm. Auch abgesehen von der Sauberkeit seiner Kleidung hatte er beinahe etwas Nobles an sich. Sein Gesicht war offen und fast mädchenhaft weich geschnitten. Es war mehr als leicht, sich in demselben zu täuschen.

»Was befiehlst du, Herr?« fragte Scharka weiter. »Wollt ihr etwas zu essen haben und vielleicht Wasser für die Pferde?«

»Essen werden wir nicht, aber die Pferde bedürfen eines Trankes. Ist vielleicht eine Quelle vorhanden?«

»Ja, gleich hinter dem Hause. Erlaube, daß ich euch dorthin führe.«

Das Wasser trat nahe dem Hause zu Tage und bildete vor seinem Abfluß ein kleines Becken, welches sich sehr gut zur Tränke eignete. Der Fremde war uns langsam gefolgt. Es sollte ihm natürlich kein Wort unseres Gespräches verloren gehen.

Wir nahmen den Pferden die Gebisse aus den Mäulern und ließen sie trinken. Dabei erkundigte sich der Köhler, welcher seine große Spannung nicht zu verbergen vermochte:

»Es kommt so selten jemand in diese einsame Gegend, daß ihr es verzeihen werdet, wenn ich gern wissen will, wen ich vor mir habe.«

»Dein Wunsch ist ganz gerechtfertigt. Wir sind fremd in diesem Lande und kommen von Edreneh, um nach Lesch zu reiten, wie ich dir bereits sagte. Und da du weißt, wer wir sind, wirst du es erklärlich finden, daß wir nun auch erfahren wollen, wer der Effendi ist, welcher uns so erstaunt betrachtet.«

Ich hatte nicht zu viel gesagt, denn es lag noch weit mehr als bloßes Erstaunen in dem Gesicht des Fremden. Sein Blick ging zwischen mir und meinem Rappen hin und her, und zwar mit einem Ausdruck, als ob er uns beide für blaue Wunder halte. Daß wir dem Tod geweihte Männer jetzt so heil und munter vor ihm standen, schien für seinen Verstand ein zu großes, ein nicht zu lösendes Rätsel zu sein, obgleich er vorhin erst noch an dem Gelingen des Ueberfalles gezweifelt hatte. Er und der Köhler betrachteten uns als Leute, welche ganz unbegreiflicherweise dem sichern Grab entstiegen waren.

»Ja, das kannst du erfahren,« antwortete Scharka. »Dieser Effendi ist ein Alim[1] aus Dzsakova, welcher sich, grad so wie ihr, auf der Reise befindet.«

»Ein Alim! So hat er die Universität besucht, und weil auch ich ein Alim bin, freilich ein Alim meines Heimatlandes, so

[1] Gelehrter, *plur.* Ulema.

freue ich mich außerordentlich, ihn kennen zu lernen. Er hat das Aussehen eines großen Gelehrten, und ich hoffe, mich von ihm belehren lassen zu können. Allah grüße dich!«

Ich trat zu dem sogenannten Alim und reichte ihm in möglichst freundlicher Weise meine Hand. Er legte verlegen die seinige hinein und antwortete:

»Ja, ich bin in Stambul gewesen und habe studiert, doch führe ich nicht gern gelehrte Gespräche.«

»Warum nicht? Der Baum, welcher Früchte trägt, soll dieselben nicht für sich behalten. Sie werden ja erst dadurch nützlich, daß sie genossen werden. Wie der Baum seine Früchte nicht selbst verzehren kann, so sind auch die Früchte deines Studiums nicht für dich, sondern für Andere vorhanden, denen sie zum Segen gereichen. Also du kommst aus Dzsakova. Wohin wird dein Weg dich von hier aus führen?«

»Nach Köprili.«

»So hättest du über Perserin und Uskub reiten sollen. Das war der beste und kürzeste Weg.«

»Das weiß ich wohl, aber ich bin eigentlich ein Ehli wasf ül arz[1] und ritt in die Berge, um interessante Steine zu suchen.«

»So! Ich habe mir das Steinesuchen als eine mühselige und schmutzende Arbeit gedacht. Dein Anblick bekehrt mich zu einer ganz andern Ansicht. Deine Wissenschaft ist eine hoch interessante. Sie läßt uns in Allahs Schöpfungswerkstatt blikken. Sieh dieses Tal mit seinen Trümmern und den gewaltigen granitnen Umfassungsmauern! Welcher Ibtida wakyti[2] wird dieses Gestein wohl sein Dasein verdanken?«

Bei dieser Frage wurde sein Gesicht glühend rot. Er war weder Geolog, noch kam er aus Dzsakova. Auch ich beabsichtigte in diesem Augenblick keineswegs, nach Ibali zu gehen. Wir logen eben beide einander herzhaft an, was moralisch zwar nicht schön zu nennen ist, hier aber auf beiden Seiten recht triftige Gründe hatte.

Er sann und sann und brachte endlich die Worte zum Vorschein:

[1] Geolog. [2] Entstehungsperiode.

»Alles Wissen ist nichts vor Allahs Auge. Er hat die Steine gemacht, nicht wir. Darum sollen wir auch nicht darüber nachdenken, wie sie entstanden sind.«

Sehr richtig! Nur braucht es da eben keine Geologen zu geben. Der Köhler schien das zu begreifen, denn auch er ließ ein breites, verlegenes Lächeln sehen und beeilte sich, meine Aufmerksamkeit von den Kenntnissen des Alim abzulenken, indem er sagte:

»Ihr seid so fremd im Lande und sucht euch doch selbst den Weg! Das ist sehr kühn von euch. Andere würden sich einen Führer nehmen. Warum habt ihr das nicht getan?«

Jetzt brachte er das Gespräch dahin, wo er es haben wollte. Er mußte natürlich erfahren, wie es gekommen war, daß wir zunächst überhaupt und dann auch ohne den Konakdschi bei ihm angelangt waren.

»Eure Führer sind nicht zuverlässig,« antwortete ich ihm.

»Nicht? Wie so?«

»Wir hatten einen, der uns alles Gute versprach. Er wollte uns bis hierher bringen, denn er kannte dich sehr gut.«

»Ein Bekannter von mir? Wer sollte das gewesen sein?«

»Der Wirt des Treska-Konaks.«

»Den kenne ich allerdings. Er ist ein braver und zuverlässiger Mann. Wie kommt es, daß er sich nicht bei euch befindet?«

»Er ist schändlicherweise zurückgeblieben, noch ehe wir das Ziel erreichten.«

»Das wundert mich sehr von ihm. Was hat er denn für einen Grund gehabt?«

»Frage ihn selbst, wenn du ihn einmal triffst. Es sind über diese Angelegenheit gar nicht viel Worte gemacht worden. Ich vermute aber, daß es eine Gesellschaft gegeben hat, die ihm lieber gewesen ist, als die unserige. Zu ihr hat er sich höchst wahrscheinlich begeben.«

»Welche Leute waren das?«

»Du kennst sie jedenfalls nicht.«

»Nun, ich bin doch mit vielen Leuten bekannt!«

»Mit denen aber wohl nicht, die ich meine, denn du scheinst ein braver und ehrlicher Mann zu sein.«

»Und das waren die Betreffenden wohl nicht?«

»Nein, sie sind Diebe und Räuber. Es sind zwei Brüder, welche Aladschy genannt werden, und es waren noch einige Andere dabei.«

»Aladschy?« meinte er kopfschüttelnd. »Diesen Namen kenne ich allerdings nicht.«

»Das habe ich mir gedacht.«

»Aber so wundert es mich sehr von meinem Bekannten, dem Konakdschi, daß er sich zu ihnen begeben hat. Er scheut alles, was gegen die Gebote des Koran und des Großsultans ist.«

»Wenn das bisher so war, so ist es eben nun anders geworden.«

»Wo befinden sich denn diese Räuber?«

»Das hat er mir natürlich nicht gesagt. Vielleicht teilt er es dir mit, wenn du ihn fragst.«

»So sage mir doch nur, an welchem Ort er euch verlassen hat!«

»Wer kann das genau sagen! Es war in einem Hohlweg. Wir sind aber durch so viele Täler und Schluchten gekommen, daß wir sie gar nicht gezählt haben.«

Er sah mir nachdenklich in das Gesicht. Die dumme Art meiner Antwort harmonierte wohl nicht mit der Vorstellung, welche er sich von mir gemacht hatte.

»Wo seid ihr in der letzten Nacht geblieben?« erkundigte er sich weiter.

»Bei Junak, deinem Schwager.«

»Bei dem?« rief er im Ton herzlichster Freude. »So seid ihr mir doppelt willkommen! Wie hat euch Junak gefallen?«

»Ganz so gut wie seine Frau, deine Schwester.«

»Das freut mich sehr. Es sind außerordentlich liebe, wenn auch arme Leute. Ihr werdet bei ihnen sehr gut aufgehoben gewesen sein?«

»Ja, es hat uns niemand etwas getan.«

Er schien einen langen, ausführlichen Bericht zu erwarten. Ich gab ihm aber die letztere Antwort in kurzem Ton und wendete mich von ihm ab. Trotzdem fragte er noch:

»Wie kommt es aber, daß der Konakdschi euch grad zu mir führen sollte?«

»Er sollte nicht, er wollte. Er sprach von der außerordentlichen Schönheit der Gegend, von den gewaltigen Felsen und von vielem anderen.«

Da winkte der Alim dem Köhler heimlich zu, was ich aber doch bemerkte, und fragte:

»Hat er euch nicht auch von der berühmten Höhle erzählt, welche sich hier befindet?«

»Er hat uns sogar aufgefordert, Scharka zu bitten, daß er uns dieselbe zeige.«

»Wißt ihr alles, was man sich von ihr erzählt, auch das von den Juwelen?«

»Alles.«

»So will ich euch gestehen, daß auch ich nur wegen dieser berühmten Höhle hierhergekommen bin. Scharka zeigt sie nicht gern; aber ich bat ihn so lange, bis er mir versprach, mich hinein zu führen. Ich glaube, er wird auch euch die Erlaubnis geben.«

»Nun,« meinte ich gleichmütig, »alles, was man von ihr berichtet, halte ich für Märchen. Ob ich sie sehe oder nicht, das ist mir gleichgültig.«

»So darfst du dir's nicht denken!« fiel er schnell ein. Und nun begann er eine lange Aufzählung der Herrlichkeiten, welche die Höhle enthalten sollte. Scharka stimmte so eifrig ein, daß auch ein Dummkopf hätte merken müssen, es sei ihr sehnlicher Wunsch, uns diesen berühmten Ort zu zeigen. Wir waren dem uns gelegten Hinterhalt entronnen; der Höhle aber sollten wir nicht entgehen. Der Köhler hatte ja dem Andern gesagt, auf welche Weise wir dann umgebracht werden sollten.

Ich tat, als hätte ich mich überzeugen lassen, und sagte schließlich:

»Nun, wenn es wirklich so ist, so will ich sie mir ansehen. Wann willst du sie uns zeigen?«

»Sogleich, wenn es dir gefällig ist.«

»Gut, so komm!«

Ich machte einige Schritte; aber Scharka hielt mich zurück:

»Willst du sie denn allein sehen?«

»Ja. Meine Gefährten interessiert das nicht.«

»O, grad sie werden davon auf das höchste entzückt sein!«

Und nun stellte er es mir vor, welch eine Sünde ich begehen würde, wenn ich den Anderen nicht erlaubte, die gebotene Pracht zu sehen. Es mußte ihm natürlich daran liegen, daß keiner zurückblieb. Wenn wir nicht alle in die Höhle gingen, war ihr Plan unausführbar.

Auch jetzt tat ich, als ob ich mich überzeugen ließe, und gab den Andern die Erlaubnis, mich zu begleiten.

»Aber eure Gewehre könnt ihr nicht mitnehmen,« sagte er.

»Warum nicht?«

»Weil sie euch hinderlich wären. Der Eingang zur Höhle ist nicht bequem. Man muß auf dem Boden kriechen, bevor man hineingelangt.«

»Gut! So lassen wir die Gewehre da. Wir hängen sie an die Sattelknöpfe.«

»Auch die Messer und Pistolen!«

»Das ist doch nicht nötig.«

»Sogar sehr! Wie leicht geht eine Pistole los, und wie leicht verletzt man sich mit einem Messer, wenn man auf dem Bauch kriecht und dabei diese Waffen im Gürtel hat!«

»Du hast recht. Legen wir also alle unsere Waffen zu unseren Pferden!«

Meine Gefährten sahen mich erstaunt an, aber sie folgten doch meinem Beispiel. Der Köhler warf dem ›Gelehrten‹ einen triumphierenden Blick zu.

»Jetzt kommt!« forderte er uns auf. »Ich will euch den Eingang zeigen.«

Er schritt grad auf den Meiler zu, und wir folgten ihm. Ich

hatte also vorhin recht gehabt, als ich mir den Meiler in Verbindung mit dem Eingang dachte. Bei demselben angekommen, wendete er sich zu uns:

»Hier wird kein Mensch die Türe zu der berühmten Höhle vermuten. Sie ist aber doch da. Paßt einmal auf!«

Der Meiler sah aus wie jeder andere Meiler, ein kegelförmiger Aufbau von Hölzern, ringsum mit einer Erdschicht bedeckt. Scharka bückte sich nieder und entfernte an einer Stelle in der Nähe des Bodens diese Schicht. Es kamen einige Bretterstücke zum Vorschein, welche er auch wegnahm, und nun sahen wir eine Oeffnung von der Größe, daß ein starker Mann hindurchkriechen konnte.

»Das ist der Eingang,« sagte er. »Kriechen wir nun hinein!«

Er trat zurück und gab mir einen Wink, daß ich zuerst hineinkriechen sollte.

»Du bist der Führer,« sagte ich. »Krieche voran.«

»Nein,« wehrte er ab. »Der Vornehmste geht voran.«

»Der bin ich nicht. Der Vornehmste ist dieser gelehrte Alim, welcher die Wasf ül arz studiert hat. Ihm gebührt also die Ehre.«

»Nein, nein!« rief der gute Mann erschrocken. »Du bist gelehrter als ich; das habe ich bereits gehört. Ueberdies seid ihr hier fremd, und es ist die Pflicht der Höflichkeit, Fremden stets den Vortritt zu lassen.«

»Nun, so wollen wir einmal probieren.«

Ich bückte mich nieder und blickte hinein. Man konnte nicht weit hineinsehen, aber es genügte doch, um mich zu orientieren. Ich stand wieder auf, schüttelte den Kopf und sagte:

»Es ist ja ganz und gar finster darin!«

»O, wenn wir drinnen sind, werde ich sogleich Licht machen,« antwortete der Köhler.

»Das glaube ich gern. Was wirst du denn anzünden?«

»Kienspäne.«

»Befinden sich solche in der Höhle?«

»Ja.«

Ich war überzeugt, daß er eine Lüge sagte. In einer Höhle, in welcher Gefangene festgehalten werden, bewahrt man kein Material auf, mit welchem diese unter Umständen imstande wären, sich Licht zu machen.

»Das ist gar nicht nötig,« sagte ich. »Es ist ja hier im Meiler Kien genug vorhanden, um Feuer zu machen. Hast du Feuerzeug bei dir?«

»Ja; Tschakmak, Süngür und Kükürd[1], alles, was ich brauche, um die Späne anzuzünden.«

»Gibt es denn keine Kibritlar[2]? Die sind doch viel bequemer!«

»Die sind hier so schwer zu bekommen, daß ich sie niemals kaufe.«

»So! Und doch hast du solche!«

»Nein, Herr, ich habe keine.«

»Sonderbar! Wer muß sie da hereingesteckt haben?«

Ich bückte mich nieder und brachte mehrere Zündhölzer zum Vorschein, welche ich vorher im Innern des Loches zwischen dem Holz hatte stecken sehen.

»Das – das – – sind wirklich Kibritlar!« rief er, sich erstaunt stellend. »Sollte einer meiner Knechte solche besitzen und sie hereingesteckt haben?«

»Du hast Knechte?«

»Ja, vier. Da ich die Kohlen nicht in dem Wald, sondern nur hier auf diesem Platz brenne, brauche ich diese Leute zum Herbeischaffen des Holzes.«

»Nun, so ist der betreffende Knecht ein außerordentlicher Pfiffikus, welcher es versteht, eine Sache so vorteilhaft wie möglich einzurichten.«

»Wie meinst du das?«

»Nun, wenn wir hier hereingekrochen sind, so dauert das Feuermachen mittels Stahl und Schwamm so lange, daß wir inzwischen Lunte riechen und wieder herauskriechen können. Mit einem Streichhölzchen aber ist es augenblicklich getan.«

[1] Feuerstahl, Schwamm und Schwefel. [2] Zündhölzer.

Er erschrak, und ich bemerkte trotz seines rußigen Gesichtes, daß er sich entfärbte.

»Herr!« rief er, »ich verstehe dich nicht. Ich weiß nicht, was du meinst.«

»Soll ich dir das wirklich erst sagen?«

»Ja, sonst weiß ich es nicht.«

»Nun, sieh doch, wie schön du den Eingang aus lauter Tschyra[1] zusammengesetzt hast, welches sofort brennt und einen solchen Qualm entwickelt, daß ein jeder, welcher wieder herauskriechen wollte, augenblicklich ersticken müßte. Und dieses Holz liegt auf einer Strohunterlage, an welche man das Zündholz hält. Wenn das die Herrlichkeiten sind, welche wir anstaunen sollen, so bedanken wir uns recht sehr. Wir haben keineswegs die Absicht, uns in der Juwelenhöhle ersticken und braten zu lassen.«

Er starrte mich einen Augenblick lang wie gedankenlos an. Dann rief er zornig:

»Was fällt dir ein! Willst du mich für einen Mörder erklären? Das dulde ich nicht. Das erfordert Rache! Ich bin bis aufs Blut beleidigt. Komm, Marki, sie gelangen nicht zu ihren Waffen. Schießen wir sie nieder!«

Er wollte fortlaufen, zu unsern Pferden hin. Der ›Gelehrte‹, welcher jetzt Marki genannt wurde, schickte sich an, ihm zu folgen. Da zog ich die beiden Revolver heraus, welche ich in die Tasche gesteckt hatte, und gebot:

»Halt! Keinen Schritt weiter, sonst schieße ich euch nieder! Von solchen Schurken, wie ihr seid, läßt man sich nicht betrügen.«

Sie sahen die auf sie gerichteten Läufe und blieben stehen.

»Ich – ich – wollte nur scherzen, Herr!« stieß der Köhler hervor.

»Ich auch. Man kann sich ja auch einmal zum Spaß eine Kugel in den Leib jagen lassen. Es ist das freilich nicht jedermanns Sache; aber wenn es euch so beliebt, dann könnt ihr es haben.«

[1] Kienholz.

»Es war nur Zorn über die Beleidigung!«

»Nun denn, wenn du zornig bist, dann scherzest du? Da bist du wirklich ein außerordentlich seltener Mensch!«

»Du hast doch vorhin gesagt, daß du mich für einen guten Menschen hältst!«

»Allerdings, aber man kann sich täuschen.«

»Habe ich euch nicht ganz freundlich empfangen?«

»Ja, und dafür bin ich dir dankbar. Wegen dieses Empfanges will ich das jetzt Geschehene vergessen; aber es ist meine Pflicht, dafür zu sorgen, daß uns, so lange wir hier ausruhen, niemand gefährlich werden kann. Setzt euch hier auf die Bank! Meine Begleiter werden dort auf dem Holzklotz Platz nehmen und denjenigen von euch, welcher Miene macht, aufzustehen, ohne weiteres erschießen.«

Ich winkte Osko und Omar. Sie setzten sich auf den Klotz, nachdem sie vorher die sämtlichen Waffen geholt hatten. Derselbe lag ungefähr zwanzig Schritt von der Bank entfernt. Die Beiden konnten also den Köhler und den Alim mit ihren Flinten leicht im Schach halten. Den Letzteren hingegen war es möglich, sich miteinander zu unterhalten, ohne von den ersteren gehört zu werden. Das war es, was ich bezweckte.

»Herr, das haben wir nicht verdient,« murrte Scharka. »Du trittst ja wie ein Räuber auf!«

»Nicht ohne Grund. Das weißt du am besten.«

»Ich kenne keinen Grund. Daß ich zornig gewesen bin, darf dich nicht wundern. Nun soll ich hier vor den Mündungen der Gewehre sitzen, auf meinem eigenen Grund und Boden? Das ist mir noch nicht passiert!«

»Es wird nicht lange dauern. Wir werden bald aufbrechen. Hoffentlich machst du deinen Fehler dadurch gut, daß du uns den besten Weg nach Ibali beschreibst.«

Seine Augenlider zuckten leise; er konnte sich doch nicht ganz beherrschen und die Freude verbergen, die er bei meiner Frage empfand.

»Ja, das tue ich gern,« sagte er.

»Nun, wie reiten wir?«

»Du wirst bemerken, daß dieses Tal zwei Ausgänge hat,

einen nach Süden und einen nach Westen. Letzterem müßt ihr folgen. Ihr kommt dann wieder in ein Tal, welches viel länger und breiter ist, als dieses hier. Da gibt es Wagengeleise, welche von dem Fuhrwerk Junaks stammen. Ihr folgt denselben, bis ihr an eine Höhe gelangt, die sich quer vor euch legt. Dort teilen sich die Geleise. Rechts dürft ihr nicht reiten, sondern nach links, denn das ist die Richtung nach Ibali.«

»Und wohin führt rechts der Weg?«

»Ueber den Drin nach Kolutschin. Weiter brauche ich euch den Weg nicht zu beschreiben, denn wenn ihr diesem linken Geleise nur immer folgt, so kommt ihr auf die erwähnte Höhe und seht von da oben Ibali unten vor euch liegen.«

»Schön! Und wohin kommt man, wenn man der südlichen Talöffnung folgt?«

»Nach Podalista-Han.«

»Dorthin führt uns unsre Absicht freilich nicht. Und nun kannst du mir noch einen Gefallen tun. Ich möchte mir für kurze Zeit etwas von dir borgen.«

»Was, Herr?«

»Ein kleines Gefäß, in welches ich einige schwarze Sümüklü bödschekler[1] tun kann.«

»Sümüklü bödschekler?« fragte er erstaunt.

»Ja, ich habe gesehen, daß es hier im Tal solche gibt.«

»Es gibt hier sehr viele davon; aber wozu brauchst du diese Tiere?«

»Mein Pferd leidet an einer kleinen Sowuk alma[2], und du wirst wissen, daß die Schnecken ein sehr gutes Mittel gegen dieses Uebel sind.«

»Ja, das ist wahr. Man muß dem verschlagenen Pferd die Nüstern mit dem Schaum der Schnecken bestreichen. Aber das allein hilft noch nicht. Es gehört auch das Kraut der Nahanaha[3] dazu, welches man dem Pferd zum Fressen gibt.«

»Das weiß ich wohl. Ich werde suchen, diese Pflanze zu finden. Also, hast du ein Gefäß?«

[1] Schnecken. [2] Verschlagung. [3] Minze, *Mentha*.

»Ja, im Hause steht ein kleiner, eiserner Topf; den magst du nehmen. Du wirst ihn in der Nähe des Herdes stehen sehen.«

Er tat jetzt außerordentlich gefällig. Ich ging in das Haus und fand den kleinen Topf. Als ich wieder herauskam, bat ich Halef leise, den Bärenspeck zu sich zu stecken. Der Hadschi sollte mit mir gehen.

»Also ich werde mich jetzt für kurze Zeit mit diesem meinem Begleiter entfernen,« warnte ich den Köhler. »Versuche ja nicht, diese Bank zu verlassen! Auch wenn deine Knechte kämen, könnten sie dich nicht unterstützen, denn sie würden sich in die Gefahr begeben, selbst erschossen zu werden. Ich habe die geladenen Gewehre gesehen, welche in deiner Stube hängen. Die beiden Wächter werden jedem eine Kugel geben, der Miene macht, das Haus zu betreten.«

Wir ließen unsere Gewehre bei Osko und Omar liegen; nur die Revolver und die Messer nahmen wir mit. Dann entfernten wir uns nach der Mitte des Tales zu, ganz entgegengesetzt der Richtung, welche eigentlich in meiner Absicht lag.

»Willst du wirklich Schnecken und Minze suchen, Sihdi?« fragte mich Halef.

»Fällt mir gar nicht ein!«

»Warum schleppst du diesen Topf mit?«

»Er soll uns als Leuchter dienen. Wir untersuchen die Höhle.«

»Ah! Da sollten wir doch dort durch den Meiler kriechen!«

»Nein. Wir steigen in der Rieseneiche, welche da oben steht, hinab. Der Köhler darf keine Ahnung haben, daß wir die Höhle besichtigen wollen.«

»Kennst du den Weg?«

»Ich denke, ja. Komm schnell, damit wir keine Zeit verlieren. Ich will die beiden Schurken zuvor belauschen. Jetzt in den ersten Minuten nach unserer Entfernung werden sie sich unterhalten.«

»Kannst du sie behorchen?«

»Ja, ich habe es bereits getan und werde euch dann erzählen, was ich hörte. Den Weg nach Ibali hat uns der Köhler natürlich falsch beschrieben.«

»Meinst du das wirklich?«

»Gewiß. Ibali liegt grad im Süden von hier. Dorthin und nicht nach Podalista-Han führt die südliche Talöffnung. Das Geleise, welchem wir folgen sollen, zieht rechts, wie ich vermute, allerdings nach Kolutschin, wie der Köhler sagte, und dieser Richtung werden wir folgen, denn da geht es nach Rugova, wohin ich will. Das links abzweigende Geleise aber, welches er uns als das richtige bezeichnete, würde uns wahrscheinlich in eine Falle bringen, welche er uns legen will. Ich habe es am Zwinkern seiner Augen gesehen. Dieser Mensch soll uns nicht betrügen.«

Jetzt waren wir dem Köhler und dem Alim aus den Augen, und wir konnten nun nach links abbiegen. Da stand ein alter, höchst urwüchsig gebauter Wagen, an welchem sich fast gar keine Eisenteile befanden. Das war wohl derjenige, von welchem der Kohlenhändler gesprochen hatte.

Nun drängten wir uns durch die Büsche und kehrten in die Nähe unseres Ausgangspunktes, also des Meilers, zurück, doch so, daß wir nicht bemerkt werden konnten. Dort führte ich Halef auf den erwähnten schmalen Pfad, welcher sich zwischen den Büschen und der Felswand hinzog, und hieß ihn, auf mich zu warten.

Ich schlich bis zum Meiler hin, wo ich schon vorher gewesen war, und lauschte. Ja, sie sprachen miteinander, aber leise, so daß ich nichts Deutliches hören konnte. Natürlich wiederholte ich mein voriges Experiment, indem ich leise bis unter den Goldregen kroch, und nun konnte ich ihre Worte besser vernehmen.

Leider hatte ich vielleicht grad die Hauptsache versäumt, doch was ich hörte, war immerhin von Wichtigkeit für mich; denn als ich mich auf der Erde gemächlich eingerichtet hatte, hörte ich den ›Gelehrten‹ sagen:

»Und wie kamst du auf den Gedanken, sie nach Westen zu weisen? Dahin muß ich ja auch.«

»Natürlich mußt du hin, und ich begleite dich. Meine

Knechte gehen auch mit, denn du kennst die Oertlichkeit nicht. Das Geleise, welches ich ihnen als das richtige bezeichnet habe, ist das falsche. Es führt sie in eine lange Schlucht, welche keinen Ausgang hat.«

»So kehren sie einfach um.«

»Allerdings; aber dann sind wir auch schon dort. Es ist ein Weg, den wir ausgefahren haben, um Meilerholz herbeizuschaffen. Wenn sie ihm von da an, wo er die Schlucht erreicht hat, eine halbe Stunde gefolgt sind, halten sie vor einer Felswand, an deren Fuß sich ein tiefer Teich gebildet hat. Sie müssen zurück und brauchen wieder eine halbe Stunde, um aus der Schlucht zu kommen. Das gibt uns mehr als genug Zeit, ihnen zu folgen und uns an einem geeigneten Ort zu verstekken. Von da aus schießen wir sie nieder.«

»Das könnten wir vielleicht schon hier tun, noch bevor sie aufbrechen.«

»Nein. Wenn nur ein Einziger von ihnen entkommt, ist alles verraten. Sobald sie sich entfernt haben, gebe ich meinen Knechten das Zeichen. Sie brauchen kaum fünf Minuten, um bei uns zu sein. Wir besteigen die Pferde der Aladschy und der Andern und folgen diesen Wichten auf der Ferse. Gewehre habe ich genug. Daß dieser Deutsche sie sehen mußte! Daran hatte ich freilich nicht gedacht, als ich ihn in das Haus schickte.«

»Ich weiß überhaupt nicht, was ich von ihm denken soll.«

»Ich werde auch nicht klug aus ihm.«

»Einmal macht er ein ganz dummes Gesicht und spricht die Worte eines Albernen, und dann wieder hat er ganz das Aussehen eines Mannes, vor dem man sich nicht genug hüten kann. Aber siehst du, daß ich recht hatte! Der Ueberfall ist mißlungen.«

»Das kann ich nicht begreifen. Selbst wenn der Konakdschi so dumm gewesen ist, die Fremden zu verlassen, sind diese doch durch die Schlucht des Teufels gekommen, wo sie von unsern Freunden bemerkt werden mußten. Diese müssen geschlafen haben.«

»Oder der Deutsche hat sie überfallen!«

»Das ist völlig undenkbar. Erstens hatte er ja gar keine Ahnung, daß er angegriffen werden sollte. Zweitens wußte er den Aufstieg nicht. Und drittens, wenn er beides gewußt hätte, wäre dennoch der Ueberfall seinerseits unmöglich gewesen. Es könnte nur eine Erstürmung stattgefunden haben. Dabei wären aber diese Wichte alle ums Leben gekommen. Man hätte sie natürlich von oben herab totgeschossen. Die Sache ist mir ein unlösbares Rätsel.«

»Es wird sich bald aufklären.«

»Natürlich! Ich würde selbst nach der Bastei gehen oder einen meiner Knechte hinschicken; aber wir können doch nicht fort. Diese verdammten beiden Schufte lassen ja kein Auge von uns und haben die Finger stets am Drücker.«

»Wollen doch einmal versuchen, ob sie mit sich reden lassen.«

»Ich versuche es nicht. Wage du es!«

»Wollen sehen!«

Der Alim machte eine langsame Bewegung zum Aufstehen. Da aber hörte ich Oskos befehlende Stimme:

»Nieder!«

Zugleich sah ich, zwischen den Beinen der Beiden hindurchblickend, daß Osko und Omar ihre Gewehre an die Backen nahmen. Der Gelehrte sank wieder nieder und rief:

»Darf man sich denn nicht wenigstens einmal rühren?«

»Nein, auch nicht sprechen. Noch ein Wort, so schießen wir!«

Die Beiden machten sich in Flüchen und Verwünschungen Luft; ich wußte nun, daß ich mich auf die Wachsamkeit der Gefährten verlassen konnte, und kroch langsam aus den Büschen zurück, um mich zu Halef zu begeben.

»Hast du etwas gehört?« fragte dieser, als ich bei ihm anlangte.

»Ja, aber davon später. Komm schnell!«

Wir folgten dem Pfad und sahen bald, daß ich ganz richtig vermutet hatte, dieser schmale Weg führe zur Höhe. Er lenkte in einen Felsenriß, in welchem er als steile Zickzacklinie emporstieg.

Als wir oben anlangten, waren vielleicht sechs bis acht Minuten vergangen. Da sahen wir zwischen größeren Bäumen zahlreiche Stöße von Meilerholz aufgeschichtet. Der Schlag von Aexten ließ auf die Anwesenheit von Menschen schließen.

»Das sind die Köhlerknechte,« sagte Halef. »Hoffentlich überraschen sie uns nicht!«

»Ich möchte es nicht befürchten. Sie sind rechts da drüben; wir aber müssen nach links, wo du den Wipfel der Eiche hoch emporragen siehst.«

In dieser letzten Richtung war der Wald ganz geflissentlich von der Axt verschont geblieben. Der Köhler hatte sich wohl gehütet, die Stelle zu lichten, wo sein Geheimnis verborgen lag. Die Bäume und Büsche standen im Gegenteil so dicht beisammen, daß wir uns zuweilen nur mit Gewalt hindurchzuzwängen vermochten.

Endlich hatten wir die Eiche erreicht. Sie war von sehr bedeutendem Umfang. Der Stamm schien gesund zu sein. Die mannsstarken Wurzeln, welche streckenweit zutage traten, ließen keine Höhlung erkennen. Aber als ich den Baum umschritt, erblickte ich ungefähr in dreifacher Manneshöhe ein Loch, das groß genug war, einen Mann hindurchzulassen.

Der niederste Ast war so tief, daß er fast mit den Händen erreicht werden konnte. Auf ihm stehend, konnte man den zweiten Ast leicht erfassen. Der dritte war abgebrochen oder abgestorben, und eben da, wo er aus dem Stamm herausgewachsen war, befand sich die Höhlung.

»Wenn ich mich überhaupt nicht irre, so befindet sich der Eingang dort oben,« sagte ich, empordeutend.

»Wie aber kommt man da hinauf?« fragte Halef. »Dazu bedarf man einer Leiter, denn der Stamm ist viel zu stark, als daß man ihn zum Klettern umfassen könnte.«

»Eine Leiter ist da.«

»Ich sehe keine,« meinte der Hadschi, indem er sich vergeblich umschaute.

»Auch ich sehe sie nicht, aber ich sehe etwas anderes. Betrachte den Boden, so wirst du in dem Moos eine deutlich ausgetretene Spur sehen, welche dort in das Buchendickicht führt. Da ist man hin und her gegangen, und wozu anders, als um eine Leiter herbei- und wieder fortzutragen. Du wirst sie sofort sehen.«

Wir folgten der Spur, traten zwischen die jungen, dicht belaubten Buchenstämmchen und sahen da wirklich das liegen, was als Leiter diente – einen armsstarken Fichtenstamm, welchem man die Aststummel gelassen hatte, so daß sie als Stufen dienen konnten.

»Richtig! Das ist sie,« meinte Halef. »Nun können wir hinauf.«

»Wir werden hinaufkommen, ohne uns der Leiter zu bedienen. Die Vorsicht rät uns, auf sie zu verzichten. Es kann leicht irgend jemand kommen, obgleich ich es nicht befürchte. Sieht man dann die Leiter anlehnen, so weiß man gleich, daß sich jemand in der Eiche befindet. Ich habe dich nur hierhergeführt, um dir zu beweisen, daß meine Vermutung mich nicht täuschte.«

»Aber ohne Leiter komme ich nicht hinauf!«

»Du steigst auf meine Schulter, dann kannst du den untersten Ast fassen.«

»Aber du?«

»Ich erreiche ihn im Sprung.«

Halef kletterte mir auf die Schulter und konnte dann leicht weiter kommen. Mir gelang es, mit einem Sprung den Ast zu fassen, und dann standen wir auf dem zweiten und hatten das Loch grad vor dem Gesicht. Ich blicke hinein.

Der Stamm war hohl, und zwar war die Höhlung so bedeutend, daß sie recht gut zwei Männer faßte. Aber wie da im Innern des Baumes hinabzukommen war, davon konnte ich nichts sehen.

»Es ist keine Strickleiter vorhanden,« meinte Halef. »Du hast dich getäuscht.«

»Nein, ich täusche mich nicht. Betrachte diese Oeffnung und dann auch die Höhlung genau. Es ist alles wie glatt gerieben. Du erblickst nicht eine Spur von faulem Holz oder von Modermehl. Man steigt hier ein und aus; das ist gewiß. Es versteht sich jedoch ganz von selbst, daß man den Apparat nicht so angebracht hat, daß er sogleich von außen gesehen werden kann. Ich denke aber, ihn sogleich zu finden.«

Ich steckte Kopf und Arme in das Loch, stemmte im Innern des Baumes die Ellbogen an und zog den Oberkörper nach. Dann tastete ich mit den Händen in der Höhlung umher.

Richtig! Ueber dem Loch war ein starker hölzerner Querstab eingezwängt, an welchem man sich mit den Händen festhalten konnte, um die Beine in das Innere hereinzuziehen. Dieses tat ich denn auch. An dem Holz hängend, tastete ich mit den Füßen unter mir und fühlte ein zweites, stärkeres Querholz, auf welches ich mich stellen konnte.

Nun kauerte ich mich nieder, denn ich spürte an dem Holz zwei Erhabenheiten, von deren Natur ich mich mit den Händen überzeugen wollte. Es waren sehr starke Knoten. Mit einem Bein knien bleibend, senkte ich das andere tiefer hinab und überzeugte mich, daß wirklich eine Strickleiter vorhanden war.

»Komm herein!« rief ich dem Hadschi zu. »Ich hab's gefunden.«

»Ja, es ginge wohl, wenn ich ein wenig größer wäre,« klagte er.

Ich richtete mich wieder auf und half ihm herein und auf die Querleiste.

»Allah! Wenn das Holz zerbricht oder abrutscht und wir stürzen hinab!« sagte er.

»Keine Angst! Ich habe mich überzeugt, daß es stark genug ist für uns beide. Und abrutschen kann es nicht, da es auf eingenagelten Stützen ruht. Aber ob die Leiter fest genug für zwei Personen ist und ob es überhaupt geraten erscheint, daß wir beide zugleich hinabsteigen, das weiß ich nicht. Bleibe oben; ich werde die Sache untersuchen.«

Jetzt stieg ich hinab oder vielmehr ich griff mich hinab. Für meine Ungeduld und für die mir zugemessene Zeit ging es mir zu langsam, Querstrick um Querstrick der Leiter im Finstern mit den Füßen zu suchen. Querhölzer gab es nämlich nicht. Ich ließ also die Füße frei schweben und turnte mich mit den Händen wie an einem Seil hinab.

Es gab einzelne Absätze, welche wieder durch Querstangen bezeichnet waren. Ich befand mich nicht mehr im Innern des Baumes, sondern in einem engen Felsenschacht. Wie derselbe entstanden war, ob auf natürliche Weise oder mit künstlicher Nachhilfe, das konnte ich im Finstern nicht sehen. Endlich, endlich faßte ich Boden.

Ich fühlte mit den Händen, daß ich mich in einem engen Loch befand, welches keinen Ausgang hatte und Raum für vielleicht vier oder fünf Personen bot. Da kam mir denn mein Laternchen zustatten, das kleine Fläschchen mit Oel und Phosphor, welches ich stets bei mir trug. Ich zog es aus der Westentasche und öffnete den Stöpsel, um den Sauerstoff der Luft eintreten zu lassen. Als ich es dann wieder zumachte, gab es einen so hellen phosphoreszierenden Schein, daß ich die mich umgebenden Wände ziemlich deutlich sehen konnte.

Der Raum war dreieckig. Auf zwei Seiten hatte ich natürlichen Felsen. Die dritte Seite bestand aus einer künstlichen Mauer, welche nicht höher als fünf Ellen war.

Als ich nun auch den Boden beleuchtete, sah ich, daß derselbe aus Fels bestand. Dabei bemerkte ich eine Schnur, welche an das untere Ende der Strickleiter gebunden war und nach oben führte. Ihr mit dem Laternchen folgend, machte ich die Entdeckung, daß diese Schnur über die Mauer nach jenseits derselben führte. Das war mir genug, um alles zu wissen. Nun wollte ich wieder nach oben, hörte aber Halefs halblaute Stimme:

»Sihdi, halte die Leiter straff! Sie dreht sich.«

»Ah! Du kommst?«

»Ja, es dauerte mir zu lange. Ich glaubte, es sei dir ein Unglück widerfahren.«

Bald stand er neben mir und tastete und blickte beim matten Schimmer des Laternchens umher.

»Es scheint, wir sind in einem Felsenbrunnen,« meinte er.

»Nein, wir befinden uns in der Höhle.«

»Da ist sie aber verwünscht klein und eng!«

»Das ist nur eine Ecke derselben. Wir müssen wieder einige Stufen empor und dann über diese Mauer hinwegklettern.«

»Aber wie?«

»Natürlich mit der Leiter, welche wir jenseits niederlassen. Hier fühle diese Schnur! Sie geht hinüber. Kein Fremder, der drüben im Finstern steht, wird ahnen, daß sich hier noch so ein enger Raum befindet, in welchen eine Strickleiter mündet. Auch die Schnur ist drüben mit ihrem Ende so angebracht, daß sie nur ein Eingeweihter bemerken kann; das vermute ich. Wenn also von drüben jemand hier emporsteigen will, so braucht er nur die Strickleiter mit Hilfe der Schnur hinüberzuziehen. Das Ding ist sehr praktisch eingerichtet.«

»Noch viel praktischer aber sind wir beide, Sihdi,« kicherte der Kleine. »Wir entdecken leicht die allergrößten Heimlichkeiten. Wollen wir hinüber in die Höhle?«

»Gewiß. Wir steigen die wenigen Stufen empor, setzen uns auf die Mauer, lassen das Ende der Strickleiter drüben hinab und steigen dann in aller Gemütlichkeit nieder.«

Grad so, wie ich es sagte, ging es auch. Wir gelangten in einen Raum, für welchen mein Laternchen nicht ausreichte. Halef hielt mich am Arm und flüsterte:

»Es wird doch niemand hier sein?«

»Wollen sehen.«

Ich zog ein altes Stück Papier und ein Streichhölzchen hervor, brannte das Papier mit Hilfe des Zündhölzchens an und leuchtete umher. Wir waren allein. Der Raum, in welchem wir uns befanden, hatte die Größe einer leidlich geräumigen Stube, vielleicht zwölf Schritte lang und breit.

Als das Papier verbrannt war und wir wieder im Dunkeln standen, bemerkte ich unten am Boden der einen Seite einen milchglasähnlichen, viereckigen Schimmer. Ich ging hin, legte mich nieder und -- sah ein langes Loch, welches in das Freie führte.

»Halef, hier befinden wir uns an dem Meilerloch, durch welches wir hineinkriechen sollten,« meldete ich erfreut.

»Ich werde einmal hineinkriechen. Wenn ich mich nicht täusche, so muß ich Osko und Omar sehen können.«

Meine Vermutung bestätigte sich. Als ich so weit vorgekrochen war, als ich durfte, ohne gesehen zu werden, sah ich die Beiden draußen sitzen, die Augen nach der Bank gerichtet und die Flinten schußfertig in den Händen.

Das genügte. Ich kroch wieder zurück.

»Nun machen wir Licht, nicht wahr?« fragte Halef.

»Ja. Gib den Speck heraus. Der Hemdlappen dient als Docht.«

Ich trug den kleinen Topf mit dem Henkel am Gürtelriemen festgeschnallt. Jetzt machte ich ihn los. Das Bärenfett wurde hineingeschnitten und der Lappen zu einem Docht gedreht. Mit Hilfe eines Zündhölzchens hatten wir bald eine Fettfackel, welche zwar entsetzlich rauchte, aber den Raum vollständig erleuchtete.

Nun untersuchten wir die Wände. Sie bestanden aus massivem Fels, abgerechnet die schmale Mauer in der einen Ecke, über welche wir gestiegen waren. Es war klar: die Höhle bestand nur aus diesem einen Raum. Trotz alles Klopfens war nicht eine einzige hohl klingende Stelle zu finden. Nur einen Gegenstand gab es, der unsere Beachtung auf sich zog: ein viereckig behauener Stein, welcher neben dem Loch lag und genau in dasselbe paßte. Ein Ring, an welchem eine Kette hing, war in denselben eingegossen.

»Das ist der Verschluß,« sagte Halef.

»Ja. Er ist aber nur dann nötig, wenn sich ein Gefangener hier befindet. Dann wird die Oeffnung mit diesem Stein verschlossen und dieser selbst mittels der Kette draußen so befestigt, daß er von innen nicht entfernt werden kann.«

»Denkst du, daß hier zuweilen Gefangene stecken?«

»Jawohl. Morgen abend kommt einer an, und du wirst dich wundern, wenn du erfährst, wer es ist.«

»Nun, wer?«

»Davon später unterwegs. Auch werden hier Menschen getötet. Mit uns hatte der Köhler dieselbe Absicht. Wir sollten voran kriechen. Er hätte hinter uns den Meiler in Brand gesteckt, und weil das Loch, in welchem die Strickleiter hängt, wie eine hohe Fabrikesse wirkt, wäre der Rauch hier hereingedrungen und hätte uns in wenigen Minuten erstickt.«

»Allah 'l Allah! Wehe diesem Köhler, wenn ich jetzt wieder hinauskomme!«

»Du wirst ihm gar nichts sagen und gar nichts tun. Ich habe einen sehr triftigen Grund, ihm noch zu verheimlichen, was ich weiß.«

»Aber wir reiten fort und sehen ihn niemals wieder!«

»Wir reiten fort und sehen ihn schon morgen wieder. Jetzt wissen wir genug und steigen wieder empor.«

Das Feuer wurde ausgelöscht, und nun mußten wir freilich warten, bis Topf und Fett erkaltet waren. Dann traten wir den Rückweg an und sorgten dabei dafür, daß die Strickleiter nun wieder hinter der Mauer zu finden war.

Als wir dann droben vor der Eiche standen, holten wir tief Atem. Es ist doch nichts ganz Angenehmes, eine solche Fahrt in die ungewisse Tiefe zu machen. Was hätte dabei alles geschehen können! Wäre zufälligerweise jemand unten gewesen und hätte uns eine Kugel entgegengeschickt! Es grauste mir, als ich daran dachte.

Nun wurde das Fett aus dem Topf entfernt und weggeworfen. Minze fanden wir auf dem Rückweg nicht, aber um den Schein zu wahren, raufte ich einige andere Pflänzchen aus, die ich dem Rappen geben konnte. Halef machte sich den Spaß und sammelte die langen schwarzen Schnecken, die wir erblickten. Sie waren unten zwischen den Büschen so zahlreich, daß er den Topf voll bekam.

Natürlich taten wir so, als ob wir aus der entgegengesetzten Richtung kämen. Ich gab meinem Rappen die Pflänzchen zu fressen; Halef strich ihm eine der Schnecken um die Nüstern und trug dann den Topf mit den andern in die Stube. Als er wieder herauskam, machte er ein so seelenvergnügtes Gesicht, daß ich ihn fragte:

»Wo hast du sie denn hingetan?«

»Ich habe sie in die Tasche des Kaftans geschüttet, welcher drin hängt.«

»Das ist freilich eine sehr große Heldentat, auf welche du stolz sein kannst. Der berühmte Hadschi Halef Omar beginnt, Jungenstreiche auszuführen!«

Er lächelte in sich hinein. Meine Bemerkung war nicht geeignet, ihn zu beleidigen.

Als wir nun zu Osko und Omar traten, meldeten die Beiden, daß nichts Störendes vorgekommen sei. Der Köhler konnte aber seine Ungeduld nicht länger beherrschen und sagte:

»Jetzt bist du wieder da. Nun wirst du uns wohl erlauben, die Bank zu verlassen?«

»Noch nicht. Ihr werdet nicht eher aufstehen, als bis wir zu Pferde sitzen.«

»Und wann reitet ihr fort?«

»Sogleich. Wir lassen dir für deinen freundlichen Empfang eine ebenso freundliche Ermahnung zurück: verschütte deine Juwelenhöhle und versuche nicht wieder, jemand hineinzulocken. Es könnte sonst leicht das Schicksal, welches du Andern bereitest, dich selbst ereilen.«

»Was du damit sagen willst, weiß ich nicht.«

»Denke darüber nach! Ich bin überzeugt, daß du dann mich bald verstehen wirst. Wenn ich wiederkomme, wird es sich zeigen, ob du meine Warnung befolgt hast.«

»Du willst wiederkommen? – Wann?«

»Wann es notwendig ist, früher nicht, auch nicht später.«

»Herr, du machst mir ein Gesicht, als ob ich der schlechteste Mensch des Erdbodens sei.«

»Der bist du auch, obgleich es Andere gibt, die es im Bösen auch fast so weit gebracht haben, wie du.«

»Was für Böses soll ich begangen haben? – Was könntest du mir beweisen?«

»Vor allen Dingen bist du ein Lügner. Du hast behauptet, den Namen der Aladschy nicht zu kennen. Und doch haben sie sich wiederholt bei dir aufgehalten und sind sogar von den Soldaten hier gesucht worden.«

»Das ist nicht wahr. Ich habe ihren Namen nie gehört und sie noch viel weniger hier bei mir gesehen.«

»Wie kommst du dann dazu, ihre Pferde hier versteckt zu halten?«

»Ihre – Pferde?« fragte er stockend.

»Ja. Ich sah sie stehen.«

»Was? Wie? Sollten diese Menschen hier sein, ohne daß ich es weiß?«

»Sei still! Glaube ja nicht, Knaben vor dir zu haben. Eben daß ihr euch für klüger haltet als uns, dies hat euch das Spiel verdorben und wird es euch auch weiterhin verderben. Willst du etwa leugnen, daß dein Schwager, der Kohlenhändler, heute bei dir gewesen ist?«

»Hat er kommen wollen? Ich habe ihn nicht gesehen.«

»Er behauptet aber, bei dir gewesen und sodann in die Schlucht des Teufels gegangen zu sein, wo wir überfallen werden sollten.«

»Herr, du sprichst schreckliche Worte. Ihr hättet euch in einer solchen Gefahr befunden?«

»Nicht wir, sondern deine Freunde. Für uns gab es keine Gefahr. Ihr seid ja nicht die Männer, vor denen man sich fürchten müßte. Aber für deine Spießgesellen war die Gefahr sehr groß, und sie sind ihr erlegen.«

Er fuhr erschrocken von seinem Sitz auf.

»Erlegen?« fragte er, beinahe stammelnd. »Was ist denn geschehen?«

»Ganz genau das, was sie beabsichtigten, nämlich ein Ueberfall, doch mit dem Unterschied, daß sie überfallen wurden.«

»Sie? – Von wem?«

»Von uns natürlich. Dieser mein Hadschi Halef Omar und ich, wir allein, haben sie überfallen, sie, die ihrer sechs wohlbewaffnete Männer waren. Zwei von ihnen sind tot – sind von der Felsenbastei herabgeschmettert. Die Andern haben wir gefesselt, auch den Konakdschi, unsern verräterischen Führer. Ich sage euch das, um euch zu beweisen, daß wir diese Tölpel nicht fürchten. Ihr müßt hingehen und sie losbinden, damit sie uns auch weiterhin verfolgen können. Sagt ihnen aber, daß wir bei der nächsten Gelegenheit ihr Leben nicht mehr schonen werden. Und ebenso wie über ihnen schwebt auch über euch der Tod, wenn ihr euch nicht von uns warnen lasset. Das ist es, was ich euch zu sagen habe. Und nun könnt ihr euch entfernen; ihr seid frei.«

Wir nahmen unsere Waffen auf und stiegen in die Sättel. Die Beiden machten zunächst von ihrer Freiheit keinen Gebrauch. Sie standen starr vor Schreck. Als wir uns schon eine Strecke entfernt hatten und ich mich nach ihnen umblickte, sah ich sie noch so stehen.

Von dem freien Platz, auf welchem das Haus stand, führten Wagengeleise nach Süden und nach Westen. Wir schlugen die letztere Richtung ein. Die Felsenwände wichen dort voneinander zurück, und wir gelangten in das zweite, noch größere Tal, von welchem der Köhler gesprochen hatte. Die Geleise waren so deutlich, daß man ihnen leicht folgen konnte.

Der Boden war mit saftigem Gras bewachsen; er bildete eine kleine Prairie, auf der weder Baum noch Busch stand. Vor uns in der Ferne erhob sich die Bergkette, an welcher das Geleise sich teilen sollte.

Bis jetzt hatten wir unsern Weg schweigend verfolgt. Nun aber erzählte ich den Gefährten alles, was ich erlauscht und erspäht hatte. Nur den Namen des Lords nannte ich nicht. Sie waren im höchsten Grad erstaunt über das, was sie hörten. Halef richtete sich im Sattel auf und rief:

»Hamdullillah! Jetzt wissen wir endlich, was uns nötig ist. Jetzt kennen wir den Namen und die Wohnung des Schut und werden den Kaufmann Galingré befreien. Dieser Hamd el Amasat aber, welcher ihn dem Schut überliefert hat, soll seinen Lohn erhalten für all seine Missetaten. Er hat meinen Freund Sadek vom Stamm der Merasig getötet. Dieser war der berühmteste Führer über den Schott Dscherid und ist von der Kugel dieses Mörders gefallen, den dafür die meinige treffen wird!«

»Die deinige?« fragte Omar, indem er seinem Pferd die Sporen gab, daß es sich hoch aufbäumte. »Hast du vergessen, daß ich der Sohn Sadeks bin? Habe ich diesen Mörder nicht verfolgt durch die Hälfte der Sahara? Er ist mir entgangen. Nun aber, da ich weiß, wo er ist, bin ich es allein, der mit ihm zu sprechen hat. Oder hast du es nicht gehört, welchen Schwur ich tat dort auf dem Salz des Schotts, als ich von dir und von dem Sihdi erfuhr, daß Hamd el Amasat, der sich damals Abu en Nassr nannte, meinen Vater ermordet habe? Noch weiß ich jedes Wort dieses Schwures. Er lautete: ›Allah, du Gott der Allmacht und Gerechtigkeit, höre mich! Mohammed, du Prophet des Allerhöchsten, höre mich! Ihr Kalifen und Märtyrer des Glaubens, höret mich! Ich, Omar Ben Sadek, werde nicht eher lachen, nicht eher meinen Bart beschneiden, nicht eher die Moschee besuchen, als bis die Dschehennah aufgenommen hat den Mörder meines Vaters. Ich schwöre es!‹ So habe ich damals gesagt, und nun sollt ihr mir bestätigen, daß ich meinen Schwur gehalten habe. Habt ihr mich lachen hören? Bin ich in eine Moschee zum Gebet gegangen? Hat eine Schere meinen Bart berührt, welcher mir fast bis auf die Brust gewachsen ist? Und nun, da ich endlich, endlich den Mörder meines Vaters treffen werde, soll ich ihn Andern überlassen? Nein, Hadschi Halef Omar, das darfst du nicht von mir verlangen! Derjenige, der sich an ihm vergreift, wird mein ärgster Feind, und wenn er vorher mein bester Freund gewesen, ja, und wenn es unser Effendi selbst wäre!«

Omar war in diesem Augenblick der echte Wüstensohn. Seine Augen funkelten, und seine Zähne knirschten gegeneinander. An Versöhnlichkeit und Gnade war da nicht zu denken. Der unerbittliche Ton, in welchem er gesprochen hatte, machte einen solchen Eindruck auf uns, daß wir eine ganze Weile in tiefem Schweigen verharrten. Dann war, wie gewöhnlich, Halef der Erste, welcher wieder das Wort ergriff:

»Du hast uns alles gesagt, Effendi, aber eines verstehe ich nicht. Wo reiten wir hin?«

»Nach Rugova zum Schut.«

»Das ist sehr gut, aber ich hätte dir doch mehr Menschenfreundlichkeit zugetraut!«

»Habe ich sie nicht?«

»Nein. Du weißt, daß ein Unglücklicher in die Höhle geschleppt werden soll, noch dazu ein Abendländer, wie du, und doch tust du nicht im mindesten so, als ob du ihn retten könntest und retten wolltest.«

»Ich wüßte nicht, wie ich das anfangen sollte,« antwortete ich in einem recht gleichgültigen Ton.

»Nicht? Allah! Sind deine Gedanken auf einmal so schwach geworden?«

»Ich glaube nicht.«

»Aber ich glaube es. Nichts ist leichter, als zu wissen, wie man diesem Mann helfen kann.«

»Nun, wie denn?«

»Indem wir unsern Pferden die Sporen geben und im Galopp nach Rugova reiten, um zu verhindern, daß er überhaupt festgenommen wird.«

»Wir kämen zu spät, denn wir würden erst während der Nacht dort anlangen.«

»So suchen wir gleich den Karaul auf und befreien ihn, daß er nicht nach der Höhle geschafft werden kann.«

»Wo ist der Karaul? Wie kommen wir hinein? Wo steckt er da? Wie ist es möglich, ihn so schnell herauszubringen? Fallen dir vielleicht die Antworten auf diese Fragen vom Himmel herab?«

»Meinst du, daß es so schwer ist?«

»Nicht nur schwer, sondern ganz unmöglich. Wenn wir in tiefer Nacht dort ankommen, bei wem willst du die notwendigen Erkundigungen einziehen? Jedermann schläft, und eben derjenige, welcher wacht, ist wahrscheinlich ein Anhänger des Schut. Können wir hinkommen, fragen, den Karaul stürmen, das alles in einer halben Stunde?«

»Freilich nicht.«

»Schon am Abend wird der Inglis ergriffen. Bevor wir dort irgend eine Veranstaltung zu seiner Befreiung treffen können, befindet er sich unterwegs nach der Höhle.«

»Nun gut, so reiten wir jetzt gar nicht nach Rugova, sondern wir bleiben heimlich hier und holen ihn heraus. Das ist gar nicht gefährlich und wird uns nicht schwer fallen, weil wir den geheimen Eingang kennen.«

Grad das, was er jetzt vorschlug, hatte ich mir bereits fest vorgenommen. Es war der sicherste Weg zur Befreiung des Lords. Dennoch antwortete ich kopfschüttelnd:

»Das geht nicht, lieber Halef.«

»Warum denn nicht?«

»Weil wir dabei unsere kostbare Zeit versäumen würden.«

»Was gilt die Zeit, wenn es sich darum handelt, einen Unglücklichen zu retten!«

»Wenn wir allen Unglücklichen helfen wollten, so müßten wir uns vertausendfachen können. Jeder mag für sich selbst sorgen.«

»Aber, Sihdi, ich kenne dich ja gar nicht mehr!«

»Der Inglis geht mich nichts an. Ist er so unvorsichtig, die Räuber auf sein vieles Geld aufmerksam zu machen, so mag er auch die Folgen tragen. Ich habe gar nichts mit ihm zu schaffen gehabt. Er ist ein Lord und heißt David Lindsay, ein Name, der uns vollständig unbekannt ist.«

Ich hatte das möglichst gleichmütig gesagt; aber kaum war der Name über meine Lippen, so riß Halef in die Zügel, daß sein Pferd hinten in die Häcksen sank.

»Lindsay? David Lindsay?« schrie er überlaut. »Ist das wahr?«

»Ja. Der Name wurde deutlich genannt. Der Lord soll ein grau gekleideter Kerl sein – mit blauer Brille, mit langer, roter Nase und mit einem sehr breiten Mund.«

»Sihdi, du bist verrückt!«

Er starrte mich mit weit aufgerissenen Augen an. Auch die beiden Andern waren ganz erstaunt.

»Verrückt?« fragte ich. »Wie kommst du denn auf diese beleidigende Idee?«

»Weil du behauptest, diesen Lord nicht zu kennen.«

»Nun, kennst du ihn denn?«

»Natürlich! Natürlich! Es ist ja unser Lord, welcher mit uns durch ganz Kurdistan, nach Bagdad und – –«

Er hielt inne. Sein Erstaunen war so groß, daß ihm die

Stimme versagte. Noch immer hielt er das Auge groß auf mich gerichtet.

»Was denn für ein Lord?« fragte ich.

»Nun, unser – unser Lord, den wir aber nicht Lord, sondern nur Sir Lindsay nennen durften! Bist du denn des Teufels, daß du diesen Bekannten so plötzlich und so ganz und gar vergessen hast!«

Die beiden Andern sahen es mir wohl an, daß mir der Schalk im Nacken saß.

»Aber, Halef!« rief Osko. »Meinst du denn wirklich, daß der Sihdi den Lord nicht kennt? Er will sich ja nur an unserm Erstaunen weiden!«

»Ah, so ist das, so! Nun, dann weide dich, Sihdi, weide dich! Denn meine Verwunderung ist so groß, daß ich gar keine Worte finde. Also es ist unser Lord in Wirklichkeit?«

»Leider!«

»Und du willst ihn nicht retten?«

»Nun, wenn du meinst, so dürfen wir ihn freilich nicht stecken lassen.«

»Nein, das geht nicht, ganz und gar nicht. Aber wie kommt er denn so schnell nach Rugova?«

»Das weiß ich freilich nicht. Um es zu erfahren, müssen wir zu ihm in die Höhle, damit wir ihn fragen können.«

»Allah sei Dank! Endlich kommt dir der Verstand wieder!«

»Ja, er war mir ganz abhanden gekommen vor Schreck über das Gesicht, welches du machtest. Ich habe es ganz allein dir überlassen, nachzudenken, und wir werden den Plan ausführen, welchen du uns vorgeschlagen hast.«

»Den letzten?«

»Ja. Wir verstecken uns hier in der Nähe bis morgen nachts. Das wird sowohl uns als auch den Pferden höchst dienlich sein, denn seit Konstantinopel haben wir keine wirkliche, ausgiebige Ruhe gehabt. Und selbst dort in Stambul sind wir des Nachts tätig gewesen.«

»So gibst du also zu, daß mein Plan sehr gut ist?«

»Außerordentlich!«

»Ja, ich bin dein Freund und Beschützer und verstehe es, einen vortrefflichen Sefer tertibi[1] zu entwerfen. Wer mit mir reitet, der befindet sich in sehr guter Obhut. Das werdet ihr nun endlich einsehen. Auf diesen klugen Plan wäre kein Anderer gekommen!«

»Nein! Leider aber habe ich just deswegen, um diesen Plan auszuführen, die Höhle untersucht.«

»Wie – wa – was? Du hättest dieselbe Absicht schon vorhin gehabt?«

»Jawohl. Sobald ich den Namen des Lords hörte, war ich entschlossen, ihn aus der Höhle zu holen.«

»O – ja! Jetzt kannst du gut so sagen; diese Klugheit kennt man ja!«

»Nun, so magst du annehmen, daß dieser Plan deine eigene Erfindung sei, und es ist dies ja auch wahr, denn du bist ganz von selbst auf ihn gekommen. Genieße also getrost diesen Ruhm und befürchte nicht, daß wir dir das Vergnügen daran trüben werden. Dein Name wird erschallen weithin durch alle Lande bis an das Zelt, unter welchem Hanneh wohnt, die Unvergleichlichste der Frauen, der Töchter und der jungen Mütter.«

»Gewiß! Und wenn er nicht zu ihr dringt, so werde ich ihn selbst hinbringen. Wo aber finden wir einen Platz, an welchem wir uns bis morgen aufhalten können?«

»Da drüben auf den bewaldeten Bergen. Sie gewähren eine freie Aussicht auf diese Talebene und ermöglichen es uns, den Köhler Scharka und seine Gäste zu beobachten. Wenn wir uns meines Fernrohres bedienen, werden wir sie sehr deutlich sehen können, falls sie unsern gegenwärtigen Weg verfolgen, um nach der Schlucht zu reiten, in welcher wir nach Scharkas Plan überfallen werden sollen.«

»Hm!« brummte Halef nachdenklich. »Sie werden sehr wahrscheinlich schon vorher bemerken, daß wir nicht dorthin geritten sind.«

»Einen solchen Scharfsinn traue ich ihnen nicht zu.«

[1] Feldzugsplan.

»Es bedarf ja gar keines Scharfsinnes. Sie brauchen nur die Augen zu öffnen, um unsere Spur zu sehen. Schau nur, wie tief die Hufe unserer Pferde sich in dem weichen Grasboden abzeichnen!«

»Das ist nur gut für uns, denn eben dieser Umstand ermöglicht es uns, sie über die von uns eingeschlagene Richtung zu täuschen. Dieser weiche Boden wird ein Ende nehmen. Ich vermute, daß wir auf Stein und Fels gelangen, wo wir abbiegen können, ohne daß sie es merken.«

»So werden sie dann später beobachten, daß unsere Fährte fehlt.«

»Hoffentlich gelingt es uns, dies zu vermeiden. Wir haben ja Zeit genug, Vorkehrungen zu treffen.«

»So meinst du nicht, daß sie uns sogleich folgen werden?«

»Nein. Und nur aus diesem Grund habe ich ihnen gesagt, was in der Schlucht des Teufels geschehen ist. Ich wollte es ihnen eigentlich nicht mitteilen, damit die Aladschy, Suef, Junak und der Konakdschi spät genug ihrer Bande entledigt werden sollten. Um aber Zeit zu gewinnen, sah ich davon ab. Der Köhler wird mit seinen Leuten und mit dem Alim sich schleunigst nach dem Teufelsfelsen begeben, um die Gefangenen loszubinden. Diese werden eine ansehnliche Zeit brauchen, um alles zu erzählen, was geschehen ist. Dadurch gewinnen wir wenigstens zwei Stunden, und diese Frist reicht vollständig für uns aus, falls wir jetzt unsere Schnelligkeit vergrößern. Also rascher vorwärts!«

Wir setzten unsere Pferde in Galopp und erreichten nach kaum einer Viertelstunde diejenige Stelle, an welcher die Wagenspuren auseinanderliefen. Dort ritten wir, obgleich wir nach rechts wollten, nach links. Unsere Fährte war so deutlich, daß die uns Folgenden überzeugt sein mußten, wir seien derjenigen Richtung gefolgt, welche der Köhler uns angewiesen hatte.

Je mehr wir uns dem Höhenzug näherten, desto merklicher stieg die Wiese zum Fuß desselben an. Der Boden wurde härter, und endlich hörte der Graswuchs auf.

Nun ließ ich die Gefährten warten und ritt allein in gestrecktem Galopp weiter, bis ich die Schlucht erreichte, von welcher Scharka gesprochen hatte. Die Sohle derselben war weich, und ich ritt eine tüchtige Strecke in dieselbe hinein und wieder zurück, wobei ich dafür sorgte, daß die Hufe des Rappen sehr sichtbare Eindrücke hinterließen. So mußte der Köhler meinen, daß wir uns wirklich dort befänden.

Nachdem ich zu den Gefährten zurückgekehrt war, benutzten wir den harten, felsigen Grund, uns nach rechts zu wenden, ohne Spuren zu hinterlassen, was uns auch vollständig gelang.

Nach einiger Zeit kamen wir an eine Stelle, wo der Fuß der Bergkette weit vortrat. Wir lenkten zwischen die hier beginnenden Bäume hinein und stiegen ab, um unsere Pferde den ziemlich steilen Hang empor zu führen. Oben angekommen, befanden wir uns im Schatten riesiger Fichten, unter deren Wipfeln hinweg wir einen ganz freien Ausblick in das Tal der famosen Juwelenhöhle hatten. Hier banden wir die Pferde an, und ich drang tiefer in den Wald ein, um eine Stelle zu suchen, welche uns Futter für die Tiere böte und zugleich eine solche Lage hätte, daß das Feuer, welches wir machen mußten, nicht nach rückwärts bemerkt werden konnte.

Die Erfahrung ist da der beste Wegweiser. Die Beschaffenheit des Baumwuchses verrät schon aus der Ferne, wo Gras und Wasser zu finden ist. Ich traf auf eine lauschige, baumfreie Stelle, an welcher eine Quelle entsprang. Das Wasser derselben floß nach West, also jedenfalls dem schwarzen Drin entgegen. Es schien, daß wir uns endlich auf der Scheide zwischen diesem und der Treska befänden.

Hierher brachten wir die Pferde, sattelten ab und banden ihnen die Vorderbeine leicht zusammen, so daß sie sich nicht entfernen konnten. Dann begaben wir uns wieder nach der Stelle zurück, von welcher aus wir unsere Gegner sehen konnten.

Es dauerte auch gar nicht lange, so erblickte ich sie durch das Fernrohr. Trotz der Entfernung, in welcher sie sich von uns befanden, sah ich, daß sie in gestrecktem Galopp ritten.

Sie hatten die verlorene Zeit einzubringen, denn sie mußten annehmen, daß wir sofort umkehren würden, sobald wir an die Felsenwand gelangten, an welcher wir nicht weiter konnten. Bevor wir Zeit fanden, die dortige Schlucht zu verlassen, mußten sie sich in derselben versteckt haben, wenn ihr Plan überhaupt gelingen sollte.

Wir zählten acht Personen und erkannten, als sie nahe genug gekommen waren, die beiden Aladschy, Suef, den Wirt, den Köhler, den Alim und noch zwei Reiter. Die Kleidung der beiden letzteren ließ vermuten, daß sie Knechte des Köhlers waren. Sie waren uns also doppelt überlegen, und wir mußten annehmen, daß auch der Köhler Pferde besaß, die wir aber nicht bemerkt hatten. Da sie alle mit Gewehren versehen waren und in der Stube nicht so viele gehangen hatten, so stand fest, daß Scharka einen verborgenen Vorrat von Waffen besaß.

Diese acht Reiter folgten der Richtung, in welcher sie uns vermuteten. Dort, wo die Wagengeleise auseinander gingen, hielten sie an, um den Boden zu untersuchen. Sie sahen, daß wir in der von ihnen gewünschten Weise weiter geritten waren, und folgten unserer Spur, bis wir sie aus den Augen verloren.

Von jetzt an warteten wir wohl gegen zwei Stunden. Dann sahen wir sie langsam zurückkehren. An der erwähnten Stelle blieben sie halten und sprachen sehr angelegentlich miteinander, wie aus ihren lebhaften Gebärden zu erkennen war. Dann trennten sie sich. Der Alim ritt mit den beiden Aladschy rechts ab, in der Richtung nach Kolutschin zu; die Andern kehrten in das Tal des Teufelsfelsens zurück.

Diese Letzteren ritten langsam. Wir sahen es ihrer Haltung und ihren Bewegungen an, daß sie sehr enttäuscht waren. Die Ersteren aber stürmten im Galopp quer über unser Gesichtsfeld. Sie hatten Eile, weil der Alim den Lord abzuholen beabsichtigte. Als von beiden Teilen nichts mehr zu sehen war, begaben wir uns zu unsern Pferden, wo wir Laub und trockene Aeste sammelten, um uns ein Feuer anzumachen, an welchem Schinken und Tatzen des Bären gebraten werden sollten. Fleisch hatten wir mehr, als wir bis morgen abend bedurften.

Die Zeit der Dämmerung war hereingebrochen, und es wurde finster an unserm Lagerplatz. Das gab eine kleine Urwaldszene, über welche meine Begleiter großes Vergnügen empfanden.

Ganz natürlich folgte nun eine ausführliche Besprechung aller Erlebnisse der letzten Tage; wir hatten ja genug Zeit dazu. Dann legten wir uns zur Ruhe. Vorher aber wurde die Reihenfolge der Wache bestimmt. Wir hatten zwar eine Ueberraschung wohl kaum zu befürchten, aber Vorsicht ist in keiner Lage überflüssig, und überdies mußte der Wachende das Feuer unterhalten, denn es war hier zwischen den Bergen des Schar Dagh eine kühle Nacht zu erwarten.

Am nächsten Morgen und am Mittag gab es ganz dieselbe Speisekarte wie am Abend vorher, und das Gespräch drehte sich ausschließlich wieder um das gestrige Thema. Wir fühlten uns erfrischt und gekräftigt, und auch unseren Pferden war es anzusehen, daß die lange ausgiebige Ruhe ihnen wohlgetan hatte. Beide, sowohl Menschen wie auch Tiere, waren nun befähigt, weitere Strapazen zu ertragen.

Am Nachmittag ritt ich einmal allein fort, um drüben bei den Steinwänden, welche das Tal des Teufelsfelsen umgaben, einen Ort ausfindig zu machen, um des Abends unsere Pferde sicher unterzubringen. Der Köhler hatte gemeint, daß der Engländer bereits am Abend eintreffen könne; um diese Zeit mußten wir uns also in der Nähe befinden, um demselben Hilfe zu bringen.

Ich mußte einen Umweg machen, um nicht etwa von drüben aus gesehen zu werden. Doch trug mein schnelles Pferd mich sehr bald hinüber, und es gelang mir, ein Versteck zu entdecken, welches für meine Absichten ganz geeignet war. Dasselbe lag in der Nähe beim Eingang des Tales.

Als ich dann wieder bei den Gefährten eintraf, war es nun auch bereits Zeit, aufzubrechen, denn die Sonne hatte sich im Westen gesenkt, und bis wir das Versteck erreichten, mußte es vollständig dunkel sein.

Wir gaben uns keine Mühe, unsere Spuren zu verbergen; am Abend waren sie doch nicht zu bemerken. Drüben angelangt, zogen wir die Pferde zwischen die Büsche, und dann machte ich mich mit Halef auf, um die saubere Gesellschaft zu beschleichen. Osko und Omar, welche zurückbleiben mußten, erhielten die Weisung, sich ganz ruhig zu verhalten und den Ort auf keinen Fall vor unserer Rückkehr zu verlassen.

Es war nun vollständig dunkel; aber da wir die Gegend leidlich gut kannten, gelangten wir, ohne eine Störung zu erfahren, in die Nähe des Köhlerhauses. Zwischen diesem und dem bekannten Meiler brannte ein helles Feuer, an welchem alle saßen, welche wir hier zu treffen erwartet hatten.

Uns vorsichtig am Rand der kleinen Lichtung hinschleichend, erreichten wir das jenseitige Gebüsch und krochen durch dasselbe dem schmalen Weg zu, welcher von der Eiche herabkam und bei dem Meiler mündete. Dort setzten wir uns nieder.

Die Männer befanden sich so weit von uns entfernt, daß wir wohl ihre Stimme vernahmen, aber die Worte nicht verstehen konnten. Allem Anscheine nach waren sie nicht in der besten Stimmung. Die Blicke, welche sie fleißig nach der Richtung des Taleinganges warfen, ließen vermuten, daß sie das baldige Erscheinen des Alim und seines Gefangenen erwarteten.

Es war auch wirklich kaum eine Viertelstunde vergangen, seit wir hier saßen, so hörten wir Pferdegetrappel. Die am Feuer Sitzenden sprangen auf. Sechs Reiter kamen. Zwei von ihnen waren auf die Pferde gebunden – der Lord und ein Anderer, jedenfalls sein Dolmetscher. Einer der andern Vier war der Alim, welcher aus dem Sattel sprang und zu den Wartenden trat. Er wurde mit sichtlicher Genugtuung bewillkommnet. Dann band man die Gefangenen von den Pferden los, hob sie herab und schlang ihnen die Stricke wieder um die Füße; an den Händen waren sie auch gebunden. So wurden sie auf den Boden gelegt. Die Männer der Eskorte lehnten ihre Gewehre an die Mauer des Hauses und setzten sich gleichfalls an das Feuer.

Es war schade, daß wir gar nichts verstehen konnten; denn es wurde jetzt sehr lebhaft gesprochen. Doch dauerte dies nicht lange. Sie standen auf, um die Gefangenen nach dem Meiler zu tragen, dessen Eingang der Köhler in der bereits beschriebenen Weise öffnete.

Jetzt waren sie so nahe, daß wir jedes Wort hörten. Der Alim sagte zu dem gefesselten Dolmetscher:

»Ich sagte dir bereits, daß du gar nichts zu befürchten hast. Wir haben dich mitgenommen, weil wir den Inglis nicht verstehen können. Du sollst sogar ein Bakschisch für die ausgestandene Angst erhalten. Der Inglis muß es auch bezahlen. Er weigerte sich freilich bisher, auf unser Verlangen einzugehen, aber wir werden ihn schon zu zwingen wissen und rechnen dabei auf deine Hilfe. Wenn du ihm rätst, von seiner Halsstarrigkeit zu lassen, so ist es zu deinem eigenen Vorteil, denn je eher er zahlt, desto schneller wirst du frei.«

»Und wird auch er frei werden, sobald er das Geld bezahlt hat?« fragte der Dolmetscher.

»Das ist nicht deine, sondern unsere Sache. Läßt man etwa jemand frei, daß er sich nachher rächen kann? Das mußt du ihm aber natürlich verschweigen. Ihr werdet jetzt in eine Höhle gesteckt. Sprich mit ihm! In einer Viertelstunde komme ich hinein. Weigert er sich auch dann noch, mir ein Hawale tahwil[1] auf seinen Saraf[2] zu geben, so erhält er tüchtige Prügel, welche ihn sicherlich eines Besseren belehren werden. Er bekommt weder Essen noch Trinken, bis er gehorcht; dagegen soll er um so reichlicher mit Hieben bewirtet werden.«

»Was sagt dieser Schurke?« fragte Lindsay in englischer Sprache.

»Daß wir jetzt in eine Höhle gesteckt werden,« antwortete der Dragoman. »Sie sollen weder Essen noch Trinken, sondern nur Prügel erhalten, bis Sie die verlangte Anweisung schreiben. Aber Sie dürfen das nicht tun, denn ich höre soeben, daß Sie dennoch getötet würden. Natürlich soll ich

[1] Anweisung. [2] Bankier.

Ihnen das nicht verraten. Aber sie haben mich engagiert, und ich halte zu Ihnen, nicht aber zu diesen Schuften. Vielleicht gelingt es uns doch, einen Weg zur Flucht zu finden.«

»Großen Dank!« antwortete der Engländer in seiner kurzen Weise. »Sollen keinen Para erhalten, diese Schurken. Mögen mich totprügeln! *Well!*«

»Nun, was hat er dazu gesagt?« fragte der Alim.

»Daß er nichts bezahlen wird.«

»Er wird bald anders sprechen. Hinein also mit euch! In einer Viertelstunde komme ich nach.«

Es wurde jedem der Beiden ein Strick unter den Armen hindurch gesteckt, an welchem zwei in die Höhle vorankriechende Köhlerknechte sie hineinzogen. Als diese wieder herauskamen, hörte ich im Innern des Meilers eine Kette klirren und schloß daraus, daß der Stein vor dem Eingang befestigt worden war.

»Hätten wir den Lord nicht gleich jetzt heraushauen können?« fragte mich Halef leise.

»Nein, wir haben unsere Gewehre zurückgelassen.«

»Was tut das? Wir tragen unsere Messer und Pistolen bei uns, und du hast die Revolver. Das ist genug.«

»Selbst wenn es gelungen wäre, die Wichte zu vertreiben, woran ich gar nicht zweifle, würden sie dann über uns hergefallen sein, während wir die Fesseln der Gefangenen lösten. Nein, wir müssen vorsichtiger verfahren. Komm jetzt zur Eiche!«

Wir machten uns auf den Weg, wobei wir uns freilich mehr auf das Gedächtnis und den Tastsinn als auf unser Gesicht verlassen mußten, denn es war hier unter den Bäumen so finster, daß wir nicht die Hand vor den Augen sahen. Dennoch erreichten wir den Baum schon nach zehn Minuten.

Auch hier oben herrschte eine wahrhaft ägyptische Finsternis. Wir wußten aber gut Bescheid und stiegen in derselben Weise hinauf und hinein, wie wir es gestern gemacht hatten.

Nun galt es, jedes Geräusch zu vermeiden, da der Alim sich bereits in der Höhle befinden konnte. Ich riet Halef, nicht mit den Füßen von Schlinge zu Schlinge zu steigen, sondern sich, wie ich es tat, mit den Händen an der Leiter wie an einem Strick hinab zu lassen. Ich glitt voran, und er folgte mir.

Als wir unten in der Ecke hinter der Mauer anlangten, war alles finster; doch kaum hatten wir den Boden unter den Füßen, so wurde es hell. Als ich einige Stufen der Leiter wieder emporgestiegen war und nun über die Kante der Mauer in die Höhle blicken konnte, sah ich den Alim, welcher hereingekrochen war und nun vor den beiden gefesselt am Boden Liegenden stand. In der einen Hand hielt er eine Talgkerze, in der andern die Peitsche. Messer und Pistole hatte er abgelegt, wohl weil er gedacht hatte, daß sie ihm beim Kriechen hinderlich seien.

Das folgende Gespräch wurde nun in der Weise geführt, daß die türkischen Fragen dem Engländer durch den Dolmetscher in englischer Sprache, die englischen Antworten des ersteren aber dem Alim auf Türkisch übermittelt wurden.

Der ›Gelehrte‹ band zunächst den Strick von den Füßen des Dragoman los und sagte:

»Ich will dir die Fesseln halb lösen, damit du dich aufrichten kannst. Die Hände freilich werden gebunden bleiben. Jetzt frage ihn, ob er das Geld bezahlen will.«

Der Dolmetscher sprach die Frage aus.

»Nie, nie!« antwortete der Lord.

»Du wirst es doch tun, denn wir zwingen dich!«

»Sir David Lindsay läßt sich von keinem Menschen zwingen!«

»Wenn nicht von einem Menschen, so doch durch die Peitsche, welche wir sehr kräftig handhaben.«

»Wage es!«

»O, das ist gar kein Wagnis!«

Er versetzte dem Lord einen Hieb. Halef stieß mich an – er wollte, daß ich sofort eingreifen sollte. Aber ich ließ mich zu keiner voreiligen Handlung hinreißen.

»Bube!« rief der Lord. »Das sollst du mir entgelten.«

»Was sagte er?« fragte der Alim.

»Daß ihn Schläge nicht zwingen werden,« antwortete der Dragoman.

»O, er wird anders pfeifen, wenn er fünfzig oder hundert bekommen hat. Wir wissen, daß er Millionen besitzt. Er hat es ja selbst gesagt. Er soll und muß zahlen. Sage ihm das!«

Es nützte nichts, die Drohungen zu wiederholen, welche Lindsay bewegen sollten, seine Einwilligung zu geben. Er blieb bei seiner Weigerung, obgleich er noch einige Hiebe erhielt.

»Nun gut!« rief der Alim. »Ich gebe dir eine Stunde Zeit. Kehre ich dann zurück, so bekommst du hundert Peitschenhiebe auf den Rücken, falls du noch nicht zum Gehorsam geneigt bist.«

»Wage es!« drohte der Lord. »Du würdest die Hiebe dreifach wieder bekommen!«

»Von wem denn?» lachte der Andere.

»Von dem Effendi, von welchem wir unterwegs gesprochen haben.«

»Dieser Fremde wird nie etwas von dir erfahren, obgleich du ihm entgegen geritten bist.«

»Er wird mich sicher finden!«

»Da müßte er allwissend sein. Er weiß ja nicht einmal, daß du ihn suchst.«

»Er wird in Rugova erfahren, daß ich dagewesen bin und mich nach ihm erkundigt habe. Wenn er erfährt, daß ich so plötzlich verschwunden bin, so wird er meine Spur verfolgen, und die führt ihn sicherlich hierher.«

»Deine Spur? Wie will er sie finden? Kein Mensch weiß, wo du bist. Am Abend bist du verschwunden, und von da an bis jetzt haben nur unsere Freunde dich gesehen.«

»So wird er diese Kerle zwingen, es ihm zu sagen.«

»Dann müßte er wissen, daß du nach dem Karaul gebracht worden bist. Und das wissen nur zwei, der Schut und ich.«

»Schadet nichts! Er bekommt es doch heraus. Was seid ihr Beide gegen ihn und seinen Hadschi!«

»Hund, sprich nicht so! Es ist ganz unmöglich, daß er dich entdeckt. Und wenn er es täte, so wäre es um ihn geschehen.

Er müßte uns in die Hände laufen und würde von uns totgepeitscht. Laß dich ja nicht von dieser Hoffnung des Wahnsinns täuschen! Es wird dich kein Mensch hier entdecken, und du kannst dich nur durch Anweisung der geforderten Summe retten. Damit du überzeugt davon bist, will ich dir sagen, daß dieser Effendi in diesem Augenblick jedenfalls schon in demselben Karaul steckt, aus welchem ich dich geholt habe, er und seine drei Begleiter. Und ihnen werden wir nie den Vorschlag machen, sich loszukaufen; sie dürfen die Freiheit niemals wiedersehen und werden ihr Leben lassen müssen.«

»Was fällt dir ein!« rief der Engländer, als diese Worte ihm übersetzt worden waren. »Ihr seid nicht die Kerle, um diese meine Freunde gefangen zu nehmen. Und selbst, wenn euch dies gelänge, so würdet ihr sie durch keine Fessel länger halten können, als es ihnen beliebt.«

»Du machst dich lächerlich! Ich werde dir beweisen, daß diese Kerls sich vor uns in den Staub werfen werden, um uns um Gnade anzuwinseln. Sie sollen mit dir in einem Loch stecken, und du wirst mit ihnen sterben, wenn du bei deinem Vorsatz bleibst, dich nicht loszukaufen. Ich gehe jetzt, du hast eine Stunde Zeit. Besinne dich wohl und wähle das, was das einzige Mittel zur Rettung deines Lebens ist. Denke ja nicht, daß du von hier entkommen kannst. Auf allen vier Seiten seid ihr von Felsen umgeben; der Boden und die Decke bestehen aus Felsen und es gibt nur den einzigen Weg durch dieses Loch herein und hinaus. Dieses aber ist verschlossen, und ihr seid ja überhaupt gefesselt, so daß ihr gar nichts zu unternehmen vermögt. Dem Dolmetscher werde ich zu seiner Erleichterung die Füße frei lassen; er kann nicht dafür, daß du dich hartnäckig weigerst, mein Gebot zu erfüllen.«

Jetzt legte er sich auf den Boden nieder und kroch wieder hinaus. Wir hörten, daß der Stein in das Loch gezogen und angekettet wurde.

Einige Augenblicke blieb alles still; dann hörten wir den Engländer sagen:

»Famose Lage! – Nicht? Wie?«

»Ja,« stimmte der Dolmetscher bei. »Ich glaube nicht, daß eine Rettung möglich ist.«

»Pshaw! Sir David Lindsay stirbt nicht in diesem Felsenloch.«

»So wollen Sie sich loskaufen?«

»Fällt mir nicht ein. Sobald die Schufte das Geld hätten, würden sie mich töten.«

»Ganz gewiß. Aber wie sollen wir herauskommen? Ich bin überzeugt, daß es nur diesen einen Aus- und Eingang gibt. Und selbst wenn es einen andern Weg gäbe, würden unsere Fesseln uns hindern, irgend etwas zu unserer Befreiung zu tun. So müssen wir den Gedanken an Rettung aufgeben.«

»*Non-sense!* Wir kommen frei!«

»Auf welche Weise!«

»Wir spazieren hinaus.«

»Aber wer macht uns auf?«

»Mein Freund, den diese Schufte den deutschen Effendi nennen.«

»Sie haben ja gehört, daß er selbst bereits gefangen ist!«

»Fällt ihm nicht ein!«

»Seien Sie nicht so sicher! Sie wissen, wie es uns gegangen ist. Man hat uns gar nicht Zeit zur Gegenwehr gelassen.«

»Ist bei ihm gar nicht nötig. Er ist nicht so dumm, wie wir, in eine solche Falle zu laufen.«

»Selbst wenn sie ihm nichts anhaben können, dürfen wir nicht auf ihn rechnen. Er kann unmöglich erfahren, was mit uns geschehen ist und wo wir uns befinden.«

»Da kennen Sie ihn eben nicht. Er kommt sicher!«

»Ich bezweifle es. Es wäre ein Weltwunder.«

»Wollen wir wetten?«

»Nein.«

»Warum nicht? Ich behaupte, daß er ganz plötzlich hereinspaziert kommt. Wie hoch wollen wir wetten?«

Selbst diese Gelegenheit benutzte Sir David Lindsay zu einer Wette; es war das eine seiner Leidenschaften. Aber der Dolmetscher machte es so, wie ich es stets gemacht hatte; er ging nicht darauf ein, sondern er sagte:

»Ich habe weder Geld noch Lust zu einer Wette und möchte auch wissen, wie es ihm gelingen sollte, so gemächlich hereinspaziert zu kommen.«

»Das ist seine Sache. Ich setze meinen Kopf, daß er kommt!«

»Ist schon da!« rief ich jetzt laut. »Ihr hättet eure Wette gewonnen, Sir.«

Für kurze Zeit blieb es still; dann aber ertönte die frohlockende Stimme des Engländers:

»*All devils!* Das war seine Stimme! Ich kenne sie genau. Seid Ihr da, Master Charley?«

»Ja, und Halef ist bei mir.«

»*Heigh-day!* Sie sind's; sie sind's! Habe ich es nicht gesagt? Der Kerl kommt, bevor wir es nur denken können. O Himmel, welch eine Wonne! Nun sind wir es, welche Prügel austeilen werden. Aber Master, wo steckt Ihr denn?«

»Hier im Winkel. Ich werde sogleich bei Euch sein.«

Halef konnte zurückbleiben; ich aber ließ den untersten Teil der Leiter über die Mauer hinüber und stieg drüben hinab.

»So, da bin ich! Nun reicht eure Arme und Beine her, Sir, damit ich die Stricke zerschneide. Dann machen wir uns schleunigst aus dem Staub.«

»O nein! Wir bleiben hier.«

»Wozu?«

»Um diesem Schuft seine eigene Peitsche zu geben, wenn er nachher kommt.«

»Das werden wir freilich tun, aber nicht hier. Die Peitsche ist Neben-, die Freiheit aber Hauptsache. Wir wollen nicht allein diesen Alim haben, sondern auch die Andern. So, steht auf, Mesch'schurs, und kommt mit dahin zur Wand!«

Ich hatte die Fesseln zerschnitten und schob nun beide gegen die Mauer.

»Was ist denn dort? Eine Türe etwa?« fragte Sir David.

»Nein, aber ein Felsenloch, welches wie ein Schornstein zur Höhe führt und in einen hohlen Baum mündet. Es hängt eine Strickleiter drin, mit deren Hilfe wir hinaufsteigen werden. Aber ich besorge, daß Ihr Euch nicht auf Eure Hände verlassen könnt.«

»Wenn es sich um die Freiheit handelt, so werden sie ihre Schuldigkeit tun. *Well!* Ich fühle bereits, daß die Zirkulation des Blutes wieder in ihnen beginnt.«

Beide schlugen die Hände gegeneinander, um sie zu beleben. Ich zog mein Laternenfläschchen heraus, ließ Luft hinein und beleuchtete nun die Leiter und die Mauer so, daß sie sich zu orientieren vermochten. Dabei erklärte ich ihnen die Einrichtung des ganzen Apparates.

»Höre schon, höre schon!« sagte der Engländer. »Wird prächtig gehen. Aergere mich nur, daß Ihr mir nicht Zeit laßt, den Schurken hier zu erwarten.«

»Wir treffen ihn draußen.«

»Wirklich? – Gewiß?«

»Ja. Wir steigen zum Meiler hinab, durch den sie Euch in die Höhle gezogen haben. Dort sitzen die Kerle beim Feuer, und wir werden ihnen sehr liebenswürdig Gesellschaft leisten.«

»*Very well, very well!* Macht nur nun schnell, daß wir zu ihnen kommen! Und nehmt es nicht übel, daß ich jetzt nicht Dank sage; dazu ist es später auch noch Zeit.«

»Natürlich! Steigt voran! Ich folge Euch. Dann mag der Dolmetscher kommen, und Halef macht den Nachtrab.«

»Der? Wo steckt denn dieser wackere Hadschi?«

»Er wartet jenseits der Mauer. Also vorwärts, Sir! Ich halte Euch, falls Eure Hände Euch den Dienst versagen sollten.«

Der Aufstieg begann. Er ging natürlich nicht allzu schnell vor sich, denn es stellte sich heraus, daß die Hände der Beiden durch die Fesseln allerdings gelitten hatten. Doch gelangten wir glücklich hinaus.

Als ich ihnen dann auch von dem Baum herab geholfen hatte, was wegen der Finsternis sehr notwendig war, stieg ich wieder in den Baum und zog die Strickleiter empor. Nachdem ich sie durch das Loch nach außen gelassen hatte, schnitt ich sie innen ab und warf sie hinab. Dann stieg ich nach. Sie wurde zusammengelegt und mitgenommen.

Da der Engländer und der Dolmetscher die Oertlichkeit nicht kannten, mußten wir sie führen. Sobald wir tief genug gekommen waren, daß die Felsenkuppe den Feuerschein verdeckte, wurde die Strickleiter hingelegt und angezündet. Wir warfen dürre Zweige darauf, daß sie ganz vernichtet ward.

Diese Flamme erhellte uns den Weg, und der Abstieg ging leichter von statten. Die Windungen, welche der Weg machte, waren ziemlich hell bestrahlt, ohne daß das Feuer jenseits des Felsenrisses im Tal gesehen werden konnte.

Unten angekommen, drangen wir möglichst schnell durch die Büsche, denn es lag uns daran, bei unsern Gegnern erscheinen zu können, bevor der Alim wieder in die Höhle kroch. An einer dazu passenden Stelle blieb ich mit den beiden Andern zurück. Halef mußte zu Osko und Omar laufen, um sie und meine Gewehre zu holen.

Während wir warteten, ward kein Wort gesprochen. Erst als die Erwarteten nahe sein mußten, fragte Sir David:

»Was soll nun mit den Schuften geschehen, Master? Eure bekannte Milde läßt mich erwarten, daß Ihr beabsichtigt, sie straflos ausgehen zu lassen.«

»O nein! Ich habe bisher Nachsicht genug geübt. Der Streich, welchen sie Euch gespielt haben, muß bestraft werden. Sie wollten nicht nur Euer Geld, sondern auch Euer Leben.«

»*Well!* Was werdet Ihr also tun?«

»Zunächst müssen wir uns ihrer Personen bemächtigen; das Weitere wird sich dann finden. Wir sind unser sechs und haben es mit zwölf Männern zu tun; also kommen zwei von ihnen auf einen von uns, ein Verhältnis, welches ich unter den gegenwärtigen Umständen nicht für ungünstig halte.«

»Ich auch nicht, falls ich eine Waffe hätte.«

»Ihr werdet ein Gewehr bekommen, vielleicht auch mehrere. Der Köhler und seine Leute haben, wie ich sehe, ihre Gewehre nicht bei sich; also werden sich dieselben in der Stube befinden, aus welcher wir sie leicht holen können.«

Wir standen nämlich so, daß wir die ganze Gesellschaft überblicken konnten. Auch die vier Neuangekommenen hatten ihre Flinten nicht bei sich, sondern, wie bereits erwähnt, an die Mauer des Hauses gelehnt. Diese Gewehre hatten wir also nicht zu fürchten, sondern höchstens nur die alten, unzuverlässigen Pistolen, welche drei von ihnen im Gürtel führten. Der Alim hatte Messer und Pistolen noch nicht wieder an sich genommen.

Jetzt kam Halef mit den beiden Gefährten. Ich beauftragte ihn, durch das Fenster in das Haus zu steigen und uns die Gewehre heraus zu langen, welche er hatte hängen sehen. Zu diesem Zweck schlichen wir uns nach der dem Feuer abgekehrten Giebelseite. Die Fensteröffnung war groß genug, den Hadschi einzulassen. Es waren sieben scharf geladene Flinten, welche er herausgab.

»Herr,« meinte er beim Heraussteigen, »dieser Köhler muß wirklich eine Gewehrniederlage haben. Er hat schon gestern den Aladschy zwei Flinten geben müssen, und das hier sind sieben, für ihn, seine vier Knechte, Suef und den Konakdschi, deren Flinten wir zerbrochen haben. Gestern hingen nicht sieben Stück hier. Es scheint, daß dieser Scharka die ganze Bande des Schut zu bewaffnen hat.«

Die Gewehre wurden untersucht. Sie hatten dasselbe Kaliber wie Oskos und Omars Flinten. Das war sehr vorteilhaft für Sir David und den Dolmetscher, welche sich also des Kugelvorrates derselben bedienen konnten. Lindsay hing vier Flinten über und der Dolmetscher drei. Das sah äußerst grimmig aus, war aber nicht sehr gefährlich, da die Gewehre nur einläufig waren.

»Was nun?« fragte Sir David. »Waffen habe ich, und nun möchte ich auch schießen.«

»Nur wenn es wirklich notwendig wird,« sagte ich ihm. »Wir wollen sie nicht töten.«

»Aber mich wollten sie doch morden! Ich schieße sie nieder und mache mir den Teufel draus. *Well!*«

»Wollt Ihr ein Mörder werden? Wir geben ihnen die Peitsche. Gestern sah ich Stricke auf dem Wagen liegen, vielleicht sind sie noch dort. Halef, hole sie! Ihr aber, Sir, mögt Euch mit dem Dolmetscher nach rechts hin schleichen. Wir Andern gehen links, so daß wir die Gesellschaft zwischen uns bekommen. Ihr tretet nicht eher zwischen den Büschen hervor, als bis Ihr hört, daß ich es wünsche. Und nehmt Euch in acht, daß Ihr jetzt nicht bemerkt werdet.«

Sie entfernten sich. Halef schleppte einen ganzen Haufen Stricke herbei und warf sie zu Boden. Jetzt hätten sie uns doch nur gehindert.

Nun schlüpften wir nach der Hinterseite des Hauses und derselben entlang bis an die Ecke. Dort legten wir uns auf den Boden und schoben uns sachte vorwärts, dem Feuer entgegen. Der Schatten der um die Flamme sitzenden Gestalten fiel auf uns, so daß wir gar nicht von dem Erdboden zu unterscheiden waren.

Als wir uns zwischen der Gesellschaft und den an der Wand lehnenden Gewehren befanden, war es Zeit.

»Bleibt hier zunächst stehen,« flüsterte ich den Dreien zu, »und seht darauf, daß niemand zu den Gewehren kommen kann. Demjenigen, der mir nicht gehorcht, gebt ihr eine Kugel, aber nur in das Knie. Einen solchen Halunken lahm zu schießen, das werden wir wohl auf unser Gewissen nehmen können. Wenn wir nicht gleich ernst auftreten, kann es um uns geschehen sein.«

Wir erhoben uns von der Erde, und ich schritt auf das Feuer zu. Diejenigen, welche mit dem Gesicht nach mir gerichtet saßen, erblickten mich zuerst. Es war der Alim mit seinen drei Begleitern. Er sprang auf und rief erstaunt:

»Allah! Da kommt der Deutsche!«

Er ließ vor Ueberraschung die Peitsche fallen, welche er in der Hand gehalten hatte. Auch der Köhler sprang empor und starrte mich so erschrocken an, als sähe er ein Gespenst. Die Andern blieben sitzen. Suef und der Konakdschi schienen sich vor Schreck gar nicht bewegen zu können. Alle hatten die Augen auf mich gerichtet, weshalb sie die im Schatten stehenden Drei gar nicht bemerkten.

»Ja, der Deutsche,« antwortete ich. »Habe ich es dir gestern nicht gesagt, Scharka, daß ich sicher wieder kommen werde, sobald es nötig sei?«

»Ja, du hast es gesagt,« antwortete der Köhler. »Aber welche Notwendigkeit sollte dich schon heute zurückführen?«

»Ein kleines Geschäft, welches ich mit deinem Freund, dem Alim, machen will.«

»Mit mir?« fragte der Genannte.

»Ja, mit dir. Weißt du nicht, was ich meine?«

»Ich habe keine Ahnung.«

»So setze dich, damit ich dir die Angelegenheit in aller Bequemlichkeit vortragen kann.«

Der Eindruck, welchen mein plötzliches Erscheinen machte, war so groß, daß der Alim sich wirklich sogleich niedersetzte. Ich gab dem Köhler einen kurzen, gebieterischen Wink, und auch er ließ sich nieder. Die Kerle waren eben ganz verblüfft, mich so plötzlich in ihrer Mitte zu sehen.

»Zunächst habe ich dir zu melden, daß ich mich noch nicht im Karaul befinde,« wendete ich mich an den ›Gelehrten‹. »Du hast dich also sehr verrechnet.«

»Im Karaul?« fragte er betroffen. »Ich weiß nicht, was du meinst.«

»So bist du sehr vergeßlich!«

»Wie so?«

»Du hast ja gesagt, daß ich mich bereits ganz gewiß im Karaul zu Rugova befände.«

»Herr, ich kenne weder einen Karaul, noch habe ich so etwas gesagt.«

»So bist du wohl auch nicht der Meinung, daß ich dort zu Tode gepeitscht werden soll?«

»Nein. Ich begreife dich ja überhaupt gar nicht.«

»Ja, wenn du mich überhaupt gar nicht begreifst, so glaube ich freilich sehr gern, daß du es für unmöglich hältst, ich vermöge die Spur des Engländers zu finden.«

Er antwortete nicht – die Stimme versagte ihm – er schnappte nach Luft. Darum fuhr ich fort:

»Es weiß freilich außer dir und dem Schut kein Mensch, wie der Lord in eure Hand geraten ist; aber er hat dir versichert, ich würde ihn dennoch finden. Es war sehr dumm von dir, das nicht zu glauben. Ein Mann, welcher studiert hat, sollte doch gescheiter sein.«

»Was für einen Engländer meinst du denn?«

»Den, welchem du nachher hundert Hiebe geben wolltest.«

Das war ihm doch zu viel. Er schluckte und schluckte und brachte kein Wort hervor.

»Herr,« rief da der Köhler, »welches Recht hast du, hierher zu kommen und uns Dinge zu sagen, welche kein Mensch verstehen kann?«

Er wollte sich erheben, aber ich drückte ihn nieder und antwortete:

»Beruhige dich, Scharka! Mit dir habe ich zunächst nichts zu tun. Dieser Alim wird mir schon selbst zu antworten wissen. Ich suche nämlich den Engländer, welchen er hierher gebracht hat.«

»Aber ich habe ja in meinem ganzen Leben noch keinen Engländer gesehen!« rief der Alim.

»Höre, das ist eine gewaltige Lüge. Du bist ja gestern nur zu dem Zweck hier gewesen, ihm hier bei Scharka Wohnung zu verschaffen.«

»Nein, nein, das ist nicht wahr!«

»Nun, wir werden ja sehen. Ich bin gekommen, das Lösegeld für ihn zu bezahlen.«

»Ah!« stieß er hervor. »Wer hat dich dazu beauftragt?«

»Ich selbst. Ich allein habe mir die Erlaubnis gegeben, es dir zu bringen.«

Es war ein geradezu stupider Blick, welchen er auf mir ruhen ließ. Der Köhler war klüger als er. Er erriet, daß ich in feindlicher Absicht gekommen sei, denn er schnellte in die Höhe und rief:

»Lüge, nichts als Lüge! Hier weiß niemand von einem Engländer etwas. Wenn du glaubst, uns beleidigen zu können, so hast du dich sehr verrechnet! Du hast schon gestern – – «

»Schweig!« donnerte ich ihn an. »Dein Verdienst ist es freilich nicht, daß ich jetzt lebendig und gesund vor dir stehe. Du wolltest uns an dem Teich, welcher an der Felswand liegt, ermorden. Glücklicherweise aber war ich nicht so albern, wie du dachtest. Setze dich nieder!«

»Mann,« schrie er mich an, »wage nicht noch einmal, mich in dieser Weise zu verdächtigen! Es könnte dir schlecht bekommen.«

»Setze dich!« wiederholte ich. »Ich dulde nicht, daß man mir hier widerspricht. Wer von euch sich ohne meine Erlaubnis erhebt, den lasse ich niedersetzen. Also nieder mit dir, Scharka, augenblicklich, sonst – – «

»Setze mich doch nieder! Hier stehe ich, und hier ist mein Messer! Wenn du noch – – «

Er kam nicht weiter. Er hatte das Messer aus dem Gürtel gezogen und auf mich gezückt; aber da krachte hinter uns ein Schuß, und er sank mit einem Weheruf zusammen. Die Andern wollten vor Schreck auffahren, aber ich rief:

»Bleibt sitzen, sonst trifft auch euch die Kugel. Ihr seid umzingelt.«

»Glaubt es nicht!« schrie der Köhler, der auf der Erde saß und sein Bein mit beiden Händen hielt. »Holt die Gewehre! Dort lehnen sie, und im Hause sind noch mehr.«

»Ja, dort lehnen sie. Holt sie euch doch!«

Bei diesen Worten deutete ich nach der Wand, und alle sahen dort meine drei Gefährten stehen, welche ihre Flinten angelegt hatten. Der Schuß war aus Halefs Doppelflinte gefallen.

»Drauf, drauf!« gebot der Köhler.

Aber niemand stand auf. Jeder sah, daß ihn die Kugel treffen würde, wenn er Miene machte, dem Köhler zu gehorchen. Dieser stieß schreckliche Flüche aus. Da erhob ich den Kolben und drohte:

»Schweig! Noch ein Wort, so schlage ich dich nieder! Wir haben bereits gestern bewiesen, daß wir uns nicht vor euch fürchten, und heute sind wir zahlreicher hier.«

»Und wenn ihr hundert seid, so fürchte ich mich nicht. Du sollst nicht umsonst auf mich haben schießen lassen. Da – –!«

Er ergriff das Messer, welches ihm entfallen war, und schleuderte es auf mich. Ich sprang zur Seite – es flog an mir vorüber – und im nächsten Augenblick erhielt er meinen Kolbenschlag, der ihn besinnungslos niederstreckte.

Das machte Eindruck. Keiner wagte, eine feindselige Bewegung zu machen. Natürlich behielt ich die drei, welche Pistolen hatten, ganz besonders im Auge; aber zum Glück fiel es ihnen gar nicht ein, sich dieser Waffen zu bedienen.

»Ihr seht, daß wir nicht scherzen,« sagte ich nun. »Der Alim soll mir Antwort geben. Die Andern haben sich ruhig zu verhalten. Wo befindet sich der Engländer?«

»Es ist keiner hier,« antwortete er.

»Auch in der Höhle nicht?«

»Nein.«

»Da hast du vollkommen recht, denn er ist bereits wieder heraus.«

»Be–reits wie–der he–raus?« stotterte er.

»Wenn du ihn sehen willst, so schaue dich einmal um.«

Ich winkte nach der Stelle, wo ich Lindsay und den Dolmetscher wußte. Beide kamen herbei. Der Alim war steif vor Schreck.

»Glaubst du jetzt, daß ich seine Spur gefunden habe?« lachte ich. »Kaum hast du ihn gebracht, so ist er frei. Ihr könnt übrigens sehen, daß diese Beiden sogar die Gewehre haben, welche sich drin in der Stube befanden. Ihr seid ganz in unsern Händen, und wir bitten uns nun noch die Pistolen dieser drei braven Männer aus. Der Dolmetscher mag sie ihnen aus den Gürteln ziehen; sie selbst dürfen ihre Waffen nicht berühren. Und dann mag ein jeder ihm auch sein Messer abgeben. Wer sich weigert, wird erschossen.«

Ich legte den Stutzen an, und der Engländer zog eines seiner Gewehre an den Backen, obgleich er nicht verstanden hatte, was ich sagte. Das schüchterte die Leute vollends ein. Sie ließen sich ihre Waffen abnehmen, ohne ein Wort der Weigerung zu sagen.

»Halef, die Stricke!«

Es bedurfte nur dreier Sekunden, so hatte der Kleine diesen Befehl ausgeführt.

»Binde den Alim!«

»Herr, was fällt dir ein!« rief der ›Gelehrte‹. »Mich binden? Das dulde ich nicht!«

»Du wirst es ruhig geschehen lassen, sonst bekommst du die Kugel in den Kopf. Glaubst du denn, einen Lord von Altengland schlagen zu dürfen und sodann dafür wie ein Padischah behandelt zu werden? Weißt du nicht, welch eine Beleidigung ein Peitschenhieb ist? Ihr werdet samt und sonders gebunden. Den Andern gebe ich mein Wort, daß ihnen nichts geschehen wird, wenn sie gehorsam sind; du aber wirst die Peitschenhiebe mit guten Zinsen zurückerhalten.«

Er sträubte sich dennoch gegen Halefs Hände. Da fragte Lindsay den Dolmetscher:

»Was heißt auf Türkisch: ich werde helfen?«

»Jardymdschy 'm,« antwortete der Gefragte.

»*Well!* Also jardymdschy 'm, mein Bursche!«

Er hob die Peitsche auf, welche der Alim vorhin hatte fallen lassen, und versetzte demselben einige so kräftige Jagdhiebe, daß der Getroffene den Gedanken aufgab, Widerstand zu leisten. Er wurde gebunden und dann kamen auch die Andern an die Reihe. Diese weigerten sich nicht; sie hatten zu großen Respekt vor den auf sie gerichteten Gewehren. Wir befestigten ihnen die Hände so auf den Rücken, daß es ihnen unmöglich war, sich einander von rückwärts die Knoten aufzulösen. Selbstverständlich wurden ihnen auch die Füße zusammengebunden.

Dann untersuchte ich das Bein des Köhlers. Die Wunde war nicht so gefährlich. Halef hatte zwar auf das Knie, aber schlecht gezielt: die Kugel war oberhalb desselben durch das Fleisch gedrungen und dann wohl in den brennenden Holzhaufen gefahren. Ich verband die Wunde und dann ward er auch gefesselt, wobei er erwachte. Er warf uns grimmige Blicke zu, sagte aber kein Wort.

Nun winkte ich die Gefährten beiseite. Die Gefangenen brauchten nicht zu hören, was zwischen uns gesprochen wurde.

»Hört, Master, Ihr habt eine große Dummheit begangen,« sagte der Lord zu mir.

»Wohl die, daß ich diesen Leuten versprach, es solle ihnen nichts geschehen?«

»Natürlich – *yes!*«

»Ich halte dies für keine Dummheit.«

»Für was sonst? Wohl gar für eine außerordentliche Pfiffigkeit?«

»Nein, sondern nur für das, was mir die Menschlichkeit gebot.«

»Geht mir fort mit Eurer Menschlichkeit! Diese Schufte haben Euch und uns nach dem Leben getrachtet. Ist das wahr oder nicht?«

»Allerdings.«

»*Yes!* Nun, so sehe ich nicht ein, warum wir ihnen nicht auch ein wenig nach ihrem Leben trachten sollen! Oder kennt Ihr nicht das Gesetz, nach welchem hier gehandelt wird?«

»Ich kenne es ebenso genau wie Ihr; aber wenn diese halbwilden Menschen nach demselben handeln, so ist es keineswegs nötig, daß auch wir es uns zur Richtschnur unseres Verhaltens dienen lassen. Ihr habt räuberische Skipetaren gegen Euch gehabt, sie aber haben es mit einem Gentleman zu tun, welcher ein Christ und nebenbei ein Lord von Altengland ist. Würde es *gentlemanlike* von ihm sein, wenn er nach den Grundsätzen dieser Räuber handelte?«

»Hm!« brummte er.

»Uebrigens haben sie weder Euch noch uns getötet. Wir alle sind mit heiler Haut davongekommen. Die Ermordung dieser Leute würde also keineswegs durch das Gesetz der Wiedervergeltung zu entschuldigen sein.«

»Gut, so töten wir sie nicht, aber wir prügeln sie weidlich!«

»Verträgt sich diese Prügelei *en masse* mit der Würde eines Sir David Lindsay?«

Ich kannte die Stelle, an welcher er angefaßt werden mußte. Der Erfolg ließ auch nicht auf sich warten. Er rieb sich nachdenklich seine blau angelaufene Nase und fragte dann:

»Ihr meint also, daß ein solches Prügelfest und ein Englishman nicht gut zusammenpassen?«

»Ja, das ist meine Meinung. Ich habe eine zu große Achtung für Eure Person und Eure Nationalität, als daß ich annehmen möchte, eine so ordinäre Rache verursache Euch ein großes Vergnügen. Der Löwe bekümmert sich gar nicht um die Maus, die ihn an der Mähne zerrt.«

»Löwe – Maus – sehr gut! Ausgezeichneter Vergleich. *Well!* Lassen wir also diese Mäuse in Ruh! Als Löwe will ich großmütig sein. Aber diesen Kerl, den Ihr Alim nennt, betrachte ich nicht als Maus. Er hat mich geschlagen.«

»Da sind wir einig. Er und der Köhler sind die Leiter der Andern. Beide haben jedenfalls mehr als ein Menschenleben auf dem Gewissen. Sie dürfen nicht leer ausgehen. Was den Köhler betrifft, so wurde er durch Halefs Kugel bestraft. Der Andere mag die Peitsche schmecken, fünfzig wohlgezählte Hiebe auf den Rücken, keinen einzigen weniger.«

»Aber, Master, hundert sollte ich bekommen!«

»Fünfzig ist genug. Er wird seiner Lebtage an sie denken.«

»Einverstanden! Aber was geschieht nachher?«

»Wir schließen sie alle in die Höhle ein.«

»Sehr gut! Sie werden in ihre eigene Grube gestürzt. Aber sie werden drin verschmachten, und Ihr wollt sie doch nicht töten!«

»Ich werde dafür sorgen, daß sie zur rechten Zeit befreit werden. Wenn sie zwei oder drei Tage lang die Gespenster des Verhungerns und Verdurstens vor sich haben, so ist das eine Strafe, wie wir eine größere ihnen gar nicht diktieren können. Wir werden sicher einen Menschen finden, der ihnen verbündet ist und die Höhle kennt. Den schicken wir her, um sie aus derselben zu befreien. Sie können uns dann nichts mehr schaden, denn wir sind längst aus dieser Gegend fort.«

»Wo wollt Ihr denn hin?«

»Nach Rugova zunächst.«

»Prächtig! Ich würde mit Euch anderswohin auch gar nicht gehen. Habe mit diesem verteufelten Kara Nirwan ein ernstes Wort zu sprechen.«

»Ich auch; doch davon später! Kennt Ihr ihn vielleicht persönlich?«

»Ja, und zwar besser als mir lieb ist.«

»Also sind wir einverstanden in Beziehung auf die Bestrafung unserer Gefangenen?«

»*Yes!* Vorausgesetzt, daß dieser Alim seine Fünfzig bekommt.«

»Die soll er haben.«

Der Dolmetscher, welcher unser in englischer Sprache geführtes Gespräch verstanden hatte, bemerkte beistimmend:

»Auch ich wäre nicht dafür, diese Leute zu töten. Die Todesangst, welche sie in der Höhle ausstehen werden, ist Strafe genug. Aber es fragt sich, ob diese Strafe überhaupt auch vollzogen werden wird. Es ist leicht möglich, daß sehr bald einer kommt, der als Anhänger des Schut die Höhle kennt. Wenn er niemand hier in dem Tale findet, wird er nach der Höhle sehen und die Leute befreien.«

»Wollen oder können wir das hindern?«

»Nein; aber dann werden sie sofort aufbrechen, um wie eine gierige Meute hinter uns her zu sein.«

»Das können wir ihnen erschweren, indem wir ihre Pferde mitnehmen. Daran habe ich bereits gedacht. Nach Rugova zu laufen, erfordert eine so lange Zeit, daß wir bei ihrer Ankunft dort jedenfalls schon fort wären. Hoffentlich finden wir den kürzesten Weg von hier dorthin.«

»Ich war noch niemals in diesem Tal,« erwiderte der Dolmetscher, »und ich glaube nicht, daß wir im stande sind, den Weg durch Wald und Wildnis zu finden, auf welchem wir hierher gebracht wurden. Ich weiß aber, daß wir, wenn wir zunächst nach Kolutschin reiten, von dort aus offene Straße haben. Schlagen wir diese Richtung ein, so kommen wir wohl ebenso schnell hin, als wenn wir uns über weglose Berge und durch halsbrecherische Täler und Schluchten würgen müssen.«

»Das ist auch meine Meinung. Ich wäre auf alle Fälle zuerst nach Kolutschin geritten. Der Weg dorthin wird wohl zu finden sein; er ist, wie der Köhler uns mitteilte, durch Wagengeleise bezeichnet. Jetzt aber wollen wir das zunächst Notwendigste tun – die Kerle in die Höhle schaffen, nachdem der Alim vor ihren Augen seine Züchtigung erhalten hat.«

Ich teilte den Andern, welche nicht englisch verstanden, unsern Entschluß mit. Sie billigten ihn. Der Hadschi, welcher sonst so gern nach der Peitsche griff, erklärte auf meine Frage, daß er kein Henkersknecht sei, sondern nur dann und wann einmal zuschlage, wenn es gelte, sich Achtung zu verschaffen. Darum wurde ausgemacht, daß einer der Köhlerknechte die Exekution übernehmen sollte.

Wir suchten den robustesten von ihnen aus. Er bekam mitgeteilt, was wir von ihm verlangten, und daß er sein Leben riskiere, wenn er die Peitsche nicht kräftig genug führe. Nun wurde er von den Stricken befreit und mußte mit Oskos Hilfe einen starken Klotz herbeirollen, welcher an der hinteren Wand des Hauses lag. Auf diesen Klotz ward der Alim gebunden.

Dieser Pseudo-Gelehrte versuchte, durch Bitten die Strafe von sich abzuwenden; allerdings vergeblich.

»Herr,« rief er zuletzt in heller Angst mir zu, »warum willst du so grausam sein? Du weißt ja, daß wir Geologen sind, denn ich habe den Bau der Erde studiert! Willst du wirklich deinen Kollegen schlagen lassen?«

»Hast du nicht gesagt, daß ich, dein Kollege, zu Tode gepeitscht werden solle? Berufe dich nur ja nicht auf dein Studium! Es hat dich so weit geführt, daß jetzt die Peitsche deine Kollegin ist und den Bau deines Körpers sehr eingehend studieren wird.«

Der Köhlerknecht erhielt die Peitsche. Halef stellte sich mit der Pistole neben ihn und drohte, ihn sofort zu erschießen, wenn ein Hieb zu schwach ausfalle. Die Exekution begann.

Während derselben begab ich mich zum Meiler und entkleidete ihn mit Hilfe meines Czakans seines Erdmantels. Er sollte nicht mehr als Maskierung des Höhleneinganges dienen. Dann schlug ich die Holzknüppel auseinander, aus welchen er bestand. Dabei arbeitete ich möglichst geräuschvoll, um das Geschrei des Alim nicht zu hören. Die Hölzer flogen nach links und rechts, bis ich mich dem Felsen näherte, an welchen der untere Teil des Meilers stieß. Dort traf der Czakan auf Gestein.

Ich untersuchte die Stelle und gewahrte eine aus Luftziegeln errichtete Nische. Sie hatte die Form eines aufs Hohe gestellten Kastens, dessen offene Seite von einigen Brettern und von dem Erdmantel bedeckt war. Als ich diese Decke entfernt hatte, gewahrte ich – – eine ganze Sammlung von Flinten, Pistolen, Czakans und Messern. Also das war die Waffenniederlage, deren Vorhandensein wir geahnt hatten! Hätte der Meiler einmal in Brand gesteckt werden sollen, so wäre der Inhalt des Versteckes sehr leicht zu entfernen gewesen. Die Ziegel waren scharf angekohlt, ein Zeichen, daß der Meiler schon oft angezündet worden war, was nach dem, was ich gehört hatte, stets die Erstickung eines oder mehrerer in der Höhle befindlichen Menschen zur Folge gehabt hatte.

Jetzt kamen mir die Fünfzig, welche der Alim soeben erhalten hatte, viel weniger hart vor als vorher.

Dem Köhler war es anzusehen, wie sehr ihn die Entdekkung seines Geheimnisses ärgerte. Der Lord und der Dolmetscher, Halef, Osko und Omar versahen sich schleunigst mit Czakans. Die beiden Ersteren suchten sich die besten Flinten heraus, von denen über ein Dutzend vorhanden waren. Jeder steckte noch eine oder mehrere Pistolen zu sich. Das Uebrige wurde zu dem Holz geworfen.

Jetzt band ich dem Köhlerknecht die Hände wieder auf den Rücken, zog ihn beiseite und fragte ihn:

»Nicht wahr, dein Herr hat Pferde?«

»Nein,« antwortete er.

»Höre, ich habe sie gestern gesehen, als ihr in das Tal rittet, in welchem wir überfallen werden sollten. Wenn du mir nicht die Wahrheit sagst, so lasse ich dir ebenso wie dem Alim fünfzig auf den Rücken geben.«

Das wirkte.

»Herr,« sagte er, »du wirst es nicht verraten, wenn ich es dir mitteile?«

»Nein.«

»Schläge mag ich doch nicht haben. Der Köhler hat vier Pferde, von denen das eine ein ausgezeichneter Renner ist.«

»So ist Scharka nicht arm?«

»O nein! Auch sein Schwager Junak ist wohlhabend, ohne daß sie sich's merken lassen. Sie haben sehr viel Geld versteckt.«

»Wo?«

»Ja, das verraten sie nicht. Wenn ich es wüßte, so hätte ich mich längst mit diesem Geld davon gemacht.«

»Es sind so viele Waffen vorhanden; da muß Scharka doch auch Munition besitzen?«

»In der Stube unter dem Lager wirst du alles finden: Pulver, Blei, Zündhütchen und auch Feuersteine für solche Gewehre, welche Steinschlösser haben.«

»Kennst du den Alim genauer?«

»Nein.«

»Ein Gelehrter ist er nicht, obgleich er sich mir gegenüber für einen solchen ausgegeben hat. Welchen Standes ist er denn eigentlich?«

»Das weiß ich nicht.«

»Aber Kara Nirwan ist dir bekannt?«

Er antwortete erst auf eine wiederholte Drohung:

»Ja, ich kenne ihn, denn er ist oft hier.«

»Wo liegt sein Khan? Im Ort Rugova selbst?«

»Nein, sondern vor der Stadt.«

»Und der Karaul, den er als Versteck benutzt?«

»In dem Wald, durch welchen früher der Weg ging, welcher die Grenze des Miriditengebietes bildete. Längs dieser Grenze waren zum Schutz derselben zahlreiche Karauls angebracht, von denen nur dieser eine noch vorhanden zu sein scheint.«

»Hast du diesen alten Wachtturm einmal gesehen?«

»Nein.«

»Auch nichts über seinen Bau und seine Einrichtung gehört?«

»Niemals. Der Schut hält das sehr geheim.«

»Aber der Alim wird es wissen?«

»Ich glaube, er ist ein Vertrauter des Schut.«

»Gut! Du wirst mir jetzt die Pferde des Köhlers zeigen. Versuche aber ja nicht, mir zu entspringen! Sieh, diese beiden Revolver haben zwölf Schüsse. Ich nehme beide in die Hände, und du gehst nicht weiter als einen Schritt vor mir her. Bei der ersten hastigen Bewegung, welche du machst, schieße ich dich nieder. Vorwärts!«

Er ging voran, hinter das Haus, und bog von da rechtwinkelig rechts ab, nach einer Richtung, in welche ich noch nicht gekommen war. Ein ziemlich ausgetretener Weg, den ich noch gar nicht bemerkt hatte, führte in die Büsche, zwischen denen wir kaum zwanzig Schritte gemacht hatten, als wir vor einem breiten, etwas über mannshohen und dunklen Gegenstand standen.

»Da drin sind sie,« sagte er.

»Was ist das? Ein Gebäude?«

»Ein Stall, aus Stangen und Lehm errichtet.«

»Er reicht nur für vier Pferde aus. Wo sind die anderen Tiere?«

»Auf der anderen Seite, rückwärts vom Feuer.«

»Wo gestern die Pferde der Aladschy standen?«

»Ja.«

»So weiß ich genug. Komm zurück!«

Er zögerte.

»Herr,« sagte er, »du siehst, daß ich dir gehorsam gewesen bin. Nun tue mir auch den Gefallen, mir zu sagen, ob wir getötet werden.«

»Ihr bleibt am Leben. Ich habe gesagt, daß euch nichts geschehen soll, und ich halte mein Wort. Aber ein wenig einsperren werden wir euch.«

»Wohin?«

»In die Höhle.«

»Weiter geschieht uns wirklich nichts?«

»Nein.«

»So habe Dank! Wir konnten viel, viel Schlimmeres erwarten.«

Das Einsperren schien ihn nicht zu erschrecken. Ich erriet seine Gedanken; darum sagte ich:

»Wir meinen es mit euch nicht so gnädig, wie du denkst. Es wird euch nicht gelingen, euch selbst zu befreien.«

Er schwieg.

»Die Leiter ist nicht mehr da,« fuhr ich fort.

»Die Leiter? Wie? Wirklich?« fragte er schnell und bestürzt. »Kennst du sie denn?«

»Ja, ich war bereits gestern in der Höhle. Wir stiegen durch die Eiche ein und wollten den Ort kennen lernen, aus welchem wir den Engländer heute zu befreien beabsichtigten.«

»Allah!« rief er erstaunt.

»Wir befanden uns auch heute schon in der Höhle, als der Alim kam, um mit dem Inglis drin zu reden. Das magst du den Andern erzählen, damit sie einsehen, wie wenig Hirn sie im Kopf haben.«

»Aber, Herr, so können wir doch nicht wieder aus der Höhle heraus!« sagte er ängstlich.

»Das sollt ihr auch nicht.«

»So sollen wir drin elend umkommen?«

»Es ist kein Schade um euch.«

»Du hast uns aber doch versprochen, daß uns nichts geschehen soll!«

»Ja, und ich halte Wort. Wir selbst tun euch gar nichts. Ihr selbst habt der Höhle ihre grausige Einrichtung gegeben. Der Tod hat bisher in ihr gewohnt, und nun tragt also ihr selbst die Schuld, wenn ihr ihm in die Arme fallt.«

»Herr, das darfst du nicht tun. Wir müssen ja aufs jämmerlichste verschmachten!«

»Viele, viele Andere sind ebenso jämmerlich erstickt. Wir krümmen euch kein Haar; aber wir bringen euch an den Ort, an welchem sich eure Opfer befanden. Was dann geschieht, geht uns nichts an.«

»Werdet ihr dann den Stein vorschieben?«

»Natürlich.«

»O Allah! So ist keine Rettung möglich. Dieser Stein ist von innen nicht zu entfernen, nicht durch eine Axt, nicht durch ein Messer. Und wir haben nicht einmal ein Werkzeug, sondern werden sogar an Händen und Füßen gebunden sein. Willst du denn nicht wenigstens Gnade an mir ausüben?«

»Verdienst du sie?«

»Du hast doch gesehen, daß ich dir gehorsam bin.«

»Aus Angst vor meiner Kugel.«

»Auch aus Reue über meine Taten.«

»Das glaube ich nicht. Ich will mir aber überlegen, ob ich mit dir eine Ausnahme mache. Kehren wir jetzt zurück!«

Er gehorchte dieser Aufforderung. Als wir wieder beim Feuer waren und ihm die Füße abermals gebunden wurden, flüsterte er mir noch einmal zu:

»Wirst du eine Ausnahme mit mir machen?«

»Nein, ich habe es mir überlegt.«

Da rief er laut und grimmig:

»So hole dich der Scheïtan und versenke dich in die tiefste Verdammnis der Hölle! Du bist der bissigste und räudigste unter allen Hunden der Erde. Möge dein Ende tausendmal elender und qualvoller sein als das unserige!«

Das hatte ich erwartet. Sein augenblicklicher Gehorsam und seine Versicherung der Reue konnten mich nicht täuschen. Er war der kräftigste und auch der roheste und gefühlloseste unter den Köhlerknechten. Das hatte ich ihm gleich angesehen.

Natürlich war ich nur in der Absicht gegen ihn so mitteilsam gewesen, daß er alles, was er von mir erfahren hatte, den Andern wieder sage. Sie sollten nur für eine Zeitlang in der Höhle stecken, aber während dieser Zeit erfahren, was Todesangst zu bedeuten hat. Uebrigens erhielt er von Halef einige Peitschenhiebe für die gegen mich ausgesprochenen Segenswünsche. Er schien sie gar nicht zu fühlen, denn er war eifrig beschäftigt, seinen Genossen in zornigen Worten mitzuteilen, welches Schicksal ihrer warte. Als sie das vernahmen, erhoben sie ein lautes Geschrei und bäumten sich unter den Fesseln auf. Nur der Köhler lag ruhig und schrie über ihre Stimmen hinweg:

»Seid still! Durch euer Brüllen macht ihr es nicht anders.

Wir dürfen diesen Hunden, die uns töten wollen, gar nicht den Gefallen tun, ihnen Angst zu zeigen. Und müssen wir denn Angst haben? Nein, sage ich euch, und hundertmal nein. Ein Christenhund ist es, der uns verderben will; darum wird Allah herniedersteigen, um uns zu retten. Dieser Giaur soll nicht über uns triumphieren!«

»Ich weiß, was du meinst,« antwortete der Knecht. »Allah kann nicht zu uns in die Höhle steigen, denn die Leiter ist fort. Dieser Fremde ist durch die Eiche gekrochen und hat die Leiter weggenommen.«

Eine minutenlange Stille des Schreckens trat ein. Dann fragte der Köhler, indem man es ihm anhörte, daß die Angst ihm fast den Atem raubte:

»Ist das wahr? Ist das wahr?«

»Jawohl, jawohl! Er hat es mir selbst gesagt.«

»Wie hat er das Geheimnis erfahren?«

»Der Teufel, welcher sein Bruder und Verbündeter ist, muß es ihm gesagt haben.«

»So ist es vorbei mit uns, so müssen wir verhungern und verschmachten!«

Jetzt hatte ihn seine Ruhe ganz und gar verlassen. Er zerrte an seinen Banden und schrie mit heiserer Stimme:

»O Allah, laß Feuer vom Himmel fallen und diese Fremden verzehren! Laß Wasser aus der Erde steigen und sie ersäufen! Laß Gift aus den Wolken regnen, damit sie verderben, wie das Gewürm, welches ausgerottet wird!«

Die Andern stimmten in diese Verwünschungen ein, welche uns bewiesen, daß wir das richtige Mittel ergriffen hatten, sie die Folter der Todesangst kosten zu lassen. Der Lärm, den sie verursachten, war so bedeutend, daß wir uns beeilten, sie in die Höhle zu schaffen, was wegen der Enge des Loches nur einzeln geschehen konnte.

Drinnen wurden sie nebeneinander gereiht. Dann krochen wir heraus und befestigten den Stein mit der Kette. Ihr Angstgeheul dauerte fort, war aber nun von außen nicht mehr zu vernehmen.

Jetzt machten wir uns an die Arbeit, die Hölzer, aus denen

der Meiler bestanden hatte, zum Feuer zu schaffen, so daß das Loch des Einganges frei wurde. Selbst der Lord half dabei. Es war ihm überhaupt ein Vergnügen, bei solchen Gelegenheiten auf die Würde seines Standes zu verzichten. Die Knüppel bildeten ein sehr willkommenes Material, um des Nachts hindurch die Flammen zu unterhalten.

Während dieser Arbeit nahm mich der Hadschi beim Arm, schnitt ein pfiffiges Gesicht und sagte:

»Sihdi, es ist mir soeben ein sehr guter, ein ausgezeichneter Gedanke gekommen.«

»So? Gewöhnlich taugen grad deine allerbesten Einfälle gar nicht viel.«

»Dieser ist aber tausend Piaster wert!«

»Ich gebe sie dir gewiß nicht dafür.«

»Du wirst dich dennoch freuen, wenn du ihn hörst.«

»So sprich!«

»Sage mir vorher, ob du vielleicht Mitleid mit den Menschen hast, welche da drinnen stecken.«

Er deutete nach der Höhle.

»Nein, gar nicht.«

»Die Strafe, welche wir ihnen zugesprochen haben, ist – mit ihren Verbrechen verglichen – gar keine Strafe zu nennen. Morgen oder übermorgen sind sie wieder frei, und dann wird alles schnell vergessen sein. Wäre es nicht gut, ihre Angst ein wenig zu erhöhen, damit sie länger daran denken müssen?«

»Ich hätte gar nichts dagegen. Wie wolltest du das anfangen?«

»Wir müssen in ihnen den Glauben erwecken, daß sie desselben Todes sterben sollen, welchem sie ihre Opfer weihten.«

»Ersticken also?«

»Ja. Wir zünden ein Feuer an.«

»Vor der Höhle?«

»Natürlich! Und öffnen das Loch, damit der Rauch hinein kann.«

»Da ersticken sie doch wirklich!«

»O nein! Das Feuer darf nur ein Feuerchen sein, und da es

im Freien brennt, wird der größte Teil des Rauches in die Luft ziehen. Der Meiler war so eingerichtet, daß er einen Luftzug nach innen verursachte, was bei unserem Feuerchen nicht der Fall ist. Sie brauchen nur zu bemerken, daß wir die Höhle öffnen; sie brauchen dann den Rauch nur zu riechen, ohne daß er in Masse zu ihnen hineindringt, so werden sie eine Angst bekommen, die ganz unbeschreiblich ist. Nicht, Sihdi?«

»Ich glaube auch.«

»So sage, ob ich darf.«

»Gut, tue es. Es kann ihren Seelen nur nützlich sein, wenn wir sie so erregen, daß dieser Tag vielleicht ein Wendepunkt ihres Lebens wird.«

Der Hadschi machte die Kette los und schob den Stein in die Höhle zurück, aber so, daß er an der Kette von außen noch zu fassen war. Dann schichtete er einen kleinen Haufen Holz vor dem Loch auf und steckte denselben mit Hilfe eines herbeigeholten brennenden Astes in Brand. Nun kniete er nieder und blies den sich entwickelnden Rauch mit solchem Eifer in das Loch hinein, daß ihm die Tränen in die Augen traten.

»Laß das sein, Halef!« lachte ich. »Du erstickst ja selbst.«

»O nein! Laß mir nur das Vergnügen. Die Wichte werden jetzt eine Angst bekommen, als ob sie in der glühenden Pfanne lägen, in welcher der Scheïtan seine ganz besonderen Lieblinge bratet.«

Während er nun mit solcher Hingebung bei seinem Feuerchen beschäftigt war, nahmen wir Anderen einen Brand und gingen in das Haus. Dort fanden wir einen Haufen Kienspäne und auch einige Talglichter, also Material genug, um die Stube zu erleuchten.

Dann wurde das Lager untersucht. Wir warfen die Bestandteile desselben zur Seite und kamen auf eine alte, zusammengenagelte Brettertüre. Als diese entfernt war, gähnte uns ein ziemlich tiefes, viereckiges Loch entgegen, dessen Inhalt wir herausnahmen. Er bestand aus mehreren großen Stücken Blei, einigen blechernen Kartons, mit Zündhütchen gefüllt, einem Haufen Feuersteine und einem Fäßchen Pulver. Letzteres war angebohrt, das Loch aber mit einem Läppchen wieder verstopft worden.

Ich kniete bei dem Fäßchen nieder, um den Lappen herauszuziehen und die Qualität des Pulvers zu untersuchen. Dabei stieß ich an eines der Bleistücke, so daß es in die Grube zurückfiel. Das gab einen Ton, welcher mich aufhorchen ließ. Er hatte so hohl geklungen.

»Sollte sich unter diesem Loch ein zweites befinden?« fragte ich. »Horcht einmal! Klingt das nicht hohl?«

Ich warf ein zweites Stück hinab – es gab denselben Klang.

»*Yes!*« sagte der Lord. »Das ist ein falscher Boden. Wollen doch einmal versuchen, ob er zu entfernen ist.«

Wir verstopften das Fäßchen einstweilen wieder und rollten es fort, damit es nicht etwa mit einem von dem Kienspan fallenden Funken in Berührung komme. Dann legten wir uns – so viele Platz hatten – auf den Bauch rund um das vielleicht drei Fuß tiefe Loch und scharrten mit den Messern den Boden auf, welcher aus festem Erdreich zu bestehen schien. Die losgekratzte Erde wurde mit den Händen herausgeworfen.

Bald konnten wir mit den Armen nicht weit genug reichen. Halef wurde herbeigeholt. Da er der Kleinste und Schmächtigste von uns war, sollte er sich in die Grube kauern und weiter graben. Er stieg hinein und scharrte emsig drauf los.

»Bin neugierig, was für einen Fowling-bull er zum Vorschein bringen wird,« lachte der Lord.

Der Gedanke, daß er früher den leidenschaftlichen Wunsch besessen hatte, in den Ruinen Ninives einen geflügelten Stier zu finden, verursachte ihm heute noch Spaß.

Plötzlich hörte Halef auf. Der Klang, welchen das Messer verursachte, war ein anderer geworden.

»Die Erde hört auf,« meldete der Kleine. »Ich bin auf Holz gestoßen.«

»Mach' weiter!« bat ich. »Versuche, das Holz von der Erde bloßzulegen!«

»Es sind armdicke Querstangen, Sihdi, unter ihnen ist ein hohler Raum.«

Noch eine kurze Zeit warf er Erde empor; dann aber brachte er zwei buchene Hölzer zum Vorschein.

»Es liegen ihrer wohl mehr als zwanzig nebeneinander,« sagte er. »Ich werde bald sehen, was sich darunter befindet.«

Er hob noch mehrere Hölzer aus, bis nur so viele unten blieben, als er brauchte, um auf denselben knien zu können. Dann langte er in das dadurch entstandene Loch hinab. Der Gegenstand, welcher ihm in die Hände kam, hatte einen solchen Umfang, daß er ihn nicht durch die Oeffnung herauf zu bringen vermochte.

»Es ist Leder,« erklärte er, »aber mit Stricken umbunden und ziemlich schwer.«

»So will ich dir meinen Lasso hinabreichen,« antwortete ich. »Ziehe es unter den Stricken hindurch und entferne hierauf die übrigen Stäbe. Dann werden wir das Ding mit Hilfe des Lasso heraufbekommen.«

Er gehorchte dieser Weisung und kam dann aus der Grube heraus. Wir zogen den Gegenstand am Lasso empor. Er steckte in einem fest zugebundenen und mit Stricken sehr fürsorglich umwundenen Ledersack, in dessen Innern ein metallisches Klingen und Klirren ertönte. Als wir die Stricke abgelöst und den mit einem Riemen zugebundenen Sack geöffnet hatten, zogen wir den Inhalt heraus. Alle Anwesenden, ich nicht ausgenommen, stießen einen Ruf der Verwunderung aus, denn wir sahen eine ganze, kostbare, altskipetarische Waffenrüstung vor uns liegen.

Sie bestand zunächst aus einem silbernen oder wahrscheinlich nur versilberten Kettenpanzer, dessen Glieder auf das kunstvollste ineinander geschlungen waren. Der Verfertiger dieses Panzers war jedenfalls ein Meister seines Faches gewesen, und es hatten wohl viele, viele Monate dazu gehört, dieses Prachtstück anzufertigen. Derjenige, für welchen der Panzer bestimmt gewesen, hatte eine kleine Statur gehabt, vielleicht wie diejenige meines Halef.

Sodann fanden sich zwei Pistolen mit Steinschlössern, reich mit Gold ausgelegt, und ein langer, breiter, zweischneidiger Dolch vor, dessen Griff von Rosenholz ebenfalls mit Gold ausgelegt war und am Knauf eine große, bläulich schimmernde Perle trug.

Das letzte Stück war ein krummer Türkensäbel, welcher in einer sehr einfachen Lederscheide steckte, deren Lacküberzug sich abgegriffen hatte. Er ging von Hand zu Hand, ohne daß einer ein Wort dazu gesagt hätte. Halef reichte mir ihn zuletzt hin und meinte:

»Schau auch du ihn an, Sihdi! Er paßt nicht zu den andern Gegenständen.«

Der Griff war so schmutzig, daß man gar nicht erkennen konnte, woraus er bestand; fast schien es, als ob er absichtlich so beschmutzt worden sei. Aber die lippenartig gebogene stählerne Parierstange glänzte hell im Schein der brennenden Späne. Ich war Waffenkenner genug, sofort zu sehen, daß sie eine fein gravierte arabische Inschrift trug. Sie war sehr leicht zu lesen und lautete: ›Ismi ess ssa'ika – ich bin der einschlagende Blitz‹.

Das war mir genug, um zu vermuten, daß ich eine sehr wertvolle Waffe in der Hand hatte. Mit Hilfe des alten, an der Mauer hängenden Kaftans, in dessen Tasche der Hadschi die Schnecken gesteckt hatte, reinigte ich den Griff von dem ihm anhaftenden Schmutz und sah nun, daß er aus Elfenbein bestand, in welches die erste Sure des Kuran schwarz eingebeizt war. Der Knauf war mit zwei goldenen Halbmonden geziert, welche sich kreuzten. Zwischen den so gebildeten vier Halbsicheln standen arabische Buchstaben, nämlich im ersten Zwischenraum ein Dschim, im zweiten ein Sad, im dritten wieder ein Dschim, und im vierten sah ich ein Cha, ein Mim und ein Dal. Diese Buchstaben kannte ich ganz genau; sie bedeuteten den Namen des Waffenschmiedes, den Ort und das Jahr der Anfertigung. Die Buchstaben der drei ersten Zwischenräume waren zu ergänzen und zu lesen:

›Ibn Dschordschani (Name)
ess ssaikal (Waffenschmied)
esch scham‹ (in Damaskus).

Der vierte Zwischenraum enthielt die Jahreszahl. Ein Cha bedeutet 600, ein Mim 40 und ein Dal 4, also war der Säbel im Jahre 644 der Hedschra, welche in das Jahr 622 nach Christi Geburt fiel, geschmiedet worden.

Nun zog ich die Klinge aus der Scheide. Sie war mit einer schmutzigen Mischung von Oel und pulverisierter Holzkohle eingeschmiert. Als ich dies abgewischt hatte, machte sie ihrem Namen Ehre; sie glänzte wie der Blitz.

Bei näherer Betrachtung war gar nicht zu verkennen, daß es eine echte Klinge sei, aus indischem Stahl aus Golkonda geschmiedet und dann in der Hitze eines Kameldüngerfeuers ausgeglüht. Sie zeigte auf der einen Seite die deutliche Inschrift ›Dihr bahlak – nimm dich in acht!‹ und auf der andern Seite ›Iskihni dem – gib mir Blut zu trinken!‹ Sie besaß eine solche Elastizität, daß ich sie beinahe um meinen Oberschenkel biegen konnte.

»Nun, Halef,« fragte ich den Hadschi, »paßt diese Klinge wirklich nicht zu den andern Gegenständen?«

»Wer hätte das gedacht!« antwortete er. »Sie ist ganz gewiß echt.«

»Natürlich. Sie besitzt einen viel größern Wert als alles andere, was neben ihr die Grube enthält. Und sie widerlegt die irrige Meinung, daß solche echte Klingen nicht in Damask, sondern nur in Metsched, Herat, Kerman, Schiras, Ispahan und Khorassan gefertigt worden seien. Ich werde euch jetzt einmal zeigen, wie man einen solchen Stahl probiert.«

Es lag ein kurzer Holzklotz da, welcher als Schemel gedient zu haben schien. Auf diesen legte ich einen harten, doppelt faustgroßen Stein, um ihn mit dem Säbel zu zerschneiden. Das Experiment gelang beim ersten Hieb, und die Schneide der Klinge zeigte nicht die geringste Scharte.

»Alle Wetter, sie ist echt!« rief der Lord. »Da haben wir einen kostbaren Fund gemacht. Ich kaufe Euch den Säbel ab. Wie viel wollt Ihr haben?«

»Nichts.«

»Wie? Nichts? Ihr werdet ihn mir doch nicht umsonst geben!«

»Nein. Ich kann ihn weder verkaufen, noch verschenken, denn er gehört nicht uns.«

»Aber Ihr kennt den Eigentümer nicht!«

»So müssen wir suchen, ihn zu erfahren.«

»Und wenn das unmöglich ist?«

»So geben wir diese Sachen an die Behörde ab. Die Rüstung ist höchst wahrscheinlich gestohlen worden – ihr rechtmäßiger Eigentümer muß sie wieder erhalten, Sir. Ich hoffe nicht, daß Ihr anderer Meinung seid.«

»Natürlich bin ich anderer Meinung, ganz anderer! Wollt Ihr monatelang hier bleiben, um das ganze Land nach demjenigen zu durchsuchen, welchem diese Rüstung gehört hat? Oder denkt Ihr etwa, wenn Ihr sie einem Beamten übergebt, derselbe werde sich Mühe geben, diesen Mann zu entdecken? Da irrt Ihr Euch gewaltig! Man kennt ja die hiesigen Verhältnisse. Dieser Beamte würde Euch wegen Eurer Gutmütigkeit heimlich auslachen und die Sachen für sich behalten.«

»Das befürchte ich nicht. Wenn ich von der Behörde sprach, so meinte ich keineswegs einen türkischen Wali und seine Untergebenen. Diese Leute haben hier in den Bergen nicht die geringste Macht. Die Bergbewohner sind in Stämme geteilt, welche ganz unabhängig sind – sowohl voneinander als auch von der türkischen Herrschaft. An der Spitze eines jeden Stammes steht ein Barjactar, welcher mit Hilfe einiger Dschobars und Dovrans den Stamm regiert. Alle an einer Privatperson begangenen Verbrechen werden nicht von dem Staat, sondern von dem Beschädigten und dessen Familiengliedern bestraft, weshalb ja hier die Blutrache noch heute in vollster Blüte steht. Uebergebe ich einem solchen Barjactar die Rüstung, so bin ich sicher, daß er sie nicht unterschlagen wird, selbst wenn sie das Eigentum des Angehörigen eines andern Stammes ist.«

»Und wo findet Ihr einen solchen Barjactar?«

»Das werde ich gleich im nächsten Dorf erfahren. Uebrigens brauche ich mir diese Mühe gar nicht zu geben. Ich werde mir schon hier den Namen des Besitzers nennen lassen.«

»Von wem?«

»Von dem Köhler. Er hat die Sachen versteckt und muß also wissen, wem sie abgenommen worden sind. Halef, Osko und Omar mögen ihn gleich einmal herbeiholen.«

»Das geht nicht, Sihdi,« meinte der Hadschi.

»Warum nicht?«

»Weil ich doch das Feuerchen vor der Höhle angezündet habe. Wir können nicht hinein.«

»So löschest du dieses Feuerchen wieder aus, mein Lieber.«

»Gut! Aber später werde ich es wieder anzünden.«

Die Drei gingen und brachten nach einer Weile den Köhler herbeigetragen. Sie warfen ihn nicht eben sanft zu Boden, wobei er einen lauten Schrei ausstieß, wohl weniger wegen des Schmerzes, welchen diese unsanfte Behandlung ihm verursachte, als vielmehr vor Schreck über das, was er erblickte. Wir waren ja in seine Schatzkammer gedrungen. Er preßte die Zähne zusammen, so daß sie knirschten, und ließ einen wütenden Blick über uns und über die auf der Erde liegenden Gegenstände schweifen. Als dieser Blick dann an der offenen Grube haften blieb, ging ein eigentümliches Zucken über sein Gesicht, welches ich mir so deutete, daß die Grube noch irgend etwas enthalten müsse, was wir nicht gefunden hatten.

»Ich habe dich zu uns bringen lassen,« sagte ich zu ihm, »um Auskunft über diese Gegenstände von dir zu erhalten. Wem haben sie gehört?«

Er schwieg; auch auf eine Wiederholung meiner Frage gab er keine Antwort.

»Legt ihn auf den Bauch und gebt ihm die Peitsche so lange, bis er spricht,« befahl ich.

Er wurde augenblicklich in diese Lage gebracht, und Halef zog seine Peitsche. Als Scharka sah, daß es uns Ernst sei, rief er:

»Halt! Ihr sollt es erfahren!«

»So sprich, aber schnell!«

»Diese Rüstung gehört mir.«

»Kannst du das beweisen?«

»Ja. Ich habe sie stets gehabt.«

»Und du vergräbst sie? Ein rechtmäßiges Eigentum braucht man nicht zu verstecken.«

»Wenn man so allein im Wald wohnt, muß man es tun, wenn man nicht will, daß die Diebe es sich holen.«

»Diese Diebe sind ja deine Freunde; du hast sie nicht zu fürchten. Auf welche Weise bist du denn in den Besitz dieser Rüstung gekommen?«

»Ich habe sie geerbt.«

»Von deinen Vätern? Sollten die Vorfahren eines Kohlenbrenners einer so reichen und hervorragenden Familie angehört haben?«

»Ja, meine Ahnen waren berühmte Helden. Von ihren Reichtümern ist leider nur die Rüstung auf mich gekommen.«

»Andere Schätze hast du nicht?«

»Nein.«

»Wollen sehen!«

Ich brannte einen neuen Span an und leuchtete in die Grube hinein. In einer Ecke da unten lagen zwei in Lumpen gewickelte Päckchen, welche unter dem Sack verborgen gewesen waren. Halef mußte hinabsteigen und sie uns heraufreichen. Er schüttelte sie – es klang wie Geld.

»Sie sind schwer,« sagte er. »Ich denke, daß sie hübsche Piaster enthalten werden.«

Der Köhler stieß einen grimmigen Fluch aus und rief:

»Vergreift euch nicht an diesem Geld! Es ist mein Eigentum!«

»Schweig!« antwortete ich ihm. »Es kann dir unmöglich gehören, denn du hast soeben behauptet, außer der Rüstung keine weiteren Schätze zu besitzen.«

»Habe ich etwa nötig, euch alles mitzuteilen?«

»Nein; aber es wäre für dich geraten gewesen, aufrichtig zu sein. Deine Lügen beweisen doch nur, daß diese Sachen dir nicht gehören.«

»Soll ich euch meine Habe zeigen, damit ihr sie mir rauben könnt?«

»Wir sind ehrliche Leute und würden dir nicht einen Para

nehmen, wenn wir überzeugt wären, daß das Geld dir wirklich gehört. Uebrigens kann es dir ganz gleichgültig sein, ob wir uns dieser Sachen bemächtigen oder nicht. Du wirst sie ja doch nicht mehr besitzen, denn deiner wartet jetzt der sichere Tod.«

Unterdessen waren die Lumpen aufgebunden und die Beutel geöffnet worden. Letztere bestanden aus Wildleder und waren mit einer schönen Perlenstickerei versehen, in deren Mitte wir auf beiden Beuteln den Namen ›Stojko Wites‹ lasen. Es waren Buchstaben des russischen Alphabets, dessen man sich auch in Serbien und in den an dasselbe grenzenden Bergländern bedient. Wites ist das deutsche Wort ›Ritter‹. Es war leicht zu schließen, daß der Eigentümer dieses Geldes den Namen Wites trug, weil seine Ahnen Ritter gewesen waren. Aus ihrer Zeit stammte die Rüstung. Noch heute sieht man in jenen Gegenden zuweilen einen Ketten- oder Schuppenpanzer, welcher nur bei friedlich festlichen Gelegenheiten getragen wird, weil er den heutigen Schußwaffen nicht widerstehen könnte.

»Kannst du lesen?« fragte ich den Köhler.

»Nein,« antwortete er.

»Du heißest Scharka. Das ist dein Vorname. Wie aber lautet dein Familienname?«

»Visosch.«

»Und deine Ahnen haben ebenso geheißen?«

»Sie gehörten alle dieser berühmten Familie an, und ein Visosch hat auch den Panzer anfertigen lassen.«

»Das ist Lüge. Jetzt hast du dich gefangen. Diese Rüstung und dieses Geld gehört einem Mann, welcher Stojko Wites heißt. Willst du das leugnen?«

Er starrte mich in maßlosem Erstaunen an. Er hatte nicht gewußt, daß die Stickerei Buchstaben bildete, und konnte sich nun unmöglich erklären, wie ich auf diesen Namen gekommen sei.

»Du hast den Teufel!« stieß er hervor.

»Und du fährst zum Teufel, wenn du mir nicht sofort sagst, wo dieser Stojko zu finden ist.«

»Ich kenne keinen Menschen, welcher diesen Namen führt, und die Sachen gehören mir. Ich kann das mit allen Eiden beschwören.«

»Nun, dann muß ich es dir freilich glauben, und wir haben also kein Recht, dich von diesem deinem Eigentum zu trennen. Es mag mit dir untergehen. Nimm es mit zu deinen berühmten Ahnen, welche sicherlich in der Dschehenna wohnen!«

Ich rollte das Pulverfäßchen in seine Nähe und zog den Stöpsel heraus. Dann schnitt ich mit dem Messer den unteren Saum von dem erwähnten Kaftan los und drehte denselben zu einer Schnur zusammen, deren eines Ende ich in das Faß steckte, während ich das andere Ende mittels des brennenden Spanes zum Glimmen brachte.

»Herr, was willst du tun?« schrie er erschrocken.

»Dich mit dem Hause und allem, was es enthält, in die Luft sprengen. Kommt rasch fort, ihr Andern, damit wir weit genug weg sind, um nicht von den Steinen getroffen zu werden.«

Ich tat, als ob ich wirklich gehen wollte, und die Andern folgten mir. Die Lunte glimmte langsam, aber sicher weiter.

»Halt, halt!« brüllte Scharka uns nach. »Das ist ja schrecklich! Habt Erbarmen!«

»Auch du hast kein Erbarmen für deine Opfer gehabt,« rief Halef ihm zurück. »Fahre zur Hölle! Wir wünschen dir schnelle Reise!«

»Kommt zurück, kommt zurück! Ich will alles sagen, alles! Nehmt die Lunte weg! Die Sachen gehören nicht mir.«

Ich hatte schon das Freie erreicht, kehrte nun aber schnell zurück, um zu fragen:

»Wem denn?«

»Eben diesem Stojko Wites, dessen Namen du vorhin nanntest. Nimm aber nur die Lunte weg!«

»Nur unter der Bedingung, daß du uns die Wahrheit mitteilst!«

»Ja, ja! Nur fort mit dem Feuer vom Pulver!«

»Schön! Ich kann die Lunte ja wieder anzünden. Halef, drücke die Funken aus! Aber ich sage dir, Scharka, wenn ich dich nochmals auf einer Lüge ertappe, so brennen wir die Zündschnur wieder an, und dann wird all dein Bitten vergeblich sein. Wir haben nicht Lust, mit uns spielen zu lassen. Also wo hast du das Geld und die Rüstung diesem Stojko abgenommen?«

»Hier.«

»Ah! Er war nicht allein, denn ohne Begleitung führt man in dieser Gegend keine solchen Schätze mit sich.«

»Sein Sohn war bei ihm und ein Diener.«

»Du hast sie getötet?«

»Den Alten nicht. Sie wehrten sich und zwangen uns, sie niederzuschießen.«

»So lebt also Stojko noch?«

»Ja.«

»Und wo?«

»Im Karaul bei Rugova.«

»Ich verstehe. Er soll gezwungen werden, Lösegeld zu zahlen?«

»Ja, der Schut will es haben. Wenn er es bekommt, darf ich diese Sachen für mich behalten.«

»Und wenn er es nicht bekommt?«

»So muß ich mit dem Schut teilen.«

»Wer weiß noch von dieser Sache?«

»Niemand als der Schut und meine Knechte.«

»Diese waren dabei, als Stojko überfallen wurde?«

»Ja. Ich allein hätte die drei Männer nicht überwinden können.«

»Ihr seid eine wirklich teuflische Gesellschaft! Aber sage, ob der Alim nichts davon ahnt?«

»Er hat nichts erfahren, weil er sonst verlangt hätte, auch mit ihm zu teilen.«

»Was habt ihr mit den Leichen der beiden Erschlagenen getan?«

»Sie sind vergraben worden.«

»Wo?«

Er zögerte, zu antworten. Als er aber sah, daß Halef sofort den brennenden Span an die Lunte hielt, sagte er schnell:

»Nicht wieder anbrennen! Der Ort ist gar nicht weit von hier. Ihr wollt ihn doch nicht aufsuchen?«

»Das werden wir freilich tun.«

»Und nachgraben?«

»Wahrscheinlich.«

»Ihr verunreinigt euch aber doch mit den Leichen!«

»Das hast auch du getan, ohne dich zu scheuen. Du wirst uns hinführen, obgleich du nicht gehen kannst. Man wird dich tragen.«

»Das ist nicht nötig. Ihr werdet die Stelle sehr leicht selbst finden, wenn ihr von hier aus zu dem Wagen geht und dann in die Büsche eindringt. Dort werdet ihr einen Erd- und Aschenhaufen finden, unter welchem die Beiden begraben sind. Hacke und Schaufel liegen dabei.«

»Wir werden hingehen. Ist es nicht so, wie du sagst, so fliegst du doch noch in die Luft. Uebrigens bin ich überzeugt, daß ihr sie nicht deshalb ermordet habt, weil sie sich wehrten. Sie mußten auf alle Fälle sterben, um euch nicht verraten zu können. Auch der alte Stojko wird sein Leben lassen müssen, selbst dann, wenn er das Lösegeld bezahlt. Wie aber bist du auf den Gedanken gekommen, ihn nach dem Karaul zu transportieren? Wenn du ihn heimlich bei dir in der Höhle behieltest, konntest du das Lösegeld für dich erzwingen und brauchtest es dem Schut nicht zu lassen.«

»Er verlangte es; er kam eben dazu, als der Kampf beendet war. Da sah er alles, und ich konnte ihm nichts verschweigen. Er hat dann Stojko sogleich mit sich fortgenommen.«

»Was wollte denn derselbe hier bei dir?«

»Er beabsichtigte, die Nacht bei mir zu bleiben. Er kam aus der Gegend von Slokuczie, wo er Barjactar seines Stammes ist.«

»Wohin wollte er?«

»In die Akrababerge nach Batera, welches in der Gegend von Kroja liegt. Sein Sohn wollte sich die Braut dort holen.«

»Mein Himmel! Mensch, du bist ein wirklicher Teufel! Anstatt zur Hochzeit ist er in den Tod gegangen! Die kostbare Rüstung hat er mitgenommen, um sich mit ihr zu dieser Feier zu schmücken. Für dich kann keine Strafe zu gräßlich sein! Aber wenigstens der alte Vater soll gerettet werden. Du wirst mir zunächst sagen, wann diese Tat geschehen ist.«

»Heute sind zwei Wochen vorüber.«

»Wie ist in den Karaul zu gelangen?«

»Das weiß ich nicht. Der Schut hält es sehr geheim. Höchstens dem Alim könnte er es mitgeteilt haben. Aber Herr, du siehst, daß ich dir alles offen sage. Nun wirst du mich nicht töten.«

»Nein, wir töten euch nicht. Ihr habt mehr als zehnfachen Tod verdient, aber mit eurem Blut wollen wir uns nicht besudeln. Ihr seid Scheusale, denen kein Krokodil und keine Hyäne gleicht. Wir gehen, um die Begräbnisstelle zu untersuchen. Du bleibst bis zu unserer Rückkehr hier liegen. Omar mag dich bewachen.«

Wir versahen uns mit tüchtigen Feuerbränden und suchten den beschriebenen Ort auf. Man darf nicht denken, daß dieser Schurke uns seine Antworten so schnell und fließend gegeben habe. Er hatte oft gezaudert, war aber dann durch Halef, welcher den Span an die Lunte hielt, zum Sprechen gezwungen worden.

Wir fanden den Haufen, welcher mehr aus Asche als aus Erde bestand. Er wurde mit Hilfe der dabeiliegenden Werkzeuge aufgewühlt. Man hatte die Toten nicht vergraben, sondern verbrannt. Vier angekohlte Schädel bewiesen, daß vorher auch andere Leichen auf dieselbe Weise auf die Seite gebracht worden waren. Der Anblick war gräßlich. Wir verließen den Ort mit Schaudern. Halef und der Lord ergingen sich in Ausdrücken der tiefsten Entrüstung. Sie verlangten, daß mit dem Köhler und seinen Knechten sofort ein Ende gemacht werde. Ich antwortete vorerst gar nicht. Ich fühlte einen unsäglichen Grimm.

»Warum sprecht Ihr nicht, Sir?« rief Lindsay. »Diese Verbrecher müssen doch bestraft werden!«

»Das sollen sie auch.«

»Pshaw! Ihr habt ja selbst gesagt, daß die eigentliche Obrigkeit hier keine Gewalt habe. Wenn wir die Vergeltung nicht in die Hand nehmen, fliegen die Galgenvögel frei davon. Ihr wollt ja sogar ihnen einen schicken, der ihnen die Höhle öffnet.«

»Das werde ich allerdings tun.«

»Jawohl! Daß sie recht hübsch entkommen können!«

»Ich werde ihnen nicht einen ihrer Freunde schicken, sondern einen Mann, bei welchem sie keine Gnade und Nachsicht finden. Meine Ansicht war bisher allerdings, ihnen jetzt eine tüchtige Todesangst einzujagen, ihr Leben aber zu schonen. Was sie an uns verbrochen haben, können wir vergessen, und das Andere geht uns nichts an. Jetzt aber, nach Entdekkung dieser neuesten gräßlichen Missetat, halte ich zwar daran fest, daß wir uns selbst nicht an ihnen vergreifen dürfen, aber ihrer Strafe sollen sie nicht entgehen. Wir werden diesen Stojko Wites befreien und ihn dann hierherschicken. Ich glaube nicht, daß sie an ihm einen schwachherzigen oder allzu nachsichtigen Richter haben werden.«

»*Well!* Das lasse ich gelten. Wir selbst greifen nicht in diesen Schmutz; aber dieser Barjactar wird sicher eine Rache nehmen, wie wir sie uns gar nicht aussinnen könnten. Uebrigens ist es eine große Frage, ob dieser Stojko zeitig genug hier eintreffen wird, um das Richteramt üben zu können. In jedem Augenblick kann ein Freund des Köhlers kommen und denselben mit seinen Genossen befreien.«

»Das müssen wir allerdings gewärtig sein, aber es kann doch keiner von uns hier bleiben, um das zu verhindern.«

»Warum nicht?« fragte der Dolmetscher. »Ich bin sofort bereit, zurückzubleiben. Sir David hat meine Hilfe nicht mehr nötig, da Sie nun bei ihm sind. Ich muß zwar auf mein Honorar verzichten, wenn ich das Amt des Dragoman – –«

»Einen Verzicht gibt es nicht,« fiel Lindsay ein. »Ich zahle dennoch. *Well!*«

»Nun, so habe ich also in dieser Beziehung keinen Schaden. Ich bleibe hier und bewache die Scheusale, bis Stojko kommt. Oder denken Sie vielleicht, daß ich dieses Amtes nicht treu genug warten werde? Meinen Sie, daß ich geneigt bin, nach Ihrer Entfernung mich diesen Menschen vielleicht gar gefällig zu erweisen?«

»Nein,« antwortete ich ihm. »Ich habe ja Gelegenheit gehabt, Sie zu prüfen. Ich hörte, was Ihnen für Vorschläge gemacht wurden, auf welche Sie doch nicht eingegangen sind. Sie haben dem Lord nicht verheimlicht, daß er sterben müsse, selbst wenn er die verlangte Geldsumme bezahlte. Ich weiß, daß Sie zu uns, nicht aber zu dem Köhler und seinem Anhang halten werden; aber ich weiß nicht, ob Sie Klugheit und Energie genug besitzen, das auszuführen, was Sie sich jetzt freiwillig vorgenommen haben.«

»Bitte, Sir, machen Sie sich darüber ja keine Sorge! Auch ich bin ein geborener Arnaute. Ich habe als Dolmetscher mit Leuten zu tun, welche ebenso hinterlistig wie gewalttätig sind. Ich werde doch wahrhaftig imstande sein, die Aufmerksamkeit der Leute, welche zufälligerweise hierherkommen könnten, von der Höhle abzuziehen! Und reicht die List nicht aus, so habe ich Waffen und brauche Gewalt.«

»Würden Sie das wirklich tun?«

»Gewiß! Denken Sie, ich wisse nicht, was auch meiner wartete, falls Sie nicht gekommen wären? Es wurde mir die Freiheit versprochen, ja; aber ich hätte sie niemals wiedergesehen. Man durfte ja auch mich nicht leben lassen, auch ich hätte alles verraten können. Man machte mir Hoffnung, damit ich dem Lord zureden möge, die Geldanweisung auszustellen. Sobald man sie in den Händen gehabt hätte, wäre auch mein Tod eine sichere Sache gewesen. Ich bin Familienvater, ich habe ein Weib, Eltern und mehrere Kinder, denen der Ernährer ermordet worden wäre. Wenn ich daran denke, so kann es mir nicht einfallen, den Mördern nur die geringste Nachsicht zu erweisen.«

»*Well!* Sehr gut!« meinte der Lord. »Brauche zwar keinen Dolmetscher mehr, werde aber alles bezahlen und von heute an hundert Dollars geben. Gebe auch ein tüchtiges Bakschisch dazu, wenn alles gut klappt.«

»Daran soll es nicht fehlen. Aber wie wollen Sie zahlen, Sir, wenn Ihnen alles abgenommen worden ist?«

»Werde eben dem Schut alles wieder nehmen. Und wenn ich es nicht bekäme, so gilt die Unterschrift von David Lindsay überall so viel, wie es ihm beliebt.«

»Im Notfall bin ich auch vorhanden,« sagte ich. »Sir David Lindsay kann sich meiner Kasse bedienen, welche leider nicht die Unerschöpflichkeit der seinigen besitzt.«

»Ist Euch schon recht!« lachte er. »Jetzt klagt Ihr über Geldmangel, aber als ich Euch in Stambul meine Brieftasche geben wollte, um Euch für die lange Reise zu bezahlen, da waret Ihr stolz wie ein Spanier und ranntet davon. Könntet heute ein schönes Sümmchen haben, wenn Ihr dieses Geld genommen und mir den Hengst verkauft hättet. Habt aber einen Kopf, der so dick ist, daß bald Hörner daraus hervorbrechen werden. *Well!*«

Wir waren während dieser Wechselreden vor dem Hause stehen geblieben. Jetzt gingen wir hinein. Der Köhler blickte uns erwartungsvoll und sichtlich besorgt entgegen.

»Nun, Effendi, hast du dich überzeugt, daß ich dich nicht belogen habe?« fragte er.

»Du hast die Wahrheit gesagt. Ja, ich habe deine Worte sogar übertroffen gefunden. Es sind dort mehr als nur die zwei, um welche es sich handelt, verbrannt worden. Wer waren die Anderen?«

»Das waren – waren – – mußt du das wissen, Herr?«

»Nein; behalte es lieber für dich. Aber es ist anzunehmen, daß du einen massenhaften Raub zusammengescharrt hast. Wo hast du ihn stecken?«

»Ich besitze nichts weiter als das, was ihr hier bei mir gefunden habt.«

»Lüge nicht! Diese Sachen haben Stojko gehört. Wo befindet sich der dir vom Schut ausbezahlte Beuteanteil und der Ertrag der Raubtaten, welche du außerdem auf eigene Rechnung ausgeführt hast?«

»Ich sage dir, daß ich nichts besitze!«

»Sihdi, soll ich die Lunte anbrennen?« fragte Halef indem er den Span der Zündschnur näherte.

»Ja.«

»Nein, nein!« rief Scharka. »Sprengt mich nicht in die Luft! Ich sage die Wahrheit: es ist hier bei mir nichts zu finden.«

»Hier nicht, aber anderwärts wohl?«

Er schwieg.

»Rede, sonst macht Halef seine Drohung wahr!«

»Ich habe nichts hier, mein – mein Schwager hat es mir aufgehoben.«

»Junak? Wo denn?«

»Es ist unter seinem Herd vergraben.«

»Ah! So hast du dich hier wohl nicht ganz sicher gefühlt? Nun, es mag einstweilen dort liegen bleiben. Wir haben keine Zeit, zurückzureiten, um uns dieses Blutgeld anzueignen. Jetzt nur noch eins. Ihr habt ein geheimes Wort, an welchem ihr einander erkennt?«

»Effendi, wer hat dir das gesagt?«

»Ich weiß es. Wie lautet dieses Wort?«

»Ich darf es nicht verraten.«

»Das Pulver wird dir die Zunge lösen!«

»Willst du mich zwingen, meinen Eid zu brechen? Könntest du das auf dein Gewissen laden?«

»Du scheinst recht zart zu denken in Beziehung auf das Gewissen Anderer. Ein Eid wie der deinige gilt meiner Ansicht nach gar nichts; aber ich will dich dennoch nicht zwingen, ihn zu brechen. Du sollst das Wort nicht verraten. Wenn ich es jedoch bereits wüßte, so könntest du es mir bestätigen, daß es das richtige ist?«

»Das könnte ich, denn du hättest es dann ja nicht von mir erfahren; aber es ist ganz unmöglich, daß du es wissen kannst. Kein Untertan verrät das Wort. Es ist ein sehr qualvoller Tod darauf gesetzt.«

»Täusche dich nicht! Wie würdest du mich aufnehmen, wenn ich des Nachts als Fremder zu dir käme, an deinen Laden klopfte und dir die beiden Worte ›bir Syrdasch‹ durch denselben zuriefe?«

Er zuckte zusammen und starrte mich ganz erschrocken an. Es war ihm anzusehen, daß diese zwei Wörter die richtigen seien; er brauchte es mir gar nicht erst zu bestätigen. Das waren die Worte, welche ich von dem Fährmann in Ostromdscha erfahren hatte. Gleich damals hatte ich geahnt, daß sich nicht nur der alte Mübarek derselben bediene, sondern daß sie für die ganze Gesellschaft des Schut von Bedeutung seien.

»Nun, du verlierst die Sprache?« sagte ich.

»Herr, du weißt alles, alles! Du mußt wirklich dem Teufel deine Seele verschrieben haben, so daß er nun deinen Leibdiener macht und dir alle Geheimnisse enthüllt.«

»Ich glaube, er ist dir ein größerer Freund als mir. Du bist es, dessen Seele ihm gehört; er hat dich nicht verraten. Das Verbrechen trägt den Verrat stets in sich selbst. Ich bin fertig mit dir. Du wirst mein Angesicht nicht wiedersehen. Ich rate dir, in dich zu gehen, bevor du stirbst. Schafft den Kerl fort!«

»Herr, du sprichst vom Sterben!« rief er aus. »Du hast mir doch versprochen, uns nicht zu töten!«

»Ich habe dir dieses Versprechen gegeben, und ich halte mein Wort. Wir vergreifen uns nicht an euch; der Tod tritt von anderer Seite an euch heran. Er ist euch bereits so nahe, daß er schon die Hand erhebt, um nach euch zu greifen.«

»Welcher Tod ist das?« fragte er voll Angst, indem er aufgehoben wurde, um fortgetragen zu werden.

»Du wirst ihn baldigst kennen lernen, auch ohne daß ich es dir vorhersage. Fort mit dir!«

Sie schafften ihn weg, nachdem ich Halef die Weisung gegeben hatte, an seiner Stelle den Alim zu bringen. Dieser wurde nicht in das Haus geschafft, sondern an das Feuer. Halef hatte ihm den Strick von den Füßen genommen, so daß er gehen konnte.

Der Mann hielt die Lippen zusammengepreßt und würdigte uns keines Blickes, obgleich die Todesangst aus seinen Zügen sprach.

»Ich möchte etwas von dir erfahren,« sagte ich ihm. »Du wirst es mir sagen, wenn du nicht vorziehst, abermals fünfzig aufgezählt zu erhalten. Ich muß erfahren, wie man heimlich in den Karaul des Schut gelangt.«

Noch hatte mir der Engländer nicht erzählt, wie er in den Wachtturm gekommen war; aber es gab genug Gründe für mich, anzunehmen, daß dies nur auf einem verborgenen Weg geschehen könne. Diesen mußte ich erfahren. Der Alim starrte vor sich nieder und antwortete nicht.

»Nun, du hast mich nicht gehört?« fragte ich ihn. Und als er auch jetzt schwieg, nickte ich Halef zu, welcher die Peitsche bereit hielt. Er holte zum Hieb aus. Da wich der Alim zurück, warf mir einen vor Wut und Haß blitzenden Blick zu und sagte:

»Du sollst mich nicht wieder schlagen lassen! Ich will dir antworten, aber es wird zu deinem Verderben sein. Wer sich in die Geheimnisse des Schut eindrängt, der ist verloren. Ich werde dich nicht belügen, sondern dir die Wahrheit sagen. Aber eben diese Wahrheit wird euch einem schauderhaften Tod in die Arme führen. Das soll meine Rache sein. Also, was willst du wissen?«

»Du bist ein Vertrauter des Schut?«

»Ja.«

»Kennst alle seine Geheimnisse?«

»Nicht alle, sondern nur einige.«

»Aber der Eingang zum Karaul ist dir bekannt?«

»Ich kenne ihn.«

»So beschreibe ihn mir!«

Sein Haß hatte ihn zu einer großen Unvorsichtigkeit verleitet, ohne daß er daran dachte. Er hatte mir gesagt, es drohe uns der Tod. Jedenfalls besaß der geheime Eingang irgend eine Gefahr für den Uneingeweihten, und es kam nun darauf an, zu erfahren, worin dieselbe bestehe, oder an welcher Stelle dieselbe zu erwarten sei. Es verstand sich ganz von selbst, daß er sich hüten werde, mir dies zu sagen. Ich konnte ihn weder durch Gewalt, noch durch List zwingen, es zu verraten. Meiner List stand die seinige gegenüber, welche mir unbedingt überlegen war, da ich den Gegenstand nicht kannte. Mit Gewalt war aus demselben Grund ebenso wenig zu erreichen. Prügel konnten ihn nicht zwingen, mir die Wahrheit zu sagen. Er brauchte mir nur etwas vorzulügen, so mußte ich es glauben.

Es gab nur ein Mittel, das Richtige zu erfahren: ich mußte sein Gesicht genau beobachten. Ein Mann wie er, noch dazu im Zorn, hatte seine Züge gewiß nicht übermäßig in der Gewalt. Er dachte wohl überhaupt gar nicht daran, daß er sich durch das Spiel seiner Mienen verraten könne.

Aus diesem Grund stellte ich mich so, daß er, um zu mir sprechen und mich dabei ansehen zu können, sein Gesicht dem Feuer zukehren mußte. Dabei stieß ich mit einem Knüppel in den brennenden Holzhaufen, daß die Flamme hoch und hell aufloderte. Natürlich nahm ich eine möglichst unbefangene Miene an und ließ die Lider sinken, so daß sie die Augen halb bedeckten und der Blick infolgedessen weniger scharf zu sein schien, als er wirklich war.

»Den Weg durch das Gebirg kennst du nicht,« begann er. »Darum wirst du über Kolutschin reiten müssen. Die Wagenspur wird dich nach einer Furt bringen, deren Wasser eine ganz geringe Tiefe hat. Unterhalb Kolutschin vereinigt sich bei Küküs der schwarze mit dem weißen Drin und wendet sich nach Nordwest, um an Rugova vorbeizufließen. Du folgst aber nicht dem Drin, sondern von Kolutschin führt eine Straße nach Rugova. Es ist dieselbe, welche von Obrida im Süden kommt und nach Spassa geht, um dann westwärts Skutari zu erreichen. Diese Straße zieht am linken Ufer des Drin hin, während Rugova am rechten liegt. Dort angekommen, wirst du wahrscheinlich im Khan absteigen. Der Wirt desselben heißt Kolami. Was er für ein Mann ist, brauche ich nicht zu sagen, denn du tust doch nur, was du willst. Aber daraus, daß ich dir alles so beschreibe, magst du ersehen, daß ich von deinem Untergang überzeugt bin.«

Die Worte, mit denen er mir sagte, daß ich von Kolutschin aus nicht dem Drin, sondern der Straße zu folgen habe, waren mit einer gewissen Hast ausgesprochen worden und dabei in einem so eindringlichen Ton, daß ich hörte, er wünsche es ganz besonders, daß ich diesen Weg einschlage. Wenn ich dies wirklich tun mußte, falls es keinen andern gab, so galt es, auf demselben sehr vorsichtig zu sein.

»Laß diese Bemerkungen!« sagte ich. »Nicht nach dem Weg, sondern nach dem Karaul habe ich dich gefragt.«

»Der Karaul liegt im hohen Wald des Flußufers. Jedermann kann dich hinweisen. Du wirst einen uralten, halb verfallenen Wartturm finden, welcher inmitten umfangreicher Mauertrümmer steht. Der Eingang ist nicht an der Erde, sondern hoch oben. Man baute damals so, um das Erstürmen des Karauls zu erschweren. Wer durch die Türe will, muß auf einer hohen Leiter hinauf.«

»Ist eine solche vorhanden?«

»Nein, sie ist heutzutage nicht mehr nötig. Die Mauer ist mehrere Ellen dick, und man hat in gewissen Entfernungen Steine aus ihr gebrochen, so daß Vertiefungen entstanden, welche das Hinaufklettern ermöglichen. Droben aber findest du nichts als Ruinen und eingefallene Wände, über denen der Himmel sich ausspannt.«

»Und darunter?«

»Ist nichts.«

»Das glaube ich nicht. Wie hoch über der Erde ist der Eingang zu dem Turm?«

»Wohl fünfmal in Manneshöhe.«

»Dort sind früher die Gemächer gewesen. Unter ihnen muß es aber noch andere Räume gegeben haben und auch noch heute geben. Man wird den Turm doch nicht fünfzehn Ellen hoch massiv gebaut haben!«

»Jedenfalls ist er massiv, denn man hat trotz des mühevollsten Suchens niemals einen Weg entdeckt, welcher nach unten führt. Der Turm gleicht einer runden Säule, welche vom Erdboden an bis zu der angegebenen Höhe massiv und dann erst hohl ist. Dennoch befinden sich grad unter ihm, aber eben nur ganz zufälligerweise unter ihm, Höhlungen, welche gar nicht mit ihm in Verbindung stehen und niemals mit ihm in Verbindung gestanden haben. Das sind die Höhlen der Gömüsch laghymy[1], welche es vor uralten Zeiten da gegeben

[1] Silbermine.

hat. Der Schacht, welcher vom Berg aus in die Erde geführt hat, ist zugeschüttet worden, und Sträucher und Bäume sind auf der Stelle gewachsen, so daß man sie nicht mehr finden kann. Auch einen Stollen hat es gegeben, welcher vom Ufer des Flusses aus nach dem Schacht geführt hat, entweder um das Wasser des Bergwerkes abzuleiten oder dasjenige des Flusses hineinzuführen. Auch der Eingang dieses Stollens war verbaut worden, und niemand wußte mehr von ihm, bis er durch einen Zufall von einem unserer Freunde entdeckt ward. Durch diesen Stollen mußt du in die Mine; er führt weit in das Erdinnere, bis du in einen großen, runden Raum kommst, in welchen mehrere Gemächer münden.«

»In einem derselben steckt Stojko?«

»Ja.«

»In welchem?«

»In demjenigen, welches dem durch den Stollen Kommenden grad gegenüber liegt.«

»Aber es ist verschlossen?«

»Nur durch einen Holzriegel, welchen man leicht zurückschieben kann.«

»Ist denn der Stollen gut gangbar?«

»So gut, daß man gar keines Lichtes bedarf. Er führt immer gradaus und steigt ganz regelmäßig empor. Seine Sohle ist mit Brettern belegt, welche freilich ein wenig schlüpfrig sind. Diese Bretter leiten an einer Stelle über einen unterirdischen Felsspalt, über welchem sie aber so gut befestigt sind, daß nicht die geringste Gefahr vorhanden ist.«

Er machte bei diesen letzteren Worten eine leichte, wegwerfende Bewegung mit der Hand, um die Gefahrlosigkeit zu bezeichnen; aber aus seinen Augen traf mich ein tückischer, triumphierender Blick, und seine dunklen Brauen schnellten empor und wieder nieder, wie von einem federnden Gedanken bewegt. Dieser Blick, dieses Zucken der Brauen hatte kaum eine halbe Sekunde in Anspruch genommen, war aber für mich so vielsagend gewesen, daß ich nun wußte, woran ich war. Grad an dieser Felsenspalte lauerte die Gefahr.

Ueberdies hatte er mich jedenfalls schon vorher belogen. Der untere Teil des Turmes war gewiß nicht massiv gebaut. Wenn die Mauern mehrere Ellen stark waren, so boten sie hinreichende Sicherheit gegen den Feind, zumal der eigentliche Eingang so hoch über der Erde lag. Die früheren Bewohner des Karauls, die Wachtleute, hatten nicht nur Wohnräume, sondern auch Keller und Gewölbe nötig gehabt. Warum sollte man dieselben nicht in dem unteren Teil des Turmes angebracht, sondern im Gegenteil durch das Massivmauern desselben eine solche Zeit- und Material-Verschwendung getrieben haben?

Hatte sich wirklich ein Silberbergwerk hier befunden? Das war jedenfalls vor der Türkenherrschaft, während der Regierung der Bulgaren-Khane gewesen. Man weiß ja zum Beispiel von Khan Symeon, welcher vom Jahre 888 bis zum Jahre 927 regierte, daß unter ihm nicht nur das Reich seine größte Ausdehnung erlangte, sondern auch Handel, Künste und Wissenschaften freundliche Pflege fanden und an vielen Orten nach edlen Metallen gegraben wurde. Seine Herrschaft erstreckte sich nach Westen bis ungefähr zu dem heutigen Perserin, also der Gegend, in welcher wir uns jetzt befanden. Da war es allerdings möglich, daß hier ein Schacht eingetrieben wurde. Die Grenze des Landes, welche hier vorüberzog, hatte man mit Wachttürmen besetzt, und einer dieser Karauls sollte speziell diesem Bergwerk zum Schutz dienen.

War diese Vermutung richtig, so durfte man annehmen, daß bei der großen Nähe der Grenze und also der feindlichen Völker dieser Schacht nicht in das Freie, sondern in den Turm gemündet hatte. Der Alim sprach von Gebäudetrümmern, welche bei demselben zu finden seien. Vielleicht auch hatte unter ihnen, also wenigstens im Schutz der Besatzung des Karauls, die Mündung gelegen.

Dazu kam, daß ich nicht an die Ausfüllung des Schachtes glaubte. Alte Bergwerke wirft man nur in zivilisierten Ländern zu. Der Türke hütet sich sehr, eine mühevolle Arbeit zu unternehmen, welche nur Kosten verursacht. Ihm ist es sehr gleichgültig, ob irgend ein Bulgare oder Albanese in das offen gelassene Mundloch eines Schachtes stürzt und da den Hals bricht. »Allah hat es gewollt!« sagt er, und damit beruhigt er sich.

Wenn das Mundloch noch vorhanden war, so mußte es sich entweder im Karaul selbst oder in der Nähe desselben, maskiert von den Trümmern, befinden. Der Alim konnte mir gewiß Auskunft erteilen, aber es war mir unmöglich, ihn dazu zu zwingen. Ich konnte ihm nichts erpressen, von dem ich nicht genau und fest überzeugt war, daß er es wisse. Darum fragte ich in gleichgültigem Ton auf seine letzte Versicherung:

»Aber wo liegt denn da für uns die Gefahr, von welcher du sprachst?«

»Die kommt erst dann, wenn ihr den großen runden Raum betretet, um den Gefangenen zu befreien.«

»Worin besteht sie?«

»Das weiß ich nicht. Und wenn ich es wüßte, würde ich es dir nicht sagen. Sobald man eine Gefahr kennt, ist sie eben keine Gefahr mehr.«

»Ich kann dich aber mit der Peitsche zwingen, es mir zu sagen!«

»Und wenn du mich totschlägst, kann ich dir nicht etwas sagen, was ich selbst nicht weiß. Wolltest du mich zwingen, so müßte ich, um den Prügeln zu entgehen, eine Lüge ersinnen, welche glaubwürdig erschiene.«

»Aber woher weißt du denn von dem Vorhandensein einer Gefahr?«

»Der Schut hat von ihr gesprochen. Er hat gesagt, daß jeder verloren sei, der ohne sein Wissen den runden Raum betrete. Er wird wohl irgend eine Vorrichtung angebracht haben, durch welche jeder unberufene Besucher des Ortes getötet wird.«

»Hm! Und wie findet man den Eingang zu dem beschriebenen Stollen?«

»Er ist nur vom Wasser aus zu erreichen. Man muß einen Kahn besteigen und eine Strecke im Fluß aufwärts fahren. Drüben am andern Ufer zieht sich die Straße hin, hüben aber, links, steigt eine steile Felswand aus dem Fluß auf. Wenn du genau aufpassest, wirst du eine Stelle finden, an welcher diese Wand – und also auch der Fluß – eine Krümmung macht. Der Fluß ist da sehr tief, und eben dort befindet sich das Stollenloch, welches bei gewöhnlichem Wasserstand so hoch ist, daß man, im Kahn sitzend, grad hinein kann, ohne mit dem Kopf oben anzustoßen.«

»Und dieses Loch hat man erst vor kurzem bemerkt?«

»Ja, weil Kletterpflanzen von oben herabhängen und es vollständig verdecken. Man fährt mit dem Kahn hinein, so weit das Wasser reicht, und bindet ihn an einen starken Pflock, welcher in den Stein getrieben ist.«

»Das ist nicht ganz ungefährlich. Und auf diese Weise ist Stojko hineingeschafft worden?«

»Ja, auch der Engländer, welcher da bei dir steht. Du brauchst ihn nur zu fragen; er wird es dir gewiß bestätigen.«

»Gibt es dort unten noch andere Räumlichkeiten als den runden großen Raum und die daranstoßenden Zellen?«

»Nein. Sie liegen grad, aber tief unter dem Karaul. Wir haben vergeblich nach einem Schacht gesucht, welcher zur Höhe führt. Er ist zugeschüttet worden.«

»Wer bringt denn den Gefangenen Speise und Trank?«

»Das weiß ich nicht.«

»Hast du deiner Beschreibung noch etwas beizufügen?«

»Nein. Ich habe dir alles gesagt, was ich weiß. Der Schut hat mir mitgeteilt, daß Jeder sterben muß, welcher unberufen den Raum betritt. Darum habe ich vorhin gesagt, daß ihr eurem sichern Tod entgegengeht, wenn ihr wirklich etwas gegen Kara Nirwan unternehmen wollt.«

»Nun, wir brauchen ja nicht selbst in den Stollen zu gehen. Wir schicken Andere hinein.«

»So sterben diese, und ihr erfahrt nicht einmal, wie es ihnen drin ergangen ist.«

»So lasse ich den Schut festnehmen, und er muß uns selbst hineinführen.«

»Festnehmen?« lachte er. »Wenn du in Rugova jemanden arretieren lassen willst, so mußt du ja eben zu dem besten

Freund des Schut gehen. Du kannst nichts gegen ihn unternehmen. Er steht in einem großen Ansehen. Wenn du Hilfe gegen ihn forderst, so hast du es entweder mit Leuten zu tun, welche seine Verbündeten sind oder ihn für einen so frommen, ehrlichen und wohltätigen Mann halten, daß sie dir kein Wort glauben. Wir, ja wir sind in deine Hände geraten; er aber wird nur über dich lachen. Wenn ihr offen gegen ihn auftretet, so wird man euch als Wahnsinnige behandeln. Handelt ihr aber heimlich gegen ihn, so rennt ihr dem sichern Verderben entgegen. Tut, was ihr wollt. Die Dschehennah ist auf alle Fälle euer Teil!«

»Die Hölle? Der Tod? O nein! Du täuschest dich abermals in uns. Du hast mir viel, viel mehr gesagt, als du wolltest. Du lässest dich einen Alim nennen, einen Gelehrten, und du bist doch so albern, daß ich fast Mitleid mit dir fühle. Du hast mir ja ganz genau gesagt, welchen Gefahren wir entgegengehen.«

»Ich? Ich kenne sie ja selbst nicht!«

»Versuche nicht, mich zu täuschen! Ich habe dir bewiesen, daß du es nicht vermagst. Die erste Gefahr erwartet uns auf der Straße zwischen Kolutschin und Rugova. Dort lauern die Aladschy, welche dich begleiteten. Der Schut hat wohl dafür gesorgt, daß sie wieder bewaffnet sind, und ihnen vermutlich auch noch einige Begleiter beigesellt. Wir werden wahrscheinlich auf dieser Straße reiten, denn wir fürchten die Feinde nicht; sie aber mögen sich vor uns hüten. Greifen sie uns wieder an, so schonen wir ihr Leben nicht mehr.«

Er ließ ein Lachen hören, welches seine Verlegenheit verbergen sollte.

»Dieser Gedanke ist überaus lächerlich!« sagte er. »Die Aladschy tun euch ganz gewiß nichts; sie sind froh, daß sie von hier entkommen sind.«

»Werden ja sehen! Und die zweite, jedenfalls viel größere Gefahr wartet auf uns in dem Stollen an der Stelle, an welcher wir auf den Brettern über den Felsenspalt gehen müssen. Ich sage dir, daß wir die Bretter nicht eher betreten werden, als bis wir sie genau untersucht haben. Vielleicht sind sie in der

Weise angebracht, daß der Unbekannte, welcher sie betritt, in den Spalt stürzen muß. Uns soll das gewiß nicht geschehen! Dann später in dem runden Raum, in welchen du die Gefahr für uns verlegtest, dort sind wir ganz sicher, dort wird uns nichts geschehen.«

Er stieß einen Fluch aus und stampfte mit dem Fuß, ohne jedoch sonst ein Wort zu sagen.

»Du siehst also wohl ein, daß ich dich durchschaut habe,« fuhr ich fort. »Ich weiß, daß du mich belogen hast. Du gabst dir Mühe, meinen Blick von der wirklichen Gefahr abzulenken. Ich will nicht weiter mit dir rechten und es dich nicht entgelten lassen. Hunde beißen; das liegt in ihrer Natur, und Hunde seid ihr ja. Ich weiß nun, was ich wissen will, und werde dich wieder in euren Harem schaffen lassen. Gehab dich wohl, Alim, und strenge deine Gelehrsamkeit an, indem du darüber nachdenkst, wie es euch möglich ist, aus der Höhle zu entkommen. Du hast ja die Wasf ül arz studiert und mußt dich also in Felsen und Höhlen zu Hause fühlen.«

Er wurde fortgeschafft und wieder an den Füßen gebunden. Dann wollte Halef sein ›Feuerchen‹ wieder anzünden, was ich ihm aber ausredete.

Jetzt wollten wir sehen, welche Summe die beiden Beutel enthielten. Halef brachte sie aus der Stube herbei, öffnete sie und schüttelte den Inhalt auf meine ausgebreitete Schärpe. Wir zählten 600 Piaster in dreißig silbernen Medschidieh-Stücken und achttausend Piaster in goldenen Pfund- und Halbpfund-Stücken. Das waren nach deutschem Geld beinahe sechzehnhundert Mark. Wozu mochte Stojko eine solche Summe bei sich getragen haben?

Das Geld wurde natürlich wieder in die Beutel getan, und dann holten wir die vier Pferde herbei, um sie zu mustern; eins derselben sollte ja ein ausgezeichnetes Tier sein. Es war ein Goldfuchs mit weißer Medaille auf der Stirn, ein so prächtiges Pferd, daß ich sofort aufstieg, um es, wenn auch ohne Sattel, zu probieren. Es zeigte sich sehr feinfühlig gegen die Schenkel, hatte aber, wie ich gleich bemerkte, eine mir unbekannte Schule durchgemacht.

»Brillantes Viehzeug!« meinte der Lord. »Nehmen wir es mit?«

»Natürlich,« antwortete ich. »Wir nehmen überhaupt alle Pferde mit, welche sich hier befinden. Nur der Dragoman behält das seinige da. Es könnte doch sein, daß es den Halunken auf irgend eine unvermutete Weise gelänge, aus der Höhle zu entkommen. Für diesen Fall wollen wir durch die Entfernung der Pferde wenigstens dafür sorgen, daß sie uns nicht schnell nachkommen können.«

»*Well!* So bitte ich mir den Goldfuchs aus! Habe während des Herweges auf einem Tiere gesessen, welches ein Ziegenbock gewesen sein muß; tut mir jetzt noch mein ganzes Gestell weh. Ist mir zu Mut, als sei ich vom Chimborazo heruntergekollert und unten noch über einen Urwald hinweggerollt. Habt doch hoffentlich nichts dagegen.«

»Gegen diese beneidenswerte Empfindung in Eurem Gestell? Habe gar nichts dagegen.«

»Unsinn! Meine, daß ich den Fuchs reite?«

»Nehmt ihn immerhin!«

»Auf wie lange?«

»Das weiß ich freilich nicht, da er unser Eigentum nicht ist.«

»Wollt Ihr auch hier den Herrn ausfindig machen?«

»Vielleicht. Ich traue dem Köhler kein solches Pferd zu. Es ist gestohlen. Vielleicht gehört es Stojko.«

»Hört, Master, Ihr habt zwei oder drei Eigenschaften, die mir nicht übel gefallen; andere Vorzüge aber entgehen Euch ganz und gar. Zum Stehlen zum Beispiel scheint Ihr kein Talent zu haben.«

»Besitzt Ihr es vielleicht?«

»Ueberflüssige Frage! Ein Lord stiehlt nie; aber diesen Fuchs würde ich mitnehmen, ohne mich groß zu bedenken. Haben ja das volle Recht, ihn als gute Beute zu betrachten!«

»Dem Spitzbuben ist eben alles gute Beute, was er auf die Seite zu bringen vermag. Führt die Pferde wieder fort! Wir wollen uns um das Feuer setzen und sehen, ob wir noch

Bärenschinken genug für alle haben. Ein Stück Tatze für Sir David Lindsay ist noch da.«

»Bä – Bärenschinken? Bä – Bärentatze?« fragte Lindsay, indem er den großen Mund gänzlich aufriß.

»Jawohl, Sir! Osko und Omar mögen unsere Pferde herbeiholen, denn bei diesen befinden sich die Leckerbissen, welche ich Euch genannt habe.«

»Von einem wirklichen Bären?«

»Ja, sogar von einem Eisbären, welchen wir vorgestern im Sprenkel gefangen haben. Er ging sehr leicht ein, weil wir ihn mit Mehlwürmern geködert hatten.«

»Albernheit! Redet verständig, Sir! Habt Ihr wirklich Bär?«

»Nun ja. Es gelang uns, so ein Tierchen zu erlegen.«

»Hallo! Das müßt Ihr erzählen!«

»Laßt es Euch von Halef erzählen! Der hat ihn erlegt und also das Fell bekommen, an dem Ihr ersehen könnt, welch ein gewaltiger Petz es war.«

»Halef, der Kleine? Der hat einen Bären erlegt? *Well!* Ich traue es ihm zu. Dieser Hadschi springt durch dick und dünn, wenn es gilt, eine mutige Tat zu verrichten. Bären hier am Schar Dagh! Wer hätte das gedacht! Halef, seid doch so gut und berichtet mir das Abenteuer!«

Der Hadschi versäumte nicht, dieser Aufforderung nachzukommen. Erzählen war seine größte Lust, besonders wenn es sich um eine Tat handelte, an welcher er selbst teilgenommen hatte. Er begann nach seiner bekannten Art und Weise:

»Ja, Herr, wir haben den Bären getroffen und den Riesen des Schar Dagh erlegt. Seine Spuren waren wie die Stapfen eines Elefanten, und seine Größe konnte die Völker der Erde erbeben machen. Dennoch ist unsere Kugel ihm in die Brust gedrungen, und unser Messer hat ihm das Leben zerschnitten. Er kann nun nicht mehr Pferdefleisch fressen und zum Nachtisch seinen Gaumen mit Himbeeren letzen. Wir haben seine Füße gebraten und die rechte Seite seines Ausruhens beinahe aufgespeist. Wie es gekommen ist, daß wir ihn ausgelöscht haben aus dem Register des irdischen Wandels, das sollst du erfahren, damit dir die halbe Tatze, welche wir noch haben, um so besser schmeckt.«

Bekanntlich verstanden Lindsay und Halef es, sich trotz ihrer gegenseitigen mangelhaften Sprachkenntnisse einander leidlich verständlich zu machen. Der Lord hatte einen kleinen Vorrat arabischer und türkischer Wörter gesammelt, und Halef hatte während der Zeit unseres Beisammenseins mit Lindsay sich möglichste Mühe gegeben, englische Ausdrücke aufzuschnappen und seinem Gedächtnis einzuprägen. Dazu kam, daß ich, wenn es sonst nichts zu besprechen gab, dem Kleinen von meinem Vaterland erzählen mußte. Er interessierte sich aus Liebe zu mir ganz außerordentlich für dasselbe. Ich mußte ihm das Unverständliche erklären und die Dinge bei ihren deutschen Namen nennen, welche er sich zu merken trachtete. Auf diese Weise hatte er sich auch eine gute Anzahl deutscher Ausdrücke angeeignet und war erpicht darauf, diese in seinen Augen ganz bedeutenden Kenntnisse in Anwendung zu bringen. Dazu bot sich ihm jetzt eine Gelegenheit, welche er mit Freuden ergriff.

Seine Erzählung war halb türkisch, halb arabisch gehalten und reichlich mit englischen und deutschen Bezeichnungen gespickt. Letztere brachte er möglichst oft an, ohne sich sehr darum zu bekümmern, ob sie richtig seien oder nicht. Das gab denn einen Mischmasch, welcher mir heimlich außerordentliches Vergnügen machte. Der Lord aber hörte sehr ernsthaft zu und warf nur zuweilen eine Frage ein, wenn Halef durch eine allzu kühne Anwendung seiner Kenntnisse unverständlich wurde. Uebrigens trugen die lebhaften Gesten, mit denen der Kleine seinen Bericht begleitete, sehr viel zur Verdeutlichung desselben bei.

Indessen brachten Osko und Omar unsere Pferde, und wir etablierten einen Bratspieß, an welchem die Reste des Bären in einen genießbaren Zustand gebracht wurden. Uebrigens gab Halef der Wahrheit die Ehre. Er stellte zwar sein Verhalten sorgsam in ein möglichst glänzendes Licht, behauptete aber, daß er nicht mehr am Leben sein würde, wenn ich nicht zur rechten Zeit mit dem Messer gekommen wäre.

Während seiner Erzählung war es ein wahres Gaudium, das Mienenspiel des Lords zu beobachten. Er hatte die Gewohnheit, besonders wenn ihn eine Rede lebhaft interessierte, kein Auge von dem Sprechenden abzuwenden, und die Gesichtsbewegungen desselben nachzuahmen. Das tat er auch jetzt. Auf seinem Antlitz wiederholte sich das lebhafte Mienenspiel des Hadschi auf das genaueste. Seine Augen, die Brauen, die große Nase, der breite Mund, sie befanden sich unausgesetzt in Bewegung, und diese Bewegung brachte infolge seiner eigentümlichen Gesichtsbildung und des Kontrastes mit Halefs Mienenspiel eine höchst erheiternde Wirkung hervor, von welcher man aber nichts merken lassen durfte.

»*Well!*« sagte er, als Halef geendet hatte. »Ihr habt Eure Sache gut gemacht, lieber Hadschi. Zwar kommt es mir ganz so vor, als ob dabei von Eurer Seite einige kleine Unregelmäßigkeiten mit unterlaufen seien, aber gefürchtet habt Ihr Euch nicht – das ist sicher. Wollte, ich wäre dabei gewesen! Mir passiert so etwas nicht! Wenn ich einmal anfange, eine Heldentat auszuführen, kommt mir stets etwas dazwischen, wodurch ich daran verhindert werde.«

»Ja,« nickte ich ihm zu, »es kommt sogar vor, daß Ihr dabei ergriffen und in einen Karaul gesperrt werdet. Welche Heldentat war es denn eigentlich, welche Euch veranlaßte, so Hals über Kopf nach Albanien zu kommen?«

»Hm! Habe diese Frage schon längst erwartet. Wußte, daß ich endlich beichten müsse. Ihr könnt Euch darauf verlassen, daß ich nur aus Liebe und Freundschaft für Euch hierher gekommen bin.«

»Das rührt mich tief. Eine Freundschaft, welche es riskiert, sich in einer Höhle des Schar Dagh toträuchern zu lassen, kann mir die bittersten Tränen des Entzückens erpressen.«

»Spottet nicht! Es war wirklich gut gemeint. Wollte Euch zu Hilfe kommen.«

»Ah so? Wußtet Ihr denn, wo Ihr uns treffen könntet, und kanntet Ihr die Gefahr, in welcher wir uns befanden?«

»Natürlich! Bevor ich von Stambul fortging, besuchte ich

Maflei, bei welchem Ihr gewohnt hattet, um mich zu verabschieden. Sein Sohn Isla war soeben aus Edreneh zurückgekehrt. Er erzählte, was dort geschehen war. So erfuhr ich, daß Ihr nach Skutari zu dem Kaufmann Galingré reiten wolltet, um ihn vor großem Schaden und vielleicht noch anderen Gefahren zu bewahren. Ich hörte, daß Ihr es auf die Entflohenen abgesehen hättet; man schilderte mir ihre Gefährlichkeit; man erzählte mir so viel von dem Kerl, den Ihr den Schut nennt, daß mir um Euch bange wurde. Ich beschloß, Euch zu Hilfe zu kommen.«

»Diese Liebe kann ich Euch niemals vergelten, Sir! Ihr seid uns so wacker und nachdrücklich zu Hilfe gekommen, daß uns schließlich nichts anderes zu tun blieb, als Euch hier aus dieser Höhle herauszuziehen.«

»Lacht nur, lacht! Konnte ich etwas von diesem Loch wissen?«

»Nein, auch wir kannten die Höhle nicht, sind aber trotzdem nicht hineingesteckt worden. Wie gelang es Euch denn aber, Euern gloriosen Plan so schnell in Ausführung zu bringen?«

»Sehr einfach. Ich erkundigte mich im Hafen nach einer passenden Gelegenheit, fand aber keine, die mich schnell genug fortgebracht hätte, mietete also einen kleinen Dampfer, einen Franzosen, welcher nicht recht wußte, welche Ladung er stauen sollte.«

»Das klingt freilich ganz nach Lord David Lindsay! Weil er nicht sofort eine passende Verbindung findet, mietet er gleich einen ganzen Dampfer. Wo liegt denn das Schiff? Ist es abgefahren, nachdem es Euch an das Land gesetzt hatte?«

»Nein, es muß auf meine Rückkehr warten. Liegt drunten in Antivari. Schlechter Hafen, ist zu seicht; ging aber leider nicht anders.«

»Nun weiter! Was tatet Ihr, als Ihr am Land gewesen waret?«

»Was sollte ich tun? Könnt es Euch doch denken! Ich nahm Pferde, Dolmetscher und einige Diener und ritt fort, hier herauf, wo wir nun zusammengetroffen sind. Das ist alles!«

»Wenn Ihr das ›Alles‹ nennt, so möchte ich erst wissen, was ›Nichts‹ ist! Ihr hattet unterwegs zur See Zeit genug, Euch einen Plan zurechtzulegen.«

»Plan? Geht mir mit Euren Plänen! Die Geschichte wird doch stets ganz anders, als sie im Plan lautet.«

»Nun, dann wundert es mich freilich nicht, daß Ihr so prächtig hineingefallen seid. Wenn man so etwas unternimmt, wie Ihr, muß man doch über die Art und Weise, wie es auszuführen ist, ein wenig nachdenken.«

»Das habe ich auch getan, und ich brauchte gar keine lange Zeit dazu. Ich kaufte mir zunächst das Buch ›*Redhouse Turkish and English dictionary*‹; habe hundertachtzig Piaster dafür bezahlt – –«

»Und trotz dieses Wörterbuches einen Dolmetscher genommen?«

»War gezwungen dazu. War in dem Buch zu viel türkische Schrift, die man nicht lesen kann.«

»So war also bereits die Einleitung zu Eurer Errettungsfahrt von ungeheurem Erfolg begleitet! Ihr kauftet Euch ein Buch, welches Ihr nicht lesen konntet. Das ist sehr gut! Nun brauchtet Ihr Euch, um die Sache noch besser zu machen, nur noch einen Dolmetscher zu nehmen, der nicht Englisch verstand, so konnten die Heldentaten beginnen.«

»Hört, Sir, wenn Ihr mich auslacht, so steige ich auf den Goldfuchs und lasse Euch hier jämmerlich sitzen!«

»Ja, und reitet den Aladschy und dem Schut wieder in die Hände, um abermals eingesteckt zu werden. Der Gedanke, nach Rugova zu reiten, war übrigens nicht ganz übel von Euch. Wie seid Ihr denn auf denselben gekommen?«

»Durch Erkundigung bei dem Dolmetscher und durch die Landkarte. Ich hatte erfahren, daß Ihr nach Menlik geritten seid; ich wußte, daß Ihr nach Skutari wolltet. Es gab nur einen einzigen Weg, welchen Ihr da benutzten konntet, und ich mußte Euch also auf demselben entgegenreiten.«

»Bei dieser Spekulation habt Ihr aber außer acht gelassen, daß es meine Gewohnheit nicht ist, auf der Heerstraße zu ziehen. Es ist auch wirklich nur ein Zufall, daß wir uns hier befinden. Hätten wir den Schut in einer andern Gegend suchen müssen, so wäre Euer Tod eine ausgemachte Sache. Einmal im Ernst gesprochen, muß ich Euch wirklich herzlich dankbar dafür sein, daß Ihr Euch unsertwegen in solche Gefahren begeben habt. Aber ich habe doch eine leise Ahnung, daß Euch noch eine kleine andere Absicht geleitet hat.«

»Welche denn?«

»Das wißt Ihr selbst. Habe ich recht?«

Ich deutete über meine Achsel hinweg dorthin, wo jetzt unsere Pferde standen. Der Lord schob seine Nase hin und her, als ob sie ihm in seiner Verlegenheit im Weg sei, räusperte sich einige Male und antwortete dann:

»*Well!* Ihr ratet ganz richtig. Dachte, daß Ihr Euch wegen des Rappen doch noch eines Besseren besonnen hättet. Möchte das Tier doch gar zu gern haben. Bezahle Euch ein Heidengeld dafür!«

»Mein Rih ist mir nicht feil; dabei bleibt es. Schweifen wir nicht von Eurer Erzählung ab! Dachtet Ihr denn in Antivari nicht an das Notwendigste, was Ihr tun mußtet: an den Kaufmann Galingré?«

»Habe natürlich an ihn gedacht; bin auch dort gewesen. Das verstand sich ja ganz von selbst. Ihr wolltet zu ihm. Da mußte ich mich doch erkundigen, ob Ihr vielleicht schon angekommen wäret.«

»Das war unmöglich. Aber warnen mußtet Ihr ihn, Sir!«

»Habe es auch getan.«

»Was sagte er dazu?«

»Er? Hm, er war gar nicht da.«

»Wo war er denn?«

»Fort, in die Gegend von Pristina, in das sogenannte Amselfeld, um Getreide einzukaufen. Galingré hat sich nämlich durch den Getreidehandel bedeutende Reichtümer erworben. Jetzt hat er das Geschäft verkauft und will in das Innere, nach Uskub, um dort ein neues Geschäft zu gründen, weil die Gegend dort überaus fruchtbar ist und durch die neue Eisenbahn ein Absatzweg eröffnet wird.«

»Von wem habt Ihr das erfahren?«

»Vom Dolmetscher, der es in der Stadt hörte.«

»Nicht bei Galingré selbst?«

»Nein.«

Ich kannte den guten Lord sehr genau und ahnte, daß er hatte pfiffig sein wollen, aber grad auf die allergrößte Dummheit verfallen war. Er liebte es, Abenteuer aufzusuchen, fiel aber diesen Abenteuern fast regelmäßig zum Opfer.

»Habt Ihr den Dolmetscher und die Diener schon in Antivari engagiert?« fragte ich ihn.

»Natürlich! Wir ritten dann nach Skutari. Dahin gab es schlechten Weg, hart gepflastert und von Zeit zu Zeit wieder aufgerissen, um ihn für den Kriegsfall ungangbar zu machen. Dann ging es stundenlang durch Morast, kamen sehr beschmutzt und glücklich in Skutari an, wo ich mich sogleich nach Galingrés Wohnung erkundigte und zu ihm ging.«

»Von wem wurdet Ihr empfangen?«

»Er war verreist, nach Pristina, wie ich bereits sagte. Ich wurde in das Kontor geführt, welches ganz leer war, da er das Geschäft verkauft hatte. Es empfing mich sein Disponent, ein feiner, gewandter, erfahrener und höchst liebenswürdiger Mann.«

»Hörtet Ihr seinen Namen?«

»Allerdings. Er hieß Hamd en Nassr.«

»Ah! Ausgezeichnet!«

»Kennt Ihr ihn vielleicht, Master?«

»Sehr genau sogar.«

»Nicht wahr, ist ein prächtiger Kerl?«

»Sehr prächtig! Er wird sich gefreut haben, Euch kennen zu lernen, zumal wenn Ihr ihm von mir erzählt habt.«

»Sonderbar! Er tat gar nicht so, als ob er Euch kenne!«

»Er wird wohl einen Grund dazu gehabt haben. Natürlich habt Ihr ihm gesagt, was der Zweck Eures Kommens sei?«

»Ja, habe ihm alles erzählt, Eure Erlebnisse in Stambul und Edreneh, die Flucht Barud el Amasats, Manach el Barschas und des Gefängnisschließers, und habe ihn schließlich ernstlich vor dem Bruder des ersteren, vor Hamd el Amasat, gewarnt. Habe ihm gesagt, daß dieser Kerl ein Schurke sei, der

Master Galingré betrügen wolle, ein Mörder, welcher lange Zeit, aber leider vergeblich, verfolgt worden ist.«

»Ausgezeichnet! Was sagte er dazu?«

»Er bedankte sich wiederholt bei mir durch die herzlichsten Händedrücke und ließ Wein bringen. Hamd el Amasat war durchschaut und bereits fortgejagt worden. Das war klug. Dann erkundigte er sich nach dem Weg, den ich einschlagen wolle, um Euch zu treffen. Ich sagte ihm, daß ich nach Kalkandelen und Uskub gehen werde, auf welcher Route ich Euch sicher begegnen müsse. Er hieß das sehr gut und gab mir die besten Ratschläge.«

»Der brave Kerl!«

»Ja, ist zwar nur ein Türke, aber dennoch durch und durch ein Gentleman. Gab mir sogar einen Empfehlungsbrief mit.«

»So! An wen, mein verehrter Herr?«

»An den bedeutendsten Pferdehändler des Landes, Kara Nirwan in Rugova, durch welchen Ort mich meine Straße führte. Hat diesen Kerl aber doch nicht genau gekannt, denn grad durch diesen Pferdehändler bin ich in die Patsche geraten.«

»War der Empfehlungsbrief ein offener?«

»Nein.«

»Und Ihr habt ihn auch nicht geöffnet und gelesen?«

»Was denkt Ihr von mir, Master! Ein Gentleman, ein Lord von Altengland, und Entheiligung eines Briefgeheimnisses! Oder haltet Ihr mich wirklich für so ordinär?«

»Hm! Ich gestehe Euch offen, daß ich in diesem Fall ganz gewiß sehr ordinär gewesen wäre.«

»Wirklich? Fremde Briefe macht Ihr auf, aber ein fremdes Pferd ist Euch heilig! Sonderbarer Kerl, der Ihr seid!«

»Es ist oft von Vorteil, sonderbar zu sein. So habt Ihr also nur mit diesem Master gesprochen. Hat Galingré keine Familie?«

»Frau und verheiratete Tochter. Der Schwiegersohn wohnt in demselben Hause.«

»So hätte ich an Eurer Stelle mich diesen Personen vorstellen lassen!«

»Wollte es auch, aber der Schwiegersohn war nicht daheim und die Damen befanden sich in Negligé, waren überhaupt so mit Einpacken beschäftigt, daß sie keinen Augenblick übrig hatten, Besuch zu empfangen.«

»Ließen sie Euch das sagen?«

»Nein, der Disponent sagte es.«

»Warum packten sie ein?«

»Weil sie eben nach Uskub ziehen. Galingré hatte ihnen aus Pristina einen Boten gesandt, daß er gar nicht erst wieder heimkommen, sondern gleich von dort aus nach Uskub gehen werde, um sie dort zu erwarten. Sie wollten zwei oder drei Tage nach mir aufbrechen.«

»Wißt Ihr, wer der Bote gewesen ist, den Galingré angeblich gesandt hat?«

»Nein.«

»So! Hm! Hat denn dieser vortreffliche Hamd en Nassr Euch nicht anvertraut, daß er selbst es gewesen ist?«

»Er sagte nichts davon. Uebrigens irrt Ihr Euch da. Er selbst kann diese Botschaft nicht gebracht haben, da er als Disponent daheim bleiben mußte.«

»O nein! Er ist mit Galingré geritten und dann wieder umgekehrt, um dessen Familie und – – Vermögen nachzuholen.«

»Wäre dies der Fall, so hätte er es mir gesagt.«

»Er hat Euch noch ganz andere Dinge verschwiegen. Dieser liebenswürdige Herr, den Ihr einen echten Gentleman nennt, ist ein Schurke durch und durch.«

»Master, das könntet Ihr nicht beweisen!«

»Sogar sehr leicht. Er hat, als Ihr fort waret, Euch sicher ganz gewaltig ausgelacht.«

»Das will ich mir verbitten!«

»Ich will Euch sogar sagen, daß er Euch für einen riesigen Dummkopf gehalten hat und heute noch hält.«

Während des Gespräches war der Schinken und die Tatze gebraten worden. Lindsay hatte die Tatze erhalten und sich soeben das erste Stück davon in den Mund geschoben. Bei meinen letzten Worten vergaß er, denselben zu schließen. Er starrte mich eine Weile an, die Tatze in der Linken, das Messer in der Rechten und das Fleischstück in dem offenen Mund. Dann spuckte er das Fleisch aus und fragte:

»Ist das Euer Ernst, Sir?«

Er nannte mich stets Master. Sagte er ja einmal ›Sir‹ zu mir, so war das ein sicheres Zeichen seines Zornes.

»Ja, mein völliger Ernst,« antwortete ich.

Da sprang er auf, warf Messer und Tatze fort, streifte sich die Aermel auf und rief:

»*Well!* So boxen wir! Steht auf, Sir! Ich werde Euch einen Dummkopf auf den Magen geben, daß Ihr hier aus dem Tal hinaus bis in die Wüste Gobi fliegt! Ich, Lord David Lindsay, ein Dummkopf!«

»Bleibt doch sitzen, Sir!« antwortete ich ruhig. »Nicht ich nenne Euch so, sondern ich habe nur gesagt, daß jener Mensch Euch für einen solchen hält.«

»Woher wißt Ihr es?«

»Ich denke es mir.«

»So! Aber diesen Gedanken werde ich Euch austreiben, Sir! Ob Ihr mich einen Dummkopf nennt oder es mir sagt, daß ein Anderer mich so heißt, das ist ganz und gar gleich. Steht auf! Wer den Mut hat, mich zu beleidigen, der muß auch den Mut haben, sich mit mir zu boxen! Legt Euch nur aus! Ich gebe Euch eins auf den Magen, daß Euch derselbe aus dem losen Munde springen soll!«

»Gut, ich machte mit, Sir! Aber nicht jetzt, sondern nachher, wenn unser Gespräch beendet ist.«

»So lange warte ich nicht!«

»Wenn ich nicht eher mittue, werdet Ihr doch warten müssen. Ihr habt einen Geniestreich begangen, für welchen Ihr eigentlich einen Orden bekommen solltet. Ihr seid nach Skutari geritten, um Galingré vor Hamd el Amasat zu warnen, und habt statt dessen diesen Hamd el Amasat vor uns gewarnt. Ihr seid nach Antivari gedampft, um uns in den etwa drohenden Gefahren beizustehen, und habt doch alles mögliche getan, uns den Feinden in die Hände zu liefern; ja, Ihr selbst seid ihnen bereits mit größter Unbefangenheit schnurstracks in die Falle gelaufen. Natürlich lachen sie Euch aus.

Wenn Ihr da denkt, daß sie Euch für ein Wunder der Klugheit halten, so begreife ich Euch durchaus nicht.«

Diese Worte erhöhten seinen Zorn. Er ballte die Fäuste, stellte sich breitspurig vor mich hin und rief:

»Das, das wagt Ihr mir zu sagen, Ihr Master, Ihr Mister, Ihr Sir, Ihr – Ihr – Ihr Mosjeh? Auf und heran! Das Boxen beginnt! Ich gebe Euch eins, daß Ihr wie ein Milchtopf in Scherben auseinander fliegt!«

»Habt nur noch einen Augenblick Geduld, Sir! Habt Ihr denn nicht geahnt, daß derjenige, dem Ihr Eure Warnung mitteiltet, just derselbe war, vor dem Ihr warnen wolltet?«

»Wie? Was? Hätte ich das getan, so wäre ich allerdings noch dümmer als dumm gewesen; ich müßte mich einen Verrückten nennen.«

»Nun, so nennt Euch so! Mir aber nehmt es ja nicht übel, daß ich nur das Wort Dummkopf in anderer Leute Mund gelegt habe. Ist Euch denn nicht der Name aufgefallen, welchen der Disponent führt?«

»Hamd en Nassr? – Nein.«

»Und derjenige, vor welchem Ihr ihn warntet, heißt Hamd el Amasat!«

»Was tut das, wenn sich die Vordernamen gleichen? Millionen Menschen haben gleiche Vornamen.«

»Gut! Wir haben Euch doch früher unser Erlebnis in der Sahara erzählt, von der Ermordung des jungen Galingré und dann des Führers Sadek auf dem Schott. Könnt Ihr Euch noch auf den Namen des Mörders besinnen?«

»Ja, es war eben dieser Hamd el Amasat.«

»Er nannte sich aber damals anders. Besinnt Euch doch einmal!«

»Ich weiß es wohl. Er nannte sich Vater des Sieges, auf arabisch Abu en Nassr.«

»Nun, so vergleicht einmal diese beiden Namen Hamd el Amasat und Abu en Nassr mit dem Namen des Disponenten, welcher Hamd en Nassr heißt!«

Er hielt noch immer beide Fäuste erhoben. Jetzt ließ er sie langsam sinken. Auch seine Unterlippe sank tiefer und immer tiefer herab, und sein Gesicht nahm den Ausdruck einer so rührenden geistigen Bescheidenheit an, daß ich laut auflachen mußte.

»Hamd – en – – Nassr!« stammelte er. »O Himmel! Dieser Name ist aus den zwei Namen des Mörders zusammengesetzt! Sollte – sollte – sollte – – «

Er stockte.

»Jawohl, es ist so, wie Ihr jetzt befürchtet, Sir! Ihr habt den Mörder vor sich selbst gewarnt. Er hat Euch für so – so – ich will sagen, so unschädlich gehalten, daß er Euch sogar einen Empfehlungsbrief in die Hände gab, in welchem an Kara Nirwan die Weisung stand, sich Eurer Person zu bemächtigen. Diesen Brief habt Ihr in rührender Ehrlichkeit an die richtige Adresse geliefert und seid natürlich festgenommen und hierher geschafft worden, um totgeräuchert zu werden, wie eine Finne oder Trichine in der Schlackwurst. Nebenbei aber habt Ihr verraten, daß wir kommen, und also dem Mann, auf welchen wir es abgesehen haben, die Waffe gegen uns in die Hand gegeben. Es ist ein gerade beispiellos guter und kluger Dienst, den Ihr Euch selbst und Euren Freunden geleistet habt. Das wollte ich Euch sagen. Und nun, Sir, kann das Boxen beginnen. Ich bin bereit dazu. Also, *come on!*«

Ich war aufgestanden und streifte nun auch meine Aermel empor. Aber als ich mich gegen ihn auslegte, wandte er sich langsam ab, ließ sich noch langsamer auf seinen vorigen Platz nieder, senkte den Kopf, kratzte sich mit beiden Händen hinter den Ohren und stieß einen so gewaltigen Seufzer aus, daß es schien, er habe die ernstliche Absicht, mit demselben das Feuer auszublasen.

»Nun, Sir, ich denke, Ihr wollt mich nach der Wüste Gobi fliegen lassen!«

»Seid still, Master!« bat er in kläglichem Ton. »Ich glaube, ich habe die Gobi im Kopf!«

»Mich wie einen Milchtopf in Scherben schlagen!«

»Ich selbst bin der größte Kleistertopf der Welt!«

»Oder mir den Magen aus dem Mund treiben!«

»Schweigt! Ich habe an meinen eigenen Magen zu denken. Ich habe Lord David Lindsay drin, und aber wie! *Well! Yes!*«

»Es scheint, Ihr bildet Euch auf Euern prachtvollen Gentleman in Skutari nichts mehr ein?«

»O weh! Laßt mich mit diesem Schurken in Ruh! Was muß er von mir denken! Er muß doch glauben, ich habe Schafskäse im Kopf anstatt des Gehirns!«

»Das war vorhin meine Meinung; Ihr wolltet Euch deshalb mit mir boxen. Wollt Ihr etwa jetzt auf diese Genugtuung verzichten?«

»Gern, sehr gern! Vom Boxen kann keine Rede sein, denn Ihr habt nur zu sehr recht gehabt. Ich möchte mich selbst boxen. Seid doch einmal so gut, Master, und gebt mir eine Ohrfeige, aber eine solche, daß man sie in Altengland hören kann!«

»Nein, Sir, das werde ich nicht tun. Wer zur Einsicht seines Fehlers kommt, dem soll man die Strafe erlassen. Und zu Eurer Beruhigung will ich Euch versichern, daß Ihr uns keinen Schaden gemacht habt. Nur Ihr selbst seid von den Folgen Eures Fehlers getroffen worden.«

»Das sagt Ihr nur, um mich zu beruhigen.«

»Nein, es ist die Wahrheit.«

»Das glaube ich nicht. Dieser Hamd el Amasat ist nun auf Euch vorbereitet.«

»Nein; denn er hält uns für tot.«

»Wird ihm nicht einfallen!«

»Doch! Er hat erfahren, daß wir hier getötet werden sollen. Er nimmt an, daß wir, wenn wir ja hier entkommen sollten, dem Schut dann desto sicherer in die Hände laufen. Er ist also ganz ruhig in Beziehung auf die Gefahr, welche ihm von unserer Seite droht.«

»Woher sollte er das alles wissen?«

»Von dem Schut, bei dem er gewesen ist.«

»Ah! Wißt Ihr denn, daß er dort war?«

»Ja. Und was ich nicht gehört habe, das vermute ich. Man kann doch seine Schlüsse ziehen. Wenn Ihr glaubt, der Kaufmann Galingré befinde sich wirklich in Pristina, so irrt Ihr Euch. Er ist vielleicht gar Euer Gefängnisnachbar gewesen, denn er steckt jetzt im Karaul bei Rugova.«

»Master!«

»Ja, ja! Hamd el Amasat ist nur deshalb bei ihm ins Geschäft getreten, um ihn zu ruinieren. Er hat ihn nach Pristina begleitet und ihn dem Schut in die Hände geliefert. Dort haben sie ihm sein Geld abgenommen. Da er Getreideeinkäufe machen wollte, so nehme ich an, daß er eine nicht geringe Summe bei sich trug. Hamd el Amasat hat ihm ferner, wie ich vermute, den Verkauf des Geschäftes und die Gründung eines neuen eingeredet. Dadurch ist das Vermögen Galingrés flüssig gemacht worden. Da er nicht selbst in Skutari ist, so gelangt es in die Hände seiner Frau oder seines Schwiegersohnes. Um es zu erlangen, muß Hamd el Amasat sich dieser Personen versichern, und zwar so, daß niemand es erfährt. Darum hat er ihnen der Wahrheit zuwider die Botschaft gebracht, Galingré sei direkt nach Uskub gereist, und sie sollten schnell dorthin nachkommen. Sie packen nun und werden reisen, aber nicht nach Uskub, sondern nur nach Rugova, wo sie verschwinden werden mit allem, was sie bei sich führen. Dieser Plan ist bereits vor längerer Zeit gefaßt und mit raffinierter Schlauheit ausgeführt worden. Hamd el Amasat hat seinen Bruder Barud aufgefordert, zu ihm zu kommen und in Rugova, im Karanirwan-Khan, mit ihm zusammenzutreffen. Dieser Zettel fiel in meine Hände und diente mir als Wegweiser. Die beiden Brüder beabsichtigen wohl, mit dem geraubten Geld irgendwo ein Geschäft anzufangen oder von dem Geld zu leben. Ein Teil des Raubes wird oder soll auf den Schut fallen. Man hat Galingré nicht ermordet, sondern man läßt ihn noch leben, um mit Hilfe seiner Unterschrift etwaige noch nicht eingegangene Außenstände später eintreiben zu können. So setze ich mir die ganze Geschichte zusammen, und ich glaube nicht, daß ich dabei viel irre gehen werde.«

Lindsay schwieg. Sein Fehler drückte ihn so sehr, daß er zunächst an nichts anderes denken mochte. Ich hielt die

Bärentatze über das Feuer, um sie wieder warm zu machen, und reichte sie ihm dann mit den Worten hin:

»Laßt das Geschehene jetzt ruhen und beschäftigt Euch lieber mit dieser Delikatesse. Das wird Euch dienlicher sein.«

»Glaube es schon, Master! Aber für solche Dummheiten mit einer gebratenen Bärentatze belohnt zu werden, das muß ich allzuviel Nachsicht nennen. Ich will sie dennoch nehmen; aber ich werde meinen Streich quitt machen. Wehe diesem Disponenten, wenn ich ihn zwischen meine Hände bekomme!«

»Ihr werdet keine Gelegenheit finden, es ihm heimzuzahlen. Der Führer Sadek, welchen er erschoß, war der Vater unsers Omar. Hamd el Amasat ist also Omars Blutrache verfallen. Wir können nichts anderes tun, als der Sache einen möglichst humanen Abschluß geben. Eßt also jetzt, Sir! Wie es Euch in Rugova ergangen ist, könnt Ihr mir später sagen.«

»Das könnt Ihr sogleich erfahren. Mein Bekenntnis wird mir das Salz zum Braten sein.«

Er schob eine tüchtige Schnitte zwischen die Zähne, kaute, daß die Nase auf und nieder stieg, und berichtete:

»Wir quartierten uns, als wir Rugova erreichten, natürlich im Khan des Kara Nirwan ein. Der Wirt war selbst daheim, und ich gab den Empfehlungsbrief ab. Er las ihn bedächtig durch, steckte ihn ein und reichte mir auf das herzlichste die Hand, wobei er mir mit Hilfe des Dolmetschers versicherte, daß ich ihm bestens empfohlen sei und auf ihn rechnen könne; ich sei sein Gast, so lange es mir beliebe, und solle ja nicht etwa daran denken, etwas bezahlen zu müssen.«

»Wie ich Euch kenne, ließet Ihr nun grad Euer Geld sehen?«

»Natürlich! Dieser Mann sollte bemerken, daß ein Lord Altenglands bezahlen und dann, wenn man keine Bezahlung annehmen will, reichlich belohnen kann.«

»Ich hörte davon, als ich hier ein Gespräch des Köhlers mit dem Alim belauschte. Letzterer erzählte, daß Ihr sehr reich sein müßtet. Es ist stets unvorsichtig, in der Fremde – und zumal hier bei diesen unzähmbaren Leuten – reichliche Geldmittel sehen zu lassen.«

»Sollte man etwa denken, daß ich ein Lump sei, der sich nur deshalb um Empfehlungsbriefe bemüht, weil er umsonst essen und trinken will?«

»Das ist Eure Ansicht, Sir. Ich aber sage Euch, daß wir während unseres Rittes fast nie bezahlen durften und doch nicht für Lumpen gehalten worden sind.«

»So weiß ich wirklich nicht, auf welche Weise Ihr das anfangt. Ich kann kommen, wohin ich will, so ist Geld stets das erste, was man bei mir sehen will. Und je mehr ich bezahle, desto dringender fährt man fort, Geld zu verlangen. Kurz und gut, ich gab sofort jedem Bediensteten des Karanirwan-Khanes ein tüchtiges Bakschisch, wofür sie mir alle die höchste Dankbarkeit zollten.«

»Ja, eine Dankbarkeit, welche endlich darin gipfelte, daß man Euch alles nahm, sogar die Freiheit. Auf welche Weise wurdet Ihr denn in die Falle gelockt?«

»Durch den Dolmetscher, dem ich unterwegs von meinen Reisen erzählt hatte. Unter anderem hatte ich ihm auch gesagt, daß ich gern vergrabene Altertümer zutage fördere, geflügelte Stiere und so weiter, aber nie ein rechtes Glück dabei gehabt hätte. Das hatte er dem Wirt wieder gesagt, und dieser ließ mich fragen, ob ich vielleicht in diese Gegend gekommen sei, um auch solche Ausgrabungen vorzunehmen. Auf meine Erkundigung teilte er mir mit, daß er allerdings einen Ort kenne, an welchem etwas sehr Wertvolles zu finden sei, doch habe die Regierung verboten, Nachforschungen zu halten.«

»Ah so! Dieses Verbot mußte er ersinnen, um Euch des Nachts fortlocken zu können.«

»So ist es. Er deutete heimlich auf den Dolmetscher und machte dabei eine Gebärde, aus welcher ich entnahm, daß auch dieser nichts erfahren dürfe. Da kam ich auf den Gedanken, dem Wirt das Wörterbuch zu geben, welches ich in Stambul gekauft hatte, ohne es brauchen zu können. Er nahm es und ging fort, jedenfalls, um darin zu studieren.«

»Das habt Ihr sehr brav gemacht. Er konnte nicht ohne

Hilfe des Dolmetschers mit Euch sprechen. Dieser hätte jedenfalls Euch gewarnt. Durch das Buch gabt Ihr dem Schut das beste Mittel in die Hand, Euch, ohne daß der Dolmetscher Mißtrauen fassen konnte, in das Netz zu locken. Sagt ja nicht, daß der Dragoman die Schuld trage. Ihr habt Euch selbst alles zuzuschreiben. Fand sich denn der Schut in das Buch?«

»Sehr leicht; er konnte ja die türkische Schrift lesen. In einem unbewachten Augenblicke des nächsten Tages winkte er mir, ihm in eine abgelegene Stube zu folgen, in welcher wir allein waren. Das Buch lag auf dem Tisch. Er hatte sich Wörter angezeichnet, las sie mir türkisch vor und deutete dann auf die daneben stehende englische Uebersetzung. Am meisten wiederholten sich dabei die Worte Kanad aslani und Maden.«

»Also ein geflügelter Löwe in einem Bergwerk?«

»Ja, das war es, wie ich nach und nach verstand. Er zeigte mir durch die Wörter, welche er ausgesucht hatte, an, daß er mich des Nachts über den Fluß in einem Kahn nach einem Bergwerk führen werde, in welchem ein geflügelter Löwe zu finden sei.«

»Und diesen Unsinn habt Ihr geglaubt?«

»Warum nicht? Gibt es am Tigris geflügelte Stiere, so kann es auch hier am Drin geflügelte Löwen geben.«

»So seid Ihr freilich in der Geschichte besser bewandert als ich, der ich so etwas nicht für möglich halte.«

»Ob möglich oder nicht, ich glaubte es. Er nickte mir fragend zu, und ich nickte ihm antwortend. Die Sache war abgemacht, und als Alle schliefen, holte er mich ab und führte mich zu dem Dorf an das Ufer des Flusses. Dort war ein Kahn und wir stiegen ein. Er ruderte stromaufwärts, bis wir eine Felswand erreichten, in welcher es ein Loch gab, von herabhängenden Pflanzen dicht überdeckt. Dahinein ging es. Der Kahn wurde angebunden, und dann brannte der Schut eine Fackel an, welche er mitgenommen hatte. Wir stiegen aus und befanden uns in einem Gang, welcher ein Stollen zu sein schien, auf dessen Boden Bretter gelegt waren. Er winkte mir, ihm zu folgen, und schritt mit der Fackel voran. Der Stollen stieg stetig bergan, bis wir in eine große, runde Kammer kamen, in deren Wand ich mehrere niedrige Türen bemerkte. Auch sah ich einen eisernen Ring in der Mauer, in welchen der Schut die Fackel steckte. Dann klatschte er in die Hand. Es öffnete sich eine der Türen, und es trat einer der Knechte hervor, welchen ich am Tag ein Bakschisch gegeben hatte. Er trug einen Hammer in der Hand. Der Schut öffnete eine zweite Türe und deutete hinein. Als ich mich bückte, um da hinein zu sehen, versetzte mir der Knecht mit dem Hammer einen Schlag auf den Kopf, daß ich niederbrach.«

»Aber, Sir, hattet Ihr denn gar kein Mißtrauen gefaßt?«

»Nein. Seht Euch nur diesen Kara Nirwan an und sagt mir dann, ob es Euch möglich sei, ihn für einen solchen Halunken zu halten! Er hat ein so ehrliches Gesicht, daß man ihm sofort das größte Vertrauen schenken muß. Ich habe erst hier erfahren, daß er der Schut ist.«

»Nun, hoffentlich bekomme ich ihn auch zu sehen und da werde ich mir seine Physiognomie genau betrachten. Weiter!«

»Als ich wieder zu mir kam, befand ich mich allein. Die Hände hatte ich frei; die Füße steckten in eisernen Ringen, welche in den Boden eingelassen waren. Unter mir, rechts, links und hinter mir hatte ich Fels. Die Decke konnte ich mit dem Arm nicht erreichen, da es mir nicht möglich war, aufzustehen. Ich konnte nur sitzen oder liegen – ich war gefangen!«

»Eine sehr energische, aber nicht ganz unverdiente Bestrafung Eurer Unvorsichtigkeit! Wie war Euch denn zumute? Was dachtet Ihr?«

»Das könnt Ihr Euch doch denken. Ich habe geflucht und gebetet; ich habe stundenlang gerufen und gebrüllt, ohne daß jemand auf mich hörte. Ich fand, daß ich vollständig ausgeraubt sei. Nicht einmal die Uhr hatte man mir gelassen, und auch der Hut war weg.«

»Nun, über den hohen, grauen Zylinderhut werdet Ihr Euch leicht trösten, obgleich Ihr den Ritt hierher nun ohne

Kopfbedeckung gemacht habt. Und was die Uhr betrifft, so werdet Ihr doch nicht erwarten, daß ein Räuber Euch ein so kostbares, mit Brillanten besetztes Prachtstück lassen wird, nur daß Ihr in einer durchaus finstern Zelle nach der Zeit sehen könnt.«

»Ich hätte sie repetieren lassen. Nun aber wußte ich nicht, wie lange ich ohne Besinnung gelegen hatte. Welche Zeit ich nun wartete, bis jemand erschien, das kann ich nicht bestimmen. Endlich wurde die Türe geöffnet. Draußen stand der Schut. Er hatte ein Licht, Tinte, Papier, Feder, mein Buch und einen Zettel. Dies alles setzte und legte er vor mich hin. Mit zwei Pistolen hielt er mich im Schach, daß ich mich nicht an ihm vergreifen würde, da ich ja die Hände frei hatte. Mit Hilfe der Auszüge, welche er aus meinem Buch auf den Zettel gemacht hatte, erfuhr ich, daß ich sterben müsse, wenn ich ihm nicht eine Anweisung auf zwei und ein halbes Hunderttausend Piaster gebe. Diese Anweisung sollte ich auf das Papier schreiben. Er zog dabei den mir abgenommenen Siegelring aus der Tasche und ein Stück Petschierlack dazu.«

»Das sind fast sechzehntausend Taler. Das Geschäft dieses Mannes wäre ein ganz ausgezeichnetes, wenn er öfters solche Vögel finge und auch wirklich Geld erhielte. Ihr habt Euch aber geweigert, darauf einzugehen?«

»Wie sich das ganz von selbst versteht. Er kam noch einige Male, aber mit demselben Mißerfolg. Er brüllte mich türkisch oder armenisch, meinetwegen auch persisch an, und ich antwortete englisch. Wir verstanden die Worte nicht, aber wir wußten sehr wohl, was sie zu bedeuten hatten. Endlich kam er noch einmal und brachte den erwähnten Knecht wieder mit. Die Hände wurden mir gebunden und die Füße aus den Klammern befreit. Man fesselte sie mir wieder zusammen; dann bekam ich ein Tuch um die Augen und wurde fortgeschleppt.«

»Wohin? Wieder durch den Stollen?«

»Nein. Es ging durch mehrere Kammern und Gänge, wie ich an dem Schall ihrer Schritte erkannte. Ich selbst konnte nicht gehen – ich wurde getragen. Dann legte man mich nieder. Ich ward an einen Strick gebunden und eine ganze Zeitlang, welche mir wie eine Ewigkeit erschien, emporgezogen.«

»Ah! So gibt es also doch einen Schacht! Wenn Ihr nur die Mündung desselben gesehen hättet!«

»Wartet nur! Oben, als ich frische Luft spürte, wurde ich niedergelegt. Menschen sprachen leise miteinander, und ich hörte das Schnauben von Pferden. Dann wurden mir die Fußfesseln gelöst. Man hob mich in einen Sattel und band mir die Füße mit einem Strick zusammen, welcher unter dem Leib des Pferdes hinlief. Dabei war das Tuch ein wenig emporgerutscht, und ich konnte sehen, wenn auch nicht viel. Ich sah Häusertrümmer und einen starken, runden Turm, welcher wohl der Karaul gewesen sein mag. Sonst gab es rundum Wald.«

»Also mündet der Schacht bei den Trümmern in der Nähe des Turmes, wie ich's mir dachte.«

»So ist es. Ich wurde fortgeschafft, wohin und in welcher Gesellschaft, das wißt Ihr ja.«

»Behieltet Ihr das Tuch noch lange um die Augen?«

»Erst kurz vor unserer Ankunft hier wurde es mir abgenommen, da es indessen dunkel geworden war und ich doch nichts sehen konnte. Das übrige brauche ich nicht zu erzählen.«

»Und wie war es denn mit Ihnen?« fragte ich den Dragoman. »Das Verschwinden des Lords muß Euch doch aufgefallen sein.«

»O nein,« antwortete er. »Ich sah ihn zwar nicht, als ich erwachte; aber als ich nach ihm fragte, sagte man mir, er sei in der Richtung des Dorfes fortgegangen, langsam und gemächlich, als ob er spazieren wolle. Das war nichts Außergewöhnliches. Ich konnte dem Lord doch nicht verbieten, sich ohne meine Begleitung das Dorf und den Fluß zu betrachten. Dann kam der Alim geritten; es war noch früh am Morgen. Er sagte mir, daß er den Lord gesehen habe und mich an die betreffende Stelle führen könne – – «

»Sagte er das sofort, als er kam?«

»Nein. Er hatte erst mit dem Wirt gesprochen.«

»Dachte es mir! Dieser hatte ihn instruiert, wie er es anfangen solle, auch Sie festzunehmen. Der Alim machte nämlich am Abend vorher hier aus, wie er Sie mitbringen wolle, da der Köhler ja nicht mit dem Lord sprechen könne. Gingen Sie mit ihm?«

»Ja. Er zeigte mir die Stelle, an welcher er den Lord gesehen hatte, aber dieser war nicht da. Also suchten wir ihn.«

»Sehr schlau! Es wurden indessen die Männer bestellt, welche sich Eurer bemächtigen sollten.«

»So ist es. Der Alim führte mich endlich zum Karaul, wo ich die Pferdeknechte des Wirts fand. Dort wurde mir gesagt, der Engländer müsse eine kleine Reise antreten, und ich solle ihn begleiten. Eine Weigerung werde mein Tod sein. Ich wurde festgenommen, auf das Pferd gebunden und erhielt auch ein Tuch, so wie der Lord. Einer Schuld an diesem Vorfall kann mich niemand zeihen.«

»Das wird keinem Menschen im Ernst einfallen. Sie hätten hier ganz unschuldig das Leben lassen müssen. Sie können nun viel dazu beitragen, daß diese Leute ihre Strafe erleiden. Hoffentlich bewachen Sie dieselben sorgfältig!«

»Das versteht sich ganz von selbst; aber ich hoffe, daß Sie mich nicht zu lange warten lassen. Man weiß nicht, was geschehen kann.«

»Ich werde mich beeilen. Wäre ich in Kolutschin bekannt, durch welches wir kommen, so würde ich Ihnen von dorther einige zuverlässige Männer senden, damit Sie Gesellschaft hätten. Aber ich kenne dort keinen Menschen und müßte gewärtig sein, Ihnen solche Leute zu schicken, welche Freunde des Köhlers sind.«

»Was das betrifft, so bin ich imstande, Ihnen einen zu nennen, an welchen Sie sich wenden können, oder sogar zwei. Ein Nachbar von mir in Antivari hat eine Frau, welche aus Kolutschin gebürtig ist. Sie hat zwei Brüder in der Heimat, von denen der eine sie oft besucht. Ich kenne ihn sehr genau und kann, wenn Sie es verlangen, darauf schwören, daß er ein treuer und sicherer Mann ist, der mir sehr gern den Gefallen tun wird, hierher zu kommen. Er kann seinen Bruder und vielleicht noch einen Bekannten mitbringen.«

»Wer ist dieser Mann?«

»Er ist ein Taschdschy[1], ein kräftiger Bursche, welcher sich vor drei Andern nicht fürchtet, und heißt Dulak. Wollen Sie nach ihm fragen?«

»Ja, ich sende ihn her, nämlich wenn er auf diesen Wunsch eingeht. Findet er noch jemand, der ihn begleiten will, so können wir ihnen, wenn sie keine Pferde haben, um schnell herbeizukommen, diejenigen geben, welche wir von hier mitnehmen. Und nun glaube ich, wir haben genug gesprochen. Wir wollen schlafen; wir wissen nicht, was die nächste Nacht bringt. Wir wollen losen, wie die Reihe der Wache läuft. Beim Morgengrauen brechen wir auf, um womöglich schon am Mittag in Rugova zu sein.«

»Herr,« sagte der Dolmetscher, »es soll keiner wachen, als nur ich. Sie und Ihre Begleiter müssen sich morgen anstrengen, während ich hier ruhen kann. Auch sind es nur wenige Stunden von jetzt bis zur Morgenröte. Diese Bitte müssen Sie erfüllen.«

Ich wollte nicht; da er aber darauf bestand, so tat ich ihm den Willen. Ich war ja überzeugt, daß er ein treuer Mann sei, welcher während unseres Schlafes nichts Unrechtes vornehmen werde.

Dennoch war es mir nicht möglich, ruhig zu schlafen. Der Gedanke an so viele eingesperrte Schurken, welche vielleicht doch die Mittel fänden, sich zu befreien, beunruhigte mich. Als der Morgen anbrach, war ich zuerst auf den Beinen. Ich ging nach dem Stall zu den vier Pferden. Da hingen die Sättel und Decken. Zwei Decken trugen in einer Ecke die beiden Buchstaben *St.* und *W.* Das sollte jedenfalls Stojko Wites heißen. Zwei Pferde, darunter der Goldfuchs, und zwei Sättel gehörten ihm. Er sollte sie wieder bekommen.

Nun weckte ich die Genossen und kroch dann in die Höhle, um mich zu überzeugen, daß die Gefangenen sicher

[1] Steinbrucharbeiter, Steinbrecher.

verwahrt seien. Ich ließ ihnen Wasser bringen, damit sie trinken konnten. Essen bekamen sie nicht, obgleich ich in der Stube des Köhlers Mehl und anderes Eßbare gesehen hatte, aber in welchem Zustand!

Anfangs hatten wir die im Meiler gefundenen Waffen, welche nicht verteilt worden waren, verbrennen wollen; wir ließen sie jedoch unbeschädigt. Der Dolmetscher konnte sie an sich nehmen und damit tun, was ihm beliebte. Er sagte, daß er die Stücke, welche er nicht gebrauchen könne, den Leuten geben wolle, welche wir ihm aus Kolutschin schicken würden. Wir empfahlen ihm noch einmal, den Eingang der Höhle gut zu verwahren, und verabschiedeten uns von ihm, hoffend, ihn bald wiederzusehen. Im Gegenfall versprach ihm der Lord, die versprochene Bezahlung in seine Behausung zu Antivari abzuliefern. Die Sonne war noch tief unter dem östlichen Horizont, als wir das verhängnisvolle Tal verließen.

FÜNFTES KAPITEL

Ein Ueberfall

Noch niemals hatte der Hadschi mit solcher Eleganz im Sattel gesessen, wie an diesem Morgen. Um nämlich den schönen Kettenpanzer nicht als hinderliches Gepäck mitnehmen zu müssen, hatte er ihn angelegt, den Damaszener umgeschnallt und den Dolch in den Gürtel gesteckt. Mit dieser Rüstung Stojkos ausgestattet, dünkte sich der kleine Kerl etwas anderes und natürlich viel Besseres als gewöhnlich zu sein.

Damit man den Panzer ja nicht übersehen könne, hatte er seinen Kaftan nicht angezogen, sondern mit Hilfe einer Schnur über die Achseln gehängt, so daß derselbe wie ein Mantel ihn umfloß und bei schnellem Ritt wie eine Flagge nachwehte. An seinen Turban hatte er ein rot und gelb gestreiftes seidenes Tuch befestigt, welches ein Andenken an Konstantinopel war; auch dieses flatterte kokett nach hinten. Der sehr blank geriebene Panzer glänzte und funkelte in den Strahlen der Sonne, die sich erhob, als wir, die Gabelung der Wagenspuren hinter uns, über die Höhe ritten, welche hier die Wasserscheide zwischen Drin und Treska bildete und sich in mächtigen Felsenstufen zum Tale des erstgenannten Flusses niedersenkte.

Die öftere Erwähnung von steilen Felswänden, von Schluchten und Rissen darf nicht verwundern. Die Gebirge der Balkanhalbinsel – besonders die westlich gelegenen und vor allen Dingen der Schar Dagh – sind meist von gewaltigen, tief zerklüfteten Felsenmassen gebildet. Senkrechte Wände von mehreren hundert, ja über tausend Fuß Höhe sind da gar keine Seltenheit. Zwischen diesen eng beieinander stehenden Mauern tritt das Gefühl äußerster Hilflosigkeit an den Fremden heran. Es ist, als ob die schweren Massen über ihm zusammenbrechen wollten. Es kommt der Gedanke, wieder umzukehren, um dem Verderben zu entgehen, und unwillkürlich treibt man die Pferde zu größerer Schnelligkeit an, um dem niederdrückenden Bewußtsein menschlicher Ohnmächtigkeit zu entgehen und die Gefahr hinter sich zu legen.

Bei diesem abwehrenden Aufbau des Hochlandes ist es sehr erklärlich, daß die Bewohner desselben den fremden Eroberern gegenüber stets mehr oder weniger ihre Unabhängigkeit bewahrten. Diese finsteren, drohenden, kalten Schluchten und Gründe sind natürlich von großem Einfluß auf den Charakter und die physische Beschaffenheit der Bevölkerung gewesen. Der Skipetar ist gegen Fremde ebenso ernst, abgeschlossen und feindselig wie sein Land. Seine sehnige, kraftvoll elastische Gestalt, sein ernstes Gesicht mit den granitnen, unerbittlichen Zügen, sein kalt blickendes und abweisend drohendes Auge stimmt ganz mit der Beschaffenheit der von ihm bewohnten Berge überein. Sein Inneres zeigt wenig helle, freundliche Punkte; es ist von tiefen Spalten und Rissen durchzogen, in deren Gründen die Wasser des Hasses, der Rache und des unversöhnlichen Zornes schäumen. Selbst untereinander sind diese Leute argwöhnisch und mißtrauisch. Die Stämme schließen sich voneinander ab, die einzelnen Familien und Personen ebenso. Doch dem Eindringling gegenüber scharen sie sich zusammen, wie ihre aneinander stehenden Felsen, welche dem Reisenden nur an seltenen Stellen einen schmalen, mühsamen Durchgang gewähren.

Diese Betrachtungen drängten sich mir auf, als wir dem uns führenden Wagengeleise durch schmale Klüfte und mit Felstrümmern bedeckte Brüche, über scharfe Grate und abschüssige, vom Regen glatt gewaschene Steilungen folgten. Ich konnte nicht begreifen, wie Junak, der Kohlenhändler, hier auf diesem Weg sein armseliges Fuhrwerk hatte fortbringen können. Das Pferd mußte wahre Wunder verrichtet haben. Jedenfalls war der Ruß- und Holzkohlenhandel nicht die eigentliche Veranlassung gewesen, solche mühsame und gefährliche Fuhren zu unternehmen. Ich hatte vielmehr die Ueberzeugung, daß sie den Zweck verfolgten, heimlich den verbrecherischen Absichten des Schut und des Köhlers zu dienen.

Nachdem wir die Massen des eigentlichen Gebirgsstockes überwunden hatten, wurde der Weg besser. Wir ritten über die Vorberge hinab und sahen bereits von einigen Punkten die Wasser des schwarzen Drin heraufschimmern. Der harte Felsengrund machte weichem Boden Platz. Der finstere Wald trat zurück, um lichterem Forst zu weichen, welcher nach und nach in freundliches Buschwerk überging, durch dessen Fülle sich grüne, wiesenartige Streifen zogen, bis wir endlich an den Fluß gelangten.

Hier war die Furt, von welcher der Alim gesprochen hatte. Die Wagenspuren führten an dieser Stelle in das Wasser und drüben wieder heraus.

Der zurückgelegte Weg war uns durch die mitgenommenen Pferde doppelt beschwerlich gewesen. Jetzt hatten wir große Mühe, sie über den Fluß zu bringen. Wir mußten sie einzeln hinüberreiten. Erfreulicherweise bot von da an der Weg keine Schwierigkeiten mehr. Es ging über eine grasige Ebene und dann sanft bergan, bis wir angebaute Felder erreichten und dann Kolutschin am Fuß des dort beginnenden Bergzuges liegen sahen. Von Gurasenda und Ibali kam linker Hand die Straße herab, an welcher das Dorf lag. Aber diese sogenannte Straße verdiente diesen Namen ebensowenig wie eine Spinne den Namen eines Kolibri oder ein Krokodil denjenigen eines Paradiesvogels verdient.

Den ersten Menschen, welcher uns begegnete, fragten wir nach Dulak, dem Steinbrecher. Der Mann war der Bruder desselben. Er führte uns freundlich nach der Wohnung des Genannten, welcher zu Hause war.

Die Brüder waren starke Männer von halbwildem Aussehen, aber von Zutrauen erweckenden Gesichtszügen. Ihre Wohnungen lagen am diesseitigen Ende des Dorfes. Daher kam es, daß uns noch kein anderer Bewohner desselben gesehen hatte und wir also nicht, wie sonst gewöhnlich, angegafft und belästigt wurden.

Ich schickte die Gefährten mit den Pferden hinter das Haus und trat allein mit den Brüdern hinein, um ihnen mein Anliegen vorzutragen. Es lag mir daran, von möglichst wenig

Leuten beobachtet zu werden, damit man nicht erfuhr, daß wir jemand nach der Höhle schickten.

Als ich sagte, was mein Begehren sei, und ihnen den Dolmetscher nannte, zeigten sie sich sofort bereit, auf meinen Wunsch einzugehen, warnten mich aber, mich mit irgend einem Andern einzulassen.

»Du mußt nämlich wissen, Herr,« sagte Dulak, »daß du dich sonst auf niemand verlassen kannst. Der reiche Kara Nirwan hat es verstanden, sich überall beliebt zu machen. Kein Mensch wird glauben, daß er der Schut sei, und sobald man bemerken würde, daß ihm von dir eine Feindseligkeit drohe, würde man ihn vor euch warnen. Wir selbst wollen dir aufrichtig sagen, daß wir nur schwer deine Erzählung für Wahrheit halten können. Aber du hast das Aussehen eines ernsten und ehrlichen Mannes, und da dich mein Freund, der Dragoman, an mich gewiesen hat, so wollen wir tun, was du verlangst. Aber wir dürfen das nicht weiter wissen lassen. Darum werden wir jetzt, da wir noch unbeachtet sind, sofort aufbrechen, und auch du magst nicht länger hier verweilen, als nötig ist.«

»Habt ihr Pferde?«

»Nein. Wenn ich einmal eines Pferdes bedarf, um meine Schwester in Antivari zu besuchen, so bekomme ich leicht eines geliehen. Warum fragst du? Sollen wir etwa reiten?«

»Ja, damit ihr möglichst bald bei dem Dolmetscher eintrefft. Ihr kennt doch den Weg nach dem Tal, welches der Köhler bewohnt?«

»Sehr genau.«

»So will ich euch Pferde geben, welche ihr dann vielleicht für immer behalten könnt.«

Ich erzählte ihnen, auf welche Weise wir zu den Tieren gekommen waren, und fragte sie dann, ob ihnen die Aladschy bekannt seien und ob sie dieselben vielleicht gesehen hätten.

»Wir kennen sie,« antwortete der Steinbrecher, »denn sie haben sich zu verschiedenen Malen in dieser Gegend umhergetrieben. Sie sind gefürchtet, wagen es aber doch nicht mehr, im Dorf einzukehren. Wenn ich richtig vermute, so befinden sie sich wieder hier, und zwar in Gesellschaft Anderer. Das möchte ich vermuten nach dem, was ich gestern gesehen habe.«

»Darf ich es vielleicht erfahren?«

»Ich habe keinen Grund, es dir zu verschweigen. Der Steinbruch, in welchem ich beschäftigt bin, liegt seitwärts der nach Rugova führenden Straße, links im Wald. Um ihn zu erreichen, muß ich durch das Dorf und noch eine halbe Stunde über dasselbe hinaus. Dann geht mein Weg von der Straße ab und in den Forst hinein. An der Stelle, wo das geschieht, bildet der Berg eine kleine, halbkreisförmige Bucht, die mit dichtem Gebüsch bewachsen ist und an deren Oeffnung die Straße vorbeiführt. Durch diese Bucht muß ich gehen, um nach dem Ort meiner Arbeit und des Abends von da wieder zurückzukommen. Gestern abend nun hörte ich, als ich die Bucht erreichte, zur Seite meines Weges Stimmen im Gebüsch. Ich trat hinein und sah acht oder neun Pferde stehen, bei denen ebenso viele Männer saßen. Ich konnte die Gesichter derselben nicht erkennen; aber es war doch noch hell genug, zu bemerken, daß sich bei den Pferden zwei Schecken befanden. Da es bekannt ist, daß die Aladschy Schecken reiten, kam ich sogleich auf den Gedanken, daß diese beiden Männer hier anwesend seien.«

»Wurdest du von den Leuten gesehen?«

»Nein, ich wich sogleich zurück. Ich kam aus der Bucht heraus und wendete mich nun auf der Straße nach rechts, dem Dorfe zu. Da, wo der Wald zu Ende geht und man beinahe die ersten Häuser sieht, saß wieder ein Mann im Gras. Sein Pferd weidete in seiner Nähe. Er saß so, daß er nach dem Dorf blickte. Es hatte den Anschein, als ob er von dort her jemand erwartete.«

»Sprachst du mit ihm?«

»Nein. Ich werde mich hüten, mich um die Angelegenheit dieser Leute zu bekümmern.«

Ich war überzeugt, daß die Aladschy uns in der Bucht überfallen wollten. Sie mußten ja annehmen, daß wir da vorüberkommen würden. Der einzelne Reiter war ein vorgeschobener Posten, welcher unsere Ankunft melden sollte. Es kam also darauf an, das Terrain kennen zu lernen. Darum erkundigte ich mich:

»Kann man nicht auf einem andern Weg von hier nach Rugova kommen?«

»Nein, Herr, es gibt keinen zweiten.«

»Aber kann man nicht vielleicht einen Umweg nach dem Ort machen?«

»Auch das geht nicht, und die Bucht ist gar nicht zu vermeiden.«

»Kann man denn nicht nach rechts, nach dem Fluß abweichen?«

»Leider nicht. Rechts von der Strecke hast du von hier aus zunächst einige Felder, dann Wiese, und sodann gibt es zwischen Straße und Fluß nur tiefen Sumpf. Wo der Sumpf aufhört, beginnen hohe, steile Felsen. Die Straße führt wohl über eine Stunde lang zwischen unbesteigbarem Gestein hin, bis du fast die Nähe von Rugova erreicht hast. Zwar gibt es hier oder da, zur rechten oder linken Hand, einen Einschnitt, aber wenn du ihm folgest, so bist du schon nach kurzer Zeit gezwungen, umzukehren, weil du nicht weiter kannst.«

»Also zur Linken liegt die Bucht. Wie ist die ihr gegenüberliegende Stelle rechts der Straße beschaffen?«

»Da ist noch Sumpf. Laß dir's ja nicht einfallen, da hinein zu reiten! Du wärst verloren. Dann aber beginnt gleich das Gestein.«

»Dann ist freilich das Terrain für uns im höchsten Grad gefährlich; aber wir müssen durch.«

»Vielleicht gelingt es euch durch außerordentliche Schnelligkeit; aber Steine und Kugeln wird es genug geben.«

Nach dieser Erkundigung übergab ich ihm und seinem Bruder die Pferde. Ich behielt nur den Goldfuchs und das zweitbeste der mitgebrachten Tiere für Stojko zurück. Halef mußte den Brüdern aus seiner Almosenkasse ein Geschenk geben, über welches sie sich sehr erfreut zeigten. Dann verabschiedeten wir uns.

Durch das Dorf ritten wir im Galopp, draußen aber hielten

wir an. Ich teilte den Gefährten mit, was der Steinbrecher zu mir gesagt hatte, tauschte meinen Rih gegen Halefs Pferd um, und bat sie, noch einige Minuten zu warten und dann langsam nachzukommen. Dann ritt ich so schnell fort, daß ich den Posten erreichen mußte, bevor derselbe die mir folgenden Reiter sehen konnte. Schon von weitem erblickte ich den Posten, aber er bestand aus zwei Männern, welche hart an der Waldecke im Gras lagen. Ihre Pferde standen neben ihnen.

Sie sahen mich kommen und teilten sich wahrscheinlich ihre Bemerkungen über mich mit. Ihre Kleidung war lumpig; Kühnheit und Hinterlist aber leuchteten aus ihren Augen.

Ich grüßte, stieg ab und schritt langsam zu ihnen hin. Sie erhoben sich und musterten mich mit scharfen Blicken. Daß ich nicht im Sattel blieb, war ihnen sehr ärgerlich. Das sah ich ihnen an.

»Was willst du hier? Warum reitest du nicht weiter?« fuhr mich der Eine an.

»Weil ich mich bei euch nach dem Wege erkundigen will,« lautete meine Antwort.

»Dabei konntest du sitzen bleiben. Wir haben keine Zeit, uns mit dir abzugeben.«

»Ich sehe doch nicht, daß ihr mit einer Arbeit beschäftigt seid?«

»Das geht dich nichts an! Frage, und wir werden antworten; dann aber trolle dich von dannen!«

Sie hatten ihre Gewehre liegen lassen. Die Messer und Pistolen trugen sie griffgerecht in den Gürteln. Ich mußte so schnell verfahren, daß sie keine Zeit fanden, zu den Waffen zu greifen. Da ich, um nicht ihr Mißtrauen zu erregen, meine Gewehre am Sattelknopf hatte hängen lassen, so kam es darauf an, eines der ihrigen zu erwischen, weil ich sie mit dem Kolben niederschlagen wollte. Ich gab mir eine recht harmlose Miene und sagte:

»Ihr scheint bei so übler Laune zu sein, daß ich freilich am liebsten sogleich davonreiten möchte; aber da ich den Weg nicht kenne, so bin ich gezwungen, euch um Auskunft zu bitten.«

»Hast du denn nicht im Dorf gefragt?«

»Ja, aber das, was ich dort erfuhr, befriedigt mich nicht.«

»So hast du wohl den Dialekt dieser Leute nicht verstanden. Man hört es deiner Sprache an, daß du ein Fremder bist. Wo kommst du denn her?«

»Von Ibali.«

»Und wohin willst du?«

»Nach Rugova, wohin diese Straße wohl führen wird.«

»Sie führt dorthin. Du brauchst ihr nur zu folgen und kannst gar nicht irren, weil nicht ein einziger Seitenweg abzweigt. Zu wem willst du in Rugova?«

»Zum Pferdehändler Kara Nirwan, um mit ihm ein größeres Geschäft abzuschließen.«

»So! Wer bist du denn?«

»Ich bin ein – – «

Ich wurde unterbrochen. Der Andere, welcher bisher geschwiegen hatte, stieß einen lauten Ruf aus und trat einige Schritte vor, so daß er sich von den Gewehren entfernte. Er blickte nach dem Dorf hin.

»Was gibt's?« fragte sein Genosse, indem er ihm folgte, während ich stehen blieb.

»Dort kommen Reiter. Ob sie es sind?«

»Es sind vier. Das stimmt. Wir müssen sofort – – «

Er kam nicht weiter in der Rede. Ich hatte mich hinter ihnen in das Gras gebückt und eine der Flinten ergriffen. Er brach unter dem ersten Kolbenschlag zusammen, und der zweite Hieb traf seinen Kameraden, bevor sich dieser umwenden konnte. Dann schnitt ich den Pferden die Zügel, Sattelgurte und Bügelriemen ab, um mit denselben die beiden Burschen zu binden. Ich war mit dieser Arbeit just fertig, als meine Gefährten ankamen.

»Zwei für Einen?« meinte der Lord. »Das heißt gute Arbeit!«

Da die Waffen der Freibeuter für uns gar keinen Wert besaßen, so zerschlugen wir die Flinten und Pistolen und warfen die Trümmer derselben in eine nahe Wasserpfütze.

Jetzt handelte es sich um Vorsicht. Ich bestieg den Rappen

wieder, und dann ritten wir langsam vorwärts, wobei wir die Gewehre in Händen hielten. Hätte es links von uns ebenen Waldboden gegeben, so wäre es leicht gewesen, uns unter dem Schutz der Bäume unbemerkt anzuschleichen; aber gleich mit Beginn des Waldes stieg auch der mit Tannen bewachsene Fels sehr steil empor.

Rechts sahen wir den erwähnten Sumpf. Trügerische, mit Moos bewachsene oder mit großblätterigen Moorpflanzen bedeckte Stellen wechselten darin mit öligen Lachen, die ein sehr heimtückisches Aussehen hatten.

Um unsere Zahl zu verdecken, ritten wir einzeln dicht hintereinander. Leider war der Weg so steinig, daß bei der ringsum herrschenden Stille der Hufschlag unserer Pferde ziemlich weithin vernommen werden konnte. Nach ungefähr einer Viertelstunde erblickten wir zur rechten Seite das Ende des Sumpfes und diejenige Stelle, an welcher sich das Gestein aus demselben erhob. Zur linken Hand senkte sich die Höhe nieder, um die Bucht zu bilden, von welcher der Steinbrecher gesprochen hatte. Wir hatten gar nicht mehr weit bis dorthin.

Nun ritten wir noch langsamer und vorsichtiger als bisher. Ich ritt an der Spitze und eben wollte ich mich umwenden, um die Gefährten aufzufordern, in Galopp zu fallen, als ein lauter Ruf erscholl. Ein Schuß krachte – die Kugel pfiff an mir vorüber, und zugleich erhielt ich einen Stein an den Kopf, daß ich fast die Besinnung verlor und mir alle Farben des Regenbogens vor den Augen funkelten. Der Stein hatte mich glücklicherweise nur gestreift. Das war mit der Schleuder geschehen. Wen ein solcher Wurf getroffen hat, der glaubt es sehr gern, daß David einst Goliath mit Stein und Schleuder tötete.

Aber zu solchen Betrachtungen gab es keine Zeit. Ein Stein hatte den Goldfuchs getroffen, und dieser ging in die Luft, so daß Lindsay alle seine Geschicklichkeit aufbieten mußte, um nicht herabzufallen.

»Fort!« schrie Halef. »Fort, hindurch!«

Er gab seinem Pferd einen Peitschenhieb und schoß davon. Osko und Omar folgten. Lindsay brachte sein Pferd nicht weiter. Es schlug mit allen vieren aus und bockte an derselben Stelle.

Ich aber hielt mitten auf dem Weg. Es war mir, als hätte ich tausend Glocken der verschiedensten Größe im Kopfe gehabt, welche alle läuteten. Ich konnte weder zu einem Gedanken, noch zu einer vorwärts treibenden Bewegung kommen. Da krachte wieder ein Schuß. Er kam von einem Felsenabsatz herab, auf welchem der Schütze stand. Die Kugel schlug hart vor meinem Rappen auf dem Boden auf und spritzte Steintrümmer umher.

Ich sah den Schützen stehen, ungefähr neun oder zehn Manneshöhen über dem Weg. Er grinste mich höhnisch an und richtete die Pistole auf mich. Das gab mir einen Teil der Besinnung wieder. Rasch hob ich den Stutzen empor und schoß. Seine Pistole blitzte zu gleicher Zeit auf. Er traf abermals nicht, aber meine Kugel nahm ihn so sicher, daß er herabstürzte. In demselben Augenblick entfiel mir der Stutzen. Lindsays Goldfuchs war doch nun zu der Ansicht gekommen, daß es hier nicht ganz geheuer sei. Er nahm den Kopf noch einmal zwischen die Beine, warf den Hinterkörper empor und schoß davon, aber unglücklicher Weise so hart an mir vorbei, daß der Reiter mit dem Kopf an mein noch erhobenes Gewehr stieß und es mir aus den Händen schleuderte. Zugleich erhielt ich einen Stoß in die linke Hüfte, daß ich mit den Händen auf den Hals des Pferdes flog – einen Ruck an meinem Gürtel, infolgedessen mein Rappe zur Seite prallte, da ich ihn fest zwischen die Schenkel genommen hatte, sonst wäre ich herabgerissen worden – dann noch ein gewaltiger Hieb gegen meinen Kopf, und der Lord flog davon.

Dieser unglückselige Englishman hatte mich fast ganz waffenlos gemacht, wo ich doch der Waffen so nötig bedurfte. Wie es gekommen war, hatte ich nicht gesehen, weil meine Augen noch fest auf den herabstürzenden Mann gerichtet waren. Ich erfuhr es erst später von Lindsay. Er hatte sein Gewehr in der Rechten und hielt es sehr fest, damit es ihm bei dem Widerstand seines Pferdes nicht entfallen sollte. Als der Goldfuchs dann mit ihm so eng an mir vorüberschoß, stieß er mir erstens mit dem Kopf den Stutzen aus den Händen und zweitens den Flintenlauf gegen die Hüfte, so daß dieser sich unter meinen Gürtel bohrte, diesen zerriß und sich dann in den Riemen verfing, mit welchem der Bärentöter an meinem Sattelknopf hing; auch dieses Gewehr wurde herabgerissen. Zwar griff ich schnell zu, aber ich erwischte weder Büchse, noch Gürtel, sondern nur den Czakan, welcher in dem Gürtel gesteckt hatte. Büchse, Stutzen, Gürtel und Schärpe mit dem Messer und den Revolvern lagen am Boden.

Ich wäre gern abgesprungen, um mich ihrer wieder zu bemächtigen, aber der Zusammenprall mit dem Goldfuchs hatte meinen sonst so verständigen Rappen wild gemacht. Er wieherte zornig und setzte hinter dem dahinstürmenden Missetäter her, so daß ich nur zu tun hatte, mich wieder zurecht zu setzen und wenigstens den Czakan festzuhalten.

Das war das erste Mal, daß es Rih unternahm, mit mir durchzugehen, und er tat es denn auch so nachdrücklich, daß ich an der Bucht wie im Flug vorüberschoß. Schüsse krachten – Menschen brüllten – ein Czakan wirbelte mir hart an der Nase vorüber. Ich nahm die Zügel hoch und warf mich nach hinten, um den Rappen zu bezwingen. Darüber konnte ich auf nichts anderes achten – ein Krach, ein Schrei – der Lord schlug einen Purzelbaum aus dem Sattel zur Erde herab – mein Rappe war mit ihm und dem Goldfuchs zusammengerannt. Heute bin ich fest überzeugt, daß dies in der Absicht des Rappen gelegen hatte. Er hatte nun seinerseits dem Fuchs einen Stoß versetzen wollen.

Sein Zweck war erreicht. Er wieherte abermals und gehorchte ganz willig dem Zügel. Mir aber war es nicht so wohl zumut wie ihm: mir schwindelte; es wollte mir schwarz vor den Augen werden. Hinter mir hörte ich Hufschläge und wild schreiende Stimmen. Vor mir rief Halefs Stimme:

»Der Lord, der Lord! Zurück, schnell zurück!«

Ich nahm mich mit Gewalt zusammen und sprang – nein, ich taumelte aus dem Sattel, um Lindsay beizuspringen, welcher ohne Bewegung auf der Erde lag. Aber das Heulen hinter uns lenkte meine Aufmerksamkeit von ihm ab. Die

Aladschy kamen in gewaltigen Sätzen herangesprungen, gefolgt von sechs oder acht Kerlen, welche ein Höllengebrüll ausstießen und im Laufen auf uns schossen – eine Albernheit von ihnen, denn sie trafen nicht. Hätten sie ihre Kugeln gespart, bis sie da waren, so wäre es mit uns vorbei gewesen.

In solchen Augenblicken hat man keine Zeit zur Angst, auch keine Zeit, auf das Brummen des Kopfes zu achten. Ich sah die heranstürmenden Feinde und die wieder zu uns zurückkehrenden Freunde. Halef war der Vorderste.

»Wo sind die Gewehre?« fragte er, indem er fast noch im Galoppieren aus dem Sattel sprang. »Sihdi, wo hast du sie?«

Natürlich hatte ich keine Zeit zur Erklärung, denn die Aladschy brauchten nur noch vier Sekunden, um uns zu erreichen.

»Steht fest! Schießt!« rief ich laut und dann hatte ich nur noch Zeit, dem Hadschi mit der Linken den Golkondasäbel aus der Scheide zu reißen. In der Rechten den Czakan, so sprang ich an die Straßenseite zum Felsen, um Rückendekkung zu bekommen. Als ich mich umdrehte, schnellten beide Aladschy mit den Bewegungen wilder Tiere auf mich los. Ihre Czakans fest in den Fäusten, hielten sie mit den linken Händen die Pistolen auf mich gerichtet und drückten auf kaum zwölf oder dreizehn Schritt Entfernung ab. Ich warf mich zu Boden. Die Kugeln prallten über mir gegen den Felsen. Da sie abermals schießen würden, denn ihre Pistolen konnten zweiläufig sein, darum stand ich nicht an derselben Stelle wieder auf, sondern ich schnellte mich augenblicklich so weit wie möglich an der Felswand hin, indem ich jedoch Säbel und Czakan fest in den Händen behielt – – richtig! Wieder zwei Schüsse, die mich abermals nicht trafen; dann fuhr ich empor.

Zwischen den ersten zwei und den letzten beiden Schüssen war kaum eine Sekunde vergangen. Die Aladschy waren zu hitzig. Aber nun warfen sie die nutzlosen Pistolen weg und sprangen mit hoch erhobenen Beilen auf mich los.

Ich konnte nur auf mich selbst achten, sah aber doch, daß der Lord noch immer regungslos auf der Erde lag. Die andern Drei hatten ihre Gewehre auf die Angreifer abgeschossen und einige von ihnen getroffen, wurden aber nun von den Uebrigen umringt.

Halef sagte mir später in feierlicher Beschämung, daß er auf die Aladschy gezielt, aber keinen getroffen habe, weil die Aufregung seine Hände zittern machte. Jetzt standen sechs Feinde gegen ihn und die zwei Gefährten; ich konnte ihnen nicht zu Hilfe kommen. Jeder von uns hatte zwei Feinde gegen sich.

Wäre es ja einmal mein Wunsch gewesen, einen wirklich auf das Leben gehenden Kampf mit dem Heiduckenbeil mitzumachen, so hätte ich mich jetzt vollständig befriedigt sehen können. Zwei Czakans gegen einen! Zwei Riesen, welche auf diese Waffe eingeübt waren, gegen mich, der ich bisher nur den viel leichteren, ich möchte sagen, eleganteren Tomahawk im Nahkampf geführt hatte! Nur die größte Kaltblütigkeit konnte mich retten. Ich durfte meine Kraft nicht ausgeben; ich mußte mich darauf beschränken, die gegen mich gerichteten Hiebe vorsichtig zu parieren, um dann jeden sich mir bietenden Vorteil blitzschnell auszunützen. Was man in solchen Augenblicken denkt und fühlt, das weiß man später nicht mehr.

Die Aladschy waren zu meinem Glück wie blind vor Wut. Sie hieben ganz regellos auf mich ein. Der eine verdrängte den andern, um einen tödlichen Hieb anzubringen; ihre Beile waren einander hinderlich. Dazu brüllten sie wie angeschossene Tiger, denen man die Jungen fortschleppt.

Mit dem Rücken nahe der Felswand, aber ja nicht an sie gelehnt, was mich in den Bewegungen des Armes gehindert hätte, und den Blick scharf auf sie gerichtet, so wehrte ich ihre Hiebe ab, bald in fester Parade, bald durch Gegenhieb von unten herauf, bald durch Kreiswirbel, wenn sie zugleich schlugen, je nachdem es erforderlich war. Keiner ihrer Hiebe kam zu sitzen. Meine Ruhe verdoppelte ihren Grimm und verleitete sie zu regellosem Kämpfen.

Drüben auf der Mitte des Weges schrie, fluchte und tobte es, als ob Hunderte gegeneinander stritten. Beide Parteien hatten die Flinten abgeschossen, einige Pistolenschüsse waren gefallen; nun befanden sie sich im engsten Handgemenge. Mir wurde bang um die Gefährten; ich mußte versuchen, meine Gegner möglichst rasch los zu werden.

Die Gesichter dieser beiden waren fast blaurot geworden vor Wut und Anstrengung. Sie keuchten, und von ihren Lippen troff der Geifer. Da ich jeden ihrer Hiebe parierte, begannen sie, mit den Füßen nach mir zu treten. Das mußte ich benützen.

Eben hatte ich zwei gleichzeitige Czakanhiebe mit einem Kreisschlag abgewehrt, da erhob Sandar den Fuß, um mich gegen den Leib zu treten, während sein Bruder zum nächsten Hieb ausholte. Sofort sauste mein Czakan auf sein Knie nieder und schnell glitt ich zur Seite, um Bybars Beil zu entgehen, welches zu parieren ich keine Zeit hatte. Sandar fiel zu Boden und heulte vor Schmerz; das Beil entglitt seiner Hand.

»Hund!« brüllte Bybar. »Das ist dein Tod!«

Er holte so weit aus, daß ihm die Axt beinahe nach hinten entfiel. Ich brauchte seinen Bruder nicht mehr zu fürchten, und es war nicht mehr nötig, rückenfrei zu sein, darum veränderte ich meinen Platz, indem ich einen Sprung machte, um mich von dem Felsen zu entfernen. Bybar konnte nicht schlagen, weil ich ihm nicht standhielt. Ich umkreiste ihn, indem ich die Augen starr auf das seinige richtete und zugleich meine beiden Waffen in den Händen wechselte, so daß ich den Czakan in die Linke und den Säbel in die Rechte bekam. Er drehte sich, um mir stets das Gesicht zu zeigen, um seine eigene Achse. Als er meine Manipulation bemerkte, rief er, höhnisch lachend:

»Willst du mir mit dem Säbel zu Leibe? Das soll dir vergehen, du Wurm!«

»Schlag zu!« schrie der Andere, welcher auf der Erde saß und sein Knie mit beiden Händen hielt. »Er hat mir das Bein zerschmettert. Schlag zu!«

»Gleich, gleich! Da, da soll er es haben!«

Ich war stehen geblieben, um ihm Zeit zum Hieb zu geben. Sein Czakan sauste nieder, der meinige, von der Linken geführt, sauste empor; beide prallten zusammen. Natürlich hatte sein Hieb mehr Wucht gehabt, als der meinige; das hatte ich vorher gewußt, und das wollte ich. Ich ließ mein Beil fahren, als ob er es mir aus der Hand geschlagen hätte.

»So ist's recht!« brüllte er. »Jetzt gilt's!«

Er holte zum zweitenmal aus.

»Ja, jetzt!« antwortete ich.

Der Damascener blitzte auf – ein Sprung von mir nach seinem erhobenen Arm empor, ein schneller Streich – die Axt fiel mit der daran hängenden Hand herab; sie war von der ausgezeichneten Klinge hart hinter dem Gelenk abgetrennt worden.

Bybar ließ den Arm sinken, starrte einige Augenblicke den Stummel an, aus welchem das Blut hervorschoß, und richtete dann den Blick auf mich. Sein Gesicht wurde fast blau. Seine Augen wollten aus ihren Höhlen treten; ein unartikuliertes Brüllen entfuhr seinem Mund, wie wenn ein unter das Wasser Sinkender den letzten Hilferuf ausstößt, welcher durch das Gurgeln der Flut verschlungen wird. Er erhob die gesunde Faust zum Schlag, schlug aber nicht; sein Arm sank kraftlos nieder. Er drehte sich langsam im Halbkreise und fiel dann schwer zu Boden.

Sandar schien starr vor Entsetzen zu sein. Als er die Hand seines Bruders fallen sah, war er aufgesprungen. Er stand noch jetzt aufrecht da, trotz des verletzten Beines. Seine auf mich gerichteten Augen waren ganz ausdruckslos, der Blick war leer, wie derjenige einer Leiche. Ein Zischen drang zwischen seinen blutlos gewordenen Lippen hervor, ein quirlendes Stöhnen, wie das angstvolle Lallen eines vom Schlag Gerührten, dann plötzlich ein lauter, gräßlicher Fluch, bei welchem er sich auf mich werfen wollte; aber als er das unverletzte Bein erhob, knickte das andere zusammen. Er stürzte nieder.

Jetzt war ich frei und schaute nach den Andern. Mir gegenüber lehnte der Hadschi an den Felsen und wehrte mit dem Kolben zwei Gegner von sich ab. Ein dritter lag vor ihm auf dem Boden. Weiter nach mir zu lag wieder einer unserer

Feinde, sich hin und her wälzend. Rechts davon lag Osko, welcher einen Gegner umschlungen hatte, und dieser ihn. Jeder von ihnen hielt die mit dem Messer bewaffnete Hand des Andern mit der Linken von sich ab, während er ihn mit der Rechten umkrallt hatte. Und gar nicht weit davon kniete Omar auf Einem, den er mit der Linken bei der Gurgel hatte, während er mit der Rechten zum Messerstoß ausholte.

»Omar, nicht töten, nicht töten!« rief ich ihm zu.

Da warf er das Messer weg und legte dem Gegner nun auch die Rechte um den Hals. Ich sprang zu Halef hinüber, welchem Hilfe am nötigsten war, und versetzte dem einen seiner Widersacher einen Säbelhieb in die Schulter und dem andern einen Hieb in den Oberschenkel. Töten wollte ich sie nicht. Sie ließen heulend von ihm ab, worauf ich auch Osko von seinem Bedränger befreite, indem ich eins der daliegenden Gewehre aufhob und ihm den Kolben desselben an den Kopf schlug.

»O Allah!« rief Halef, tief aufatmend. »Das war Hilfe in der höchsten Not, Sihdi. Sie hätten mich baldigst übermannt. Ich hatte zuletzt gar drei gegen mich!«

»Bist du verwundet?«

»Das weiß ich selbst noch nicht. Aber mein Kaftan ist sehr verwundet. Dort liegt er. Sie haben ihm die Arme ausgerissen und die Rippen eingeschlagen. Er wird wohl nicht wieder ins Leben zurückzubringen sein!«

Der lange Rock war ihm allerdings vom Leibe und in Fetzen gerissen worden. Der kleine Held hatte sich jedenfalls in sehr bedrängter Lage befunden. Verwundet war er nicht; aber ein Kolbenhieb, welchen er auf die linke Achsel erhalten hatte, schmerzte ihn sehr.

Osko war auch nicht verwundet, und nur Omar blutete aus einem tiefen Schnitt quer über den linken Vorderarm.

Halef verband ihn rasch, wozu er die Fetzen seines Kaftans benützte. Ich aber ging zum Lord, dessen Regungslosigkeit mir Sorge machte. Ich untersuchte ihn und dankte Gott: er hatte nicht den Hals gebrochen. Er atmete, und als ich ihn kräftig hin und her rüttelte, kam er zur Besinnung, öffnete die Augen, starrte mich an und sagte:

»*Good morning*, Master! Seid Ihr denn schon so zeitig munter?«

»Ja, es wird Zeit, daß auch Ihr munter werdet, sonst heißt es nicht guten Morgen, sondern gute Nacht für Euch! Ihr müßt mit dem Kopf sehr schwer aufgeschlagen sein.«

»Aufgeschlagen? Wie? Wann? Wo bin ich denn eigentlich?«

Er setzte sich auf und guckte ganz erstaunt umher. Ich winkte Osko herbei, welcher ihm das Verständnis des Geschehenen eröffnen sollte, und ging zu Bybar, der in einer Blutlache lag. Wenn er sich nicht verbluten sollte, mußte schnell eingegriffen werden.

Ich schnitt einen schmalen Streifen von einem Gewehrriemen und band ihm denselben so fest um den Armstumpf, daß das Blut nur noch in einzelnen Tropfen zum Vorschein kam. Ein zweiter Riemen wurde in derselben Weise hinter dem ersten befestigt, und dann ward auch diese Wunde mit Kaftanfetzen umwickelt.

Vor allen Dingen mußte nun Halef sich auf den Rappen setzen und in das Dorf zurückreiten, um Leute zu holen, denen wir die Besiegten übergeben konnten. Osko ritt bis dahin zurück, wo meine Gewehre mit dem Gürtel lagen, um mir diese Gegenstände zu holen. Omar war verbunden und konnte mithelfen, das Schlachtfeld zu besichtigen.

Der Lord hatte sich erhoben und sich auch endlich auf alles besonnen, was bis zu seinem Sturz geschehen war.

»Verteufelte Geschichte!« brummte er. »Grad als der Tanz losgehen soll, muß mir das Leben abhanden kommen! Aber es ist Euch, wie ich sehe, auch ohne meine Hilfe gelungen, gehörig aufzuräumen.«

»Allerdings, Sir. Vielleicht hätten wir mit Eurer Hilfe nicht so aufgeräumt!«

»Wie meint Ihr das?«

»Ich meine, es sei sehr vorteilhaft für uns gewesen, daß Ihr

Euch im richtigen Augenblick niederlegtet, um einzuschlafen. Eure Hilfe hätte uns doch nur Schaden gemacht.«

»Alle Wetter! Seid Ihr toll?«

»Nein. Ihr habt die Eigenheit, daß unter Euren Händen sich alles in das Gegenteil verwandelt.«

»Oho! Das sagt mir nicht, ganz besonders Ihr nicht! Ihr seid an allem schuld, denn Ihr habt mich vom Pferd geworfen!«

»Nachdem Ihr vorher wie ein Rammschiff an mich gerannt waret!«

»Konnte nicht dafür, Master. Der Goldfuchs ging mit mir durch den Hafer.«

»Und dann der Rappe mit mir in die Wicken. Hätte das nicht stattgefunden, so wären wir entkommen, ohne ein Haar zurücklassen und anderer Leute Blut vergießen zu müssen.«

»Nun, der Aderlaß schadet ihnen nichts. Sie haben auch nicht nach dem unserigen gefragt. Wir sind Sieger; das ist die Hauptsache, und zwar haben wir nur einen Schnitt in den Arm davongetragen. Das ist doch glorios! Wie sind denn die Rollen verteilt gewesen?«

»Omar einen, Osko zwei, ich zwei und Halef drei. Ihr seht, daß wir munter sein mußten. Laßt uns nach diesen Leuten sehen.«

Was wir noch zu tun hatten, bestand darin, die Verwundeten zu verbinden, und den nur Besinnungslosen die Hände auf den Rücken zu befestigen. Tot war nur einer: derjenige, welchen ich bei Halef hatte liegen sehen. Der Hadschi hatte ihm eine Pistolenkugel in den Kopf geschossen.

Nun kam Osko zurück. Er führte sein Pferd am Zügel. Auf demselben saß ein am Arm Verwundeter.

»Hier bringe ich den Mann, welchen du vom Felsen herabgeschossen hast, Effendi,« meldete Osko. »Er ist nicht tot.«

»Ich wußte es,« antwortete ich. »Wenn er nicht während des Herabstürzens den Hals brach, konnte er nicht tot sein, denn ich habe auf sein Schlüsselbein gezielt. Verbindet auch diesen Mann. Ich will einmal zu den Pferden dieser Leute zurück.«

Ich brachte meinen zerrissenen Gürtel einstweilen mit Hilfe eines Riemchens wieder zusammen; dann ritt ich nach der Bucht, wo ich die gesattelten Pferde fand. Es war nur auf die Schecken abgesehen. Die andern Tiere ließ ich stehen. Die Schecken aber nahm ich an den Zügeln und kehrte mit ihnen zurück.

»Willst du sie behalten?« fragte Osko.

»Ja; denn diesmal frage ich nicht, ob wir ein Recht dazu haben oder nicht. Hierzulande gehört die Beute dem Sieger. Wir haben bisher Reiter und Pferd geschont; das soll nicht mehr geschehen. Die Aladschy haben uns fortgesetzt angegriffen, um uns zu töten; wenn wir ihnen jetzt die Pferde nehmen, so wird kein Mensch uns Diebe nennen.«

»Und wer soll sie bekommen, Sihdi?«

»Wer meinst du wohl? Die Schecken sind Pferde, welche wohl weit und breit nicht ihresgleichen finden. Dazu kommt der Ruhm, diesen Räubern ihre Tiere abgenommen zu haben. Ich denke, du nimmst eins und Omar eins.«

»Um sie für immer zu behalten?« fragte er hastig.

»Natürlich! Hoffentlich laßt ihr sie euch von den Aladschy nicht wieder abnehmen.«

»Herr, du weißt nicht, welche Freude du mir bereitest. Ich reite mit euch bis Skutari und will dann mein Vaterland, die Czernagora, besuchen, bevor ich nach Stambul zu meiner Tochter zurückkehre. Wie wird man mich dort um das Pferd beneiden!«

Auch Omar sprach seine große Freude aus. Beide fühlten sich ganz glücklich über das Geschenk, welches ich ihnen da gemacht hatte, ohne daß es mich einen Para kostete. Sie waren eben darüber, zu losen, welches Pferd dem einen und dem andern zufallen sollte, als Halef zurückkehrte. Da er erfuhr, daß diese beiden die Schecken haben sollten, sagte er zwar nichts, aber seine Gedanken standen auf seinem Gesicht geschrieben. Er fühlte sich gekränkt und zurückgesetzt.

»Nun, werden Leute kommen?« fragte ich ihn.

»Ja. Ich bin bis in das Gasthaus geritten und habe dort die Botschaft ausgerichtet. Es wird nicht lange dauern, so kommt die ganze Einwohnerschaft des Dorfes herbei. Wie werden sie uns anstaunen ob des glorreichen Sieges, welchen wir erkämpft haben!«

»Sie werden uns gar nicht anstaunen.«

»Meinst du? Warum nicht?«

»Weil wir nicht mehr hier sein werden, wenn sie kommen. Ich habe keine Lust, die kostbare Zeit zu versäumen, um mich von diesen Leuten begaffen zu lassen.«

»Aber wir müssen doch bleiben, um ihnen den Grund und Verlauf des Kampfes zu erzählen. Diese Gesellen hier werden, wenn wir eher aufbrechen, Lügen machen und uns als die Schuldigen hinstellen.«

»Das ist mir sehr gleichgültig. Besorge nur nicht, daß uns jemand anklagen wird.«

»Und was geschieht mit den erbeuteten Waffen?«

»Die zerschlagen wir.«

»So will ich wenigstens eine davon als Andenken mit mir nehmen. Ich habe noch keinen Czakan und will lernen, mit ihm zu streiten.«

Er hob einen der Czakans auf und steckte ihn in den Gürtel.

»*Well!*« sagte der Engländer, als er das bemerkte. »Wenn Halef es tut, nehme auch ich mir so eine Streitaxt mit. Will sie mir aufheben als Andenken an den unvorsichtigen Master, der mich hier vom Pferd geworfen hat. Und da man mich um meinen Hut gebracht hat, wird mir einer dieser Gentlemen erlauben müssen, mich seines Fez für meinen Kopf zu bemächtigen.«

Er nahm die andere Axt auf und probierte dann die roten Mützen sämtlicher Besiegten durch, um eine ihm passende zu finden. Diese liebe Unbefangenheit nötigte mir ein heimliches Lächeln ab; ich ließ ihn aber gewähren, ohne ihn zu warnen. Er mußte allerdings eine Mütze haben, da es im Orient geradezu eine Schande ist, sich ohne Kopfbedeckung sehen zu lassen; aber eine bereits gebrauchte zu nehmen, was bei ihm freilich nicht gut anders möglich war – – – man mußte die Folgen abwarten.

Auch ich nahm meinen Czakan zu mir.

Dann verließen wir schleunig den Ort, welcher unser Sterbebett hatte werden sollen.

Osko und Omar ritten ihre Schecken; die bisher benutzten Pferde wollten sie verkaufen. Neben diesen beiden letzteren mußten sie auch dasjenige am Zügel führen, welches ich für Stojko zurückbehalten hatte.

Glücklich, so leichten Kaufes davongekommen zu sein, trabten wir von dannen, nachdem wir vorher die Waffen der Feinde vernichtet oder wenigstens unbrauchbar gemacht hatten.

Wir ritten fortwährend zwischen bewaldeten Felshöhen dahin. Dabei verstand es sich ganz von selbst, daß das letzte Erlebnis gehörig durchgesprochen wurde.

Nur Halef blieb sehr einsilbig. Er konnte aber seine Gefühle und Gedanken nicht verheimlichen; darum wußte ich, daß er bald kommen werde, um mir Vorwürfe zu machen. Und wir waren noch keine Stunde wieder unterwegs, so kam er an meine Seite und fragte in seinem freundlichsten Ton:

»Sihdi, willst du mir wohl eine Frage aufrichtig beantworten?«

»Sehr gern, mein lieber Halef.«

»Meinst du, daß ich heute meine Sache gut gemacht habe?«

»Vortrefflich.«

»Ich bin also tapfer gewesen und habe deine Zufriedenheit erworben?«

»Im vollsten Maß.«

»So sind aber wohl Omar und Osko noch tapferer gewesen als ich?«

»O nein, obgleich auch sie ihre Schuldigkeit vollauf getan haben.«

»Aber du hast sie doch so sehr vor mir ausgezeichnet!«

»Das wüßte ich nicht.«

»Du hast ihnen doch die Schecken gegeben! Omar hat nur

einen Feind besiegt, Osko zwei und ich tat's sogar mit dreien!«

»Allerdings mit meiner Hilfe, Halef.«

»Hast du nicht auch Osko geholfen? Warum hat denn er einen Schecken bekommen und nicht ich? O Sihdi, ich bin dein Freund und Beschützer und habe geglaubt, daß du mich liebst. Nun aber finde ich, daß Andere dir mehr gelten.«

»Du täuschest dich, Halef. Du bist mir der liebste von allen.«

»Das hast du heute bewiesen. Wer wird stolz sein auf Osko, wenn er auf dem Schecken durch die Czernagora reitet? Wer wird sich freuen über Omars Pferd? Er hat keine Verwandten, er ist jetzt vollständig fremd in der Welt. Ich gönne ihm die Freude, denn er ist ein braver Kamerad und ich habe ihn sehr lieb. Aber denke einmal an Hanneh, an mein Weib, die Rose der Frauen, die sanfteste und zarteste unter den Töchtern der Mütter und Großmütter! Wie würde sie entzückt sein, und wie würde ihr Stolz sich erheben, wenn ihr Hadschi Halef, der Tapferste der Tapfern, geritten käme auf einem erbeuteten Schecken der Aladschy! Sie würde von Zelt zu Zelt eilen, um zu verkündigen: ›Er ist zurückgekehrt, mein Gemahl und Gebieter, der Held unter den Heldenhaftesten, der Mann unter den Männlichsten, der Kriegerischste unter den Streitbaren! Er ist da, der tötende Säbel, der Vater des Sieges, der Bruder und Schwager des Triumphes. Er hat den Erdkreis umritten und Sieg um Sieg erfochten. Er hat mit wilden Bestien und mit starken Menschen gekämpft, und niemand hat ihn zu überwinden vermocht. Sogar den Bären hat er getötet und seine Tatzen verzehrt. Jetzt ist er heimgekehrt auf dem Scheckigsten der Schecken, den er erobert hat von den Gewaltigsten unter den Anführern der Räuber. Sein Sihdi, den ihr alle kennt, hat ihm dieses herrliche Pferd verehrt als Preis seiner Tapferkeit, als Lohn seiner Stärke und als Zeichen seines unvergänglichen Ruhmes. Preis sei diesem Sihdi, dem Gerechten, der nach Verdienst belohnt, und Ehre sei meinem Herrn, Hadschi Halef Omar Ben Hadschi Abul Abbas Ibn Hadschi Dawuhd al Gossarah!‹ So würde sie sagen, und alle Söhne der Araber würden einstimmen in das Lob deiner Gerechtigkeit; sie würden Lobgesänge dichten auf deine Unparteilichkeit und herrliche Strophen auf den Glanz deines Biedersinnes. Nun aber ist das unmöglich, denn du hast mich mißachtet und mir die verdiente Belohnung vorenthalten!«

Sein Schmerz erging sich in sehr überschwenglichen Ausdrücken. Es war ihm Ernst dabei, obgleich es mir heimlich Spaß bereitete. Ich besaß das beste Mittel, ihn sogleich aufzurichten und in die größte Wonne zu versetzen. Darum sagte ich:

»Du irrst. Ich habe dich nicht zurückgesetzt. Ich hatte vielmehr die Absicht, deine Dienste noch ganz anders zu belohnen. Osko und Omar sollten dich beneiden.«

»Wie können sie mich beneiden, wenn sie die Schecken besitzen?«

»Du sollst ein Pferd haben, welches fünfzigmal mehr wert ist, als die Schecken der Aladschy zusammen.«

»Ich? Welches Pferd sollte das sein?«

»Das errätst du nicht?«

»Nein, Sihdi.«

»So muß ich es dir sagen. Ich werde dir, wenn wir scheiden, meinen Rih schenken. Du sollst ihn zu Hanneh bringen, der Holdesten der Holden.«

Das gab ihm einen solchen Ruck, daß er sein Pferd anhielt und mich offenen Mundes anstarrte.

»Sihdi,« stieß er hervor, »habe Erbarmen mit mir! Wenn du sagst, daß Rih mein Eigentum sein soll, so machst du mich unglücklich!«

»Unglücklich? Warum?«

»Weil es nicht wahr sein kann. Kein Mensch verkauft ein solches Pferd!«

»Ich will es ja nicht verkaufen, sondern dir schenken!«

»Kein Mensch wird es verschenken!«

»Habe ich es nicht geschenkt erhalten?«

»Ja, als Lohn deiner großen Verdienste um den Stamm, welcher ohne dich vernichtet worden wäre, und als Zeichen der großen Freundschaft des Scheiks, welcher Sohn und Anführer dieses Stammes war.«

»So schenke ich es dir aus denselben Gründen. Habe ich dich nicht noch lieber, als der Scheik mich haben konnte? Bist du nicht mein bester Freund auf Erden? Hast du dir nicht große Verdienste um mich erworben? Lebte ich wirklich noch, wenn du nicht stets mein Freund und Beschützer gewesen wärst?«

Das ging ihm tief zu Herzen. Die Tränen traten ihm in die Augen, und er sagte wehmütig:

»Ja, ich bin dein Freund und ich habe dich so lieb, so lieb, daß ich mein Leben tausendmal für dich hingeben würde, wenn das möglich wäre. Ich würde sogar vielleicht Hanneh verlassen, wenn es zu deinem Glück notwendig wäre. Aber doch spottest du meiner!«

»Denke das nicht! Hast du nicht bereits Hanneh vernachlässigt um meinetwillen? Hast du sie nicht verlassen, sie und dein kleines Söhnchen, um mir zu folgen durch jede Not und alle Gefahren? Und ich sollte deiner spotten!«

»Ja, denn du nennst mich deinen Beschützer!«

»Du nennst dich ja selbst oft so!«

»O Sihdi, du weißt gar wohl, wie das zu nehmen ist. Nicht ich bin dein Beschützer, sondern du bist der meinige. Oft hast du mir das Leben gerettet, indem du das deinige wagtest. Und das ist die Wahrheit. Du weißt gar wohl, daß mein Mund zuweilen mehr sagt, als ich selbst glaube. Du nimmst es ruhig hin und lächelst im Stillen über deinen kleinen Hadschi, der froh ist, wenn du deine Hand nicht von ihm nimmst. Und nun sollte ich für meine Verdienste, welche ich gar nicht kenne und besitze, den Hengst bekommen? Das ist nicht möglich! Denke, wie stolz du auf ihn sein kannst, wenn du einreitest in das Land deiner Väter! Die Söhne deines Volkes werden staunen und dich beneiden; in allen Städten wird man reden und erzählen von diesem Pferd und von seinem Reiter, und in allen Dscherideler[1] wird dein Bildnis erschei-

[1] Zeitungen.

nen, wie du auf dem Rappen sitzest, die Büchse am Sattel und den Czakan an der Seite!«

»Nein!« lachte ich. »Man wird weder davon sprechen, noch davon schreiben. Nur wenige Menschen werden sich darum kümmern, ob ich überhaupt ein Pferd habe oder nicht. Die Verhältnisse meines Landes sind nicht diejenigen des deinigen. Bringe ich Rih mit nach Hause, so kostet er mich so viel Geld, wie ich gar nicht habe; davon hast du keinen Begriff. Ich müßte ihn verkaufen, sonst würde er mich aufzehren.«

»Nein, nein, Sihdi, verkaufen darfst du ihn nicht! Wer versteht dort die Behandlung dieses Pferdes, welches der König der Rappen ist!«

»So bist du also meiner Ansicht. Und selbst wenn ich ihn verkaufen wollte, so würde er beim reichsten Besitzer langsam dahinsiechen und sich nach dem freien Leben sehnen, welches er gewohnt ist. Du beobachtest ihn nicht so, wie ich es tue. Er ist die Wüste gewohnt und den Sonnenbrand. Er braucht das Futter, welches er nur dort haben kann. Er wird sich beim ärmsten Araber wohler fühlen, als in meiner Heimat im herrlichsten Stall. Wer wird ihn dort behandeln wie ein Kind des Hauses? Wer wird ihm des Abends vor dem Schlafenlegen die Suren des Kuran in das Ohr sagen, so wie er es seit dem Tag seiner Geburt gehabt hat? Noch sind wir im Land des Großherrn, und doch ist er bereits krank. Sein Haar ist nicht mehr wie der Faden der Spinne; seine Augen sind hell, aber nicht mehr voll Feuer. Suche nach den drei Locken: zwischen den Ohren, am ersten Halswirbel und an der Wurzel des Schwanzes, welche sichere Zeichen der drei Vortrefflichkeiten eines echten Blutes sind. Das Haar ist nicht mehr gelockt: es ist schlicht und straff geworden. Er würde vielleicht elend aussehen, aber er liebt mich, und dies erhält ihm die Munterkeit und Spannkraft. So wird er auch dich lieben, aber keinen Andern. Er weiß, daß du sein Freund bist, und wird dir gehorchen, wie er mir gehorcht hat, wenn du des Abends die Sure nicht vergissest. Also um seinetwillen darf ich ihn nicht behalten. Ich muß ihn der Heimat zurückgeben aus Dankbarkeit für das, was er mir geleistet hat. Und wenn ich, indem ich das tue, zugleich dich glücklich mache, so ist das ein Grund mehr, ihn dir zu schenken. Sobald wir das Wasser der See erreichen, ist er dein Eigentum. Dann kannst du ohne Verdruß sehen, daß Osko und Omar die Schecken reiten, denn sie sind mit Rih nicht zu vergleichen.«

»Ich kann es aber nicht glauben, Sihdi. Freilich, mein Schmerz wird groß sein, wenn ich mich nun bald von dir trennen muß, und das Tier zu besitzen, welches du geritten hast, wäre mir ein Trost in diesem Leid; aber bedenke die Größe dieser Gabe! Als Besitzer des Rih wäre ich ein reicher, ein sehr reicher Mann und einer der Angesehensten des Stammes. Ich weiß, daß du keine Schätze besitzest; wie dürfte ich da ein solches Geschenk von dir annehmen!«

»Du darfst, und du sollst. Sprechen wir nicht weiter davon!«

Er sah mir forschend in das Gesicht. Als er sah, daß es mir Ernst war, erglänzte das helle Entzücken in seinen noch feuchten Augen. Und doch sagte er zagend:

»Ja, Sihdi, sprechen wir nicht länger davon! Das ist eine so hochwichtige Angelegenheit, daß du sie dir reiflich überlegen mußt.«

»Sie ist überlegt und längst beschlossen.«

»So überdenke es noch einmal; noch ist die Trennungsstunde nicht gekommen. Aber eine große, große Bitte habe ich, Herr!«

»Welche denn?«

»Erlaube mir, von heute an dem Rih des Abends an deiner Stelle die Sure in das Ohr zu sagen. Er wird dann wissen, daß er mir gehören soll, und sich an diesen Gedanken gewöhnen. Der Schmerz der Trennung von dir wird ihm dadurch erleichtert werden.«

»Ja, tue das! Ich werde von jetzt an auch darauf verzichten, ihm Futter und Wasser zu geben. Er ist dein Eigentum, und von diesem Augenblick an habe ich ihn nur von dir geliehen. Aber ich knüpfe eine Bedingung an diese Gabe, Halef.«

»Sage sie! Ich werde sie erfüllen, wenn es mir möglich ist.«

»Es ist dir möglich. Ich möchte nicht für immer von dir scheiden. Du weißt, daß ich nach meiner Ankunft in der Heimat fast immer bald wieder von dannen gehe. Es ist möglich, daß ich wieder einmal in das Land komme, wo du mit Hanneh, der Unvergleichlichen, wohnst. In diesem Fall gehört Rih wieder mir für so lange Zeit, als ich ihn dort brauche.«

»Herr, ist's wahr? So wolltest du uns besuchen? O, welche Freude würde das geben auf den Weideplätzen und unter allen Zelten! Der ganze Stamm käme dir entgegen, um dir das Ahla wa sahla wa marhaba[1] zu singen, und du würdest auf dem Rih einreiten in das Duar[2] und ihn besitzen, so lange es dir beliebt. Der Gedanke, dich wiederzusehen, wird mich beim Scheiden trösten und es mir erleichtern, die kostbare Gabe anzunehmen, welche du mir machen willst. Ich werde den Rappen nicht als mein, sondern als dein Eigentum betrachten, welches du mir anvertraut hast, es dir gut zu bewahren.«

Natürlich war es ihm unmöglich, dieses Thema so schnell fallen zu lassen. Er besprach dasselbe von allen möglichen Gesichtspunkten aus und redete sich in eine wirkliche Begeisterung hinein. Dann aber gab es nichts Notwendigeres für ihn, als den Gefährten die Größe seines Glückes mitzuteilen. Sie gönnten ihm dasselbe von ganzem Herzen. Nur der Lord, dem Halef mehr in Gesten, als in Worten die betreffende Mitteilung gemacht hatte, kam herbei und sagte beinahe zornig:

»Hört, Master, ich erfahre soeben, daß Ihr den Rih weggeschenkt habt. Ist das wahr, oder habe ich die Armbewegungen und Ausrufe des Kleinen falsch verstanden?«

»Es ist wahr, Sir.«

»So seid Ihr zehnmal verrückt!«

»O, ich bitte! Hält man es in Altengland für eine Verrücktheit, einen braven Menschen glücklich zu machen?«

»Nein, aber man hält es für Wahnsinn, ein solches Prachttier einem Bedienten zu schenken.«

»Halef ist nicht mein Domestik, sondern mein Freund, der

[1] Willkommen. [2] Zeltdorf.

mich weithin begleitet und deswegen seine Heimat verlassen hat.«

»Das entschuldigt Euch nicht. Bin ich Euer Freund oder Euer Feind?«

»Ich denke, das erstere.«

»Habe ich Euch begleitet oder nicht?«

»Ja, wir sind eine lange Zeit beisammen gewesen.«

»Habe ich die Heimat verlassen oder nicht?«

»Seid Ihr meinetwegen aus Altengland fort?«

»Nein; aber ich wäre längst wieder dort. Das ist ganz dasselbe. Und habe ich Euch nicht etwa große Dienste erwiesen? Bin ich nicht, weil ich Euch retten wollte, in dieses verteufelte Gebirg gekommen und ausgeraubt und eingesperrt worden?«

»Letzteres geschah nur infolge Eurer Unvorsichtigkeit. Uebrigens, wenn wir aufrichtig sein wollen, sinkt hier meine Wagschale tiefer als die Eurige. Daß Ihr uns retten wolltet, ist ganz schön und gut von Euch, und wir erkennen es mit aufrichtiger Dankbarkeit an; aber ich habe Euch bereits vorhin gesagt, daß sich unter Eurer Hand alles in das Gegenteil zu verwandeln pflegt. Nicht Ihr habt uns, sondern wir haben Euch gerettet. Soll ich Euch dafür den Rappen schenken?«

»Wer hat das verlangt! Es fällt mir nicht ein, eine Belohnung von Euch zu begehren; aber Ihr wißt, wie sehr ich mich nach dem Besitz dieses Pferdes sehne. Ich hätte es Euch abgekauft. Ich hätte Euch eine Anweisung gegeben, ein Blankett, welches Ihr mit der von Euch gewünschten Summe ausfüllen konntet, ohne daß ich hingeschaut hätte; sie wäre Euch ausgezahlt worden. Rih hätte einen Stall erhalten, in welchem ein Fürst wohnen könnte, und wäre aus marmorner Krippe mit dem aromatischen Heu aus Wales, dem besten Hafer aus Schottland und dem saftigsten Klee aus Irland gefüttert worden!«

»Und wäre dabei zu Grunde gegangen. Rih will in der Wüste wohnen und ihre Kräuter fressen. Einige Bla Halefa[1] sind

[1] Geringste Sorte getrockneter Datteln, Pferdefutter.

die größte Delikatesse für ihn. Nein, Sir; Ihr seid ein reicher Mann, ein Millionär, und habt die Mittel, alle Eure Wünsche erfüllt zu sehen. Halef aber ist ein armer Kerl, der nichts wünschen darf, weil er weiß, daß er nichts bekommen kann. Dieses Geschenk geht ihm über alle Freuden und Wonnen, welche Mohammed den Gläubigen bereits hier auf Erden verheißt. Er soll es haben. Ich habe es gesagt und kann nicht zurück.«

»So! Ihn wollt Ihr selig machen; ihn hebt Ihr in den siebenten Himmel; aber meine Freuden und Wonnen gehen Euch nichts an. Hole Euch der Teufel, Sir! Wenn jetzt ein Spitzbube käme, der Euch mir stehlen wollte, ich würde nichts dagegen sagen, sondern ihn vielmehr flehentlichst bitten, Euch mitzunehmen und beim Trödler für sechs oder acht Para zu verkaufen!«

»Danke für diese Wertschätzung! Acht Para sind noch nicht ganz vier Pfennige. Ich habe wirklich nicht geahnt, daß ich ein gar so billiger Artikel bin. Aber was habt Ihr denn? Leidet Ihr an Kopfschmerzen, Sir?«

Er hatte nämlich mehrere Male, bald mit der linken, bald mit der rechten Hand nach seinem Kopf gegriffen, den Fez in die Stirn oder in das Genick geschoben und dabei mit den Fingern diejenigen energischen Bewegungen gemacht, welche geeignet sind, ein gewisses kleines Wildbret aufzustöbern.

»Kopfschmerzen? Wie so?« fragte er.

»Weil Ihr so oft nach dem Kopfe greift.«

»Davon weiß ich nichts; das geschieht ganz unwillkürlich, wohl weil der Fez nicht ganz richtig sitzt.«

Aber noch während er sprach, kratzte er sich abermals.

»Seht, soeben geschieht es wieder, und der Fez hat doch ganz richtig gesessen.«

»Ja, hm! Wißt Ihr, es scheint, ich habe verdorbenes Blut. Es setzt sich in der Kopfhaut fest und beginnt zu jucken. Ich werde, wenn ich nach Altengland komme, eine Blutreinigungskur vornehmen, Lindenblüten- und Holundertee mit strengster Diät und einem achtpfündigen Plumpudding täglich.«

»Quält Euch nicht mit einer solchen Hungerkur! Die Pflaumen und Rosinen des Puddings würden Euch den Magen verderben. Ein wenig Fett mit Quecksilber tut es auch, und zwar erfordert diese Kur die Zeit von nur fünf Minuten.«

»Meint Ihr?«

»Ja. Wolltet Ihr warten bis zum Holundertee in Altengland, so würdet Ihr jedenfalls nur als Skelett dort ankommen; die weicheren Körperteile wären indessen verspeist worden.«

»Von wem?«

»Von dem, was Ihr unreines Blut nennt. Diese sonderbaren Blutstropfen haben nämlich ganz eigentümlicherweise sechs Beine und einen Rüssel, welcher höchst unangenehm wirken kann.«

»Wie – wa – waaas?« fragte er, mich erschrocken ansehend.

»Ja, mein lieber Herr! Vielleicht habt Ihr das Latein Eurer Jugendjahre noch einigermaßen fest. Wißt Ihr noch, was *Pediculus capitis* bedeutet?«

»Hab's jedenfalls gewußt, ist mir aber entfallen.«

»Oder wißt Ihr, welches liebliche Geschöpf der Araber ›Khamli‹, der Türke aber ›Bit‹ nennt? Der Russe sagt ›Woschj‹, der Italiener ›Pidocchio‹, der Franzose ›Pou‹ und der Hottentott ›t' Garla‹.«

»Seid still! Laßt mich mit Türken und Hottentotten in Ruh! Ich verstehe keines dieser Wörter!«

»So habt die Güte, Euer Haupt zu entblößen und einmal das Innere Eures Fez zu untersuchen. Vielleicht macht Ihr eine wichtige Entdeckung, welche Euch den Ruf eines berühmten Insektenkenners einbringen wird.«

Er riß die Mütze vom Kopf, blickte aber nicht hinein, sondern fragte ganz betroffen:

»Wollt Ihr mich beleidigen? Oder meint Ihr etwa, daß da drin – –?«

»Ja, ich meine, daß da drin – –!«

»Etwas – etwas Lebendiges krabbelt?« fuhr er fort.

»Richtig! Ganz dasselbe meine ich.«

»Alle Teufel! Ah!«

Er hielt sich die Mütze vor das Gesicht und starrte hinein.

Seine Nase fuhr hin und her, nach oben und nach unten, als hätte sie sich ganz separat auf die eifrigste Okularinspektion legen wollen. Dann ließ er die Hände mit der Mütze sinken und rief erschrocken aus:

»*Woe to me! Louses! Lice!*«

Er wollte den Fez wegwerfen, besann sich aber anders, stülpte ihn vor sich auf den Sattelknopf, fuhr sich mit beiden Händen in das Haar und begann nun eine ganz entsetzliche Verwüstung seiner Toilette anzurichten. Dabei erging er sich in Ausdrücken, welche gar nicht wiederzugeben sind, und war am grimmigsten darüber, daß diese Tierlein nicht einmal das ehrenwerte Haupt eines Lords von Altengland respektierten.

Dieser Zorn brachte mich zum Lachen. Er ließ die Hände vom Kopf, wendete sich wieder zu mir und schrie mich an:

»Lacht nicht, Sir, sonst boxen wir! Wie steht es denn mit Eurem Fez? Erfreut auch er sich einer solchen Einwohnerschaft?«

»Habe nicht die Ehre, mein lieber Lord. Diese Art von Soldiers hält sich fern von mir, weil ich mich niemals so zuvorkommend wie Ihr gegen sie erwiesen habe.«

»Welche Unvorsichtigkeit, diesen Fez zu nehmen! So ein Unheil, welches er angerichtet hat! Und in dieser kurzen Zeit! Sollte man es für möglich halten!«

»O, was das betrifft, so hat der Türke eine Redensart, welche lautet: Tschapuk ok gibi hem bit gibi – schnell, wie der Pfeil und die Laus. Und in der Türkei versteht man sich auf diese Sache doch sehr gut.«

»Aber was tue ich, was fange ich an? Gebt mir doch einen guten Rat! Ich darf den Palast, welchen dieses unheilvolle Volk bewohnt, nicht wegwerfen, denn es wäre eine Schande, unbedeckten Hauptes in Rugova einzureiten. Und ob es dort einen Laden gibt, in welchem ich eine neue Kopfbedeckung erhalten kann, das ist doch fraglich.«

»Sogar sehr! Vor uns braucht Ihr Euch nicht zu genieren und könnt den Gefährten ganz ruhig Euer Unglück wissen lassen. Steigen wir für zwei Minuten ab.«

Nachdem die Andern erfahren hatten, um was es sich handelte, erbot sich Osko, die Exekution zu übernehmen. Er legte die Mütze auf einen Stein und tat eine dünne Schicht Erde oben darauf. Auf diese kam dann ein Haufen trockener Zweige, welcher angebrannt wurde. Dadurch erreichten Erde, Stein und Mütze einen Wärmegrad, welcher den beabsichtigten Zweck unbedingt erfüllte. In der Nähe tröpfelte Wasser vom Fels und bildete eine kleine Pfütze, in welcher der Fez nach dem warmen Verfahren einer nassen Behandlung ausgesetzt wurde. Dann erhielt der Lord den Schutz der Würde seines Hauptes zurück, und wir ritten weiter. Auf dergleichen Episoden muß man im Orient stets gefaßt sein, selbst wenn man zufälligerweise ein Lord von Altengland ist.

SECHSTES KAPITEL

Unter der Erde

Wir ritten weiter. Nach einiger Zeit traten rechter Hand die Felsen zurück, und es öffnete sich uns ein freier Blick nach Osten, während links uns die Berge weiter begleiteten. Dann sahen wir von fern, zur Rechten von uns, einen Reiter kommen. Da das Terrain zwischen ihm und uns ein ebenes war, erblickte er uns zu gleicher Zeit, und wir bemerkten, daß er den Schritt seines Pferdes so richtete, daß er mit uns zusammentreffen mußte. Als er uns erreichte, grüßte er höflich, und wir dankten ihm ebenso. Er hatte eine behäbige Gestalt und ein ehrliches, offenes Gesicht, welches ganz geeignet war, eine gute Meinung über ihn zu erwecken.

»Wir wollen nach Rugova,« sagte ich ihm. »Ist es noch weit bis dorthin?«

»Noch eine halbe Stunde, Herr,« antwortete er. »Ihr werdet sogleich den vereinigten Drin erreichen, hart an dessen linkem Ufer die Straße hinführt. Ihr scheint fremd zu sein. Auch ich will nach Rugova; ich bin von dort. Erlaubt ihr, daß ich euch begleite?«

»Sehr gern. Du kannst uns, da wir fremd sind, mit Auskunft erfreuen.«

»Ich bin bereit dazu. Sagt nur, was ihr wissen wollt.«

»Zunächst möchten wir erfahren, bei wem man dort einkehren kann.«

Ich hatte die Absicht, bei dem Wirt Kolami, von welchem der Alim gesprochen hatte, abzusteigen, sagte das aber nicht, um vorher über den Khan des Schut etwas Näheres zu erfahren.

»Rugova besitzt zwei Khans,« erklärte er. »Der eine, welcher der größere ist, gehört einem Perser namens Kara Nirwan, der außerhalb des Ortes wohnt; der Wirt des andern, der gleich am Fluß bei der Brücke liegt, heißt Kolami.«

»Zu welchem würdest du uns raten?«

»Zu keinem. Ich überlasse euch selbst die Wahl.«

»Was für ein Mann ist dieser Perser?«

»Ein sehr angesehener. Man wohnt sehr gut und billig bei ihm. Kolami gibt sich aber auch Mühe, seine Gäste zufriedenzustellen, und ist noch billiger als Kara Nirwan.«

»Sind diese beiden Wirte einander freundlich gesinnt?«

»Nein, sie sind Feinde.«

»Warum?«

»Nur aus persönlicher Abneigung. Es ist keine Rache dabei; sie haben einander nichts getan. Aber Kolami kann den Perser nicht leiden; er mißtraut ihm.«

»Warum?«

»Erlaßt mir die Antwort. Ihr seid fremd, und es kann euch also gleichgültig sein.«

»So werden wir bei Kolami einkehren.«

»Es wird ihm lieb sein, solche Gäste zu empfangen; aber ich rate euch nicht von Kara Nirwan ab, denn das tue ich nie; man könnte mich für neidisch und böse halten. Ich bin nämlich der Kolami.«

»Ah so! Nun, da versteht es sich ganz von selbst, daß wir in deinem Hause wohnen.«

»Ich danke dir. Wie lange werdet ihr in Rugova bleiben?«

»Das weiß ich noch nicht. Wir verfolgen einen Zweck, von welchem wir nicht wissen, ob und wann wir ihn erreichen werden.«

»Ist's ein Geschäft, ein Pferdeverkauf? Dann müßt ihr euch freilich an den Perser wenden, welcher Pferdehändler ist. Ich sehe, daß ihr drei ledige Tiere habt.«

»Ja, wir wollen zwei davon verkaufen; aber das ist nicht der eigentliche Grund unseres Kommens. Wir haben noch Anderes vor. Du scheinst ein Mann zu sein, dem man Vertrauen schenken darf. Darum will ich dir mitteilen, daß wir beabsichtigen, Kara Nirwan zu verklagen.«

»Verklagen? O, da nehmt ihr euch etwas vor, was nicht leicht zu erreichen ist. Die Leute, an welche ihr euch da wenden müßt, sind alle seine Freunde. Ist er dir Geld schuldig?«

»Nein, ich will ihn eines Verbrechens zeihen.«

Bei diesen Worten richtete er sich schnell im Sattel auf, hielt sein Pferd an und fragte:

»So hältst du ihn für einen Verbrecher?«

»Ja.«

»Was soll er begangen haben?«

»Einen Mord, ja viele Morde, und Räubereien dazu.«

Da rötete sich sein Gesicht; seine Augen leuchteten auf. Er legte mir die Hand an den Arm und fragte wie atemlos:

»Herr, sage, sage mir schnell, ob du vielleicht ein Muchbyr[1] des Großherrn bist?«

»Nein, der bin ich nicht. Ich bin aus einem fremden Land und stehe im Begriff, dorthin zurückzukehren. Vorher aber will ich einen Mann bestraft sehen, der uns in Verbindung mit seinen Anhängern wiederholt nach dem Leben getrachtet hat. Und dieser Mann ist eben der Perser.«

»Allah hakky! Höre ich recht? Ist's möglich! Fände ich endlich einmal einen Menschen, welcher ganz dieselbe Ansicht hat, wie ich?«

»So hältst auch du ihn für einen Bösewicht?«

»Ja, aber man darf es nicht sagen. Ich habe einmal nur ein Wörtchen geäußert; das hätte mir beinahe das Leben gekostet.«

»Welchen Grund hast du, diese Meinung über ihn zu hegen?«

»Er hat mich beraubt. Ich war in Perserin, um Geld zu holen. Dort traf ich mit ihm zusammen, und er erfuhr von mir, daß ich einen gefüllten Beutel bei mir trug. Unterwegs wurde ich überfallen und mußte das Geld hergeben. Es waren vier Männer, welche ihre Gesichter verhüllt hatten. Derjenige, welcher das Wort führte, hatte andere Kleider angezogen; dennoch aber erkannte ich ihn an seiner Stimme, an den Spitzen des Bartes, welche unter der Verhüllung hervorblickten, und an den Pistolen, die er mir entgegenhielt. Es war der Perser. Aber was wollte ich tun? Zwei Bewohner meines Ortes

[1] Geheimpolizist.

sagten mir am andern Tage freiwillig, daß sie ihn zu einer bestimmten Zeit in Perserin getroffen hätten, und das war genau die Stunde, an welcher ich überfallen worden war. Er konnte beweisen, daß er sich nicht an der Stelle des Ueberfalles befunden haben könne. Ich mußte schweigen.«

»Die Beiden sind jedenfalls dabei beteiligt gewesen. Meinst du das nicht auch?«

»Ich bin überzeugt davon. Seit jener Zeit habe ich ihm aufgepaßt. Ich sah und hörte vieles, ohne jedoch den rechten Zusammenhang zu finden. Endlich bin ich gar auf die Idee gekommen, daß er kein anderer ist, als – als – –«

Er getraute sich nicht, das Wort zu sagen; darum ergänzte ich herzhaft:

»Als der Schut!«

»Herr!« fuhr er auf.

»Was gibt's?«

»Du sagst ja ganz genau, was ich denke!«

»So sind wir einer Meinung, und das ist gut.«

»Kannst du es beweisen?«

»Ja. Ich bin nach Rugova gekommen, um hier das Beweismaterial zu vervollständigen. Er kann mir nicht entgehen.«

»O Allah, wenn das wäre! Dann würde das Land von seinem Schrecken befreit. Herr, ich habe vorhin gesagt, daß ich und der Perser einander nichts getan hätten. Ich mußte so sagen, denn ich kannte dich nicht. Jetzt aber gestehe ich dir, daß ich ihn hasse wie den Teufel, und daß ich sehr wünsche, dir beistehen zu können, um ihn unschädlich zu machen, ihn, den ehrlichen, frommen, geachteten Menschen, welcher doch der größte Bösewicht der Erde ist!«

Man sah es ihm an, daß es ihm mit diesen Worten voller Ernst war. Das Zusammentreffen mit ihm konnte uns nur von Nutzen sein. Darum trug ich kein Bedenken, ihm mitzuteilen, was wir in Rugova tun wollten und was wir erlebt und über den Schut erfahren hatten. Besonders ausführlich war ich bei der Schilderung der Ereignisse am Teufelsfelsen und im Tal des Köhlers. Er unterbrach mich oft mit Ausdrücken des Staunens, der Angst und der Befriedigung. Er hielt im

Eifer über das, was er hörte, sein Pferd so oft an, daß unser Ritt dadurch wesentlich verzögert wurde. Am schärfsten wurde seine Aufmerksamkeit, als ich ihm von dem Karaul, dem Schacht und Stollen erzählte. Als ich geendet hatte, rief er aus:

»Man sollte dies gar nicht für möglich halten; aber es stimmt ja alles auf das genaueste, und ich selbst bin bereits auf den Gedanken gekommen, daß dieser Perser Menschen bei sich zurückbehält. Es sind schon viele verschwunden, die vorher bei ihm eingekehrt waren. Und warum fährt er so oft auf dem Fluß spazieren? Er wohnt außerhalb des Ortes und hat doch einen Kahn auf dem Wasser. Kaum hat man ihn einsteigen und fortrudern sehen, so ist er verschwunden. Jetzt begreife ich es: er fährt in den Stollen ein!«

»Ist dir nichts über die Mündung des alten Schachtes bekannt?«

»Nein, gar nichts. Was gedenkst du zu tun, Herr, wenn du angekommen bist? Willst du etwa zum Stareschin[1] gehen und Anzeige machen? Dieser Mann ist sein Busenfreund.«

»Fällt mir gar nicht ein. Noch habe ich keine direkten Beweise gegen den Perser; ich will sie mir erst holen und werde zu diesem Zweck den Stollen aufsuchen.«

»Da kannst du dich eines meiner Kähne bedienen. Wenn du es mir erlaubst, so fahre ich mit.«

»Das ist mir lieb, da du mir dann als Zeuge dienen kannst.«

Wir hatten den Fluß erreicht und ritten hart am Ufer desselben hin. Die Wasser schossen, eng eingezwängt, in heimtückischer Stille dahin. Diesseits war das Ufer eben, jenseits aber stieg eine Felswand hoch und senkrecht empor.

Diesen Felsen bedeckte ein mächtiger Nadelwald, zwischen dessen Grün alte Mauern hindurchschimmerten. Das war der Wachtturm, über welchen vielleicht fast ein ganzes Jahrtausend dahingegangen war. Grad unter ihm machten Fels und Fluß eine Krümmung, hinter welcher das Dorf versteckt lag.

[1] Ortsvorsteher, Ortsrichter.

Als wir die Krümmung hinter uns hatten, sahen wir den Ort und auch die Brücke, über welche wir reiten mußten. Doch beeilten wir uns gar nicht, sie zu erreichen. Es galt, den Eingang des Stollens zu entdecken.

Er war sehr bald gefunden, obgleich wir das Loch nicht sehen konnten. Grad vor der Krümmung, wo die Strömung in voller Gewalt den Felsen traf, gab es eine Stelle, an welcher einige Ellen über dem Wasser ein Felsenvorsprung dem Flugsamen der Pflanzen Gelegenheit gegeben hatte, festen Halt zu fassen. Von dieser Stelle hingen dichte Ranken hernieder, die einen natürlichen Vorhang bildeten, hinter welchem der Eingang des Stollens verborgen lag.

Wegen der heftigen Strömung war es nicht ungefährlich, diese Stelle mit dem Kahn zu befahren. Es gehörten kräftige Hände dazu, den Druck des Wassers zu überwinden und nicht an den Felsen gedrückt zu werden. Nachdem wir hierüber Klarheit erhalten hatten, ritten wir schneller und kamen bald über die Brücke, die man zu Pferd nur mit großer Vorsicht benutzen durfte. Die Planken derselben waren durchfault und hatten zahlreiche Lücken, durch welche man das Wasser unten fließen sah.

Das Dorf lag ziemlich eng zwischen den Höhen eingeklemmt und machte keineswegs den Eindruck einer wohlhabenden Ortschaft. Links sah man eine Straße nach dem Berg hinansteigen. Es war diejenige, welcher wir später folgen mußten.

Die Brücke mündete auf ein freies Plätzchen, das von armseligen Häusern umgeben war, unter denen sich ein besseres Gebäude auszeichnete. Dieses war der Khan Kolamis. Ein Seiler war auf dem Platz mit seiner Arbeit beschäftigt. Ein Schuster saß vor seiner Türe und flickte an einem Pantoffel herum. Daneben pickten Hühner und gruben Kinder mit ihren schmutzigen Patschen nach den Schätzen eines Düngerhaufens, und nicht weit davon standen einige Männer, welche ihr Gespräch unterbrochen hatten, um uns mit neugierigen Blicken zu betrachten.

Auf einen unter ihnen paßte das Wort ›neugierig‹ freilich nicht. Nicht Neugierde, sondern etwas ganz Anderes, was ich lieber Entsetzen nennen möchte, war auf seinem Gesicht zu lesen.

Er trug die Tracht der mohammedanischen Skipetaren: kurze, glänzende Stiefel, schneeweiße Fustanella, rote, mit Gold verbrämte Jacke, auf deren Brustteilen silberne Patronenbehälter befestigt waren, einen blauen Gürtel, aus welchem die Griffe zweier Pistolen und eines krummgebogenen Handschars hervorsahen, und auf dem Kopf einen roten Fez mit goldener Quaste. Dieser Kleidung nach war er ein sehr wohlhabender Mann.

Sein hageres Gesicht mit außerordentlich kühn geschnittenen Zügen hatte eine intensiv gelbe Farbe – ›schut‹ nennt das der Serbe; ein dichter, schwarzer Bart ging ihm in zwei Spitzen fast bis auf die Brust herab, und tiefschwarz war auch die Farbe seiner Augen, welche weit offen und groß auf uns gerichtet waren.

Er hatte den Mund geöffnet, so daß seine weißen Zähne zwischen dem Bart hervorschimmerten, und seine Rechte hielt den Griff des Handschars umfaßt; dabei war sein Körper weit nach vorn gebeugt. Es hatte ganz das Aussehen, als ob er mit der Klinge sich uns entgegenstürzen wollte. Ich hatte ihn noch nie gesehen; aber ihn erblicken und erkennen, das war eins. Ich raunte dem Wirt zu:

»Das ist der Schut, der Gelbe, nicht?«

»Ja,« antwortete er. »Wie unwillkommen, daß er uns gleich sehen muß!«

»Mir ist es aber ganz willkommen, denn dadurch wird sich die Angelegenheit beschleunigen. Er erkennt mich an meinem Rappen; er erkennt den Goldfuchs und die Pferde der Aladschy; er weiß also jetzt nicht nur, daß wir entkommen sind, sondern daß sich auch der Köhler und die Aladschy unter unsern Händen befunden haben. Er ist überzeugt, daß unser Kommen ihm gilt, und da er blind sein müßte, um den Engländer nicht zu erkennen, welchen er im Schacht gefangen gehalten hat, so kann er sich sagen, daß wir es zunächst auf diesen Schacht abgesehen haben werden. Paß auf! Der Tanz wird gleich beginnen.«

Wir beide ritten voran. Osko und Omar folgten uns. Halef war mit dem Lord ein wenig zurückgeblieben, und der Engländer hatte, da er sich mit dem Hadschi im Gespräch befand, nicht auf die Gruppe der Männer geachtet. Jetzt aber bemerkte er sie. Er hielt sein Pferd an und fixierte den Perser.

Wir konnten den Vorgang gut beobachten, weil wir mittlerweile vor der Türe des Khans angekommen und von den Pferden gestiegen waren. Nicht mehr als zwölf Schritte von uns entfernt standen die Männer. Ich sah, daß der Schut die Lippe an den Zähnen wetzte. Auf seinem Gesicht lag der Ausdruck des Grimmes und zugleich der Angst.

Da gab Lindsay seinem Pferd die Sporen, schoß herbei und parierte den Fuchs so nahe an dem Schut, daß er diesen fast umgerissen hätte. Dann begann er, eine Rede loszulassen, welche alles enthielt, was er an englischen Kraftausdrücken wußte und an arabischen und türkischen Schimpfwörtern gesammelt hatte. Sie strömte ihm so schnell vom Mund, daß die einzelnen Ausdrücke gar nicht verstanden werden konnten. Dazu gestikulierte er mit Armen und Beinen vom Pferd herab, als wäre er von einem bösen Geist besessen.

»Was will dieser Mann?« fragte einer aus der Gruppe.

»Das ist der Stareschin,« erklärte mir der Wirt.

»Ich weiß es nicht; ich verstehe ihn nicht,« antwortete der Schut dem Frager. »Aber ich kenne ihn und wundere mich sehr, ihn hier wieder zu sehen.«

»Ist es nicht der Inglis, welcher mit seinem Dolmetscher und seinen Dienern bei dir wohnte?«

»Ja. Ich habe dir noch gar nicht gesagt, daß er mir diesen Goldfuchs gestohlen hat und mit demselben verschwunden ist. Du wirst die Güte haben, ihn zu arretieren.«

»Sogleich! Wir wollen diesen fremden Giaurs das Pferdestehlen verleiden.«

Er trat zu Lindsay heran und erklärte diesem, daß er arretiert sei. Der Lord verstand ihn aber nicht; er fuhr fort zu schreien und zu gestikulieren, und stieß, als der Stareschin ihn am Bein faßte, denselben kräftig mit dem Fuß von sich ab.

»Allah!« rief der Beamte. »Das hat noch niemand gewagt! Herbei, ihr Männer! Nehmt ihn vom Pferd, und schafft ihn fort!«

Die Männer gehorchten und traten zu dem Lord heran. Aber als sie nach ihm fassen wollten, ergriff er sein Gewehr, legte auf sie an und schrie in einem englisch-türkischen Wortgemisch:

»*Away!* I atmak! I atmak!«

Er hatte sich gemerkt, daß schießen ›atmak‹ heißt. Die Angreifenden traten eiligst zurück, und der Stareschin sagte:

»Der Mensch ist toll. Er versteht uns nicht. Wenn wir doch den Dolmetscher hier hätten, um ihm begreiflich machen zu können, daß Widerstand ihm nichts nützt und seine Lage nur verschlimmert!«

Da trat ich zu ihm hin und sagte:

»Verzeihe, Stareschin, daß ich dich in der Ausführung der Obliegenheiten deines Amtes störe. Wenn du eines Dolmetschers bedarfst, so kann ich dir dienen.«

»So sage diesem Pferdedieb, daß er mir in das Gefängnis folgen muß.«

»Pferdedieb? Du irrst dich sehr. Dieser Effendi ist kein Pferdedieb.«

»Er ist einer, denn mein Freund Nirwan hat es gesagt.«

»Und ich sage dir, daß dieser Inglis in seinem Lande eine Stellung hat, welche wenigstens ebenso hoch ist, wie hier diejenige eines Pascha mit drei Roßschweifen. Ein solcher Mann stiehlt nicht. Er hat in seinem Stall daheim mehr Pferde, als hier in Rugova vorhanden sind.«

Ich sprach zwar in bestimmtem, aber doch sehr höflichem Ton. Das schien in dem Stareschin die Ansicht zu erwecken, daß ich eine sehr hohe Achtung für sein Amt und seine Person hege und er mir infolgedessen imponieren könne. Also schnauzte er mich an:

»Schweig! Hier gilt nur das, was ich sage! Dieser Inglis hat hier ein Pferd gestohlen und ist ein Dieb, wofür ich ihn bestrafen lassen werde. Sage ihm das!«

»Das kann ich ihm nicht sagen.«

»Warum nicht?«

»Weil es eine Beleidigung sein würde, welche er mir nie verzeihen könnte. Ich will seine Freundschaft nicht verlieren.«

»Also bist du der Freund eines Pferdediebes? Schäme dich!«

Er spuckte vor mir aus.

»Unterlaß das, Stareschin!« warnte ich ihn. »Ich spreche in Höflichkeit mit dir, und du lässest mich dafür den Speichel deines Mundes sehen! Wenn das noch einmal geschieht, so bediene ich mich einer anderen Sprache, welche deinem Verhalten angemessen ist.«

Das war in bedeutend schärferer Tonart gesagt. Der Schut hatte mich vom Kopf bis zu den Füßen gemustert. Jetzt hustete er und machte eine Handbewegung, welche den Zweck hatte, den Zorn des Stareschin gegen mich zu entflammen. Es gelang ihm, denn das Oberhaupt der Stadt antwortete mir:

»Welche Sprache wolltest du denn führen? Es ist gegen mich nur diejenige der Höflichkeit möglich; jede andere würde ich auf das allerstrengste bestrafen. Ich habe vor dir ausgespuckt, weil du einen Dieb deinen Freund nanntest. Und dazu habe ich ein so gutes Recht, daß ich gleich noch einmal ausspucke. Sieh, das gilt dir wieder!«

Er spitzte den Mund, und ich trat rasch einen Schritt vor, holte aus und gab ihm eine so herzhafte Ohrfeige, daß er zu Boden taumelte. Dann zog ich den Revolver. Meine Begleiter griffen sofort zu ihren Waffen. Auch der Schut zog seine Pistole.

»Weg mit der Waffe!« herrschte ich ihn an. »Was geht dich diese Ohrfeige an?«

Er gehorchte unwillkürlich. So wie ich, hatte ihn wohl noch niemand angeschrieen.

Der Stareschin erhob sich. Er hatte ein Messer im Gürtel stecken. Ich glaubte, er werde es ziehen, um Rache zu nehmen für meinen Schlag. Aber Großsprecher sind ja gewöhnlich, wenn es ernst wird, feige Menschen. Der Mann hatte keinen Mut und wendete sich an den Schut:

»Willst du es dulden, daß ich mißhandelt werde, wenn ich mich deiner Angelegenheit annehme? Ich hoffe, daß du diese Beleidigung, welche eigentlich nur dir gilt, augenblicklich rächen wirst!«

Der Blick des Persers wanderte einige Male zwischen dem Stareschin und mir hin und her. Dieser gewalttätige und gewissenlose Mensch besaß jedenfalls einen hohen persönlichen Mut; aber das Erscheinen der Leute, welche er tot oder wenigstens unschädlich gemacht wähnte, und die nun plötzlich unversehrt vor ihm standen, lähmte seine Tatkraft. Dazu kam unsere selbstbewußte Haltung. Wir hatten die Waffen in den Händen, und es war uns wohl anzusehen, daß dies nicht geschah, um nur zu scherzen. Es kostete ihn sichtlich eine Anstrengung, dem Ortsvorsteher zu antworten:

»Diese Ohrfeige hat dir gegolten und nicht mir. Du bist es, der sie erhalten hat, und wirst wissen, was du zu tun hast. Ich bin aber bereit, den Befehlen, welche du erteilen wirst, Nachdruck geben zu helfen.«

Er legte die Hand wieder an den Griff der Pistole.

»Weg mit der Hand!« rief ich ihm zu. »Du bist nicht Polizist. Von dir dulde ich keine Drohung. Habe ich diesem Stareschin gezeigt, wie ich Unhöflichkeiten beantworte, so werde ich wohl auch wissen, den Drohungen eines Privatmannes, der gar nichts zu befehlen hat, zu begegnen. Eine Pistole ist eine lebensgefährliche Waffe. Droht man mir mit derselben, so habe ich das Recht der Notwehr. Sobald du sie ziehst, wirst du meine Kugel im Kopf haben. Das beachte wohl; ich scherze nicht!«

Er nahm die Hand vom Gürtel, rief mir aber zornig zu:

»Du scheinst nicht zu wissen, mit wem du redest! Du hast den Gebieter dieses Ortes geschlagen. Ihr droht uns mit euren Gewehren und werdet das selbstverständlich büßen müssen. Sämtliche Bewohner von Rugova werden herbeieilen, euch gefangen zu nehmen. Im Lande des Großherrn ist es nicht Sitte, daß Pferdediebe gerechte Männer mit dem Tode bedrohen!«

»Was du sagst, ist lächerlich. Ich werde euch sogleich beweisen, daß ich weiß, mit wem ich rede. Die Leute von Rugova habe ich nicht zu fürchten, da ich gekommen bin, sie von einem Teufel zu befreien, welcher in ihrer Mitte und weithin im Lande sein Wesen treibt. Wenn uns ein Räuber und Mörder Pferdediebe nennt, so lachen wir darüber, aber dieses Lachen wird ihm sehr gefährlich werden!«

»Seid ihr es nicht?« fragte er. »Dieser Engländer reitet meinen Fuchs, und diese beiden Begleiter von dir sitzen auf Schecken, welche ihnen nicht gehören; sie haben dieselben gestohlen.«

»Woher weißt du, daß sie ihnen nicht gehören?«

»Weil diese Pferde das Eigentum zweier meiner Freunde sind.«

»Dieses Geständnis ist eine große Unvorsichtigkeit von dir. Wir haben die Schecken allerdings nicht gekauft, sondern sie den Aladschy abgenommen. Wenn du zugibst, daß diese berüchtigten Räuber deine Freunde sind, so hast du dir selbst dein Urteil gesprochen. Sage mir einmal,« fuhr ich fort, indem ich mich an den Stareschin wendete, »ob du weißt, daß die Aladschy Schecken reiten?«

»Was gehen mich die Aladschy an?« antwortete er. »Ich habe es jetzt nicht mit ihnen, sondern mit euch zu tun.«

»Das ist mir lieb, denn ich wünsche sehr, daß du dich ein wenig mit uns beschäftigest. Freilich muß dies in einer andern Weise geschehen, als es in deiner Absicht zu liegen scheint.«

»Oho! Hast du hier zu befehlen? Hast du Ohrfeigen auszuteilen? Ich werde Leute von Rugova versammeln, um euch gefangen nehmen zu lassen. Jetzt sogleich werde ich den Befehl dazu geben!«

Er wollte fort.

»Halt! Noch einen Augenblick!« gebot ich ihm. »Du hast noch gar nicht gefragt, wer wir sind. Ich werde es dir sagen. Wir – –«

»Das ist gar nicht notwendig!« unterbrach mich der Schut. »Du bist ein Giaur aus Germanistan, den wir bald kleinmütig machen werden.«

»Und du bist ein Schiit aus Persien, welcher Hassan und Hosseïn verehrt. Nenne dich also ja nicht einen Rechtgläubigen und bringe das Wort Giaur nicht noch einmal, sonst bekommst du eine solche Ohrfeige wie der Stareschin!«

»Bietest du mir eine solche Beleidigung?« brauste er auf.

»Ja; ich biete dir überhaupt noch weit mehr. Woher weißt du, daß ich ein Fremder aus Germanistan bin? Du hast dich durch dieses Wort verraten. Deine Rolle als Schut ist in diesem Augenblick ausgespielt!«

»Schut?« fragte er erbleichend.

»Schut?« riefen auch die Andern.

»Ja, dieser Schiit Nirwan ist der Schut. Ich werde es euch beweisen. Hier, Stareschin, hast du meine Legitimationen. Sie sind vom Großherrn und Großwesir ausgestellt, und ich hoffe, daß du ihnen die gebührende Ehrerbietung erweisest. Tätest du das Gegenteil, so würde ich es unverzüglich dem Wali in Prisrendi und auch dem Wesir nach Stambul melden. Wische deine schmutzigen Hände ab und hüte dich, meine Pässe zu beflecken!«

Ich öffnete die Dokumente und hielt sie ihm entgegen. Als er die großherrlichen Siegel erblickte, wischte er wirklich die Hände an seinen Hosen hin und her, griff dann an Stirn und Brust, verbeugte sich, nahm sie entgegen und legte sie unter einer abermaligen Verneigung an die Stirn, um sie dann zu lesen.

»Master,« sagte der Engländer, »Ihr könntet ihm auch meinen Paß zeigen; aber der Perser hat ihn mir mit den andern Sachen abgenommen.«

»Wenn er nicht vernichtet ist, werdet Ihr ihn wieder bekommen. Uebrigens genügt es, wenn er nur meine Papiere liest. Ihr seid mein Freund, und ich legitimiere Euch.«

Die Leute waren aus den umliegenden Häusern getreten und hielten die neugierigen Blicke auf uns gerichtet. Einige liefen fort, in die enge Gasse hinein, welche auf den Brückenkopf mündet, um Andere zu holen, und es hatte sich schnell ein Publikum gebildet, welches uns im Halbkreise umstand.

Das schien dem Schut willkommen zu sein. Er fühlte sich jetzt sicherer als vorher, da er glaubte, sich auf den Beistand dieses Volkes verlassen zu können. Sein Gesicht nahm einen trotzigen Ausdruck an, und seine schon an sich hohe Gestalt richtete sich noch höher auf. Man sah es ihm an, daß er ebenso gewandt wie kräftig sei. Im Ringkampf war er jedenfalls mehr zu fürchten als einer der Aladschy, welche nur über ihre rohe, ungeschulte Körperkraft zu verfügen gehabt hatten. Ich nahm mir vor, es nicht auf einen solchen Ringkampf ankommen zu lassen, sondern ihn gegebenen Falls mit einer Kugel so zu verwunden, daß er unfähig zur Verteidigung würde.

Endlich hatte der Stareschin die Papiere gelesen. Er drückte sie wieder an die Stirn und auch an die Brust, faltete sie zusammen und machte Miene, sie einzustecken.

»Halt!« sagte ich. »Diese Dokumente sind mein Eigentum, nicht aber das deinige.«

»Aber du willst hier bleiben?« fragte er.

»Ja.«

»So werde ich sie behalten, bis euer Prozeß beendet ist.«

»Nein, das wirst du nicht. Wie kannst du, ein einfacher Kiaja, es wagen, die Papiere eines Mannes, welcher so hoch über dir steht, an dich zu nehmen! Schon die bloße Absicht dazu ist eine Beleidigung für mich. Und was fällt dir ein, von einem Prozeß zu sprechen! Du weißt jetzt, mit wem du sprichst, und ich werde dir sagen, was ich von dir fordere. Ich will dir entgegenkommen und diese Legitimation nicht zu mir selbst nehmen. Da ich bei dem Khandschy Kolami wohnen werde, so mag er sie in Verwahrung nehmen. Gib sie ihm also! Er wird sie ohne meine ganz ausdrückliche Billigung nicht aus den Händen geben.«

Er gehorchte, wenn auch widerstrebend. Dann fuhr ich mit erhobener Stimme, so daß alle Umstehenden es hören konnten, fort:

»Und nun will ich mich ernstlich dagegen verwahren, daß

einer von uns ein Pferdedieb genannt werde. Wir sind ehrliche Leute und kommen vielmehr zu dem Zweck, euch von dem größten Dieb dieses Landes zu befreien. Dieser Goldfuchs hat nicht dem Perser gehört, sondern einem Skipetaren, nämlich dem Barjactar Stojko Wites aus Slokuczie, welcher mit seinem Sohn nach Batera reiten wollte, um ihn dort zu vermählen. Sie kamen in das Teufelstal zum Köhler Scharka, welcher ein Untergebener des Schut ist und den Barjactar überfiel und beraubte. Er selbst blieb leben, aber sein Sohn wurde ermordet und verbrannt. Ich kann euch die Knochenreste zeigen. Dieser Panzer, welchen mein Begleiter einstweilen angelegt hat, dieses Schwert und dieser Dolch sind Teile des Raubes. Der Barjactar wurde zu Kara Nirwan geschleppt, um erst später ermordet zu werden, wenn es gelungen sein würde, ihm noch ein bedeutendes Lösegeld abzupressen.«

»Lüge, Lüge und tausendfache Lüge!« schrie der Perser. »Dieses Pferd gehört mir, und von einem Barjactar weiß ich nicht das geringste!«

»Die Lüge ist auf deiner Seite. Du hast den Barjactar im Schacht stecken, wo du auch diesen Inglis gefangen hieltest. Du hast diesen Inglis zu dem Köhler schaffen lassen, um ihm ein Lösegeld abzuzwingen und ihn dann zu töten. Es ist uns gelungen, ihn zu befreien, und nun kehrt er zurück, um dich anzuklagen.«

»Allah, Allah! Das soll ich hören und dulden! Ich soll ein Räuber und Mörder sein! Frage die Leute, welche deine Lügen hören! Sie werden dir sagen, wer ich bin. Und wenn du fortfährst, mich in einer so frechen Weise zu beschuldigen, so werden sie das nicht dulden, sondern mich beschützen. Nicht wahr, das werdet ihr, ihr Männer und Einwohner von Rugova? Könnt ihr ruhig zusehen, daß ein Fremdling, ein Christ, es wagt, mich, der ich der Wohltäter so vieler bin, in dieser Weise zu beschuldigen und anzuklagen?«

»Nein, nein!« riefen mehrere Stimmen. »Fort, weg mit diesem Giaur! Er soll kein Wort mehr sagen dürfen!«

Ich ahnte, was nun kommen werde. Ich dachte mir, daß

später große Eile notwendig sei, und darum gebot ich Halef leise, einstweilen die Pferde unterzubringen. Dann wendete ich mich an die Leute:

»Ist es Schimpf, ein Christ zu sein? Wohnen nicht grad hier in Rugova Bekenner des Islam und der Bibel friedlich beisammen? Sehe ich nicht hier Leute stehen, welchen den Rosenkranz umhängen haben, die also Christen sind? An diese Leute wende ich mich, wenn Kara Nirwan sich auf die Mohammedaner stützt. Was ich ihm vorgeworfen habe, ist alles wahr; ich werde es beweisen. Und nun hört noch das letzte, das ärgste! Der Perser ist der Schut, verstanden – der Schut! Auch das kann ich euch beweisen, wenn ihr es ruhig anhören wollt.«

Da donnerte mich der Pferdehändler an:

»Schweig! Sonst schieße ich dich nieder wie einen Hund, den man nur durch die Kugel von seiner Räude befreien kann!«

Ich hätte ihn am liebsten niedergeschlagen; aber die Stimmung war, wie ich deutlich sah, gegen mich. Darum übersah ich es, daß er nach seinem Gürtel griff, und antwortete ihm:

»Verteidige dich nicht durch Worte, sondern durch die Tat! Führe uns in den Schacht hinab, und beweise uns, daß Stojko nicht unten steckt!«

»Ich kenne keinen Schacht!«

»So kenne ich ihn und werde diese Leute hinabführen!«

Ein höhnisches Zucken ging über sein Gesicht, und ich wußte auch, weshalb. Ich hütete mich wohl, von dem Stollen zu sprechen, durch welchen ich eindringen wollte; er sollte denken, daß der Eingang zu demselben von dem Lord vergessen worden sei. Ich wollte den Glauben in ihm erwecken, daß wir nach dem Karaul wollten, um durch den Schacht einzudringen. Darum fuhr ich fort:

»Und nicht nur diesen einen Gefangenen hat er in dem Schacht unter dem Karaul verborgen, sondern noch einen zweiten, einen Kaufmann aus Skutari, dessen Geld er genommen hat und dessen übriges Vermögen er auch noch haben will. Ihr werdet auch diesen Mann unten finden. Er und

Stojko werden euch erzählen, was mit ihnen geschehen ist, und dann werdet ihr glauben, daß Kara Nirwan der Schut ist. Ich fordere euch und den Stareschin hiermit auf, ihn gefangen zu nehmen und nach dem Turm zu schaffen. Dort muß er euch den Eingang des Schachtes zeigen.«

»Ich, ein Gefangener!« rief der Schut. »Ich will denjenigen sehen, der mich angreift. Ich kenne keinen Schacht. Ich bin bereit, freiwillig mitzugehen. Sucht euch den Schacht; ich kann ihn euch nicht zeigen, weil ich ihn selbst nicht weiß. Findet ihr ihn, so steigt hinab! Bewährt sich dann die Aussage dieses Fremden, so werde ich mich ohne Weigerung und Widerstand binden lassen, damit man mich nach Prisrendi schaffe. Stellt es sich aber heraus, daß er gelogen hat, so werde ich die strengste Bestrafung verlangen.«

»Gut, ich gehe getrost darauf ein,« erwiderte ich.

»Auf, nach dem Karaul!« ertönte es von allen Seiten. »Der Perser soll der Schut sein! Wehe diesem Fremden, wenn er lügt!«

»Ich lüge nicht. Wir geben uns ganz in eure Hände. Wir werden sogar alle unsere Waffen ablegen, damit ihr überzeugt seid, daß wir friedliche Leute sind und es ehrlich meinen. Gebt eure Flinten, Messer und Pistolen her, und geht mit diesen braven Leuten nach dem Turm. Ich werde sie hier im Khan aufbewahren und euch dann mit Kolami nachkommen.«

Diese Aufforderung war an meine Gefährten gerichtet. Halef hatte die Pferde in den Hof bringen helfen; er war wieder da und sagte, als ich ihm seine Waffen abforderte:

»Aber, Sihdi, da können wir uns ja nicht wehren!«

Ich durfte es ihm nicht sagen, aus welchem Grunde ich die Waffen ablegen ließ. Sie sollten unbewaffnet sein, um keine Unvorsichtigkeit begehen zu können. Der hitzköpfige Hadschi war im stand, durch eine Gewalttätigkeit sich und die Gefährten in Gefahr zu bringen.

»Ihr braucht euch nicht zu wehren,« antwortete ich ihm. »Man wird euch nichts zuleid tun. Seid nur still und vorsichtig!«

»Und du kommst nach?«

»Nein. Ich sagte nur so, um den Schut zu täuschen. Er wird eine Strecke mit euch gehen und dann sicher verschwinden. Hierauf steigt er in den Schacht ein, um die beiden Gefangenen zu verstecken. Vielleicht tötet er sie. Indessen fahre ich mit dem Wirt nach dem Stollen und treffe unten mit dem Schut zusammen.«

»Du allein? Das ist zu gefährlich. Ich will mit dir gehen.«

»Nein, das würde auffallen. Hütet euch übrigens, in den Schacht einzusteigen, wenn ihr ihn finden solltet. Man weiß nicht, in welcher Weise der Schut dafür sorgt, daß ihr ihm nicht hinabfolgen könnt. Seid freundlich gegen die Leute, damit ihr sie nicht gegen euch aufbringt, und tut ja nichts, bevor ich wieder bei euch bin.«

Es hatte sich eine ziemliche Menschenmenge angesammelt, und es war vorauszusehen, daß die Zahl noch anwachsen werde. Als der Wirt und ich die Waffen der Gefährten ergriffen hatten, wurden diese mit dem Schut in die Mitte genommen, und der Zug setzte sich in Bewegung.

Nun traf ich mit dem Wirte die nötigen Vorkehrungen, ging dann voran an die Brücke und stieg in den Kahn. Er kam sehr bald mit zwei Knechten nach. Diese führten die Ruder; er sctzte sich auf den Bugsitz und ich steuerte.

Obgleich wir nach der linken Seite wollten, steuerte ich doch nach dem rechten Ufer hinüber, weil wir dort nicht so starke Strömung hatten. Als wir sodann der betreffenden Stelle gegenüber angekommen waren, legte ich nach links um.

Jetzt hatten die Knechte alle ihre Kräfte anzustrengen, um nicht durch die reißende Flut abgetrieben zu werden. Ich mußte weit, weit über das Ziel aufwärts halten. Die Ruder bogen sich; sie drohten, zu zerbrechen; doch war meine größte Sorge, ob auch wirklich der Eingang des Stollens dort unter dem grünen Vorhang sein werde.

Wir befanden uns ein Stück oberhalb desselben. Jetzt ließ ich den Kahn abfallen und hielt grad auf das Loch zu. Befand sich keines dort und gab es nur Felsen, so mußte der Kahn zerschellen, mit so reißender Schnelligkeit wurden wir nach der Stelle getrieben.

»Die Ruder herein! Bückt euch!« rief ich den Dreien zu.

Sie gehorchten augenblicklich. Ich selbst blieb aufrecht sitzen, da ich das Steuer hätte loslassen müssen. Jetzt waren wir nahe; noch zwei Bootslängen, noch eine – ich schloß die Augen, damit sie nicht von den Zweigen verletzt würden – ein Schlag ins Gesicht wie von einem weichen Rutenbesen – ich öffnete die Augen, – tiefe Dunkelheit um mich – ein Aufstoß vorn, der Kiel des Kahns knirschte – wir befanden uns in dem Stollen.

»Allah sei Dank!« seufzte der Wirt tief auf. »Mir war ein wenig bang.«

»Mir auch,« antwortete ich. »Wären wir hier auf Felsen getroffen, so hätten wir ein gefährliches Bad erhalten. Wer nicht ganz ausgezeichnet schwimmt, würde hier verloren sein. Fühlt einmal an die Wand, ob ein Pflock da ist. Es soll sich einer hier befinden, um den Kahn anzuhängen.«

Der Pflock war wirklich vorhanden. Wir befestigten das Fahrzeug an demselben und zündeten die mitgebrachten Laternen an. Ihr Licht reichte hin, den Gang zu erleuchten, da derselbe niedrig und schmal war. Die Knechte steckten die auf Vorrat mitgebrachten Talgkerzen zu sich.

Ich nahm die eine der Laternen in die Linke und den Revolver in die Rechte und schritt voran. Wir konnten, da wir Licht bei uns hatten, von weitem gesehen werden, und es war ja immerhin möglich, daß sich einer der Knechte des Schut zur Bewachung der beiden Gefangenen hier unten befand.

Der Stollen war hoch genug, daß ich aufrecht gehen konnte. Seine Sohle war mit einem Pfad einzelner Bretter belegt. Wozu? Das konnte ich jetzt noch nicht begreifen. Wir gingen sehr langsam, weil ich zu unserer Sicherheit Schritt um Schritt untersuchen mußte. Vielleicht eine Viertelstunde war seit unserer Einfahrt verflossen, als wir uns von einer Luftschicht umgeben fühlten, welche um mehrere Grade kälter als die bisherige war.

»Wir nähern uns wahrscheinlich dem Spalt, von welchem

der Alim gesprochen hat,« bemerkte ich. »Jetzt müssen wir doppelt vorsichtig sein.«

Nach nur wenigen Schritten gähnte uns eine breite Spalte an, welche quer über den Stollen schnitt. Ihre Tiefe war nicht zu erkennen und ihre Höhe ebensowenig. Bretter führten hinüber, eins vor das andere gelegt, nur anderthalb Fuß breit.

»Das ist der Ort, an welchem das Verderben wartet,« meinte der Khandschy. »Herr, untersuche den Steg genau!«

»Gebt die Stricke her!«

Wir knoteten die vier Stricke, welche sie mitgebracht hatten, einzeln zusammen, nahmen sie dann doppelt und banden das eine Ende mir, unter den Armen hindurch, um die Brust fest, während das andere Ende von den Dreien gehalten wurde. Mich niederbückend, so daß die Laterne den Boden beschien, schritt ich nun, denselben genau untersuchend, vorwärts.

So breit, wie der Spalt war, gab es natürlich keinen festen Boden. Es waren drei starke Balken hinübergelegt, je einer zur rechten und linken Seite und der dritte in der Mitte. Auf dem mittleren Balken lag das Brett. Zwischen diesem und den beiden Seitenbalken blieb ein mehr als fußbreiter leerer Raum, aus welchem die kalte grausige Tiefe gähnte.

Warum das? Warum lagen die Balken nicht eng beisammen? So fragte ich mich. In dieser Konstruktion des gefährlichen Steges mußte die Hinterlist liegen, welcher der Unberufene zum Opfer fallen sollte.

Nach sechs oder acht Schritten, während deren ich mich über dem Abgrund befand, erreichte ich eine Stelle, welche meine Aufmerksamkeit erregte. Die drei Längsbalken waren hier nämlich durch einen Querbalken verbunden. Als ich denselben genau untersuchte, sah ich, daß er eine Achse bildete, welche sich in den an den beiden Seitenbalken dazu angebrachten Löchern bewegte. Nun war mir die Konstruktion klar. Wer einmal einen Zimmerplatz besucht hat und dort Kinder auf einem Balken, welcher quer auf einem andern lag, schaukeln sah, der kann sich leicht die Einrichtung dieses gefährlichen Steges erklären. Jetzt wußte ich auch, weshalb die beiden Seitenbalken da lagen, deren Zweck ich vorher nicht eingesehen hatte. Sie verbanden die beiden Ufer der Spalte miteinander. In ihrer Mitte trugen sie einen Querbalken, welcher eine bewegliche Achse bildete, auf welcher der Mittelbalken mit dem Brett lag. Dieser Mittelbalken lag nach dem Eingang des Stollens hin fest auf der Kante der Spalte auf, an seinem anderen Ende aber jedenfalls nicht. Infolgedessen konnte man bis zur Mitte des Steges, bis zu der Achse, sicher gehen. Sobald man aber weiter schritt, neigte sich der vorwärts liegende Teil der Brücke nach dem Abgrund hinab, während der rückwärts liegende Teil emporstieg; dann mußten alle, welche sich auf dem Steg befanden, in die grauenhafte Tiefe stürzen und dort jedenfalls zerschellen.

Daß dieses auch mir geschehen würde, darauf hatte der Alim gerechnet.

Ich wendete mich um und teilte den Dreien dieses Ergebnis meiner Untersuchung mit.

»So können wir also gar nicht hinüber?« fragte der Khandschy.

»O doch, denn der Schut betritt diesen Stollen ja auch. Es muß also eine Vorrichtung geben, mittels deren dieser gefährliche Wagebalken an seinen beiden Enden befestigt werden kann, und wenn nicht an beiden, so doch wenigstens an dem drüben liegenden Ende. Wollen einmal nachschauen!«

Ich kehrte zurück, und wir forschten nach. Ja, dieser Mittelbalken lag lose auf der Steinkante auf. Wir hoben sein Ende empor, und die andere Hälfte senkte sich hinab. Wir suchten vergebens nach einem Loch, Pflock oder Riegel, mittels dessen der Balken hier hüben an den Boden befestigt werden konnte.

»So muß ich freilich hinüber,« erklärte ich.

»Um Allahs willen! Du stürzest ja!« rief der Khandschy.

»Nein. Ihr drückt hier den Balken so kräftig nieder, daß er nicht emporschnellen kann; dann kann er sich drüben nicht senken. Drei Männer von eurer Stärke werden mich doch halten können. Uebrigens hänge ich an dem Strick. Knieet nieder und legt die Hände fest auf dem Balken auf. Ich gehe jetzt.«

Es war mir nicht ganz wohl zumut, als ich nun abermals auf dem schmalen Brett über den Abgrund schritt; aber ich kam wohlbehalten drüben an. Dort sah ich auch sofort beim Licht der Laterne, auf welche Weise der Steg zu befestigen war. Das Ende des Balkens lag in der Luft – es erreichte die Kante der Spalte nicht; aber es waren zwei eiserne Ringe in demselben angebracht, und hüben und drüben hing je eine Kette mit einem Haken an der Wand des Stollens herab. Hakte man die Ketten in die Balkenringe, so wurde der Steg festgehalten und konnte nicht sinken.

»Nun, hast du es gefunden?« fragte der Khandschy herüber.

»Ja. Ich mache den Balken fest. Ihr könnt ohne Gefahr herüber kommen.«

Durch kräftiges Zerren an den Ketten überzeugte ich mich, daß dieselben zuverlässig seien, und hakte sie dann ein. Die Drei kamen herüber, sahen sich die einfache Vorrichtung an, und dann schritten wir weiter.

Es versteht sich ganz von selbst, daß dies alles sehr langsam gegangen war, da von unserer Sorgfalt unser Leben abhing. Nun aber schritten wir desto schneller vorwärts. Meine Uhr sagte mir, daß, seit wir den Khan verlassen hatten, weit über eine halbe Stunde verronnen war.

Der stets aufwärts führende Stollen bot keine Schwierigkeit mehr dar. Nach ungefähr drei Minuten gelangten wir in den bewußten großen, runden Raum. Der Fels hatte aufgehört. Wir sahen rund um uns Mauern. Fünf Türen befanden sich da, vier sehr niedrige und eine hohe, schmale. Letztere hatte keinen Riegel, konnte also von uns nur durch Aufsprengen geöffnet werden. Die übrigen Türen waren mit vielen Riegeln versehen.

»Hinter diesen niedrigen Türen befinden sich die Gefangenen,« sagte ich, schob einen der Riegel zurück und öffnete. Wir sahen ein ungefähr sieben Fuß tiefes, vier oder fünf Fuß breites und ebenso hohes Loch, in welchem ohne jedwede

Unterlage ein Mensch lag, und zwar, wie es der Engländer beschrieben hatte, mit den Füßen in eisernen Ringen steckend.

»Wer bist du?« fragte ich.

Ein Fluch war die Antwort.

»Sage, wer du bist! Wir kommen, dich zu retten.«

»Lüge nicht!« klang es mir rauh entgegen.

»Es ist die Wahrheit. Wir sind Feinde des Schut und wollen dich – –«

Ich kam nicht weiter. Zwei Rufe ertönten, einer aus dem Mund eines der Knechte und einer aus dem Mund des – – Schut.

Ich hatte mich vor das Loch gekniet und hielt die Laterne in dasselbe. Der Khandschy kauerte neben mir, und die Knechte standen gebückt hinter uns, um auch hineinzusehen. Indessen war die vorhin erwähnte, schmale Türe aufgegangen und der Perser eingetreten. Der Knecht hatte ihn gesehen. Beide stießen die Schreie aus.

Ich drehte mich nach dem Knecht um:

»Was gibt's?«

Die Türe des Loches stand nämlich so von der Mauer ab, daß ich den Schut nicht sehen konnte.

»Dort, da – da ist er!« antwortete der Gefragte, auf den Perser deutend.

Ich sprang auf und sah über die Türe hinweg.

»Drauf!« rief ich, als ich ihn erkannte.

Der Verbrecher war im höchsten Grad erschrocken, uns hier zu sehen, und stand ganz starr. In der Hand hielt er einen Meißel oder etwas ähnliches. Mein Ruf gab ihm die Beweglichkeit zurück.

»O Hassan, o Hosseïn!« schrie er, indem er den Meißel nach meinem Kopf schleuderte. »Ihr sollt mich nicht haben, ihr Hunde!«

Ich mußte mich blitzschnell hinter die Türe bücken, um nicht getroffen zu werden. Als ich wieder emporfuhr, sah ich ihn in dem Stollen verschwinden. Er wollte auf demselben Weg entspringen, welcher uns hereingeführt hatte. Da wir hier waren, so mußte ein Kahn vorhanden sein, mit Hilfe dessen er entkommen konnte, so sagte er sich. Er war durch den Schacht von oben herabgekommen, durfte aber nicht durch denselben zurückkehren, weil inzwischen die Leute da oben angekommen waren, von denen er sich auf irgend eine Weise entfernt hatte. Sie hätten ihn sehen müssen, und das Mundloch des Schachtes wäre entdeckt gewesen.

»Er entspringt! Ihm nach!« rief ich, ließ die Laterne stehen und sprang in den Stollen hinein.

»Nimm die Laterne mit!« schrie der Khandschy hinter mir her.

Ich hütete mich wohl, dies zu tun; denn ich hatte das Licht nicht ohne Absicht zurückgelassen. Ich hatte gesehen, daß der Schut auch jetzt die Pistolen im Gürtel trug. Die Laterne in meiner Hand hätte ihm ein sicheres Zielen ermöglicht. Er brauchte nur ganz ruhig stehen zu bleiben und die Waffe auf mich zu richten, so mußte er mich treffen. Darum folgte ich ihm im Finstern.

Das war freilich keine leichte Sache. Ich streckte die Hände aus, um mit den Seitenwänden Fühlung zu nehmen, und rannte so, hüben und drüben anstreifend, so schnell wie möglich vorwärts. Von Zeit zu Zeit blieb ich einen Augenblick stehen, um auf seine Schritte zu lauschen. Aber das war vergeblich, denn der Khandschy kam mit den Knechten hinter mir her, und der Lärm, den sie verursachten, übertäubte den Fußschlag des Schut.

Uebrigens war die Verfolgung gefährlich, obgleich ich keine Laterne trug. Er brauchte mich nicht zu sehen. Er durfte nur stehen bleiben und die Pistole ziehen. Das Geräusch meiner Schritte genügte, mich ihm zu überliefern. Ich an seiner Stelle hätte dieses Verfahren gewiß befolgt. Zwei geladene Doppelpistolen, also vier Kugeln, und außerdem noch das Messer, reichten hin, uns unschädlich zu machen. Ich rechnete aber auf seine Angst und darauf, daß er denken würde, selbst dann nicht entkommen zu können, wenn es ihm auch gelänge, einen oder zwei von uns zu töten.

So ging es in möglichster Eile vorwärts. Ich hatte mich doch verrechnet, als ich glaubte, das Entsetzen werde ihn unaufhaltsam vorwärts treiben. Er war doch stehen geblieben, denn plötzlich krachte vor mir ein Schuß, zehnfach stärker in diesem engen, niedrigen Gang. Beim Blitz des Pulvers sah ich, daß der Schütze sich kaum zwanzig Schritte vor mir befand. Die Kugel traf nicht. Ich hörte sie an die Wand schlagen, blieb stehen, zog den Revolver und drückte zwei-, dreimal ab.

Ich horchte. Einige Augenblicke später hörte ich sein höhnisches Gelächter. Er rannte weiter, ich ihm nach. Er schoß noch einmal; da stand er an dem über den Abgrund führenden Steg, wie ich beim Blitzen des Schusses sah. Langsamer folgte ich ihm und erreichte den Rand des Spaltes. Hier überzeugte ich mich mit den Händen, daß die Ketten noch eingehakt waren, und folgte ihm auf dem über den Abgrund führenden Brett.

Jetzt war der bedenkliche Augenblick gekommen. Wenn er drüben stehen blieb und mich, bevor ich den festen Boden erreichte, angriff, so war ich verloren. Um ihn davon abzuhalten, gab ich, auf der Mitte des Steges stehen bleibend, die noch übrigen drei Schüsse des Revolvers ab. Ein abermaliges Gelächter belehrte mich, daß ich ihn nicht getroffen hatte. Aber ich hörte auch dem Schall an, daß der Lachende nicht an dem Abgrund stand, sondern weiter eilte.

Natürlich zögerte ich nicht, ihm zu folgen. Drüben über der Spalte angekommen, warf ich einen Blick zurück. Ich sah den Schein der Laterne. Der Khandschy war nicht weit hinter mir. Weiter und weiter ging's. Ich keuchte vor Anstrengung; ich glitt auf den feuchten, schlüpfrigen Brettern oft aus. Und wieder krachte vor mir ein Schuß, welchen ich aus dem noch gefüllten andern Revolver erwiderte. In der Besorgnis, daß der Verbrecher doch noch stehen bleiben und mich endlich wirklich treffen könne, feuerte ich nach und nach, immer vorwärts eilend, alle sechs Schüsse des zweiten Revolvers ab. Dann griff ich zum Messer – nein, in den leeren Gürtel, denn es war nicht vorhanden. Hatte ich es mit einem der Revolver herausgerissen, oder war es mir entfallen, als ich vor dem Gefängnisloch kniete, das konnte ich jetzt nicht wissen.

Mir war so zu Mut, als ob die Hetzjagd bereits eine volle Stunde gedauert habe. Da ward es dämmerig vor mir: – ich hatte den Eingang des Stollens erreicht.

Kam man von draußen, aus dem hellen Tag herein, so schien es hier völlig dunkel zu sein. Hatte man sich aber eine Weile in der Finsternis befunden, so erfaßte das Auge die wenigen, durch den Pflanzenvorhang dringenden Strahlen und konnte die im Innern des Stollens befindlichen Gegenstände wenigstens ihren Umrissen nach erkennen. Ich hielt an.

Vor mir lag der Kahn. Soeben hatte der Schut denselben vom Pflocke gelöst und sprang hinein. Er hörte, daß ich nahe war, und schrie mir zu:

»Hund, leb' wohl! Nur du hast dieses Loch gewußt und sonst niemand. Kein Mensch wird es entdecken und euch hier suchen. Freßt euch einander vor Hunger auf!«

Ich dachte in diesem verblüffenden Augenblick nicht daran, daß es im schlimmsten Fall möglich wäre, uns durch Schwimmen zu retten; ich glaubte seinen Worten. Der Kahn durfte also nicht fort. Ich holte aus und sprang hinein.

Der Schut stand aufrecht drin, mit beiden Händen an die Felswand gelehnt, um auf diese Weise den Kahn gegen das hereinpressende Wasser hinauszustoßen. Die Ruder konnten wegen der Enge des Stollens erst draußen eingelegt werden. Der Kahn schwankte unter der Wucht meines Sprunges. Ich verlor das Gleichgewicht, fiel nieder, und er auf mich.

»Bist du da?« zischte er mir in das Gesicht. »Willkommen! Du bist mein!«

Er faßte mich mit der einen Hand bei der Gurgel, und ich packte seine beiden Arme. Mit der Linken fühlte ich, daß er mit der rechten Hand in den Gürtel griff. Schnell fuhr ich mit der Hand an seinem Arm nieder bis zum Handgelenk und preßte dieses so fest zusammen, daß er einen Schmerzensschrei ausstieß und die Waffe – ich weiß nicht, ob Messer oder Pistole – fallen ließ. Dann zog ich das Knie empor und stemmte ihn von mir ab. Im nächsten Augenblick hatte ich mich aufgerichtet, er sich aber auch. Wir standen nur einen

Schritt auseinander. Wie durch einen dichten Nebel sah ich seine Hände aus dem Gürtel kommen und sich gegen mich richten; ich schlug sie mit den Fäusten auseinander – ein Schuß krachte. Oder waren es zwei? Ich weiß es nicht. Er aber brüllte:

»Nun denn, dann anders! Mich bekommt ihr nicht!«

Er sprang in das Wasser – er hatte die Laterne des Khandschy erblickt, welcher sich uns näherte.

Der Mensch war wirklich tollkühn! In diesen Strudel zu springen, dazu gehörte mehr als gewöhnliche Beherztheit.

Ich versuchte, den Kahn fortzuschieben; aber die Strömung drang mit solcher Kraft herein, daß ich merkte, es gehöre eine geraume Zeit dazu, das Fahrzeug hinauszubringen. Indessen war der Schut fort, tot oder gerettet.

Daß er es gewagt hatte, ins Wasser zu springen, ließ erraten, daß er ein guter Schwimmer sei. Die reißende Strömung mußte ihn schnell davontragen. Entkam er, so konnte er der Familie Galingrés, welche wir warnen wollten, entgegenreiten, sich mit Hamd el Amasat vereinigen und – –

Ich dachte nicht weiter. Seit er ins Wasser gesprungen, waren noch kaum zwei Sekunden vergangen; so warf ich denn Jacke und Weste ab, saß auf die Ruderbank nieder, riß mir die hohen schweren Stiefel förmlich von den Beinen und rief in den Stollen zurück:

»Ich schwimme. Schnell in das Boot, und dann mir nach!«

»Um Allahs willen, nein! Es ist dein Tod!« antwortete der Khandschy.

Aber schon war ich im Wasser. Ich sprang nicht hinein, sondern ich ließ mich leise hinab, denn bei den Strudeln, welche es hier gab, war es geraten, auf der Oberfläche zu bleiben. Hauptsache ist da ein kräftiges Ausstreichen, nicht auf voller Brust, sondern halb auf der Seite liegend, so daß man mit dem abwärts gerichteten Arm nach unten schlägt und also durch den Gegendruck oben gehalten wird.

Kaum war ich mit dem Kopf durch den Pflanzenvorhang gekommen, so wollten mich die Strudel packen. Ich wurde an den Felsen gedrängt und kämpfte eine ganze Weile, um nur oben und auf derselben Stelle bleiben zu können. Dann schoß eine Welle heran, brach sich am Felsen – das war der richtige Augenblick; ich überließ mich ihr, half durch energisches Stoßen nach und schoß stromab davon, so schnell, daß ich unwillkürlich die Augen schloß.

Als ich wieder aufblickte, befand ich mich zwischen zwei Strömungen, welche sich eine Strecke von mir vorwärts trafen und einen gefährlichen Wirbel bildeten. Es war auf der Mitte des Flusses. Vor diesem Wirbel mußte ich mich hüten. Ich wendete sofort, hatte aber lange und angstvoll zu arbeiten, bevor es mir gelang, die eine Strömung zu durchkreuzen und in ruhiges, sicheres Wasser zu kommen.

Jetzt erst konnte ich mich um den Schut bekümmern. Durch das sogenannte Wassertreten gab ich mir eine aufrechte Haltung und sah mich um. Da – grad aus dem Wirbel, den ich so ängstlich vermieden hatte, tauchte er empor; er schoß fast bis zur Hälfte des Leibes aus dem Wasser, tat einen wahren Delphinensprung und überwand den Strudel. Dann hielt er nach dem Ufer herüber, in dessen Nähe ich mich befand.

Ich konnte nicht anders, ich mußte ihn bewundern. Er war ein viel, viel besserer Schwimmer als ich. Es war ihm gar nicht eingefallen, einen Wirbel zu vermeiden. Er wußte, daß dieser ihn zwar fassen, aber auch wieder ausstoßen würde. Jetzt befand er sich abwärts von mir und schwamm nach dem Ufer zu, ohne sich umzusehen; darum bemerkte er mich nicht.

Es verstand sich ganz von selbst, daß ich ihm folgte. Hände und Füße unter der Oberfläche haltend, so daß ich kein Geräusch verursachte, hielt ich mich hinter ihm. Im Schnellschwimmen war ich ihm wohl überlegen, denn ich war ihm bald so nahe, daß ich fast seinen Fuß ergreifen konnte. Aber auch das Ufer war schon da. Jetzt mußte der Schrecken mein Verbündeter sein. Er hatte keine Waffen mehr und ich auch nicht. Es stand mir also das bevor, was ich hatte vermeiden wollen – ein Ringkampf.

Das hier drüben platte Ufer war mit angespülten Kieseln bedeckt und lief nach und nach seicht aus. Als der Schut

Grund fühlte, nahm er denselben schnell unter die Füße und watete hinaus, triefend von Wasser. Er hatte es dabei so eilig, daß er sich auch jetzt nicht umsah und das Wasser mit lautem Spritzen vor sich herschob. Darum hörte er es gar nicht, daß hinter ihm noch einer kam. Da ich wohlweislich Schritt mit ihm hielt, so hielt er meine Schritte für die seinigen. Dabei raffte ich am Rande des Wassers einen faustgroßen, runden Kiesel auf, um mich desselben als Waffe zu bedienen.

Jetzt stand er am Lande, streckte die Arme empor, stieß einen frohlockenden Ruf aus und drehte sich halb um und blickte nach dem Eingang des Stollens. Dort kam eben der Kahn herausgeschossen; so lange hatten die drei Männer gebraucht, um den gewaltigen Wasserdruck zu überwinden.

»Ihr Hunde! Euch bekomme ich noch!« rief er und wandte sich dann wieder nach dem Lande, um davonzueilen. Ich war zwei Schritte seitwärts getreten und stand nun grad vor ihm.

»Und ich bekomme dich!« antwortete ich ihm.

Mein Anblick brachte eine noch größere Wirkung hervor, als ich erwartet hatte. Er brach vor Schrecken beinahe zusammen und erhielt, bevor er sich ermannen konnte, mit dem Stein einen Schlag an den Kopf, daß er niedersank.

Aber dieser Mann war ein übermächtiger Gegner; war die Betäubung nur eine augenblickliche, so konnte der Ausgang doch noch ein schlimmer für mich werden. Darum riß ich ihm, sobald er gestürzt war, die Schärpe vom Leib und band ihm die Arme bei den Ellbogen auf dem Rücken zusammen.

Kaum war das geschehen, so erholte er sich. Noch geschlossenen Auges machte er eine Bewegung, aufzuspringen; sie gelang natürlich nicht. Dann riß er die Augen auf, starrte mich an, blieb dann bewegungslos liegen, zog aber ganz plötzlich die Füße an sich, gab sich mit dem Oberkörper einen Schwung aufwärts und nach vorn, kam wirklich empor und zum Stehen und stemmte die Hände in die Seiten, um die Schärpe zu zersprengen. Zum Glück hielt sie fest.

Das war außerordentlich schnell geschehen; aber ebenso schnell hatte ich meinen Gürtel abgenommen und schlug ihm mit dem Bein die Füße nach hinten, so daß er nach vorn wieder niederstürzte. Sofort saß ich ihm auf den Knieen und band ihm auch die Füße zusammen. Er konnte sich gar nicht dagegen wehren, weil er ja die Arme auf dem Rücken hatte.

»So!« sagte ich, indem ich keuchend aufstand. »Jetzt wissen wir, wer den Andern hat. Da drüben im Stollen werden sich die Leute nicht auffressen, und du wirst den guten Bewohnern von Rugova erklären, wie es dir möglich gewesen ist, so schnell in einen Schacht zu kommen, den du gar nicht kennst.«

»Teufel!« zischte er. »Hundertfacher Teufel!« Dann schloß er die Augen und blieb ruhig liegen.

Die Strömung hatte den Kahn ergriffen und trug ihn pfeilschnell abwärts. Die darin Sitzenden sahen mich und hielten auf mich zu.

»Herr, wir hielten dich für verloren!« rief der Khandschy schon von weitem. »Allah sei Dank, daß er dich gerettet hat! Wer liegt bei dir?«

»Der Schut.«

»O Himmel! So hast du ihn?«

»Ja.«

»Dann schnell! Auf, auf, legt euch in die Ruder!«

Die Knechte strichen so aus, daß das Boot mit halbem Körper auf das Ufer schoß. Die Drei sprangen heraus und eilten herbei.

»Er ist's, ja, er ist's!« jubelte der Khandschy. »Welch ein Schwimmer mußt du sein, Herr! Wie gelang es dir denn, ihn zu überwinden?«

»Das kann ich dir nachher sagen. Jetzt schafft ihn in den Kahn, mit welchem der Transport viel schneller geht, als wenn wir den Mann am Ufer hin und über die Brücke tragen. Wir müssen nun schnell hinaufsenden nach dem Karaul, damit die Leute erfahren, daß ich sie nicht belogen habe. Da ich ihnen nicht gefolgt bin, sind sie im Stande, sich an meinen Begleitern zu vergreifen.«

Sie führten diese Weisung aus, und nach einigen Minuten landeten wir an der Brücke. Einer der Knechte lief zu dem Karaul hinauf. Der Khandschy brachte mit den andern

Knechten den Schut in das Haus. Ich nahm Jacke, Weste und Stiefel in die Hände und lief in türkischen Strümpfen hinterdrein. Den Fez abzulegen, daran hatte ich gar nicht gedacht; er war mir fest sitzen geblieben. Ich mußte nun die nassen Kleider ausziehen. Eine Hose zu borgen, war eine sehr heikle Sache, wenn ich an die zoologische Entdeckung dachte, welche der Lord in seinem Fez gemacht hatte. Zum Glück besaß der Wirt einen neuen Schalwar[1], den er noch nicht getragen hatte, und diesen zog ich an. Kaum war ich angekleidet, so erschien Halef nebst dem Engländer. Der Lord machte Schritte wie Peter mit den Siebenmeilenstiefeln, und Halef sprang neben ihm einher, wie ein kleiner Pony neben einem hochbeinigen Reitkamel.

»Ist's wahr? Habt ihr ihn, Master?« rief Lindsay, die Türe aufreißend.

»Da liegt er. Seht ihn euch an!«

Der angenommenen Rolle treu, hielt der Schut die Augen geschlossen.

»Naß! Wohl ein Kampf im Wasser?« forschte Lindsay.

»Beinahe.«

»War er im Schacht?«

»Ja.«

»*Well!* So kann er nicht mehr leugnen!«

»O Sihdi, du hast andere Hosen an?« sagte Halef. »Das muß entsetzlich gewesen sein, dort an der gefährlichen Stelle! Ich bin begierig, alles zu erfahren.«

Aber zum Erzählen war jetzt keine Zeit; denn nun trafen auch die Andern ein. Die Andern? Nein, das ganze Dorf kam gelaufen und wollte sehen und hören. Wir stellten uns an die Türe und ließen nur den Stareschin ein und die Köj pederleri[2]. Der ausübende Polizist war auch dabei, ein Kerl – dick wie Falstaff und mit einem blechernen Schlauch bewaffnet, der vermutlich ein Blasinstrument vorstellen sollte.

Als diese Leute den Liebling der Umgegend gebunden und

[1] Türkische Pumphosen. [2] Väter des Dorfes.

ganz durchnäßt auf dem Boden liegen sahen, zeigten sie sich höchst aufgebracht darüber; der Stareschin rief zornig:

»Wie könnt ihr es wagen, ihn ohne meine Erlaubnis wie einen Gefangenen zu behandeln?«

»Stimm deinen Ton ein wenig herab!« erwiderte ich ihm kühl. »Und sage mir zunächst, wie es dem Perser möglich gewesen ist, sich von euch zu entfernen.«

»Ich habe es ihm erlaubt.«

»Warum und wozu gabst du ihm diese Erlaubnis?«

»Er wollte seine Knechte holen, welche helfen sollten, den Schacht zu suchen.«

»Sie sollten vielmehr helfen, euch das Finden desselben unmöglich zu machen.«

»Wir haben vergeblich auf dich gewartet. Daß du nicht kamst, ist ein Beweis deines bösen Gewissens, und ich befehle, den Perser augenblicklich loszubinden!«

Dieser Befehl war an den dicken Polizisten gerichtet, welcher sich auch anschickte, denselben auszuführen. Da aber nahm ihn Halef beim Arm und sagte:

»Freundchen, greif diesen Mann nicht an! Wer ihn ohne Erlaubnis dieses Emirs berührt, dem gebe ich hier diese Peitsche!«

»Was sagst du?« schrie der Stareschin. »Hier hat kein Anderer zu befehlen, als ich allein, und ich sage, daß Kara Nirwan losgebunden wird!«

»Du irrst!« entgegnete ich. »Jetzt bin ich es, der zu befehlen hat. Und wenn du mir widerstrebst, so lasse ich dich gleichfalls binden und nach Perserin schaffen. Du bist der kleinste der Beamten des Großherrn und hast, wenn höhere sich hier befinden, gar nichts zu befehlen, sondern nur zu gehorchen. Ich sage dir, daß der Wali gar nichts dagegen hat, wenn ich dir die Bastonnade zuerkenne. Ich werde mich aber herablassen, dir zu erzählen, weshalb wir nach Rugova gekommen sind, und du wirst mich anhören und nur dann sprechen, wenn ich es dir erlaube. Ich sehe, daß die Ehrwürdigen des Dorfes begierig sind, es zu erfahren.«

Da aber meinte Halef:

»Nein, Effendi! Wie könnte ein vornehmer Mann wie du seinen Mund anstrengen, um einem niedrigen Kiaja zu erklären, warum etwas geschehen ist oder geschehen soll! Ich bin deine rechte Hand und deine Zunge und werde diesen Vätern der Ortschaft die Augen öffnen über denjenigen, welchen sie bei sich gehabt haben, ohne zu ahnen, daß er in der Dschehennah geboren wurde und zur Dschehennah fahren wird.«

Und nun begann er in seiner Weise den Bericht, welcher, je länger desto mehr das Erstaunen der Zuhörerschaft erweckte. Als er dann unser Zusammentreffen mit Kolami erwähnte, fiel dieser ein:

»Jetzt bitte ich dich, mich fortfahren zu lassen, da du nicht weißt, was in dem Stollen sich ereignet hat.«

Nun sprach der Wirt von seinem längst gehegten Verdacht und brachte viele in der Umgegend geschehene Ereignisse mit demselben in Verbindung. Er machte das so gut, daß die Zuhörer sich wundern mußten, daß sie nicht auch so wie er gedacht hatten. Und als er endlich unser Eindringen in den Stollen und die Gefangennahme des Persers erzählte, konnte er vor Ausrufungen, die ihn unterbrachen, kaum zu Ende kommen.

Nur der Stareschin hatte wortlos bis zum Ende zugehört. Dann sagte er:

»Das beweist noch gar nichts! Der Perser wird den Schacht gesucht und zufälligerweise schnell gefunden haben. Er ist hinabgestiegen und auf euch getroffen. Da ihr ihm feindlich entgegentratet, hat er fliehen müssen, um sich vor euch zu retten. Also ist das, was ihr als seine Schuld auslegt, die eurige, und ich muß meinen Befehl – – «

»Schweig!« donnerte Halef ihn an. »Hat der Effendi dir jetzt erlaubt, zu sprechen? Es scheint mir ganz so, als ob du des Persers Spießgeselle seiest.«

Da trat ein Greis auf mich zu. Er verneigte sich höflich und sagte:

»Effendi, erzürne dich nicht über den Stareschin. Er ist einer der Geringsten des Ortes und hat das Amt nur erhalten, weil kein Anderer es mochte, denn es ist viel Störung dabei.

Die Zahl meiner Jahre ist die höchste im Dorf, und alle diese Männer werden es bestätigen, daß ich auch der wohlhabendste bin. Ich wollte nicht Kiaja sein; aber jetzt, wo es sich um eine hochwichtige Angelegenheit handelt, werde ich die Stimme des Dorfes in den Mund nehmen und dir sagen, daß ich euch meinen Glauben und mein Vertrauen schenke. Ich werde jetzt hinausgehen, um der draußenstehenden Menge zu erzählen, was wir vernommen haben. Dann werden wir einige Männer wählen, welche du in den Stollen führst, um die Gefangenen zu befreien. Diese werden deine Aussagen bestätigen, und dann soll der Schut den Händen des Wali überliefert werden. Man hat Jahre hindurch getrachtet, ihn zu fangen. Nun er entdeckt ist, dürfen wir ihm nicht deshalb beistehen, weil er ein Einwohner unsers Ortes ist, sondern wir müssen die Schande, welche er über uns bringt, damit abwaschen, daß wir uns mit Abscheu von ihm wenden.«

Das war ein richtiges Wort zu rechter Zeit. Er ging hinaus. Wir hörten lange seine Stimme schallen; dann aber brach ein Lärm los, welcher mich zu der Befürchtung brachte, daß er gegen uns gerichtet sei. Aber ich hatte mich geirrt.

Als er dann zurückkehrte, wurden Diejenigen gewählt, welche mitgehen sollten. Es gab im ganzen fünf Kähne, die alle benutzt werden sollten.

Ich hatte Sorge, daß man während unserer Abwesenheit einen Versuch machen könne, den Schut zu befreien, darum fragte ich meine Gefährten, ob sie ihn bewachen wollten. Halef, Osko und Omar wollten aber unbedingt in den Stollen, und nur der Lord erklärte sich gern bereit zur Wache. Schließlich sagte mir der Wirt, daß er seinem Gesinde befehlen werde, niemand einzulassen. Das genügte. Der Schut wurde in eine Ecke gelegt, und der Engländer setzte sich bewaffnet zu ihm.

Draußen machte uns die Menge willig, ja beinahe ehrerbietig Platz. Da nur ein einziges Boot in dem Einfahrtsloch Platz hatte, ging das Ausschiffen sehr langsam vor sich. Jeder leere Kahn mußte zurückkehren, bevor ein besetzter ihm folgen konnte. Die zuerst Angekommenen mußten im Stollen auf die letzten warten. Der Khandschy, welcher die Einfahrt kannte, stieg aus einem Nachen in den andern, um den Steuermann zu machen, bis wir endlich alle beisammen waren, sechzehn Personen. Es gab eben sehr viele ›Väter des Dorfes‹.

Erwähnt muß werden, daß möglichst viele Laternen herbeigeschafft worden waren. Diese Leuchten der Nacht befanden sich ohne Ausnahmen in einem sehr traurigen Zustand. Die beste von ihnen hatte eine ganze und eine halbe Glasscheibe und war übrigens mit geöltem Papier verklebt. Lichter waren genug da, so daß jeder, der keine Laterne hatte, eine Talgkerze anzündete und in der Hand trug.

Ich schritt voran. Bevor wir die Spalte erreichten, sah ich mein Messer liegen. Ich hatte es also mit dem Revolver herausgerissen und steckte es nun wieder zu mir. Der über die Spalte führende Steg wurde, bevor die Andern ihn betraten, noch einmal sorgfältig untersucht, und endlich gelangten wir in den runden Raum. Noch stand die Türe offen, vor welcher ich gekniet hatte, als der Schut erschienen war. Jetzt rief uns die Stimme des Insassen entgegen:

»O Allah! Kommt ihr endlich wieder? Ich bin fast verzweifelt!«

»Du glaubst also jetzt, daß wir kamen, um dich zu retten?« fragte ich, mich wieder mit der Laterne zu ihm hineinbükkend.

»Ja, denn ich vernahm es aus den Worten, welche von euch gesprochen wurden, als ihr dem Schut nachfolgtet. Dann verging eine so lange, lange Zeit, und ich mußte annehmen, daß ihr ihm zum Opfer gefallen wäret.«

»Wir haben ihn gefangen, und du wirst als Zeuge gegen ihn dienen.«

»Mein Zeugnis soll sein Verderben sein, auch das Verderben des Köhlers, welcher meinen Sohn ermordet hat.«

»So bist du also Stojko, der Besitzer des Goldfuchses?«

»Stojko ist mein Name. Woher kennst du mich?«

»Das wirst du nachher erfahren; jetzt müssen wir vor allem deine Füße aus den Ringen nehmen.«

Die Ringe bestanden aus zwei Hälften, welche unten

durch ein Gelenk beweglich und oben mittels einer Schraube geschlossen waren. Der Schut hatte einen Schraubschlüssel bei sich gehabt, welchen er fallen ließ; wir suchten und fanden das Werkzeug. Als der Mann frei war und sich aufrichten wollte, vermochte er es nicht sogleich. Er hatte vierzehn Tage in derselben Lage zugebracht und mußte Zeit haben, die Glieder zu üben.

Er war eine hohe, ehrwürdige Gestalt. Jetzt freilich bot er keineswegs das Bild eines stolzen Skipetaren. Halef trat zu ihm, so daß die Lichter ihn beschienen, und fragte:

»Stojko, kennst du dieses Panzerhemd?«

»Allah! Es ist das meinige.«

»Wir haben es dem Köhler abgenommen, auch den Säbel, den Handschar und das Geld. Es befand sich in zwei Beuteln.«

»Es war mein Eigentum, wenn es nämlich achttausend sechshundert Piaster sind. Ich hatte dreißig silberne Medschidieh; das Uebrige bestand aus goldenen Pfund- und Halb-Pfund-Stücken.«

»Es ist gerettet, und du sollst alles wieder haben.«

»Was nützt mir das Geld, da mein Sohn nicht lebendig gemacht werden kann! Er ging, um sich die Blume seines Herzens zu holen, und wurde ermordet, ohne ihr Angesicht gesehen zu haben. Das Geld hatten wir bei uns, um Schafe zu kaufen, da über die Herden unserer Gegend ein großes Sterben gekommen war. Aber wie habt ihr die Untat des Köhlers entdecken und zugleich erfahren können, daß man mich zum Schut gebracht hat?«

»Wir werden es dir nachher erzählen,« antwortete ich. »Sage mir zunächst, ob du dich allein hier befindest.«

»Hier neben mir liegt Einer, welcher türkisch sprechen kann, aber doch auch ein Fremder sein muß, denn – –«

Er wurde durch ein heftiges Pochen unterbrochen, und hinter der nächsten Tür erscholl eine Stimme:

»Macht auf, macht auf!«

Wir schoben den Türriegel zurück und fanden den in derselben Weise wie Stojko in Ringe gelegten Gefangenen.

»Dem Himmel sei Dank!« rief er. »Endlich Rettung!«

»Warum waret Ihr bis jetzt still?«

»Ich habe alles gehört; aber ich glaubte nicht daran und hielt es für einen neuen Streich des Schut. Wie habe ich nach Befreiung geseufzt und gefleht, aber vergeblich!«

Es war Galingré, französischer Getreidehändler in Skutari. Er hatte nicht so lange wie Stojko in den Ringen gesteckt und konnte nach seiner Befreiung stehen und bald auch langsam gehen. Die andern beiden Gefängnislöcher waren leer.

Stojko und Galingré erzählten nun ihre Leidensgeschichte. Wer bisher noch gezweifelt hatte, daß Kara Nirwan der Schut sei, der mußte jetzt eine andere Meinung fassen. Der Anblick dieser beiden Mißhandelten empörte alle Anwesenden gegen den Verbrecher. Es wurden wilde Drohungen ausgestoßen, doch glaubte ich nicht an die Nachhaltigkeit dieser moralischen Entrüstung. Der Skipetar rächt nur das, was ihm selbst und den Gliedern seiner Familie oder seines Stammes geschehen ist. Hier aber handelte es sich um zwei fremde Menschen, an denen die Bewohner von Rugova kein wärmeres Interesse hatten. Auf ihre Hilfe durfte ich mich ja nicht allzufest verlassen.

Zunächst galt es, die Oertlichkeit weiter zu untersuchen. Die schmale Türe, durch welche wir den Perser hatten kommen sehen, stand noch offen. Es handelte sich darum, zu sehen, wohin sie führte. Die abgebrannten Kerzen wurden durch neue ersetzt, und dann begannen wir die Untersuchung. Einige von den Dorfbewohnern blieben bei Galingré und Stojko zurück.

Durch die Türe gelangten wir in einen ziemlich hohen, aber schmalen Gang, dessen Wände aus Steinen gemauert waren. Er führte uns nach kurzer Zeit in ein viereckiges Gelaß, in welches zwei weitere Gänge mündeten. Eine Decke war nicht vorhanden; es stieg vielmehr eine Leiter empor, welche ähnlich gebaut war, wie die hölzernen Fahrten in unseren Schachten. Neben derselben hing eine ziemlich neue Schnur herab.

Welchen Zweck hatte diese Schnur?

Ich betrachtete sie sorgfältig. Sie war sehr dünn und von dunkler Farbe. Als ich sie zwischen den Fingern rieb, bröckelte ein feines, staubiges Pulver ab.

»Weg mit dem Licht!« rief ich dem Alten neben mir zu. »Das ist eine Zündschnur, welche nach oben in eine – – «

Ich kam nicht weiter. Der Mann hatte sich gebückt, um ganz unnötigerweise nachzusehen, ob der Faden bis zum Boden reiche, und war dabei demselben mit dem Licht zu nahe gekommen. Augenblicklich zuckte ein bläuliches Flämmchen über meine Finger hinweg, in denen ich die Schnur noch hielt.

»Zurück! Schnell zurück!« schrie ich schreckensbleich. »Es gibt eine Explosion!«

Die Dorfleute standen wie erstarrt. Meine drei Gefährten besaßen mehr Geistesgegenwart; sie verschwanden augenblicklich in dem Gang, durch welchen wir gekommen waren. Ich folgte ihnen, und nun rannten auch die Andern nach. Da ging es auch schon los, hinter und über uns.

Zuerst hörten wir einen dumpfen Krach. Die Wände des Ganges, in welchem wir vorwärts eilten, schienen zu wanken, und von der Decke fielen Steine herab. Dann folgte ein donnerartiges Rollen, von mehreren Schlägen unterbrochen, und endlich ein Knall, hoch über uns, bei welchem aber doch der Boden unter unsern Füßen zitterte. Wie verhallender Paukenwirbel tönte es noch eine Weile über uns fort; dann war es still. Wir befanden uns wieder in dem runden Raum, und keiner fehlte.

»Allah! Ne idi bu – Gott! Was war das?« fragte der Alte, welcher vor Schreck und Anstrengung keinen Atem fand.

»Ein Patlama[1],« antwortete ich. »Du hast die Zündschnur angebrannt, und infolgedessen ist wohl der Schacht eingestürzt. Der Faden war mit Pulver eingerieben.«

»Das würde doch nicht brennen, da es feucht im Schacht ist. Sollte sich der Schut eines Fischek urumi[2] bedient haben?«

[1] Explosion. [2] Griechisches Feuerwerk.

»Das gibt es wohl nicht mehr.«

»Oh doch! Es sollen noch Leute das Geheimnis kennen, Feuer zu machen, welches selbst unter der Oberfläche des Wassers brennt. Allah sei Dank, daß wir mit dem Schreck davongekommen sind! Was tun wir nun?«

»Wir warten noch ein Weilchen und versuchen dann, ob es möglich ist, ohne Gefahr in den Schacht zu gelangen.«

Als einige Minuten verstrichen waren, ohne daß wir etwas weiteres gehört hatten, kehrte ich mit Halef in den Gang zurück. Viele Steine lagen auf dem Boden, ihrer wurden desto mehr, je weiter wir kamen. Die Wände hatten bedrohliche Risse; dennoch drangen wir behutsam vor, bis wir nicht weiter konnten. Wir hatten eine Stelle erreicht, an welcher der Gang vollständig verschüttet war, und kehrten nun wieder um. Warum sollten wir uns unnütz in Gefahr stürzen. Die Gefangenen waren befreit, und das Uebrige ging uns nichts an. Es blieb uns nur noch übrig, an die Oberwelt zurückzukehren.

Stojko mußte getragen werden, und auch Galingré beanspruchte unsere Unterstützung. Da sie der frischen Luft am meisten bedurften, sollten sie die Ersten sein, welche ausgeschifft würden. Am Wasser angekommen, hoben wir die Beiden in den Kahn. Ich stieg mit ein, um das Steuer zu nehmen, und der Khandschy folgte mit einem andern starken Mann, um zu rudern. Die Andern mußten warten, da ein zweites Boot erst Platz hatte, wenn wir hinausgefahren waren.

Als wir draußen anlangten und von den dort am Ufer stehenden Leuten gesehen wurden, erhoben dieselben ein lautes Geschrei. Viele von ihnen deuteten dabei nach der Felsenhöhe; Andere fragten, ob es uns gelungen sei, die Gesuchten zu finden, und als der Wirt diese Frage bejaht hatte, rannten sie in gleicher Richtung mit unserm Kahn am Ufer entlang, dem Dorf entgegen.

Die übrigen Kähne warteten im ruhigen Wasser auf uns. Der Wirt stieg mit dem andern Ruderer in ein anderes Boot über, um dasselbe nach dem Stollen zu bringen. Ich brauchte die Beiden nicht mehr, da der Kahn von dem Wasser getrieben wurde und es nur des Steuers bedurfte, ihn bei der Brücke landen zu lassen.

Dort wurden wir von den Leuten erwartet, welche sich so sehr beeilt hatten, daß sie uns zuvorgekommen waren.

Die beiden Befreiten wurden von ihnen aus dem Kahn genommen und im Triumph nach der Stube gebracht, in welcher der Engländer noch ebenso, wie wir ihn verlassen hatten, bei dem Schut saß.

»Da kommt Ihr, Master,« sagte er. »Hat sehr lange gedauert. Sind das die Beiden?«

»Ja, es sind Eure Schicksalsgenossen, mit denen Ihr im Schacht gesteckt habt.«

»*Well!* Sie mögen sich nun da den Kerl ansehen, dem sie das zu verdanken haben. Wahrscheinlich zahlen sie ihm eine Prämie dafür aus.«

Ich traute den Leuten trotz des Jubels nicht, mit welchem sie die Befreiten empfangen hatten. Damit sie sich nicht einmal durch Blicke mit dem Perser verständigen könnten, gestattete ich nur einem von ihnen, welcher Stojko führen mußte, uns in die Stube zu folgen. Galingré konnte die wenigen Schritte jetzt allein tun.

Es läßt sich denken, mit welchen Blicken und Worten sie ihren Peiniger begrüßten. Die Blicke sah er nicht, denn er hielt die Augen geschlossen, und die Worte beachtete er nicht. Es war, als ob der Haß dem ergrimmten Stojko die Gelenkigkeit seiner Füße zurückgegeben habe. Er riß sich von dem ihn unterstützenden Skipetaren los, eilte auf den Schut zu, versetzte ihm einen Fußtritt und rief:

»Ujuslu köpek – Hund, räudiger! Allah hat mich aus deiner Mördergrube entkommen lassen. Dafür aber ist nun deine Stunde da. Du sollst heulen unter den Qualen, welche ich dir bereiten werde!«

»Ja,« fiel Galingré ein, »er soll hundertfach büßen, was er an uns und an so vielen Andern begangen hat.«

Beide versetzten dem Regungslosen solche Fußtritte, daß ich ihnen Einhalt tun mußte:

»Laßt ihn! Er ist ja gar nicht wert, daß ihr ihn auch nur mit den Füßen berührt. Es gibt Andere, welche das Amt des Henkers übernehmen werden.«

»Andere?« rief Stojko, indem sein Auge grimmig aufleuchtete. »Was brauche ich Andere! Mir ist er verfallen, mir! Also will ich es auch selbst sein, der die Rache übernimmt!«

»Davon sprechen wir später. Er ist nicht dir allein, sondern ebenso jedem von uns verfallen. Begnüge dich jetzt daran, daß du gerettet bist. Siehe zu, daß du dich erholst. Laß dir Raki geben, um deine Füße einzureiben, denn ich denke, du wirst sie bald brauchen müssen.«

Und mich an den Mann wendend, welcher ihn geführt hatte, fügte ich bei:

»Warum zeigtet ihr, als ihr uns aus dem Stollen kommen sahet, nach der Felsenhöhe empor?«

»Weil da oben etwas passiert ist,« antwortete er. »Der Karaul muß eingestürzt sein; er ist nicht mehr zu sehen. Als wir bereits eine lange Zeit auf euch gewartet hatten, tat es einen entsetzlichen Krach da oben. Wir sahen Staub, Steine und Feuer fliegen. Einige rannten fort, am Fluß entlang bis dahin, von wo aus man den Turm sehen kann. Als sie zurückkehrten, sagten sie, daß er verschwunden sei.«

»Er ist wahrscheinlich zerstört, und mit ihm der Schacht. Der Schut hat eine Mine oder auch einige Minen angebracht, um den Zugang von oben nötigenfalls unmöglich zu machen. Einer von uns kam unvorsichtigerweise mit dem Licht der Zündschnur zu nahe, worauf die Explosion erfolgte.«

»So ist alles zerstört, und man kann nichts mehr von dem Innern des Berges sehen?«

»Diesen Vorteil hat der Schut doch nicht davongetragen. Nur der Schacht ist verstopft. Durch den Stollen aber kann man hinein. Es ist sehr leicht, die Marterkammern zu erreichen, in denen er seine Opfer quälte.«

Jetzt kamen allmählich alle ›Ehrwürdigen des Ortes‹ wieder zusammen.

Wie mochte es dem Schut zu Mut sein! Dieser Mensch zuckte mit keiner Miene, nicht mit den Spitzen des Schnurrbartes. Er befolgte das Verhalten eines Käfers, welcher sich in der Nähe seiner Feinde tot stellt. Beim Käfer geschieht dies aus Todesangst; beim Menschen aber ist jedenfalls die Scham eine der Ursachen, und dies ließ mich von dem Schut nicht mehr gar so schlecht denken wie vorher. Freilich war es nicht das richtige Scham- und Ehrgefühl, welches ihm die Augen schloß.

Die Männer umringten und betrachteten ihn. Der ehrwürdige Alte fragte:

»Was ist mit ihm? Er bewegt sich nicht, und seine Augen sind geschlossen. Ist etwas mit ihm geschehen?«

»Jok, jok!« antwortete Halef schnell. »Nein, nein! Er schämt sich.«

Selbst diese laut und höhnisch gesprochenen Worte brachten keine Bewegung in den Mienen des Schut hervor.

»Er schämt sich? Das ist unmöglich! Schämen kann sich nur jemand, der etwas Lächerliches begangen hat. Die Taten dieses Mannes sind nicht lächerlich, sondern grauenhaft. Ein Teufel kann keine Scham empfinden. Er hat sich hier bei uns eingeschlichen und uns während langer Jahre getäuscht. Die letzten Tage und Stunden seines Lebens müssen ihm den Vorhof der Hölle bieten. Herr, du bist es, der ihm die Maskera[1] abgerissen hat; du sollst nun auch bestimmen, was mit ihm zu geschehen hat.«

Da drängte sich der Stareschin an uns heran und sagte:

»Du erlaubst wohl, daß ich dir darauf die Antwort gebe. Freilich sagtest du, ich hätte das Amt des Muchtahr[2] erhalten, weil kein Anderer es haben wollte; wir wollen auch gar nicht darüber streiten, ob dies wahr ist; aber da ich es nun einmal habe, so muß ich auch die Pflichten desselben erfüllen. Darum hat darüber, was jetzt mit Kara Nirwan geschehen soll, kein Anderer zu bestimmen, als nur ich allein. Wer mir das abspricht, der handelt gegen das Gesetz.«

»Deine Worte klingen gut,« meinte der Alte. »Wir wollen aber sehen, ob der Effendi damit zufrieden ist.«

[1] Larve, Maske. [2] Dorfschulze.

»Ich werde zufrieden sein, wenn der Muchtahr nach dem Gesetze handelt, auf welches er sich stützt,« antwortete ich.

»Ich werde ganz genau nach demselben handeln,« versicherte der Genannte.

»Nun, so laß hören, was du beschlossen hast!«

»Zunächst müssen dem Perser die Fesseln abgenommen werden.«

»Ah! Warum?«

»Weil er als der Reichste und Vornehmste des Dorfes eine solche Behandlung nicht gewöhnt ist.«

»Diese Behandlung widerfährt ihm als Mörder und Räuber, nicht aber als dem angesehensten Mann von Rugova!«

»Es ist noch keineswegs erwiesen, daß er das getan hat, wessen du ihn beschuldigst.«

»Nicht? – Wirklich nicht?«

»Nein, denn daß ihr ihn in dem Schacht getroffen habt, das beweist gar nichts.«

»Aber hier stehen drei Zeugen, drei Männer, welche beschwören können, daß er sie eingekerkert hat!«

»So ist erst nach ihrem Schwur seine Schuld bewiesen; ich aber bin nur ein einfacher Muchtahr und darf ihnen diesen Schwur nicht abnehmen. Bis dahin hat der Perser als unschuldig zu gelten, und ich verlange, daß er von seinen Fesseln befreit wird.«

»Wann und vor wem das Zeugnis abgelegt werden muß, das ist mir ganz gleichgültig. Ich bin von seiner Schuld überzeugt. Uebrigens bist du als Muchtahr für alles, was auf deinem Gebiet geschieht, verantwortlich. Wenn du nicht weißt, wen die Schuld trifft, so werde ich dich selbst binden und zu dem Mutessarif nach Prisrendi schaffen lassen.«

»Herr!« rief er erschrocken.

»Ja, das werde ich tun! Ich will Sühne für die begangenen Verbrechen haben, und wenn du dich weigerst, dich des Schuldigen zu bemächtigen, so bist du mit ihm einverstanden und wirst als sein Genosse und Hehler behandelt werden. Du wirst bereits bemerkt haben, daß wir nicht mit uns spaßen lassen. Hüte dich also, meinen Verdacht zu erwecken!«

Er war verlegen geworden, denn ich hatte wohl das Richtige getroffen. Aber wenn er auch nicht ein Verbündeter des Schut war, so mußte er doch wohl der Ansicht sein, daß es ihm mehr Nutzen bringen werde, wenn er sich auf die Seite des reichen Persers lege. Von mir als Fremden hatte er gar nichts zu erwarten. Meine Drohung hatte aber doch ihre Wirkung nicht verfehlt, denn er fragte ziemlich kleinlaut:

»Nun, was forderst du denn, was geschehen soll?«

»Ich fordere, daß sofort ein Bote nach Prisrendi abgeschickt werde, um zu melden, der Schut sei gefangen. Dort befinden sich die Dragoner des Großherrn. Der Mutessarif mag schleunigst einen Offizier mit der nötigen Mannschaft senden, um den Gefangenen und dessen hiesige Mitschuldigen abholen zu lassen. Die Untersuchung muß in Prisrendi stattfinden.«

»Wie kommst du auf den Gedanken, daß der Schut hier Mitschuldige hat?«

»Ich vermute es mit großer Bestimmtheit; ich vermute sogar, daß du auch zu ihnen gehörst, und ich werde mich dir gegenüber danach verhalten.«

»Herr, diese Beleidigung muß ich mir auf das strengste verbitten! Wie sollen überhaupt diese Mitschuldigen entdeckt werden?«

»Das mußt du wissen als Vertreter der obersten Polizeigewalt in Rugova. Daß du eine solche Frage aussprechen kannst, ist ein sicherer Beweis, daß dir die Fähigkeiten abgehen, dein Amt richtig und gerecht zu verwalten. Auch das werde ich dem Mutessarif melden. Wenn der Muchtahr dieses Ortes seinen Pflichten nicht gewachsen ist; wenn er noch dazu, anstatt nach der Anklage zu handeln, den Beschuldigten verteidigt und beschützt, so darf er sich nicht wundern, daß ich nicht gewillt bin, ihm zu gehorchen. Ich verlange also einen zuverlässigen Boten. Wenn er jetzt fortreitet, so ist er in fünf oder sechs Stunden in Prisrendi. Während der Nacht können die Dragoner also hier eintreffen.«

»Das geht nicht.«

»Warum nicht?«

»Einen Boten zu senden, ist verboten. Ich werde unter den hiesigen Bürgern einige Begleiter auswählen, welche Kara Nirwan und meinen Bericht nach Prisrendi schaffen werden.«

»So! Das ist allerliebst. Sie werden dir den Bericht sehr bald zurückbringen.«

»Wieso? – Warum?«

»Weil ihnen der Schut entsprungen ist, oder vielmehr weil sie ihn freigelassen haben. Nein, mein Lieber, so habe ich es nicht gemeint. Ich lese dir deine Gedanken von deinem Gesicht ab. Es geht ein Bote fort, und bis die Dragoner kommen, wird der Schut sich in sehr guter Verwahrung befinden.«

»Wer soll ihn bewachen? Doch ich und mein Khawaß?«

»Nein. Dieser Mühe sollt ihr überhoben sein. Wir selbst werden die Bewachung übernehmen. Du kannst ruhig heimkehren und deinen Kef halten. Ich werde sehr bald einen Ort finden, an welchem der Gefangene sicher unterzubringen ist.«

»Das dulde ich nicht!« sagte er trotzig.

»Oho! Sprich höflicher, sonst lasse ich dir die Bastonnade geben! Vergiß nicht, daß ich selbst mit dem Mutessarif sprechen und ihm erzählen werde, wie sehr du dich geweigert hast, der Gerechtigkeit zu dienen. Wir werden jetzt aufbrechen, um nach dem Khan des Kara Nirwan zu gehen. Sorge dafür, daß wir von dem draußen stehenden Volk nicht belästigt werden. Sollten mir diese Leute nicht die Hochachtung erweisen, welche ich zu fordern habe, so lasse ich dich in dein eigenes Gefängnis sperren und dir dabei die Fußsohlen peitschen, daß du monatelang nicht zu stehen vermagst!«

Ich sprach diese Drohung aus, um mich in Respekt zu setzen. Die Bevölkerung war dem Perser hold. Gaben wir nur ein kleines Zeichen von Schwäche, so konnte dies die schwersten Folgen nach sich ziehen. Aber meine Worte brachten die beabsichtigte Wirkung nicht hervor. Der Kiaja antwortete:

»Solche Worte hast du nicht zu sprechen! Ich habe nun genug von dir angehört. Wenn du noch eine solche Unhöflichkeit sagst, so bist du es, welcher Schläge bekommt!«

Er hatte kaum ausgesprochen, so flog ihm meine Peitsche vier-, fünfmal so um die Beine, daß er, laut schreiend, ebenso viele Male in die Höhe sprang. Zugleich wurde er von Osko und Omar gepackt. Halef zog auch seine Peitsche aus dem Gürtel und fragte:

»Sihdi, soll ich?«

»Ja, zunächst zehn tüchtige Hiebe auf die Schalwars. Wer euch daran hindern will, bekommt auch zehn.«

Bei diesen letzten Worten blickte ich drohend im Kreise umher. Keiner sagte ein Wort, obgleich sie einander fragend ansahen.

Osko und Omar hielten den Kiaja so fest auf dem Boden, daß sein Sträuben vergeblich war.

»Herr, Effendi, laß mich nicht schlagen!« rief er jetzt in bittendem Ton. »Ich weiß ja, daß ich dir gehorchen muß!«

»Weißt du das?«

»Ja, gewiß!«

»Und wirst du von jetzt an gehorchen?«

»Ich werde alles tun, was du von mir verlangst.«

»So will ich dir die zehn Hiebe erlassen, aber nicht etwa aus Rücksicht auf dich, sondern aus Achtung für die Männer, welche zugegen sind. Sie sind die Aeltesten des Ortes, und ihre Augen sollen nicht durch den Anblick der Peitsche beleidigt werden. Erhebe dich, und bitte mich um Verzeihung!«

Er wurde losgelassen, stand auf, verbeugte sich und sagte:

»Verzeihe mir, Effendi! Es wird nicht wieder geschehen.«

Dabei aber sah ich es seinem heimtückischen Blick an, daß er die erste Gelegenheit ergreifen würde, sich an mir zu rächen. Doch antwortete ich in mildem Ton:

»Ich hoffe es! Solltest du dieses Versprechen vergessen, so würde es zu deinem eigenen Nachteil sein. Also sorge dafür, daß wir nicht belästigt werden. Wir müssen aufbrechen – erst nach dem Hause des Schut und sodann nach dem Karaul, um die Verwüstung anzusehen, welche dort angerichtet worden ist.«

»Effendi, da muß ich natürlich auch dabei sein; aber ich kann noch nicht so weit gehen,« sagte Stojko.

»So setzest du dich auf dein Pferd. Wir haben dir ja deinen Goldfuchs mitgebracht.«

»Ihr habt – –?«

Er sprach nicht weiter. Sein Blick war hinaus auf den Platz gefallen, und ich bemerkte, daß sein Gesicht den Ausdruck freudiger Ueberraschung annahm. Er eilte an das Fenster und rief hinaus:

»Ranko! Kommt ihr, mich zu suchen? Hier bin ich! Herein, herein mit euch!«

Draußen hielten sechs bis an die Zähne bewaffnete Reiter auf prächtigen Pferden. Auf den Ruf ihres Stammesanführers drängten sie ihre Tiere durch die Menge, stiegen ab und kamen herein. Ohne zunächst auf etwas anderes zu achten, eilten sie auf Stojko zu, um denselben herzlichst zu begrüßen. Dann sagte der jüngste von ihnen im Ton größter Ueberraschung:

»Du bist hier in Rugova? Seid ihr nicht weiter gekommen? Was ist geschehen? Wo ist Ljubinko?«

»Frage nicht! Denn wenn ich dir antworte, so wird die Rache dir den Dolch in die Hand drücken.«

»Die Rache? Was sagst du? Wäre er tot?«

»Ja, tot, ermordet!«

Da trat der junge Mann einen Schritt zurück, riß das Messer aus dem Gürtel und rief:

»Ljubinko, den ich liebte, dein Sohn, der Sohn meines Vatersbruders wurde ermordet? Sage mir, wo der Mörder ist, daß meine Klinge ihn augenblicklich treffe! Ah, jener Mann hat seinen Panzer an – er ist der Mörder!«

»Halt!« gebot Stojko, den Zornigen, welcher sich auf Halef werfen wollte, am Arm fassend. »Tue diesem Mann nichts Böses, denn er ist mein Retter. Der Mörder ist nicht hier!«

»Wo denn? Sage es schnell, damit ich hinreite und ihn niederstoße!«

Dieser noch nicht ganz dreißigjährige junge Mann bot das Bild eines echten Skipetaren. Seine hohe, sehnige Gestalt war in roten, mit goldenen Tressen und Schnüren verzierten Stoff gekleidet. Die Füße steckten in Opanken, welche aus einem einzigen Stück Leder bestanden und mit silbernen Ketten um den untern Saum der Hosen festgehalten wurden. Sein farbloses Gesicht war scharf geschnitten. Die Oberlippe bedeckte ein starker Schnurrbart, dessen Spitzen er bis hinter die Ohren hätte ziehen können. Seine dunklen Augen hatten den Blick des Adlers. Wehe dem, über welchen der Racheruf dieses Mannes erschallte!

Stojko erzählte, was ihm geschehen war, hier und bei dem Köhler. Der junge Mann hörte schweigend zu. Wer nun einen Ausbruch seines Zornes erwartet hatte, der war im Irrtum. Er trat, als sein Oheim mit dem Bericht zu Ende war, zu mir, zu Halef, Osko, Omar und zu dem Engländer, reichte uns die Hand und sagte:

»Szluga pokoran – ich bin euer ergebener Diener. Erst der Dank und dann die Rache. Ihr habt die Mörder unschädlich gemacht und dann meinen Oheim befreit. Verlangt alles von mir, was mir möglich ist, ich werde es tun; aber verlangt nicht Gnade für diejenigen, welche unser Stahl treffen muß. Der Oheim war zwei volle Wochen fort und kehrte nicht wieder heim. Darum wurden wir besorgt um ihn und um Ljubinko. Wir brachen auf, um zu ihnen nach Batera zu reiten. Wir kamen über Prisrendi hierher und wollten über Fandina und Orossi weiter. Hier sollte ein Krug Milch getrunken werden. Da rief uns der Oheim herein. Wir werden nun nicht nach Batera reiten, sondern nach der Höhle des Köhlers. Er und seine Knechte, die Mörder, sollen mit uns heim nach Slokuczie, damit die Männer und Frauen unsers Stammes sehen, wie wir den Tod desjenigen rächen, den wir liebten und der einst unser Oberhaupt werden sollte.«

»Ja, wir werden nach dem Teufelsfelsen reiten,« stimmte sein Oheim bei. »Mein Sohn ist tot, und nun bist du der Erbe und hast als solcher die Pflicht, mir bei der Bestrafung der Bluttat beizustehen. Vorher aber müssen wir hier unseren Obliegenheiten nachkommen. Es ist gut, daß ihr bei uns eingetroffen seid; dadurch haben wir sechs tapfere Männer erhalten, welche den Wünschen des Effendi Nachdruck verleihen werden.«

Damit hatte er freilich vollkommen recht. Die Beihilfe von sechs solchen Männern kam mir sehr willkommen. Wir zählten mit Galingré jetzt dreizehn Mann, ein kleines Häuflein zwar, aber doch immerhin genug, um den Bewohnern des Ortes Respekt einzuflößen.

Der Kiaja war beim Erscheinen der sechs Skipetaren hinausgegangen. Wir hörten, daß er zu den draußen versammelten Leuten sprach; seine Worte aber konnten wir nicht verstehen, da er mit gedämpfter Stimme redete. Das kam mir verdächtig vor. Wenn er gerechte Sache hatte, konnte er laut sprechen. Ich teilte dieses Bedenken dem Alten mit, welcher sich so freiwillig auf unsere Seite gestellt hatte, und er ging hinaus, um eine etwaige Aufreizung der Leute zu verhindern.

Indessen unternahm es Halef, Stojko das diesem geraubte Geld zurückzugeben. Letzterer erkannte es als das seinige an. Dann schnallte der Kleine den Panzer und den Damaszener ab, um auch diese nebst dem Handschar zurückzugeben. Stojko zögerte, sie zu nehmen. Nach einigen Augenblicken der Ueberlegung wendete er sich an mich:

»Effendi, ich habe eine Bitte, welche du mir, wie ich hoffe, erfüllen wirst.«

»Wenn mir die Erfüllung möglich ist, bin ich gern bereit dazu.«

»Sie ist dir sehr leicht möglich. Ihr habt mich gerettet. Ich weiß, daß ich ohne euch eines bösen Todes gestorben wäre. Mein Herz ist deshalb voll von Dank gegen euch, und ich wünsche, euch dies beweisen zu dürfen. Die Waffen, welche dein Hadschi mir jetzt zurückgeben will, sind ein altes Erbstück meiner Familie. Derjenige, welcher sie tragen sollte, ist nun tot; ihr Anblick würde mich und die Meinen an seine Ermordung erinnern, und so möchte ich sie gern dir als ein Zeichen meiner Dankbarkeit schenken. Leider aber ist der Panzer dir zu klein; dem Hadschi paßt er ausgezeichnet, und so bitte ich dich um die Erlaubnis, denselben ihm schenken zu dürfen – –«

Der Hadschi unterbrach ihn mit einem Ausruf des Entzükkens. Stojko fuhr fort:

»Den Säbel und den Handschar aber sollst du bekommen, denn ich wünsche, daß du dich beim Anblick derselben meiner erinnern mögest.«

Halefs Augen waren mit dem Ausdruck der größten Spannung auf mich gerichtet. Auf meine Antwort kam es an, ob er das reiche Geschenk annehmen durfte oder nicht. Ihm zuliebe sagte ich:

»Was den Panzer betrifft, kann ich weder ja noch nein sagen. Er soll Halefs Eigentum sein, und so hat er allein zu bestimmen, ob er diese wertvolle Gabe annehmen will oder nicht.«

»Sofort, sofort!« rief der Kleine, indem er augenblicklich den Panzer wieder umschnallte. »Wie wird Hanneh, die Blume der lieblichsten Frauen, staunen und sich freuen, wenn ich so silberfunkelnd bei ihr ankomme! Wenn sie mir entgegenblickt, wird sie meinen, ein Held aus den Erzählungen von Scheherezade oder der berühmte Feldherr Salah ed din[1] nahe sich ihr. Die tapfersten Krieger des Stammes werden mich beneiden; ich werde die Bewunderung der jungen Frauen und Töchter besitzen, und die Matronen werden in die Lobgesänge der Kühnheit einstimmen, sobald sie mich erblicken. Die Feinde aber werden bei meinem Anblick von dannen fliehen vor Angst und Entsetzen, denn sie werden an dem glänzenden Panzer erkennen – mich, den unbezwinglichen Hadschi Halef Omar Ben Hadschi Abul Abbas Ibn Hadschi Dawuhd al Gossarah!«

Halef hatte sich eben bei allen seinen reichen Erlebnissen und Erfahrungen ein wahrhaft kindliches Gemüt bewahrt. Trotz des pathetischen Tones, in welchem er seine Worte vorbrachte, wagte es keiner, ihm mit einem Lächeln zu antworten. Stojko sagte vielmehr sehr höflich und achtungsvoll:

»Es freut mich außerordentlich, daß der Panzer dir gefällt.

[1] Saladin.

Möge er derjenigen, welche du die Lieblichste nennst, sagen, wie viel ich dir zu verdanken habe! Hoffentlich wird auch der Effendi meine Gabe nicht verschmähen?«

»Von einer Verschmähung kann keine Rede sein,« antwortete ich. »Es ist mir nur deshalb unmöglich, sie anzunehmen, weil sie zu kostbar ist. Du darfst dich nicht eines Schatzes berauben, welchen deine Ahnen heilig gehalten haben.«

Seine Miene verdüsterte sich. Ich wußte gar wohl, daß es eine fast todeswürdige Beleidigung ist, das Geschenk eines Skipetaren zurückzuweisen, glaubte aber, daß Stojko hier eine Ausnahme machen und sich nicht erzürnt zeigen werde. Doch klang seine Stimme beinahe heftig, als er fragte:

»Effendi, weißt du, was ein Skipetar tut, wenn sein Geschenk zurückgewiesen wird?«

»Ich bin noch nicht in der Lage gewesen, es zu erfahren.«

»So will ich es dir sagen. Er rächt diese Beleidigung, oder, wenn er dem Beleidiger Dankbarkeit schuldet, so daß er sich nicht rächen kann, so vernichtet er die Gabe, welche verachtet wird. Auf keinen Fall aber nimmt er sie zurück. Es würde die größte Undankbarkeit gegen dich sein, wenn ich dir zürnen wollte; denn du hast mir das Leben erhalten und meinst es auch jetzt gut mit mir. Darum darf mein Zorn sich nur auf die Gegenstände erstrecken, welche dein Mißfallen erregt haben. Sie sollen vernichtet werden.«

Er zog den Säbel aus der Scheide und bog die Klinge zusammen, enger und immer enger, so daß sie schließlich zerspringen mußte. Ich ergriff seine Hand, um ihn daran zu hindern, und rief:

»Mann, bist du des Teufels! Es kann doch dein Ernst nicht sein, diese unvergleichliche Klinge zerbrechen zu wollen! Du drohst es nur!«

»Ich drohe nicht. Ich gebe dir vielmehr mein Wort, daß sie in Stücke gehen wird, wenn du nicht schnell versprichst, sie von mir anzunehmen.«

Er befreite sich von meiner Hand und begann wieder energisch zu biegen. Ich sah, daß es ihm wirklich ernst sei, und sagte darum:

»Halt ein! Ich nehme sie.«

»Und auch den Handschar?«

»Auch ihn.«

»So ist es gut. Stecke beide in deinen Gürtel! Mögen sie dir Schutz in Gefahr und Sieg im Kampf bringen! Jetzt aber wollen wir aufbrechen, bevor die Angehörigen des Schut erfahren, was vorgegangen ist.«

»Wenn du meinst, daß sie es nicht wissen, so irrst du dich. Rugova ist so klein, daß diese Leute alles Geschehene wissen würden, selbst wenn es einen Andern als just ihn betroffen hätte. Jedenfalls haben sie ihre Vorbereitungen gut getroffen. Löst dem Schut die Fesseln von den Füßen, damit er gehen kann. Osko und Omar mögen ihn in ihre Mitte nehmen, und augenblicklich einen Jeden niederschießen, der es wagen sollte, die Hand zu seiner Befreiung auszustrecken.«

Die Fesseln wurden dem Perser abgenommen. Er bewegte sich nicht.

»Steh auf!« gebot Halef.

Der Gefangene tat, als hätte er es nicht vernommen. Aber als ihm der Hadschi einen derben Peitschenhieb verabreichte, sprang er augenblicklich auf, warf dem Kleinen einen wütenden Blick zu und schrie:

»Hund, das darfst du wagen, weil ich an den Händen gebunden bin! Wäre das nicht der Fall, so würde ich dich augenblicklich zermalmen. Aber noch ist die Sache nicht zu Ende. Ihr alle werdet bald und gewiß erfahren, was es heißt, den Sch – – wollte sagen, Kara Nirwan zu beleidigen!«

»Sprich das Wort Schut immer aus,« antwortete ich, um ihn zu einem Bekenntnis zu reizen. »Wir wissen doch alle, daß du der Anführer der Räuber bist. Aus der Ferne hast du deine Hunde auf die Opfer gehetzt, du aber bist stets im sichern Dunkel geblieben. Der Köhler mußte dir die Leute in das Garn treiben, und nur durch Tücke und Hinterlist hast du sie in die Falle gelockt. Der Räuber, welcher kühn und offen den Menschen überfällt, kann noch bewundert werden; du aber bist ein Feigling, welchen man verachten muß. Du besitzest nicht eine Spur von Mut. Du wagst nicht, es einzugestehen, wer du bist. Tfu haif 'alaik![1] Ein Hund sollte sich hüten, dich anzubellen, denn das ist viel zu viel Ehre für dich!«

Bei diesen Worten spuckte ich vor ihm aus. Das brachte die beabsichtigte Wirkung hervor. Er brüllte grimmig:

»Schweig'! Wenn du sehen willst, ob ich feig bin oder nicht, so nimm meine Fesseln ab und kämpfe mit mir! Dann sollst du erfahren, welch ein Wurm du gegen mich bist!«

»Ja, in Worten bist du tapfer, aber nicht in der Tat. Bist du nicht vor uns geflohen, als du uns im Schacht erblicktest?«

»Ihr waret in der Ueberzahl.«

»Ich habe ganz allein deine Verbündeten besiegt, obgleich sie auch in der Ueberzahl waren. Und bist du mir nicht entflohen, als ich – ich ganz allein – im Kahn mit dir kämpfte? War das Mut von dir? Und als wir dann miteinander das Ufer erreichten, warst du da gefesselt? Hast du mir gezeigt, daß ich ein Wurm gegen dich bin, oder habe nicht ich dich niedergeschlagen wie einen Knaben? Rede ja nicht von Mut! Alle deine Spießgesellen, die beiden Aladschy, der Miridit, Manach el Barscha, Barud el Amasat, der alte Mübarek, haben mir offen gezeigt, daß sie meine Feinde waren, daß sie Räuber und Mörder seien; du allein hast nicht das Herz dazu. Du kannst nur drohen, weiter nichts. Du besitzest das Herz eines Hasen, welcher davon eilt, wenn er die Meute hört. Du bist ein Adschemi, ein Perser aus Nirwan. Ich kenne diesen Ort, denn ich bin dort gewesen. Die Nirwani fressen Krötenfleisch und werden dann, wenn sie davon fett geworden sind, von den Läusen verzehrt. Kommt ein Nirwani nach einem andern persischen Ort, so rufen die Bewohner desselben: ›Tufu Nirwanost! Nirwanan dschabandaranend; ora bazad – pfui, einer aus Nirwan! Die Nirwani sind Feiglinge; speit ihn an!‹ Grad so muß man auch von dir und zu dir sagen, denn du hast nicht das Herz, zu gestehen, wer du bist. Deine Eingeweide zittern vor Angst, und deine Knie schlottern vor Schwäche, daß ein Wort des Zorns dich umblasen könnte!«

[1] Pfui, Schande über dich!

Solche Beleidigungen waren ihm noch nicht in das Gesicht geschleudert worden. Er zitterte wirklich, aber nicht vor Angst, sondern vor Grimm. Da tat er einen Sprung auf mich zu, stieß mit dem Fuß nach mir und antwortete in demselben persischen Dialekt, dessen ich mich bedient hatte:

»Gur, dzabaz, bisaman, dihdschet efza, gatar biz, gar riz – Schurke, Bube, Dummkopf, du bist zum Lachen! Du verbreitest Gestank und streust die Krätze umher! Kein Mensch sollte mit dir sprechen. Deine Rede ist Tollheit, und deine Worte sind Lügen. Du nennst mich feig? Wohlan, so will ich dir zeigen, daß ich mich nicht fürchte.«

Und zu den Andern gewendet, fuhr er in türkischer Sprache fort:

»Ihr sollt mich nicht für einen Feigling halten. Ich will euch sagen, daß ich der Schut bin. Ja, ich habe diese drei Männer in dem Schacht eingeschlossen, um mir viel Geld von ihnen geben zu lassen und sie dann zu töten. Aber wehe und dreifach wehe über jeden, der es wagt, mir ein Haar zu krümmen! Meine Leute zählen nach Hunderten und werden alles, was mir geschieht, entsetzlich rächen. Dieser Hund aus Germanistan wird zuerst meiner Rache verfallen; er wird an der Räude verenden und noch demjenigen danken, der ihn mit einem Knüppel von seinen Qualen erlöst. Kommt herbei, und bindet mir die Hände los! Ich werde es euch reich lohnen, und dann soll – – «

Er kam nicht weiter, denn Halef trat an ihn heran, gab ihm eine Ohrfeige, daß er taumelte, und rief ihm zu:

»Das ist für den Hund und für die Räude, und wenn du noch ein einziges Wort sagst, Sefil bodur[1], so haue ich dich mit der Peitsche, daß deine Knochen meilenweit umherfliegen! Schafft ihn fort, den Schurken! Ich werde mit der Peitsche hinter ihm hergehen, und für jeden Laut, welchen er ohne Erlaubnis des Effendi hören läßt, fährt ihm ein Hieb ins Fleisch!«

Das war sehr ernstlich gemeint, und ich hatte auch gar

[1] Elender Wicht.

nichts dagegen. In der Lage, in welcher der Perser sich befand, war es eine unsägliche Frechheit, sich solcher Reden zu bedienen. Die Hauptsache war freilich, daß ich meinen Zweck erreicht hatte: – er hatte eingestanden, daß er der Schut sei. Nun durfte ihn niemand mehr in Schutz nehmen, wenigstens nicht in offener Weise.

Er biß sich in die Lippen, wagte aber nicht, wieder zu sprechen. Der Goldfuchs wurde für Stojko geholt. Galingré erklärte, daß er versuchen wolle, mit uns zu gehen, denn es wurde nun Zeit, aufzubrechen und nach dem Khan zu gehen. – –

SIEBENTES KAPITEL

An der Verräter-Spalte

Als wir aus dem Hause traten, bemerkten wir, daß die Menschenmenge vor demselben sich verringert hatte. Der ehrwürdige Alte hatte bis jetzt zu den Leuten gesprochen, aber es war ihm sichtlich nicht gelungen, den Eindruck zu verwischen, welchen die vorhergehende Hetzrede des Kiaja auf sie gemacht hatte. Sie bildeten zwei in ihren Ansichten verschiedene Trupps, von denen der eine es mit uns, der andere es mit dem Perser hielt.

»Onu getirler – sie bringen ihn!« rief eine Stimme aus dem einen Haufen. »Kara Nirwan sudschuzdir; ona azadlykü werinis – Kara Nirwan ist unschuldig; gebt ihm die Freiheit!«

»Jok, jok; katildir – nein, nein; – er ist ein Mörder!« ertönte es von der andern Seite. »Oelmeli, schimdi, mutlak – er muß sterben, sofort, unbedingt!«

Beide Haufen drängten herbei; ich redete dem einen bittend, dem andern drohend zu und versprach, daß die Sache eine streng gerechte Untersuchung finden werde. Daran schloß ich die ernste Warnung vor einer zu großen Annäherung an uns, da wir Jeden niederschießen würden, der es wagte, uns lästig zu fallen. Das half. Wir hielten die Waffen in den Händen. Man murrte zwar, ließ uns aber abmarschieren. Selbstverständlich folgten alle hintendrein. Niemand dachte an seine Arbeit; heute war ein Tag, wie es in Rugova noch niemals einen gegeben hatte.

Die ›Väter des Ortes‹ hatten sich natürlich zu uns gesellt, der Alte schritt voran, um uns den Weg zu zeigen. Die Andern wies ich an, hinter uns zu gehen. Sie sollten sich zwischen uns und dem aufrührerischen Mob befinden, dem nicht zu trauen war. So ging es in ein enges Gäßchen hinein und dann aus dem Dorfe hinaus, den Berg empor.

Die Häuser schienen vollständig verlassen zu sein. Nicht einmal ein Kind war jetzt zu sehen. Die ganze Bewohnerschaft befand sich entweder hinter uns oder bereits vor uns auf dem Berg.

Der Perser leistete nicht den geringsten Widerstand. Er tat gar nicht verlegen und hielt auch die Augen nicht mehr geschlossen. Er schickte seinen Blick überall hin. Vermutlich erwartete er von irgend einem seiner Anhänger ein heimliches Zeichen. Deshalb hielt ich meine Augen ebenso offen, wie er die seinigen.

Die erst vorhin angekommenen Skipetaren befanden sich zu Pferd. Ich hatte das gewünscht, damit sie im Fall einer Feindseligkeit die Angreifenden gleich niederreiten konnten. Sie bildeten auf ihren schönen Rossen mit ihrer guten Bewaffnung und prächtigen Haltung einen herzerfreuenden Anblick. Es war ihnen anzusehen, daß sie sich nötigenfalls nicht scheuen würden, es mit ganz Rugova aufzunehmen.

Hinter oder vielmehr über dem Dorfe gab es einige ärmliche Felder und dann Wald, in welchen der Hohlweg, dem wir folgen mußten, tief einschnitt. Hier und da traten die Bäume zurück, um einer kleinen Alpenwiese Platz zu machen, auf welcher einige Pferde, Rinder, Ziegen und Schafe friedlich beisammen weideten. Das hinter uns liegende stille Dorf und diese Wiesen mit den Tieren hatten ein idyllisches Aussehen, welches keineswegs mit dem Zweck unsers Hierseins und mit dem Umstand harmonierte, daß Rugova der Ausgangspunkt so vieler Verbrechen gewesen war.

Es begegnete uns kein Mensch, und das, was der Schut erwartet hatte, schien nicht einzutreffen, bis endlich, als wir fast die Höhe erreicht hatten, eine Stimme über uns vom Rand des Hohlweges laut ertönte:

»Ima mi uprawo dwadeszet i cschetiri godije!«

Das war serbisch und heißt auf deutsch: »Ich bin grad vierundzwanzig Jahre alt,« oder vielmehr wörtlich: »Es gibt mir vierundzwanzig Jahre.« Ehe ich noch zu denken vermochte, was dies zu bedeuten habe, rief die Stimme weiter:

»Wrlo je lepo wreme!«

Das heißt: »Es ist sehr schönes Wetter.« Und darauf folgten die Worte:

»Koje-li je doba?« Worauf eine andere Stimme antwortete: »Bacsh je szad isbilo cschetiri!«

Ins Deutsche übertragen, lautet das: »Wie viel ist's an der Zeit? Eben jetzt hat es vier geschlagen.«

Diese lauten Zurufe galten natürlich dem Schut. Ich legte den Stutzen an und sandte zwei Kugeln nach der Stelle empor, an welcher, dem Schall der Stimmen nach, die beiden Rufer sich befinden mußten.

»Ah sa boga, jaoj meni – ach Gott, wehe mir!« schrie es oben.

Ich hatte getroffen. Niemand setzte ein Wort dazu; aber der Schut drehte sich nach mir um und warf mir einen lodernden Blick des Hasses zu. Als er das Gesicht wieder gewendet hatte, ging ich raschen Schrittes nach vorn. Ich wollte jetzt seine Miene sehen, welche zu verstellen er sich wohl keine Mühe gab, weil er sich unbeachtet wähnte. Indem ich an ihm vorüber kam, sah ich ein Lächeln der Befriedigung bis hinauf zu seinen Augen spielen. Als er mich erblickte, verschwand es sofort.

Es war klar, daß die Zurufe die Bestimmung gehabt hatten, ihn über seine Lage zu beruhigen. Was aber bedeuteten sie eigentlich? Daß sehr schönes Wetter sei, hatte jedenfalls nichts anderes zu sagen, als daß die Angelegenheit für ihn gut stehe. Was aber war mit dem Alter von vierundzwanzig Jahren gemeint? Bedeutete diese Zahl vielleicht Menschen, welche zu seiner Befreiung bereit seien? Wahrscheinlich! Ich konnte keine andere Erklärung finden. Und daß es vier Uhr geschlagen habe – was sollte diese vier, auf die es ganz allein ankam, sagen? Ich fragte die Gefährten über ihre Ansicht, natürlich leise, daß der Schut es nicht hörte; aber ihr Scharfsinn erwies sich als ebenso unzureichend wie der meinige. Wir konnten nichts anderes tun, als überaus vorsichtig sein.

Bald nach diesem Zwischenfall senkten sich die Seiten des Hohlweges, und wir kamen auf ebenes Terrain. Eigentlich hatte ich Lust, den Zug halten zu lassen und mich nun einmal zu der Stelle zu begeben, nach welcher ich gezielt hatte; aber ich mußte mir sagen, daß ich niemand dort antreffen würde, da der Unverwundete ganz gewiß den Verwundeten fortgeschafft oder wenigstens versteckt hatte, und es schien mir auch nicht rätlich zu sein, mich zu entfernen, da meine Abwesenheit leicht von den uns feindlich Gesinnten zu einem Streich gegen uns benutzt werden konnte. Wir zogen also weiter.

Nach einiger Zeit, als wir uns rechts gewendet hatten und uns noch immer im Wald befanden, mündete ein schmaler Pfad in unsern Weg. An dieser Stelle standen mehrere Männer, welche auf unser Kommen gewartet zu haben schienen.

»Wohin führt dieser Steig?« fragte ich sie.

»Nach dem Karaul, Herr,« lautete die Antwort.

»Waret ihr dort?«

»Ja.«

»Befinden sich jetzt noch andere Leute dort?«

»Viele. Sie untersuchen das Gestein.«

»Nun, was ist denn dort zu sehen?«

»Herr, der Turm ist vollständig eingestürzt.«

»Ist nicht irgend eine Spur von dem alten Schacht zu sehen?«

»O ja! Hart an dem Platz, an welchem der Turm stand, hat sich die Erde tief eingesenkt, und es ist ein großes Loch entstanden, welches die Gestalt eines Chuni[1] hat. Niemand aber wagt es, hinabzusteigen, weil das Gestein noch fortwährend nachbröckelt. Die Stelle könnte leicht noch tiefer einsinken.«

Der Schut trat einige Schritte zur Seite, als ob er in den Pfad einbiegen wollte. Er erwartete dort am Karaul wohl Hilfe. Ich aber sagte:

»Gehen wir nicht hin! Es ist für uns dort gar nichts zu finden. Wir wollen direkt nach dem Khan.«

Als wir uns dann wieder in Bewegung gesetzt hatten, verschwanden die Männer zwischen den Bäumen, und wir hörten den lauten Ruf:

»Natrat! Idu nami kutschi – zurück! Sie gehen hinter uns nach Hause!«

[1] Trichter.

War das etwa ein Zeichen für die vierundzwanzig Männer, welche wir zu fürchten hatten? Die Worte mußten ihnen von weitem zugerufen werden, da sie keine Zeit hatten, auf eine persönliche Botschaft zu warten, denn sie mußten auf alle Fälle schon vor uns in dem Khan eintreffen. Gern hätte ich einige der Reiter vorausgesandt, aber ich konnte sie nicht entbehren und hielt es überdies für gefährlich für sie, sie von uns fortzulassen.

Bald endete der Wald. Der Weg führte nur noch durch dichtes Buschwerk. Dann sahen wir Felder, welche durch Reihen von Sträuchern voneinander abgegrenzt waren. Diese letzteren machten es unmöglich, einen freien Blick zu haben. Darum konnten wir diejenigen nicht sehen, welche sehr wahrscheinlich von dem Karaul her nach dem Khan eilten.

»Wo liegt das Haus des Persers?« fragte ich den Alten, welcher uns führte.

»Nur fünf Minuten noch, dann wirst du es sehen,« antwortete er.

Als diese Zeit vergangen war, erreichten wir den für die weite Umgegend so verhängnisvollen Ort. Der Weg, auf welchem wir gekommen waren, bildete die nach Prisrendi führende Straße, auf welcher Ranko mit seinen fünf Begleitern vorhin von Norden her Rugova erreicht hatte. Hart an dieser Straße lagen die Gebäude eng beieinander, welche den Kara-Nirwan-Khan bildeten, nach dem wir so lange gesucht hatten und welchen wir nun endlich vor uns sahen.

Das Hauptgebäude stand links an der Straße, die Nebengebäude befanden sich rechts. Letztere bildeten einen sehr großen Hof, in welchen ein breites, steinernes Tor führte. Dieses Tor war verschlossen. Vor demselben und vor dem Eingang des Hauptgebäudes standen wohl vier bis fünf Dutzend Menschen beiderlei Geschlechtes. Es schien, daß man ihnen verwehrt habe, einzutreten. Sie empfingen uns still. Ich hörte kein Wort sprechen. Die Gesichter waren zwar nicht drohend, aber auch nicht freundlich: auf allen war der Ausdruck großer Spannung deutlich zu lesen.

Wir wendeten uns links nach dem Wohnhause, dessen Türe

uns trotz unseres Klopfens nicht geöffnet wurde. Halef ging nach der hinteren Seite und meldete uns nach seiner Rückkehr, daß auch dort die Türe von innen verriegelt sei.

»Befiehl, daß uns geöffnet werde!« gebot ich dem Schut. »Sonst öffnen wir uns selbst.«

»Ich habe dich nicht zu mir eingeladen,« antwortete er. »Ich verbiete euch, in mein Haus zu treten.«

Da nahm ich den Bärentöter her. Einige Hiebe mit dem eisenbeschlagenen Kolben desselben, und die Türe ging in Stücke. Der Schut stieß einen Fluch aus. Die Menge drängte herbei, um mit uns in das Haus zu kommen. Ich aber bat Ranko, mit seinen fünf Reitern hier zurückzubleiben und dafür zu sorgen, daß kein Unberechtigter eintrete. Dann begaben wir uns in das Innere des Gebäudes.

Der Flur war leer. Wir sahen keinen Menschen. Es gab hier nicht verstellbare geflochtene Wände, sondern feste Ziegelmauern. Rechts und links lagen je zwei Stuben, welche nicht verschlossen waren. Auch sie waren leer. Ihrer Einrichtung nach mußte ich annehmen, daß die beiden vorderen Stuben zur Aufnahme der Gäste bestimmt seien. Links hinten wohnte wahrscheinlich die Familie des Schut; rechts hielt sich wohl das Gesinde auf. Als ich die Hintertüre öffnete, sah ich, daß dieselbe direkt auf freies Brachland führte. In ihrer Nähe führte innerhalb des Flures eine schmale Holztreppe nach oben. Ich stieg ganz allein hinauf in den Dachraum, welcher aus drei Abteilungen bestand. Die mittlere derselben, in welche die Treppe mündete, enthielt allerlei Gerümpel. Von den Dachbalken hingen dichte Reihen getrockneter Maiskolben und Zwiebeln herab. Die beiden anderen Abteilungen wurden von Giebelstuben gebildet, welche durch dünne Bretterwände von der Mitte getrennt waren. Ich klopfte an die eine Türe, erhielt aber keine Antwort. Da nahm ich abermals den Gewehrkolben zu Hilfe und stieß ein Brett ein. Nun sah ich, daß die Kammer leer war. Auch drüben an der andern Seite wurde auf mein Klopfen nicht geantwortet. Durch ein Astloch schauend, gewahrte ich eine Frau, welche auf einer Kiste saß.

»Mach auf, sonst schlage ich die Tür ein!« drohte ich.

Da auch dieser Zuruf nicht beachtet wurde, so stieß ich ein Brett ein, griff durch die Oeffnung und schob den Türriegel zurück. Ich wurde durch ein mehrstimmiges Gekreisch empfangen. Die Frau, welche ich gesehen hatte, war vielleicht fünfunddreißig Jahre alt. Bei ihr befanden sich zwei alte Weiber. Alle drei waren gut gekleidet. Ich war überzeugt, die Frau des Schut, die Schuta, vor mir zu haben. Sie hatte sich von ihrem Sitz erhoben und in die Ecke geflüchtet. Von den beiden Andern flankiert, rief sie mir zornig-trotzig entgegen:

»Was fällt dir ein! Wie darfst du es wagen, auf diese Weise bei uns einzudringen!«

»Weil es auf eine andere Weise nicht möglich war,« antwortete ich. »Ich habe noch nie einen Khan gesehen, welchen man am hellen Tag vor den Gästen verschließt.«

»Du bist kein Gast.«

»Woher weißt du das?«

»Ich weiß, was geschehen ist. Man hat es mir berichtet, und übrigens sah ich euch kommen.«

Sie deutete nach der runden Maueröffnung in der Giebelwand. Da diese nach dem Dorf gerichtet war, hatte man uns also sehr gut bemerken können.

»Für wen hältst du mich denn?« fragte ich weiter.

»Du bist der größte, der schlimmste Feind meines Mannes.«

»Deines Mannes? Wer ist das?«

»Der Wirt.«

»Also bist du die Wirtin! Aus welchem Grund hältst du mich denn für euern Feind?«

»Weil du meinen Mann gefangen genommen hast, weil du ihn überhaupt seit langer Zeit verfolgst.«

»Das alles weißt du bereits? So wirst du dich jedenfalls auf meinen Besuch vorbereitet haben. Sage mir einmal: bist du nicht mit dem Wirt Deselim in Ismilan bekannt?«

»Sogar verwandt bin ich mit ihm,« rief sie mir wütend entgegen. »Er war mein Bruder, und du hast ihn ermordet. Allah verfluche dich!«

Ich setzte mich gemächlich auf die Ecke der Kiste und betrachtete mir die drei. Die Schuta war noch immer eine schöne Frau. Sie besaß wohl einen sehr leidenschaftlichen Charakter und war jedenfalls mehr oder weniger die Vertraute ihres Mannes. Die beiden Andern waren alte Frauen, wie man eben dort tausend alte Weiber findet, durch nichts als durch ihre Häßlichkeit ausgezeichnet. Als ich fragte, wer sie seien, antwortete die Wirtin:

»Es ist meine Mutter und deren Schwester. Sie haben dich außerordentlich lieb, weil du der Mörder meines Bruders bist!«

»Ich verzichte auf ihre Liebe, und ihr Haß ist mir gleichgültig. Ich habe Deselim nicht ermordet. Er stahl mir mein Pferd. Er war ein schlechter Reiter, wurde abgeworfen und brach den Hals dabei. Habe ich ihn also ermordet?«

»Ja, denn du verfolgtest ihn. Hättest du das nicht getan, so wäre er nicht gezwungen gewesen, über das Wasser zu setzen und dabei vom Pferde zu stürzen!«

»Höre, du entwickelst da eine merkwürdig spaßhafte Ansicht. Wenn mir ein Dieb ein kostbares Pferd stiehlt, so wirst du mir wohl gütigst den Versuch erlauben, es wieder zu bekommen. Daß du gar wünschest, Allah möge mich dafür verfluchen, klingt nicht gut aus dem Munde eines zarten Weibes und ist außerdem eine große Unvorsichtigkeit von dir. Wie die Sachen stehen, solltest du dich sehr hüten, mich zu beleidigen. Ich habe die Macht, dich dafür zu bestrafen.«

»Und wir haben die Macht, uns dann zu rächen!« drohte sie in energischem Ton.

»So? Du scheinst über eure Kräfte sehr genau unterrichtet zu sein. Wahrscheinlich hat dein Mann dir kein geringes Vertrauen geschenkt.«

Ich sagte das, um sie zu einer Unvorsichtigkeit zu verleiten, in sehr spöttischem Ton, und wirklich fuhr sie auf:

»Ja, ich besitze sein volles Vertrauen. Er sagt mir alles, und so weiß ich auch ganz genau, daß du verloren bist!«

»Ja, ich konnte mir freilich denken, daß die Schuta alles wissen werde und – –«

»Die Schuta?« unterbrach sie mich. »Die bin ich nicht!«

»Pah! Leugne nicht! Kara Nirwan hat gestanden, daß er der Schut ist.«

»Das ist nicht wahr!« fuhr sie angstvoll auf.

»Ich lüge nicht. Er hat es in der Versammlung der Aeltesten zugegeben, als ich ihm sagte, daß er zu feig sei, es einzugestehen.«

»O Allah! Ja, so ist er! Den Vorwurf der Feigheit läßt er nicht auf sich liegen. Lieber bringt er sich und uns in das Verderben!«

»Mit diesen Worten schließest du dich seinem Geständnis an. Eigentlich habe ich mit euch Frauen nichts zu schaffen; aber du bist seine Vertraute und also seine Mitschuldige und wirst sein Schicksal teilen müssen, wenn du uns nicht Veranlassung gibst, dich mit Milde zu behandeln.«

»Herr, ich habe nichts mit dieser Sache zu schaffen!«

»Sehr viel sogar! Du warst jahrelang die Genossin des Verbrechers und mußt auch die Strafe erleiden. Der Schut wird jedenfalls hingerichtet werden.«

»O Allah! – Ich auch?«

»Ganz sicher!«

Die drei Weiber schrien laut auf vor Angst.

»Jetzt könnt ihr heulen,« fuhr ich fort. »Hättet ihr doch früher über euch selbst geschrien! Oder habt ihr wirklich geglaubt, daß Allah eure Missetaten nicht an das Licht des Tages bringen würde? Ich sage euch, daß alle eure Verbündeten verloren sind, und daß mancher von ihnen das Leben lassen wird.«

Die beiden Alten rangen die Hände. Die Schuta starrte eine Weile vor sich hin und fragte dann:

»Du sprachst vorhin von Milde. Wie meintest du das?«

»Ich meinte, daß man dich nachsichtiger beurteilen werde, wenn du die Veranlassung dazu gibst.«

»Und worin soll diese Veranlassung bestehen?«

»In einem offenen Geständnis.«

»Das hat mein Mann bereits abgelegt. Ihr braucht also nur ihn zu fragen, wenn ihr noch mehr wissen wollt.«

»Ganz recht. Ich habe auch gar nicht die Absicht, ein Verhör mit euch anzustellen und euch irgend welche Geständnisse zu erpressen. Die Untersuchung wird in Prisrendi geführt werden, und ich bin dabei nur als Zeuge beteiligt. Aber auf meine Aussage wird sehr viel ankommen, und du kannst es dahin bringen, daß ich ein gutes Wort für dich einlege.«

»So sage mir, was ich tun soll!«

»Nun, ich will aufrichtig mit dir sein. Ich und meine Gefährten, wir sind aus fremden Ländern. Wir werden in dieselben zurückkehren und nie wieder hierher kommen. Darum ist es uns ziemlich gleichgültig, wer durch euch hier beschädigt wurde und ob ihr dafür bestraft werdet. Weniger gleichgültig freilich ist uns alles, was ihr gegen uns unternommen habt. Da wir aber glücklicherweise mit dem Leben davongekommen sind, so fühlen wir uns zur Nachsicht geneigt, falls uns der Schaden ersetzt wird, welchen wir erlitten haben. Du kannst das deinige beitragen, daß dieses geschehe.«

»So viel ich weiß, hast du keinen Schaden gehabt.«

»Du scheinst wirklich ganz genau unterrichtet zu sein. Ja, den indirekten Schaden will ich nicht rechnen. Aber ihr habt den Engländer und auch den Kaufmann Galingré ausgeraubt. Ich hoffe, es ist noch alles vorhanden, was ihr ihnen abgenommen habt?«

Sie blickte, ohne zu antworten, nachdenklich vor sich nieder. Ihre Züge bewegten sich lebhaft. Es war ihr anzusehen, daß ein Kampf sich ihres Innern bemächtigt hatte. Aber ich traute ihr nicht zu, den für mich vorteilhaften Entschluß zu fassen. Auch hatte ich keine Zeit, mit vielen Worten in sie zu dringen, und wiederholte darum meine letzte Frage in dringendem Ton.

Da erhob sie langsam den Blick, sah mich auf eine ganz eigentümliche, mir rätselhafte Weise an und antwortete:

»Ja, Herr, ich glaube, es ist noch alles vorhanden.«

»Aber wo?«

»Im Jazlyk[1] meines Mannes.«

[1] Schreibstube, Kontor.

»Halt ein!« rief ihre Mutter erschrocken. »Willst du wirklich deinen Mann verraten? Willst du alles hergeben, was nun euer Eigentum geworden ist?«

»Sei still! Ich weiß, was ich tue,« antwortete die Tochter. »Dieser Mann hat recht. Wir haben unrecht getan und müssen unsere Strafe leiden; aber diese Strafe wird um so geringer werden, je früher wir das Geschehene gut zu machen versuchen.«

Das war ja eine außerordentlich eilige Bekehrung! Konnte ich an dieselbe glauben? Unmöglich! Zumal mir das Gesicht, welches die Frau während ihrer Worte machte, gar nicht gefallen wollte. Sie nickte den beiden Alten beruhigend zu und blinzelte dabei mit den Augen.

»Wo befindet sich das Jazlyk?« fragte ich.

»Drüben im Hof. Du wirst es an der Inschrift über der Türe erkennen.«

»Und natürlich sind die Sachen und das Geld dort nicht nur aufgehoben, sondern verborgen?«

»Ja. Solche Beute legt man doch nicht in den Geldkasten.«

»Beschreibe mir das Versteck.«

»Du wirst den Sandyk[1] an der Wand hängen sehen. Nimm ihn herab, so befindet sich hinter demselben ein Loch in der Mauer, in welchem du alle Gegenstände sehen wirst, welche dem Engländer und dem Kaufmann genommen worden sind.«

»Wenn du mich täuschen solltest, so würdest du deine Lage nur verschlimmern. Uebrigens weiß ich, daß sich vierundzwanzig Männer hier befinden, welche uns unschädlich machen sollen.«

Sie erbleichte. Mutter und Tante ließen Ausrufe des Schrekkens hören. Die Wirtin warf ihnen einen zornigen Blick zu und sagte:

»Herr, man hat dich belogen!«

»Nein. Niemand hat es mir gesagt, also kann ich nicht belogen worden sein. Ich habe es selbst beobachtet.«

[1] Kassa, Geldschrank.

»So hast du dich geirrt.«

»Nein, ich weiß ganz genau, daß sie sich hier befinden.«

»Und doch ist dies nicht der Fall. Ja, ich will eingestehen, daß ungefähr so viele Männer bereit waren, euch entgegen zu gehen, aber nicht hier, sondern draußen am Karaul.«

»Befinden sie sich noch dort?«

»Ja. Sie dachten, ihr würdet erst dorthin gehen, bevor ihr hier in den Khan kämet.«

»Sind sie zu Pferde?«

»Nein. Was könnten ihnen die Pferde im Kampfe gegen euch nützen?«

»Gut. Und wo sind eure Knechte?«

»Eben bei diesen Leuten. Wir haben zwölf Knechte, weil wir so viele zu den Pferden haben müssen, welche bei uns stets zum Verkauf stehen.«

»Und die andern zwölf?«

»Sind Leute von hier.«

»Welche deinem Mann als dem Schut untertänig sind?«

»Ja.«

Sie sagte diese Antworten schnell, ohne sich zu besinnen und im Ton und mit der Miene größter Aufrichtigkeit. Aber ich konnte und durfte ihr nicht trauen. Ich sah wohl ein, daß es vergeblich gewesen wäre, noch weiteres aus ihr zu erforschen. Ich mußte ja annehmen, daß sie mir auch bis jetzt nicht die Wahrheit gesagt habe. Darum erhob ich mich von der Kiste und sagte:

»Aus deiner Aufrichtigkeit ersehe ich, daß ich dich den Richtern zur Milde empfehlen kann. Ich gehe jetzt hinab. Ihr werdet diesen Raum nicht verlassen. Finde ich die Verhältnisse nicht so, wie du mir gesagt hast, so dürft ihr auf Gnade keinen Anspruch machen.«

»O Herr, ich bin überzeugt, du findest sie so, daß ihr mir die Strafe vielleicht gar erlassen werdet.«

Das klang so ehrlich und treuherzig! Diese Frau konnte sich außerordentlich verstellen. Vielleicht war sie mir an Schlauheit überlegen.

Als ich hinabkam, standen die Andern noch im Flur. Der

Schut warf einen besorgt forschenden Blick auf mich, ohne jedoch aus meinem Gesicht etwas lesen zu können. Ich sagte, daß wir uns hinüber nach dem Hof begeben wollten.

Draußen saßen die Skipetaren noch auf ihren Pferden. Man hatte sich nicht feindselig gegen sie verhalten. Als wir bei dem Hoftore anlangten und an dasselbe klopften, wurde wieder nicht geöffnet. Ich gebot dem Schut, aufmachen zu lassen; aber er weigerte sich abermals. Da fiel mir das Stichwort ein, welches ich von dem Fährmann in Ostromdscha gehört hatte. Ich klopfte abermals und rief:

»Atschyniz, bir Syrdasch – öffnet, ein Vertrauter!«

»Bir azdan – sogleich!« antwortete es hinter dem Tor. Der Innenriegel wurde weggeschoben und das Tor geöffnet. Ein Knecht stand da, welcher uns, als er uns erblickte, erschrokken anstarrte.

»Budala – Dummkopf!« raunte ihm der Schut zornig zu.

Wir drangen ein, mit uns aber auch ein großer Teil des Volkes. Ich gebot den Leuten, draußen zu bleiben; vergeblich. Sie drängten herein, so breit das Tor war. Das konnte uns gefährlich werden; darum gab ich den sechs Skipetaren einen Wink, welche nun ihre Pferde zwischen die Leute hineintrieben und die bereits im Hof Befindlichen von den noch draußen Stehenden abschlossen.

Laute Rufe des Unmutes erschallten von draußen und von innen; wir verriegelten aber das Tor, und dann sagte ich den Leuten, daß sie hier, wo sie sich befanden, stehen zu bleiben hätten. Damit es ihnen nicht einfiele, das Tor zu öffnen, mußten die Skipetaren an demselben bleiben. Wir Andern gingen weiter. Die Seiten des Hofes bestanden aus einem langen, niedrigen Gebäude, welches die ganze vordere Linie des Quadrates einnahm; dann aus einem eben solchen Gebäude als zweite Linie; die dritte und vierte Linie wurde aus hohen Mauern gebildet. Von der dritten Linie, uns gegenüber, gingen sechs Bauwerke – lang, schmal und niedrig – parallel zueinander wie die Zähne eines Kammes aus. Es schienen Stallungen zu sein. Sie standen mit den Giebeln nach uns zu, während sie die andern Giebelseiten an die Mauer lehnten.

An einem dieser Giebel las ich das Wort ›Jazlyk‹, und über demselben stand ein türkisches Dal. Was dieser Buchstabe zu bedeuten habe, wußte ich nicht. Jazlyk war Kontor. In demselben sollte sich der erwähnte Kassenschrank befinden.

Zunächst schickte ich Halef, Omar und Osko aus, das Innere all dieser Gebäude zu untersuchen. Ich blieb bei den ›Vätern des Ortes‹ und bei dem Schut zurück; denn diesen durfte ich nicht aus den Augen lassen.

Nach einer halben Stunde kehrten die Gefährten zurück, und Halef meldete:

»Sihdi, es ist alles sicher, kein einziger Mensch ist vorhanden.«

»Was befindet sich in den Häusern?«

»Häuser sind keine da. Diese beiden Gebäude« – er deutete dabei auf die erste und zweite Seite des Hofvierecks – »sind Vorratsräume, welche nur nach dem Hof hin offen sind. Die sechs niedrigen Bauwerke, uns gegenüber, sind Stallungen, worin viele Pferde stehen.«

»Und niemand ist dort? – Kein einziger Knecht?«

»Keiner.«

»Sind alle diese Ställe gleich gebaut?«

»Nein. Derjenige, über welchem das Wort Jazlyk steht, hat vorn, nach uns zu, ein Stübchen, in welchem ein Tisch und einige Stühle sind. Auf dem Tisch lagen allerhand Schreibereien.«

»Gut, so wollen wir uns zunächst dieses Stübchen einmal ansehen. Der Perser geht mit mir, und der Lord und Monsieur Galingré begleiten uns.«

»Ich nicht?« fragte Halef.

»Nein. Du mußt hier bleiben, um an meiner Stelle zu kommandieren. Dulde vor allen Dingen nicht, daß das Tor geöffnet werde, und verlaß diese Stelle unter keinem Umstand. Ihr steht hier mit dem Rücken gegen das Vorratsgebäude und habt prächtige Deckung, wobei ihr den ganzen Hof übersehen könnt. Kommt ihr während meiner Abwesenheit in irgend eine Gefahr, so gebraucht ihr eure Waffen. Ich bin sehr bald wieder da.«

Wir drei – Galingré, Lindsay und ich – führten den Schut nach dem erwähnten Stall. Die Türe desselben befand sich in der Mitte des Gebäudes. Als wir eintraten, sah ich zwei Reihen von Pferden. Im hintern Giebel befand sich eine Türe, und vorn führte auch eine nach dem sogenannten Kontor. Eine Decke gab es nicht; das Dach war aus Stroh hergestellt. Es gab also hier im Stall kein Plätzchen, welches einem Feind als Versteck hätte dienen können. Der Schut war waffenlos und an den Händen gebunden. Wir brauchten also wohl keine Sorge zu haben.

Trotzdem, und um keine Vorsichtsmaßregel zu versäumen, ging ich nach der hintern Türe, welche von innen verriegelt war. Ich öffnete sie und blickte hinaus. Da gab es hinter der Mauer, an welche die sechs Ställe im rechten Winkel stießen, noch eine zweite Außenmauer. Zwischen beiden zog sich ein schmaler Raum hin, welcher als Düngerstelle benutzt wurde. Da ich auch da niemanden erblickte, fühlte ich mich vollständig beruhigt, zumal ich ja die Türe von innen verriegeln konnte. Dies tat ich und kehrte zu den dreien zurück.

Jetzt traten wir in das Kontor. Es wurde nur von einer sehr kleinen Fensteröffnung erhellt. Dem Eingang gegenüber sah ich ein Schränkchen hängen – etwas über eine Elle breit und gegen zwei Ellen hoch. Da auch hier sich kein Mensch außer uns befand, so war jede Besorgnis wohl überflüssig. Dennoch war das gelbe Gesicht des Schut um einen Ton bleicher geworden. Sein Blick irrte ruhelos hin und her. Er mußte sich in einem Zustand der größten Aufregung befinden.

Ich schob ihn an die Wand, unseligerweise so, daß er nach der Türe sehen konnte, während wir derselben die Rücken zukehrten, und sagte:

»So bleibst du stehen und beantwortest mir meine Fragen! Wo pflegst du das Geld aufzuheben, welches du geraubt hast?«

Er ließ ein höhnisches Lachen hören und antwortete:

»Das möchtest du wohl gern wissen?«

»Allerdings.«

»Wirst es aber doch nicht erfahren!«

»Vielleicht weiß ich es bereits.«

»Dann müßte es dir der Scheïtan verraten haben!«

»Wenn der Teufel es war, so hatte er wenigstens eine Gestalt, welche nicht zum Erschrecken war. Er sah deiner Frau sehr ähnlich.«

»Was?« fuhr er auf. »Sollte sie es dir gesagt haben?«

»Ja, wenigstens gab der Teufel sich für deine Frau aus, als ich ihn oben auf dem Boden traf. Sie sagte mir, das geraubte Gut befinde sich da hinter dem Schrank.«

»Diese alberne, ver – – «

Er hielt inne; seine Augen leuchteten, neben mir hinwegblickend, und er schrie:

»Weg mit den Messern! Tötet die Hunde nicht! Ich will sie lebendig haben.«

Zugleich versetzte er mir einen Fußtritt an den Unterleib, welcher mich taumeln machte, und ich wurde, bevor ich mich umdrehen konnte, von hinten gepackt. Es waren vier oder sechs Arme, die mich umschlangen.

Zum Glück hing mir der Stutzen am Riemen von der Schulter herab. Sie hatten das Gewehr mit umschlungen und vermochten also nicht, mir den rechten Arm so fest wie den linken an den Leib zu drücken.

Jetzt galt es. Ein Glück, daß die Angreifer die Waffen nicht gebrauchen sollten! Der Lord schrie auf, Galingré ebenfalls. Auch sie waren ergriffen worden.

Ich gab mir einen Schwung, um mit dem Gesicht gegen meine Bedränger zu kommen; es gelang. Da standen in der kleinen Stube wohl zwölf bis vierzehn Menschen, genug um uns zu erdrücken. Und draußen im Stall standen ihrer noch mehrere. Hier wäre Schonung nur unser eigenes Verderben gewesen. Ich wollte die drei, welche mich gefaßt hielten, abschütteln; es wäre mir wohl auch gelungen, wenn ich Spielraum dazu gehabt hätte.

Einige von den Bedrängern rissen den Schut durch das Gedränge hinaus, um ihn dort von seinen Fesseln zu befreien. Da griff ich mit der rechten Hand in den Gürtel und zog den Revolver. Ich konnte aber den Arm nicht emporheben und hielt die Waffe gegen die Leiber der Feinde. Drei Schüsse, und ich war frei. Was ich nun tat, kann ich nicht bis ins Einzelne beschreiben, denn es ist mir unmöglich, mich darauf zu besinnen. Mit den drei noch übrigen Schüssen machte ich dem Lord und Galingré Luft, gab mir aber Mühe, die Betreffenden nicht zu töten, sondern nur kampfunfähig zu machen.

Sobald der Lord sich frei fühlte, stieß er ein Brüllen aus wie ein Löwe, der sich auf seine Beute stürzt. Er erfaßte einen schweren Hammer, welcher auf dem Tisch lag, und warf sich mit demselben, ohne daran zu denken, daß er Waffen bei sich trug, auf die Feinde. Galingré entriß einem der Verwundeten das Messer und stürzte vorwärts. Ich hatte den Revolver wieder eingesteckt und den Stutzen in die Hand genommen. Schießen wollte ich nicht; zum Gebrauch des Kolbens war derselbe zu schwach – ich hätte ihn leicht zerbrechen können; darum führte ich meine Stöße gegen die Feinde mit dem Lauf aus.

Das ging alles so schnell, daß vom Erscheinen dieser Menschen bis jetzt nicht eine einzige Minute vergangen war. Sie waren überzeugt gewesen, uns zu überrumpeln und augenblicklich unschädlich machen zu können. Daß es ganz anders kam, und zwar so außerordentlich schnell, das verblüffte sie. Es war, als ob sie gar keine Hände und Waffen zur Gegenwehr hätten. Einer drängte den Andern hinaus. Alle kehrten uns den Rücken zu. Es hatte sie geradezu ein panischer Schreck erfaßt.

»Dur, dur, kalyn – akyn – sokyn – halt, halt, bleibt stehen: schießt, stecht!« ertönte draußen die zornige Stimme des Schut.

Vorhin hatte er verboten, die Waffen zu gebrauchen. Jetzt kam sein Befehl zu spät. Wir hatten die Kerls vor uns auf der Flucht und durften ihnen nicht Zeit lassen, sich festzusetzen oder umzuwenden.

Der Engländer schrie bei jedem Hieb mit seinem Hammer:

»Schlagt sie tot! Haut sie nieder! *Well!*«

»Hajde, sa-usch, dyschary – fort, weiter, hinaus!« schrieen

die Kerls, von denen Einer den Andern vorwärts drängte. »Kurtulyniz, geldirler, geldirler – rettet euch; sie kommen, sie kommen!«

Es war beinahe zum Lachen. Diese fürchterlichen Leute des Schut, wenn auch mit ihm nur noch neunzehn an der Zahl, rissen vor uns Dreien aus. Alles schrie, die Pferde wurden scheu, wieherten und schlugen aus; es waren Augenblicke der größten Verwirrung.

Ich aber dachte nur an einen, an den Schut. Sollte er mir abermals entkommen? Die Mauer war so hoch, daß er sie nicht ersteigen konnte. Er mußte zwischen den Stallgebäuden in den Hof zurück, um durch das Tor zu entfliehen. Das war der einzige Weg, wie ich dachte, und dort hielten ja nicht nur die berittenen Skipetaren strenge Wache, sondern auch Halef stand in der Nähe. Der Hadschi schoß ihn jedenfalls lieber nieder, als daß er ihn durch das Tor ließ.

Aber ebenso standen dort, innerhalb und außerhalb des Tores, die Leute von Rugova. Nahmen diese sich des Persers an, so bekamen wir einen harten Stand.

Diese Gedanken flogen mir durch den Kopf, indem ich mit dem Lauf des Gewehres auf die Fliehenden einstieß. Ich bin überzeugt, daß jeder dieser Stöße noch nach Monaten zu fühlen war. Da schlug von der linken Seite her ein Pferd aus. Der hochgeschleuderte Huf traf zwar nicht voll auf, aber er strich mir doch so kräftig an der Schulter vorüber, daß ich niederstürzte.

Ich raffte mich auf und wollte weiter, da aber ertönte hinter mir die helle Stimme des Hadschi:

»Sihdi, was ist los, was gibt es? Ich hörte die Schüsse deines Revolvers und dann das Schreien. Sag, was es gegeben hat!«

Eben waren die Fliehenden durch die Hintertüre verschwunden, Lindsay und Galingré mit ihnen. Halef sah sie nicht mehr, sondern mich allein.

»Wir wurden überfallen,« antwortete ich hastig. »Der Schut ist wieder frei. Ich treibe ihn dir in die Hände. Suche dir hier schleunigst das beste Pferd aus und reite ihn nieder, wenn ich ihn dir zujage. Schnell, schnell! Ich darf mich nicht aufhalten, sonst kommt der Kampf zum Stehen, und das könnte sehr schlimm für uns werden.«

Ich lief fort, durch die hintere Türe hinaus und auf die lang zwischen den beiden Mauern sich hinziehende Düngerstelle. Ich hatte richtig vermutet. Die Fliehenden machten Miene, sich zur Wehr zu setzen.

»Immer drauf, Sir!« rief ich dem Lord englisch zu. »Wir dürfen sie nicht zum Stehen kommen lassen.«

Da erhob er seine Stimme und seine beiden Arme und sprang mitten unter die Feinde hinein. Dann kam ich dazu. Galingré hielt sich wie ein Held. Sie wandten sich wieder um und eilten davon, wir hinter ihnen her, am nächsten Stall vorüber, welcher Nr. 5 hatte, dann an Nr. 6 vorbei – der Schut und die vordersten waren nicht zu sehen gewesen.

Als wir um die Ecke des sechsten Stalles bogen und nun an die zweite Seite des Hofvierecks kamen, an welchem das zweite Vorratshaus stand, sah ich hart am Giebel desselben eine offene Pforte. Sie war nicht zwanzig Schritte von uns entfernt, und die Fliehenden rannten auf dieselbe zu.

Sollte der Schut bereits da hinaus sein? Dann war guter Rat teuer. Ich tat einige Sprünge, welche mich mitten in die Flüchtigen hineinbrachten, stieß sie auseinander, schnellte auf die Pforte zu und durch dieselbe hinaus. Ja, es war so! Da links rannten sie über das Feld, und rechts jagte der Schut auf einem Pferd von dannen. Das Pferd war ein Rappe. Trotz des Zornes, welcher mich erfüllte, und trotz der Aufregung, in welcher ich mich befand, hing mein Auge bewundernd an dem Tier – breite, feste Sehnen, hohe, schlanke Gliedmaßen, stark ausgebildete Hinterhand, tiefe Brust, dünner Leib, langer, wagerecht getragener Hals, sehr kleiner Kopf – alle Wetter, das war ein englisches Vollblut! Wie kam ein solches Tier hierher nach Rugova!

Ich war voll Bewunderung über die Eleganz und Schnelligkeit, mit welcher es dahinflog. Ich dachte kaum an den Reiter – an den Reiter, ah! Er durfte nicht fort. Ich riß den Stutzen an die Wange, um scharf zu zielen. Würde ich ihn noch treffen? Er war für die Kugel des Stutzens bereits zu weit.

Da blitzte etwas vor meinen Augen empor. Es war ein Messer, mit welchem einer der an mir vorübereilenden Feinde ausholte, um mich niederzustechen. Ich hatte nur noch Zeit, zur Seite zu springen; er aber erhielt an Stelle des Schut meine Kugel, und zwar in die rechte Schulter.

»Zurück auf den Hof!« rief ich dem Engländer zu. Er und Galingré sprangen mir, ohne auf die Feinde noch zu achten, nach, zur Pforte wieder hinein, zwischen dem Vorratshause und dem sechsten Stalle hindurch nach dem Hof. Dort hielt Halef auf ungesatteltem Pferde.

»Der Schut entflieht, auf einem Rappen, nach dem Dorfe zu,« antwortete ich atemlos. »Eile ihm nach, daß er nicht etwa am Konak absteigt und unsern Rih stiehlt. Suche zu erfahren, welche Richtung er von Rugova aus eingeschlagen hat! Jedenfalls reitet er gegen Skutari hin, um Hamd el Amasat zu erreichen und der Frau Galingré ihr Geld abzunehmen, denn hier darf er sich nicht mehr sehen lassen.«

»Allah ist groß, und ihr seid dumm gewesen!« meinte der Kleine. »Wie weit soll ich dem Halunken folgen?«

»Nur so weit, bis du genau weißt, welchen Weg er eingeschlagen hat. Dann kehrst du um. Das übrige ist dann meine Sache. Laß dich aber nicht zu Uebereilungen verleiten!«

Er drängte sein Pferd zur Seite und jagte auf das Tor zu und schrie schon von weitem:

»Macht auf!«

Ranko sah an meinem Winken, daß auch ich dasselbe verlangte, und riß den Riegel zurück und das Tor auf. Im nächsten Augenblick brauste der Hadschi hinaus – nicht mitten unter die draußen stehenden Leute hinein, wie ich geglaubt hatte; denn sie standen nicht mehr da.

Ich war ihm nachgesprungen. Als ich am Tor ankam, sah ich, daß die Leute nach dem Dorfe rannten. Sie hatten den Schut hinter der Mauer hervorkommen sehen; sie wußten also, daß er frei sei, und eilten hinter ihm her. Ich selbst konnte ihn nicht mehr sehen, da ihn die Buschreihen verdeckten, welche die Felder abgrenzten. Aber Halef verschwand auch schon hinter diesen Sträuchern.

»Effendi,« fragte Osko, »ist der Schut entkommen?«

»Ja! Aber wir erwischen ihn wieder. Kommt herein! Wir dürfen uns nicht lange hier aufhalten. Das, was wir noch zu tun haben, muß schnell geschehen.«

Die ›Väter des Dorfes‹ waren nicht mitgelaufen. Ich erzählte ihnen den Vorfall, und sie sagten nichts dazu. Es schien ihnen sehr lieb zu sein, daß der Schut entkommen war. Selbst der ehrwürdige Alte atmete wie erleichtert auf und fragte:

»Herr, was wirst du nun tun?«

»Den Schut fangen,« antwortete ich.

»Und dabei stehst du so ruhig? Wer einen Andern fangen will, der muß doch eilen!«

»Ich eile bereits, nur nicht in der Weise, in welcher du es meinst.«

»Er muß dir doch entkommen, da sein Vorsprung schon ein so großer ist.«

»Habe keine Sorge! Ich hole ihn noch ein.«

»Und dann bringst du ihn hierher zurück?«

»Nein. Dazu habe ich keine Zeit.«

»Aber du mußt doch als Ankläger oder Zeuge gegen ihn auftreten!«

»Dazu sind Andere da. Das kann ich überhaupt euch überlassen. Ihr wißt, daß der Perser der Schut ist. Er hat es in eurer Gegenwart eingestanden. Nun ist es an euch, ihn bei seiner Rückkehr zu bestrafen. Und wenn ihr es nicht tut, wird Stojko es an eurer Stelle tun.«

»Ja, das werde ich ganz gewiß,« sagte der Genannte. »Sobald er sich hier wieder sehen läßt, gehört er mir.«

»So lange warte ich nicht,« sagte sein Neffe. »Der Effendi will ihn fangen, und wir begleiten ihn.«

»Darüber sprechen wir noch,« antwortete ich. »Jetzt folgt mir einmal nach dem Jazlyk.«

Wir begaben uns dahin. Dort ließ ich den Schrank von dem eisernen Haken nehmen, an welchem derselbe hing. Wirklich, hinter demselben war eine Vertiefung in der Mauer, welche nicht ganz die Größe des Schrankes hatte. Dort fand sich alles vor, was dem Engländer und Galingré abgenommen worden; aber auch weiter gar nichts. Frühere Raubfrüchte hatten bereits einen andern Ort erhalten. Ich war mit diesem Ergebnis auch zufrieden. Der Lord schmunzelte vergnügt, als er sogar seinen Hut erblickte, und Galingré jubelte, als er sein Geld wieder in den Händen hielt.

Dann machten wir einen Rundgang durch die sechs Ställe. Da waren Pferde von allen Sorten und Farben und Preisen. Die besten Pferde aber standen in dem Stall, welcher an das Kontor stieß. Einen prächtigen Braunen hatte ich gesehen, als ich mit dem Schut eingetreten war. Halef hatte ganz denselben Geschmack wie ich, denn er hatte sich diesen Braunen trotz der großen Eile, in welcher dies geschehen mußte, ausgesucht. Ein fast ebenso wertvolles Pferd suchte ich für Galingré und auch eins für den Engländer aus. Es galt, uns möglichst gut beritten zu machen. Für die gemietete Dienerschaft des Lords war nicht zu sorgen, da dieselbe das Weite gesucht hatte.

Dann zog sich Stojko auch mehrere ausgezeichnete Tiere in den Hof. Der Kiaja wollte das freilich nicht dulden, aber der Skipetar fuhr ihn an:

»Schweig! Können alle diese Pferde mir den Tod meines Sohnes ungeschehen machen? Ich weiß sehr wohl, daß ihr euch in das Eigentum des Schut teilen werdet, wenn er nicht zurückkehrt. Und da sollen wenigstens auch diejenigen etwas erhalten, welche durch ihn geschädigt worden sind. Uebrigens seid ihr imstande, ihn, wenn er zurückkehren sollte und wir nicht mehr da sind, grad so aufzunehmen, als ob gar nichts vorgefallen sei. Ich kenne euch, werde aber dafür sorgen, daß es ihm nicht so wohl werden kann.«

Die andern Gegner waren ebenso verschwunden, wie der Schut. Sogar die im Kontor Verwundeten waren fort. Und jetzt wußte ich's: der Buchstabe Dal bedeutete 4. –

Der Geldschrank sollte verschlossen bleiben, bis von Prisrendi ein Beamter angekommen sei. Ein Bote war freilich noch nicht dahin abgesandt worden. Ich gebot dem Kiaja, dies schleunigst zu tun und überhaupt dafür zu sorgen, daß die Verwaltung des Kara-Nirwan-Khans in treue Hände käme. Dann stiegen wir zu Pferd und ritten nach Rugova zurück, ohne uns darum zu kümmern, ob die ›Väter des Ortes‹ uns folgten oder nicht.

Im Konak wartete Halef bereits auf uns mit der Meldung, daß er noch zur rechten Zeit gekommen sei, um die Wegnahme Rihs durch den Schut zu verhindern. »Er war mir weit voran,« erzählte der Hadschi, »da er einen bedeutenden Vorsprung hatte, und ich konnte in dem abschüssigen und holperigen Hohlweg mein Pferd nicht recht zwischen die Hände nehmen, da ich kein richtiges Zügelwerk, sondern nur die Halfter hatte. Ich wußte also nicht, wo er war, ritt aber, als ich hier anlangte, in den Hof. Und siehe, da hielt er, und die Knechte waren eben damit beschäftigt, ihm den Rappen aus dem Stall zu ziehen.«

»Wie kamen sie dazu, das zu tun?«

»Er hatte zu ihnen gesagt, seine Unschuld habe sich herausgestellt und er sei beauftragt, dir dein Pferd zu holen. Die Leute von Rugova haben einen so heillosen Respekt vor ihm, daß man es nicht wagt, ihm zu widersprechen.«

»War er denn bewaffnet? So viel ich weiß, hat er bei seiner Befreiung keine Zeit gehabt, sich mit Waffen zu versehen.«

»Ich habe nichts dergleichen bemerkt. Natürlich erhob ich Einspruch und gebot, Rih sofort wieder in den Stall zurückzubringen.«

»Und dann?«

»Nun, dann machte er sich schleunigst davon.«

»Wohin?«

»Hier über die Brücke hinüber. Aber er ritt nicht den gebahnten Weg, welcher immer dem Ufer des Flusses folgt, sondern querfeldein, nach dem Wald drüben im Westen. Es ging immer im Galopp, und ich folgte ihm, bis er zwischen den Bäumen verschwunden war.«

Nachdem ich dem Hadschi zu seiner tiefsten Zerknirschung erklärt hatte, daß er nebst Osko und Omar versäumt hätte, hinter die Ställe zu sehen, wo die Leute des Schut versteckt waren, versammelten wir uns in der Wirtsstube, und ich hob an:

»Die Zeit drängt. Der Schut ist entflohen und wir müssen ihn wieder haben. Er hat hier alles verlassen müssen, um einstweilen nur sich zu retten. In diesem Augenblick ist er ein armer Mann, er hat kein Geld. Um solches zu bekommen, reitet er Hamd el Amasat entgegen, welcher die Familie Galingré bringt. Diesen Leuten soll alles, was sie bei sich führen, abgenommen werden. Wenn das gelingt, so hat der Schut wieder Geld und kann später, wenn wir von hier fort sind, möglicherweise hierher zurückkehren und alles leugnen. Ich und meine Gefährten sind dann nicht mehr da, und die übrigen Zeugen kann er auf irgend eine Weise unschädlich machen. Ich halte es unter den hiesigen Verhältnissen gar nicht für unmöglich, daß es ihm gelingt, seine Unschuld glaubhaft zu machen.«

»Um Gottes willen!« rief Galingré. »Meine Frau, meine Tochter und mein Schwiegersohn befinden sich in größter Gefahr. Herr, säumen Sie nicht. Wir müssen sogleich aufbrechen, sogleich!«

»Haben Sie Geduld!« mahnte ich. »Wir dürfen uns nicht überstürzen. Vor allem müssen wir wissen, wohin der Weg führt, welchen er eingeschlagen hat.«

»Das kann ich dir sagen,« antwortete Ranko, der Neffe Stojkos. »Ich weiß, welche Absicht er hat. Die Verwandten dieses Herrn kommen von Skutari. Die Straße von dorther geht über Skala, Gori, Pacha, Spassa und endlich Rugova. Von Pacha aus wendet sie sich nordwärts nach Spassa und von dort aus wieder nach Südost gen Rugova. Sie bildet also einen bedeutenden Winkel, welcher einen großen Umweg bedingt. Der Schut weiß das. Er reitet gar nicht nach Spassa, sondern direkt westwärts nach Pacha. Der Weg dorthin ist zwar nicht befahren und ist sehr schlecht, aber man vermeidet, wenn man ihn benutzt, den ungeheuren Bogen und kommt anstatt in sieben Stunden in der halben Zeit in Pacha an. Er hat die Absicht, uns sehr weit voranzukommen.«

»Sollte er annehmen, daß wir ihm folgen? Jedenfalls. Nun, wir können ja denselben Weg einschlagen. Hoffentlich finden wir hier einen Mann, welcher das Amt des Führers übernehmen kann.«

»Wir brauchen keinen Führer. Ich selbst kenne diesen Weg sehr genau. Vor allen Dingen gilt es, den Schut zu bekommen. Wir reiten alle mit dir. Dann kehren wir hierher zurück und werden mit dem Köhler und seinen Genossen Abrechnung halten.«

»Ich muß dir davon abraten, denn ihr werdet mit Sehnsucht bei der Höhle erwartet. Wenn ihr zu kommen zögert, so ist es möglich, daß die Mörder, an welchen du den Tod deines Vetters rächen willst, aus ihrem Gewahrsam entkommen.«

»Erkläre mir das!«

Ich war jetzt gezwungen, abermals unsere Erlebnisse zu erzählen. Ich machte alsdann die Skipetaren darauf aufmerksam, daß der Dolmetscher und die beiden Steinbrucharbeiter doch nicht so zuverlässig seien, daß man ihnen die Bewachung der Höhle auf längere Zeit anvertrauen könne. Und da gaben sie mir recht.

»Das ist richtig, Herr,« sagte Stojko. »Nicht der Schut ist der Mörder meines Sohnes, sondern die Köhler sind es. Den Schut überlasse ich dir; die Andern aber nehme ich auf mich. Ich werde, obgleich ich noch schwach bin, schleunigst aufbrechen. Ich kenne den Weg, und übrigens sind wir Skipetaren und können uns auf unsere Augen und unsere Pferde verlassen.«

»Nun denn, so vergiß ja nicht, daß das Vermögen des Köhlers, das heißt der Ertrag seiner Räubereien und Mordtaten, sich unter dem Herd seines Schwagers, des Kohlenhändlers, befindet.«

»Ich werde hinreiten und es holen. Wem soll ich's geben?«

»Es gehört den Verwandten derjenigen, denen er es abgenommen hat. Kannst du diese Leute nicht ausfindig machen, so verteile es unter die Armen und Bedürftigen deines Stammes. Keinesfalls aber laß es in die Hände des Gerichtes kommen; da würden es weder die Berechtigten, noch die Armen erhalten.«

»Es soll genau so geschehen, wie du es sagst, und diejenigen, welche es erhalten, sollen eure Namen erfahren, denn ihr seid es, denen sie es zu verdanken haben. Nun aber wollen wir uns zum Aufbruch anschicken.«

Da nahm Ranko nochmals das Wort:

»Ich bleibe dabei, daß ich noch nicht nach der Höhle reite. Mein Oheim und meine fünf Begleiter werden den Tod meines Vetters Ljubinko rächen. Aber der Schut hat meinen Oheim über zwei Wochen lang eingesperrt und wollte ihn töten. Auch das erfordert Rache. Es genügt mir nicht, daß der Effendi diesen Menschen verfolgt; ich selbst muß dabei sein und darum werde ich mit ihm reiten. Versucht es nicht, mich davon abzubringen. Ich bleibe dabei. Uebrigens könnt ihr euch meiner als Führer bedienen, denn ich kenne die Gegend, durch welche wir reiten müssen.«

»Ich will nicht gegen deinen Entschluß sprechen,« sagte sein Oheim. »Du hast recht, und ich weiß, daß du von einem Entschluß nie zurücktrittst. Aber ihr braucht gute Pferde. Ich werde dir meinen Goldfuchs geben; Ersatz für ihn ist ja vorhanden. Also das ist abgemacht, und ich werde aufbrechen. Aber was wirst du mit dem Schut machen, wenn du ihn ergreifst?« fragte er mich.

»Das kann ich jetzt unmöglich sagen. Es kommt auf die Verhältnisse an, unter denen ich mit ihm zusammentreffe. Gelingt es mir, seiner ohne Blutvergießen habhaft zu werden, so werde ich ihn Ranko übergeben, welcher ihn hierher schaffen mag. Was dann mit ihm geschieht, das ist eure Sache.«

Es handelte sich nun noch um die Pferde. Ich hatte meinen unvergleichlichen Rih. Osko und Omar ritten die Schecken der Aladschy; Ranko bekam den Goldfuchs; für Halef, den Engländer und Galingré wurden die drei besten vom Kara-Nirwan-Khan mitgebrachten Pferde ausgesucht. Die anderen Tiere, auch dasjenige, welches Halef bisher geritten hatte, erhielten die Skipetaren mit Ausnahme eines einzigen, welches mit einem Packsattel uns begleiten sollte, um die Speise- und Futtervorräte zu tragen, welche wir mitnehmen mußten, da wir wohl keine Zeit fanden, die Tiere weiden zu lassen.

Diese Vorräte kauften wir von dem Wirt, welchem es sehr leid tat, daß wir sein Haus so bald wieder verließen. Er zeigte sich höchst dankbar gesinnt dafür, daß wir ihn von einem so übermächtigen Konkurrenten befreit hatten.

Der Abschied von Stojko und den Seinen war ein äußerst herzlicher. Er rief uns noch seine Segenswünsche zu, als er über die Brücke hinüber war und dann links nach der Richtung einlenkte, aus welcher wir gekommen waren.

Jedenfalls ist er mit seinen Skipetaren glücklich in das Tal des Köhlers gekommen. Wie es dann demselben und seiner Rotte ergangen ist, das weiß ich nicht und --- mag es auch nicht wissen. Blut um Blut, Leben um Leben! –

Kurze Zeit später brachen auch wir auf. Die Sonne hatte den größten Teil ihres Nachmittagbogens zurückgelegt, als wir Rugova verließen. Seine Bewohner blickten uns nach; wir aber sahen nicht nach ihnen zurück, denn wir hatten durchaus nicht unsere Herzen zurückgelassen. Aber als wir im sausenden Galopp über die ebene Brache dahinflogen, schaute ich noch einmal nach der Felsenhöhe zurück, auf welcher der Karaul gestanden hatte. Er war nicht mehr da. Vielleicht erzählt man noch in später Zeit von ihm, von dem Schacht und von den fremden Männern, wegen deren der ehrwürdige Turm verschwinden mußte.

Wir waren sieben Reiter und besaßen Pferde, wie sie in der weiten, weiten Umgegend wohl nicht gleich abermals zusammengebracht werden konnten, und darum erschien es mir gar nicht als zweifelhaft, daß wir den Schut einholen würden. Von Rugova bis zum Wald hätte ein Fußgänger sicher drei gute Viertelstunden gebraucht. Wir erreichten ihn bereits nach fünf Minuten.

Das eigentliche Gebirge lag hinter uns. Im Südwesten ragten die Höhen des Fandigebirges empor. Wir hatten nur die nördlichen Ausläufer desselben zu überwinden, und zwar eine Hochebene, welche sich zwischen Rugova und Pacha bis an den Drin und dessen Nebenfluß Joska erstreckte und dort die senkrechten, stellenweise über tausend Fuß hohen Ufer dieser beiden Wasserläufe bildete.

Sobald wir unter den Bäumen angelangt waren, ging es steil an, wohl drei Viertelstunden lang. Als wir uns dann aber oben auf der Ebene befanden, hörte der Wald auf, und es gab eine weite Planfläche, auf welcher duftige Gräser und staudenartige Gewächse wuchsen. Hier in den hohen Pflanzen war die Fährte des Schut so deutlich zu sehen, daß sie wie eine dunkle Linie vor uns hinlief. Wir ließen die Pferde wieder ausgreifen. Es war ihnen eine Lust, über die Fläche dahinzufliegen.

Durch den Wald herauf hatten wir einzeln reiten müssen. Jetzt erlaubte es das Terrain, daß sich einer zum Andern gesellte. Neben mir ritt Halef. Sein Brauner war ein prächtiges Tier und hielt ohne Anstrengung Schritt mit meinem Rih. Ich blickte zurück und gab Galingré einen Wink, herbeizukommen. Wir nahmen ihn in die Mitte.

»Hast du mir etwas zu sagen, Effendi?« fragte er mich türkisch, weil Halef dabei war, welcher nicht französisch verstand.

»Ja, ich möchte gern wissen, wie es diesem sogenannten Hamd en Nassr gelungen ist, sich in dein Geschäft einzuschleichen.«

»Er wurde mir von Stambul aus dringend empfohlen und hat sich auch stets sehr brauchbar und treu erwiesen.«

»Aus Berechnung natürlich. Ist dein Geschäft wirklich verkauft?«

»Ja, und ein neues ward in Uskub dafür angekauft. Dieses ist aber noch nicht bezahlt. Meine Frau wird das Geld und die Wechsel bei sich haben.«

»Welch eine Unvorsichtigkeit von einer Frau, ein solches Vermögen von Skutari nach Uskub schleppen zu wollen!«

»Du darfst nicht vergessen, daß dies gegen meinen Willen und nur auf Veranstaltung Hamd en Nassrs geschieht!«

»Das ist richtig. Darf ich vielleicht erfahren, aus welcher Stadt Frankreichs du eigentlich stammst?«

»Aus Marseille. Die regen Beziehungen, in denen mein Haus zu der Levante stand, veranlaßten mich später, nach der Türkei zu gehen. Wir hatten eine Filiale in Algier, welche mein Bruder eines drohenden Verlustes wegen persönlich besuchen mußte. Er war der Chef des Marseiller Hauses. Die Ausgleichung der Differenz war nur unter Mitwirkung seines Sohnes möglich, und er ließ denselben nachkommen. Nach einiger Zeit erhielt ich die Schreckensnachricht, daß mein Bruder in Blidah ermordet worden sei.«

»Von wem?«

»Des Mordes verdächtig war ein armenischer Händler, welcher aber vergeblich verfolgt wurde. Paul, so hieß mein Neffe, brach selbst auf, um diesen Menschen aufzusuchen, ist aber nie zurückgekehrt.«

»Was wurde aus dem Geschäft in Marseille?«

»Mein Bruder hatte damals eine verheiratete Tochter, wie jetzt ich; auf deren Mann ging das Geschäft über.«

»Und du hast nie wieder von deinem Neffen Paul und von dem Mörder deines Bruders gehört?«

»Nein. Wir haben Briefe über Briefe geschrieben, der Schwiegersohn meines Bruders ist selbst nach Algerien, nach Blidah gereist, aber alle Mühen sind vergeblich gewesen.«

»Was würdest du tun, wenn du den Mörder träfest und er dich nun um eine Stelle in deinem Comptoir bäte?«

»So würde er eine Stelle bekommen, aber in der Hölle. Doch, warum fragst du mich so eigentümlich?«

»Weil ich dir etwas zeigen will.«

Ich nahm meine Brieftasche heraus und zog jene drei Zeitungspapiere hervor, welche ich damals mit Halef an der Leiche in der Sahara gefunden hatte, und reichte sie ihm hin.

»Zeitungsblätter, sehr alte?« sagte er. »Woher hast du sie?«

»Es ist je ein Blatt der »*Vigie algérienne*«, des »*L'Indépendant*« und der »*Mahouna*«. Das erstere Blatt erscheint in Algier, das zweite in Konstantine und das dritte in Guelma. Lies nur die Artikel, welche ich angestrichen habe.«

Diese Blätter enthielten, wie bereits früher[1] erwähnt, den fast gleichlautenden Bericht über die Ermordung des franzö-

[1] Siehe Bd. I »Durch die Wüste« S. 20.

sischen Kaufmannes Galingré in Blidah. Er las sie durch, und sein Angesicht wurde bleich.

»Effendi,« rief er aus, indem er die Hände mit den Blättern auf den Sattel sinken ließ, »woher hast du diese Zeitungen?«

»Sage mir vorher, ob dein Neffe Paul unverheiratet war.«

»Er war erst vor kurzer Zeit verheiratet, und die junge Frau hat sich über sein Verschwinden zu Tode gegrämt.«

»Wie war ihr Mädchenname? Fing er mit den beiden Buchstaben *E.P.* an?«

»Ja, Herr, ja. Sie hieß Emilie Pouillet. Aber woher kennst du die Anfangsbuchstaben ihres Namens?«

»Sie ist gewiß nicht so alt gewesen, wie es nach der Jahreszahl erscheint, welche sich hier im Innern dieses Ringes befindet.«

Ich zog den Ring, welchen ich damals an der Hand des Toten gefunden hatte, von meinem kleinen Finger, an welchem ich ihn von jenem Tage an bisher getragen hatte, und reichte ihm denselben hin. Er sah die eingegrabene Schrift ›*E.P. 15. juillet 1830*‹ und sagte fast atemlos:

»Der Trauring meines Neffen Paul, meines verschwundenen Neffen! Ich weiß es ganz genau.«

»Aber wie stimmt das mit der Jahreszahl 1830?«

»Dieser Ring ist der Trauring der Mutter seiner Braut gewesen, deren Mädchenname Emilie Palangeur war. Da die Buchstaben stimmten, hat die Tochter sich des Ringes ihrer verstorbenen Mutter bedient, aus Pietät natürlich, nicht aus Sparsamkeit. Aber, Effendi, sage mir um aller Welt willen, wie dieser Ring in deine Hände kommt!«

»Auf die einfachste Weise: ich habe ihn gefunden, und zwar in der Wüste Sahara, unter schaurigen Umständen. Dein Bruder wurde von dem armenischen Händler ermordet. Paul, dein Neffe, entdeckte die Spur des Missetäters und folgte ihm in die Wüste. Er traf mit ihm zusammen und wurde von ihm getötet und ausgeraubt. Kurze Zeit später kam ich zur betreffenden Stelle und fand die Leiche. An der Hand derselben steckte dieser Ring, den ich zu mir nahm, und unweit davon lagen diese Zeitungsblätter. Den Ring hatte der Mörder nicht gesehen, sonst hätte er ihn an sich genommen; das Papier aber hatte er als wertlos weggeworfen.«

»Mein Gott, mein Gott! Endlich erhalte ich Klarheit, aber welche! Bist du denn dem Mörder nicht nachgefolgt?«

»Ja, und ich traf ihn auf dem Schott, wo wir über die grausige, entsetzliche Salzhaut des Sees ritten. Da erschoß er auch unsern Führer, den Vater Omars, der jetzt mit uns reitet, um seinen Vater an dem Mörder zu rächen. Und dann trafen wir ihn noch einmal; es gelang ihm aber, uns zu entkommen, was ihm jetzt nicht wieder gelingen wird.«

»Jetzt, jetzt? Ist er denn hier?«

»Natürlich! Es ist jener Hamd en Nassr, eigentlich Hamd el Amasat.«

»O Himmel! Ist das möglich? Hamd el Amasat ist der Mörder meines Bruders und dessen Sohnes?«

»Ja. Halef war dabei und hat alles gesehen. Er mag es dir erzählen.«

Darauf hatte der Hadschi gewartet. Er erzählte gar so gern. Darum drängte ich mein Pferd vorwärts zu Ranko und ließ die beiden allein. Bald hörte ich Halefs laute, pathetische Stimme erschallen.

Mittlerweile waren wir immer im Galopp über die Hochebene hinweggefegt und gelangten zwischen bewaldete Höhen, wo wir wieder langsamer reiten mußten. Als ich mich umschaute, sah ich Halef, Galingré und Omar beisammen, welche das unheilvolle Thema weiter besprachen. Ich hielt mich voran, denn ich hatte keine Lust, an ihren Racheplänen teilzunehmen.

Es begann zu dämmern, als der Wald sich wieder abwärts senkte, und es war dunkel, als wir in das steile Tal der Joska ritten und die Lichter von Pacha vor uns sahen.

Das erste Haus war kein Haus. Es wäre sogar eine Ueberschwenglichkeit gewesen, es eine Hütte zu nennen. Aus dem offenen Loch, welches ein Fenster bedeuten sollte, leuchtete die Flamme des Herdes. Ich ritt hin und rief hinein. Auf diesen Ruf erschien etwas Rundes, Dickes vor dem Loch. Ich hätte es am liebsten für einen Werg- oder Heubündel gehalten, wenn nicht aus der Mitte dieses Gewirres eine menschliche Stimme erklungen wäre:

»Wer ist draußen?«

Das vermeintliche Werg oder Heu war die reizende Haarfrisur des Sprechenden.

»Ich bin ein Fremder und möchte dir eine Frage vorlegen,« antwortete ich. »Wenn du dir fünf Piaster verdienen willst, so komm einmal heraus!«

»Fü – fü – fünf Piaster!« schrie der Mann, ganz entzückt über diese außerordentliche Summe. »Ich komme gleich, gleich! Warte! Laufe mir ja nicht fort!«

Dann erschien er unter der Türe – ein kleiner, dünner, säbelbeiniger Kretin mit einem ungeheuren Kopf.

»Du bist nicht allein?« fragte er. »Ihr werdet mir doch nichts tun! Ich bin ein armer, ein blutarmer Mann, der Hirte des Dorfes.«

»Habe keine Sorge! Wenn du uns gute Auskunft gibst, sollst du sogar zehn Piaster bekommen.«

»Zeh – zeh – zeh – zehn Piaster!« rief er erstaunt. »O Himmel! Zehn Piaster gibt mir der Wirt für das ganze Jahr, und auch noch Schläge dazu.«

»Wofür?«

»Daß ich ihm seine Schafe weide.«

»Er ist also wohl kein guter und auch kein freigebiger Mann?«

»Nein, gar nicht. Er greift viel lieber zur Peitsche als zum Beutel, und wenn er mir Essen gibt, erhalte ich nur das, was Andere nicht wollen.«

Ich fragte nach dem Wirt, weil ich mir denken konnte, daß der Schut bei ihm eingekehrt sei. Der Hirte war keineswegs ein junger Mensch, aber er schien mir geistesschwach oder wenigstens kindisch zu sein. Vielleicht war eben deshalb bei ihm mehr zu erfahren, als bei einem Andern.

»Du weidest wohl die Schafe des ganzen Dorfes?« erkundigte ich mich weiter.

»Ja, und jeder gibt mir für einen Tag das Essen, mir und meiner Schwester, die drin am Feuer sitzt.«

»So seid ihr stets hier im Dorf und kommt nirgends hin?«

»O, ich komme schon fort, oft weit, wenn ich die Schafe forttreiben muß, welche verkauft worden sind. Vor einiger Zeit war ich in Rugova und sogar nach Gori bin ich gekommen.«

Nach Gori mußten wir reiten. Das war mir also interessant.

»In Rugova?« fragte ich. »Bei wem denn?«

»Im Kara-Nirwan-Khan.«

»Kennst du den Wirt desselben?«

»O, den kennt jeder! Ich habe ihn sogar heute gesehen, und meine Schwester auch, die drin am Feuer sitzt.«

»Ah, so war er hier in Pacha?«

»Ja; er wollte noch weiter. Er ließ sich vom Wirt Waffen geben, weil er keine bei sich hatte.«

»Woher weißt du das?«

»Ich habe es ja gesehen.«

»Aber was er mit dem Wirt gesprochen hat, das hast du nicht gehört.«

»Oho! Alles habe ich gehört, alles! Grad weil ich es nicht hören sollte, habe ich gelauscht. Ich bin nämlich klug, sehr klug, und meine Schwester auch, die drin am Feuer sitzt.«

»Darf ich sie einmal sehen?«

»Nein.«

»Warum denn nicht?«

»Weil sie sich vor Fremden fürchtet. Sie reißt vor ihnen aus.«

»Vor mir braucht sie nicht auszureißen. Wenn ich sie einmal sehen darf, gebe ich dir fünfzehn Piaster.«

»Fünf – – zehn – – Pi – –aster!« wiederholte er. »Ich werde sie gleich rufen und – – «

»Nein, nicht rufen! Ich komme hinein.«

Dieser eigentümliche Kerl wußte vielleicht grad das, was ich von ihm erfahren wollte. Ich sprang schnell, um ihm keine Zeit zu lassen, sich anders zu besinnen, aus dem Sattel und schob ihn zur Türe hinein. Dann folgte ich nach.

Welch ein Loch hatte ich betreten! Die Hütte war nur aus

Lehm und Stroh errichtet, und aus Stroh bestand auch das halbe Dach. Die andere Hälfte desselben bestand – aus dem Himmel, welcher von oben frei hereinblickte. Das Dachstroh war verfault und hing in feuchten Fetzen herab. Zwei Steine bildeten den Herd, auf welchem das Feuer brannte. Ueber demselben stand auf einem dritten Stein ein großer Tontopf, von welchem aber die obere Hälfte fehlte. Das Wasser kochte, und aus demselben sahen zwei nackte Beine hervor, Beine von einem Tier. Ein Mädchen stand dabei und rührte mit dem Stiel einer zerbrochenen Peitsche in dem Topf herum. Zwei Lagerstätten, wieder aus verfaultem Stroh, bildeten das einzige Hausgerät.

Und die Insassen erst! Der Hirte war wirklich eine Art Kretin. Sein dürrer Leib steckte in einer Hose, von welcher ein Bein ganz und das andere halb fehlte. Um den Unterleib hatte er ein Tuch gebunden. Der Oberleib war unbedeckt, das heißt, wenn man den Schmutz, welcher eine dicke Kruste bildete, nicht mit zur Kleidung rechnet. Sein übergroßer Kopf hatte ein wunderbar kleines Erbsennäschen, einen meilenbreiten Mund, blaue Wangen und ein Paar ganz unbeschreibliche Aeuglein. Die Krone, welche dieses Haupt schmückte, bestand aus einer Haarwildnis, welche jeder Beschreibung spottete.

Ihm ganz ähnlich sah sein Schwesterlein aus, deren Kleidung ebenso unzureichend war wie die seinige. Der einzige Unterschied zwischen ihm und ihr bestand darin, daß sie einen sehr mißlungenen Versuch gemacht hatte, ihre Haarsträhnen in einen Zopf zusammenzuwürgen.

Als sie mich erblickte, schrie sie laut auf, warf den Peitschenstiel fort, eilte nach dem einen Lager und kroch so tief unter das faule Stroh desselben hinein, daß nur noch die kohlschwarzen Füße aus demselben hervorsahen.

Das Herz tat mir wehe. Das waren nun auch Menschen!

»Reiß doch nicht aus, Jaschka!« sagte ihr Bruder. »Dieser Herr gibt uns fünfzehn Piaster.«

»Es ist nicht wahr!« antwortete sie unter dem Stroh hervor.

»Freilich ist's wahr.«

»Laß dir sie nur geben, aber gleich!«

»Ja, Herr, gib mir sie!« sagte er zu mir.

»Wenn Jaschka hervorkommt, so gebe ich euch sogar zwanzig.«

»Zwa – zwa – zwanzig! Jaschka, komm heraus!«

»Er mag sie nur erst geben! Ich glaub' es nicht. Bis zwanzig kann gar keiner zählen; er auch nicht!«

Ich griff in die Tasche und gab ihm die genannte Summe in die Hand. Er tat einen Freudensprung, stieß einen Ruf des Entzückens aus, packte seine Schwester und zog sie bis zu mir hin. Dort gab er ihr das Geld in die Hände. Sie sah es an, sprang auf, ergriff meine Hand, küßte dieselbe und – – suchte dann ihren Peitschenstiel, um mit demselben wieder im Topf herumzurühren.

»Was kocht ihr denn da?« fragte ich.

Hätte nicht die Hälfte des Daches gefehlt, so wäre es in der Hütte nicht auszuhalten gewesen, zumal der Inhalt des Topfes einen Gestank verbreitete, welcher zum Entsetzen war.

»Aw[1],« antwortete er, indem er wie ein Gourmand mit der Zunge schnalzte.

»Aw? – Was für ein Tier?«

»Kipr[2], ein Kipr ist's, den ich vorgestern gefangen habe.«

»Und den esset ihr?«

»Freilich! Kipr ist ja die größte Nazika[3], die es nur geben kann. Sieh dir ihn einmal an! Wenn du ein Stück haben willst, so sollst du es gern bekommen, denn du hast uns so unmenschlich viel Geld gegeben. Ja, ich gebe es dir sehr gern, und meine Schwester auch, die da am Feuer steht.«

Ich ergriff das »Wildbret« beim Bein und zog es empor. Hurrrr! Die lieben Leute hatten dem Tier zwar die Stachelhaut abgezogen, es aber nicht aufgebrochen und ausgenommen. Es kochte also samt dem ganzen Leibesinhalt!

Ich ging hinaus zum Packpferd und holte Brot und Fleisch herein, welches ich dem Hirten gab.

»Das soll unser sein?« schrie er verwundert, und nun gab

[1] Wildbret. [2] Igel. [3] Delikatesse.

es einen unendlichen Jubel. Als dieser sich gelegt hatte, mußte Jaschka die zwanzig Piaster in der Ecke vergraben, und ihr Bruder sagte:

»Wir heben uns alles Geld auf, das wir verdienen. Wenn wir einmal reich sind, kaufe ich mir ein Lamm und eine Ziege. Das gibt Wolle und auch Milch. Nun aber kannst du wieder von dem Wirt des Kara-Nirwan-Khan sprechen, Herr. Ich werde dir alles sagen. Du bist so gut, wie noch kein Mensch gegen mich gewesen ist, und auch gegen meine Schwester, die da am Feuer steht.«

»So hast du diesen Mann also kommen sehen?«

»Ja, er ritt das schwarze Pferd, welches er von dem Pascha von Köprili gekauft hat, weil er es vorher krank gemacht hatte. Er ritt mitten in meine Herde hinein und hat mir zwei Schafe, welche dem Wirt gehörten, tot geritten. Darum ließ ich meine Schwester, die da am Feuer steht, bei der Herde und rannte zum Wirt, um ihm das zu sagen. Als ich hinkam, hielt der Mann aus Rugova vor dem Hause und gab mir vom Pferd herab einen Schlag an den Kopf. Er sagte, ich solle mich schnell davon machen und nicht anhören, was hier gesprochen werde. Mein Wirt stand bei ihm. Aber weil er mich geschlagen und zwei Schafe zu Schanden gemacht hatte, ging ich in die Stube und stellte mich an das Fenster, um alles zu hören, was ich nicht hören sollte.«

»Nun, was sprachen sie?«

»Kara Nirwan fragte, ob vielleicht Leute mit Wagen vorüber gekommen seien.«

»War das geschehen?«

»Nein. Sodann sagte er, daß Reiter kommen würden, einer auf einem schwarzen arabischen Hengst. Dieser werde nach ihm fragen; der Wirt solle sagen, daß Kara Nirwan nach Dibri geritten sei, nicht aber auf der Straße nach Gori hin.«

»Er ist aber wohl nach Gori hin?«

»Freilich; ich habe es gesehen. Ich habe ganz genau aufgepaßt.«

»Wie weit ist es bis Gori?«

»Wenn man ein gutes Pferd hat, muß man wohl an die

zwölf Stunden reiten. Aber Kara Nirwan will nicht ganz bis Gori, sondern nur bis zum Khan, welcher Newera-Khan heißt.«

Newera ist serbisch und bedeutet ›Verräter‹.

»Warum führt der Khan diesen Namen?«

»Weil er an dem Felsen liegt, der so heißt.«

»Und warum heißt derselbe so?«

»Ich weiß es nicht.«

»Was will der Mann aus Rugova dort?«

»Er will auf die Leute warten, welche mit dem Wagen kommen.«

»Welche Orte liegen zwischen hier und diesem Newera-Khan?«

»Zwei Dörfer, dann kommt der Khan. Man muß von jetzt an bis zum Morgengrauen reiten, bevor man hinkommt, denn es ist wohl an die acht Pferdestunden weit.«

»Liegt er einsam, oder ist ein Ort dabei?«

»Einsam. Ich bin dort gewesen.«

»An welcher Seite der Straße?«

»Rechts.«

»Kennst du den Wirt?«

»Ja, er ist zuweilen hier und heißt Dragojlo. Niemand kann ihn leiden. Man sagt, er habe sein Vermögen zusammengestohlen.«

»Hast du noch mehr gehört?«

»Nein, denn der Wirt kam in die Stube, um seine Waffen zu holen: eine Flinte, eine Pistole und auch ein Messer. Der Mann aus Rugova hatte die seinigen nicht bei sich. Dann ritt er schnell fort.«

»Wie lange ist das her?«

»Ja, Herr, das kann ich dir nicht sagen, denn ich habe kein Kojun saaty[1] wie der Padischah. Aber ich denke, daß über zwei Stunden vergangen sein werden.«

»So sage mir nun nur noch, ob die Straße nach Gori leicht zu finden ist.«

[1] Taschenuhr.

»Ja, sie kommt jenseits der Joska, über welche ihr reiten müßt, von Spassa her und geht dann links weiter. Ich werde euch hinführen bis über das Dorf hinaus.«

»Schön, tue das! Aber es ist Nacht. Kann man da diese Straße nicht leicht verlieren?«

»Das ist wohl möglich, wenn man sie nicht kennt. Aber bis zum ersten Dorf kann man gar nicht irren, und wenn ihr da den Tschoban[1] weckt und ihm fünf Piaster gebt, führt er euch sehr gern so weit, bis ihr nicht mehr irren könnt.«

»So weiß ich alles. Ich bin mit dir zufrieden. Wieviel kostet denn hier ein Schaf?«

»Zwanzig Piaster ein einjähriges.«

»Und eine Ziege?«

»Die ist viel, viel teurer. Die kostet wohl, wenn sie bereits Milch gibt, über dreißig Piaster.«

»Könntest du denn solche Tiere ernähren?«

»Ja; es gibt hier Land des Großherrn, auf welchem alle Leute weiden dürfen.«

»Nun, so sollst du mehr als ein Schaf und eine Ziege haben. Siehe diese Silberstücke! Sie geben zusammen zweihundert Piaster. Davon kannst du dir wenigstens vier Schafe und vier Ziegen kaufen, wenn du dir das Geld nicht von schlechten Menschen nehmen lässest.«

»Nehmen lassen? Da sollte mir einer kommen! Ich würde zum Papaz[2] gehen, der mir helfen würde. Aber du machst nur Scherz. Da wären wir doch steinreiche Leute, ich und meine Schwester, die da am Feuer steht.«

»So habt ihr einen Papaz hier?«

»Ja, und einen sehr guten, der mir oft zu essen gibt. Ich bin ein Christ.«

Er sagte dies mit wirklichem Stolz. Ich zog mein Notizbuch heraus, riß ein Blatt los und schrieb einige Zeilen darauf, die ich ihm mit der Bemerkung gab:

»Wenn jemand sagen sollte, daß du die zweihundert und zwanzig Piaster nicht ehrlich erworben habest; wenn man dir

[1] Hirt. [2] Pope.

also das Geld nehmen will, so gibst du dem Papaz diesen Zettel. Er enthält die Bescheinigung und meine Unterschrift, daß ich es dir geschenkt habe.«

Bevor ich schrieb, hatte ich ihm das Geld in die Hände gegeben. Er stand ganz steif da, die Hände weit von sich gestreckt, mich ungläubig anstarrend. Ich legte den Zettel auf das Geld, wendete mich um, ging hinaus und stieg aufs Pferd. Da kam er nachgesprungen und schrie jubelnd:

»Soll das wirklich mein sein?«

»Ja, gewiß!«

»Mein und meiner Schwester, die drin am Feuer steht?«

»Natürlich! Aber schrei' nicht so! Du hast uns versprochen, uns nach der Straße zu bringen, und wir haben keine Zeit zu warten.«

»Gleich, gleich, ich komme ja schon, ich komme!«

Er hielt das Geld und den Zettel noch immer in den Händen. Er trug es hinein zu der »Lieblichsten der Töchter«, um mit Halef zu reden, die »dort am Feuer stand«, und kehrte dann zurück. Er wollte seinem Entzücken durch viele Worte Luft machen; aber ich verbot es ihm, und so schritt er denn schnell vor uns her. Wir hatten mit einer kleinen Gabe zwei Menschen glücklich gemacht.

Nachdem wir an zwei oder drei kleinen Gebäuden vorübergekommen waren, ging es auf einer hölzernen Bockbrücke über die Joska. Dann kam das eigentliche Dorf. Es begegneten uns einige dunkle Gestalten, welche erstaunt stehen blieben; angesprochen wurden wir nicht. So kamen wir an das Ende des Dorfes, wo wir die Straße erreichten und uns von unserm Beschützer verabschiedeten. Als wir ein Stück fort waren, so daß ich es ihm nicht verbieten konnte, rief er uns noch nach:

»Bin defa schükr weririz, ben we kyz kardaschim, odada ateschda durmak olan – wir danken euch tausendmal, ich und meine Schwester, welche drin am Feuer steht!«

Jetzt hatten wir finstere Nacht vor uns. Ich kannte die andern Pferde noch nicht genau, aber auf Rih konnte ich mich verlassen. Er wich sicher nicht von dem Weg ab, wenn ich ihm die Zügel ließ. Darum setzte ich mich an die Spitze unseres Trupps, legte die Zügel auf den Sattelknopf und ließ meinen Schwarzen laufen.

Es ging bergan, dann eben fort und dann wieder bergab, immer wieder durch Gebüsch oder Wald. Hätte der Schut hier auf uns gelauert, so hätte er einige von uns aus dem Sattel schießen können. Ich dachte daran und strengte Augen und Ohren an, glücklicherweise ohne Grund.

Nach mehr als zwei Stunden erreichten wir das erste Dorf. Es war doch jedenfalls besser, einen Führer zu haben. Ranko hatte zwar behauptet, die Gegend zu kennen, aber, wie ich vermutete, mehr aus dem Grund, überhaupt mitreiten zu dürfen. Ueberdies war es so finster, und der Mond ging erst später auf. Wenn wir uns verirrten, konnte der Schut seinen Zweck erreichen, bevor wir den rechten Weg fanden. Ich fragte also einen uns begegnenden Menschen, ob wir einen Führer haben könnten, gegen gute Bezahlung natürlich. An den Schäfer wollte ich mich nicht wenden. Der Mann bot sich uns selbst an. Er sagte, daß er uns für zehn Piaster bis zum Newera-Khan führen werde, falls wir so lange Zeit hätten, zu warten, bis er sein Pferd geholt habe. Wir sagten zu, und es währte nur einige Minuten, bis er sich wieder bei uns einstellte.

Freilich mußten wir vorsichtig sein, denn wir kannten den Menschen nicht. Er konnte von dem Schut beauftragt sein, den Dorfweg auf und ab zu patrouillieren, um uns zu erwarten und falsch zu führen. Darum nahmen wir ihn in die Mitte, und ich versprach ihm zwanzig Piaster, wenn er ehrlich sei, und eine Kugel in den Kopf, falls er uns täusche.

Wieder durch Wald und Gebüsch reitend, gelangten wir nach fast drei Stunden in das zweite Dorf. Erst hinter demselben gab es Feld, dann wieder Wald. Zuweilen hörten wir zur linken Hand Wasser rauschen. Das war ein Nebenfluß des vereinigten Drin. Den Namen habe ich vergessen.

Nun kam der Mond herauf, und wir konnten ziemlich gut sehen. Wir befanden uns in einer wilden Gebirgslandschaft. Felsenwände und Zacken überall, drohende Baumriesen, feuchte Luft und hohles Rauschen der Wipfel, deren Schatten der Mond uns in den phantastischsten Gestalten über den Weg warf.

Und was war das für ein Weg! Da sollten Wagen fahren können! Unsere Pferde stolperten jeden Augenblick über große Steine oder traten in jähe Löcher hinein. So ging es weiter und immer weiter, bis es kälter wurde und der Morgenwind sich aus seinem Bette erhob. Wir erfuhren von dem Führer, daß wir uns mitten in den Kerubibergen, einer sehr berüchtigten Gegend, befanden. In einer Stunde sollte der Newera-Khan zu erreichen sein.

Auf meine Frage, warum die dortige Gegend den Namen Newera, Verräter, trage, erhielt ich die Auskunft, daß sich in dem ebenen Gestein oft sehr lange und sehr tiefe Risse zeigen. Ein Reiter dürfe dort sein Pferd ja nicht in Galopp fallen lassen, weil das Tier nicht schnell genug anzuhalten vermöge, wenn sich plötzlich vor seinen Hufen ein solcher Spalt öffne. Viele Menschen seien dadurch um das Leben gekommen. Ueberdies gehe die Sage, daß es in jener Gegend Leute gebe, welche ihre Opfer in solche Schlünde zu stürzen pflegen. Das war keine beruhigende Mitteilung.

Nach einer halben Stunde begann der Morgen zu grauen. Ich überlegte mir, daß unser Führer uns in Newera-Khan vielleicht nur hinderlich sein könne, und bot ihm dreißig Piaster anstatt der versprochenen zwanzig, falls er gleich umkehre. Er war einverstanden und ritt schnell davon, als er das Geld empfangen hatte. Es mochte ihm in unserer Gesellschaft nicht allzuwohl gewesen sein. Wir hatten fast gar nicht gesprochen und ihn mit sehr merklichem Mißtrauen behandelt.

Plötzlich hörte der Wald auf. Weit, weithin Ebene, welche nur aus hartem Felsen zu bestehen schien, der mit schlüpfrigem Moos bekleidet war. Ein Baum war gar nicht, ein Busch oder Strauch nur selten zu sehen. In der Ferne lag ein dunkler Punkt. Durch das Fernrohr erkannte ich ihn als einen Gebäude-Komplex. Das war jedenfalls der gesuchte Khan.

Unser Weg erschien als dunkle Linie, die durch das Grün

des Felsenmooses gezogen war. Dann gelangten wir an eine Stelle, wo eine Spur nach links abzweigte. Ich stieg ab und untersuchte sie. Es war da ein von mehreren Reitern begleiteter Wagen gefahren. Die Flechten, welche von den Hufen und Rädern niedergedrückt worden, lagen noch fest am Boden. Sie hatten noch nicht Zeit gefunden, sich wieder aufzurichten. Der Wagen konnte erst vor wenigen Minuten da gefahren sein. Aber zu sehen war er nicht, denn grad die Richtung, die er eingeschlagen hatte, wurde uns durch eine dünne Reihe von Büschen verdeckt.

Es stieg eine Angst in mir auf, von der ich mir aber nichts merken ließ. Ich sprang in den Sattel und jagte dem Khan zu, gefolgt von meinen Begleitern, welche sich mein Benehmen nicht erklären konnten. Als wir bei demselben anlangten, sahen wir, daß er aus mehreren Gebäuden bestand, deren Aussehen keineswegs einladend war. Vor der Türe des Wohnhauses standen zwei schwere, beladene und mit Plahen überdeckte Ochsenwagen. Ein dritter Wagen hatte auch dagestanden, war aber jetzt fort.

»Halef geht mit herein,« sagte ich. »Die Andern bleiben da. Seht nach, ob eure Sattelgurten fest angezogen sind. Vielleicht gibt es einen Gewaltritt.«

»Sollten das die Wagen sein, mit denen meine Frau fährt?« fragte Galingré höchst besorgt.

Ich antwortete ihm nicht und trat mit Halef durch die offene Türe. Da dieselbe nicht verriegelt war, mußten die Bewohner bereits wach sein. In der Stube saßen zwei kräftige Kerle an einem Tisch beim Schnaps. An einem andern Tisch befand sich eine ganze Familie vor einer vollen Suppenschüssel. Die Familie bestand aus einem langen, starken Mann, zwei Burschen, einer Frau und vermutlich einer Magd. Der Mann stand aufrecht, als wir eintraten; es schien, als sei er vor Schreck vom Sitz aufgefahren, als er uns draußen gesehen hatte. Ich wendete mich in barschem Ton an ihn:

»Dieses Haus ist der Newera-Khan?«

»Ja,« antwortete er.

»Wem gehören die beiden Wagen, welche draußen stehen?«

»Leuten aus Skutari.«

»Wie heißen sie?«

»Ich habe es mir nicht gemerkt. Es ist ein fremder Name.«

»Ist Hamd en Nassr bei ihnen?«

Ich sah es ihm an, daß er mit Nein antworten wollte, aber ich warf ihm einen Blick zu, vor welchem er erschrak. Darum ließ er ein zögerndes Ja hören.

»Wo ist er jetzt?«

»Fort.«

»Wohin?«

»Nach Pacha und weiter.«

»Allein?«

»Nein. Die Fremden sind mit ihm gefahren.«

»Wie viele waren es?«

»Ein Mann, eine alte und eine junge Frau und der Fuhrmann.«

»Wie lange sind sie fort?«

»Noch keine Viertelstunde. Dort sitzen die Fuhrleute für die beiden übrigen Wagen, welche nachfolgen sollen.«

Er deutete auf die beiden ersterwähnten Männer.

»Hattest du noch andere Gäste?«

»Nein.«

»Keinen aus Rugova?«

»Nein.«

»Du lügst, Mann! Kara Nirwan ist dagewesen und mit Hamd en Nassr und dem Wagen fortgeritten. Er ist erst in der Nacht angekommen!«

Ich sah, welche Angst er empfand. Er war wohl mit dem Schut einverstanden und antwortete verlegen:

»Ich kenne keinen Kara Nirwan. Ein Reiter kam allerdings vor zwei Stunden, aber nicht aus Rugova, sondern aus der entgegengesetzten Gegend, nämlich aus Alessio. Er hatte es sehr eilig, und da die Fremden denselben Weg nahmen, wie er, so schloß er sich ihnen an.«

»Richtig! Er hatte es so eilig und ist doch mit einem

Ochsenwagen geritten! Da kommt er freilich schnell vorwärts. Dieser Wagen ist aber nicht nach Pacha gefahren; wir kommen von dort und hätten ihm begegnen müssen. Ich kenne dich; ich weiß auch, was hier vorgehen soll. Wir werden wiederkommen und weiter mit dir sprechen. Nimm dich in acht! Wir werden dafür sorgen, daß diese Leute nicht in einer Spalte der Newerafelsen verunglücken.«

Und mich an die Fuhrleute wendend, fügte ich hinzu:

»Wir gehören zu der Familie, deren Sachen ihr fahrt. Ihr verlaßt diesen Khan nicht eher, als bis wir zurückgekehrt sind. Ich lasse unser Packpferd draußen stehen; führt es in den Stall, und gebt ihm Futter und Wasser!«

Die beiden Kerle erhoben sich schweigend, um diesem Befehl nachzukommen. Ich ging mit Halef wieder hinaus und stieg in den Sattel.

»Wir reiten zurück. Es ist eine Teufelei los. Man will Galingrés Familie in eine Felsenspalte stürzen,« meldete ich.

Galingré schrie erschrocken auf; ich hörte es kaum, denn mein Pferd befand sich bereits im Galopp und fiel im nächsten Augenblick in Karriere. Die Andern brausten hinter mir drein.

Ranko trieb seinen Goldfuchs an meine Seite und fragte:

»Ist der Schut dabei?«

»Ja.«

»Allah sei Dank! So haben wir ihn!«

Weiter wurde kein Wort gesprochen. Wir erreichten die Stelle, an welcher ich die Wagenspur untersucht hatte, und lenkten in dieselbe ein. Die Pferde schienen zu merken, daß man die größte Schnelligkeit von ihnen fordere. Wir brauchten sie gar nicht anzutreiben. Die beiden Schecken der Aladschy flogen nur so hin – sie machten ihrer Berühmtheit alle Ehre. Auch die andern Rosse taten ihre Schuldigkeit wie spielend. Nach meinem Rih aber war doch der Goldfuchs das beste Tier; das bemerkte ich jetzt.

»Sihdi,« rief Omar hinter mir, »sage mir nur das Eine, ob ich Hamd el Amasat zu sehen bekomme!«

»Ja, er ist da!«

»So möge sich die Hölle öffnen, denn ich werde ihr eine Speise geben!«

Jetzt brausten wir durch die erwähnte Buschreihe hindurch. Ein freier, weiter Blick öffnete sich uns. Weit, weit vor uns, fast ganz am Horizont sah ich einen weißen Punkt, nicht größer als eine Muschelschale. Das mußte der Wagen sein – die weiße Plahe leuchtete.

»Schneller, schneller!« rief ich. »Wir müssen ihnen möglichst nahe kommen, bevor sie uns bemerken.«

Ich hatte meinen Rappen bisher weder mit den Sporen noch anderswie angetrieben. Jetzt rief ich ihm nur das altgewohnte ›Kawahm‹ zu, und da war es, als ob er bisher nur Schritt gelaufen sei. Er flog.

»Maschallah! Welch ein Pferd!« rief Ranko.

Er war der Einzige, dem es gelang, an meiner Seite zu bleiben, aber er mußte die Peitsche gebrauchen. Ich saß so ruhig im Sattel wie auf einem Stuhl; ich hätte dabei schreiben können, so gleichmäßig schoß Rih dahin.

Der weiße Punkt wurde größer. Ich zog mein Fernrohr aus und blickte hindurch. Der Wagen bewegte sich vorwärts. Drei Reiter begleiteten ihn. Gott sei Dank! Wir kamen nicht zu spät. Wollte der Schut sein Vorhaben ausführen, so mußte er den Wagen halten lassen. Daß dieser sich noch in Bewegung befand, war ein Beweis, daß den Leuten noch nichts geschehen war. Die drei Reiter waren jedenfalls der Perser, Hamd el Amasat und der Schwiegersohn Galingrés. Die beiden Frauen saßen im Wagen.

Schon war es mir möglich, den englischen Rappen des Schut mit bloßem Auge zu erkennen. Da aber drehte er sich um und sah uns kommen. Wir waren wohl noch eine Viertelwegstunde von ihnen entfernt. Ich sah, daß er sein Pferd anhielt. Hamd el Amasat tat dasselbe. Einige Sekunden lang blickten sie nach uns her; dann aber galoppierten sie, den Wagen im Stich lassend, von dannen, aber nicht miteinander in einer und derselben Richtung. Sie wollten uns teilen. Der Schut ritt gradaus; der Andere jagte nach links hin von dannen.

Ich hatte befürchtet, daß sie bei unserm Anblick aus Wut den Schwiegersohn und die Frauen erschießen würden. Daß sie es nicht taten, war ein großes Glück.

Indem ich jetzt zurückblickte, sah ich die Andern weit hinter mir; aber meine Stimme konnte sie doch erreichen. Nach links hinüber deutend, rief ich ihnen zu:

»Nehmt den da drüben! Es ist Hamd el Amasat. Den Schut nehmen wir Beide!«

»Schneller, schneller, Ranko!« forderte ich dann den Skipetaren auf.

Er gab seinem Goldfuchs die Sporen und schlug mit der Peitsche auf ihn ein. Dies und wohl noch mehr der Ehrgeiz des Pferdes trieb dasselbe zur Anstrengung aller seiner Kräfte; er schoß meinem Hengst voraus. Dieser hatte es aber kaum gesehen, so tat er, nicht von mir angetrieben, einige Sätze und überholte den Fuchs. Rih duldete kein Pferd vor sich.

Jetzt erreichten wir den Wagen. Der Schwiegersohn hielt bei demselben; er wußte nicht, woran er war. Er konnte sich nicht erklären, weshalb er von seinen beiden Begleitern so plötzlich verlassen worden war.

»Das waren Mörder!« rief ich ihm zu, indem wir an ihm vorüberschossen.

Was diese Worte für einen Eindruck auf ihn machten, konnte ich nicht sehen, denn kaum hatte ich sie ausgesprochen, so waren wir schon weit über ihn hinaus. Mich abermals umdrehend, sah ich, daß die Gefährten mich verstanden hatten und Hamd el Amasat folgten, die beiden Schecken allen voraus.

Nur Galingré hatte die ursprüngliche Richtung beibehalten, was ihm freilich nicht zu verübeln war. Ihm lag vor allen Dingen daran, sich zu überzeugen, wie sich die Glieder seiner Familie befanden. Uebrigens brauchten wir ihn gar nicht.

Bis jetzt hatte der Schut seinen Vorsprung beibehalten; wir waren ihm nicht näher gekommen, obgleich Ranko seinen Goldfuchs fortwährend antrieb.

»Effendi, wir bekommen ihn nicht!« rief er mir zu. »Sein Engländer ist uns überlegen.«

»Oho! Paß einmal auf! Du kennst meinen Schwarzen noch nicht.«

Ich erhob mich in den Bügeln. Weiter tat ich nichts, denn das ›Geheimnis‹ in Anwendung zu bringen, dazu gab es noch keine Veranlassung. Aber diese einzige Bewegung genügte. Rih merkte, daß ich ihm die Last erleichtern wollte. Das beleidigte sein Selbstgefühl, und er griff noch weiter, viel weiter aus.

Es war, als ob der Boden hinter uns nur so verschwände. Wer da kein sehr guter Reiter war, dem konnte schwindelig werden. Der Hengst schoß nicht etwa in bemerkbaren Absätzen oder Intervallen vorwärts; nein, man fühlte gar nicht, daß er die Beine bewegte. Sein Leib beschrieb eine schnurgrade Linie, die kaum einen halben Zoll breit auf und nieder schwankte. Und doch war dies noch nicht das Höchste, was er leisten konnte.

Ranko blieb weit hinter mir zurück, und ich sah, daß ich jeden Augenblick dem Schut näher kam. Erst war er über einen halben Kilometer vor mir gewesen; jetzt war es nur noch die Hälfte davon, dann zweihundert Meter – hundertfünfzig – hundert Meter. Er sah sich nach mir um und stieß einen Schrei des Schreckens aus. Er begann, sein Pferd mit Kolbenstößen anzufeuern. Es tat alles, was es leisten konnte, das brave Tier. Den Kopf wagrecht vorstreckend, schoß es in sichtbaren Sprüngen weiter. Der Schaum troff ihm vom Maul, und die Haut begann, schweißig zu glänzen. Das war kein gutes Zeichen für den Schut. Sein Rappe war dem meinen bei weitem nicht gewachsen. Bei Rih war keine Spur von Schaum oder Schweiß zu bemerken. Ich hätte noch eine Viertelstunde in dieser Weise mit ihm jagen können, ohne daß er zu schwitzen oder zu schäumen begonnen hätte. Aber freilich war ich gewöhnt, auf sein Wohlbefinden noch mehr zu sehen, als auf das meinige.

Jetzt ging ich mit mir zu Rate, was ich tun sollte. Schießen? Das war das Schnellste und Sicherste. Mein Bärentöter trug ja weit über den Schut hinaus, und bei dem ruhigen Gang meines Pferdes hatte ich ein so sicheres Zielen, daß es mir ein

Leichtes gewesen wäre, den Perser aus dem Sattel zu holen. Aber ich wollte ihn nicht töten. Oder sollte ich seinem Pferd eine Kugel geben? Dann mußte er aus dem Sattel fliegen und war mir verfallen. Das schöne, brave Tier tat mir leid. Nein, es gab ja ein sehr gutes Mittel, ihn mir zu holen, ohne ihn oder sein Pferd zu töten. Ich hatte ja den Lasso bei mir. Ich wand denselben los.

Eben als ich damit beschäftigt war, hörte ich ihn einen schrillen Schrei ausstoßen. Er nahm sein Pferd hoch, und es tat einen weiten Satz. Es hatte eine jener Spalten überwunden, von denen mir der Führer erzählt hatte. Einige Sekunden später schoß mein Rih über dieselbe weg. Sie war höchstens vier Ellen breit.

Jetzt sah der Schut wieder nach mir um. Ich war ihm wieder näher gekommen. Da legte er, nach mir zurück gewendet, die Flinte auf mich an. Hatte er wirklich gelernt, wie die Beduinen, im Sattel nach rückwärts zu schießen? Ich durfte seinen Schuß nicht abwarten. Im Nu waren die Hähne meines Bärentöters gespannt und die beiden Schüsse krachten schnell nacheinander los. Ich hatte das Gewehr nicht etwa angelegt, um nach dem Schut zu zielen; nein, ich wollte nur sein Pferd erschrecken und erreichte meine Absicht ausgezeichnet, denn der Engländer fuhr zusammen, tat einen Seitensprung und schoß dann in unregelmäßigen Sätzen wieder vorwärts. Der Schut hatte sich im Abdrücken befunden. Sein Schuß ging los, traf mich aber nicht.

Nun warf ich den Riemen der Büchse über die Schulter und wickelte mir den Lasso um den Ellbogen und Vorderarm, um laufende Schlingen zu erhalten. Ich hatte mich zu beeilen, denn vorn tauchte ein dunkler Waldstreifen auf. Gelang es dem Schut, diesen zu erreichen, so war er gerettet.

Er hatte Mühe gehabt, sich im Sattel zu erhalten, als sein Pferd zur Seite sprang, und war nun bestrebt, festen Sitz zu bekommen. Jetzt galt es. Ich mußte das »Geheimnis« anwenden. Darum legte ich meinem Rappen die Hand zwischen die Ohren und rief seinen Namen »Rih!« Einen Augenblick lang war es, als ob der Hengst starr in der Luft hängen bleibe; dann ließ er ein lautes Wiehern hören und – – nun, es ist eben nicht zu beschreiben, welche rapide Schnelligkeit ein solches Pferd bei Anwendung des Geheimnisses entwickelt. Ein Anderer als ich, der ich mein Tier gewöhnt war, hätte die Augen schließen müssen, um nicht aus dem Sattel zu taumeln.

Sechzig Meter hatte ich den Schut vor mir gehabt; es wurden fünfzig, vierzig, dreißig, jetzt zwanzig Meter. Er hörte den Hufschlag meines Pferdes so nahe hinter sich, drehte sich um und schrie entsetzt:

»Allah seni dschehenneme hükm etsin ej köpek – Allah verdamme dich in die Hölle, du Hund!«

Er zog sein Pistol und feuerte es auf mich ab, doch ohne zu treffen. Dann schlug er den Schaft desselben dem Pferd auf den Kopf, daß es mit Anstrengung seiner letzten Kräfte wie rasend dahinflog. Vergeblich! Ich war fünfzehn Meter hinter ihm, nun nur noch zehn, jetzt sechs.

»Paß auf, Schut, jetzt hole ich dich!« rief ich ihm zu. »Kein Mensch und kein Teufel kann dich retten!«

Er antwortete mit einem überlauten Schrei, der fast ein Gebrüll zu nennen war. Ich glaubte, dies habe er vor Wut getan, und schwang die Schlingen des Lasso um den Kopf. Aber da sah ich, daß er sein Pferd zur Seite reißen wollte. Es gelang ihm nicht. Das Tier befand sich einmal im Schuß und war durch die Schläge auf den Kopf wie toll geworden. Ein zweiter Schrei, wie ihn ein Mensch nur in der höchsten Not, im größten Entsetzen auszustoßen vermag! Was war das? Das war nicht Wut, sondern Todesangst!

Ich nahm mein Pferd ein wenig seitwärts, um neben dem Schut, welcher grad vor mir war, hinweg sehen zu können. Gott im Himmel! Ein langer, langer und breiter dunkler Streifen zog sich quer über unsere Richtung, nicht mehr als dreißig Meter von uns entfernt – ein Spalt, ein entsetzlicher, breiter Spalt, dessen jenseitige Kante wohl zwei Ellen höher war als die diesseitige!

Vielleicht wäre es mir gelungen, mein Pferd noch abzulenken, aber bei der unsagbaren Schnelligkeit, mit welcher es dahinflog, war das Gelingen doch zweifelhaft. Grad drauf los! Das war die beste Chance.

Ich ließ die Arme mit dem Lasso sinken, nahm den Kopf des Rappen hoch, legte ihm die linke Hand abermals zwischen die Ohren und schrie, nein, ich brüllte:

»Rih, Rihti, Rihti et taijib, natt, natt, natt – Rih, mein Rih, mein guter Rih, springen, springen, springen!«

Ich war überzeugt, daß das Pferd diese in der Sprache seines Heimatlandes gesprochenen Worte verstand. Wenigstens wußte es, daß »natt« springen bedeute; es war darauf abgerichtet. Es öffnete das Maul, ließ einen tiefen, grunzenden Ton hören, von dem ich wußte, daß er ein Ausdruck der Begeisterung sei, knirschte in den Stahl des Gebisses und flog in weiten, sehnenkräftigen Bögen an dem Schut vorüber und auf die Spalte zu.

Der Schut und ich, wir hatten keine Zeit, auf einander zu achten. Jeder hatte mit sich und seinem Pferd zu tun. Aber er brüllte mir, als ich an ihm vorbeischoß, einen Fluch zu. Nun war der Spalt da. Straff die Zügel, legte ich mich weit nach vorn nieder.

»Rih, hallak, 'ali, 'ali – Rih, jetzt, hoch, hoch!« rief ich.

Mein Auge war in starrer Angst nach der gegenüberliegenden Felsenkante gerichtet. Wie breit der Spalt war, das sah ich nicht; ich fixierte nur den gegenüberliegenden Punkt, welchen ich erreichen wollte, und der über einen Meter höher lag, als derjenige, an welchem ich mich hüben befand.

Das brave, unvergleichliche Tier setzte an und schoß hoch empor. Einen halben Augenblick lang befand ich mich über der grauenhaften Tiefe. Ich ließ die Zügel schießen und warf mich nach hinten, so gefährlich und unsinnig dies auch erscheinen mag. Ich mußte das tun, um das Vorderteil des Pferdes zu entlasten und nicht abgeworfen zu werden. Hätte ich mich nicht nach hinten geworfen, so wäre ich verloren gewesen; denn trotz der Unvergleichlichkeit des Rappen und trotz der Kraft, mit welcher er sich über den Abgrund schnellte, gelang der Sprung nicht vollständig. Rih faßte nur mit den Vorderhufen das Gestein.

»'ali, 'ali!« schrie ich abermals und warf mich nach vorn, dem Pferde den Lasso, welchen ich noch in der einen Hand hielt, nach hinten unter den Bauch und zwischen die Beine schlagend. Dadurch wurde die Hinterhand entlastet. Rih hatte noch nie einen Schlag von mir erhalten. Als er den Lassohieb an dem empfindlichsten Teil seines Körpers fühlte, warf er die Hinterhufe hoch an den Bauch herauf, krümmte sich zusammen, daß der Sattelgurt zerplatzte, und – – faßte nun auch hinten Fuß. Ein gewaltiger Sprung – ich stürzte mit dem Sattel herab, und das Pferd schoß noch eine Strecke vorwärts, um dann stehen zu bleiben.

Das alles hatte natürlich nur eine, nur zwei Sekunden gedauert. Ich raffte mich auf und blickte zurück. Da setzte eben der Rappe des Schut an. Er erreichte die diesseitige Kante nicht einmal. Ein Schrei, ein bluterstarrender Schrei, und Roß und Reiter stürzten in die Tiefe.

Mein ganzer Körper war wie Eis. Ich trat an den Spalt heran. Himmel! Er war wenigstens fünf Meter breit! So schätzte ich ihn, doch ist es bekanntlich nicht leicht, die Breite eines Wassers oder eines tiefen Risses genau abzuschätzen. Man irrt da sehr leicht. Und seine Tiefe war so bedeutend, daß ich den Grund gar nicht sehen konnte. Es lag eine dichte, schwarze Finsternis da unten.

Das war ein gerechtes Gericht! Er hatte genau denselben Tod gefunden, welchen er Andern bereiten wollte. Denn tot war er – er und sein Pferd. Es war gar keine Möglichkeit, daß beide lebendig in dieser Tiefe angekommen sein konnten. Dennoch lauschte ich einige Zeit und rief auch hinab; aber es war keine Antwort, kein Laut zu hören.

Nun ging ich zu Rih. Er war umgekehrt und dorthin gelaufen, wo der Sattel lag. Ich legte ihm die Arme um den Hals und drückte sein Köpfchen an mich. Er rieb das Maul an meiner Schulter und leckte mir dann die Hand und die Wange. Es war, als ob er sehr genau wisse, daß wir einander das Leben gerettet hatten.

Nun bekümmerte ich mich um meine Genossen. Ranko kam auf seinem Goldfuchs herbeigejagt. Er sah die

Spalte nicht, und ich rief und winkte ihm zu, langsam zu reiten.

Zur rechten Hand von mir, der ich mich jetzt nach der Gegend, aus welcher ich gekommen war, umgedreht hatte, jagten die Andern noch immer hinter Hamd el Amasat her. Er befolgte, indem er nicht eine und dieselbe Richtung einhielt, eine Taktik, welche den Zweck hatte, die größere Schnelligkeit ihrer Pferde auszugleichen. Sie ließen sich täuschen und folgten ihm im Zickzack. Nur Einer war klüger als die Andern, nämlich der listige Hadschi. Er hatte die Taktik des Gegners begriffen und war bemüht, derselben zu begegnen.

Hamd el Amasat war nämlich erst nach Osten geritten, wo er den dort liegenden Wald zu erreichen trachtete. Da er aber bald bemerkte, daß sein Pferd es mit denen seiner Gegner nicht aufzunehmen vermöge, so schlug er Zickzacklinien ein, auf denen sie ihm folgten: Allen voran Omar, welchem es darum zu tun war, den Mörder seines Vaters zuerst zu erwischen. Halef aber dachte nicht daran, sich irre leiten zu lassen. Er ritt immer scharf ostwärts und hielt dann sein Pferd an, um den Gegner zu erwarten.

Dieser bemerkte es. Er sah, daß er da nicht hindurch kommen könne, und wendete sich nun südwärts in derselben Richtung, welche der Schut vorher eingeschlagen hatte. Dabei benutzte er sehr schlau und geschickt die wenigen einzelnen Büsche, welche es da gab, als Deckung. Das war der einzige Vorteil, welchen er vor seinen Verfolgern voraus hatte. Aber auf diese Weise mußte er den gefährlichen Spalt erreichen, den er allerdings noch nicht gesehen hatte. Er stand jedenfalls eine bedeutende Angst aus, was ihm sehr zu gönnen war. Was ihn eigentlich erwartete, das wußte er freilich nicht. Bis jetzt glaubte er nur, er werde wegen seines Verhaltens gegen Galingré und dessen Familie verfolgt.

Da, wo der Wagen bei unserm Vorüberkommen gehalten hatte, stand er noch; Galingré und sein Schwiegersohn waren bei demselben. Ranko war jetzt an den Spalt gekommen, blickte schaudernd hinab und rief:

»Der ist tot, zerschmettert, Effendi! Allah, wie war es dir möglich, da hinüber zu kommen!«

»Davon später! Bleibe da, wo du jetzt bist, damit Hamd el Amasat nicht hier vorüber kann. Ich werde ihm entgegen reiten.«

»Du kannst ja nicht. Dein Gurt ist geplatzt.«

»Ich habe einen Bedel kolani[1] in der Satteltasche. In zwei Minuten ist der Schaden geheilt.«

»Aber du kannst nicht herüber zu Hamd el Amasat!«

»Vielleicht finde ich eine schmalere Stelle des Risses, und wenn nicht, so wird meine Kugel hinübergehen.«

So ein Notgurt ist sehr praktisch; er besteht aus einem kurzen Gurtstück, dessen Enden mit je einer sehr fest greifenden Schnalle versehen sind. Man schnallt ihn über die zerrissene Stelle des Sattelgurtes, und dieser ist dann so brauchbar wie vorher.

In kurzer Zeit hatte ich wieder gesattelt und stieg auf, um am diesseitigen Rand der Spalte ostwärts zu reiten, während Ranko an der andern Seite halten blieb. Er ließ hier im Westen Hamd el Amasat nicht durch. Im Osten glänzte Halefs Kettenpanzer. Von Norden her wurde der Feind von den Andern gejagt, und nun befand ich mich im Süden, um ihn zu empfangen. Er war eingeschlossen. Uebrigens hätte ihm auch schon die Spalte das Entkommen nach Süden verwehrt.

Eben jetzt sah ich, daß er anhielt und sein Gewehr auf Omar richtete. Dieser trieb sein Pferd zu einem Seitensprung an und wurde infolgedessen nicht getroffen. Dann aber jagte er auf Hamd el Amasat zu, die Flinte hoch erhoben, um ihn niederzuschlagen. Er wollte ihn lebendig haben, ihn nur betäuben. Hamd el Amasat floh nicht; er blieb halten. Aber als sein Gegner nahe genug war, zog er schnell sein Pistol und feuerte es auf ihn ab. Das Pferd bäumte und überschlug sich. Hamd el Amasat jagte weiter, der Spalte zu.

Als er sie erblickte, stutzte er und wendete sich nach Westen, wo ich hielt. Ich ritt ihm entgegen und gelangte an eine

[1] Notgurt, Ersatzgurt.

Stelle, an welcher die Spalte nur drei Meter breit war. Das war zu überwinden, zumal mein Ufer höher lag, als das anderseitige. Ich trieb mein Pferd eine Strecke zurück, um genügenden Anlauf zu haben.

Jetzt kam er. Er sah, daß ich keine Waffe in der Hand hatte und daß der Riß sich zwischen ihm und mir befand. Freilich – er hätte es nicht wagen dürfen, ihn zu überspringen.

»Komm herüber!« höhnte er. »Dir gebe ich mich gefangen!«

»Sogleich!« antwortete ich.

Ein Zuruf an Rih – er flog auf den Riß zu und in einem weiten, eleganten Sprung hinüber. Hamd el Amasat schrie vor Entsetzen auf und jagte fort, auf Ranko zu, ich hinter ihm her.

Jetzt war der Lasso gut. Ich legte die Schlinge und warf, riß mein Pferd herum – ein Ruck, und Hamd el Amasat flog aus dem Sattel. Im nächsten Augenblick stand ich bei ihm.

Der Wurf war gut gelungen. Die Schlinge hatte sich ihm fest um die Arme gelegt, so daß er dieselben nicht bewegen konnte. Ich kniete nieder und legte ihm den Riemen noch mehrere Male um den Leib.

Der Sturz vom Pferde hatte ihn halb betäubt. Er starrte mich mit großen Augen an, sagte aber nichts. Da kam Omar gejagt und sprang aus dem Sattel.

»Wie?« rief ich ihm erfreut zu. »Ich sah dich stürzen und dachte, du seist getroffen!«

»Der Kerl hat schlecht geschossen,« antwortete er. »Die Kugel hat mir den Zügel zerrissen; darum kam mein Pferd zu Fall. Endlich, endlich haben wir ihn! Und nun soll – – «

»Still!« bat ich. »Ueberlaß es zunächst mir, mit ihm zu sprechen.«

»Gut! Aber er gehört mir!«

Ich antwortete ihm nicht, denn jetzt kam Ranko; bald darauf stellten sich auch die Andern ein, Halef als der letzte, welcher zu weit entfernt gewesen war.

Zunächst wurde natürlich der Tod des Schut besprochen und mein Sprung über den Riß. Die Gefährten suchten die betreffende Stelle auf und konnten sich nicht genug wundern, daß es mir gelungen war, hinüber zu kommen. Rih erntete Lorbeeren und wurde von allen liebkost, wobei er freudig wieherte.

Des Schut wurde nur mit kurzen Worten erwähnt. Es war das beste, uns nicht weiter mit ihm zu beschäftigen. Was Hamd el Amasat betraf, so bat ich, ihm jetzt noch nicht zu sagen, wer wir seien. Er sollte erst nach unserer Ankunft im Newera-Khan gerichtet werden. Er war wieder bei voller Besinnung und wurde auf sein Pferd gebunden. Osko und Halef nahmen ihn zwischen sich, um ihn nach dem Khan zu bringen. Omar bot sich dazu an; aber ich sagte ihm aufrichtig, daß ich ihm nicht ganz traue. Wenn er den Gefangenen begleitete, so stand zu befürchten, daß er, ohne unsere Einwilligung, seine Rache sättigen würde.

Während diese Drei in schräger Richtung direkt nach dem Khan ritten, kehrten wir Andern nach dem Wagen zurück. Dieser hatte zu entfernt gestanden, als daß Galingré und die Seinen den Verlauf unserer Hetzjagd genau hätten verfolgen können. Die beiden Frauen und der Schwiegersohn hatten nicht geahnt, mit welch einem gefährlichen Individuum sie es zu tun hatten. Mit dem größten Vertrauen waren sie allen seinen Anweisungen gefolgt, von denen sie natürlich überzeugt gewesen waren, daß sie von Galingré selbst ausgegangen seien. Sie glaubten, daß der letztere sich bereits in Uskub befinde und seinen Untergebenen Hamd el Amasat mit vollständiger Vollmacht ausgestattet habe. Als dieser vorhin so plötzlich die Flucht ergriff, hatten sie nicht gewußt, was sie über dieses Verhalten denken sollten. Erst dann, als Galingré zu ihrem freudigen Schreck bei ihnen erschienen war, hatten sie erfahren, in welcher Gefahr sie sich befunden hatten; denn er hatte ihnen natürlich alles erzählt, wenn auch nicht so ausführlich, wie dies später geschehen konnte.

Wir wurden den Damen vorgestellt. Sie waren aus dem Wagen gestiegen, um uns zu empfangen. Es sollte an ein Erzählen gehen, ich aber bat, dies für später aufzuheben.

Nur wollte ich wissen, ob der Wirt des Newera-Khan im Einverständnis mit dem Schut gestanden habe.

»Gewiß!« antwortete der Schwiegersohn. »Die drei sprachen heimlich zusammen, und dann riet der Wirt uns sehr angelegentlich, jetzt gleich aufzubrechen und die beiden andern Wagen nachkommen zu lassen.«

»War denn für euch ein Grund vorhanden, nicht zu warten, bis die andern Wagen auch mitfahren konnten?«

»Nun, meine Frau fühlte sich unwohl. Die Fahrt hierher hatte sie angegriffen, und eine Besserung war auch dann nicht zu erwarten, wenn wir in dem schmutzigen Khan eine Ruhepause von einem Tag gemacht hätten. Da sagte derjenige, welchen ihr den Schut nennt, daß er auf dem nächsten Dorf eine verheiratete Schwester habe, welche unsere Frauen sehr gern willkommen heißen würde. Er stellte uns das so vorteilhaft vor, daß wir endlich geneigt wurden, seinem Rat zu folgen und uns von ihm zu dieser Schwester bringen zu lassen. Die andern Wagen mit den Effekten konnten gemächlich nachkommen, da wir einen ganzen Tag dort verweilen wollten.«

»Ah so! Er wollte euch töten und sich dann auch des Gepäckes bemächtigen. Aber wie konntet ihr so unvorsichtig sein, ihm auch dann noch zu folgen, als er so auffälligerweise von dem Weg ablenkte?«

»Uns war dies gar nicht auffällig, denn er sagte, daß wir in dieser Richtung viel eher ankommen würden. Ueber diese Ebene zu fahren, sei überhaupt viel bequemer, als die Benutzung des Fahrweges, welcher sich im allerschlechtesten Zustand befinde.«

»Nun, er hätte euch an die erste Spalte kommen lassen, wo der Wagen nicht weiter konnte. Dort wäret ihr erschossen, ausgeraubt und in den tiefen Riß geworfen worden.«

»Mein Gott, wer hätte das gedacht!« rief die ältere Dame. »Wir schenkten Amasat unser ganzes Vertrauen, und auch dieser Schut gab sich ganz so, daß wir ihn für den besten und gefälligsten Menschen halten mußten. Welch eine Gnade Gottes, daß ihr gekommen seid, grad noch im letzten Augenblick, um uns zu retten!«

»Ja, wir haben diesen Männern viel, sehr viel zu verdanken!« stimmte ihr Mann bei. »Sie haben uns alle vom Tod gerettet und mich aus einer entsetzlichen Gefangenschaft befreit. Einen bedeutenden Teil meines Vermögens habe ich bereits zurückerhalten, und was ihr bei euch führt, unsere ganze übrige Habe, dürfen wir erst jetzt wieder als unser betrachten. Worte sind kein Dank, und da sich das Leben nicht bezahlen läßt, so müssen wir für immer ihre Schuldner bleiben.«

So sagte er jetzt. Dann aber, als wir den Wagen umgedreht hatten und den langsam schreitenden Zugochsen ebenso langsam folgten, gesellte er sich zu mir, drängte mich von den Andern ab und sagte so, daß es von sonst niemand gehört werden konnte:

»Herr, ich habe erst jetzt gesehen, wie groß die Gefahr war, in welcher sich meine Familie befand. Sie haben viel, sehr viel an mir getan. Zunächst haben Sie mir die langersehnte Nachricht von meinem verschollenen Neffen gebracht. Dann befreiten Sie mich aus dem Schacht und gaben mir das mir abgenommene Geld zurück, eine Summe, deren Höhe Sie gar nicht kennen, weil Sie wegtraten, als ich nachzählte, um zu sehen, ob noch alles vorhanden sei. Dann haben Sie die übrigen drei Personen jetzt von einem grausamen Tod erlöst. Und von dem Eigentum, welches mir dadurch erhalten wurde, muß ich doch auch sprechen. Meine Frau hat alle Beträge bei sich, welche flüssig gemacht werden konnten, eine große Unvorsichtigkeit, ja, und zugleich ein unverzeihlicher Geschäftsfehler. Aber Hamd el Amasat hatte gesagt, es sei mein Befehl, daß in dieser Weise verfahren werden solle. Das alles haben wir Ihnen zu danken. Soll ich eine so erdrückende Last der Verpflichtung auf mir ruhen lassen und sie durch das ganze Leben tragen? Ich hoffe, daß Sie das nicht wollen. Ich hoffe sogar, daß Sie mir erlauben werden, in irgend einer Weise für Ihr Glück zu wirken. Haben Sie Familie?«

»Eltern und Geschwister.«

»Sind dieselben reich?«

»Nein, sehr arm. Ich arbeite für sie und hoffe, daß ihre Verhältnisse sich nach und nach besser gestalten.«

»So bedürfen Sie natürlich des Geldes!«

»Allerdings. Aber das verdiene ich mir durch meinen Beruf. Ich schreibe über meine Reisen und erhalte dafür leidliche Honorare, mit deren Hilfe ich die Meinen unterstütze.«

»So muß ich Sie dringend ersuchen, meinen Teil zu dieser Unterstützung beitragen zu dürfen.«

»Ich danke! Sie meinen es herzlich gut; aber ich darf mir nicht das Glück verkümmern, welches in dem Bewußtsein liegt, die Erfüllung meiner Pflichten nur mir allein zu verdanken zu haben. Ich treibe nicht Menschenrettung gegen Honorar. Und was die Hauptsache ist: Sie haben mir gar nichts zu verdanken. Nennen Sie es Glück, Zufall, Schickung oder Gottes Wille, daß wir Sie getroffen haben; ich aber bin es nicht, der diese Ereignisse dirigiert hat. Wir sahen Sie in Not; es lag in unsrer Macht, Sie aus derselben zu befreien, und so haben wir es getan. Die Freude und die Genugtuung, welche wir darüber empfinden, daß es uns gelungen ist, die Werkzeuge eines höheren Willens zu sein, ist uns eine mehr als reichliche Belohnung, wenn hier überhaupt noch etwas gesprochen werden darf, worauf das Wort Belohnung Anwendung finden kann.«

»Aber, Monsieur, ich bin reich, sehr reich, reicher noch, als Sie zu denken scheinen!«

»Das freut mich, denn ich gönne meinem Nebenmenschen von Herzen gern alles, was er hat. Wenn Sie reich sind, so können Sie viel Gutes tun. Ihr Gläubiger bin nicht ich, sondern Gott ist es. Das Kapital können Sie ihm nie zurückerstatten, aber zahlen Sie ihm die Zinsen dadurch aus, daß Sie seinen weniger begüterten Kindern ein Wohltäter sind, welcher stets ein offenes Herz und eine offene Hand für sie hat.«

»Das werde ich, ja, das werde ich!« sagte er tief gerührt. »Aber Sie sind doch auch weniger begütert als ich!«

»Es gibt der Güter verschiedene und auch viele Arten des Reichtums. Ich habe weder Gold noch Silber, aber ich bin dennoch ebenso reich wie Sie und möchte wohl schwerlich mit Ihnen tauschen.«

»Herr, das ist ein stolzes Wort, welches mich zum Schweigen zwingt, wenigstens was Ihre Person betrifft. Aber wenn ich das, was Sie anzunehmen sich weigern, Ihren Gefährten gebe, so werden Sie mir doch diese Freude nicht verderben. Nein, das dürfen Sie nicht tun!«

»Was das betrifft, so sind diese Leute vollständig ihre eigenen Herren. Ich habe ihnen nichts zu befehlen; sie können tun und lassen, was ihnen beliebt.«

»Das freut mich. Sie werden ihnen also nicht abraten, mir zu erlauben, dankbar zu sein?«

»Nein. Ich weiß, daß die Zurückweisung eines dankbaren Herzens dasselbe beleidigt und mit einer schweren Last bedrückt. Handeln Sie also ganz nach Belieben! Ich bin überzeugt, daß Sie dabei die richtige Art und Weise finden werden; denn grad meine Gefährten haben Eigenheiten, unter denen ein ausgebildetes Ehrgefühl nicht die letzte und geringste ist.«

»So bitte ich herzlich, mir zu sagen, wie ich an jedem einzelnen am besten meine Schuld abzutragen vermag. Der Engländer – –«

»Kommt hier gar nicht in Betracht,« fiel ich ein. »Er ist Lord und mehrfacher Millionär. Ein aufrichtig gemeinter Händedruck ist ihm lieber als die kostbarste Gabe. Uebrigens ist er nicht Ihr Gläubiger. Er selbst wurde ja gerettet!«

»So will ich Osko nennen?«

»Dessen Tochter ist an den Sohn eines steinreichen Großhändlers in Stambul verheiratet. Er kehrt dorthin zurück und wird alle seine Bedürfnisse auf das reichlichste befriedigt sehen. Ich weiß übrigens, daß er, bevor wir Edreneh verließen, von seinem Schwiegersohn mit reichlichen Mitteln für unsern Ritt versehen worden ist. Sie sehen also, daß er keines Geldes bedarf. Er ist ein Montenegriner; eine Gabe an Geld würde er vielleicht gar als Almosen betrachten und sich dadurch beleidigt fühlen.«

»Wie steht es mit Halef?«

»Der ist arm. Sein junges Weib ist die Enkeltochter eines arabischen Scheiks, der aber nie ein Rothschild gewesen ist.«

»So meinen Sie, daß ich ihn mit etwas Geld erfreuen könnte?«

»Ja. Wenn Sie es ihm nicht direkt bieten, sondern als Zeichen der Ehrerbietung für die ›Herrlichste der Frauen und Töchter‹, so werden Sie es ihm ermöglichen, mit Stolz in seine Heimat zurückzukehren und dann Ihrer zu gedenken.«

»Und Omar?«

»Ist noch ärmer. Er war, wie sein Vater, Führer über die Salzdecke des Schott Dscherid, ein fürchterlich waghalsiges Geschäft, wie ich selbst erfahren und auch erlebt habe. Sein Vater wurde, während er uns über den Schott führte, von Hamd el Amasat erschossen, und Omar verließ, vollständig mittellos, seine Heimat, um den Mörder zu suchen und die Bluttat zu rächen. Er ist von da aus, denken Sie sich, vom südlichen Tunesien aus, durch die Sahara, Aegypten und so weiter bis nach Konstantinopel und dann mit uns bis hierher gereist, ohne alles Geld, ein Meisterstück sondergleichen. Wenn er sich gerächt hat und nun von mir scheiden muß, steht er hilflos da in der Fremde und weiß nicht, wie er seine ferne Heimat erreichen soll. Zwar kann ich ihm wohl so viel bieten, als er nötig hat, seinen Hunger zu stillen, aber – – hm!«

Ich hatte mit Absicht die Lage Omars ein wenig ungünstiger geschildert, als sie in Wirklichkeit war. Dieser reiche Franzose konnte für den armen Araber schon ein wenig tiefer in den Beutel greifen. Er sagte auch gleich:

»Nun, so soll es mir ein großes Vergnügen machen, für ihn sorgen zu dürfen. Aber Osko darf ich also nichts anbieten?«

»Geld nicht. Ein kleines Andenken würde er annehmen.«

»Schön! Sie halten es also nicht für eine Beleidigung, wenn man irgend einen an sich nicht wertvollen Gegenstand als Souvenir angeboten bekommt?«

»Ganz und gar nicht.«

»Nun, so hoffe ich, auch Sie werden mir nicht zürnen,

wenn ich Sie hiermit dringend ersuche, sich mit Hilfe dieses kleinen Cachet zuweilen meiner zu erinnern. Ich habe es nur als Berloque getragen und meinen Namen noch nicht eingravieren lassen; der Ihrige kann also leicht angebracht werden. Der Schut hatte mir natürlich auch die Uhr abgenommen, und ich bin nur durch Sie wieder in ihren Besitz gelangt. Wenn ich eine arme Berloque für Sie von der Kette löse, so kann dies hoffentlich keine Gabe sein, durch deren Größe Sie sich beleidigt fühlen.«

Bei diesen Worten nestelte der Kaufmann das kleine Petschaft von der Uhrkette und reichte es mir hin. Er nannte es eine arme Gabe. Nun, so arm war sie denn doch nicht. Die Berloque bildete eine kleine achtseitige Pyramide, welche aus einem sehr schönen, fleischfarbenen Topas bestand, fein in Gold gefaßt war und oben auf der Spitze eine Saphirkugel trug, immerhin ein Geschenk von einigen hundert Mark. Ich konnte es natürlich nicht zurückweisen, und er freute sich wirklich aufrichtig, als ich erklärte, es annehmen zu wollen.

Jetzt schlossen wir uns den Andern wieder an. Der Lord befand sich in einem sehr angeregten Gespräch mit den Damen. Er freute sich, da sie Französisch verstanden, seine Zunge wieder einmal in Bewegung bringen zu können, was ihm bei seiner mangelhaften Sprachkenntnis unter Türken und Arnauten nicht gut möglich gewesen war.

Er schilderte ihnen den miserablen Weg von hier bis Rugova und knüpfte daran die Versicherung, daß von dort aus die Straße nach Uskub von Ort zu Ort immer schlechter werde. Er erwähnte die Entbehrungen und Unbequemlichkeiten, welche sie während einer so langsamen Ochsenwagenreise zu erdulden haben würden, und bat sie am Schluß, doch wieder nach Skutari umzukehren und mit ihm nach Antivari zu reisen, wo der französische Dampfer sicherlich noch vor Anker liege und sie zur See und viel bequemer nach Saloniki bringen werde, von wo aus sie mit der Bahn nach Uskub fahren könnten.

Um meinen Rat gefragt, mußte ich ihm leider unrecht geben, was er mir nicht wenig übel zu nehmen schien. Der liebe

Lord hatte Geld und Zeit genug, sich erlauben zu können, eine unter den Skipetaren gefundene Familie mittels Schiff nach Saloniki und auch noch weiter zu bringen. Er war in dieser Beziehung der echte, richtige Englishman, welcher die Erde als sein Eigentum betrachtet und gern überall seine Noblesse glänzen läßt.

So erreichten wir endlich den Newera-Khan. Die Damen stiegen aus, und wir begaben uns in die Stube. Dort hatte Halef bereits den Herrn und Gebieter gespielt, wie mir gleich der erste Blick sagte, welchen ich umherwarf. Hinten am Tisch saß der Wirt mit all den Seinen. Es waren ihrer noch mehr, als ich vorher beisammen gesehen hatte. Einige schmutzige Burschen, welche Knechte zu sein schienen, waren dazu gekommen. Am vorderen Tisch saßen die beiden Ochsenfuhrleute. Allen sah man es an, daß sie unter dem Zwang litten, welchen der Kleine ihnen aufgelegt hatte – sie waren seine Gefangenen.

Wie er es angefangen hatte, sich so in Respekt zu setzen, das fragte ich ihn nicht. Ich kannte ja seine Art und Weise. Er ging mit gravitätischen Schritten auf und ab, während Osko bei den Fuhrleuten saß. Dieser hatte die gespannten Pistolen vor sich liegen. In ihnen lag die Macht, welche die Beiden ausgeübt hatten.

Hart an der Wand lag Hamd el Amasat auf der Lehmdiele, noch immer so fest gebunden wie vorher. Er sah uns mit herausfordernden, trotzigen Blicken an.

Die Fuhrleute mußten Platz für die Frauen machen. Alle setzten sich, wo sie Raum fanden; nur ich blieb bei Halef stehen und fragte ihn leise:

»Hat Amasat dich erkannt?«

»Schwerlich! Wenigstens habe ich es ihm nicht angesehen, oder er hat es sich nicht merken lassen.«

»Du hast ihm nichts gesagt?«

»Kein Wort. Ich habe gar nicht mit ihm gesprochen. Desto mehr aber habe ich mit dem Wirt reden müssen. Er wollte sich nicht fügen, bis ich ihm die Pistole vor die Nase hielt.«

»Wozu?«

»Nun, ich mußte doch die ganze Gesellschaft gefangen nehmen!«

»Das hatte ich dir nicht befohlen.«

»War auch gar nicht nötig. Ich weiß auch, ohne daß es mir geboten wird, was getan werden muß. Wenn ich den Wirt mit seinen Knechten frei hätte umherlaufen lassen, so wäre er vielleicht gar auf den Gedanken gekommen, Hamd el Amasat mit Gewalt der Waffen zu befreien.«

Da hatte er freilich nicht ganz unrecht.

»Hast du dem Wirt gesagt, daß der Schut tot ist?«

»Nein. Da er Hamd el Amasat gebunden sieht, kann er sich wohl denken, wie die Sache steht.«

Ich hatte dem Hadschi diese Schweigsamkeit nicht zugetraut. Er ergriff doch sonst jede Gelegenheit, von großen Heldentaten zu sprechen.

Da alle auf mich blickten, gebot ich Halef, dem Gefangenen den Lasso abzunehmen und ihm nur die Hände auf den Rücken zu binden, damit er sich aufrecht setzen könne. Das geschah. Anstatt mir für diese Erleichterung dankbar zu sein oder sich wenigstens ruhig zu verhalten, fuhr er mich an:

»Warum bindet man mich? Ich verlange, daß ich freigelassen werde!«

»Warte noch ein wenig,« antwortete ich. »Und sprich in einem andern Ton, sonst wird dir mit Hilfe der Peitsche Ehrerbietung beigebracht! Mit Dieben, Betrügern und Mördern verkehrt man nicht so, wie mit ehrlichen Leuten.«

»Ich bin kein Dieb!«

»Nicht? Und doch hast du deinen Prinzipal dem Schut zugeführt, der ihm alles abnehmen mußte!«

»Ich kenne keinen Schut!«

»Lüge nicht! Damit kommst du bei uns nicht weit. Du kannst gar nicht leugnen, daß du im Kara-Nirwan-Khan zu Hause bist.«

»Ich bin nur ein einziges Mal dort gewesen, als ich Galingré begleitete.«

»Und dann bist du nach Skutari zurückgekehrt und hast

den Angehörigen deines Prinzipals Befehle vorgeschwindelt, von denen er gar nichts weiß! Uebrigens hast du dich mit anderen Untergebenen des Schut nach dem Kara-Nirwan-Khan bestellt.«

»Das ist nicht wahr!«

»Hast du einen Bruder?«

»Nein.«

»So kennst du keinen Mann, welcher Barud el Amasat heißt?«

»Nein!«

»Und dessen Sohn den Namen Ali Manach Ben Barud el Amasat führte?«

»Auch nicht.«

»Und doch hast du an diesen Barud geschrieben!«

»Beweise es!«

»So kennst du wirklich nicht einen Zettel, dessen Inhalt lautet: *In pripeh beste la karanirwana chan ali sa panajir menelikde*?«

Jetzt ging es wie ein Schreck über sein Gesicht, und er sagte weniger trotzig:

»Du sprichst von Dingen, welche mir völlig unbekannt sind. Ich bin mir keiner Schuld bewußt und werde meine Unschuld beweisen. Darum verlange ich, daß man mich freilasse!«

»Warum bist du denn entflohen, als ihr uns kommen sahet?«

»Weil der Andere floh.«

»Ah so? Kanntest du ihn?«

»Natürlich! Ich bin ja mit Galingré bei ihm gewesen. Er war der Wirt von Rugova.«

»Und dennoch stimmtest du ihm bei, als er sich für einen Andern ausgab, um diese Leute hier in die Felsenspalte zu führen?«

Er schwieg.

»Mir gegenüber hattest du die Kühnheit, mich aufzufordern, dich gefangen zu nehmen. Dieser Hohn ist dir schlecht bekommen. Ich konnte besser reiten als du dachtest, und werde dir nachher beweisen, daß du mich bereits früher als einen guten Reiter kennen gelernt hast.«

»Ich kenne dich nicht.«

Es war ihm anzusehen, daß er mit diesen Worten die Wahrheit sagte. Der Mann mußte seit jenem entsetzlichen Ereignis auf dem Schott Dscherid sehr viel erlebt haben, da er sich an uns nicht mehr erinnerte. Personen, welchen man unter solchen Verhältnissen begegnet, behält man unter gewöhnlichen Umständen lebenslang im Gedächtnis.

»Du kennst nicht nur mich, sondern auch noch einige Andere von uns,« sagte ich ihm. »Du mußt in letzterer Zeit so viele Verbrechen begangen haben, daß es dir unmöglich ist, dich auf Einzelnes zu besinnen. Zunächst aber will ich dir sagen, daß es für dich gut ist, daß du keinen Bruder und keinen Brudersohn hast, denn Barud el Amasat und sein Sohn sind tot.«

Er machte eine Bewegung, als hätte er aufspringen wollen. Ich aber fuhr fort:

»Ali Manach wurde in Edreneh erschossen. Das wird dir unbekannt sein?«

»Es geht mich nichts an.«

»Und sieh dir einmal den Mann an, welcher an der Ecke des Tisches sitzt. Er heißt Osko und hat deinen Bruder Barud von dem Teufelsfelsen gestürzt, weil ihm derselbe seine Tochter Senitza geraubt hatte. Von dieser Tat deines Bruders weißt du wohl auch nichts?«

Er biß die Zähne fest zusammen und schwieg eine Weile. Sein Gesicht war dunkelrot geworden. Dann schrie er mich wütend an:

»Was erzählst du mir Sachen, die mich gar nichts angehen, von Personen, welche ich gar nicht kenne! Wenn du mit mir sprechen willst, so sprich mit mir. Sage mir die Gründe, warum ihr mich wie einen Dieb und Mörder behandelt!«

»Gut; sprechen wir von dir. Wir behandeln dich genau als denjenigen, der du bist. Du bist ein Mörder.«

»Schweig!«

»Ich will davon absehen, daß Galingré in dem Schacht von

Rugova ermordet werden sollte; auch davon, daß ihr die Seinen hier töten wolltet. Ich will nur von den Mordtaten sprechen, welche du wirklich vollbracht hast.«

»Du mußt verrückt sein, denn nur der Wahnsinn kann dir solche Albernheiten vorspiegeln!«

»Nimm dich in acht! Sprich noch eine solche Beleidigung aus, so erhältst du die Peitsche! Hast du vielleicht von deinem Prinzipal, Monsieur Galingré, erfahren, daß er einen Bruder hatte, welcher drüben in Algerien, in Blidah, ermordet worden ist?«

»Ja. Er hat es mir erzählt.«

»Und der Sohn des Ermordeten verschwand auf eine ganz rätselhafte Weise?«

»Auch das sagte er mir.«

»Hast du vielleicht diesen Bruder oder dessen Sohn gekannt?«

Bei dieser Frage erbleichte er. Das sah man ganz genau, da er jetzt nicht mehr den Bart trug, welchen er in der Sahara gehabt hatte.

»Wie soll ich einen von ihnen gekannt haben,« antwortete er, »da ich nie in Blidah gewesen bin! Ich kenne weder Algerien, noch die dortigen Länder oder die Wüste. Ich bin ein Armenier und von meinem Vaterland aus nur nach Stambul und hierher gekommen.«

»Ein Armenier bist du? Sonderbar! Grad ein Armenier sollte es sein, welcher Galingré ermordet hatte!«

»Das geht mich nichts an. Es gibt hunderttausende von Armeniern.«

»Ja, das ist richtig; aber viele von ihnen verleugnen ihre Abstammung. So z. B. kenne ich einen, der sich für einen Angehörigen der Uëlad Hamalek ausgegeben hat.«

Er nagte an der Unterlippe. Aus seinen Augen schoß ein Blick auf mich, als ob er mich mit denselben durchbohren wollte. Es mochte ihm die Ahnung kommen, daß seine Vergangenheit mir genauer bekannt sei, als er geglaubt hatte. Er sann sichtlich darüber nach, wo er mir bereits begegnet sei, kam aber wohl nicht zur Klarheit, denn er rief zornig:

»Sprich doch von Sachen und Personen, die ich kenne. Der Stamm der Uëlad Hamalek ist mir unbekannt. Auch kann ich keinen Bruder haben, welcher Barud el Amasat heißt, denn mein Name ist Hamd en Nassr.«

»Nicht Hamd el Amasat?«

»Nein.«

»So! Also Hamd en Nassr heißest du. Da besinne ich mich auf einen Menschen, welcher sich Abu en Nassr nannte. Hast du den Mann nicht gekannt?«

Jetzt öffnete er den Mund und stierte mich aus großen Augen erschrocken an.

»Nun, antworte!«

Aber er antwortete nicht. Das Weiße seiner Augen färbte sich rot, und die Adern seiner Stirne schwollen dick an. Er schluckte und schluckte und brachte kein Wort hervor. Ich fuhr fort:

»Dieser Abu en Nassr führte seinen Namen ›Vater des Sieges‹ deshalb, weil er einmal dem Wekil der Oase Kbilli einen Dienst geleistet hatte, welcher einige Tapferkeit erforderte. Besinne dich!«

Die Züge seines Gesichtes schienen steif geworden zu sein. Er lallte einige Worte, welche niemand verstehen konnte.

»Dieser Abu en Nassr war der Mörder Galingrés. Er ermordete dann auch dessen Sohn in der Wüste. Er ermordete ferner den Führer Sadek auf dem Schott Dscherid. Ich traf auf die Leiche des jungen Galingré und – – «

Da unterbrach er mich. Er stieß einen kreischenden unartikulierten Schrei aus und schnellte sich, obgleich ihm die Hände gebunden waren, aus der sitzenden Stellung auf die Füße empor.

»Uskut, el kelb el dschirbahn – verstumme, du räudiger Hund!« brüllte er mich an, und sonderbarerweise im Arabisch jener Gegend, in welcher ich damals mit ihm zusammengetroffen war. »Jetzt weiß ich, wer du bist! Jetzt erkenne ich dich! Du bist jener stinkende Deutsche, welcher mich bis Kbilli verfolgte! Deine Väter und Urväter sollen verflucht sein, und an deinen Kindern und Kindeskindern sollen alle

Uebel des Leibes und der Seele haften! Jede Stunde muß dir ein neues Unglück bringen und – – «

»Und dieser Augenblick dir die Peitsche!« unterbrach ihn Halef, indem er herbeisprang und aus allen Kräften auf ihn losschlug. »Erkennst du nicht auch mich, du Sohn einer Hündin und du Enkel einer verfaulten Hyäne? Ich bin jener kleine Hadschi Halef Omar, der bei diesem Effendi war, als er dich traf!«

Hamd el Amasat bewegte sich nicht. Er nahm die Streiche hin, ohne den Fuß von der Stelle zu rühren. Er starrte den Kleinen an und schien die Hiebe gar nicht zu fühlen, welche er bekam.

»Und erkennst du nicht auch mich?« fragte Omar, indem er langsam herbeitrat und Halef auf die Seite schob. »Ich bin Omar, der Sohn Sadeks, den du auf dem See Dscherid ermordet hast, so daß er nun unter dem Salz im fließenden Sand begraben liegt und niemand die Stelle besuchen kann, um an ihr zu Allah und dem Propheten zu beten. Ich bin dir gefolgt von Kbilli aus. Allah hat nicht gewollt, daß ich dich fand. Er hat dir Zeit geben wollen zur Reue und Buße. Da du es aber ärger getrieben hast, als vorher, so hat er dich nun endlich in meine Gewalt gegeben. Mache dich bereit! Die Stunde der Rache ist da! Du entkommst mir nicht wieder, und unter deinen Füßen öffnet sich bereits die Dschehenna, um deine Seele zu empfangen, welche verflucht und verdammt ist für alle Ewigkeit!«

Welch ein Unterschied zwischen diesen Beiden! Omar stand ruhig, stolz und hochaufgerichtet da. In seinem Gesicht war nicht die Spur einer Leidenschaft, des Hasses, der Rache zu sehen. Nur kalte, finstere Entschlossenheit lag über demselben ausgebreitet. Hamd el Amasat zitterte, nicht vor Angst, sondern vor Grimm. Seine Züge verzerrten sich zur Fratze. Seine Brust wogte, und sein Atem flog.

»Ja mlahjiki, ja schijatin,« zischte er, »laisch ana jasihr – o ihr Engel, o ihr Teufel, warum bin ich gefangen! Hätte ich meine Hände frei, so würde ich euch erwürgen, euch alle – alle!«

»Du sollst deinen Willen haben,« antwortete Omar. »Du hast dir dein Urteil selbst gesprochen. Du sollst erwürgt werden ohne Gnade und ohne Barmherzigkeit. Effendi, hast du noch mit ihm zu sprechen?«

Die Frage war an mich gerichtet.

»Nein,« antwortete ich. »Er hat nicht geleugnet. Ich bin fertig mit ihm.«

»So fordere ich, daß du ihn mir überlässest!«

»Es sind noch Andere da, welche Anspruch auf ihn machen können.«

»Aber mein Anspruch ist der größte und älteste. Wer will sich melden, um ihn mir zu entreißen?«

Er sah sich im Kreise um. Niemand antwortete. Was sollte ich machen? Ich wußte, daß weder eine Bitte, noch Drohung, noch ein Befehl beachtet worden wäre. Doch fragte ich:

»Willst du ihn feig ermorden? Willst du – – «

»Nein, nein!« fiel er mir in die Rede. »Osko hat den Bruder dieses Menschen nicht ermordet, sondern ehrlich und stolz mit ihm gekämpft. Das werde auch ich tun. Ich bin kein Henker. Bindet ihn los! Ich lege meine Waffen ab. Er will mich erwürgen; nun, er mag kommen! Gelingt es ihm, mich zu töten, so mag er frei sein und gehen können, wohin er will.«

Also ein Duell! Ein schauriges zwar, aber doch ein – Duell. Meine Ansicht über das Duell, welches ich allerdings verwerfe, war hier gleichgültig. Wenn die höchststehenden Vertreter der Zivilisation sich wegen eines schnellen Wortes nach dem Leben trachten und es für eine Ehrlosigkeit halten, dies nicht zu tun, durfte ich da diesen ungebildeten Araber verdammen, wenn er Genugtuung vom Mörder seines Vaters verlangte? Ich sagte nichts und trat zurück.

»Ja, nehmt mir die Fessel ab!« schrie Hamd el Amasat. »Ich werde den Schurken erwürgen, daß seine Seele nicht aus dem Leib und zur Hölle fahren kann!«

Omar entledigte sich seiner Waffen und stellte sich in die Mitte der Stube. Alle an den Tischen Sitzenden standen auf und zogen sich in die Ecken zurück. Die Damen Galingré versteckten sich so, daß sie nichts sehen konnten. Ich stellte mich an die Türe, um Hamd el Amasat den Ausgang zu verwehren, falls er sich dem Kampf durch die Flucht entziehen wollte. Aber das schien ihm gar nicht einzufallen. Er keuchte förmlich vor Verlangen, frei zu werden und sich auf den Gegner zu werfen.

Halef band ihm die Arme los, und nun standen sich die Beiden gegenüber, einander mit den Augen messend.

Niemand sagte ein Wort. Hamd el Amasat war länger und sehniger als Omar. Dieser hatte eine größere Geschmeidigkeit vor jenem voraus, und die Ruhe, welche er bewahrte, ließ hoffen, daß er Sieger sein werde. Wunden konnte es nicht geben, da nur mit den Händen gekämpft wurde.

»So komm heran!« schrie Hamd el Amasat, indem er drohend die jetzt freien Fäuste ausstreckte, anstatt sich, wie ich geglaubt hatte, auf Omar zu werfen.

Die Ruhe desselben schien ihm doch zu imponieren. Es war aber auch wirklich überraschend, daß sich nicht die Spur der leisesten Erregung bei dem Sohne Sadeks zeigte. Er hatte die Miene und Haltung eines Mannes, welcher ganz genau weiß, daß er Sieger sein wird.

»Komm du zu mir, wenn du Mut hast!« antwortete er. »Aber blicke vorher hinaus! Dort drüben erscheint die Sonne über dem Wald. Schau sie dir noch einmal an, denn du wirst sie nie wieder sehen, sondern in Nacht und Grauen versinken. Hier hast du meinen Hals, um mich zu erwürgen. Ich werde dich nicht hindern, deine Hände um denselben zu legen.«

Das war sonderbar. Welche Absicht hatte er doch? Er trat dem Gegner um zwei Schritte näher, hob das Kinn empor, so daß sein Hals leichter zu fassen war, und legte die Hände auf den Rücken. Hamd el Amasat ließ sich diese vortreffliche Gelegenheit nicht entgehen. Er tat einen Sprung auf ihn zu und krallte ihm die beiden Hände um die Gurgel.

Kaum war das geschehen, so warf Omar seine beiden Arme nach vorn und legte dem Feind die Hände an den Kopf, so daß die vier Finger jeder Hand auf die Ohren und nach hinten, die beiden Daumen aber nach vorn auf die Augen zu liegen kamen.

»Hund, dich habe ich!« knirschte Hamd el Amasat in satanischer Freude. »Mit dir ist es vorbei!«

Er drückte Omars Hals so fest zusammen, daß dieser blaurot im Gesicht wurde. Aber ich sah, was der Araber beabsichtigt hatte. Er verschmähte es, noch eine Antwort zu geben. Eine kleine Bewegung seiner Daumen, ein kräftiger Druck derselben, und Hamd el Amasat stieß ein Geheul aus, wie ein verwundeter Panther, und ließ die Hände von dem Hals seines Gegners los, denn dieser hatte ihm -- beide Augen ausgedrückt.

Der Verletzte fuhr sich mit den Händen nach den Augen und hielt nicht inne mit seinem Gebrüll. Er war verloren, denn nun konnte Omar ihn bequem erwürgen. Die Szene, welche nun folgen mußte, war zu entsetzlich; ich wendete mich und ging zur Türe hinaus. Meine ganze Seele wollte sich gegen dieses Geschehnis aufbäumen. Dieses Blenden und dann Abwürgen des Feindes kam mir geradezu diabolisch vor; aber konnte man Mitleid mit einem Menschen wie Hamd el Amasat haben, welcher schlimmer als ein Teufel gehandelt hatte? Gibt es nicht irgendwo ein hochzivilisiertes Volk, bei welchem es das eifrige Bestreben der Preisboxer ist, einander die Augen auszustoßen, und die Lords, Gentlemen und Ladies kommen gelaufen und zahlen – fünfzig, hundert und noch mehr Dollars oder Guineen, um sich dieses herrliche Schauspiel anzusehen und auf den Ausgang des Kampfes um den Gesamtbetrag von Hunderttausenden zu wetten!

Draußen stand die Sonne hell und strahlend über dem Horizont. Ich dachte an die Worte des heimatlichen Dichters:

»Herrlich tritt die Sonn' auf ihre Wolke,
Doch den Wahn, der Menschen noch betört,
Strahlt sie nicht hinweg von diesem Volke,
Welches ewig, ewig sich zerstört.«

Drin in der Stube war es ruhig geworden. Das Brüllen hatte aufgehört. War Hamd el Amasat nun tot? Da ging die Türe auf, und Omar kam heraus.

»Ist's zu Ende?« fragte ich schaudernd.

Er hatte das Messer und die Pistolen wieder im Gürtel stekken. Der Kampf mußte also vorbei sein.

»Ja,« antwortete er. »Die Rache ist vollendet, und die Seele meines Vaters wird befriedigt auf mich niederblicken. Ich darf nun meinen Bart scheren und in die Moschee zum Gebet gehen, denn das Gelübde, welches ich auf dem Schott tat, ist nun erfüllt.«

»So schafft die Leiche fort! Ich mag sie nicht sehen.«

»Diese Leiche brauchen wir nicht fortzuschaffen. Sie wird gehen, wohin es ihr beliebt.«

»Wie? Er ist nicht tot? Er lebt noch?«

»Ja, Sihdi. Ich dachte an dich und daran, daß du die Tötung eines Menschen verabscheust. Ich habe Hamd el Amasat nur geblendet. Als er dann hilflos vor mir stand, konnte ich es nicht über mich gewinnen, ihn zu töten. Er mag sein dunkles Leben langsam zu Grab schleppen. Er hat das Licht seiner Augen verloren und wird nun keinem Menschen mehr schaden können. Und jetzt ist ihm noch eine Zeit gegeben, sich seiner Taten zu erinnern und sie zu bereuen. Habe ich recht gehandelt?«

Was sollte ich antworten? Ich erinnerte mich daran, daß hochstehende christliche Rechtslehrer die Forderung stellten, die Verbrecher zu blenden, weil man sie dadurch, ohne sie zu töten, für die menschliche Gesellschaft unschädlich mache. Ich nickte stumm und kehrte in die Stube zurück.

Unter der Türe begegnete mir der Wirt, welcher mit Hilfe eines Knechtes Hamd el Amasat herausführte, um ihn am Brunnen mit Wasser zu kühlen.

»Es ist vorüber, Herr!« rief Halef mir entgegen, »und wir sind einverstanden, daß der zehnfache Mörder nicht getötet worden ist. Das Leben wird für ihn schlimmer sein, als der Tod. Was aber soll nun mit den Bewohnern dieses Newera-Khan geschehen? Sie sind mit dem Schut einverstanden gewesen.«

»Laßt sie laufen! Sie gehen uns nichts an. Es ist mehr als genug geschehen. Mir graut vor diesem Lande. Beeilen wir uns, es zu verlassen! Ich mag es niemals wiedersehen.«

»Du hast recht, Herr. Auch ich habe nicht Lust, länger an diesem Ort zu bleiben. Unsere Pferde stehen draußen. Reiten wir fort!«

So schnell ging das freilich nicht. Galingré ritt nicht weiter mit uns, er kehrte um; ebenso Ranko, welcher die Wagen bis Rugova begleiten wollte. Da gab es noch vieles zu besprechen. Und dann wollte keiner der Erste sein, welcher das Wort des Abschiedes in den Mund nahm.

Ich ging indessen hinaus zum Brunnen. Es erschien mir nicht menschlich, Hamd el Amasat den unkundigen Händen des Wirtes zu überlassen. Aber kaum hörte der Verletzte meine Stimme, so schleuderte er mir Flüche und Verwünschungen entgegen, welche mich augenblicklich umkehren ließen. Ich wanderte eine Strecke in die lautlose Morgenstille hinein. Kein Vogel ließ sich hören, kein Geräusch gab es rings umher. Das war der geeignete Ort zum Insichschauen: aber je tiefer dieser Blick nach innen dringt, desto mehr sieht man ein, daß der Mensch nichts ist, als ein zerbrechliches Gefäß, mit Schwächen, Fehlern und -- Hochmut gefüllt!

Als ich dann zurückkam, wurde von der Familie Galingré und von Ranko Abschied genommen. Diesem Letzteren gaben wir das Packpferd wieder mit. Wir brauchten es nicht. Nachdem sich die Wagen in Bewegung gesetzt hatten, standen wir und blickten ihnen nach, bis sie im Osten verschwanden. Dann stiegen wir auf. Weder der Wirt, noch einer seiner Leute ließ sich sehen. Sie waren froh, uns aufbrechen zu sehen, und hüteten sich wohl, ein Ade zu erhalten, welches jedenfalls nichts weniger als freundlich geklungen hätte.

So verließen wir denn still den Ort, welcher das letzte Ereignis unserer langen, langen Reise gesehen hatte. Nach einer Viertelstunde ging die kahle Ebene zu Ende und der Wald umfing uns wieder mit seinen grünen Armen. Halef, Omar und Osko machten sehr freundliche, zufriedene Gesichter. Der Hadschi blickte mich oft von der Seite an, als ob er mir etwas Freudiges mitzuteilen habe. Osko hatte sein mit silbernen Borden verbrämtes Mindan[1] vorn weit offen stehen, was ganz gegen seine Gewohnheit war. Ich bemerkte sehr bald den Grund. Er wollte die breite, goldene Kette sehen lassen, welche an seiner Weste hing. Er hatte also die Uhr Galingrés zum Geschenk erhalten.

Als er den Blick bemerkte, welchen ich auf die Kette warf, schilderte er mir seine Freude, ein so wertvolles Andenken erhalten zu haben. Das öffnete dem Kleinen endlich den Mund.

»Ja, Sihdi,« sagte er, »der Franzose muß sehr reich sein, denn er hat uns mit Papieren bedacht, auf welchen Wappen und Ziffern zu lesen sind.«

Er meinte wohl Banknoten.

»Was sind es für Papiere?« fragte ich. »Wohl Rechnungen, welche ihr aus euern Taschen für ihn bezahlen sollt?«

»Was denkst du von ihm! Er wird seine Schulden von uns bezahlen lassen! So ein Mann wie er ist überhaupt keinem Menschen etwas schuldig. Nein, was wir erhalten haben, das sind Geldzettel, wie man sie im Abendlande anstatt des Goldes und Silbers hat. Ich habe mehrere solcher Zettel, und er hat sie mir für Hanneh, die Schönste und Freundlichste unter den Frauen und Töchtern, gegeben.«

»Und du willst sie ihr mitnehmen?«

»Natürlich!«

»Das wäre nicht klug von dir, Halef. Im Land der Schammar und Haddedihn kannst du sie nicht in Gold oder Silber umwechseln. Das mußt du hier in Skutari tun.«

»Aber wird man mich da nicht betrügen? Ich weiß nicht, welchen Wert diese Zettel besitzen.«

»Das kann ich dir gleich sagen; auch werde ich mit dir zum Geldwechsler gehen. Zeige sie mir einmal!«

Er zog schmunzelnd seinen Beutel hervor, öffnete ihn und reichte mir die ›Geldzettel‹ hin. Es waren englische Banknoten. Galingré hatte ihm wirklich ein sehr nobles Geschenk gemacht.

[1] Jacke.

»Nun?« fragte Halef. »Sind es hundert Piaster?«

»Viel, viel mehr, mein Lieber! Du kannst die Summe gar nicht erraten. Diese Banknoten haben einen Wert von mehr als zwölftausend Piaster. Du würdest dreitausend Franken dafür bekommen, wenn du französisches Geld haben wolltest. Ich rate dir aber, lieber Maria-Theresienthaler zu nehmen, wenn du sie bekommen kannst, denn diese gelten dort, wo Hanneh, die prächtigste der Blumen, duftet.«

Er sah mich wortlos an und schüttelte den Kopf. Ein solches Geschenk ging über seinen kleinen finanziellen Horizont. Omar zog schnell auch seinen Beutel hervor. Er hatte mehr erhalten. Als Franzose hatte Galingré zwar englisches Geld gegeben, aber nach französischen Werten gerechnet, wie ich wohl bemerkte. Omar hatte fünftausend Franken erhalten, eine ungeheure Summe für diese beiden anspruchslosen Leute! Das waren fürstliche Geschenke! Aber Galingré war von der sehr richtigen Ueberzeugung ausgegangen, daß er und die Seinen ohne uns nicht mehr leben würden; was waren schließlich achttausend Franks für einen Mann, der ein solches Vermögen besaß.

Natürlich ergingen sich die Beiden in Ausrufungen des größten Glückes.

»Welch ein Reichtum!« rief Halef. »Hanneh, die Geliebte meiner Seele, ist von diesem Augenblick das vornehmste Weib unter allen Frauen und Enkelinnen der Ateïbeh und Haddedihn. Sie kann fragen, was die Herden sämtlicher Stämme der Schammar kosten, und sich mit Seide aus Hindistan bekleiden und ihr schönes Haar mit Perlen und Edelsteinen schmücken. Ihre Gestalt wird in den Wohlgerüchen Persiens schwimmen, und mit ihren Füßchen wird sie einhergehen in den Pantoffeln der Prinzessinnen. Ich aber werde den besten Latakia rauchen, und meine Masu'ra wird aus einem Rohr vom besten Rosenholz, und die Bizz min kahrubah soll so groß sein, daß ich sie gar nicht in den Mund bringen kann!«

Diese überschwengliche Vorstellung von der Größe seines Vermögens konnte ihn leicht zur Verschwendung treiben. Ich erklärte ihm also durch verschiedene Aufzählungen, daß sein Besitz nicht im entferntesten so bedeutend sei, wie er denke.

Omars Freude war eine stillere. Er lächelte glücklich vor sich hin und sagte:

»Galingré hat mir das gegeben, wonach ich mich so sehr sehne; ich kann mir nun eine Heimat erwerben. Ich werde mit Halef zu den Haddedihn gehen und mir ein Kamel, einige Rinder und eine Herde Schafe kaufen. Dann finde ich wohl auch eine liebliche Tochter des Stammes, welche mein Weib werden will. Hamdulillah! Allah sei Dank! Ich weiß nun, daß ich leben kann.«

Der Lord hatte, wenn nicht alles, aber doch die Hauptsache verstanden. Er brummte:

»Unsinn! Galingré! Kaufmann! Ich bin ein Lord von Altengland und kann auch Geschenke geben. Muß aber nicht gleich sein! Was sagt Ihr dazu, Master, daß diese Beiden nach den Weideplätzen der Haddedihn wollen? Wie kommen sie hin? Welchen Weg schlagen sie ein? Würde es nicht am besten sein, wenn sie per Schiff nach Jaffa führen und von da aus quer durch Palästina nach Bosra im Dschebel Hauran ritten? Sie würden da den Weg erreichen, auf welchem Ihr damals aus dem Land der Haddedihn gekommen seid.«

»Das wäre freilich das Allerbeste. Aber wo bekommen sie ein Schiff nach Jaffa? Und bedenkt das Geld, welches sie bezahlen müssen!«

»*Pshaw!* Habe ich nicht den Franzosen unten im Hafen liegen? Er bringt uns hin. Zahle alles! Können auch sämtliche Pferde mit an Bord nehmen und sie dann, wenn wir landen, den Beiden schenken. Wir gehen mit bis nach Jerusalem.«

»Wir? Wen meint Ihr da?«

»Euch und mich natürlich!«

»Oho! Ich muß heim.«

»Unsinn! Habe mich genug geärgert, daß wir auf unserm Ritt von Damaskus nach dem Meer Jerusalem zur Seite liegen lassen mußten. Können das nachholen. Auf einige Wochen kann es Euch nicht ankommen. Schlagt ein! Wie gesagt, ich bezahle alles.«

Er hielt mir die Hand hin.

»Muß es mir erst überlegen, Sir,« antwortete ich.

»So überlegt es schnell, sonst schwimme ich nach Jaffa, bevor Euch der richtige Gedanke gekommen ist. *Well!*«

So war er! Sein Gedanke gefiel mir sehr, und im Stillen redete ich selbst mir zu, auf denselben einzugehen.

Indessen hatten wir Gori erreicht, kamen nach nicht ganz zwei Stunden nach Skala und ritten dann von der Höhe nach Skutari hinab, dem Endpunkt unserer Reise durch das Land der Skipetaren.

Lindsay hatte Halef und Omar seinen Plan mitgeteilt; derselbe wurde mit Entzücken aufgenommen, und die Beiden drangen so stürmisch in mich, daß ich schließlich nachgeben mußte, was, offen gestanden, gar nicht so ungern geschah. Es ging mir jetzt wie immer: ich war länger von der Heimat entfernt, als es in meiner ursprünglichen Absicht gelegen hatte.

Wir stiegen im Gasthof des Anastasio Popanico ab, welcher allerdings nur zwei Fremdenzimmer hatte, die glücklicherweise nicht besetzt waren. Hier konnten wir uns gründlich restaurieren und das Gefühl, halbwilde Menschen geworden zu sein, von uns werfen.

Der Lord schickte also sofort einen Expressen nach Antivari, um dem Kapitän seinen neuen Reiseplan mitzuteilen, und ich hatte nichts Eiligeres zu tun, als zu einem Barbier zu gehen und mich dann mit einem neuen Anzug und frischer Wäsche zu versorgen. Daß wir alle ein sehr gründliches Bad nehmen mußten, verstand sich ganz von selbst.

Dann spielten wir die Herren und ließen uns auf dem Skutarisee, von welchem aus die Stadt einen wunderschönen Anblick bietet, spazieren fahren. Als wir nach Hause kamen, wartete ein Polizeibeamter, bei welchem sich drei rot gekleidete Kawassen befanden, auf uns; der Wirt hatte uns angemeldet. Als der Mann meine Pässe sah, zog er sich unter den ehrerbietigsten Verbeugungen zurück, wozu wohl das reiche Bakschisch, welches der Lord ihm gab, das meiste beigetragen hatte.

Skutari trägt, obgleich es am adriatischen Meer liegt, einen durchaus orientalischen Charakter. Es liegt teils in einer fruchtbaren Ebene, teils auf einer Hügelgruppe, welche diese Ebene begrenzt und auf ihrem höchsten Punkt ein verfallenes Kastell trägt. Diese Stadt besteht eigentlich aus mehreren Dörfern, welche miteinander verbunden und deren Häuser fast ausschließlich aus Holz gebaut sind.

Osko blieb einen Tag lang da; dann verabschiedete er sich von uns, um hinauf nach Allia und von da über Plavnicza nach Rieka zu reiten, wo er früher gewohnt hatte. Eine Fahrt über den See hätte ihn viel schneller hingebracht. Aber er glaubte, seinen Schecken, auf den er sehr stolz war, nicht den trügerischen Wellen anvertrauen zu dürfen.

Die Trennung wurde ihm und uns schwer. Er versprach, bei seiner Rückkehr nach Edreneh und Stambul seine Verwandten von uns zu grüßen und sie zu veranlassen, einmal an mich zu schreiben. Wir gaben ihm eine Strecke weit das Geleite.

Der von dem Lord nach Antivari gesandte Bote kam erst am zweiten Tag zurück, denn man hat elf bis zwölf Stunden zu reiten, um von der einen Stadt nach der andern zu gelangen. Er meldete, daß der Kapitän an der Riva von Antivari liege, zu jeder Stunde bereit, uns aufzunehmen. Da uns nichts hier in Skutari hielt, brachen wir am nächsten Morgen sehr zeitig auf.

Wir fühlten uns bald sehr froh, so gute Pferde zu besitzen, denn der Weg ist ein ungemein schlechter. Trinkbares Wasser für uns und die Pferde war nur an einer einzigen Stelle zu bekommen, welche wir um die Mittagszeit erreichten. Sie lag hoch oben auf dem Gebirgsrücken, welcher sich zwischen den beiden Städten bis an das Meer hinzieht.

Der jenseitige Abfall des Berges war so steil, daß wir aus dem Sattel steigen mußten, um die Pferde zu schonen. Von da aus blitzte uns aus der Tiefe das Meer entgegen, welches uns auf seinem dienstbereiten, oft aber auch widerstrebenden Rücken davontragen sollte. Erst eine Stunde vor der Stadt wurde das Terrain so eben, daß wir wieder reiten konnten.

Die Stadt Antivari, welche mit der Festung auf einem niedrigen Ausläufer des Gebirges liegt, wurde von uns nicht berührt, da wir gleich an die Riva wollten. Dort waren vier Häuser an den Strand gebaut, ein Kontumazgebäude, das Agenturhaus des österreichischen Lloyd, ein Zollhaus und ein Wirtshaus. In letzterem kehrten wir ein. Es war fünf Uhr nachmittags, als wir da anlangten.

Die folgende Nacht blieben wir im Wirtshause; am andern Morgen schifften wir uns mit den Pferden ein, und dann entschwand die Küste des Skipetarenlandes sehr bald unsern Blicken.

Wie wir nach Jaffa und el Kudsischscharif[1] gekommen sind, davon vielleicht ein anderes Mal. Für jetzt ist nur noch zu erwähnen, daß der Lord den Hadschi und Omar auch sehr reich beschenkte, und daß ich meinen ›Freund und Beschützer‹ bat, mir einmal zu schreiben. Er möge den Brief nach Mossul senden, von wo aus er wohl an mich gelangen werde. Zu diesem Zweck nahm er Papier mit, und ich schrieb auf ein Kuvert meine Adresse in türkischer und französischer Sprache.

Zwei Monate nach meiner Heimkehr langte denn auch dieses Schreiben bei mir an. Halef hatte geglaubt, weil die Adresse türkisch sei, müsse auch der Inhalt in dieser Sprache gehalten sein. Sein Türkisch war gar wunderbar mit Arabisch vermengt, und seine zwar der Waffe, aber nicht der Feder gewohnte Hand hatte gar manchen muntern Schreibepudel fertig gebracht; aber der Brief war ebenso kurz, wie gut gemeint, und verursachte mir große Freude. Hier sein Inhalt, natürlich aber in Transskription:

»Sewgülü sihdim!

»En ni' mi es sallam Allahdan! Geltik ben we Omar ben Sadek. Surur we bacht her tarafda. El massahri! Ez zerh! Iftichahr, esch scharaf, ez zewk! Kara Ben Nemsi Emir el baraki, el muhab' bi, lilistizkar, es sallah! Hanneh el mu sajira, Bint Amschah Bint Malek el Ateïbeh sahlim kwaijisa, hejrana.

[1] Jerusalem, die »heiligedle«.

Kara Ben Hadschi Halef oghul ewladim bir kahreman; arb' in tamrin fard marra jutar; ja Allah, ja Samah!!! Omar Ben Sadek Sahama Bint Hadschi Schukar esch Schamain Ben Mudal Hakuram Ibn Saduk Wesilegh esch Schammar awret almar; bir maldar, we güzel kyz. Allah sahna pek eji hawa bakschischlar we gyzel hawanyn kejfijeti. Rih el husahn pek kemterin we terbijeli sallam werir. Omar Ben Sadek wahid eß Ssiwan el kwaijis ile bir hamat el musajira. Daha jakynda awret al! Allah seni arka olsun! Dajma choschmud ol, tazirleme! Seni sewilim! Möhüri feramusch et! Chaten we lök benim jok! Daima hünerli ol, kahabat we günah sawul! Gel baharin! Daima uslu, edebli, mürüwetli, we serschoschluk sakin!

Düz dolu ittibar, tekrim, tewazu we ybadet yrzehli sadyk achbabin, himajetdschin we ajal pederi

Hadschi Halef Omar Ben Hadschi Abul Abbas
Ibn Hadschi Dawud al Gossarah.«

Und dieser hochinteressante Schreibebrief lautet, ins Deutsche übersetzt, wörtlich:

»Mein lieber Sihdi!

»Gnade und Gruß Gottes! Wir sind angekommen, ich und Omar. Freude und Glück überall! Geld! Panzer! Ruhm, Ehre, Wonne! Kara Ben Nemsi Emir sei Segen, Liebe, Andenken, Gebet! Hanneh, die Liebenswürdige, die Tochter Amschas, der Tochter Maleks, des Ateïbeh, ist gesund, schön und entzückend. Kara Ben Hadschi Halef, mein Sohn, ist ein Held. Vierzig getrocknete Datteln verschlingt er in einem Atem; o Gott, o Himmel! Omar Ben Sadek wird heiraten Sahama, die Tochter von Hadschi Schukar esch Schamain Ben Mudal Hakuram Ibn Saduk Wesilegh esch Schammar, ein reiches und schönes Mädchen. Allah schenke dir sehr gutes Wetter und schöne Witterung! Rih, der Hengst, grüßt sehr ergebenst und höflich. Omar Ben Sadek hat ein gutes Zelt und eine liebenswürdige Schwiegermutter. Heirate auch bald!

Allah beschütze dich! Sei stets zufrieden, und murre nicht! Ich liebe Dich! Vergiß das Siegel; ich habe weder ein Petschaft, noch Siegellack! Sei immer tugendhaft, und meide die Sünde und das Verbrechen! Komme im Frühjahre! Sei immer mäßig, bescheiden, zuvorkommend, und fliehe die Betrunkenheit!

Voller Hochachtung, Ehrerbietung, Demut und Anbetung Dein ehrlicher und treuer Freund, Beschützer und Familienvater

Hadschi Halef Omar Ben Hadschi Abul Abbas
Ibn Hadschi Dawud al Gossarah.«

Anhang

Mit der letzten Zeile des vorigen Kapitels war unser Ritt zu Ende, und es sollte nun eigentlich das Schlußzeichen zu sehen sein, doch sehe ich mich zu meiner Freude gezwungen, einen Anhang folgen zu lassen.

Ich sage, zu meiner Freude, denn viele Hunderte von Zuschriften aus allen Gegenden des Vater- und auch des Auslandes haben mir bewiesen, welch ein inniges Seelenbündnis sich zwischen meinen Lesern und mir herausgestaltet hat. Was die Zeitungen über die bisherigen sechs Bände schreiben, ist außerordentlich erfreulich und ehrenvoll; weit, weit tiefer aber berührt es mich, aus so vielen Privatbriefen von Alt und Jung, Vornehm und Einfach, Hoch und Niedrig zu vernehmen, daß nicht nur ich der Freund meiner Leser geworden bin, sondern auch meine Gefährten, von denen ich erzählte, sich eine ebenso große wie allseitige Teilnahme erworben haben.

Besonders ist es mein guter, treuer Hadschi Halef Omar, nach dessen späteren Schicksalen und gegenwärtigen Verhältnissen ich gefragt werde. Aus Kreisen, welche dem Throne nahe stehen, und aus der kleinen Arbeiterhütte, aus der teuren Goldfeder des Millionärs und der zitternden Hand der armen Witwe, vom Boudoir der Weltdame ebenso, wie aus der ernsten Klausur des Klosters, von der Schulbank des Kadetten oder Gymnasiasten und aus der Schreibmappe des kleinen, munteren Pensionsbackfischchens habe ich Anfragen erhalten, welche meist den wackeren Hadschi betreffen. Ich kann getrost sagen, daß dieses mir so liebe Kerlchen sich alle Herzen, und nicht etwa bloß das meinige, erobert hat.

Was will man da nicht alles über ihn wissen! Ich könnte Briefe über Briefe schreiben und würde doch nie fertig werden, denn es gehen täglich immer wieder neue Fragen ein. Ich soll noch mehr, viel mehr von ihm erzählen. Ich soll sagen, ob, wann, wo und wie ich wieder mit ihm zusammengetroffen bin und was ich da mit ihm erlebt habe. Ich kann wirklich nicht anders, ich muß diese Bitten, so gut es geht, schon jetzt und hier zu erfüllen suchen und bemerke dabei zugleich, daß in späteren Bänden noch oft und viel von Halef die Rede sein wird. Was diese Bände nicht bringen, soll hier erzählt werden, nämlich mein nächstes Zusammensein mit dem treuen Diener und Begleiter, welcher zugleich mein aufopferungsfähigster Freund gewesen ist.

Dabei werden auch die Wünsche derjenigen erfüllt werden, welche ihre rege Teilnahme auch jenem Wesen schenken, welches meinem Herzen so nahe gestanden hat, obgleich es kein Mensch, sondern nur ein Tier war. Ich meine Rih, meinen unvergleichlichen Rappen, nach welchem sich ja auch so viele Leser erkundigen. Es möge also mein folgendes Erlebnis mit Hadschi Halef Omar und mein letzter Ritt auf meinem Rih nun folgen. – –

Ich befand mich wieder einmal in Damaskus und hatte die Absicht, von da aus über Aleppo, Diarbekr, Erzerum und die russische Grenze zu gehen, um nach Tiflis zu gelangen. Ein Freund von mir, bekannter Professor und Sprachforscher, hatte es verstanden, mich für die kaukasischen Idiome zu interessieren, und ich hielt es, wie das meine Art und Weise stets gewesen ist, für am vorteilhaftesten, meine Studien nicht daheim, sondern an Ort und Stelle zu machen. Wie sich von selbst versteht, wohnte ich in Damaskus nicht in einem Gasthause, sondern ich war auf der »geraden Straße« bei Jakub Afarah abgestiegen[1] und mit großer Freude aufgenommen worden. Damals hatte ich nicht Zeit gefunden, die Umgebung von Damaskus kennen zu lernen, und so bestrebte ich mich denn jetzt, dieses Versäumnis nachzuholen. Ich machte täglich einen Ausflug und war bald so weit herumgekommen, daß ich nur noch den im Norden der Stadt gelegenen Dschebel Kassium zu besuchen hatte. Dieser Berg ist darum

[1] Siehe Bd. III, Kap. 6.

merkwürdig, weil dort nach der morgenländischen Erzählung Kain seinen Bruder Abel erschlagen haben soll.

Ich unternahm diesen Spazierritt ganz allein, um den Anblick der prächtigen Stadt ganz ungestört auf mich wirken zu lassen. Es war noch sehr früh am Tage, und so durfte ich hoffen, nicht belästigt zu werden. Aber als ich auf der Höhe ankam, sah ich, daß ich heute nicht der erste Besucher auf derselben war. Ich erblickte einen jungen Hammar (Eselstreiber), welcher im Grase neben seinem Tiere lag, und als ich um einige Olivenbüsche bog, sah ich auch den Mann, den der Esel heraufgetragen hatte. Er wendete mir den Rücken zu, seiner Kleidung nach mußte er ein Europäer sein, da unmöglich ein Eingeborener in so einem Anzuge stecken konnte.

Ein hoher, grauer Zylinderhut saß auf einem langen, schmalen Kopfe, welcher in Beziehung auf den Haarwuchs noch öder als die Sahara war. Der dürre, bloße Hals ragte aus einem sehr breiten, umgelegten und tadellos geplätteten Hemdenkragen hervor; dann kam ein graukarierter Rock, eine graukarierte Hose, und auch die Gamaschen waren graukariert. Ich sah ihn, wie gesagt, von hinten, konnte aber darauf schwören, daß er auch einen graukarierten Schlips und eine graukarierte Weste trug. Ueber dem Schlips gab es dann ein langes, dünnes Kinn, einen breiten, dünnlippigen Mund, noch höher hinauf eine Nase, die einmal mit einer riesigen Aleppobeule behaftet gewesen war. Das wußte ich ganz genau, denn ich kannte diesen Mann, der so in sich versunken war, daß er mein Kommen gar nicht gehört hatte.

Ich stieg aus dem Sattel, schlich mich zu ihm hin, legte ihm von hintenher beide Hände auf die Augen und fragte mit verstellter Stimme englisch:

»Wer ist da?«

Er schrak ein wenig zusammen und nannte dann einige englische Namen, jedenfalls von ihm bekannten Personen, welche sich gegenwärtig in Damaskus befanden. Darauf rief ich mit meiner wirklichen Stimme:

»Falsch geraten, Sir! Wollen sehen, ob Ihr mich nun erkennt.«

Da antwortete er augenblicklich:

»*All devils!* Wenn das nicht dieser armselige Kara Ben Nemsi ist, der seinen Rapphengst verschenkt hat, anstatt ihn an mich zu verkaufen, so will ich auf der Stelle gleich selbst ein Rappe sein!«

Er machte sich von meinen Händen frei und drehte sich nach mir um. Seine Augen richteten sich groß auf mich; sein Mund zog sich von einem Ohrläppchen zum andern, und seine bekannte, lange Nase geriet in eine unbeschreibliche Bewegung.

»Richtig, richtig, ganz richtig!« stieß er dann hervor. »Er ist's; er ist's wirklich, dieser Mensch, der keinen Pfennig von mir angenommen hat, obgleich ich ihm so viel zu verdanken habe! Kommt an mein Herz, Sir! Ich muß Euch an meinen Busen drücken!«

Er schlang die langen Arme wie ein Polyp um mich, quetschte mich fünf-, sechsmal an seine vordere Seite und legte dann – *have care!* – seinen sich fürchterlich zuspitzenden Mund auf den meinigen, was er nur dadurch fertig brachte, daß er seine Nase eine sehr resolute Seitenschwenkung machen ließ. Dann schob er mich wieder von sich ab und fragte mit frohleuchtenden Augen:

»Mann, Mensch, Kerl, Herzensfreund, wie kommt denn Ihr grad jetzt in diese Gegend, und auf diesen Berg herauf? Ich bin ganz außer mir vor Freude und Erstaunen. Habt Ihr etwa doch meinen Brief bekommen?«

»Welchen Brief, Sir?«

»Von Triest aus. Forderte Euch auf, dorthin zu kommen und mit mir nach Kairo zu fahren.«

»Habe keinen Brief erhalten. War gar nicht daheim.«

»Also Zufall? Der reine Zufall? Seit wann treibt Ihr Euch denn hier herum?«

»Seit schon elf Tagen.«

»Bei mir sind's nur erst vier. Morgen geht's wieder fort. Wo wollt Ihr denn von hier hin?«

»Nach dem Kaukasus.«

»Kaukasus? Weshalb?«

»Sprachstudien.«

»Unsinn! Ihr schwatzt genug in fremden Zungen. Was habt Ihr davon, Euch mit den Tscherkessen herumzubalgen. Geht mit mir! Soll Euch kein Geld kosten.«

»Wohin?«

»Zu den Haddedihn.«

»Was?« fragte ich, nun meinerseits erstaunt. »Ihr wollt zu den Haddedihn?«

»*Yes*,« nickte er, und seine Nase nickte auf ihre eigene Rechnung gar dreimal. »Warum nicht? Habt Ihr etwas dagegen?«

»Nicht das Geringste. Aber wie kommt Ihr auf diesen Gedanken? Wollt Ihr etwa wieder nach ›Fliegenden Stieren‹ graben?«

»Haltet den Mund! Braucht mich nicht zu foppen, Sir; bin von diesem Gedanken längst zurückgekommen. Aber Ihr wißt, das ich Mitglied vom Traveller-Klub, London, Near-Street 47, bin. Habe mich da anheischig gemacht, eine Reise von achttausend Meilen zu machen, ganz egal, wohin. Ueberlegte mir die Sache. Dachte an unsere früheren Ritte und entschloß mich, die bekannten Orte aufzusuchen und dann von Bagdad nach Indien und China zu gehen. Wollt Ihr mit?«

»Danke! Habe nicht so lange Zeit.«

»Dann wenigstens mit zu den Haddedihn. Wollte mir hier einige Führer nehmen; habe sie sogar engagiert; können aber dableiben, wenn Ihr mitgeht.«

Der Gedanke, die Haddedihn und namentlich Halef zu besuchen, war mir höchst sympathisch; aber ich hatte nun einmal anders über meine Zeit verfügt und machte Einwendungen. Er hörte dieselben jedoch gar nicht an, schüttelte den Kopf, wobei seine Nase in ein bedenkliches Schlingern kam, wedelte mit den Armen, so daß ich mich durch einige Schritte nach rückwärts in Sicherheit bringen mußte, und ließ eine solche Flut von Einwendungen, Vorwürfen und Ermahnungen über mich los, daß ich schließlich bat:

»Nehmt Eure Stimmwerkzeuge in acht, Sir! Vielleicht habt Ihr sie später auch noch einmal nötig.«

»*Pshaw!* Ich werde so lange reden, bis Ihr sagt, daß Ihr mitmachen wollt.«

»Wenn das der Fall ist, so muß ich mich nun freilich mehr über Euch erbarmen als Ihr selbst. Ich reite mit. Doch sage ich Euch, daß ich nicht mehr als einen Monat für Euch haben kann.«

»Schön, schön, herrlich, prächtig, Sir! Wenn Ihr nur erst einen Monat sagt, so bin ich ganz zufrieden, denn ich weiß, daß bei Euch sehr leicht ein ganzes Jahr daraus wird.«

Er umarmte mich wieder und versuchte, einen zweiten Kuß an den Mann zu bringen, dem ich aber durch eine schlaue Kopfbewegung entging, so daß die drohend zugespitzten Lippen in der Luft auseinander platzten. Darauf erkundigte ich mich, wo er in Damaskus wohnte.

»Beim englischen Konsul, der ein entfernter Verwandter von mir ist,« antwortete er. »Und Ihr?«

»Bei Jakub Afarah natürlich. Ich habe dadurch große Freude angerichtet. Warum habt Ihr ihn nicht besucht?«

»Woher wißt Ihr, daß ich nicht bei ihm gewesen bin?«

»Weil er es mir gesagt hätte.«

»*Well.* Dachte, daß er mich gleich dort behalten würde, und Ihr wißt ja, daß ich gern mein eigener Herr bin. Ein Gast ist immer ein gebundener Mann. Doch da ich Euch gefunden habe, will ich Euch zu ihm begleiten. Ich möchte gern das famose Klavier sehen, auf welchem Ihr damals bei ihm ein Konzert gegeben habt.«

Kain und Abels Erinnerungsstätte erregte jetzt weniger unsere Aufmerksamkeit; wir ritten bald nach der Stadt zurück. Das war wieder einmal so ein unerwartetes Zusammentreffen, wie ich sie so oft erlebt hatte! Die Folge davon war anstatt der geplanten Reise nach Norden ein Ausflug zu den lieben Haddedihn vom Stamme der Schammar. Zwei Tage später waren wir schon unterwegs, ganz allein, denn Führer konnten uns nur lästig fallen. Was die Vorbereitungen zu diesem Ritte betrifft, so kosteten sie mich keinen Pfennig. Lindsay kaufte drei gute Kamele, eins davon zum Tragen der Vorräte, welche wir mitnahmen. Auch für Geschenke hatte er in höchst anständiger Weise gesorgt. Leider war es mir nicht möglich gewesen, ihn zu bestimmen, seinen schauderhaften, graukarierten Anzug abzulegen. Auf alle meine darauf bezüglichen Vorstellungen gab er immer nur die eine Antwort:

»Laßt mich mit Euren fremden Kleidern in Ruh! Habe einmal in einem kurdischen Anzuge gesteckt, einmal und nicht wieder! Bin mir vorgekommen wie ein Löwe in der Eselshaut!«

»Wirklich? Sonderbar!«

»Was, sonderbar?«

»Diese Umkehrung. Die bekannte Fabel spricht doch wohl von einem Esel in der Löwenhaut.«

»Sir! Soll das eine Anzüglichkeit bedeuten?«

»Nein, nur eine Richtigstellung.«

»*Well,* sollte Euch auch nicht gut bekommen! Hoffe, Euch beweisen zu können, daß ich keiner fremden Haut bedarf, um den nötigen Mut zu zeigen, wenn sich eine Veranlassung dazu ergeben sollte. Könnt Euch darauf verlassen!«

Dieser Bemerkung bedurfte es gar nicht; er hatte ja mehr als zur Genüge bewiesen, daß er Mut besaß; nur hatte er leider dabei die Eigentümlichkeit, alles am verkehrten Ende anzufassen. Das Bild vom Esel in der Löwenhaut war von mir berichtigt worden, weil ich wissen wollte, ob ich noch in der früher zwischen uns gebräuchlichen Weise mit ihm verkehren könne.

Wir benutzten ganz genau denselben Weg, welchen ich damals von den Weideplätzen der Haddedihn nach Damaskus eingeschlagen hatte, und gingen also in der Gegend von Deïr auf Kellekflößen über den Euphrat. Wir hatten bisher nichts erlebt, was besondere Erwähnung verdiente; in Deïr aber erfuhren wir, daß wir von jetzt an vorsichtig sein müßten, weil die Abu-Ferhanaraber, deren Herden jetzt hier und am Ghabur weideten, sich mit den Haddedihn entzweit hatten und uns, die wir mit den letzteren befreundet waren, jedenfalls feindlich behandeln würden. Wir hielten uns also lieber südlich und gingen bei Abu Seraï über den Ghabur. Dort liegen die Ruinen des alten Circesium oder Karchemisch, wo

605 v. Chr. Nebukadnezar den ägyptischen Necho besiegte. Einen Tag später hatten wir das Gebiet der Abu-Ferhan hinter uns, ohne einem von ihnen begegnet zu sein, und durften darauf rechnen, morgen oder spätestens übermorgen die Haddedihn zu sehen.

Am nächsten Abende machten wir auf der weiten Ebene, welche jetzt einer blumigen Wiese glich, Halt. Lindsay hätte gern ein Feuer angebrannt, doch gab ich das nicht zu. Wir lagerten also im Dunkeln. Gegen Mitternacht hörte ich den schnellen Hufschlag von Pferden, konnte aber die Reiter nicht sehen. Dem Schalle nach zu urteilen, ritten sie ostwärts, also in der Richtung, in welcher wir die Haddedihn suchten. Hätten wir ein Feuer gemacht, so wären wir von diesen Leuten bemerkt und aufgesucht worden.

Als der Tag graute, brachen wir auf. Nachdem wir vielleicht eine Stunde lang geritten waren, erblickten wir zwei Reitertrupps, welche aus Osten kamen; der erste von ihnen, der aus sechs bis acht Personen bestand, hielt sich nördlich, mußte also für uns schnell wieder verschwinden; der zweite zählte nur zwei Personen, welche grad auf uns zukamen. Ich glaubte annehmen zu dürfen, daß diese beiden Trupps zusammengehörten und sich erst vor wenigen Minuten getrennt hatten.

Zunächst konnten wir etwas Deutliches nicht sehen, weil die Leute noch zu fern von uns waren; doch kamen die Beiden uns rasch näher, und da erkannten wir, daß der eine auf einem Schimmel und der andre auf einem Schwarzen saß. Sie sahen uns natürlich ebenso wie wir sie, veränderten aber ihre Richtung nicht, schwangen die Arme, wie um uns ein Zeichen zu geben, und ließen frohe Ausrufe hören, welche aus der Ferne wie »Negah, negah, nefad!« klangen. Wenn ich nicht falsch hörte, so hieß dies soviel wie: »Es ist gelungen, gelungen!« Sie schienen uns für ihresgleichen zu halten.

Dann aber mußten sie die graukarierte Gestalt des Englishman deutlicher sehen; sie stutzten, kamen aber doch dann auf uns zu. Jetzt waren sie ungefähr noch zweihundert Pferdelängen von uns entfernt; da konnte ich einen Ausruf des Erstaunens nicht unterdrücken; ich erkannte die beiden Pferde. Bei dem Engländer war dasselbe der Fall, denn er sagte zu gleicher Zeit:

»Alle Donner, das ist ja unser Rih! Sind diese Leute Haddedihn?«

»Nein, Pferdediebe,« antwortete ich leise. »Macht sie mir nicht scheu! Jedenfalls sind es Abu-Ferhans, dieselben, welche gestern abend an uns vorüberritten. Sie haben die beiden besten Pferde der Haddedihn gestohlen. Haltet an, und steigt ab, Sir! Die Pferde müssen wir haben. Bleibt hier halten, bis ich wiederkomme!«

Wir ließen unsere Kamele niederknien und stiegen ab. Den Bärentöter und den Stutzen ließ ich im Sattel hängen und ging den beiden Reitern mit leeren Händen entgegen. Sie waren auch halten geblieben. Ein Blick nach rückwärts sagte mir, daß Lindsay sein Gewehr in der Hand hielt. Als ich noch ungefähr sechzig Schritte von ihnen entfernt war, rief mir derjenige, welcher auf dem Rapphengst saß, zu:

»Halt, bleib stehen! Wer bist du?«

»Ich bin der Besitzer des Rappen, auf welchem du sitzest,« antwortete ich. »Steig ab!«

»Allah verbrenne dich,« antwortete er. »Bist du bei Sinnen? Das Pferd ist mein!«

»Das wird sich gleich zeigen.«

Ich warf meinen Burnus ab, so daß der Rappe meine Gestalt deutlicher sehen konnte, und rief ihm zu:

»Rih, Rih taijjibi, ta'al, ta'a lahaun – Rih, mein lieber Rih, komm her zu mir!«

Das herrliche Pferd hatte mich sehr lang nicht gesehen; es erkannte mich doch sogleich: ein gewaltiger Satz, mit allen Vieren in die Luft, ein zweiter dann zur Seite, und der Reiter lag im Grase; schon im nächsten Augenblick stand der Rappe, hell aufwiehernd, bei mir. Früher pflegte er mich dadurch zu liebkosen, daß er seinen Kopf an mir rieb oder mich leckte. Jetzt aber war das treue Tier so entzückt, daß ihm das nicht genügte; es nahm meine Schulter in das Maul und ließ dabei einen schnaubenden Freudenlaut hören, welcher so deutlich wie mit menschlichen Worten sagte: »O du lieber, lieber Herr, ich könnte vor Wonne sterben, daß ich dich wieder habe.«

Aber es gab keine Zeit zu Zärtlichkeiten. Der Abgeworfene kam schon herbeigesprungen; er hatte sein Messer in der Hand. Und der Andere trieb sein Pferd auch auf mich zu. Ein rascher Sprung, und ich saß im Sattel. Den Revolver ziehend, hielt ich ihn dem Ersten entgegen und gebot:

»Bleib stehen, sonst schieß' ich!«

Er gehorchte.

»Herab vom Pferde!« befahl ich nun dem zweiten. »Sonst schieße ich dich herunter!«

Er hielt den Schimmel an, da er nicht näher zu kommen wagte, rief mir aber zornig entgegen:

»Hund, was hast du uns zu befehlen! Diese Pferde gehören uns, und ich – – – «

»Schweig!« unterbrach ich ihn. »Ich bin Hadschi Kara Ben Nemsi Emir, der Freund der Haddedihn, und dieser Rappe ist mein Pferd.«

»Kara Ben Nemsi!« schrie er auf. »Der Fremdling mit den Zauberflinten!«

Einen Augenblick starrte er mich wie ratlos an, aber nur einen einzigen Augenblick; dann schoß er auf dem Schimmel fort, schnell wie ein Gedanke auf die Ebene dahin.

»Sir, nehmt den Kerl hier fest!« rief ich dem Engländer zu; dann flog ich hinter dem Reiter her.

Kein Anderer als ich hätte ihn einzuholen vermocht. Das Pferd, auf welchem er saß, war das schnellste Roß der Haddedihn, jene junge Schimmelstute, von welcher Mohammed Emin[1] zu mir gesagt hatte: »Diese Stute geht nur mit meinem Leben von mir.« Er hatte mit ihr den wilden Esel des Sindschar müde gejagt, bis er zusammenbrach. Selbst mein Rih hätte sie nicht einholen können, wenn der rechtmäßige Herr auf ihr gesessen hätte. Dieser Pferdedieb aber kannte ihr Geheimnis nicht und konnte sie also nicht zur Entfaltung ihrer

[1] Siehe Bd. I, S. 310.

größten Schnelligkeit bringen. Ich aber kannte dasjenige meines Hengstes und war darum des Erfolges sicher.

Ich legte dem Rappen die Hand zwischen die Ohren und rief dreimal »Rih!« Er wieherte laut auf und griff so aus, daß mir hätte schwindelig werden mögen. Schon nach einer halben Minute sah ich, daß ich Raum gewann. Der Dieb blickte hinter sich und bemerkte es auch. Er schlug auf sein Pferd ein, um es anzutreiben, doch war die edle Stute eine solche Behandlung nicht gewöhnt; sie widersetzte sich; das brachte mich ihr rascher näher. Der Kerl gab sich alle Mühe und strengte seine ganze Reitkunst an; er gewann die Herrschaft wieder über das Pferd und flog weiter.

Er war ein vorzüglicher Reiter. Es läßt sich denken, daß wenn ein Stamm die besten Pferde eines andern Stammes stehlen will, nur die besten Reiter dazu verwendet werden. Diese nehmen, um nicht gehindert zu sein, keine langen Waffen, sondern nur das Messer mit. Dafür aber bekommen sie Begleiter, welche sie zu beschützen, zu verteidigen haben. Das war der andere Reitertrupp gewesen, welcher die nördliche Richtung eingeschlagen hatte, um die Verfolgung von den eigentlichen Dieben ab und auf sich zu lenken.

Aber die Geschicklichkeit dieses Mannes half ihm nichts; ich kam ihm näher und immer näher. Nun verlegte er sich auf Finten und wich von der geraden Richtung bald nach rechts, bald nach links, wie ein Fuchs, welcher die Meute hinter sich hat, doch vergeblich. Ich kam an seine Seite.

»Halt an!« gebot ich ihm.

Er schwang sein Messer, stieß ein grimmiges Lachen aus und gehorchte nicht. Ich wäre gern von meinem Pferde aus auf das seinige, um hinter ihn zu kommen, hinübergesprungen, aber das hätte der zarten Stute schaden können. Darum rief ich ihm zu, mich an seiner Seite haltend und den Revolver auf ihn richtend:

»Nochmals, halt an, sonst schieße ich!«

Er lachte wieder. Da zielte ich auf seine Hand, die das Messer hielt und drückte zweimal ab. Die Kugeln saßen. Er stieß einen Schrei aus und ließ das Messer fallen; er war nun waffenlos. Da drängte ich den Rappen hart an den Schimmel, erhob mich in den Bügeln und schlug ihm die Faust gegen den Kopf. Er taumelte und ließ die Zügel aus der Linken fallen. Sofort ergriff ich sie; Pferd und Reiter waren mein. Wir hielten an, nachdem die Tiere noch eine kleine Strecke fortgeschossen waren.

Er war nicht ganz betäubt, wankte aber im Sattel hin und her. Das Blut lief ihm von der rechten Hand.

»Halte dich fest; es geht zurück!« gebot ich ihm. »Wenn du eine Bewegung der Flucht oder des Widerstandes machst, schieße ich dich vollends zu schanden!«

Er sah trotz der Wut, welche ihn beherrschte, ein, daß er sich fügen müsse, und ergab sich in sein Schicksal.

Die Verfolgung hatte wohl kaum fünf Minuten gedauert und doch waren wir weit, sehr weit von dem Engländer fortgekommen. Es verging im Trabe über eine Viertelstunde, ehe ich ihn wiedersah. Er saß bei den Kamelen und hatte den andern Dieb neben sich sitzen.

»Gut, daß Ihr kommt,« rief er mir entgegen. »Ist ein verteufelt langweiliger Kerl. Wollte mich mit ihm unterhalten, versteht aber kein Wort englisch.«

»Es ist auch wohl kaum nötig, daß ein Lord von Altengland sich mit einem Pferdedieb unterhält,« lachte ich. »Wie habt Ihr ihn bekommen?«

»Mit den Händen, mit denen man alles fassen kann, was sich greifen läßt. Wollte fortlaufen, der Halunke; habe aber auch zwei Beine. *Well!*«

»Aber er hatte doch ein Messer!«

»Ich auch!«

»Hat er sich damit zur Wehr gesetzt?«

»Freilich. Habe ihm aber einen Klapps auf die Nase gegeben, daß sie bald aussehen wird wie damals die meinige, als sie die Aleppobeule hatte. Der da hat wohl auch einen Klapps erhalten?«

Er deutete dabei auf den Dieb, den ich brachte. Der seinige hielt die Nase in beiden Händen.

»Ja,« antwortete ich. »Jetzt reiten wir die Pferde, und diese beiden Gentlemen mögen sich auf unsere Kamele setzen.«

»Wohin geht's nun jetzt?«

»Gar nicht weit. Nur bis dahin, wo die Spitzbuben sich geteilt haben.«

»Geteilt? – Wieso?«

»Ist sehr einfach, Sir. Die Haddedihn haben den Diebstahl natürlich, sobald es Tag wurde, bemerkt und sich augenblicklich auf die Verfolgung gemacht. Um sie irre zu leiten, sind die Diebe auseinandergegangen, die einen nach Norden und diese beiden hier mit den erbeuteten Pferden westwärts. Wir reiten bis zu dieser Scheidestelle und werden da die Haddedihn bald kommen sehen.«

»*Well!* Werden Augen machen, wenn sie ihre Pferde so bald wiederbekommen, und nun gar von wem!«

Die beiden Abu-Ferhan – denn sie gehörten diesem Stamme wirklich an – mußten auf die Kamele steigen; dann ritten wir weiter, bis ihre Fährte mit derjenigen ihrer Genossen zusammenstieß. Dort stiegen wir wieder ab und setzten uns in das Gras. Die Pferde und Kamele begannen sofort zu weiden. Lindsay rieb sich vor Vergnügen die Hände und sagte:

»Bin doch begierig auf die Gesichter, welche wir sehen werden! Wird ein Hauptspaß werden. Nicht?«

»Ja, eine tüchtige Ueberraschung. Halef wird einer der Ersten sein, und Amad el Ghandur ist natürlich auch dabei.«

Hierbei muß ich bemerken, daß, als ich mit Halef von der Todeskarawane zu den Haddedihn zurückkehrte, Amad el Ghandur noch nicht wieder bei seinem Stamme angekommen war. Wir hielten ihn für verloren. Später aber langte er doch glücklich an. Er hatte den Tod seines Vaters an den Bebbeh-Kurden gerächt, jedoch mehr Zeit dazu gebraucht, als von ihm und auch von mir angenommen worden war.

Er bekleidete jetzt als Nachfolger Mohammed Emins die Stelle eines Scheiks der Haddedihn.

»Und Omar Ben Sadek mit seiner Schecke,« fügte Lindsay hinzu. »Freue mich darauf wie ein Schneesieber auf die Gurkenzeit. Ist doch etwas ganz Andres, wenn man mit Euch reist, Sir. Man erlebt etwas.«

»Macht mich nicht stolz, Mylord! Andere Leute haben auch ihre Erlebnisse.«

»Aber was für welche! Den Mylord laßt nur weg. Für Euch heiße ich Lindsay, David Lindsay, so wie es früher gewesen ist. Verstanden!«

Die beiden Gefangenen sagten kein Wort; der Eine starrte zur Erde nieder, und der Andere betastete unaufhörlich seine Nase, welche an Farbenreichtum und Ausdehnung sichtlich zunahm. Der Lord mußte ihm einen nicht gewöhnlichen Hieb auf dieselbe gegeben haben.

Da, als wir ungefähr eine Viertelstunde lang gesessen hatten, sahen wir eine ganze Menge Reiter am östlichen Horizonte auftauchen.

»Sie kommen, sie kommen!« lachte Lindsay am ganzen Gesichte. »Ich könnte ihnen gleich tausend Pfund Sterling schenken, so freue ich mich!«

Ja, sie kamen; sie näherten sich schnell, indem sie auf der Spur der Pferdediebe ritten. Sie sahen uns und hielten an, um uns zu betrachten. Sie bemerkten nebst unsern Kamelen einen Schimmel und einen Rappen. Diese Färbung der Pferde stimmte. Konnten es die ihrigen sein? Nein, denn dann wären wir die Diebe gewesen und hätten uns nicht hierher gesetzt und sie so ruhig herankommen lassen.

»Sir,« fragte der Engländer, »wer ist der hohe, bärtige Mann, welcher an ihrer Spitze hält?«

»Das ist Amad el Ghandur. Er trägt den Bart ebenso lang wie früher sein Vater, nur daß der seinige schwarz ist und derjenige von Mohammed Emin weiß wie Silber war.«

»Und der Alte neben ihm?«

»Ist Scheik Malek von den Ateïbeh, der Großvater von Hanneh, der Herrlichsten unter den Herrlichen.«

»Und der kleine Kerl seitwärts von diesem?«

»Unser Hadschi Halef Omar.«

»*Well!* Ihr habt bessere Augen als ich. Hält dort nicht einer auf einem scheckigen Pferde?«

»Ja. Das ist Omar Ben Sadek auf einem Aladschypferde. Sie haben uns noch nicht erkannt; jetzt aber kommen sie.«

»*Well!* Werde mich ihnen gleich in Lebensgröße zeigen.«

Er stand auf, streckte seine lange Gestalt womöglich noch länger und schritt ihnen entgegen. Sie stutzten wieder. Die sonderbare, graukarierte Figur frappierte sie. Da aber stieß der kleine Hadschi einen lauten Freudenruf aus, trieb sein Pferd vorwärts und rief dabei, sein Arabisch und Türkisch mit den wenigen deutschen und englischen Brocken, welche er sich gemerkt hatte, bereichernd:

»Maschallah, Wunder Gottes! *That's Lord David Lindsay;* ich erkenne ihn!«

Er kam hergeritten; der Lord ging ihm entgegen. Als sie sich trafen, sprang Halef vom Pferde und fragte:

»*You* hier bei uns! Allah 'l Allah! Habt Ihr von meinem guten Sihdi gehört? Wie geht es ihm? Hat er ein Weib genommen oder noch nicht? Was – – – –?«

Die Frage blieb ihm im Munde stecken; ich hatte ihm den Rücken halb zugekehrt, stand aber jetzt auf und schritt auf ihn zu. Er bewegte zunächst kein Glied; dann breitete er die Arme aus, als ob er mich schon von weitem umfangen wolle, konnte aber nicht von der Stelle, sondern sank auf die Kniee nieder und bewegte die Lippen. Man sah, daß er sprechen wollte; er brachte aber kein Wort hervor; dabei rannen ihm dicke Tränen aus den Augen und über das Gesicht herab.

Ich war tief, tief gerührt von dieser außerordentlichen Gemütsbewegung, hob ihn empor und zog ihn an meine Brust. Da schlang er die Arme um mich, drückte sein Gesicht an mich und weinte und schluchzte zum Herzbrechen.

Nun wurden auch die Andern lebendig. Sie erkannten uns; sie erkannten auch den Hengst und die Schimmelstute; im nächsten Augenblicke wogte es um uns von Reitern, welche von den Pferden sprangen, von Rufen und Fragen. Aller Hände streckten sich nach uns aus; ich konnte keine einzige drücken, denn ich hatte vollauf mit meinem Halef zu tun, der sich endlich so weit beruhigte, daß er sprechen konnte, aber auch erst nur die Worte:

»Ya Sihdi, hajaji, na' imi, nuri esch schems, ya Allah, ya Allah – o Sihdi, mein Leben, mein Glück, mein Sonnenlicht, o Gott, o Gott!«

Dabei streichelte er mir mit beiden Händen das Gesicht und küßte den Saum meines Burnus. Für ihn war es in diesem Augenblick ganz gleichgültig, ob die beiden kostbaren Pferde gerettet waren oder nicht. Er hatte mich, das war ihm genug.

Um so größer aber war der Jubel der Andern darüber, daß die Tiere sich in Sicherheit befanden. Auch ich hatte Tränen in den Augen über Halefs tiefes Ergriffensein, und dennoch konnte ich nicht anders, ich mußte lächeln über die Art und Weise, in welcher der graukarierte Lord die Haddedihn begrüßte. Er suchte seinen ganzen arabischen und türkischen Wortvorrat zusammen, um ihnen zu sagen, wie sehr er sich über das Wiedersehen freue; er verfügte da über zwanzig oder höchstens dreißig Ausdrücke, und man kann sich denken, welch ein Unsinn dabei zustande kam.

Omar Ben Sadek hatte lange gewartet, um auch an mich zu kommen. Jetzt nahm er Halef einfach bei den Schultern, zog ihn von mir weg und sagte:

»Glaubst du denn, den Sihdi ganz allein für dich behalten zu können? Hier ist auch noch jemand, der ihn begrüßen will!«

Er drückte, ich mochte wehren, so sehr ich wollte, seine Lippen auf meine Hände und ließ nicht eher von mir ab, als bis Amad el Ghandur ihn zur Seite drängte, meine Rechte ergriff und zu mir sagte:

»Allah sei Dank, der dich wieder zu uns führt, Emir! Es wird große Freude sein in unserm Lager und viel Wonne unter unsern Zelten. Unsere Krieger werden euch mit dem La'b el Barud, dem Spiele des Pulvers, empfangen, und aus dem Munde der Frauen und Mädchen wird dein Lobgesang erschallen. Du sollst bei uns willkommen sein, wie noch nie Jemand bewillkommnet worden ist, denn du bist der beste unserer Freunde, und schon dein bloßes Nahen hat uns Heil gebracht. Du hast die zwei edelsten Pferde unseres

Stammes gerettet. Willst du uns sagen, wie dir dies gelungen ist?«

Erst durch diese Frage des Scheiks wurde Halef veranlaßt, seine Augen von mir auf den Rappen zu wenden.

»Ja,« rief er aus, »noch hat mein Sihdi, der berühmte Hadschi Kara Ben Nemsi, seinen Fuß nicht zu uns gesetzt, so kommt von ihm uns schon das Glück entgegen. O, Sihdi, man hatte mir deinen Rih gestohlen, das Pferd meiner Seele, den Rappen meines Herzens. Welche Schande wäre über mich gekommen, wenn du die Räuber nicht besiegt hättest! Wie hast du es angefangen, sie und die gestohlenen Rosse auf euren langsamen Kamelen einzuholen?«

»Das sollst du gleich erfahren, wenn ich vorher auch diesen kleinen Ben Arab begrüßt habe, von dem ich wohl errate, wer er ist.«

Ein etwa achtjähriger Knabe saß auf einem vielleicht dreijährigen Rapphengste; er war nicht abgestiegen und hielt seine großen, dunklen Augen mit einem ganz eigenen Ausdrucke auf mich gerichtet. Ich reichte ihm die Hand und sagte:

»Wir haben uns seit drei Jahren nicht gesehen. Du bist Kara Ben Hadschi Halef, der Sohn meines Namens?«

»Ich bin es,« antwortete er, auf sein junges Pferd deutend. »Und dieser Rapphengst ist Assil Ben Rih, der Sohn dessen, den du meinem Vater geschenkt hast.«

»Wie? Rih hat einen Sohn?« fragte ich verwundert.

»Einen Sohn und eine Tochter,« antwortete Halef. »Durfte so ein Pferd ohne Nachkommen bleiben? Nein. Seine Nachkommen aber sollten ebenso schwarz werden, wie er selber ist; darum erkundigte ich mich nach der besten schwarzen Stute, welche aufzufinden war. Dieses berühmte Pferd wohnte in der arabischen Wüste auf der El Hamad-Ebene, und ich habe große Gefahren zu überwinden gehabt, ehe ich ihren glücklichen Besitzer begrüßen konnte. Diesem gefiel unser Rih, und er ging mit mir einen Vertrag ein. Rih sollte uns einen Sohn und eine Tochter geben; die Tochter sollte ihm, dem Besitzer der Stute, der Sohn aber mir, dem Besitzer des Hengstes, gehören. So ist es auch geschehen. Rih hat unsere Hoffnungen erfüllt und uns das gegeben, was wir von ihm wünschten; die Tochter ist zwei Jahre, der Sohn aber drei Jahre alt; hier siehst du ihn, o Sihdi. Er ist fast edler noch als Rih und trägt schon meinen Knaben, den Sohn der Lieblichsten unter den Schönsten. Sie beide sind Tag und Nacht beisammen, und wir haben ihm schon ein Geheimnis gelehrt, welches ich dir mitteilen werde, denn er ist ja dein Eigentum, wie auch Rih selbst dir gehört.«

»Nein, es gehört mir keiner von beiden,« antwortete ich. »Sie sind dein Eigentum.«

»Nein, das deinige!« behauptete er. »Du hast mir Rih, den herrlichen, anvertraut, weil er nur hier bei uns leben und gedeihen kann. Ich habe ihn gepflegt mit den Reichtümern, welche ich nur durch dich erhalten habe, und ihn während deiner Abwesenheit reiten dürfen; dadurch bin ich überreichlich belohnt für die Mühen, die ich auf ihn verwendet habe. Es sind dies auch gar keine Mühen gewesen, sondern Vorzüge und Wonnen, welche ich genossen habe. Du bist nun zu uns zurückgekehrt und wirst ihn wieder reiten. Ich hoffe nicht, daß du mir diese Bitte abschlagen wirst. Denn wenn dein Recht veraltet wäre, so hast du es dir dadurch aufs neue erworben, daß du das Pferd aus der Hand dieser Diebe errettet hast. Sag also ja, Sihdi; nimm ihn hin; du wirst mir eine große Freude damit bereiten, denn ich kann und mag meinen geliebten Sihdi nicht anders sehen, als auf dem Rücken des Pferdes, welches ihn in so großen Gefahren und zu großen Taten getragen hat.«

Es versteht sich ganz von selbst, daß ich ihm diesen Wunsch erfüllen mußte, selbst wenn es nicht meine Absicht gewesen wäre, dies zu tun. Ich nahm Rih also wieder von ihm an, doch, wie ich ihm ausdrücklich bemerkte, nur für die kurze Dauer meiner jetzigen Anwesenheit.

Dann erzählte ich, wie wir uns der beiden Abu-Ferhanaraber bemächtigt hatten. Sie wurden auf die Kamele gebunden, um mitgenommen zu werden. Der Raub so edler Pferde wird mit dem Tode bestraft, doch aus Freude über unsern Besuch versprachen mir Amad el Ghandur, Hadschi Halef und der alte Malek, daß die Ahndung eine weniger schwere sein solle.

Jetzt brachen wir nach dem Weideplatze der Haddedihn auf. Ein Bote wurde vorangeschickt, um die dort Befindlichen über unser Kommen zu unterrichten.

Wir hatten gegen drei Stunden zu reiten. Nach Verlauf dieser Zeit sahen wir eine große Wolke von Reitern, welche uns entgegengaloppiert kam. Sie stürmten mit großem Geschrei herbei, umringten uns und drangen von allen Seiten auf uns ein, so daß es den Anschein hatte, als ob sie uns niederrennen wollten. Sie jagten durcheinander, schrien Heil und Willkommen, rühmten meine Taten und schossen dabei im Jagen ihre Flinten ab, wobei außerordentlich viel Pulver verschwendet wurde. Aus diesem letzteren Grunde wird so ein Empfang, so eine Fantasie, La'b el Barud, Pulverspiel, genannt.

Es dauerte ohne Unterbrechung fort, bis wir die Zelte des Lagers erblickten. Von dorther tönte uns der Willkommgesang der Frauen und Mädchen entgegen. Sie hatten sich am Eingange des Zeltdorfes aufgestellt. An ihrer Spitze standen diejenigen Frauen, mit denen ich früher in Berührung gekommen war, voran die einstige Gebieterin des Scheiks Mohammed Emin mit ihren beiden Nebenfrauen, die ich bei meiner ersten Ankunft mit dem ›heiligen‹ Wasser des Zem-Zem aus Mekka besprengt hatte. Die ehemalige Gebieterin war damals noch jung gewesen, aber unter dem Kummer über den Tod des Scheiks rasch gealtert. Lippen und Augenbrauen waren nicht mehr gefärbt; kein Schönheitspflästerchen lag auf Stirn und Wangen, und auch die großen goldenen Ringe fehlten, welche ihr von der Nase und den Ohren herabgehangen hatten. Ihr Nacken, ihre Knöchel, Arm- und Handgelenke waren frei von den Silberringen, Korallenstücken, Perlen, bunten Steinen und assyrischen Zylindern, welche sie früher geschmückt hatten. Neben ihr stand Amscha, die Heldin, noch immer so ernst und stolz, wie ich sie in der Steppe von Dschidda getroffen hatte, und zu ihrer Rechten Hanneh, Halefs

Weib, die ›Lieblichste der Frauen, die Sonne unter den Sternen des weiblichen Geschlechtes‹. Sie dünkte mir noch ebenso jung und schön zu sein wie damals, als wir sie meinem braven Hadschi vermählten; ihre dunklen Augen waren mit sichtlicher Zuneigung und Ehrerbietung auf mich gerichtet.

Als wir unter Sang und Klang in die breite Zeltstraße eingeritten waren, blieben wir halten und stiegen ab und wurden in das größte, beste Zelt geführt, welches schnell für uns zubereitet worden war, nachdem der Bote unsere Ankunft gemeldet hatte. Hier stand Wasser zu unserer Reinigung. Während wir uns wuschen, meinte der Lord:

»Was man gleich tun kann, soll man nicht aufschieben, Sir. Wann wollt Ihr Eure Geschenke verteilen?«

»Meine Geschenke? – Ich habe keine.«

»Unsinn! Habt sie ja gesehen und mit eingekauft.«

»Aber nicht bezahlt; sie gehören Euch.«

»Möchte wissen! Sie gehören denen, für die sie bestimmt sind. Gebt sie ihnen!«

»Das zu tun ist Eure Sache.«

»Macht keine solchen Einwände! Wie kann ich, David Lindsay, diese arabischen Ladies beschenken!«

»Wenn Ihr nicht dürftet, wäre es mir auch verboten.«

»*Pshaw!* Was Ihr tut, das hat Schick. So etwas steht Euch besser an als mir. Möchte doch wissen, was ich dazu sagen sollte, wie ich mich dabei ausdrücken würde! Will doch lieber einen Löwen jagen als einer Lady ein Geschenk überreichen! Wenn Ihr mir das nicht abnehmen wollt, so werfe ich die dummen Sachen weg!«

Es waren keine dummen Sachen, sondern im Gegenteil recht nützliche, schöne und meist auch kostspielige Gegenstände. Ich entschied:

»Nun wohl, so will ich es für Euch tun, Sir; aber mit fremden Federn schmücke ich mich nicht; ich werde also Euern Namen nennen.«

»Nennt, wen Ihr wollt, meinetwegen den König von Portugal oder auch den Kaiser von Lappland und Kaffaria, wenn nur Jeder und Jede bekommt, was er oder sie bekommen soll. Mich aber laßt damit in Ruhe!«

Bald drang ein prächtiger Bratengeruch in unser Zelt. Ich ließ Halef kommen und übergab ihm die Geschenke zum Verteilen. Er selbst erhielt zwei schöne Revolver und ein großes, seidenes Turbantuch und war ganz entzückt darüber. Für Hanneh, die Prächtigste unter den Herrlichen, waren ein rotseidenes Gewand, ein Fingerring, zwei Ohrenreife, eine Halskette und ein aus Gold- und Silbermünzen bestehender Haarschmuck bestimmt. Wir sahen später, daß ihr Entzükken darüber ein außerordentliches war. Andere Frauen erhielten auch Geschenke, und ebenso wurden diejenigen Männer bedacht, welche früher mit uns in nähere Berührung gekommen waren.

Das Festmahl wurde im Freien gehalten. Es bestand meist aus denselben Gerichten, welche von früher her bekannt sind, da ich sie damals beschrieben habe. Nach dem Essen bat uns Amad el Ghandur, mit in sein Zelt zu kommen, wo er uns eine Bitte vorzutragen habe. Es versammelten sich dort die Aeltesten des Dorfes. Malek und Halef waren auch dabei. Daß mein Hadschi mit hinzugezogen wurde, freute mich außerordentlich, denn ich ersah hieraus, daß er es verstanden hatte, sich in den Stamm einzuleben und die Achtung desselben zu erwerben.

»Emir,« begann der Scheik, »Ihr seid grad in einem wichtigen Augenblicke zu uns gekommen. Kannst du dich noch erinnern, an welchem Tage mein Vater, der Scheik Mohammed Emin der Haddedihn vom Stamme der Schammar, gestorben ist?«

»Sehr genau. Es war am zwölften Tage des Monats Haziran.«

»So ist es. Es sind darüber acht Jahre vergangen, und noch ist niemand an seinem Grabe gewesen, um die Gebete der Freundschaft und Verwandtschaft zu verrichten. Das läßt mich nicht länger ruhen. Ich will hinauf in die Berge, meine Pflicht zu tun, und der Stamm hat beschlossen, daß eine Anzahl tapferer Krieger mich begleiten solle, damit die Andacht in der Weise geschehe, wie es eines so berühmten Scheiks würdig ist. Wir wollten heut schon aufbrechen, ich mit zwanzig Mann, nachmittags um die Zeit des Asr; darum feierten wir gestern abend den Abschied bis in die Nacht hinein; unsere Wächter waren davon ermüdet, und so konnte es den Hunden der Abu-Ferhan glücken, unsere zwei besten Pferde zu stehlen. Nun seid ihr gekommen; die Gastfreundschaft gebietet uns, bei euch zu bleiben, und doch wollten wir am Todestage des Scheiks an seinem Grabe sein. Wir bitten dich, uns einen Rat zu geben, welcher von diesen beiden Pflichten wir folgen sollen.«

»Derjenigen, welcher ihr vor unserm Kommen folgen wolltet,« antwortete ich, kurz entschlossen.

»Du sagst, wir sollen hinauf in die Berge ziehen? Dann habt ihr nur gewöhnliche Krieger hier, die euch nichts bieten können.«

»Du irrst. Wir werden die Besten eures Stammes bei uns haben, nämlich euch.«

»Uns? – Wieso?«

»Das fragst du noch, Scheik? Ist nicht Mohammed Emin mein Freund und Bruder gewesen? Haben wir nicht nebeneinander gegen die Feinde der Haddedihn gekämpft? Sind wir nicht miteinander geritten wochenlang und haben Freude und Leid, Gefahren und Entbehrungen miteinander geteilt? Bin ich nicht an demselben Tage verwundet worden, an welchem Allah ihn zu sich rief? Habe ich ihn nicht mitbestattet und über seinem Grabe die Sure der Auferstehung gesprochen? Habe ich also nicht ein Recht, mit euch zu ziehen? Ist es nicht meine Pflicht, mit euch den Freund zu besuchen, der mich mit Liebe überschüttete und mir so teuer war?«

»Emir, du willst mit, wirklich mit?« rief da Amad el Ghandur freudig aus.

»Ja. Hoffentlich erlaubt ihr es mir!«

»O Allah, welche Frage! Ob wir dir es erlauben! Wir wagten nur nicht, dich darum zu bitten, da du für uns schon so viel getan hast. Nun können wir sicher sein, daß wir alle Fährlichkeiten überwinden werden.«

»Sind deren jetzt ungewöhnliche vorhanden?«

»Nicht mehr als sonst.«

»Welchen Weg wollt ihr einschlagen?«

»Denjenigen, welcher dir recht ist. Wir werden uns nach deinem Willen richten. Wir hatten beschlossen, nicht direkt nach der Grabstätte zu reiten. Meine Krieger wollten unsern damaligen Weg kennen lernen, um die Stätten zu betreten, an denen er in seinen letzten Tagen weilte; das glaubten sie, ihm schuldig zu sein, und ich war einverstanden, weil ich dasselbe Bedürfnis fühlte. Darum wollten wir hinüber nach dem Zagrosgebirge, zunächst zu dem Tschimarwalde, an welchem wir Heider Mirlam trafen. Das war die erste Stufe hinauf zu dem hohen Grabmale meines Vaters Mohammed Emin.«

»Ich bin einverstanden, denn auch ich möchte die Orte einmal wiedersehen, die wir damals berührten. Aber wie steht es mit den Bebbeh-Kurden? Sie waren unsere Feinde; du hast den Tod deines Vaters an ihnen gerächt; darum ist jeder Haddedihn, den sie in ihre Gewalt bekommen können, ihrer Blutrache verfallen. Wir werden uns vor ihnen hüten müssen.«

»Ja, das werden wir. Aber bedenke, daß wir ihnen in der jetzigen Jahreszeit leicht ausweichen können und von den andern Kurdenstämmen, durch deren Gebiet wir kommen, nichts zu fürchten haben. Wir werden zudem zwanzig tapfere Männer sein, und da du mit deinen Gewehren bei uns bist, so ist es grad so gut, als ob wir hundert wären.«

Da erhob sich mein kleiner Hadschi Halef Omar von seinem Sitze, versuchte, die dreizehn Haare seines dünnen Schnurrbartes martialisch in der Luft zu wirbeln, räusperte sich, was er stets tat, wenn er im Begriffe stand, eine seiner großen, berühmten Reden zu halten, und sprach:

»Hört, ihr Männer, ihr Tapferen, ihr Unüberwindlichen; ich will zu euch reden! Es war am zwölften Tage des Monates Haziran, den mein lieber und berühmter Effendi Kara Ben Nemsi Emir aber Juni nennt, an welchem Mohammed Emin, der große Scheik der Haddedihn, im Kampfe gegen die Bebbehkurden gefallen ist. Sein Ruhm erklingt in allen Ländern der Erde, denn wir haben siegreich an seiner Seite gestritten, wobei mein guter Sihdi einen Lanzenstich, und ich einen Schuß in den rechten Oberschenkel erhielt. Wir haben beschlossen, diesen Todestag feierlich zu begehen, indem wir zum Grabe des Scheiks reiten und an demselben unsere Andacht verrichten. Wir wollen dabei keineswegs Blut vergießen, denn der Tod Mohammed Emins ist schon gerächt worden, und ich habe von meinem Sihdi gelernt, meine Gnade und Barmherzigkeit über meine Feinde walten zu lassen. Unser Ritt soll ein Ritt der Andacht und des Friedens sein. Darum bitte ich euch, denselben so einzurichten, daß wir jede Begegnung mit Leuten, die uns nicht freundlich gesinnt sind, vermeiden und den großen Hadschi Kara Ben Nemsi unsern Führer sein lassen. Er wird uns so leiten, daß jeder Kampf vermieden wird. Indem ich dies sage, glaube ich nicht, von einem von euch für feig gehalten zu werden. Ich wäre bereit, sofort auf Tod und Leben mit ihm zu kämpfen!«

Er setzte sich wieder nieder und ich antwortete:

»Es kann keinem von uns einfallen, den braven Hadschi Halef Omar, welcher seine Tapferkeit so oft erwiesen hat, für mutlos zu halten. Er hat mir aus der Seele gesprochen: Unser Ritt soll ein friedlicher sein. Die große Ehre aber, euer Anführer zu sein, darf ich nicht für mich beanspruchen; ein jeder von euch ist ein ebenso tapferer, erfahrener und umsichtiger Krieger, und Amad el Ghandur ist euer Scheik; ich jedoch bin euer Gast und stelle mich ihm gern unter.«

Darauf gingen die Haddedihn aber nicht ein; alle widersprachen mir, und Amad el Ghandur machte die entscheidende Bemerkung:

»Sihdi, du hörst, daß keiner von uns auf diesen deinen Vorschlag eingehen will. Du bist damals unser Führer gewesen und sollst es auch jetzt wieder sein.«

»Ich bin aber doch fremd in diesem Lande, und du kennst es viel besser als ich.«

»Nein, du bist hier nicht mehr fremd, und dein Verstand findet sogar die Wege aller Gegenden, in denen du noch nie gewesen bist; wir haben das so oft gesehen und erfahren. Rede uns also nicht darein; du sollst uns wieder führen.«

Damit war dieser Punkt abgemacht, denn ich widersprach nicht mehr, weil ich dachte, daß es allerdings besser sei, wenn die leicht erregbaren Beduinen mir und nicht ihren eigenen Eingebungen zu folgen hatten.

Die andern weniger wichtigen Punkte waren bald auch besprochen, und wir kamen zu dem Entschlusse, übermorgen früh aufzubrechen. Freilich wollten die Haddedihn die Reise viel lieber zur Zeit des Asr, des Nachmittagsgebetes, antreten, weil dies die Stunde ist, in welcher alle strenggläubigen Mohammedaner ihre Reisen zu beginnen pflegen, doch stimmten sie mir endlich bei, nachdem ich ihnen bewiesen hatte, daß wir nicht in der Lage waren, einen Dreiviertelstag zu versäumen. Wir hatten uns im Gegenteil sehr zu sputen, wenn wir am Todestage Mohammeds an seinem Grabe eintreffen wollten.

Omar Ben Sadek befand sich auch unter denen, welche für diesen Ritt bestimmt waren; er hätte sich auf keinen Fall davon abhalten lassen und war geradezu begeistert darüber, wieder einmal einen solchen Zug mit mir unternehmen zu können. Es braucht wohl kaum erwähnt zu werden, daß er und sein Weib Sahama auch sehr reichlich beschenkt worden waren.

Halef bat mich, in dieser Nacht an meiner Seite schlafen zu können; ich gewährte es dem treuen Kerlchen gern, obgleich ich voraussah, daß vom Schlafe nicht sehr die Rede sein werde. Es kam auch so, wie ich gedacht hatte: ich mußte ihm erzählen, und auch er hatte mir so viel Neues und Interessantes zu berichten, daß wir erst gegen Morgen die Augen schlossen und schon nach einer Stunde durch das erwachende Lagerleben wieder aufgeweckt wurden.

Es gab zum Frühstück einen Kaffee, mit dem wir zufrieden sein konnten, und duftende Kebab, kleine, über dem Feuer geröstete Fleischstücke, welche sehr gut schmeckten. Dann führte Halef mich in sein Zelt, denn Hanneh, die ›Lieblichste der Frauen und Töchter‹, sehnte sich, mich bei sich zu sehen. Sie bereitete uns ein zweites, sehr delikates Frühstück, und der Hadschi war unendlich glücklich, als er sah, mit welcher Achtung und Höflichkeit ich seine ›Schönste unter den Schönen‹ behandelte. Nach dem Mahle fragte er mich:

»Sihdi, du hast gestern Kara Ben Halef, meinen Sohn, auf seinem Pferde sitzen sehen. Wie reitet er?«

»Sehr gut,« antwortete ich, ihn erwartungsvoll anblickend, denn ich kannte ihn und hatte schon längst bemerkt, daß er etwas Wichtiges auf dem Herzen hatte. Meine Antwort war nicht bloß aus Rücksicht für seinen Vaterstolz gegeben; ich fuhr vielmehr der Wahrheit gemäß fort: »Ich habe noch nie einen Knaben dieses Alters sein Pferd so regieren sehen. Er reitet wirklich wie ein Erwachsener.«

Seine und Hannehs Augen leuchteten vor Entzücken; er rief aus:

»Wie stolz du mich mit deinen Worten machst, o Sihdi! Ich selbst bin sein Lehrer gewesen: darum tut dies Wort aus deinem Munde mir zehnfach wohl. Nun sollst du ihn aber auch schießen sehen. Willst du die Güte haben, mit mir hinauszugehen?«

Er führte mich vor das Lager, wo Kara Ben Hadschi Halef Omar schon auf uns wartete; er war mit einem Doppelgewehre, zwei Pistolen und einem Revolver ausgerüstet. Ein Pfahl steckte in der Erde. Auf diesen deutend, sagte Halef:

»Sihdi, wie oft hast du, wenn du dich in Not und Gefahr befandest, auf so einen Pfahl geschossen, um deinen Feinden zu zeigen, wie unfehlbar deine Kugeln sind, und daß sie verloren sein würden, wenn sie es wagten, dich anzugreifen. Ich habe mich später auf dieselbe Weise geübt und dann auch meinem Sohne Unterricht gegeben. Er mag dir zeigen, was er gelernt hat. Erlaubst du es?«

Ich hatte selbstverständlich nichts dagegen einzuwenden. Der Knabe schoß auf äußerster Tragweite seiner Waffen und tat keinen einzigen Fehlschuß. Jede Kugel saß, so wie es Halef von mir gesehen hatte, einen Zoll tiefer von der vorigen entfernt in der Zeltstange.

»Nun, Sihdi, genügt dir diese Probe?« fragte mich sein Vater.

»Natürlich,« antwortete ich. »Er wird ein Krieger wie sein

Vater werden, und ich bin stolz darauf, daß er meinen Namen Kara trägt.«

»Er soll ein Held werden, wie du bist, o Emir. Folge mir wieder in mein Zelt zurück, denn ich und Hanneh, die beste unter den Frauen und Müttern, haben dir eine Bitte vorzutragen.«

Ich ahnte, welcher Wunsch dies war, und hatte mich in meiner Vermutung auch nicht getäuscht, denn als wir wieder im Zelte beisammen saßen, sagte er:

»Mein Sohn soll seinen ersten Zug nicht unter einer gewöhnlichen Führung machen; ich wäre außerordentlich glücklich, ihn unter deiner Leitung zu sehen. Soll ich da warten, bis du später einmal wiederkommst? Kann man überhaupt wissen, ob Allah gewillt ist, uns noch einmal mit deiner Gegenwart zu erfreuen? Jetzt aber bist du hier und wirst uns nach dem Grabe des Scheiks führen. Soll ich da nicht diese Gelegenheit ergreifen, meinen Nachfolger im Schatten deiner Vortrefflichkeit reiten zu sehen? Erlaube mir also, ihn mitzunehmen, o Sihdi; meine Dankbarkeit wird ohne Grenzen sein!«

»Er ist zu jung, mein lieber Halef,« warf ich ein.

»Darf man die Jugend oder das Alter nach Zahlen messen? Es gibt junge Menschen, welche wie alte handeln, und wiederum sieht man oft alte Leute, welche nicht klüger als unerfahrene Kinder sind.«

»Das ist richtig. Ich sehe, daß dein Kara Ben Halef weit über seine Jahre vorgeschritten ist; aber sein Körper ist wohl noch nicht widerstandsfähig genug, um einen solchen schnellen, weiten und anstrengenden Ritt, wie wir ihn vorhaben, aushalten zu können.«

»Denke das ja nicht, o Sihdi! Er ist abgehärtet wie ein Alter. Ich habe ihn in diesem Jahre mit in Basra gehabt, gewiß ein weiter Ritt, viel, viel weiter als derjenige, den wir jetzt vorhaben, und er war bei der Rückkehr so munter und so frisch, wie er beim Aufbruche gewesen war. Ich sage dir, er hält es aus, er hält es aus, vielleicht besser als ein Krieger von dreißig oder vierzig Jahren. Es würde mich sehr schmerzen, wenn du mir meinen Wunsch nicht erfüllen wolltest.«

»Vom Erfüllen oder Nichterfüllen meinerseits kann keine Rede sein. Du bist der Vater und hast also allein zu bestimmen, was dein Sohn zu tun oder zu lassen hat. Es kommt nur auf dich an, ob du ihn mitnehmen willst oder nicht.«

»Das sagst du, Sihdi; aber die Haddedihn werden anders denken. Ich vermute, daß sie sich weigern werden, einen Knaben mitzunehmen.«

»Das kann ich ihnen, aufrichtig gesagt, gar nicht verdenken, obwohl sie den beabsichtigten Ritt viel leichter nehmen als ich.«

»Leichter? So hältst du ihn für schwieriger als sie?«

»Nicht allein für schwieriger, sondern auch für gefährlicher.«

»Gefährlich? Weshalb?«

»Ihr habt mir die Führung übergeben und, wie ich nur zu dir allein sage, ganz wohl daran getan, denn ich bin als Abendländer viel bedenklicher als sie. Ich habe mich gewöhnt, mir alles vorher zu überlegen, und halte es für leicht möglich, daß wir einen Zusammenstoß mit den Bebbeh haben.«

»Wir können aber doch leicht die Gegend vermeiden, in welcher sie sich jetzt befinden!«

»Nein, das können wir wahrscheinlich nicht, denn es ist leicht denkbar, daß sie sich grad dort befinden, wohin wir jetzt wollen.«

»Am Grabe Mohammed Emins etwa?«

»Ja.«

»Was können sie dort wollen?«

»Dasselbe, was wir beabsichtigen.«

»Ich verstehe dich nicht, Sihdi. Sie können doch nicht auf den Gedanken kommen, am Grabe des Scheiks, der ihr Feind und Gegner war, zu beten!«

»Das wird ihnen freilich nicht einfallen; aber es gibt ein anderes Grab dort, welches sie grad an demselben Tage anziehen kann. Denke an ihren Scheik Gasahl Gaboya!«

»Den ich erschossen habe?«

»Ja. Er hat mit Mohammed Emin denselben Todestag. Kannst du mich nun begreifen?«

»Allah l'Allah, daran habe ich gar nicht gedacht! Aber da fällt mir ein, daß es gar kein Grab gibt, an dem sie beten könnten, denn wir haben damals ihre Toten, also auch die Leiche ihres Scheiks, in das Wasser geworfen.«

»Was ich nicht zugegeben hätte, wenn ich nicht betäubt gewesen wäre,« fiel ich ein. »Man muß die Toten ehren; das ist damals nicht geschehen, und darum wird die Stimmung der Bebbeh seitdem eine doppelt feindselige geworden sein. Dazu kommt, daß Amad el Ghandur nachher den Tod seines Vaters an ihnen gerächt hat.«

»Du meinst also, daß sie an das Wasser kommen werden, um zu beten?«

»Ich meine, daß ihr Kommen möglich ist, weiter nichts; aber wenn sie kommen, so brauchen sie sich nicht an das Wasser zu stellen; davon bin ich überzeugt. Sie sind auf alle Fälle, als wir fort waren, zurückgekehrt, um zu sehen, was mit ihren gefallenen Kriegern geschehen ist. Sie haben die Leichen aus dem Wasser gezogen und in die Erde begraben; es gibt also eine Stätte, an welcher sie sich zur Andacht versammeln können. Unsere Haddedihn sind nicht umsichtig genug, daran zu denken. Ich habe also guten Grund, unsern Ritt für nicht ungefährlich zu halten. Es kann leicht zu einem Zusammenstoße mit ihnen kommen. Nimmst du deinen Sohn mit, so weißt du nun, welcher Gefahr du ihn aussetzest.«

»Sihdi, das ist aber doch kein Grund, ihn hier zu lassen! Soll er sich vor einer Gefahr fürchten, welcher sein Vater kaltblütig entgegengeht? Er wird nun erst recht wünschen, bei mir sein zu dürfen. Ist er vielleicht besser als ich? Bin ich so wertlos gegen ihn, daß ich, der Vater, mich erschießen lassen muß, während er, der Sohn, hier bei den Weibern zurückbleibt, um seinen edlen Leib zu pflegen und seine zarte Haut mit wohlriechenden Salben einzureiben? Wie kann ein Held aus ihm werden, wenn er es schon jetzt verschmäht, den

Glanz seines Mutes zu zeigen und den Schimmer seiner Tapferkeit zu pflegen. Soll ich mir ein solches Ding bauen lassen, was ihr im Abendlande einen Choristan el Kezaz[1] nennt, und meinen Sohn hineinsperren, damit kein Stäubchen auf ihn fallen und er seine Feigheit durch die Glasscheiben bewundern lassen kann?«

Der kleine Hadschi war in Aufregung geraten. Er sprach noch weiter und brachte alles Mögliche vor, um mich zu überzeugen, daß es ganz unumgänglich notwendig sei, den Knaben grad jetzt an diesem Zuge teilnehmen zu lassen. Ich freute mich über diesen Eifer dieses wackeren Menschen, seinem Sohne Gelegenheit zu geben, schon jetzt zu zeigen, daß aus ihm ein würdiges Ebenbild seines Vaters zu erwarten sei; ich war gleich beim ersten Worte, welches er gesprochen hatte, nicht abgeneigt gewesen, auf seinen Wunsch einzugehen, und ließ jetzt nur noch die letzte Einwendung hören:

»Deine Gründe sind mir leicht begreiflich, lieber Halef; aber was sagt Hanneh, die Mutter des Knaben dazu? Sie hat das Recht, ihre Meinung auch hören zu lassen.«

»Ja, das hat sie, und sie soll dir sofort sagen, was sie denkt. Hanneh, du Liebling aller Lieblinge, erkläre unserm Sihdi, was dein Wunsch und Wille ist!«

Sie hatte bei uns gesessen, ohne bis jetzt ein Wort zu sprechen, war aber unserem Gespräch mit größter Teilnahme gefolgt; jetzt ließ sie sich in bescheidenem Tone vernehmen:

»Sihdi, du magst bestimmen, was du willst, so füge ich mich deinem Willen, denn ein Weib hat sich dem Rate der Männer zu unterwerfen. Aber da du befiehlst, daß ich dir meine Meinung sage, so sollst du sie hören. Du weißt, wie sehr ich Hadschi Halef Omar, meinen Herrn und Gebieter, liebe; dennoch habe ich ihn gern mit dir ziehen lassen, obwohl ich wußte, welche Gefahren auf euch warteten und daß er sein Leben wohl oft zu wagen haben werde. Ich habe im Stillen um ihn gebangt und für ihn gebetet; aber ich bin stolz darauf gewesen, daß er dein Begleiter sein und dir zeigen

[1] Glasschrank.

durfte, daß er ein treues und mutiges Herz besitzt. Er hat alle Fährlichkeiten glücklich überstanden und ist zu mir als ein Mann zurückgekehrt, der mehr erlebte und erfuhr, als alle andern Männer und Krieger dieser Gegend. Jetzt sitzt er im Rate der Alten, die gern seine Stimme hören und ihr wohl immer folgen. Das erfüllt mein Herz mit großer Wonne, denn ich besitze einen Gemahl, mit welchem sich kein anderer vergleichen darf. Wir vom Stamme der Ateïbeh waren die Verachtetsten unter den Verachteten, als du uns kennen lerntest; jetzt ist das ganz anders geworden, denn der Name Hadschi Halef Omar ist mit reichem Ruhm bekannt, soweit die Fluten des Euphrat und des Tigris fließen. Es kommen die Krieger fremder, weit entfernter Stämme, um meinen Gemahl zu sehen und ihn kennen zu lernen; werde da nicht auch ich von den Strahlen seiner Berühmtheit beleuchtet? Ebenso stolz möchte ich auch auf meinen Sohn sein dürfen, und ich weiß, daß nur du es bist, der ihn so schnell zum Ruhme führen kann, wie der Name seines Vaters durch dich auf alle Lippen und Zungen gebracht worden ist. Ich liebe ihn mehr als mich selbst, aber grad darum ist es mein höchster Wunsch, daß er seines Vaters würdig werden möge. Ich weiß ihn in deinem Schutze so sicher, als ob er sich hier in diesem Zelte befinde. Du kannst ihm ein Beispiel und Vorbild für sein ganzes, ferneres Leben geben, aber nur dadurch, daß er es vor sich hat und sieht, dadurch, daß er sich in deiner Nähe befindet. Darum habe ich denselben Wunsch, den Hadschi Halef Omar ausgesprochen hat: erfülle unsere Bitte, und nimm ihn mit! Er wird dann von dieser Erinnerung zehren, wie man aus einem Brunnen trinkt, der unaufhörlich Wasser gibt!«

Da schlang Halef seine Arme um sie, küßte sie auf Stirne, Mund und Wangen und rief aus:

»Das habe ich gewußt, daß du so sprechen würdest, du Verständigste unter den Verständigen, du Weib des Tapfern und du Mutter des zukünftigen Helden! Hast du es gehört, Sihdi? Sie will es auch, daß Kara Ben Hadschi Halef Omar mit uns gehe. Sei nicht dagegen, sondern stimme bei!«

Er streckte mir seine Hand entgegen; ich schlug ein und antwortete:

»Euer Wunsch sei erfüllt; er soll mit uns reiten.«

»Auch wenn die Andern dagegen sind?«

»Auch dann, denn ich hoffe, daß die Haddedihn meine Fürsprache berücksichtigen werden.«

»O, das tun sie sicher und gewiß, Sihdi. Du darfst von ihnen verlangen, was du willst; sie tun es, wenn es überhaupt nur möglich ist.«

Er strahlte förmlich vor Entzücken, und auch Hanneh war hocherfreut darüber, daß ich meine Zusage gegeben hatte. Halef eilte fort, um seinem Sohne das Resultat dieser Unterredung mitzuteilen.

Was ich erwartet hatte, geschah dann später: Als die Haddedihn vernahmen, daß der Hadschi seinen Knaben mitnehmen wollte, waren sie einstimmig dagegen. Ich machte nicht viel Worte, um ihre Einwilligung zu erlangen, sondern sagte nur, daß es auch mein Wunsch sei, meinen »Paten«, der meinen Namen trage, bei mir zu haben; da ließen sie jeden Einwand fallen.

Am nächsten Morgen wurde schon frühzeitig zum Aufbruche gerüstet. Es waren ohne mich und den Knaben zwanzig Reiter, alle nach Kräften auf das beste bewaffnet. Mehrere Packpferde mußten die Speisevorräte tragen, welche wir mitnahmen, um nicht unterwegs auf die zeitraubende Jagd angewiesen zu sein. Amad el Ghandur ritt die Schimmelstute, ich meinen Rih und der Knabe den ›Sohn‹ meines Rappen; Omar Ben Sadek saß auf dem Schecken des Aladschy; Halef hatte das nächstdem beste Pferd des Stammes geliehen bekommen, und auch die Andern waren so gut beritten, daß wir in Beziehung auf die Schnelligkeit unserer Reise ganz ohne Sorge sein konnten.

Wir wollten, wie bereits erwähnt, zunächst nach dem Zagrosgebirge, welches wir ohne Unfall nach Verlauf einer Woche erreichten. Wir fanden den Tschimarwald, an dessen Rande wir damals[1] lagerten, als wir mit den Turkomanen

[1] Siehe Band III, Seite 15.

vom Stamm der Bejat zusammentrafen, und blieben die Nacht an derselben Stelle. Da wir beschlossen hatten, genau den damaligen Weg zu verfolgen, um die Orte, die wir zu jener Zeit berührt hatten, wiederzusehen, so ritten wir am nächsten Tage nach dem Bache in der Nähe jener Rundung, in welcher wir von den Bebbeh-Kurden unter Anführung ihres Scheiks Gasahl Gaboya überfallen worden waren. Hier blieben wir auch eine Nacht, und es versteht sich ganz von selbst, daß jede Erinnerung aufgefrischt und alles, was wir hier erlebt hatten, bis auf das Einzelnste durchgesprochen wurde.

Unserm Programm gemäß gelangten wir gegen Abend des nächsten Tages an die kleine Hütte, in welcher wir Allo, den bärenhaften Köhler, gefunden hatten. Sie war unbewohnt und ganz verfallen. Am darauffolgenden Mittag erreichten wir den Beroziehfluß, in dessen Wasser wir wie damals badeten. Einen Tag später ging es über die Höhe von Banna und dann in den nach Süden führenden Paß hinein. Vierundzwanzig Stunden darauf kamen wir in das schmale Tal mit dem wiesenähnlichen Streifen in der Mitte, wo die Bebbeh uns zum zweiten Male überfallen hatten, hierauf in das krumme Seitental, in welchem wir mit dem Bruder des Scheiks Gasahl Gaboya übernachtet hatten. Nachher gelangten wir an den Lagerplatz, wo die beiden Haddedihn gegen mich gestreikt hatten. Da blieb Amad el Ghandur halten und sagte zu mir:

»Emir, mein Vater lebte wohl heute noch, wenn wir uns nicht hier gegen deinen Willen empört und nachher infolgedessen den Scheik Gasahl Gaboya freigelassen hätten. Wir sind damals große Toren gewesen.«

Ich zog es vor, nicht zu antworten, denn meine Antwort hätte nur ein Vorwurf sein können, welcher vollständig überflüssig war.

Auch an das Haus von Mahmud Khansur, des Scheiks der Dschiafkurden, kamen wir wieder und stiegen bei demselben ab. Zu unserer Freude lebte der Hausmeister Gibrail Mamrahsch mit seinem Weibe noch. Sie erkannten uns wieder und luden uns ein, bei ihnen zu übernachten. Wir erfüllten ihnen diesen Wunsch sehr gern, denn wir hatten Zeit dazu und wußten, daß wir ihnen wirklich willkommen waren.

Bis jetzt hatten wir fast gar nichts erlebt. Ich war mit Halef und seinem Sohne stets vorangeritten, um die Gegend zu erkunden, und die Haddedihn hatten nur in bedeutender Entfernung folgen dürfen. Auf diese Weise war jede gefährliche Begegnung vermieden worden, aber auch jedes Zusammentreffen mit jemand, bei welchem wir uns nach dem jetzigen Stand der Dinge hätten erkundigen können. Dies konnte nun bei Gibrail Mamrahsch nachgeholt werden.

Halef hatte seinem Sohne unterwegs jeden in unserer Erinnerung lebenden Platz gezeigt und ihm – vielleicht zum hundertsten Male – erzählt, was an demselben geschehen war. Das geschah natürlich stets in seiner bilderreichen Weise, die mir auch jetzt viel Spaß bereitete. Seiner Schilderung nach war er wenigstens ein halber, ich aber viel mehr als ein ganzer Gott.

Ich hatte den kleinen Kara Ben Halef gleich vom ersten Tage unsres Rittes an in die Schule genommen. Er kam fast nie von meiner Seite und zeigte sich außerordentlich aufmerksam und gelehrig. Ich lehrte ihn, auf die Stimmen der Wildnis zu achten, und bei jeder Spur, auf welche wir trafen, zeigte ich ihm, nach welchen Regeln sie gelesen werden müsse, um richtig verstanden zu werden; dabei bekam ich schon nach Verlauf der ersten Wochen die Ueberzeugung, daß er sich zu einem recht tüchtigen Beduinen entwickeln werde. Ich gewann ihn lieb und sah, daß er mir seine Zuneigung auch geschenkt hatte. Omar Ben Sadek hatte sich dieselbe auch errungen und wurde von ihm nicht anders als Amm, d.i. Oheim von väterlicher Seite, genannt.

Als wir zum ersten Male bei Mamrahsch eingekehrt waren, hatten wir von ihm erfahren, daß sich nicht viele Dschiafkurden, zu denen er gehörte, in der Nähe befanden, vielmehr hatte der Stamm der Bilba sich aus Persien herüber in die Nähe gezogen. So stand es auch noch am heutigen Tage.

»Und die Bebbeh?« fragte ich ihn. »Wo haben diese jetzt ihre Weideplätze?«

»Zwischen Persien und dem Zagrosgebirge,« antwortete er.

»Also ziemlich weit von hier. Sind vielleicht in letzter Zeit welche hier in der Umgegend gewesen?«

»Bei mir nicht; aber eine Tagreise von hier pflegt jährlich ein Trupp von ihnen Rast zu machen.«

»Ach, wirklich? Mit solcher Regelmäßigkeit?«

»Ja. Jährlich einmal, ich glaube, um die jetzige Zeit lagern sie dort.«

»Wie groß ist ihre Anzahl?«

»Immer zehn oder zwölf Mann.«

»Was tun sie dort?«

»Sie scheinen ein Id el Amwat[1] zu feiern.«

»So? Gibt es Gräber dort?«

»Ja, mehrere; sie liegen am Ufer des Djalahflusses. Die Hügel bestehen aus Erde; droben aber auf der Felsenhöhe gibt es ein einzelnes Grab, welches aus Steinen errichtet ist.«

»Kennst du es?«

»Ja; ich bin einmal oben gewesen.«

»Ist es gut erhalten?«

»Sehr gut. Es sind nur einige Steine entfernt worden, so daß man in das Innere blicken kann. Da sieht man den Toten sitzen, welcher nicht verwest, sondern vertrocknet ist wie eine Mumija[2] in Aegypten. Er hat einen sehr langen, silbergrauen Bart.«

»Hast du eine Ahnung, wer er gewesen sein mag?«

»Genau weiß ich es nicht, denn als ich im vorigen Jahr oben war, war sein Gesicht so eingetrocknet, daß die eigentlichen Züge nicht mehr vorhanden waren, aber ich glaubte, es sei der Scheik, der ehrwürdige Greis, welcher damals mit euch bei mir gewesen ist.«

»Das hast du ganz richtig erraten. Es ist Mohammed Emin, der Scheik der Haddedihn. Dieser Krieger hier ist Amad el Ghandur, sein Sohn und Nachfolger. Wir sind ge-

[1] Totenfest. [2] Mumie.

kommen, ihm die ›Ehren der Verstorbenen‹ zu erweisen. Ist sein Grab hier in der Gegend bekannt geworden?«

»Ja. Es pilgern viele Gläubige hinauf zur Höhe. Ich hörte erzählen, der Tote habe mit den Bebbehkurden gekämpft und so viele von ihnen getötet, wie unten am Wasser in den Gräbern liegen, sei dann aber durch die Ueberzahl überwunden worden.«

»Auch dies ist in der Hauptsache richtig. Da wundert es mich aber, daß diese Kurden bei ihren jährlichen Besuchen sich nicht an diesem Toten und seinem Grabe vergriffen haben.«

»Was denkst du, Herr! Sie sind zwar Diebe und Räuber, aber auch gläubige Moslemin, und kein wahrer Gläubiger schändet ein Grab, selbst wenn es das eines seiner ärgsten Feinde wäre. Der Prophet hat dies streng verboten; es steht im Kuran geschrieben.«

»Nicht da steht es geschrieben, und nicht Mohammed hat es verboten, sondern Samakhschari, der Erklärer, hat gesagt, daß derjenige, welcher das Grab eines Gläubigen schändet, am jüngsten Tage das seinige nicht verlassen dürfe, und also nicht in den Himmel kommen könne.«

»Seid Ihr dabei gewesen, Herr, als er getötet wurde?«

»Ja.«

»Darf ich erfahren, wie es geschehen ist? Ich möchte es sehr gern wissen, weil er doch mein Gast gewesen ist.«

Diese Gelegenheit, sein Erzählertalent leuchten zu lassen, ließ sich Halef natürlich nicht entgehen. Er ergriff sofort das Wort, um zu berichten, was am Todestage Mohammed Emins geschehen war.

Diese braven Leute taten wieder alles, um uns den Aufenthalt bei sich so angenehm wie möglich zu machen, und wurden darum, als wir sie am andern Morgen verließen, abermals reichlich beschenkt.

Gegen Mittag erreichten wir den berühmten Schamianweg, welcher Sulimania mit Kirmanschah verbindet, und gingen über den Garranfluß. Am folgenden Morgen kamen wir in die Nähe des Djalah, an dessen Ufer Mohammed Emin damals gefallen war. Da sich meine Vermutung, daß die Bebbeh die Gräber der Ihrigen besuchten, bewahrheitet hatte, so galt es nun, außerordentlich vorsichtig zu sein. Sie konnten schon hier sein, weil heute der elfte Haziran und morgen also der Jahrestag jenes siegreichen und für uns doch so unglücklichen Kampfes war.

Da ich Halefs Knaben nicht der Gefahr aussetzen wollte, ritt ich jetzt allein voran. Die Andern mußten mir einzeln und in gewissen Abständen folgen. So sehr ich meine Augen anstrengte, ich konnte keine Spur eines menschlichen Wesens entdecken. Wir erreichten ganz ungefährdet die Stelle, an welcher wir damals Mittagsrast gemacht hatten. Wie damals hatten wir auf der einen Seite den Fluß, auf der andern die mit Ahorn-, Kornelbäumen, Platanen und Kastanien bestandene sanfte Anhöhe, und vor uns erhob sich jener Felsenrücken, dessen zerklüftete Krone der Ruine einer alten Ritterburg sehr ähnlich war.

Die Gefährten wollten nun gleich nach der Stelle reiten, an welcher der Kampf stattgefunden hatte; ich gab dies aber nicht zu, da ich vorher rekognoszieren wollte. Sie mußten also zurückbleiben; ich aber stieg vom Pferde und schlich mich in der betreffenden Richtung weiter. Als ich den Platz erreichte, war auch da nicht die geringste Spur zu sehen; aber die Höhe des Grases, welches hier stand, machte mich bedenklich. Darum sagte ich, als ich zu meinen Begleitern zurückgekehrt war:

»Ich halte es für geraten, den Platz des Kampfes nicht aufzusuchen. Das Gras wächst dort so hoch und dicht, daß es, wenn wir es niedertreten, sich vor zwei oder drei Tagen nicht wieder aufrichten kann; es ist da vollständig unmöglich, unsere Spuren zu verwischen.«

»Meinst du wegen der Bebbehkurden?« fragte Amad el Ghandur.

»Ja.«

»Die sind doch nicht zu fürchten!«

»Nicht? Haben sie uns damals nicht den größten Schaden getan?«

»Damals waren es wohl vierzig Mann; jetzt zählen sie nur zehn oder zwölf.«

»Weißt du, daß auch heuer nur so wenige kommen werden? Ist es denn unmöglich, daß ihr Trupp in diesem Jahre ein bedeutender sein kann?«

»Das würde nichts schaden, denn wir sind vorbereitet, was wir damals nicht waren.«

»Wir haben aber doch beschlossen, jeden Kampf zu vermeiden!«

»Das haben wir, ja; aber es ist doch nicht nötig, uns vor diesen Hunden zu fürchten. Du bist zu ängstlich, Emir. Wir wissen ja gar nicht, ob sie heuer auch kommen werden. Sind wir hierher gekommen, um uns nicht an die Hauptstelle zu wagen? Ich muß den Ort sehen, an welchem das Blut meines Vaters geflossen ist. Ich würde hinreiten, und wenn tausend Kurden sich dort befänden. Vorwärts also!«

Er war bisher so ruhig gewesen; nun aber wirkte die Nähe des unglücklichen Platzes auf ihn ein; die schreckliche Erinnerung erregte ihn; er trieb sein Pferd weiter, und die Andern folgten ihm; ich konnte nicht allein zurückbleiben, rief ihm aber zu:

»Ihr habt damals den Tod deines Vaters selbst verschuldet; wenn ihr jetzt wieder so unvorsichtig seid, bitte ich euch, die Verantwortung dessen, was darauf folgen kann, nicht auf mich zu wälzen.«

»Habe keine Sorge,« rief er mir zurück; »es wird nichts geschehen. Und wenn etwas geschähe, so werden wir die Schuld dir nicht geben.«

Wir ritten auf dem Wiesenrande am Flusse hin, bogen um die Krümmung des Höhenzuges und waren an Ort und Stelle. Rechts von uns befand sich der Felsen, an welchem ich die kämpfenden Perser erblickt hatte. Vor uns gab es die Stelle, an welcher Amad el Ghandur die Feinde mit dem Kolben von sich abgewehrt hatte, den toten Vater zu seinen Füßen liegend. Links davon war Gasahl Gaboya von meinem Halef niedergeschossen worden, und seitwärts von dieser Stelle war ich mit dem Pferde niedergebrochen. Näher am

Wasser sahen wir die Gräber der Kurden liegen. Es war ihnen anzusehen, daß sie von Zeit zu Zeit – also wohl immer am Jahrestage – ausgebessert und aufgeschüttet worden waren.

Amad el Ghandur stieg vom Pferde und kniete auf die Erde nieder, welche das Blut seines Vaters getrunken hatte; die Andern folgten, außer mir und Lindsay, seinem Beispiele, sie beteten. Dann, als sie sich wieder erhoben hatten, erklärte der Scheik ihnen an Ort und Stelle den Verlauf des Kampfes. Das benutzte der Lord, mir die Bemerkung zu machen:

»War ein schrecklich dummer Tag damals. Habe zwei Finger eingebüßt, also, da ich bloß zehn hatte, grad zwanzig Prozent. Ist das nicht ein wenig viel, Sir?«

»Gewiß,« nickte ich. »Aber das war wohl noch nicht alles. Hattet Ihr nicht auch noch eine Blessur, so da in der Nähe des Verstandes?«

»*Yes.* Hatte etliche Haare und ein Stück Knochen eingebüßt, ungefähr da, wo man im Kopfe sein bißchen Vernunft zu haben pflegt.«

»Da ging wohl auch so ein Stück von dieser Vernunft mit flöten?«

»Glaube es nicht, Sir, obgleich ich viel leichter als Ihr einen solchen Verlust ertragen könnte; habe davon grad so viel Ueberfluß, wie Euch davon fehlt. *Well!*«

Er wendete sich lachend von mir ab.

Ich hatte mich im Stillen darüber gewundert, daß Halef sich die Gelegenheit entgehen ließ, den Haddedihn den Verlauf des Kampfes zu erklären, und dies vielmehr dem Scheik überließ. Er war mit seinem Sohne an die Gräber der Kurden getreten, stand mit gefalteten Händen da und bewegte die Lippen im Gebete.

»Du betest?« fragte ich ihn, mich erstaunt stellend.

»Ja, Sihdi, ich und Kara Ben Halef, mein Sohn, haben auch hier gebetet.«

»An den Gräbern eurer Feinde?!«

»Nein, denn die Toten sind unsere Feinde nicht mehr; der Christ kennt überhaupt keine Feinde, er haßt keinen Menschen, sondern er liebt sie alle, alle; das hast du mir ja selbst gelehrt.«

»Was hast du gebetet? Die Fatiha?«

»Nein. Wer diese betet, ist ein Mohammedaner, und kein solcher betet am Grabe seines Feindes. Ich und mein Sohn haben als Christen hier gestanden und das heilige Abuna[1] gebetet, welches ich von dir gelernt habe. Hanneh, die Perle unter den Frauen und Müttern, pflegt es auch mit uns zu beten. Wunderst du dich etwa darüber?«

»Nein, denn ich weiß, daß das Wort Gottes wie ein kleines Samenkorn ist, welches, in die Erde gelegt, sich zu einem Baume entwickelt, der mächtig und zugleich lieblich anzuschauen ist und immer neue Früchte und Samen entwickelt. Du hast ein solches Korn von mir empfangen; es wächst in dir und wird Früchte bringen. Gib die Samen davon weiter, mein guter Halef! Dann wirst du Gott wohlgefallen und viele, viele glückliche Menschen machen.«

»O, das weiß ich, Effendi; ich bin ja selbst so sehr glücklich geworden. Weißt du noch, was für Mühe ich mir gegeben habe, dich zum Islam zu bekehren? Ich habe da manch ein Wort gesprochen, welches wie der zweite Kopf eines Kamels war, das doch nur einen haben kann. Du hast dazu gelächelt und bist, wenn ich dann zornig wurde, immer gut und freundlich geblieben. Diese deine Güte hat mich besiegt. Ein einziges warmes Wort von dir hat mehr gewirkt, als alle meine langen Reden wirken konnten. Der Islam ist die Soka[2], die nur auf dürrem Boden wächst, das Christentum aber die Nachla[3], welche hoch in die Lüfte ragt und viele Früchte bringt. Der Islam gleicht der Wüste, in welcher es nur hier und da einen Brunnen gibt, der schlechtes Wasser hat, das Christentum aber einem schönen Lande mit mächtigen Bergen, auf deren Höhen Glocken erklingen, und schönen Tälern, in denen Ströme fließen, welche Wälder und Felder und Gärten nähren und an deren Ufern Städte und Dörfer stehen, deren Bewohner gute und folgsame Kinder

[1] Vaterunser. [2] Distel. [3] Palme.

ihres himmlischen Vaters sind. Daß ich dieses weiß, habe ich dir zu danken; es sollen es aber auch von mir noch viele, sehr viele erfahren.«

Jetzt gingen wir, die Pferde an den Zügeln führend, nach dem Orte, an welchem wir nach dem Kampfe mit den Persern gelagert hatten. Ich dachte an das ›Haus‹, welches mich und Halef mit allen möglichen Delikatessen versehen hatte, und dabei war es mir, als ob jener süße, orientalische Duft mich heute wieder umwehe. Welch ein schreckliches Ende hatten diese guten Menschen dann da unten auf dem Wege der Todeskarawane gefunden!

Dann stiegen wir hinauf zur Felsenhöhe. Da standen noch die Reste der Hütte des Sorankurden; er war nicht zu ihr zurückgekehrt, weil er dann Amad el Ghandurs Begleiter gewesen war und die Rache der Bebbeh zu fürchten hatte. Unweit davon erhob sich auf der Felsenplatte das Grabmal des Scheiks. Es war, wie sein Sohn damals zu mir gesagt hatte: »Die Sonne begrüßt den Ort früh, wann sie kommt, und abends, wann sie geht.« Es war noch in gutem Zustande, aber an der Westsüdwestseite waren, wie Mamrahsch gesagt hatte, mehrere Steine herausgenommen worden. Amad el Ghandur trat hinzu und blickte hinein. Er fuhr zurück und schrie:

»Maschallah, mein Vater! Sollte seine Seele noch nicht von ihm gewichen sein!«

Als dann ich in die Oeffnung sah, konnte ich diesen Ausruf recht wohl begreifen. Da saß der Scheik noch grad so, wie wir ihn hineingesetzt hatten, mit weit über die Brust herabwallendem Barte und gefalteten Händen. Sein Gesicht war tief eingefallen, aber recht wohl zu erkennen. Welchem Umstande oder welchen chemischen Einflüssen diese Erhaltung der Leiche zuzuschreiben war, das weiß ich nicht, aber der Anblick war von einer außerordentlichen, unbeschreiblichen Wirkung; ich mußte noch nach Monaten immer an ihn denken, und noch heute ist es mir, als ob ich die Mumie des edlen Greises noch vor mir in den Steinen sitzen sähe.

Die Haddedihn kamen einer nach dem andern herbei, um

die Ueberreste ihres einstigen tapferen Anführers zu betrachten. Es geschah das wortlos und mit einer Andacht, welche leicht erklärlich war. Als der Letzte von ihnen vom Grabe zurückgetreten war, griff Amad el Ghandur in die Tasche, zog einen kleinen Stein aus derselben und sagte:

»Effendi Kara Ben Nemsi Emir und Hadschi Halef Omar, ihr waret dabei, als mein Vater Mohammed Emin, der Scheik der Haddedihn, in diese Gruft bestattet wurde; ihr habt gesehen, daß ich mit meinem Dolche diesen Stein vom Grabmale schlug und zu mir steckte, und werdet gewußt haben, was dies zu bedeuten hatte. Jetzt bringe ich ihn zurück und gebe ihn dem Toten. Die Mörder sind gefallen; der Tod meines Vaters ist gerächt; ihre Seelen mögen im glühendsten Feuer der Dschehenna brennen; die seinige aber mag wandeln unter den Palmen des siebenten Himmels und von dem Quell des Paradieses trinken in alle Ewigkeit!«

Das war die Thar, die Blutrache: Auge gegen Auge, Zahn gegen Zahn, Blut gegen Blut! Es überlief mich kalt. Was konnte ich jetzt aber sagen? Jedes Wort wäre nicht nur vergeblich gewesen, sondern hätte mir sogar direkt schaden können. Man soll nichts sagen oder tun, von dem man vorher überzeugt ist, daß es vergeblich sein wird; es könnte nur Schaden, nicht aber Nutzen bringen. Diese Gefühle und Gedanken hegte nicht ich allein, denn als Amad el Ghandur nun das Steinstück in das Innere des Grabes fallen ließ, warf Halef mir einen Blick zu, dem ich es ansah, daß der Hadschi gleichen Sinnes und gleicher Meinung mit mir war. Auch er, der früher so ausgesprochene Mohammedaner, der mich zum Islam bekehren wollte, dachte jetzt so wie ich: »Liebet eure Feinde; segnet die, welche euch fluchen, und tut denen wohl, welche euch beleidigen und verfolgen; dann seid ihr gute Kinder eures himmlischen Vaters!«

Da die eigentliche Feier erst morgen am Todestage stattfinden sollte, konnten wir uns heut ausruhen und mußten uns zunächst nach einem passenden Lagerplatz umsehen. Ich wollte von der Höhe herabsteigen, um einen solchen zu suchen, Amad el Ghandur aber sagte:

»Effendi, das ist nicht notwendig. Ich werde nirgends bleiben als hier am Grabe meines Vaters.«

»Warum?«

»So kannst du fragen? – Das siehst du nicht ein? Ich gehöre hierher zu ihm.«

»Nicht jetzt, denke an die Unsicherheit der Gegend und an die Bebbehkurden, welche kommen können.«

»Ich habe nicht an sie, sondern an den Toten zu denken. Ich bin gekommen, ihn zu besuchen, und nun ich bei ihm bin, werde ich nicht eher von ihm gehen, als bis wir diese Gegend verlassen.«

»Das würde die größte Unvorsichtigkeit sein. Wie das Terrain hier beschaffen ist, wären wir, wenn sie kommen, ganz in ihre Hände gegeben.«

»Ja, wenn sie kommen! Und selbst dann wäre es nicht so schlimm, wie du meinst. Wir haben erfahren, in welch geringer Anzahl sie zu kommen pflegen; wir aber sind zwanzig erfahrene und tapfere Krieger. Was hätten wir zu fürchten?«

»Tapfere, ja; aber auch erfahrene? Was nützt die Erfahrung, wenn man nicht nach derselben handelt! Und ist es nicht möglich, daß sie heuer zahlreicher kommen als bisher? Und selbst wenn es ihrer so wenige wären, habe ich gesagt, daß uns das Terrain so ungünstig ist.«

»Es ist uns im Gegenteile günstig. Wir befinden uns hier oben, und sie würden von unten kommen; der Obere aber ist stets der Stärkere.«

»In diesem Falle nicht. Sieh dir doch die Lage dieses Ortes an! Der Fels fällt nach Süd, West und Nord so steil ab, daß man nach diesen Richtungen nicht hinunter kann; wenigstens gehört ein guter Kletterer dazu, in die Tiefe hinabzukommen; mit den Pferden aber ist es geradezu eine Unmöglichkeit – – –«

»Wir wollen ja gar nicht da hinab,« fiel er mir in die Rede.

»Laß mich ausreden, so wirst du einsehen, daß die Möglichkeit gar wohl vorhanden ist, daß wir noch einen Fluchtausweg von hier suchen müssen.«

»Fliehen? Vor diesen Hunden? Nie!« rief er aus.

»Nie, nie, nie!« stimmten ihm seine Haddedihn eifrig bei.

»Laßt doch meinen Effendi reden!« warnte Halef. »Er ist klüger als wir alle, und ich habe viele, viele Male die Erfahrung gemacht, daß derjenige, welcher nicht auf ihn hört, es später zu bereuen hatte.«

Ich warf dem Kleinen einen anerkennenden Blick zu und fuhr fort:

»Der Auf- und Abstieg kann nur auf der Ostseite des Berges geschehen, und da treten an einer Stelle, die ihr ja kennt, weil wir sie vorhin passiert haben, die Felsen so eng zusammen, daß nur zwei Reiter nebeneinander Platz haben. Das ist eine Pforte, welche uns gefährlich werden kann.«

»Wie so?« fragte der Scheik.

»Wenn die Kurden sie besetzen, können wir nicht von hier fort.«

»Und wenn wir sie besetzen, können sie nicht herauf!« meinte er in überlegenem Tone.

»Das klingt sehr schön, ist es aber nicht. Ob wir oder sie diese Enge besetzen und ob wir sie nicht herauf oder sie uns nicht hinunter lassen, das bleibt sich sehr gleich: wir können eben nicht fort.«

»So verjagen wir sie!«

»Das würde ja eben den Kampf geben, den wir vermeiden wollen.«

»Nun, dann bleiben wir hier oben, bis ihnen die Zeit so lang wird, daß sie sich fortmachen!«

»Wird ihnen gar nicht einfallen, dies zu tun. Erstens werden sie bleiben, weil sie sich rächen wollen, und zweitens treibt sie die Not nicht fort, wie sie uns forttreiben würde.«

»Uns? – Welche Not?«

»Der Hunger. Wasser gibt es freilich; aber was sollen wir essen? Gibt es ein Wild hier oben auf der kahlen Felsenplatte? Nein. Und unser Proviant ist dermaßen zusammengeschwunden, daß ich nachher noch fortgehen muß, um irgend ein Fleisch zu schießen.«

»Du malst das so schlimm aus, weil es deine Gewohnheit ist, an alles mögliche Ueble, was kommen kann, vorher zu denken. Ich sehe nicht so schwarz wie du, denn ich habe zwanzig tapfere Krieger bei mir, welche, falls wir angegriffen werden, diese Höhe wie eine Festung verteidigen werden. Und was den Proviant betrifft, so werde ich diese Männer jetzt alle auf die Jagd senden. Wir haben damals sehr reichlich Wild gefunden, und es wird wohl jetzt auch nicht weniger davon vorhanden sein.«

»Ich bitte dich, dies nicht zu tun.«

»Warum?«

»Weil es eine große Unvorsichtigkeit sein würde. Wir dürfen hier so wenig Spuren wie möglich machen; wenn aber zwanzig Männer nach allen Richtungen hier herum- und auseinanderlaufen, so müssen die Kurden, wenn sie kommen, sofort auf uns aufmerksam werden.«

»Sie werden uns auch ohnedies bemerken. Du bist, wie ich schon wiederholt gesagt habe, viel zu ängstlich.«

»Hier ist es besser, ängstlich als vertrauensselig zu sein. Ich bitte dich wirklich dringend, heute nicht hier zu bleiben! Wir müssen uns einen Lagerplatz suchen, wo wir verborgen sind und den Zugang zu dieser Höhe beobachten können.«

»Bestürme mich nicht mit dieser Bitte; ich kann sie dir nicht erfüllen. Ich gehöre hier zu meinem Vater. Wenn ihr nicht hier oben bleiben wollt, so geht, wohin ihr wollt!«

»Wir bleiben, wir bleiben!« riefen die Haddedihn einmütig.

»Hörst du es?« fragte Amad el Ghandur. »Sie bleiben bei mir; du aber hast deinen Willen und kannst dir einen anderen Lagerplatz suchen. Halef und sein Sohn werden sich wahrscheinlich zu dir halten.«

»Davon bin ich überzeugt, denn der Hadschi weiß, daß meine Ansicht eine wohlbegründete ist. Aber was könnte es nützen, wenn wir uns von euch trennten? Wir brächten uns in Sicherheit, während ihr euch in Gefahr befändet; das würde uns als Feigheit ausgelegt werden können, und um dies zu vermeiden, werden wir bleiben. Aber wenn dann eintrifft, was ich dir vorausgesagt habe, so wirf die Schuld ja nicht auf uns.«

Ich nahm meinen Henrystutzen, um mich zum Jagen zu entfernen. Als der Lord dies sah, fragte er:

»Wohin, Sir?«

»Fleisch schießen.«

»*Well*, gehe auch mit.«

»Es wäre mir lieber, wenn Ihr hier bliebt.«

»Aus welch einem Grunde?«

»Weil so wenig wie möglich Spuren verursacht werden dürfen.«

»Auf eine mehr kommt es doch wohl nicht an. Was macht Ihr übrigens für ein Gesicht? Ihr ärgert Euch wohl über die Haddedihn?«

»Ja.«

»Warum? Habe bemerkt, daß Ihr Euch mit dem Scheik strittet, konnte das Gerede aber nicht verstehen.«

»Ich bin darüber unwillig, daß sie hier oben bleiben wollen, während ich es unten im dichten Walde für sicherer für uns halte.«

»Wohl wegen der Bebbehkurden?«

»Ja.«

»Laßt Euch das nicht anfechten! Ob wir hier oben oder dort unten mit ihren Köpfen zusammenrennen, das ist ja ganz egal.«

»Nicht ganz, Mylord. Uebrigens ist es ausgemacht worden, daß wir uns vor Feindseligkeiten möglichst hüten wollen.«

»*Well*, habe nichts dagegen gehabt. Aber wenn diese Kurden einmal kommen und mit uns anbinden wollen, so habe ich auch noch eine Rechnung mit ihnen auszugleichen. Diese Gentlemen haben mich um zwei Finger gebracht und außerdem um eine Ecke von meinem Kopfe. Ich will keineswegs ein Bluträcher sein, aber es klingt doch auch nicht übel, wenn man sagen kann: Auge um Auge, Zahn um Zahn, Finger um Finger, Ecke um Ecke. Wenn sie uns in Ruhe lassen, werde ich ihnen nichts tun, halten sie es aber für gut, sich mit mir zu boxen, so sollen sie Hiebe bekommen, daß die Schwarten fliegen! Also, ich darf jetzt mit Euch gehen?«

»Meinetwegen. Da Ihr Euch mit den Beduinen doch nicht recht unterhalten könnt, würde Euch hier die Zeit zu lang werden.«

»Und wer geht noch mit?«

»Halef natürlich.«

»Und sein Boy?«

»Wahrscheinlich, denn den läßt sein Vater doch nicht zurück.«

»*Well*, hat sehr recht. Der Junge ist ein ganz tüchtiger Kerl und will von Euch lernen. Nehmt ihn also immer mit!«

Der kleine Kara Ben Halef freute sich allerdings sehr, als er hörte, daß er mit seinem Vater uns begleiten dürfe. Wir vier stiegen den Berg hinab, nachdem ich Amad el Ghandur gebeten hatte, ja seine Leute nicht auf die Jagd gehen zu lassen. Ich traute ihm aber nicht so recht, denn seit er sich am Grabe seines Vates befand, schien er nicht nur abermals an Rache zu denken, sondern auch gegen mich steifsinnig geworden zu sein.

Als wir unten im Tale angekommen waren, drangen wir in den Wald ein, welcher den erwähnten Höhenzug bedeckte. Dort hatte ich damals auch gejagt. Ich hatte mich für diese Richtung entschieden, weil die Kurden, wenn sie ja nahten, aus einer andern kommen mußten.

Wir hatten Glück. Halef war ein guter Jäger geworden; der Lord verstand sich auch auf das edle Waidwerk, und der kleine Kara Ben Halef machte seine Sache so gut, daß ich ihn öfters beloben konnte. Nach Verlauf von vier Stunden stiegen wir, mit reicher Beute beladen, wieder zur Felsenhöhe empor.

Oben angekommen, sah ich, daß ein Feuer brannte, über welchem ein frischer Braten schmorte.

»Also ist doch jemand von euch fort gewesen?« fragte ich Amad el Ghandur. »Ich hatte doch gebeten, dies zu unterlassen!«

»Sollen wir hier sitzen und faulenzen, während ihr euch plagt?« antwortete er. »Du erlaubst diesem Knaben, Wild zu holen, und den erwachsenen Kriegern soll es nicht gestattet sein!«

»Der Knabe befand sich bei mir; da war ich sicher, daß er keinen Fehler beging.«

»Die vier Männer, welche ich fortschickte, haben auch keinen begangen.«

»Das ist fraglich. Es wäre jedenfalls besser gewesen, wenn sie den Gang unterlassen hätten.«

»Nein! Es ist im Gegenteile grad sehr vorteilhaft für uns, daß sie ihn unternommen haben, denn sie haben eine sehr wichtige Botschaft mit zurückgebracht.«

»Ah? Welche?«

»Daß die Bebbehkurden heuer nicht hierher kommen. Du siehst also, daß deine große Aengstlichkeit gar keinen Grund hatte!«

Er lächelte mich dabei ein wenig von oben herab an. Mir schien die Sache nicht ganz geheuer zu sein; darum antwortete ich:

»Von Aengstlichkeit kann keine Rede sein. Ich bin vorsichtig, aber Angst habe ich nicht. Du gebrauchst den Ausdruck ›Botschaft‹. Zu einer Botschaft gehören aber zwei, einer, der sie gibt, und einer, der sie weiterträgt. Von wem haben deine Leute diese Botschaft erhalten?«

»Von zwei Sorankurden.«

»Ah! Wo haben sie diese getroffen?«

»Unten am Wasser, wo der Kampfplatz war.«

»Kull Schejatin – alle Teufel!« brauste ich da auf, ganz gegen meine Gewohnheit, da ich mich sonst in jeder Lage bestrebe, gelassen zu sein. »Wer hat ihnen denn erlaubt, grad diesen Platz wieder aufzusuchen?«

»Ich!« antwortete er, indem er einen festen, beinahe herausfordernden Blick in mein Gesicht bohrte.

»So, du! Ich war aber doch schon einmal und überhaupt dagegen, diesen Ort zu besuchen. Ihr habt es doch getan, und so sollte dieser zweite Besuch wenigstens aus Achtung gegen mich vermieden werden!«

»Ich streite mich nicht mit dir. Wenn du etwas erfahren willst, so frage hier Battar; er wird dir Auskunft geben.«

Er wendete sich von mir ab. Ich antwortete ihm:

»Es ist keineswegs meine Absicht, mich mit dir zu streiten. Aber blicke dieses Grab an, in welchem dein Vater ruht; es sollte dir und euch allen eine Warnung sein. Mohammed Emin ist nur darum hier begraben, weil ihr euch damals nicht mehr nach meinen Vorschlägen richten wolltet. Ihr hattet mich freiwillig zu eurem Anführer erkoren, und so lange ihr euch nach mir richtetet, wurden alle Gefahren glücklich überwunden. Ich bin ein Christ und als solcher stets gegen das unnötige Töten eines Menschen gewesen; ihr aber lechztet damals nach Blut und empörtet euch gegen meine wohlgemeinten Ratschläge. Das rächte sich an euch, denn ihr mußtet es mit dem Blute des Scheikes Mohammed Emin bezahlen.«

Ich hielt inne. Niemand sagte ein Wort; darum fuhr ich fort:

»Jetzt habt ihr mich wieder zu eurem Anführer gewählt, ganz gegen meinen Willen, denn ich schlug Amad el Ghandur als solchen vor. Ihr seid mir gefolgt, wie ich euch führte, und es ist alles gut gegangen. Nun raucht euch plötzlich das Blut des toten Scheikes um die Köpfe; es benebelt euren Verstand und macht euch widerspenstig gegen mich. Bedenkt wohl, was ihr tut! Ich bin mit euch ausgezogen, um alle Not und Gefahr mit euch zu teilen; ich werde euch auf keinen Fall verlassen, aber wenn ich sehe, daß ihr meinen Willen nicht mehr achtet und Dummheiten begeht, welche uns unser Leben kosten können, so kann ich nicht länger euer Anführer sein.«

Amad el Ghandur kehrte mir den Rücken zu und sagte nichts; Battar aber, der Haddedihn, an welchen er mich gewiesen hatte, fuhr zornig auf:

»Dummheiten, Effendi? Wärst du es nicht, der dieses Wort sagt, so würde ich hier mit meinem Dolche antworten! Ein Krieger der Haddedihn vom Stamme der Schammar begeht keine Dummheiten!«

»Du irrst,« antwortete ich ihm ruhig. »Ich könnte euch eine ganze Reihe von großen Fehlern, ja von Dummheiten herzählen, welche von berühmten Haddedihn begangen worden sind. Wer seine Fehler nicht erkennen will, wird niemals klüger werden, und unternimmt er es gar, sie zu verteidigen, so ist es noch schlimmer mit ihm bestellt. Ich halte es für meine Pflicht, euch die Wahrheit zu sagen; wollt ihr sie nicht hören, so kann ich euch nicht helfen. Jetzt möchte ich wissen, wie ihr mit diesen sogenannten Sorankurden zusammengetroffen seid und was ihr mit ihnen gesprochen habt.«

Amad el Ghandur rührte sich noch immer nicht; seine Leute blickten finster vor sich nieder, und Battar, an welchen ich mich mit meinen letzten Worten gewendet hatte, antwortete nicht. Das Herz begann, mir wehe zu tun; ich hatte das sichere Gefühl, daß die Starrsucht dieser Leute üble Folgen haben werde. Jedenfalls hatten sie sich während meiner Abwesenheit dahin besprochen, bei einer Begegnung mit den Bebbehkurden meinen menschenfreundlichen Ratschlägen nicht zu gehorchen. Ich mußte meine Aufforderung noch einmal an Battar richten, ehe er sich herbeiließ, mir Auskunft zu erteilen:

»Wir stiegen in das Tal hinab, um am Flusse nach wildem Geflügel zu suchen; da kamen die beiden Sorankurden.«

»Saht ihr sie eher oder sie euch?«

»Wir sie.«

»Wie verhielten sie sich, als sie euch dann erblickten?«

»Sie stutzten und hielten ihre Pferde an. Wir gingen auf sie zu und winkten ihnen, daß wir friedlich gesinnt seien. Da ließen sie uns bis zu sich herankommen.«

»Wie waren sie bewaffnet?«

»Mit Gewehren, Messern und Pistolen.«

»Was hatten sie für Pferde?«

»Sehr gute. Sie begrüßten uns sehr freundlich und fragten uns, wer wir seien.«

»Antwortetet ihr ihnen darauf?«

»Nicht sogleich. Wir verlangten zuvor zu wissen, zu welchem Stamme sie gehörten. Da erfuhren wir, daß sie Sorankurden seien.«

»Habt ihr euch nach dem Lagerplatze ihres Stammes erkundigt?«

»Ja; sie weiden ihre Herden am Bela-Druz-Kanal.«

»So weit im Süden von hier? Und sie kamen von Norden? Wo waren sie gewesen?«

»Das fragten wir nicht.«

»Wo wollten sie hin?«

»Zu ihrem Stamme. Nun erst, als wir dies wußten, sagten wir ihnen, daß wir Haddedihn seien.«

»Sagtet ihr ihnen auch noch mehr?«

»Ja, denn die Sorankurden sind die Feinde der Bebbeh. Wir brauchten uns also gar nicht zu scheuen. Sie freuten sich sehr, als sie hörten, weshalb wir uns hier befinden, denn sie hatten von dem Ruhme Mohammed Emins gehört. Ja, sie waren ganz entzückt, als wir ihnen sagten, daß ein Stammesgenosse von ihnen damals hier der Führer Amad el Ghandurs geworden sei und ihn auf seinem Rachezuge begleitet habe.«

»Da habt ihr ihnen wohl erzählt, was damals hier alles geschehen ist?«

»Natürlich! Sie fühlten solche Teilnahme dafür, als ob sie selbst zu unserem Stamme gehörten.«

»Und habt ihr ihnen auch gesagt, wer jetzt hier ist?«

»Ja. Sie fragten uns danach. Wir sprachen von dir, vom Hadschi Halef Omar und seinem Sohne Kara Ben Halef, von Amad el Ghandur, von dem Inglis, welcher damals auch dabei gewesen und verwundet worden ist. Sie waren so freundschaftlich zu uns, daß sie sich sogar nach deinem berühmten Rih erkundigten, ob du wieder auf ihm reitest.«

»Da habt ihr ihnen natürlich auch die gewünschte Auskunft erteilt?«

»Ja. Sie freuten sich sehr über unsere edlen Pferde, über den jungen Hengst von Kara Ben Halef und über die Stute Amad el Ghandurs.«

»Und dann? Sprich weiter!«

»Und dann? Nun, dann ritten sie fort.«

»Wohin?«

»Zurück.«

»Zurück? Also nach Norden, woher sie gekommen waren?«

»Ja.«

»Ich denke aber doch, daß sie südwärts zu ihrem Stamme wollten?«

»Freilich wohl, Emir; aber der Eine bemerkte, während wir miteinander sprachen, daß er seinen Dolch aus dem Gürtel verloren hatte. Das war ein altes, kostbares Erbstück, welches er unmöglich aufgeben konnte. Sie mußten also zurück, um den Dolch zu suchen.«

»Aber von den Bebbeh habt ihr doch auch gesprochen. Was habt ihr da erfahren?«

»Wir sagten, daß wir auf die Ankunft der Bebbeh gerüstet seien, weil wir erfahren hätten, daß diese alljährlich hierhergekommen sind. Da sagten uns die Sorans, daß die Bebbeh heuer nicht kommen könnten.«

»Was für einen Grund gaben sie an?«

»Die Bebbeh liegen grad jetzt mit den Pirankurden vom Bulbastamm im Streite; es kann täglich ein Zusammenstoß stattfinden, und so wirst du begreifen, Effendi, daß sie keine Zeit haben, hierher zu kommen.«

»Schön! Was habt ihr noch mit ihnen gesprochen?«

»Weiter nichts. Was wir dir erzählt haben, ist alles. Nun gibst du wohl zu, daß deine Sorge umsonst gewesen ist und daß Amad el Ghandur, unser Scheik, recht gehabt hat?«

Diese Frage wurde im Tone großer Befriedigung ausgesprochen, und nun machte Amad el Ghandur endlich auch eine Bewegung; er drehte sich langsam um und warf mir einen stolzen, triumphierenden Blick zu. Ich tat, als ob ich dies nicht bemerkt hätte, und antwortete:

»Ich sehe ein, daß Amad el Ghandur sehr unrecht gehabt hat.«

Da fuhr Amad halb empor und rief mir zornig zu:

»Unrecht? Wenn du nach dem, was du jetzt gehört hast, dieses Wort aussprichst, so ist dir der Verstand abhanden gekommen, und ich sehe ein, daß es besser ist, dir das Kommando abzunehmen. Denn wenn wir uns weiter nach dir richten, können wir leicht dem Verderben entgegenreiten.«

»Ich bitte dich, dich nicht aufzuregen, sondern ruhig zu

bleiben! Selbst wenn ich den Verstand verloren hätte, reichte doch der kleine Rest, welcher mir davon übrig geblieben sein würde, aus, einzusehen, daß ihr mit aller Gewalt ein böses Verhängnis auf euch herabbeschwören wollt. Wenn ihr so weiter – – –«

»Schweig!« fuhr er mich an, indem er vollends aufsprang. »Du, nur du würdest dieses böse Verhängnis sein, wenn wir weiter auf dich hören wollten. Du magst tun, was dir beliebt, und gehen, wohin du willst; wir folgen dir nicht; wir brauchen keinen andern Lagerplatz. Die Bebbeh kommen nicht. Ich gehöre an das Grab meines Vaters, ich bleibe hier!«

Ich wollte auch aufbrausen, beherrschte mich aber und sagte in ruhigem Tone:

»So laß dir doch wenigstens meine Gründe sagen, weshalb ich – – –«

»Nichts, nichts mag ich hören,« wehrte er ab, indem er mich abermals unterbrach. »Du hast uns vorgeworfen, daß unser damaliges Verhalten den Tod meines Vaters verschuldet habe. Es ist aber ganz anders: hättest du uns erlaubt, auf die Bebbeh zu schießen und ihren Scheik Gasahl Gaboya zu töten, so hätten sie nicht mehr gelebt und uns nicht verfolgen können. Du also bist schuld, du allein, ganz allein! Ich klage dich an des Todes meines Vaters und mag nichts mehr von dir wissen. Ich gebiete dir, dich von uns zu trennen!«

Er streckte den Arm befehlend aus; seine Augen blitzten; er war das lebendig gewordene Bild des rücksichtslosesten, keiner Ueberlegung mehr fähigen Zornes. Ich kann nicht etwa bloß sagen, daß er mir leid tat, denn das, was ich jetzt empfand, war viel, viel mehr. Seine Leute hatten sich auch von ihren Plätzen erhoben; sie waren zu ihm getreten, mir damit anzudeuten, daß sie ganz seiner Meinung seien. Nur Halef, sein Sohn, Omar Ben Sadek und der Engländer befanden sich bei mir. Sollte ich auf die schwere Anschuldigung Amad el Ghandurs antworten oder nicht? Noch war ich mit mir nicht darüber einig geworden, da sprangen Halef und Omar auf; der Erstere trat einige Schritte vor, räusperte sich, wie es so seine Angewohnheit war, und rief:

»Allah l'Allah! Welche Wunder geschehen am heutigen Tage! Die Undankbarkeit kleidet sich in das Gewand des Stolzes, und das Verdienst wird mit dem Auswurfe der Kamele und Schafe beworfen! Mein Effendi ist der Weiseste der Weisen und der Tapferste der Tapferen. Er hat für diejenigen, welche ihn begleiteten, stets wie ein Vater und eine Mutter gesorgt, für sie gewacht und alle Gefahren auf sich genommen. Ich, Hadschi Halef Omar, will hier nicht aufzählen, was er auch für euch getan hat; ihr seid ihm Dank schuldig jetzt und in alle Ewigkeit. Aber anstatt ihm diesen zu zollen, werft ihr ihm eine Anklage entgegen, welche ich augenblicklich rächen würde, wenn ich nicht einer der Eurigen geworden wäre. Nicht er hat den Verstand verloren, sondern euch ist er abhanden gekommen. Mein Effendi weiß stets, was er sagt. Er sieht jetzt eine große Gefahr voraus, eine Gefahr, in welcher ihr untergehen werdet, wenn ihr nicht auf ihn hört. Eure Köpfe sind bis heut frei gewesen von falschen Gedanken. Aber seit ihr dieses Grab erblickt habt, sind die Teufel der Blutrache über euch gekommen, haben euer Herz betört und eure Augen blind gemacht. Es ist, als ob euch ein böses Sachuna[1] überfallen habe, in welchem ihr tolles Zeug redet und wie unvernünftige Geschöpfe handelt. Ich bitte euch, den Effendi anzuhören! Ihr werdet ihm gewiß und sicher recht geben!«

»Nein, wir mögen nichts mehr von ihm hören!« rief Amad el Ghandur, indem er beide Hände abwehrend ausstreckte. »Er hat dein Herz betört, und du bist seines Glaubens geworden; darum redest du für ihn. Wir brauchen weder ihn noch dich. Die Blutrache ist ein heiliges Gebot; du aber bist ein von Allah Abtrünniger. Bleibe bei deinem Effendi; wir haben nichts mehr mit euch zu tun!«

Da avancierte Halef noch einen Schritt und antwortete: »Ja, ich bin abgefallen von der Lehre, welche Blut und Rache gebietet, und ein Sohn der Liebe geworden, welche selbst den Unwürdigen umfängt. Darum will ich euch das, was

[1] Hitziges Fieber.

ihr jetzt redet und tut, nicht entgelten lassen, sondern weiter über euch wachen, damit ihr nicht in eurem Irrtum untergeht. Hier stehe ich; ich halte zu meinem Effendi, dem ich treu sein werde, so lange ich lebe, denn ich bin Hadschi Halef Omar, der von euern grausamen und blutigen Gesetzen nichts mehr wissen mag!«

Da stellte sich Omar an seine Seite und sagte:

»Und ich bin Omar Ben Sadek, auf dessen Namen nie ein Makel lastete. Ihr habt unsern Emir Kara Ben Nemsi Effendi beleidigt; ich halte zu ihm; die Folgen aber werden über euch kommen!«

Und nun geschah etwas, was ich nicht erwartet hatte. Nämlich Halefs kleiner Sohn trat an die andere Seite seines Vaters und rief mit seiner jugendlich hellen Stimme:

»Und ich bin Kara Ben Halef und halte auch zu dem Effendi, dessen Namen ich trage. Er ist größer, als ihr alle seid!«

»Ruah ya mesach – geh, du Zwerg,« lachte Amad grimmig, »um so kleiner bist du dann! Wer unter dem Schutze eines solchen Knaben steht, kann wahrlich stolz auf seine Tapferkeit und Klugheit sein!«

»Ja, stolz bin ich allerdings,« antwortete ich, »doch nicht auf diese beiden Eigenschaften, sondern darauf, daß dieser Knabe, dessen ich mich erst seit einigen Tagen angenommen habe, trotzdem einen schärferen Blick besitzt als ihr, die ihr euch erwachsene und erfahrene Krieger nennt. Du hast mich von dir gewiesen; wohlan, ich trenne mich von euch, doch nur auf wenige Schritte, denn ich weiß, daß ihr meiner Hilfe bedürfen werdet. Du hast vorhin in deiner Halsstarrigkeit das Wort gesagt: Ich gehöre an das Grab meines Vaters; ich bleibe hier! Siehe zu, daß es nicht in der Weise in Erfüllung geht, daß du für immer hier zu bleiben hast!«

Ich wendete mich ab und führte meinen Rih von den anderen Pferden fort; das war das Zeichen der ausgesprochenen Trennung; Halef, sein Sohn und Omar holten ihre Pferde auch. Da stand der Engländer, welcher bisher, am Boden sitzend, stumm zugehört hatte, auch auf, brachte sein Pferd herbeigeführt und fragte mich:

»Hört einmal, wertester Sir Kara Ben Nemsi, was ist denn hier für ein Teufel los? Habt Ihr Euch von den Haddedihn getrennt?«

»Ja.«

»Warum?«

»Weil sie mich als Anführer abgesetzt haben. Die vier nämlich, welche vorhin auf der Jagd gewesen sind, haben zwei Bebbehkurden getroffen, welche sie aber für Sorankurden halten. Ich riet, ein anderes Lager zu beziehen; sie bleiben aber hier.«

»*All Devils!* Da kann es etwas absetzen, nicht? Wollt Ihr mir wohl sagen, was – – –«

»Jetzt nicht,« fiel ich ihm in die Rede, »später. Ich muß sogleich fort, den beiden Bebbeh nach, ich nehme Halef und seinen Sohn mit – – –«

»Was, diese? Warum nicht mich?« unterbrach er mich.

»Weil ich einen sichern Mann hier bei den kostbaren Pferden haben muß, und Ihr seid doch der sicherste,« antwortete ich.

»*Well,* schön, ich bleibe,« erklärte er sehr befriedigt, obwohl ich ihn nur deshalb nicht mitnahm, weil ich dachte, daß er da Dummheiten machen würde.

Einige Minuten später stieg ich mit Halef und seinem Sohne wieder von der Höhe ins Tal hinab. Bis wir hinunterkamen, fiel mir nichts auf, weil der Berg meist felsig war; unten aber fiel mein Auge auf die Spuren, welche die vier Haddedihn, welche jagen gewesen waren, gemacht hatten; ich sah ihre hingehende und zurückkehrende Fährte. Daneben aber gab es noch die Eindrücke zweier Menschen, welche nicht in den Felsenpfad, sondern seitwärts von demselben einbogen und da zur Höhe führten.

»Kannst du dir denken, wer hier gegangen ist?« fragte ich Halef.

»Nein, Effendi,« antwortete er. »Da du mir deine Meinung noch nicht mitgeteilt hast, weiß ich noch nicht, von welchem Gedanken ich auszugehen habe.«

»Von dem Gedanken, daß die beiden Kurden, welche sich für Sorans ausgegeben haben, Bebbehs gewesen sind.«

»Maschallah! Das denkst du?«

»Ja.«

»Aus welchem Grunde?«

»Es gibt mehrere Gründe. Zunächst gibt es keinen Stamm der Soran mehr.«

»Das ist richtig, Sihdi. Dieser Stamm ist ja von den Bebbeh vernichtet worden, so daß nur einzelne Männer übrig blieben, die sich noch heut verbergen müssen. Daran dachte ich gar nicht.«

»Wie kann also ein Stamm der Soran unten am alten Kanale Bela-Druz seine Herden weiden!«

»Dort hat es überhaupt niemals Kurden, sondern stets nur arabische Stämme gegeben. Die vier Haddedihnjäger sind schmählich belogen worden.«

»Und so dumm gewesen, die Lügen zu glauben. Die zwei Kurden waren die Kundschafter, die Quartiermacher der Bebbeh, welche heut wie alle Jahre kommen und, um sicher zu gehen, zwei Krieger vorausgesandt haben. Diese Späher haben es unsern vier Jägern natürlich sofort an den Stammeskennzeichen angesehen, daß sie Haddedihn sind und sich infolgedessen für Sorans ausgegeben; sie haben sie ausgefragt, alles erfahren und sich dann die Lüge von dem verlorenen Dolche ausgesonnen, um unauffällig wieder zurückkehren zu können. Dann haben sie an einem passenden Orte ihre Pferde versteckt und sind hierher zurückgekehrt, um sich nach oben zu schleichen und uns zu sehen. Ihre Fährte führt hier hinauf, aber nicht wieder herab; ich will doch nicht denken, daß sie noch oben sind! Bleibt hier stehen; ich muß Gewißheit haben.«

Ich schlich mich an Büschen und Felsen vorüber wieder hinauf. Es war sehr schwer, auf dem harten Boden die Spur zu verfolgen; es gelang mir aber doch. Da sah ich, daß sie uns beobachtet und vielleicht auch unsere Verhandlungen gehört und verstanden hatten, da von uns so laut und erregt gesprochen worden war; dann führte ihre Fährte seitwärts wieder in die Tiefe. Da gab es Gras; sie war also deutlich zu sehen; ich schätzte sie kaum eine Viertelstunde alt, und rief Halef und seinen Sohn herbei, um sie ihnen zu erklären. Wie stolz war der wackere Hadschi darauf, daß seinem Kara die große Ehre widerfuhr, auf dem jetzigen, gefährlichen Gange mitgenommen zu werden!

Wir folgten nun zusammen der Spur. Sie strich quer durch die andern Stapfen nach dem Begräbnisplatze am Wasser hin und führte dann nach Norden, sich erst immer nahe ans Ufer haltend. Natürlich fiel sie von nun an mit derjenigen Spur zusammen, welche die beiden Bebbeh gemacht hatten, ehe sie die vier Haddedihn trafen. Wir hatten also alte, herwärts kommende und neue, wieder zurückführende Eindrücke vor uns.

Es dauerte nicht lange, so kamen wir an ein Gebüsch, wo die Bebbeh ihre beiden Pferde versteckt gehabt hatten. Sie hatten diese natürlich hervorgeholt und wieder bestiegen. Sie waren, wie wir sahen, von hier an Galopp geritten, um den Ihrigen die wichtige Nachricht möglichst bald zu bringen. Ich erklärte im Weiterschreiten meinem kleinen Schüler alles, was ihm noch nicht verständlich war, und hatte dabei meine helle Freude über sein gutes, scharfes Fassungsvermögen.

Von dem Verstecke der Pferde aus waren wir wohl eine gute halbe Stunde lang dem Laufe des Flusses gefolgt, jede Deckung sorgfältig für uns benutzend; da kam der Wald von der Höhe herabgestiegen und bildete einen am Flusse liegenden grasigen Platz, welcher an den drei andern Seiten von Bäumen umgeben war.

»Hier müssen wir uns verstecken,« sagte ich.

»Warum grad hier?« fragte Halef.

»Weil die Bebbeh hier ihr Nachtlager aufschlagen werden.«

»Effendi, bist du allwissend?«

»Nein, aber ich ziehe aus den gegebenen Umständen meine Folgerungen. Es ist nicht mehr ganz eine Stunde bis zum Untergang der Sonne; dann müssen die Kurden lagern.«

»Werden sie nicht vielleicht weiterreiten bis in die Nähe des Felsengrabes?«

»Nein, denn es ist da noch dunkel; der Mond geht erst später auf. Vielleicht benutzen sie seinen Schein, um sich uns dann zu nähern. Jedenfalls aber bleiben sie vorerst hier.«

»Warum nicht weiter oben, so daß wir, um sie zu sehen, noch weiter zu gehen hätten?«

»Siehst du denn nicht, daß die beiden Kundschafter hier abgestiegen sind? Die vielen Stapfen sagen dir, daß sie den Platz und auch den angrenzenden Waldessaum durchsucht haben. Welch ein anderer Grund könnte hierzu vorhanden sein, als daß sie die Ihren bis hierher führen wollen?«

»Du hast recht, wie immer, Effendi. Was werden wir nun tun? Sie belauschen, um zu hören, was sie reden werden?«

»Das möchte ich allerdings sehr gern. Wollen sehen, ob sich die Möglichkeit dazu bietet. Wir verstecken uns im Walde, bis sie kommen.«

Wir drangen links in den Forst ein, bis es da ein Buschwerk gab, welches uns, als wir hineingekrochen waren, vollständig verbarg.

Ich war außerordentlich gespannt darauf, ob die Kurden wirklich da, wo ich es vermutete, anhalten würden. Halef teilte diese Neugierde und sein Sohn natürlich auch.

Da wir nichts weiter tun als warten konnten, unterhielten wir uns leise miteinander, und ganz selbstverständlich war das Verhalten der Haddedihn und ihres Scheikes der Gegenstand unseres Gespräches. Der kleine Hadschi ärgerte sich gewaltig und erging sich in den kräftigsten Ausdrücken über diese unvorsichtigen Menschen. Noch mehr aber, weit mehr, bedrückte ihn der Gedanke, daß ich so sehr gekränkt worden war. Ich mochte ihm wieder und immer wieder versichern, daß ich jetzt weder Aerger noch Kränkung fühle, sondern nur die Verpflichtung, über die Leute zu wachen, deren Augen blind und taub geworden waren, er glaubte es nicht und gab sich alle Mühe, mich zu beruhigen, zu trösten und seiner Treue und Anhänglichkeit zu versichern. Es war unendlich rührend, wie er eng neben mir lag und sich wie ein Hund an mich schmiegte, meine Hand in seinen beiden hielt und sich bemühte, seiner leisen Stimme den zärtlichsten Ausdruck zu geben. Ich brauchte weder Trost noch Beruhigung, denn ich grämte mich nicht und fühlte auch keine Erregung mehr; aber diese treue, hingebende Liebe ließ mich die Befürchtungen, welche ich hegte, weniger schwer empfinden.

Ich hatte jene unbestimmte Ahnung von dem unaufhaltbaren Nahen eines traurigen Ereignisses, welche mich noch nie betrogen hat, sondern stets in Erfüllung gegangen ist; daher die letzten Worte, welche ich Amad el Ghandur zugerufen hatte. Für mich fürchtete ich nichts, sondern es war ein Etwas in mir, welches mir sagte, daß er es sei, der sich zu hüten habe. Ich nahm mir vor, alles zu tun und selbst mein Leben zu wagen, um das Drohende von ihm abzuwenden.

Der Abend senkte sich nieder, und es wurde dunkel um uns; da hörten wir Pferdegetrappel; die Kurden kamen. Der Hufschlag ging nicht weiter; ich hatte mich also nicht getäuscht; sie hielten auf dem von mir vorher bestimmten Platze an.

»Sihdi, du hast richtig vermutet; sie steigen von den Pferden. Wollen wir hin?« fragte Halef.

»Du nicht und auch Kara Ben Halef nicht. Ihr würdet euch unnötig in Gefahr begeben, da ihr die kurdische Sprache nicht versteht. Ich gehe allein.«

»Gut; aber wenn du nicht bald wiederkommst, folge ich nach!«

»Keine Unvorsichtigkeit, Halef! Ich will sie belauschen und muß also so lange warten, bis sie von dem reden, was ich hören will. Darüber können Stunden vergehen.«

»Ich werde dir gehorchen; aber wehe ihnen, wenn sie dich erwischen! Ich steche und schieße sie alle nieder, alle!«

Ich hatte mir die Art und Weise, in welcher ich mein Vorhaben ausführen wollte, schon zurecht gelegt. Das Frühlingswasser hatte nämlich vom Berge herab und durch den Wald einen Rinnsal, einen ziemlich tiefen, natürlichen Graben gerissen, in welchem es dem Flusse zugeführt wurde. Dieser Graben war jetzt trocken und ging quer über den Platz, auf welchem die Bebbeh angehalten hatten. Ich kroch aus dem Gebüsch hervor in diese Rinne hinab und schob mich langsam in derselben weiter. Die Kurden sprachen nicht laut, da ja die Haddedihn zufälligerweise in der Nähe sein konnten; aber als ich eine genügende Strecke vorwärts gekommen war, hörte ich eine Stimme fragen:

»Brennen wir ein Feuer an?«

»Nein,« antwortete eine andere. »Erst muß ein Lauscher weiter abwärts gehen, um nachzuforschen, ob wir hier sicher sind.«

»Wir sind es, denn die Haddedihn lagern oben am Grabe und werden sich in dieser Dunkelheit nicht so weit von demselben entfernen.«

»Ja, die Haddedihn, das sind dumme Molche, die sich nicht aus ihren Höhlen wagen. Aber dieser fremde Teufel ist überall da, wo er nicht hingehört, und mit ihm der kleine Hund mit dem dünnen Barte, der Gasahl Gaboya, meinen Vater, erschossen hat. Dieser Zwerg soll gemartert werden, daß sein Schmerzgeheul weit über die Berge und durch die Täler erklingt!«

Er nannte einen seiner Leute beim Namen und schickte ihn fort, die Gegend abwärts zu erkunden. Es war mir natürlich sehr lieb, daß es jetzt noch dunkel bleiben sollte; das konnte mir nur nützlich sein. Ich kroch also weiter und immer weiter, bis ich die Waldbäume hinter mir hatte und mich im Graben am Rande des Grasplatzes befand. Die Pferde waren nach dem Wasser gelaufen; links vom Graben hatten sich die Kurden niedergesetzt, um auf die Rückkehr des Kundschafters zu warten. Sie konnten jetzt lauter sprechen, denn falls Haddedihn in der Nähe gewesen wären, hätte er sie wahrscheinlich entdeckt und es gemeldet.

Aus dem, was ich bis jetzt gehört hatte, war zu schließen, daß diese Kurden von dem Sohne Gasahl Gaboyas, den Halef damals erschossen hatte, angeführt wurden. Wehe uns, wenn wir in die Hände dieses Bluträchers fielen! Im Verlaufe des jetzt folgenden Gespräches hörte ich, daß er Ahmed Azad hieß; er wurde von den Anderen so genannt. Mein an die Dunkelheit gewöhntes Auge zählte jetzt elf Personen. Wenn ihrer nicht mehr waren, brauchten wir uns allerdings nicht zu fürchten.

»Ein Glück,« sagte Ahmed Azad, »daß ich auf den Gedanken kam, zwei Späher vorauszusenden! Hätte ich das nicht getan, so wären wir den Haddedihn wahrscheinlich in die Hände geritten.«

»Wann greifen wir sie an?« fragte einer.

»Das kommt darauf an, ob unser Bote schnell genug gewesen ist. Am liebsten noch in der Nacht, weil sie uns da nicht sehen können und wir sie da so überraschen, daß sie lebendig in unsere Hände fallen. Also köstliche Pferde haben sie?«

»Ja. Zunächst der Rapphengst des Fremden, welcher sich Kara Ben Nemsi nennt und zwei Zaubergewehre besitzt, mit denen man unendliche Male schießen kann, ohne laden zu müssen. Sodann ist noch ein junger Rapphengst da, den der Knabe des kleinen Kerls mit den wenigen Barthaaren reitet. Und endlich ist noch eine kostbare Schimmelstute vorhanden, welche dem Scheik Amad el Ghandur gehört. Auch eine Schecke soll es geben, welche ausgezeichnet ist.«

»Hast du diese Pferde alle gesehen, als du oben warst?«

»Alle, nur die Schecke nicht.«

»Glaubst du, daß sie besser sind als meine schwarze Perserstute?«

»Nein. Deine Stute sucht ihresgleichen. Ihr Stammbaum reicht ja hinauf bis in den Stall von Nadir-Schah.«

»Dennoch müssen wir diese Pferde bekommen. Niemand darf auf sie schießen, außer er befindet sich in Todesgefahr. Das wird aber bei keinem der Fall sein, denn wir werden so schnell über diese räudigen Hunde her sein, daß sie gar keine Zeit finden, um sich zu beißen.«

Leider kehrte jetzt der Kundschafter zurück und meldete, daß er nichts Verdächtiges bemerkt habe. Darauf erklärte Ahmed Azad:

»So brennt ein Feuer an, damit ihr essen könnt! Dann, wenn der Mond gekommen ist, reiten wir weiter und lagern uns in der Nähe des Felsenberges, auf welchem die Haddedihn sich befinden.«

Der Kundschafter fragte:

»Dann muß ich wohl vor dem Angriffe hinauf, um zu sehen, ob sie schlafen und ein Feuer brennen?«

»Natürlich müssen wir das vorher wissen. Du gehst voran, um es mir zu berichten.«

Jetzt suchten die Kurden die umstehenden Bäume und Sträucher nach dürren Aesten ab; das Feuer mußte mich verraten; darum hielt ich es für geboten, mich schnell zurückzuziehen. Ich hatte das Glück, die Gefährten zu erreichen, ohne von den Bebbeh bemerkt worden zu sein, und schlich mit ihnen fort. Erst gingen wir leise und langsam, um kein Geräusch hören zu lassen; als wir aber die Hörweite hinter uns hatten, brauchten wir uns nicht mehr so in acht zu nehmen.

Halef war neugierig auf das, was ich erfahren hatte. Ich sagte es ihm. Er fragte dann:

»Denkst du, daß sie schon während der Nacht angreifen werden?«

»Ich denke es. Nur machen mich die Worte des Anführers irre, daß es darauf ankomme, ob der Bote schnell genug gewesen ist. Was für ein Bote mag gemeint sein?«

»Wer weiß es!«

»Es wäre aber wohl sehr nötig, es zu wissen. In einer Lage, wie die unsrige ist, kann man nicht umsichtig genug sein. Ich zählte elf Personen, mit dem Kundschafter zwölf. Ob der Anführer einen Boten fortgeschickt hat, noch mehr Leute zu holen?«

»Da müßten doch noch mehr Bebbeh in der Nähe sein!«

»Warum nicht? Wenn dies der Fall wäre, bekämen wir gewiß einen sehr harten Stand.«

»Ich fürchte mich nicht, Sihdi!«

»Das weiß ich, lieber Halef; aber mir liegt das Vorgefühl in den Gliedern, daß es auch dieses Mal hier kein gutes Ende nehmen werde.«

»Mach dir doch keine solche Sorgen! Wie oft sind wir in noch viel größerer Gefahr gewesen und stets gut daraus hervorgegangen. So wird es auch heut und morgen werden. Was gedenkst du zu tun? Werden wir den Ueberfall abwarten oder die Bebbeh lieber selbst angreifen?«

»Darüber kann ich nicht bestimmen. Du weißt ja, daß Amad el Ghandur jetzt das Kommando führt.«

»Allah sei es geklagt! Hoffentlich aber ist er inzwischen zur Einsicht gekommen!«

»Das bezweifle ich. Ich kenne das Fieber der Blutrache. Wer ihm einmal verfällt, dem ist nicht zu helfen, bis es seinen natürlichen Lauf genommen und entweder den Einen oder den Andern in den Tod gebracht hat. Du wirst sehen, daß er jetzt noch grad so denkt wie vorhin, als wir ihn verließen.«

Wir hatten inzwischen das untere Tal erreicht und stiegen nun zum Grabmale empor. Schon bereits von weitem, als wir durch die schon erwähnte Felsenenge gelangt waren, leuchtete uns der Schein eines riesigen Feuers entgegen.

»Welch ein Fehler, solche Flammen lodern zu lassen!« entfuhr es mir, obgleich ich mir vorgenommen hatte, jetzt nichts zu tun, als ruhig zuzuwarten.

»Werde ihnen gleich meine Meinung sagen,« meinte Halef.

Das stets flinke Kerlchen sprang die Höhe vollends empor und rief den um das Feuer sitzenden und schmausenden Haddedihn zu:

»Allah akbar, Gott ist groß, aber eure Unvorsichtigkeit ist doch noch größer! Was fällt euch ein, ein solches Feuer zu brennen!«

»Was geht es dich an!« antwortete Amad el Ghandur.

»Sehr viel. Mein Leben kann davon abhängen.«

»An deinem Leben ist nicht viel gelegen!«

»So! Wenn du nicht im Rächerwahne sprächest, würde ich dir anders antworten, als ich jetzt tue. Die Bebbeh sind da, um uns zu überfallen, und ihr brennt für sie ein Feuer an, damit ihre Kugeln uns ja recht sicher treffen mögen!«

»Die Bebbeh? Das lügst du!«

»Wahre deine Zunge! Ich bin Hadschi Halef Omar und habe noch nie gelogen. Die zwei Kundschafter der Bebbeh haben euch weisgemacht, daß sie Sorankurden seien, und von euch alles erfahren, was sie wissen wollten. Nun sind sie zurückgekehrt, um den Bluträcher Ahmed Azad, den Sohn Gasahl Gaboyas, herbei zu holen. Er hält gar nicht weit von hier und will uns überfallen.«

Das brachte die Haddedihn denn doch aus ihrer Fassung. Sie forderten Halef auf, alles zu erzählen; er antwortete:

»Eigentlich seid ihr keines Wortes wert. Ihr habt euch von meinem Effendi losgesagt, und so sollten wir eigentlich fortreiten und uns nicht weiter um euch bekümmern; aber ich weiß, was ich meiner Bekehrung zur wahren Liebe schuldig bin, und werde euch also eure Bitte erfüllen. Der Emir Kara Ben Nemsi, ich, der Hadschi Halef Omar und mein Sohn Kara Ben Halef, wir sind am Lager der Bebbeh gewesen und haben ihre Gespräche belauscht. Hätten wir das nicht getan, so würdet ihr heute nacht abgeschlachtet wie Schafe, welche keinen Hirten und Beschützer haben.«

Er erzählte nun das, was wir getan, gesehen und gehört hatten, in seiner farbenreichen Weise und schloß die besten Ermahnungen daran. Schon glaubte ich, daß diese seine Vorstellungen nicht ohne Erfolg sein würden, da fuhr ihn Amad el Ghandur an:

»Schweig! Wir brauchen deine Ermahnungen nicht; wir wissen selbst, was wir zu tun haben. Also zwölf Bebbeh habt ihr gezählt?«

»Ja. Wenn du uns nachzählen willst, so gehe hin zu ihnen!«

»Und da machst du solchen Lärm! Zwölf gegen zwanzig!«

»Aber es können leicht noch mehr kommen, denn Ahmed Azad hat von einem Boten gesprochen.«

»Sie mögen kommen; wir fürchten sie nicht. Was schreist du da über unser großes Feuer! Grad dieses ist für einen solchen Ueberfall gut. Wir setzen uns in den Schatten; da können die Bebbeh uns nicht sehen; wir aber erblicken sie, sobald sie kommen, und geben ihnen unsere Kugeln.«

»Aber unser Ritt sollte doch ein friedlicher sein!«

»Schweig! Die Kurden kommen, sich an uns zu rächen: wir müssen uns wehren. Aber selbst wenn wir dies nicht müßten, würden wir es doch tun. Diese Hunde sind nicht wert, daß sie unter Allahs Himmel wandeln; sie müssen von der Erde vertilgt werden!«

»Gut, ich werde schweigen; ihr aber werdet weinen und heulen über das, was daraus erfolgen wird!«

Er wendete sich ab und ging dahin, wo Omar Ben Sadek und der Lord saßen. Ich hatte mir vorgenommen, nichts zu sagen, konnte es aber doch nicht über das Herz bringen. Es war ja doch möglich, Blutvergießen zu verhüten. Die Haddedihn konnten hier oben und die Bebbeh unten an ihren Gräbern beten und die gegenseitige Rache für später aufheben. Darum machte ich noch einen Versuch, zum Frieden zu reden:

»Amad el Ghandur, ich war dein Freund, dein Bruder und Gefährte und will es auch jetzt noch sein. Hast du nicht heut diesen Stein in dieses offene Grabmal geworfen und dabei behauptet, daß dein Vater gerächt sei? Warum trachtest du von neuem nach Blut?«

»Die Rache war nicht tot,« murrte er; »sie hat nur geschlafen und ist wieder aufgewacht.«

»Nein, so ist es nicht; sie schläft noch jetzt; sie will nicht erwachen; aber du willst sie aufwecken. Wer einen Brand entfacht, soll vorsichtig sein und es sich vorher bedenken, denn er kann sich leicht selbst verbrennen.«

»Meinst du, daß ich deine guten Lehren brauche?«

»Ja, das meine ich. Grad jetzt solltest du ein offenes Ohr für sie haben. Ich mag mich nicht rühmen und will mir auch das, was ich getan habe, nicht bezahlen lassen; aber heut, wo so Vieler Leben, auch das deinige, von dir abhängt, muß ich dich an den Kerker von Amadijah erinnern, in welchem du verschmachtet wärest, wenn ich dich nicht herausgeholt hätte. Wäre Mohammed, dein Vater, noch am Leben, der damals mit uns war, er würde dir raten, auf meine Worte zu hören.«

»Nein,« fuhr er da auf, »das würde er nicht, denn dein Rat und deine Worte haben ihn damals in das Verderben geführt. Du bist nicht unsers Glaubens; du gehörst nicht zu uns. Wenn ein gläubiger Moslem einem Christen folgt, ist es stets zu seinem Schaden. Ich will Rache; ich will Blut, und ich werde meinen Willen haben.«

»Und ich will Liebe und Versöhnung. Wir werden sehen, wessen Wille bessere Früchte bringt!«

Ich sah ein, daß all mein Bemühen hier vergeblich war, und ging zu den Gefährten, bei denen ich mich niedersetzte. Wir befanden uns im tiefen Schatten, und auch die Haddedihn suchten jetzt dunkle Stellen auf, um mit ihren Kugeln die angreifenden Kurden zu empfangen.

Der Lord hatte nur wenig von dem, was gesprochen worden war, verstanden; ich mußte ihn aufklären. Als dies geschehen war, meinte er:

»Harte Köpfe, diese Kerls! Meint Ihr, daß die Bebbeh auch solche Köpfe haben?«

»Ja.«

»Dann kommt es zum Zusammenstoße?«

»Sehr wahrscheinlich; aber ich werde doch versuchen, ihn zu verhindern.«

»Wie wollt Ihr das anfangen?«

»Zunächst kann ich nichts anderes tun, als Ahmed Azad wissen lassen, daß wir von dem geplanten Ueberfalle unterrichtet sind. Dann wird er ihn wahrscheinlich, wenigstens für die Nacht, unterlassen.«

»Und ihn dann aber am Tage ausführen!«

»Darauf muß ich es ankommen lassen. Vielleicht kommt mir bis dahin ein rettender Gedanke.«

»Wie aber soll dieser Kurde erfahren, daß sein Anschlag uns verraten worden ist?«

»Durch den Späher, den er heraufschicken will, um zu erfahren, ob wir schlafen und ein Feuer brennen.«

»Dem wollt Ihr es sagen?«

»Ja.«

»Wie wollt Ihr das anfangen, Master, Sihdi und Effendi?«

»Ich nehme ihn fest.«

»Ach, oh, festnehmen!«

Ich sah trotz der Dunkelheit, daß der Mund des Lords vor Entzücken sich in ein offenes Trapezoïd verwandelte und daß seine Nase in selige Bewegung geriet. Er ergriff meine Hand und fuhr fort:

»Hört einmal, Ihr großer, vortrefflicher und berühmter Kara Ben Nemsi, wollt Ihr dieses Festnehmen des Kurden nicht mir überlassen? Habe während dieses ganzen, langen Rittes nichts tun können, gar nichts, und hätte doch so gern mit einem Regenwurm gekämpft, oder wenigstens einen Lindwurm totgetreten. Jetzt gibt es die schönste Gelegenheit, meine acht Finger, die mir übrig geblieben sind, um den Hals eines Bebbehkurden zu legen. Erlaubt mir das, Sir! Ich zahle Euch gern hundert oder auch noch mehr Pfund Sterling dafür!«

»Könnt es ohne Zahlung haben, Mylord. Ich will es Euch erlauben, doch unter der Bedingung, daß ich dabei bin und daß Ihr Euch nach meinen Vorschriften richtet!«

»*Well*, zugestanden, *yes!* Bebbehkurde, Finger, Hals, Vorschriften, vortrefflich, unvergleichlich! Nun geht doch endlich einmal das ordentliche, solide Leben wieder an!«

Er rief das so laut aus, daß ich ihn ersuchen mußte, ruhig zu sein. Nach einiger Zeit ging der Mond auf, und ich nahm an, daß die Kurden nun ihr Lager auf dem Wiesenplatze verlassen würden. Ich stieg also, natürlich ohne den Haddedihn von meinem Vorhaben Mitteilung zu machen, mit dem Engländer die kurze Strecke nach der Felsenenge hinab, wo wir uns verbergen wollten.

Da sie an ihrer oberen Seite von dem Feuer der Haddedihn beleuchtet wurde, so durchschritten wir sie und legten uns an ihrer untern, unbeleuchteten Seite hinter einem Gebüsche nebeneinander auf den Boden nieder. Wir konnten annehmen, daß uns der Späher hier, wo es dunkel war, nicht sehen werde.

»Ob er aber auch kommen wird?« fragte der Lord, welcher ganz erpicht darauf war, den Bebbeh in seine Hände zu bekommen.

»Jedenfalls,« antwortete ich. »Ahmed Azad, sein Scheik, hat es gesagt. Doch seid jetzt still, damit wir ihn nicht nur sehen, sondern schon vorher sein Kommen hören.«

Nun lagen wir wohl eine Viertelstunde lang. Von unten

herauf erklang jenes monotone und doch so vielsagende Rauschen des Waldes, jene ergreifende Predigt von der Allmacht des Unendlichen, des Ewigen. Da hörte ich ein dumpfes Geräusch in der Tiefe.

»Horcht!« flüsterte ich dem Lord zu.

»Höre nichts,« antwortete er.

»Aber ich höre es deutlich. Es sind die Schritte der Pferde auf dem Wiesengrunde unten. Sie kommen.«

»*Well!* Müßt Ihr lange Ohren haben, Sir! Ich glaube, die Lappen davon hängen bis dort hinunter, wo die Kerle sich befinden. Ihr seid ein Unikum und gehört in ein Panoptikum!«

»Danke, Mylord! Nun aber aufpassen, denn es wird gar nicht lange dauern, so kommt der Späher heraufgestiegen.«

Es vergingen vielleicht fünf Minuten, so vernahm ich das Geräusch eines rollenden Steines, welcher aus seiner Lage gestoßen worden war.

»Er naht,« raunte ich dem Lord zu. »Nehmt ihn beim Halse, aber gleich so fest, daß er keinen Laut von sich geben kann!«

»Und dann?«

»Ist meine Sache.«

Jetzt hörten wir leise Schritte, und einige Augenblicke später sahen wir ihn auch. Der Mond beleuchtete ihn hell, während wir im Schatten der Felsenenge lagen. Er war wohl der beste Späher der Kurden und dennoch ein schlechter Kundschafter; ich an seiner Stelle hätte die dunklen Stellen hinter den Büschen gesucht und wäre gekrochen, während er aufrecht gegangen kam.

Seine Schritte waren langsam und bedächtig; ganz in der Nähe blieb er stehen, um zu horchen. Da er nichts Verdächtiges sah und hörte, so ging er weiter, um in die Enge einzudringen; er mußte an uns vorüber. Da gab ich dem Lord einen Stoß; er richtete seine lange Gestalt auf; der Kurde sah dieselbe so plötzlich neben sich in die Höhe ragen und wich erschrocken einen Schritt zurück; ehe er sich fassen und einen Schrei ausstoßen konnte, lagen ihm die Hände des Engländers am Halse.

»Habe ihn!« meinte Lindsay. »Was nun?«

»Herlegen.«

Ich hob dem Bebbeh die beiden Füße aus, und der Lord ließ ihn nieder; er machte keine einzige Bewegung der Gegenwehr. Ich zog mein Messer, setzte ihm die Spitze desselben recht fühlbar auf die Brust, bat Lindsay, ihm den Hals freizugeben, und bedrohte ihn:

»Sprichst du ein lautes Wort, so ersteche ich dich; hingegen wird dir gar nichts geschehen, wenn du gehorchest!«

Er röchelte eine kurze Weile und holte dann tief Atem; zu reden aber oder gar zu schreien wagte er nicht.

»Du siehst, daß du nicht immer Glück beim Spähen hast,« fuhr ich fort. »Einmal ist es dir gelungen, als du heut mit einem Gefährten zum ersten Male hier warst; jetzt aber ist's um dich geschehen, wenn du dich nicht so verhältst, wie ich es dir befehle. Beantworte meine Fragen, doch so leise, daß nur wir es hören können! Ahmed Azad lagert mit euch da unten im Tale?«

Er sagte nichts, sondern er besann sich wohl, wie er sich in seiner Lage am besten zu verhalten habe. Ich wiederholte meine Frage und ließ ihn das Messer stärker fühlen.

»Chodih[1], stich nicht!« bat er da schnell. »Ja, wir sind da unten.«

»Wie viele Männer?«

»Zwölf.«

»Nicht mehr?«

»Nein.«

»Aber es werden noch mehr kommen?«

»Nein.«

»Ihr habt ja einen Boten fortgeschickt? Wozu ist das geschehen?«

»Katera Chodeh – um Gottes willen!« stieß er hervor. »Das weißt du?«

»Ja.«

»Wer bist du, o Herr?«

[1] »Herr« auf kurdisch.

»Ich denke, du kennst mich; sieh mich an!« antwortete ich, indem ich aus dem Schatten in den hellen Mondschein trat.

»Der fremde Emir mit den Zauberflinten!« sagte er im Tone des Schreckens.

»Ja, der bin ich. Beantworte meine Frage!«

Er folgte dieser Aufforderung erst nach einer Weile des Ueberlegens:

»Wie du es wissen kannst, das ist mir unerklärlich; aber es ist wahr; wir haben einen Boten fortgesandt; er ist zu Gibrail Mamrahsch gegangen.«

»Ah, nach dem Hause des Scheiks der Dschiafkurden? Das liegt fast anderthalb Tagereisen von hier. Was soll er dort?«

»Ja, es ist freilich weit bis dahin, aber doch der nächste Ort, an welchem wir Fleisch und Mehl bekommen können. Wir sind hierher gekommen, um unsere Andacht zu verrichten; da können wir nicht fort, um Wild zu schießen. Darum wollen wir uns bei Gibrail Mamrahsch Proviant kaufen.«

»Bei diesem? Hm! Er gehört zu den Dschiafkurden, deren Feinde ihr seid.«

»Jetzt nicht mehr, Chodih.«

»Mag sein! Ich glaube dir nicht. Nimm dich in acht! Ihr wollt uns überfallen; ich weiß es genau. Du siehst aber, daß wir diesen Zugang zur Höhe besetzt halten. Wer sich nähert, der wird erschossen.«

»Chodih, wir wollten euch nichts tun!«

»Schweig! Ich weiß es besser; ich weiß überhaupt alles. Aber auch wir sind nur der Andacht und nicht des Kampfes wegen gekommen; darum will ich gegen dich und überhaupt gegen euch anders handeln, als ich eigentlich sollte. Warum wollen wir uns gegenseitig bekämpfen, da der Rache Genüge getan worden ist? Warum soll aus dem gottgefälligen Gebete ein gottloses Schlachten und Morden werden? Stehe auf; ich gebe dich frei! Steig hinab zu Ahmed Azad, euerm Anführer, und bring ihm meine Botschaft! Ich biete ihm Frieden. Beide Teile mögen an den Gräbern für ihre Toten beten und dann diese Stätte verlassen, wann und wie es ihnen beliebt.«

»Nein, das darf nicht geschehen!« rief es da neben mir. Amad el Ghandur trat aus der Felsenenge hervor, in welcher er gesteckt hatte, und fuhr in drohendem Tone fort: »Wie kannst du, ohne mich zu fragen, über uns bestimmen! Ich sah euch beide fortgehen; ihr kehrtet nicht zurück; da dachte ich mir gleich, daß ihr etwas beabsichtiget, was gegen meinen Willen ist, und bin euch nach. Ich kam in diese Enge, hörte eure Stimmen und blieb stehen. Ich habe alles vernommen, sage dir aber, daß du kein Recht hast, den Frieden zu bieten. Ich würde mich überhaupt schämen, diese Kurdenhunde um Frieden zu bitten! Weißt du das?«

»Ich habe den Frieden angeboten, ich ihnen, sie aber nicht um denselben angebettelt. Weißt du das? Du hast dich von mir getrennt und magst es halten, wie es dir beliebt; ich werde auch tun, was ich will.«

»Gut, tue das! Aber dieser Kurde hier ist unser Gefangener; den wirst du mir übergeben!«

»Nein, das werde ich nicht. Ich habe noch nie mein Wort gebrochen, und so wird es auch jetzt bei dem bleiben, was ich gesagt habe. Er ist frei.«

»Er ist nicht frei!« rief Amad el Ghandur, indem er den Bebbeh beim Arme ergriff. »Er gehört mir, und ich schwöre dir bei Allah, daß ich – – –«

»Halt, schwöre nicht!« unterbrach ich ihn. »Du würdest deinen Schwur nicht halten können.«

»Ich halte ihn und sage dir, daß ich meinem Willen selbst mit der Waffe Nachdruck geben werde!«

»Auch mir gegenüber?«

»Gegen jeden, der mir widerstrebt!«

»Gut! Ganz so, wie du willst! Wenn Freundschaft, Dankbarkeit, Vorsicht und Ueberlegung nichts mehr gelten, so mag das Messer zwischen uns entscheiden. Es wird heut grad so sein wie damals mit Gasahl Gaboya, und du wirst deinen Starrsinn zu bezahlen haben. Ich habe gesagt, daß dieser Kurde frei sein soll, und mein Wort darf nicht zu schanden werden. Tu die Hand von ihm!«

»Nein!« knirschte er.

»Tu sie weg, sonst schlag ich dich nieder mit dieser meiner Faust! Du kennst den Hieb!«

»Schlag her! Wage es!« drohte er mir, indem er, ohne den Kurden loszulassen, sein Messer gegen mich zückte.

Ich holte zu dem mir so geläufigen Fausthiebe aus, ließ aber den Arm rasch wieder sinken, denn da krachte ganz in unserer Nähe hinter einem Busche hervor ein Schuß und noch einer, Amad el Ghandur drehte sich, den Kurden loslassend, halb um seine eigene Achse und taumelte dann gegen den Felsen. Der Kurde entfloh; hinter dem Busche aber kamen zwei Gestalten hervorgesprungen, welche mit umgekehrten Gewehren auf mich und den Engländer eindrangen, um uns mit den Kolben niederzuschlagen.

Was man in solchen Augenblicken tut, geschieht viel, viel schneller, als man es zu erzählen vermag. Ich wartete den Hieb, der mir gelten sollte, gar nicht erst ab, sondern sprang dem ersten Angreifer entgegen, warf mich einen Schritt weit auf die Seite und stieß ihm mit aller mir zu Gebote stehenden Kraft die Faust in die Achselhöhle des hoch erhobenen linken Armes. Er ließ das Gewehr fallen, stieß einen Schrei aus und flog fünf, sechs Schritte weit fort, um dort wie ein Sack niederzustürzen.

Indessen war der zweite an den Lord gekommen und hatte zugeschlagen, aber nicht getroffen, weil der Engländer dem Hiebe ausgewichen war. Ich tat einen raschen Sprung hinzu und riß den Kurden nieder und hielt ihn fest, bis ihm der Lord das Messer und die Pistole aus dem Gürtel genommen hatte. Der Mond beschien sein Gesicht, und ich erkannte den mir damals wohlgesinnten Bruder des Scheikes Gasahl Gaboya. Er war mir, wie man sich erinnern wird, zur Dankbarkeit verpflichtet gewesen, weil ich ihn den Haddedihn gegenüber beschützt und aus der Gefangenschaft entlassen hatte; ohne mich wäre er erschossen worden.

Der andere Angreifer, den ich fortgeschleudert hatte, raffte sich auf und eilte davon. Ich hielt ihn nicht zurück, obgleich der Engländer mir zurief:

»Dort läuft der Halunke hin. Haltet ihn fest, Sir Kara!«

»Laßt ihn laufen!« antwortete ich, »wir haben hier einen bessern und wertvolleren Mann.«

»Wen denn? Ah *by god,* das ist ja jener famose Scheiksbruder, den wir damals partout ermorden sollten!«

»Ja. Schnell hinein in die Enge mit ihm! Es könnten noch mehrere Kurden heraufgekommen sein! Ich nehme ihn. Nehmt Ihr Amad el Ghandur!«

»Ich brauche niemand; ich kann allein gehen,« antwortete dieser. »Du bist schuld daran, Effendi; das werde ich dir nie vergessen. Du hast mich schlagen wollen; nun bin ich verwundet. Es ist aus zwischen uns Beiden, aus für immer!«

Er taumelte in die Enge hinein. Wir Beide folgten ihm. Als wir sie passiert hatten, stießen wir auf Halef und seinen Sohn, welche herbeigeeilt waren.

»Sihdi, wir hörten Schüsse. Was ist geschehen?« rief der Hadschi.

»Ein Angriff von zwei Kurden,« antwortete ich. »Vielleicht kommen noch mehr. Steck dich mit Kara Ben Halef in die Enge, und paßt auf. Ihr schießt auf jeden Feind, der sich ihr nähert!«

Die Beiden verschwanden zwischen den Felsen. Auch die Haddedihn hatten die Schüsse gehört. Sie scharten sich am Feuer um ihren verwundeten Scheik und ließen laute Drohungen hören. Ich achtete nicht auf sie, denn ich hatte mit dem Bebbeh zu reden. Wir hielten ihn jetzt nicht mehr fest. Er lehnte am Felsen, blickte finster vor sich nieder und sagte:

»Jetzt bin ich zum zweiten Male in deine Hand geraten, o Emir.«

»Ja, und das ist mir nicht lieb. Du hast mir damals selbst gesagt, daß ich dir das Leben und die Ehre gerettet habe; ich bin dein Freund und Bruder geworden[1], und dennoch hast du vorhin auf mich geschossen!«

»Auf dich? Du irrst. Wir hatten einen Späher heraufgesandt; er blieb uns zu lange aus. Da schlich ich mich mit noch einem herauf. Ich sah euch und hörte deine friedliche Rede;

[1] Siehe Bd. III, pag. 112.

ich sah ferner, daß dein eigener Freund das Messer gegen dich zückte; da schossen wir auf ihn.«

»So weißt du also, daß ich euch nicht bekämpfen will?«

»Ja.«

»Gut! Du bist noch heut wie damals mein Bruder. Ich gebe dich frei. Du kannst gehen.«

»Wirklich, Emir, wirklich?« fragte er, indem er mich ungläubig anstarrte.

»Ja.«

»Aber … aber … aber das tut … das tut doch kein Mensch!«

»Ein Moslem allerdings nicht: aber du wirst doch wissen, daß ich ein Christ bin. Geh in Gottes Namen zu den Deinen. Draußen liegen eure Waffen; hebe sie auf, und nimm sie mit! Sag Ahmed Azad, daß ich den Frieden will! Ich werde morgen am Vormittage hinunter in euer Lager kommen und mit ihm verhandeln.«

»Das – das willst du wagen?!«

»Es ist kein Wagnis; ich weiß genau, was ich tue. Ich fürchte mich nicht vor euch, obgleich ihr uns an Zahl weit überlegen seid.«

»Das weißt du auch?«

»Ja. Euer Späher hat mich belogen. Er sagte, der Bote sei zu Gibrail Mamrahsch gegangen, um Proviant zu kaufen; das konnte er einem Andern weismachen, aber nicht mir! Der Bote hat noch mehr Krieger von euch herbeigeholt.«

»Ja, so ist es, Emir. Wir befinden uns auf einem Kriegszuge gegen die Kurden von Rummok und Piran. Ahmed Azad wich vom Wege ab, um die Gräber hier zu besuchen, und sandte uns den Boten, rasch nachzukommen, da die Haddedihn sich auch hier befänden. Unsere Krieger wollen sich rächen.«

»Wie stark sind sie?«

»Hundertzwanzig. Ihr werdet verloren sein, denn ihr habt einen schlechten Platz hier oben.«

»Ja, der Platz ist schlecht, aber desto besser sind unsere Waffen, wie du weißt. Und auch darauf kommt es nicht allein an, sondern ebenso auf den Mann, der sie trägt, auf seinen Kopf und auf die Gedanken, die sich in demselben befinden. Ich wiederhole dir, daß ich mich vor euch gar nicht fürchte. Geh hinab, und sage das den Deinen! Es ist auch für sie besser, wenn sie so tun, als ob wir uns gar nicht hier befänden. Es könnte sonst aus ihrem Kriegszuge sehr leicht eine Niederlage werden.«

Da ergriff er meine Hand und versicherte mir:

»Herr, ich habe noch keinen Menschen gekannt, der so denkt, redet und handelt wie du. Wäre ich nicht ein Bebbehkurde, so wollte ich, ich wäre ein Christ und wohnte in deinem Lande. Sind dort alle Leute so wie du?«

»Nicht alle. Es gibt überall Gute und Böse; ein Christ aber wird nie nach dem Blute seines Nächsten dürsten, auch nach demjenigen seines ärgsten Feindes nicht. Ein wahrer Christ weiß, daß die Liebe allmächtig ist und endlich allen Haß überwindet. Also geh; ich komme morgen vormittag hinab. Aber sag den Bebbeh, daß wir uns während der Nacht hier verteidigen und jeden niederschießen werden, der es wagen sollte, sich bis morgen uns zu nähern!«

»Ich werde es sagen, Emir, und es mag kommen, wie es will, so wirst du sehen, daß ich mich als Freund zu dir verhalte.«

»Auch gegen meine Gefährten?«

»Nein, denn sie sind die Feinde meines Stammes. Ihnen gegenüber bin ich zu nichts verpflichtet. Lebe wohl! Und wenn wir uns morgen wiedersehen, so wünsche ich, daß ich dir so dienen kann, wie du mild und freundlich gegen mich gewesen bist!«

Er ging, und ich gab Halef und seinem Sohne die Weisung, ihn ungehindert durchzulassen. Der Lord hatte natürlich kein Wort von unserer kurdischen Unterhaltung verstanden. Darum fragte er jetzt:

»Ihr laßt ihn fort, Sir? War es nicht besser, ihn festzuhalten? Wir hätten in ihm einen Geisel gehabt.«

»Das durfte ich nicht, weil ich damals Freund- und Bruderschaft mit ihm geschlossen habe. Ihr könnt Euch darauf verlassen, daß er jetzt weit mehr für uns wirken wird, als er uns als Geisel hätte nützen können.«

»*Well*, ganz wie Ihr wollt. Aber ich hatte den andern Kerl so schön bei der Gurgel, und nun ist auch der auf und davon! Ihr seid ein ganz eigentümliches Menschenkind.«

Er hätte wohl gern weiter gesprochen, wurde aber unterbrochen, denn eben jetzt kam Amad el Ghandur rasch und in drohender Haltung auf mich zugeschritten. Sein Burnus war voller Blut; der Schuß hatte ihn in der Schulter verletzt.

»Ich sehe den Kurden nicht!« rief er mich zornig an, indem seine Augen grimmig funkelten.

»Ich auch nicht,« antwortete ich gelassen.

»Wo ist er?«

»Fort.«

»Wohin?«

»Hinunter in sein Lager.«

»Wer hat ihn fortgelassen?«

»Ich.«

»Effendi, soll ich dich niederschlagen? Dieser Hund hat auf mich geschossen, und du lässest ihn fort! Ich frage abermals, ob ich dich niederschlagen soll?«

»Weißt du nicht mehr, daß ich damals sein Bruder geworden bin? Er hat mir nichts getan, also habe ich ihn freigegeben.«

»Aber mich hat er töten wollen! Siehst du hier das Blut an meinem Gewande? Es schreit nach Rache!«

»Daran bist nur du allein schuld. Er wollte nichts gegen uns unternehmen; aber als er sah, daß du das Messer gegen mich, der ich sein Freund bin, erhobst, schoß er auf dich.«

»So hattest du ihn mir zu übergeben!«

»Er befand sich in meinen Händen, nicht in den deinigen. Ich konnte tun, was mir beliebte. Wenn du ihn haben willst, so hole dir ihn!«

»Wagst du wirklich, in dieser Weise mit mir zu reden! Ich frage zum dritten Male, ob ich dich niederschlagen soll?«

»Und ich antworte zum dritten Male nicht auf diese Frage.

Du selbst hast gesagt, daß wir nichts mehr miteinander zu schaffen haben, also laß mich in Ruh!«

Meine Gelassenheit imponierte ihm; aber es kostete ihm dennoch gewaltige Anstrengung, seinen Grimm zu bemeistern. Die Haddedihn waren auch herbei gekommen; sie standen hinter ihm. Hätte er sie aufgefordert, mich zu pakken, so weiß ich wirklich nicht, ob sie ihm gehorsam oder nicht gewesen wären. Ihr Sinn war eben auch auf Kampf und Rache gerichtet. Ich ging vorwärts, an Amad el Ghandur vorbei und mitten zwischen ihnen hindurch. Sie wagten doch nicht, mich zu hindern. Da drehte ich mich noch einmal zum Scheik zurück und sagte:

»Uebrigens sprach dieser Kurde davon, daß wir verloren sind, weil wir hier einen schlechten Platz haben. Seine Truppe besteht nicht mehr aus zwölf, sondern aus hundertzwanzig Kriegern. Sieh zu, wie du mit ihnen auskommst!«

»Hundertzwanzig? Das ist Lüge!«

Ich tat, als hätte ich diese Beleidigung nicht gehört, und ging zu meinem Pferde, wo ich mich niederlegte. Später löste ich Halef und seinen Sohn ab und blieb bis zum Morgen wachend in der Felsenenge liegen.

Es war das keine gute Nacht. Es schien geradezu ein Teufel in die Haddedihn gefahren zu sein. Wie hatten sie sich über mein Kommen gefreut! Welche Achtung und Zuneigung hatten sie mir erwiesen! Und nun waren sie mir so plötzlich beinahe feindlich gesinnt. Das war der Rausch der Rache. Wer es nicht selbst erfahren hat, der kann es gar nicht glauben, welchen Einfluß sie auf einen halbwilden Menschen besitzt. Kommt es doch auch in unsern zivilisierten Ländern gar nicht selten vor, daß ein Mensch seine Ehre, sein ganzes Lebensglück von sich wirft um einer Rache willen, die nicht nur unchristlich, sondern zuweilen gerade lächerlich ist. Wenn das Christen tun, wie soll man da über einen Beduinen, Indianer, Hottentotten oder Australneger richten!

Dies waren die Gedanken, welche mich während der Nacht beschäftigten. Als es Tag geworden war, ging ich zu meinem Rih, um ihn zu füttern. Er leckte mir die Wangen und die Hände und war außerordentlich zärtlich, weil ich während der Nacht nicht bei ihm gewesen war. Er hatte sich nach mir gesehnt. Ich hatte ein Säckchen mit Datteln für ihn mitgenommen, ihm bisher aber nur wenige davon gegeben, weil wir stets Gras gefunden hatten. Hier oben gab es aber nur ein sehr spärliches Grün, und da mir ahnte, daß es heut zum Kampfe kommen und vielleicht für mich einen Grund geben werde, mich auf die Schnelligkeit und Ausdauer meines Pferdes zu verlassen, gab ich ihm alle diese Datteln zu fressen. Er war noch nie so zärtlich mit mir gewesen, rieb seinen schönen Kopf immerfort an mir und suchte mich auch von hinten mit dem Schwanze zu erreichen. Das kluge Tier wußte, daß es nicht laut werden durfte; es wollte gern vor Liebe wiehern; das merkte ich ihm an; da es sich dies aber nicht getraute, so gab es wiederholt einen Ton von sich, welcher zwischen Wiehern und Schnauben innestand. Er war mit dem Drucksen und Glucksen einer Henne zu vergleichen, welche ihre Küchlein unter ihre Flügel lockt. Wenn es nicht für lächerlich gehalten werden könnte, möchte ich fast sagen, Rih ahnte, was ihm bevorstand, wollte mir zum letzten Male seine Liebe zeigen und Abschied von mir nehmen. Ich schäme mich nicht, zu gestehen, daß mir, indem ich heut dieses schreibe, einige sehr unmännliche Tropfen aus den Augen rinnen.

Auch Amad el Ghandur hatte nicht geschlafen. Er lehnte mit dem Rücken am Grabmale seines Vaters und verfolgte meine Bewegungen mit düstern Blicken. Seine Verwundung war jedenfalls nicht leicht, und in seinen Augen flackerte es, als ob das Fieber bereits im Anzuge sei. Ich ging trotz allem, was gestern zwischen uns vorgekommen war, zu ihm hin, um mich zu erkundigen und ihm meine Hilfe anzubieten; er aber wendete sich hastig ab und sagte:

»Packe dich fort! Es soll mich nie wieder ein Christ berühren!«

Nun beorderte ich Halef wieder als Wache in die Felsenenge, hing den Stutzen über und stieg den Berg hinab, um zu den Kurden zu gehen. Halef wollte unbedingt mit; ich gab dies aber nicht zu. Das Wagnis war zu groß, als daß ich einen Andern hätte daran teilnehmen lassen mögen.

Ich huschte von Strauch zu Strauch, um nicht gesehen zu werden, denn ich wollte ganz plötzlich unter die Bebbeh treten. Da sah ich einen von ihnen an einem Baume lehnen; er blickte bergaufwärts, als ob er von dorther jemand erwarte. Es war Gasahl Gaboyas Bruder. Er wußte, daß ich kommen wollte. Harrte er auf mich? Hatte er mir etwas mitzuteilen? Ich trat hinter den Büschen hervor. Als er mich erblickte, kam er rasch auf mich zu und sagte:

»Emir, du bist mein Bruder; darum muß ich dich retten. Trenne dich schnell von den Haddedihn, sonst bist du mit ihnen verloren.«

»Warum?«

»Ihr werdet in spätestens einer Viertelstunde angegriffen werden.«

»Ihr könnt ja nicht durch die Felsenenge, welche wir verteidigen werden.«

»O, wir kommen nicht von dieser Seite.«

»Ah, so wollt ihr jenseits emporsteigen?«

»Ja. Wir haben gleich nach Tagesanbruch gesucht und eine Stelle entdeckt, an welcher wir hinauf können. Kein Beduine, welcher Bewohner der Ebene ist, könnte da empor; wir Kurden aber hausen in den Bergen und sind gute Kletterer.«

»Wir werden euch auch da empfangen!«

»Das weiß ich, nachdem ich es dir gesagt habe. Du siehst, wie dankbar ich dir bin, denn ich verrate meine eigenen Genossen. Aber es wird euch doch nichts helfen, denn ihr werdet von zwei Seiten angegriffen, auch von der Felsenenge aus.«

»Hm! Wo lagert ihr? Noch immer grad unter uns im Grunde?«

»Nein; wir sind rückwärts gegangen, halb um den Felsenberg herum. Mehr darf ich dir nicht sagen. Ich habe meine Pflicht gegen dich getan. Nun handle, wie du willst. Chodeh te bahveze -- Gott erhalte dich!«

Er wendete sich um und eilte fort. Ich stieg rasch den Berg

hinan und rief, oben angekommen, den gestrigen Streit und auch das heutige Verhalten Amad el Ghandurs vergessend:

»Auf, zu den Waffen, ihr Männer! Die Bebbeh werden uns angreifen, da an dem Felsendurchgang und auch von dort her, wo sie heraufgestiegen kommen.«

Da sprang Amad el Ghandur auf und fragte:

»Wo sind sie jetzt?«

»Sie haben sich nördlich halb um den Berg gezogen. Der Bruder von Gasahl Gaboya hat es mir gesagt; darum will ich, daß ihm nichts geschehe. Schießt nicht auf ihn. Schont überhaupt den Feind so viel wie möglich. Schießt sie in die Beine! Ich werde mit meinem Stutzen mich an – – –«

»Schweig!« fuhr mich Amad el Ghandur an. »Was hast du uns zu befehlen! Jetzt bin ich der Gebieter, und was ich sage, das geschieht. Wir werden uns hüten, zu warten, bis sie von beiden Seiten auf uns kommen. Wir überrumpeln sie. Wir greifen sie an. Nehmt die Waffen und die Pferde, ihr tapferen Krieger der Haddedihn! Wir führen die Pferde hinab bis dahin, wo wir aufsteigen können; dann reiten wir mitten unter die Hunde hinein und – – –«

»Um Gottes willen, nur das nicht!« fiel ich ihm in die Rede. »Ihr müßt – – –«

»Schweig!« schrie er mich abermals an. »Meinst du, daß ich nichts vom Krieg verstehe? Wir brauchen deinen Rat und deine Hilfe nicht. Bleibe hier zurück, und erstick an deiner Klugheit und an deiner berühmten Feindesliebe. Und wenn dein Halef vergißt, daß er ein Haddedihn geworden ist und nicht zu dir, sondern zu uns gehört, so mag er mit seinem Knaben auch zurückbleiben und uns niemals wieder vor die Augen kommen. Wir brauchen keine Feiglinge bei uns!«

»Feigling? Ich?« rief Halef. »Das hat mir noch niemand gesagt! Ich werde dir zeigen, ob ich feig bin; ich reite mit!«

Er warf sein Gewehr über und ging zu seinem Pferde; sein Sohn tat dasselbe. Es war ein Augenblick größter Aufregung; ich sah, daß alle meine Vorstellungen vergeblich sein würden, und schwieg. Der Lord fragte mich nach dem Grunde des Tumultes, und ich gab ihm Auskunft.

»Machen wir mit?« erkundigte er sich.

»Hier bleiben können wir nicht.«

»*Well,* so sollen diese Bebbeh einen gewissen David Lindsay kennen lernen!«

»Nicht so, Mylord! Es fällt mir nicht ein, mit diesen toll gewordenen Menschen geradezu ins Verderben zu rennen. Ich möchte sie gern zurückhalten, doch Ihr seht, daß sie nicht auf mich hören. Wir reiten hinter ihnen her und werden dann ja sehen, was zu tun ist. Gott gebe einen bessern Ausgang, als ich ahne!«

Die Haddedihn drängten sich durch die Enge. Halef und sein Sohn waren die letzten.

»Sihdi,« rief er mir zu, »bist du mir bös? Soll Hanneh, die beste unter den Frauen, hören, daß ich ein Feigling bin?«

»Nein. Du mußt leider mit; deine Ehre gebietet es dir. Aber laß Kara Ben Halef bei mir zurück!«

»Nein, Effendi. Er soll ebensowenig wie ich feig genannt werden. Hadschi Halef Omar läßt seinen Namen nicht schänden. Wenn wir sterben sollten, so grüße meine Hanneh, die Rose unter den Blumen, und sage ihr, daß wir nicht vor dem Tode gezittert haben. Tröste die Gute, und lebe auch du wohl, mein lieber, lieber Herr!«

Er eilte fort. Omar Ben Sadek war bei uns geblieben.

»Nun, und du?« fragte ich ihn.

»Ich halte zu dir, denn ich bin nicht verrückt,« antwortete er. »Mögen sie mich für feig halten; mein Stolz hört nicht auf solche Leute!«

»Du hast recht. Uebrigens wirst du wohl Gelegenheit finden, auch zu zeigen, daß du Mut besitzest. Kommt, wir wollen fort!«

Wir nahmen unsere Pferde bei den Zügeln und gingen. Als wir die Enge hinter uns hatten, war von den Haddedihn schon nichts mehr zu sehen; sie konnten nicht schnell genug ins Unglück gelangen. Unten im Tale angekommen, stiegen wir auf und ritten ihren Spuren nach. Wir sahen, wo die Bebbeh gelagert hatten. Die Hufstapfen ihrer Pferde führten von da aus nach Norden um den Berg herum, dessen westlicher

Fuß in eine Ebene überging, deren Breite wohl über eine englische Meile betrug.

Eben bogen wir, dem Tale folgend, nach Westen ein, da hörten wir Schüsse und ein wildes Geschrei. Der Kampf hatte begonnen. Wir ritten rascher. Das Schießen dauerte fort.

»*All devils!*« rief der Lord, dessen sich das Kampffieber zu bemächtigen schien. »Die Kurden schlachten unsere Haddedihn bis auf den letzten Mann ab, wenn wir nicht schneller machen. Vorwärts, vorwärts!«

Er gab seinem Pferde die Sporen und flog im Galoppe davon. Omar und ich folgten ebenso rasch hinterher. Jetzt hatte das Schießen aufgehört, aber das Schreien war stärker geworden. Da öffnete sich das Tal nach der genannten Ebene, und wir sahen den Kampfplatz vor uns liegen. Hier hatten die Bebbeh gelagert; der Ueberfall war, wie ich vorausgesehen hatte, vollständig mißlungen. Wir sahen Tote und Verwundete liegen; diejenigen Haddedihn, welche davongekommen waren, flohen draußen über die Ebene; sie wurden von den Bebbeh verfolgt; natürlich waren diese ebenso zu Pferde. Links sah ich Amad el Ghandur auf seinem Schimmel dahinstürmen; fünf Kurden waren hinter ihm her. Der Vorderste von diesen ritt eine prächtige persische Rappstute. Das war der Scheik Ahmed Azad. Grad vor uns floh der kleine Kara Ben Halef, verfolgt von einem Kurden, der auf einem persischen Fuchse saß; auch dieses Pferd war hochedel, wie ich auf den ersten Blick sah. Hart hinter diesem ritt Halef, um seinen Sohn zu schützen, doch war sein Pferd nicht schnell genug, den Fuchs einzuholen. Auf die übrigen Reiter achtete ich nicht, denn ich sah, daß Kara Ben Halef verloren war, wenn der kräftigere Kurde ihn einholte; ich mußte ihm zu Hilfe kommen.

»Dem Knaben nach!« rief ich den Gefährten zu. »Rih, Rih, kawahm, kawahm – schnell, schnell!«

Wir flogen an dem Kampfplatze vorüber. Die wenigen Kurden, welche dort mit den Verwundeten beschäftigt waren, wollten auf uns schießen, hatten aber keine Kugeln in den Läufen. Ich sauste, ohne nach Omar und Lindsay zurückzublicken, an schreienden Kurden vorbei, die sich auf der Verfolgung befanden, achtete aber gar nicht auf sie, denn ich hatte nur den Knaben im Auge, dem der Perserfuchs immer näher kam.

Grad vor uns wurde die Ebene von einem bewaldeten Berge begrenzt, an dessen Fuß sich links ein breites Tal öffnete. In diesem verschwand jetzt Amad el Ghandur; Ahmed Azad war hart hinter ihm. Dorthin lenkte Kara Ben Halef auch, gefolgt von dem Kurden und dann von seinem Vater. Ich kam dem letzteren schnell näher. Er hörte mich kommen, drehte sich im Sattel um und rief, als er mich sah, mir zu:

»Sihdi, rette meinen Sohn! Mein Pferd ist nicht schnell genug.«

»Hat er das Geheimnis schon angewendet?«

»Nein.«

»Dann ist ja alles gut. Folge mir, und bekümmere dich um weiter nichts!«

Bei diesen Worten schoß ich an ihm vorüber. Es war, wie wenn ein Eilzug an einem Güterzug vorbeisauste. Jetzt war das Tal erreicht. Jede Sekunde brachte mich dem Fuchse näher: bald war ich nur noch wenig Pferdelängen hinter ihm. Der Reiter drehte sich um, sah mich und schrie mir hohnlachend zu:

»Bist du es, Giaur! Hole mich ein, wenn du kannst! Ich bin Nizar Hared, Gasahl Gaboyas zweiter Sohn!«

Er zog ein Pistol aus seinem Gürtel und schoß es auf mich ab, traf aber nicht. Da griff er hinter sich nach dem Schwanz seines Pferdes und rief diesem zu:

»Chadu bend, Chadu bend, ez andscha, ez andscha!«

Das war persisch und heißt zu deutsch: »Sieger, Sieger, von dannen, von dannen!« Er wendete also das Geheimnis seines Pferdes an. Als der verfolgte Knabe dies hörte, lachte er jubelnd zurück. Ich sah, daß er seinem jungen Rappen die Hand zwischen die Ohren legte; was er dazu sagte, hörte ich nicht, aber ich sah den Erfolg. Der Rappe war ein ebenbürtiger Sohn meines Rih: das Geheimnis vernehmend, schoß er mit doppelter Schnelligkeit davon, der Fuchs aber fast ebenso schnell hinter ihm her. Als der Kurde sah, daß er wahrscheinlich nach und nach zurückbleiben werde, nahm er sein Gewehr vom Rücken, um es im Reiten zu laden. Er wollte auf Kara Ben Halef schießen. Da rief ich »Rih, Rih« und legte meinem Pferde die Hand auch zwischen die Ohren. Der Rappe schnaubte tief auf und schoß dann so reißend schnell vorwärts, daß ich binnen einer Minute mich an der Seite des Kurden befand. Ein Kolbenhieb mit dem Bärentöter warf ihn von dem Pferde; er blieb wie leblos liegen. Ich rief den Knaben, und er hielt an. Hinter mir sah ich Omar Ben Sadek auf seinem Schecken; dann kamen Halef und der Engländer.

»Kommt mir schnell nach,« gebot ich Kara Ben Halef, »und bringt diesen Kurden und sein Pferd mit! Ich muß noch hinter Amad el Ghandur her.«

Nach diesen Worten sprengte ich weiter, natürlich wieder mit Anwendung des Geheimnisses. Es war mir, offen gestanden, unerklärlich, daß der sonst so tapfere Amad el Ghandur vor Ahmed Azad floh, ohne ihm standzuhalten, sah aber dann später, daß ihm sein Gewehr aus der Hand geschlagen worden war; dazu war ihm der Gürtel zersprungen und mit dem Messer und den Pistolen herabgefallen; er hatte also keine einzige Waffe in der Hand, um sich zu verteidigen, und konnte sich nur durch die Schnelligkeit seines Pferdes retten.

Leider sollte ihm diese Absicht mißlingen. Der gestrige Blutverlust hatte ihn geschwächt; dazu kam die gegenwärtige Aufregung, und wahrscheinlich war auch das Wundfieber im Anzuge. Vor seinem Verfolger herschießend, mußte er um eine scharfe Krümmung des Tales biegen. Da sah er ein langes, hohes Felsenstück quer in seinem Wege liegen; er hatte keine Zeit mehr, auszuweichen; er mußte darüber hinweg. Es fehlte ihm die Kraft, dem Pferde die notwendige Hilfe zu geben; es blieb mit den Hinterbeinen hängen und stürzte jenseits des Felsens mit ihm nieder, glücklicherweise so, daß er nicht in dem Bügel blieb, sondern abgeworfen wurde.

Ahmed Azad kam zwei Sekunden hinter ihm um die Ecke nach; er beherrschte sein Pferd so gut, daß es ihm gelang, dem Felsen auszuweichen und hinter demselben anzuhalten. Er sprang aus dem Sattel, um sich auf den am Boden liegenden, halb betäubten Haddedihn zu werfen. In diesem Augenblick hatte auch ich die Krümmung erreicht. Um dieselbe lenkend, sah ich die Beiden. Der Bebbeh zückte soeben sein Messer nach der Brust Amad el Ghandurs.

»Halt, stich nicht; es ist dein Tod!« rief ich ihm zu und nahm meinen Rih vorn fest, um über das Felsenstück zu setzen und den Bebbeh niederzureiten. Er warf das Messer weg, riß sein Gewehr, welches noch geladen war, vom Rücken und schrie mir entgegen:

»Komm heran, Hund! Du bist mein!«

Es war mir unmöglich, anzuhalten, denn eben setzte Rih zum Sprunge an. Ich sah die Mündung des Gewehres auf mich gerichtet: der Schuß krachte, grad als mein Rappe hoch empor und über den Felsen flog. Da der Bebbeh im vorhergehenden Augenblicke tiefer gezielt hatte, als ich mich infolge des Sprunges im jetzigen Momente befand, traf die Kugel nicht mich, sondern mein Pferd. Ich hatte das Gefühl, als säße ich auf einem Stuhle, gegen dessen Beine ein Schlag geführt wird, zog schnell beide Füße aus den Bügeln und wurde in einem zweiten Bogen aus dem Sattel geschleudert, während Rih sich überschlug und jenseits des Felsens liegen blieb.

Ich war außer mir, raffte mich auf und sprang, ohne auf den Kurden zu achten, zu meinem Pferde hin. Die Kugel war ihm in die Brust gedrungen; es war unrettbar verloren. Da bemächtigte sich meiner ein Grimm, wie ich ihn noch nie gefühlt hatte; er riß mich förmlich vom Pferde weg und nach dem Bebbeh hin, doch schon zu spät, denn er sprang soeben wieder auf sein Pferd. Er hatte gesehen, daß ich unverletzt geblieben war, und die Angst vor mir und meinen überlegenen Waffen trieb ihn weiter.

»Der Teufel hat dich abermals beschützt; wohne bei ihm in der Hölle!« schrie er mir noch zu; dann sauste er fort.

Die Wut, welche in mir kochte, wollte mich verführen, ihn vom Pferde zu schießen, doch hörte ich glücklicherweise selbst in diesem Augenblicke auf die Stimme der Ueberlegung. Tötete ich den Scheik der Kurden, so forderte ich die Blutrache noch mehr heraus; bekam ich ihn aber lebendig in die Hand, so konnte er mir als Geisel von größtem Vorteile sein. Ich mußte ihn also fangen. Aber wie? Rih konnte wohl keinen Schritt mehr tun; doch da stand ja Amad el Ghandurs Schimmelstute. Er lag noch am Boden, versuchte sich aufzurichten und stöhnte schmerzvoll:

»O Emir, ich muß etwas gebrochen haben, und dein herrlicher Rih ist tot. Räche uns an diesem Ahmed Azad!«

»Leihe mir dazu deinen Schimmel,« antwortete ich, indem ich diesen aber auch schon bestieg. »Und verrate mir sein Geheimnis; ich sage es keinem Menschen wieder; schnell, schnell!«

Was Amad el Ghandur sonst nie getan hätte, jetzt tat er es; er antwortete:

»Streiche ihm mit einem Finger dreimal quer über den Rücken des Halses und sag dazu jedesmal das Wort Adschal[1].«

Er sprach noch weiter; ich hörte es aber nicht, denn ich flog schon fort, hinter Ahmed Azad her, welcher nun aus einem Verfolger ein Flüchtling geworden war. Ich war noch nicht weit gekommen, so sah ich ihn vor mir. Weil Amad el Ghandur gestürzt und mein Pferd erschossen worden war, glaubte der Kurde, er könne nicht verfolgt werden, und ritt in langsamem Trabe, während ich galoppierte. Er sah sich nicht um und hörte mich auch nicht, weil der Boden hier weich war. Um ihn vollständig zu überrumpeln, wendete ich das Geheimnis an. Der Schimmel gehorchte und griff auf wahrhaft wunderbare Weise aus, so daß ich, als der Bebbeh endlich den Hufschlag hinter sich hörte, kaum zwanzig Pferdesprünge von ihm entfernt war. Er sah sich um und stieß einen Ruf des Entsetzens aus. Sein Schreck war so groß, daß er für einige Sekunden gar nicht daran dachte, seinen Perserrappen anzuspornen, und das war für mich genug. Ich ergriff den Bärentöter und schlug ihn im Vorübersausen mit dem Kolben desselben vom Pferde herunter.

[1] Eile.

Als es mir gelungen war, den Schimmel zu zügeln, wendete ich um und kehrte zu Ahmed Azad zurück. Sein Pferd war bei ihm stehen geblieben. Er lag an der Erde und versuchte eben, sich aufzurichten; aus seinem Munde strömte mir eine wahre Flut von Flüchen und Verwünschungen entgegen.

»Schweig, wenn dir dein Leben lieb ist!« gebot ich ihm. »Du hast mir mein Pferd erschossen. Weißt du, was das für dich bedeutet? Ein solches Pferd ist das Leben von hundert Kurden wert. Du bist mein Gefangener. Weigerst du dich etwa, mir zu gehorchen, so trifft dich mein Messer augenblicklich. Her mit den Händen, damit ich sie dir auf den Rükken binde!«

Trotz meiner Drohung widersetzte er sich, und ich hatte, da ich sein Leben schonen und ihn auch nicht verwunden wollte, Mühe, ihn zu bezwingen. Als er endlich mit gebundenen Händen und Füßen am Boden lag, sah ich Halef, seinen Sohn und Omar Ben Sadek in Karriere dahergestürmt kommen. Der erstere ritt Nizar Hareds Perserfuchs. Sie hielten bei uns an und stiegen von den Pferden. Halef ergriff meine beiden Hände und sagte:

»O Sihdi, Allah hat eine große Traurigkeit auf unsere Herzen geworfen. Rih ist tot, in seine herrliche Brust geschossen! Meine Seele will in einem Meere von Herzeleid ertrinken, aber mein Auge kann keinen einzigen Tropfen des Schmerzes finden, denn der Verlust, der uns betroffen hat, ist allzugroß. Wer ist der Hund, dessen Kugel diesen Jammer verschuldet hat? Etwa Ahmed Azad, der hier am Boden liegt, von deiner Hand gefällt? Sage es mir, damit ich ihn zwischen meinen Händen hier zermalmen und zerreißen kann!«

»Laß mich jetzt, Halef,« bat ich ihn. »Die Kugel sollte mich treffen; Rih ist für mich gestorben. Als er stürzte, mußte ich schnell weiter, und erst jetzt finde ich Zeit, daran zu denken, daß wir ihn verloren haben.«

Es war so, wie ich sagte; die volle Erkenntnis des Verlustes trat erst in diesem Augenblicke an mich heran. Ich ging seitwärts, setzte mich nieder und legte das Gesicht in beide Hände. Halefs Knabe weinte laut; sein Vater setzte sich zu mir und legte den Arm um mich; Omar entfernte sich einige Schritte, um die Strecke, welche wir durchritten hatten, übersehen zu können, und drohte in grimmigem Tone:

»Bleib ruhig sitzen, Effendi! Ich werde darüber wachen, daß ihr sicher seid. Wehe dem Kurden, welcher etwa kommt, sich an euch zu wagen! Meine Kugel sendet ihn in die tiefste Tiefe der Dschehenna hinab!«

Nach einiger Zeit kamen Amad el Ghandur und der Lord; sie brachten den gefangenen Nizar Hared geführt. Der erstere wagte es nicht, zu sprechen, denn er fühlte, daß er an allem schuld war; Lindsay aber erging sich in den sonderbarsten Ausrufungen über den Tod des Rappen. Er weinte dabei; er wollte das nicht sehen lassen, und infolgedessen gab es in seinem Gesichte ein geradezu unbeschreibliches Mienenspiel.

Eben wollte ich von meinem Platze aufstehen und sagen, daß wir zu Rih zurückkehren müßten, dessen Leiche ich den Kurden auf keinen Fall überlassen wollte, da schrie Omar laut auf:

»Maschallah, schuf, schuf, Effendi, bjidschi, bjidschi – Wunder Gottes, sieh, sieh, Effendi, er kommt, er kommt!«

»Wer, wer?« fragte ich.

»Dein Rih!«

Rih? War er nicht tot? War die Wunde nicht lebensgefährlich? Hatte ich mich getäuscht? Mit zwei, drei Sprüngen stand ich bei Omar, wo ich nach rückwärts blicken konnte. Ja, er kam, der Rappe, in langsamem Trabe, wankend und strauchelnd; die Liebe zu mir hatte ihn noch einmal auf- und mir nachgetrieben. Es war ein Anblick zum Herzbrechen. Wir sprangen ihm entgegen; aus seiner Brust floß ein fingerstarker Blutstrahl. Ich war der erste bei ihm und schlang ihm beide Arme um den Hals. Er schnaubte mich freudig an und leckte mir die Wange und den Hals; dann brach er langsam erst hinten und dann vorn zusammen. Nach einer vergeblichen Anstrengung, sich wieder aufzuraffen, hob er den schönen, kleinen Kopf, sah mit brechenden Augen zu mir auf und wieherte leise, leise und ersterbend, wie ich noch nie ein

Pferd habe wiehern hören. Ich warf mich neben ihn nieder und bettete seinen Kopf an meine Brust, während Halef das rinnende Blut zu stillen suchte. Wir alle weinten, weinten so, als ob ein lieber, lieber Mensch im Sterben liege. Des Rappen Maul lag in meiner Hand; er leckte sie fort und fort, immer leiser und langsamer, bis er die Zunge nicht mehr bewegen konnte; dann noch ein letztes, sich verhauchendes Schnauben, ein krampfhaftes Zucken – – – Rih war tot!

Ich nahm das Keffije[1], welches ich unter dem Turban trug, hielt es an die Wunde und fing das letzte aus derselben fließende Blut auf. Dann reichte ich Halef meinen Stutzen hin und sagte:

»Hier, Hadschi, hast du dieses Gewehr. Du allein weißt außer mir, wie es gehandhabt wird. Ich will noch eine Weile bei dem Pferde bleiben. Wenn die Kurden kommen, laß keinen heran; gib jedem eine Kugel! Du weißt, ich strebe nicht nach Blut; aber dasjenige unsers Rih ist geflossen; nun ist es mir gleich, wer noch das seinige hergeben muß.«

»Ja, Effendi, bleib ruhig sitzen!« antwortete er. »Es soll dir keiner dieser Hunde zu nahe kommen. Meine Augen fließen über von den Tränen des Schmerzes; aber sie werden dennoch so scharf sein, daß jede Kugel trifft, die ich versende!«

Ich bitte, nicht allzu streng mit meiner damaligen Stimmung ins Gericht zu gehen. Ein Tier lieb zu haben, ja innig lieb zu haben, ist wohl keine Schwäche, zumal wenn es ein so edles ist, wie mein Rih gewesen war. Er hatte mit mir gehungert und gedürstet, mich durch so viele Gefahren getragen und mir so oft das Leben gerettet, auch jetzt wieder, da er an der Kugel, welche mir gegolten hatte, gestorben war. Mit Menschen, mit Freunden kann man sich entzweien, sich über sie ärgern oder betrüben; Rih hatte mir nicht ein einziges Mal Veranlassung zur Unzufriedenheit, zu einer Strafe, einem Schlage gegeben; er hatte jedes meiner Worte, jeden Wink verstanden und fast möchte ich sagen, mit freudigem Gehorsam ausgeführt; er war geradezu ein Teil von mir selbst ge-

[1] Kopftuch.

worden, den ich nun für immer verloren hatte. Ist es da ein Wunder, daß mir sein Tod so zu Herzen ging, daß ich wie ein Kind weinte und eine lange Zeit bei ihm saß, ohne mich um das, was um mich her vorging, zu bekümmern?

Inzwischen hatten sich diejenigen Haddedihn, welche den Bebbeh entkommen waren, bei uns eingestellt: es fehlten zwölf Mann. Wie wir dann erfuhren, waren sechs davon tot und die andern gefangen; die Bebbeh aber hatten viel schwerere Verluste gehabt.

Dann kamen die Verfolger angeritten. Als Halef ihnen einige Kugeln entgegenschickte, blieben sie halten. Diese Schüsse weckten mich aus meinem Trübsinn auf. Ich erhob mich, nahm Halef den Stutzen aus der Hand und ging den Kurden entgegen. Ich kam bis auf hundert Schritte an sie heran, ohne daß sie wagten, auf mich zu schießen.

»Steigt ab, und bleibt da, wo ihr seid!« rief ich ihnen zu. »Wir haben Ahmed Azad und Nizar Hared gefangen und werden sie augenblicklich töten, wenn ihr euch nicht friedlich verhaltet. Wir werden mit ihnen verhandeln und sie freigeben, wenn sie bereit sind, Frieden mit uns zu schließen.«

Ohne mich weiter um sie zu kümmern, kehrte ich wieder zu den Gefährten zurück und sagte zu Halef, so daß die beiden Gefangenen es hörten:

»Ich habe keine Lust, viel zu sprechen, denn Rih ist tot. Das erfordert das Leben dessen, der ihn erschossen hat. Verhandle du mit den beiden Kurden. Ich fordere die gefangenen Haddedihn zurück und auch die Toten, damit wir sie begraben können. Ich verlange ferner, daß die Bebbeh sofort diese Gegend verlassen und erst einen halben Tagesritt von hier anhalten. Und endlich müssen mir für meinen getöteten Rappen die beiden Perserpferde übergeben werden. Ich gebe den Söhnen Gasahl Gaboyas eine volle Viertelstunde Zeit; sind sie da noch nicht auf meine Bedingungen eingegangen, so werden sie hier an dieser Steineiche aufgehängt. Diesmal ist es mein voller Ernst, Halef!«

»Ja, Sihdi, Rih muß entweder ersetzt oder gerochen werden,« antwortete er. »Ich schwöre dir zu, daß ich keine Minute über eine Viertelstunde warten werde.«

Ich setzte mich wieder bei dem Rappen nieder, ohne auf das, was die Gefangenen sagten, zu achten. Dann sah ich, daß trotz meines Verbotes einer der Kurden sich von den andern trennte, um zu uns zu kommen; es war der Bruder Gasahl Gaboyas, mein Freund. Ich ließ ihn herbei. Er nahm an den Verhandlungen teil, und seinen Vorstellungen war es zu danken, daß meine Bedingungen angenommen wurden, obgleich der Verzicht auf Rache und der Verlust ihrer edlen Pferde den beiden Brüdern außerordentlich schwer ankam. Gasahl Gaboyas Bruder versprach, die Kurden als ihr einstweiliger Anführer fortzuführen. Ahmed Azad und Nizar Hared sollten bis zu unserm Aufbruche als Geiseln bei uns bleiben.

Nach kurzer Zeit zogen die Bebbeh ab, und nach abermals einer Weile kamen die von ihnen freigelassenen Haddedihn zu uns. Die Toten mußten einstweilen auf dem Kampfplatze liegen bleiben.

Wir hatten während unsers Flucht- und Verfolgungsrittes einen Kreis beschrieben, so daß wir uns jetzt an der Südseite der Felsenhöhe befanden. Ich verlangte, daß Rih hinaufgeschafft und neben Mohammed Emin begraben werde. Keiner widersprach mir, vielmehr legten alle Hand an, den schwierigen Transport auszuführen. Dann wurden auch die sechs gefallenen Haddedihn geholt, um ebenfalls da oben der Erde übergeben zu werden.

Rih wurde mit Hilfe von Holzstützen aufrecht gestellt und, gesattelt und gezäumt, wie er war, mit Steinen umgeben, wie wir einst mit Mohammed Emin getan hatten. Seine starren, einst so feurigen und verständigen, treuen Augen taten mir bitter wehe; ich drückte ihm die Lider zu. Als sich das Felsengrab über ihn geschlossen hatte, mochte ich nichts mehr von der Umgebung sehen; ich bestieg die schwarze Perserstute Ahmed Azads und ritt hinter den Kurden her, um zu erforschen, ob sie Wort halten würden.

Soll ich extra erwähnen, daß der Tod Rihs auch Halef zu Herzen ging? Der Hadschi befand sich in einem Zustande größter Aufregung. Bald schluchzte er zum Erbarmen, und bald fuhr er über Amad el Ghandur und die Haddedihn mit Vorwürfen her, gegen welche sie sich nicht zu verteidigen vermochten; er ist, grad so wie ich, noch lange Zeit innerlich krank gewesen.

Die Bebbeh handelten diesesmal ehrlich; sie waren wirklich fort; dennoch kehrte ich erst gegen Abend nach der Felsenhöhe zurück. Ich wollte allein sein und mochte nicht an den da oben stattfindenden mohammedanischen Trauerszenen teilnehmen. Als ich ankam, hörte ich, daß Amad el Ghandur wiederholt nach mir verlangt hatte. Er lag im Fieber. Ich untersuchte ihn; die Wunde war bös, aber nicht lebensgefährlich; die Kugel war hinten wieder herausgegangen. Ich legte einen bessern Verband an und sorgte für immerwährende Kühlung.

Die Nacht war eine traurige. Ich konnte nicht schlafen, Halef und Omar auch nicht; der Lord erging sich in den ehrenrührigsten Redensarten gegen die Haddedihn und ihren Anführer. Gut, daß sie ihn nicht verstanden! Dazwischen schrie Amad el Ghandur im Fieber auf, mich gegen Ahmed Azad zu Hilfe rufend. Ich war froh, als es Morgen wurde.

Hier konnten wir nicht bleiben, aber wegen des verwundeten Scheiks auch nicht nach den Weideplätzen der Haddedihn zurückreiten. Ich schlug also vor, zu Gibrail Mamrahsch zurückzukehren, in dessen Haus Amad el Ghandur die nötige Ruhe und Pflege finden konnte. Man war einverstanden, denn ich wurde in stiller Reue wieder als Führer anerkannt.

Wir bauten aus Aesten, Zweigen und Laub für den Verwundeten eine Bahre, welche von zwei Pferden getragen wurde. Beim allgemeinen Aufbruche blieb ich mit Halef und seinem Sohne noch einige Minuten beim Grabe Rihs zurück.

»Sihdi, mir ist so weh, so traurig,« weinte der Hadschi. »Ich werde wohl nie wieder lachen können. Mein Herz ist ganz mit Tränen angefüllt, fast so, wenn es keine Sünde ist, es zu sagen, als ob mir Hanneh, die schönste der Frauen, gestorben wäre!«

Ich drückte ihm die Hand, sagte aber nichts; dann ritten wir den Andern nach. Um Mittag gaben wir die beiden gefangenen Kurden frei, und am andern Tage langten wir bei Gibrail Mamrahsch an, welcher uns sein Haus mit Freuden zur Verfügung stellte.

Der zweitägige Ritt hatte dem Verwundeten sehr geschadet. Er raste förmlich und schrie immer nur nach mir. Glücklicherweise hatte seine Meinung, daß er beim Sturze vom Pferde etwas gebrochen habe, auf Irrtum beruht. Ich durfte fast keinen Augenblick von seinem Lager weichen. Als ihm dann nach Tagen zum ersten Male die Besinnung wiederkehrte und er mich erkannte, reichte er mir seine Hand und sagte mit matter Stimme:

»Allah sei Dank, daß du bei mir bist, Effendi! Ich habe mit vielen Feinden gekämpft, und du hast mich errettet.«

Ich sagte nichts; er versank in Nachdenken und fuhr dann fort:

»Ich habe zu dir gesagt, daß mich nie wieder ein Christ berühren solle. Verzeihe mir! Deine Hand tut mir wohl wie die Hand eines Propheten. Ich wollte Blut; du wolltest Liebe; es hat mich mein eigenes Blut und dich deinen Rih gekostet; du aber sollst Liebe über Liebe ernten von mir und meinem ganzen Stamme!«

Darauf schlief er wieder ein.

Erst nach vier Wochen war seine Genesung so weit vorgeschritten, daß wir aufbrachen und in kurzen, langsamen Tagemärschen heimkehren konnten.

Unser Empfang war kein freudiger. Amad al Ghandur wurde mit Vorwürfen überhäuft. Er nahm sich das so zu Herzen, daß er seine Würde als Scheik freiwillig niederlegte; sie wurde einstimmig Malek, dem einstigen Scheik der Ateïbeh, dem Großvater Hannehs, zuerkannt. Nach dessen Tode wird mein Hadschi Halef Omar Scheik der Haddedihn sein. Ich schenkte ihm die beiden Perserpferde, worüber er ganz glücklich war.

Nach drei Tagen brach der Engländer auf. Omar Ben Sadek wollte ihn mit einer Truppe Haddedihn nach Bagdad bringen. Er verabschiedete sich von mir mit den Worten:

»Möchte gar zu gern noch länger bei Euch bleiben; aber es geht nicht, denn Ihr wollt nach Damaskus zurück, und ich muß die Tour abreisen, welche ich mir vorgeschrieben habe. Ihr seid mein bester Freund, aber doch ein erzdummer Kerl! Denn hättet Ihr mir damals Euern Rih verkauft, so wäre er jetzt nicht erschossen worden. *Well!* Hoffe aber, daß wir uns bald wiedersehen. Wünsche, daß Ihr stets gesund bleibt und Euch jetzt bei dem Ritte nach Damaskus eine ebenso schöne Aleppobeule holt, wie ich damals hatte. *Yes!*«

Am nächsten Tage ritt auch ich fort. Die Krieger der Haddedihn gaben mir einen halben Tag lang das Ehrengeleite. Halef und sein Sohn aber ritten noch weiter mit und trennten sich erst jenseits der Dschesireh von mir.

»Sihdi, mein lieber, lieber Sihdi, mit dir geht mein halbes Leben fort; die andere Hälfte gehört Hanneh, meinem Weibe, und Kara Ben Halef, meinem Sohne,« sagte der Hadschi, indem er sich die Augen trocknete. »Gott sei bei dir – – allezeit, und – – – ich – – ich kann – – – nicht weiter – – – nicht – – – nicht weiter sprechen!«

Laut schluchzend wendete er sein Pferd und ritt im Galopp davon. Ich reichte seinem Sohne die Hand und sagte, auch mit Tränen im Auge:

»Bleibe fromm und brav, und werde ein Mann wie dein Vater! Vielleicht sehen wir uns einmal wieder. Und solltest du einmal hinauf nach Kurdistan kommen, so steig auf die Felsenhöhe und grüß meinen Rih von mir!«

Seine Lippen bebten vor Wehmut und Rührung; er wollte antworten, konnte aber nicht, legte stumm beteuernd beide Hände auf das Herz und ritt dann seinem Vater nach. – – –

SIR ARTHUR CONAN DOYLE

Die vergessene Welt

Roman

Aus dem Englischen von Leslie Giger

Der jähzornige, um nicht zu sagen wahnsinnige Professor Challenger, von seinen Freunden gerne als »Höhlenbewohner im Straßenanzug« bezeichnet, glaubt, es gebe im Amazonasgebiet Stellen, die von der Evolution sozusagen vergessen worden seien und wo noch prähistorische Wesen existierten.

»Ein richtiger Schmöker. Ironisch und spannend zugleich, Saurier-Fiction im besten Sinn.«
Reinhard Krol, Süddeutscher Rundfunk

»Im *Jurassic Park* kann man *Die Vergessene Welt* finden. Der Weltbestseller bedient sich dreist einer Romanvorlage von Arthur Conan Doyle.«
Michael A. Meer, Focus

HAFFMANS VERLAG